Amy Christine Parker
Gated
Girl on the run

Amy Christine Parker machte an der Southeastern University in Lakeland, Florida, ihren Abschluss als Grundschullehrerin und versuchte sich dann in vielen verschiedenen Jobs, unter anderem als Sammelpuppenherstellerin, Fondue-Kellnerin und Lehrerin an einer Brennpunktschule. Doch erst als sie Mutter wurde und anfing für ihre Kinder Gutenachtgeschichten zu erfinden, begriff sie, was ihre eigentliche Bestimmung war. Heute arbeitet sie als hauptberufliche Autorin und wohnt mit ihrem Mann, ihren beiden Töchtern und drei sehr frechen Katzen in der Nähe von Tampa, Florida.

Bettina Münch, geboren 1962, arbeitete nach dem Studium als Kinderbuchlektorin. Heute ist sie freie Autorin und Übersetzerin und lebt mit Mann und Tochter in der Nähe von Frankfurt am Main.

Amy Christine Parker

GATED
GIRL ON THE RUN

Roman

Aus dem amerikanischen Englisch
von Bettina Münch

dtv

Ausführliche Informationen über unsere Autorinnen und Autoren und ihre Bücher finden Sie unter www.dtv.de

Die Übersetzung des Werkes wurde vom Deutschen Übersetzerfonds und dem Europäischen Übersetzerkollegium in Straelen gefördert.

Die Bibelzitate auf den Seiten 95, 108, 161, 201, 465, 648, 655 wurden entnommen der Lutherbibel, revidierte Fassung 1984. Die Zitate von Jim Jones auf den Seiten 220, 232, 246, 255, 264, 281, 308 entstammen einer Tonbandaufnahme vom Massenselbstmord der Sekte »Peoples Temple«, 1978.

MIX
Papier aus verantwortungsvollen Quellen
FSC® C019821
FSC
www.fsc.org

Ungekürzte Ausgabe
2021 dtv Verlagsgesellschaft mbH & Co. KG, München

Titel der amerikanischen Originalausgaben:
›Gated‹ und ›Astray‹, 2013 und 2014 erschienen bei Random House Children's Books, a division of Random House Inc., New York

Umschlaggestaltung: buxdesign | Lisa Höfner unter Verwendung von Motiven von Nikaa/Mark Owen/Arcangel
Gesetzt aus der Goudy Old Style
Satz: C.H.Beck.Media.Solutions, Nördlingen
Druck und Bindung: Druckerei C.H.Beck, Nördlingen
Printed in Germany · ISBN 978-3-423-71881-3

GATED

DIE LETZTEN 12 TAGE

Für meinen liebevollen Ehemann Jay
und meine wunderschönen Töchter
Samantha und Riley,
weil sie mir Zeit
und Gelegenheit gaben,
meine Träume zu erfüllen

Das Gute in der Welt, so wenig davon noch übrig sein mag,
ist es wert, mit allen nötigen Mitteln beschützt zu werden.
Wir dürfen keine Angst haben, aufzustehen und
es zu verteidigen.

Pioneer, Gemeindeführer

1

»Diesmal schießt du, um zu töten, okay?« Will zwinkert mir zu und schubst mich in den hoch stehenden Mais, während wir über das Feld zum Schießstand laufen. Ich schubse zurück und er lacht. Der Himmel ist wolkenlos blau und die Luft von der Sommersonne aufgeheizt. Es ist ein Tag für Picknicks, nicht für Vor-Weltuntergangs-Schießtraining.

»Dafür habe ich doch dich«, antworte ich. Ich hantiere am Ledergurt meines Gewehrs herum, rücke ihn auf der Schulter zurecht, bis er bequem in meiner Nackenbeuge liegt. Als ich zu Will hochschaue, rechne ich fest damit, ihn über mein übliches Genöle lächeln zu sehen, stattdessen runzelt er die Stirn.

»Und falls ich nicht da bin, wenn wir angegriffen werden? Du kannst nicht davon ausgehen, dass immer jemand anderes für dich abdrückt.« Er zupft geistesabwesend an seinem Ohr, ein sicheres Zeichen dafür, dass ihm nicht mehr nach Scherzen zumute ist.

Ich schlucke die Antwort hinunter und schaue über den Mais hinaus in die Prärie. Die unausgesprochenen Worte legen sich mir schwer auf den Magen, in dem es anfängt zu rumoren. Vor uns liegt der Schießstand. Marie und Brian sind bereits da. Ihre Schüsse hallen über das Maisfeld und untermalen das aufkommende Unbehagen zwischen Will und mir.

»Ich will damit nur sagen, dass es vielleicht an der Zeit ist, das alles ernst zu nehmen.« Will greift nach meiner freien Hand. Ich zögere, meine Finger zucken zurück. Er senkt den Kopf und lächelt mich von der Seite an.

Ich weiß, dass er es gut meint. Er meint es immer gut. Er hat mich gern. *Ich* bin das Problem. Noch genau drei Monate bis zum Weltuntergang und ich schaffe es immer noch nicht, angemessen darauf zu reagieren. Dankbar für die viele frische Luft um mich herum atme ich tief durch. Der Gedanke an das Ende der Welt gibt mir immer das Gefühl zu ersticken.

Will fischt nach meiner Hand, bis er sie erwischt. Er verschränkt seine langen Finger mit meinen. »Ich mache mir Sorgen um dich, Lyla. Ich kann nicht jede Sekunde bei dir sein, nicht mal, wenn wir im Silo sind. Ich will einfach sicher sein, dass du tun wirst, was getan werden muss, um am Leben zu bleiben.«

Ein Seufzer entwischt mir. Wir haben diese Unterhaltung schon so oft geführt. Das Schießtraining ist der Grund, warum sie sich gerade zuspitzt. Wir sind erst das fünfte Mal hier draußen auf dem Schießstand und sein Drängen nimmt allmählich epische Ausmaße an.

»Los, komm«, sage ich schließlich, als wäre er derjenige, der uns aufhält. Er drückt sacht meine Hand. Wir gehen die letzten Meter bis zur offenen Grasfläche und dem Schießstand. Ich fische meine Ohrstöpsel aus der Tasche und stopfe sie mir in die Ohren, bevor Will noch irgendetwas sagen kann. Als er sich zu mir herabbeugt, wirft seine schlaksige Gestalt einen Schatten auf mein Gesicht. Er ist wie ein Barometer, überwacht pausenlos meine Stimmungen, und ich kann sie dann an seinem Mienenspiel ablesen.

Seine blassblauen Augen blicken bekümmert und er zieht besorgt die Nase kraus. Was bedeutet, dass er mich für hypernervös hält. Ich will ihn beruhigen, und sei es nur, damit er woanders hinschaut, aber es ist, als hätte sich über meinem Kopf plötzlich eine Wolkenwand gebildet.

Brian steht hinter Marie, das Gesicht in ihren dunklen Locken vergraben. Zärtlich legt er bestimmt zum hundertsten Mal die Waffe an ihre Wange. Gemeinsam richten sie Maries Gewehr auf den großen Stapel Heuballen auf der gegenüberliegenden Seite. An jedem Ballen ist eine lebensgroße Holzfigur befestigt. Sie zielen auf eine Frau. Es ist nur eine Silhouette, trotzdem spüre ich ein Kribbeln auf der Haut, als der Schuss fällt und ich sehe, wie aus der Brust der Frau ein Stück Sperrholz ins Gras fliegt. Marie schaut uns grinsend entgegen und ihre Wangen färben sich rot.

»Habt ihr das gesehen?«, ruft sie. Ich kann sie durch meine Ohrstöpsel nicht richtig hören, aber das ist auch nicht notwendig. Sie sagt immer das Gleiche, wenn sie einen Schuss ins Ziel bringt. Ich klebe mir ein Lächeln ins Gesicht, trete aus Wills Schatten und gehe auf sie zu.

»Nicht schlecht!«, rufe ich zurück. Ich stelle mich auf meinen üblichen Platz auf dem Gras vor den Heuballen mit der Männerfigur. Ich bin mir ziemlich sicher, dass das sexistisch ist, aber das männliche Ziel ist das Einzige, das ich überhaupt anvisieren kann. Ich nehme das Gewehr von der Schulter und versuche mich innerlich zu wappnen.

Nicht genug Platz für alle. Wir können nicht alle aufnehmen. Sie hatten ihre Chance. Wir müssen unsere verteidigen.

Ich bete diese Litanei im Kopf immer wieder herunter in der Hoffnung, dass sie mein Herz irgendwie zur Einsicht bringen möge. Beim letzten Mal hat es nicht funktioniert und für dieses Mal mache ich mir auch keine großen Hoffnungen. Wie kann ich jemanden ums Leben bringen, der einfach nur Angst hat und Hilfe sucht, selbst wenn es dazu dient, mein eigenes Leben zu retten?

Ich spähe zu Will hinüber. Er schießt auf zwei Sperrholzfiguren: einen Mann und eine Frau. Sein Gewehr liegt in der Beuge zwischen Brust und Schulter und seine Wange klebt am Kolben. Er lässt beide Augen offen und nimmt das Ziel ins Visier. Sobald er die Waffe ausgerichtet hat, gibt es kein Zögern mehr. Das Gewehr zuckt, als der Schuss losgeht, und der Kopf des Sperrholzmannes fliegt nach hinten. Sein konturloses Gesicht blickt suchend in den Himmel. Will legt abermals an und trifft die Sperrholzfrau fast genau an der gleichen Stelle. Ihr Kopf bleibt oben, doch die Rundung am Oberkopf fehlt. Er lächelt, als er die Waffe sinken lässt und mich ansieht.

Ich wende mich wieder meinem eigenen Heuballen und dem stummen Brettermann zu, der dort auf mich wartet. Ich lege an und gehe in Stellung. Ich spüre, dass die anderen mich beobachten, dass sie hoffen, ich möge endlich einmal die vorgeschriebenen Ziele treffen: Kopf oder Herz. Meine Ponyfransen kleben mir in der Stirn und der Schweiß, der mir über den Rücken läuft, kitzelt. Ich halte ganz still, lege den Finger auf den Abzug und drücke ab. Der Rückschlag lässt mich zusammenfahren und ich schließe die Augen. Als ich sie wieder aufmache und zu dem Männerumriss hinübersehe, atme ich erleichtert aus. Die Kugel ist genau dort eingeschlagen, wo ich es wollte.

»Im Ernst, Lyla? Schon wieder die Kniescheibe?« Marie hat die Hände in die schmalen Hüften gestemmt und einen Fuß ausgestellt, als habe sie sich plötzlich in eine gestandene Attentäterin verwandelt. Sie scheint einfach nicht zu begreifen, warum ich mich so beharrlich sträube, richtig zu schießen.

»Das ist ihr Tribut an *Terminator 2*«, wirft Will ein. »Da verbietet der Junge dem Terminator, weiter tödliche Schüsse abzugeben.« Er schaut mich nicht an, als er an seinen Platz zurückgeht und wieder auf seine Scheibe zielt, aber ich weiß, dass unser Gespräch noch nicht beendet ist. Nicht, bis ich einen Weg finde, das zu tun, was sie wollen: nachgeben und kämpfen.

Wir machen weiter, bis alle ihre Munition verschossen haben. Am Ende ist mein Sperrholzmann der Einzige, der eine Chance hat weiterzuleben. Der Rest seiner Kameraden ist schon seit der ersten Runde tot. Ich stelle mein Gewehr ab und helfe, die Patronen aufzulesen, die um uns herum verstreut liegen. Ich bewege mich schneller als die anderen. Wenn wir früh genug fertig werden, schaffe ich es vielleicht, vor dem Nachmittagsunterricht noch ein wenig zu malen.

Marie hockt sich neben mich und pickt eine Patronenhülse aus dem hohen Gras zwischen uns. »Also was ist los, Lyla? Warum schießt du nicht richtig?«

Ich zucke die Achseln und stecke Hülsen in meine Patronentasche. »Ich weiß nicht. Es ist einfach so, dass ich jedes Mal, wenn ich diese blöden Figuren anschaue, *echte* Leute sehe – wie dich oder Brian oder Will. Was wäre, wenn wir aus irgendeinem Grund draußen vor dem Silo stünden und Hilfe brauchten? Ich meine, wie sollen die Außenstehenden überhaupt wissen, dass es das Ende der Welt ist? Pioneer hat sich entschlossen, uns zu retten, aber hat sonst noch jemand eine Ahnung davon, dass das Ende naht? Müssten sie dann nicht schon hier sein und darum kämpfen, hereingelassen zu werden?«

Marie starrt mich an. Ihr Gesicht ist so frei von Sorgen wie der Himmel von Wolken. »Keine Ahnung, Lyla. Du machst dir zu viele Gedanken. Du bist in Sicherheit und deine Familie und Freunde auch. Reicht das nicht? Außerdem ist es den Leuten draußen bestimmt zu sterben. Es ist ihr Schicksal, nicht unseres.«

Ich weiß nicht, was ich darauf antworten soll. Ja? Nein? Was soll man empfinden, wenn man weiß, dass für Milliarden andere Menschen in Kürze alles schrecklich enden wird? »Vergiss es«, sage ich stattdessen. »Ich bin heute einfach in komischer Stimmung, okay?«

Marie schüttelt den Kopf und fährt fort, Hülsen aufzusammeln. Ich tue es ihr nach, als am anderen Ende des Felds unser ramponierter roter Gemeindetruck auftaucht. Er ist zu weit weg, um den Fahrer genau erkennen zu können, doch die steife Körperhaltung verrät ihn. Es ist Pioneer, unser Anführer.

Na super.

Er kommt, um unsere Schießfertigkeit zu überprüfen. Und er wird sehen, dass ich keine Fortschritte mache. Beim letzten Training hat er angesichts meiner Abneigung gegen das Töten die Ruhe bewahrt, mir zugleich aber unmissverständlich klargemacht, dass ich mich würde bessern müssen, und zwar bald. Meine Hände fangen an zu zittern. Ich lasse mehr Patronen fallen, als ich aufheben kann.

Pioneer hält den Transporter an und rutscht vom Fahrersitz. Augenblicklich wirkt das Feld um uns herum enger, kleiner, als nähme Pioneer den größten Teil des Raums ein. Dabei ist er kein besonders großer oder muskulöser Mann. Eigentlich genau das Gegenteil – blass und spindeldürr. Aber was sich in seinem Innern abspielt, ist gewaltig. Seine Aura zeigt sich nicht in seiner schmalen Statur. Sie pulsiert um ihn herum wie Schallwellen oder Lichtstrahlen, sodass er förmlich zu leuchten scheint. Er ist der Einzige in Mandrodage Meadows – oder sonst wo –, der das tut. Wenn er in der Nähe ist, kann ich nirgendwo anders hinsehen. Er lässt einfach keinen Platz dafür. Er kratzt sich am Stoppelkinn und kommt zu uns herübergeschlendert.

Marie, Brian und Will schauen mich an. Ich achte nicht auf sie und tue, als würde ich weiter Patronen aufsammeln, wobei ich mich am liebsten in ein Loch verkriechen würde.

»Und? Wie ist es heute gelaufen?« Pioneers Stimme ist sanft und warm, wie von Sonnenschein erfüllt.

»Hm, gut«, sagt Will.

Ich halte die Luft an. Warte. Wenn ich Glück habe, lässt Pioneer es auf sich beruhen, glaubt Will und geht … aber allzu große Hoffnungen mache ich mir nicht. Während ich weiter Hülsen einsammle, schaue ich immer wieder verstohlen zu Pioneer und den anderen hinüber. Trotz seines freundlichen Plaudertons ist der Blick seiner blauen Augen, den er abwechselnd in meine Freunde hineinbohrt, stechend. Er weiß, dass etwas nicht stimmt.

Aufgekratzt und mit fliegenden Locken springt Marie auf ihn zu. »Ich habe zweimal hintereinander Kopf und Herz getroffen!«

»Ohne Brians Hilfe?« Pioneer klingt skeptisch. Aus den Augenwinkeln kann ich sehen, wie er die Hand hebt, um ihr die Schulter zu tätscheln.

»Jep. Bei den letzten beiden Schüssen schon.«

»Das hat sie wirklich«, höre ich Brian sagen.

Als ich wieder aufschaue, strahlt Pioneer Marie an und nimmt sie dann in den Arm. »Gut gemacht. Ich wusste, du schaffst es … irgendwann.«

Will und Brian kichern los und Marie streckt ihnen die Zunge heraus.

Pioneers Blick schwenkt zu mir herüber, während ich noch die Szene beobachte, und fängt meinen ein. Ich versuche zu lächeln, versuche Begeisterung darüber vorzutäuschen, dass er hier ist. Die anderen schieben sich zwischen Pioneer und mich. Sie wollen ihn ablenken. Das tun sie schon die ganze Zeit, wird mir klar, und eine Welle der Zuneigung überkommt mich. Selbst wenn sie mich hier draußen immer wieder drängen, richtig zu schießen, tun sie es nur, weil sie nicht wollen, dass ich Schwierigkeiten mit Pioneer bekomme.

»Wollen wir uns die Zielscheiben ansehen?«, schlägt Pioneer hinter der Wand aus meinen Freunden vor, extra laut, damit ich weiß, dass es ihm vor allem um meine geht.

Ich lasse die eingesammelten Hülsen auf einen Haufen fallen, stehe wortlos auf und gehe zu den anderen. Obwohl der Tag immer noch klar und wunderschön ist, wirkt die Luft geladen, als braue sich ein Sturm zusammen. Ich balle die Fäuste und folge den anderen zu den Zielscheiben.

Brian zeigt Pioneer seine Scheibe als Erster, danach meldet sich Will eilig mit seiner. Offensichtlich zufrieden mit den beiden nickt Pioneer. Dann präsentiert ihm Marie ihre Zielscheibe – und plappert dabei ununterbrochen, dass sie ihre Haltung verbessert habe und nicht mehr zusammenzucke, wenn das Gewehr losgehe. Ich weiß, dass sie Zeit schinden und ihn einfach noch eine Weile ablenken will, doch es irritiert Pioneer. Er vibriert förmlich – wie eine Stimmgabel, die man besonders hart angeschlagen hat. Ich beiße die Zähne zusammen und trete vor. Augenblicklich verstummt Marie und zieht sich zurück, bis sie zwischen den Jungen steht. Sie wirkt, als hätte sie Angst. Ich verbeiße mir ein Lachen. *Ich* bin es, die in Schwierigkeiten steckt, und *sie* hat Angst. Typisch.

»Lyla«, sagt Pioneer langsam, »zeig mir bitte deine Scheibe.«

Ich bringe nur ein kurzes Nicken zustande. Ich werde ihn enttäuschen, aber was soll ich machen? Ich zeige auf den Sperrholzmann, als handle es sich um einen ganz besonders faden Preis in der Fernsehshow, die Pioneer uns manchmal anschauen lässt. Dann straffe ich die Schultern und warte auf seine Reaktion.

Pioneer steht irritierend lange vor der Zielscheibe. Ich trete von einem Fuß auf den anderen, kaue auf der Unterlippe und ziehe an meinem Zopf. Die anderen drängen sich schweigend zusammen.

»Diese Zielscheibe sieht mir ziemlich unbeschädigt aus«, stellt Pioneer schließlich fest. »Warum?«

Will macht den Mund auf, wird jedoch von Pioneer mit einem Blick zum Schweigen gebracht. »Meine Frage war an Lyla gerichtet.«

Sein bohrender Blick richtet sich auf mich und versengt mir die Haut. Warum kann ich nicht schießen wie alle anderen auch? Es gibt keine Antwort, mit der ich es ihm verständlich machen könnte, schließlich verstehe ich es selber nicht. Panik überkommt mich, so wie jedes Mal, und ich sage das Erstbeste, was mir einfällt.

Das Falsche.

»Hm, wahrscheinlich habe ich eine Schwäche für große dunkle gesichtslose Typen?« Ich stoße ein kurzes, nervöses Lachen aus. Kaum habe ich die Worte ausgesprochen, wird mir klar, wie schnippisch sie klingen, aber es ist zu spät, um sie zurückzunehmen.

Pioneers Stimme ist wie Eis. »Das ist nicht lustig. Du bist eine Belastung für die Gemeinde, wenn du nicht dazu beitragen kannst, sie zu verteidigen.«

Er atmet tief und beherrscht durch und sein Blick wird sanfter. Dann verzieht er den Mund zu einem Lächeln. »Es geht mir doch um euren Schutz.« Er weist über das Feld und auf die Zielscheiben. »Dass alles dient nur eurer Sicherheit.«

Er geht zu Brians Zielscheibe hinüber, bückt sich und hebt sie auf. Er klopft darauf. »Das hier ist nur Pappmaché. Holz, kein Mensch. Diese Übung sollte euch nicht schwerfallen, dazu ist sie gedacht. Sie soll euch abhärten. Wenn ihr die Zielscheiben nicht treffen könnt, werdet ihr auch die Menschen nicht treffen. Und das müssen wir, Lyla. Höchstwahrscheinlich.«

Pioneer geht zu Brian hinüber und deutet auf sein Gewehr. Brian reicht es ihm. Pioneer dreht sich zu mir um und hebt die Waffe so an, dass sie auf meinen Bauch gerichtet ist. Seine Augen blitzen, als er mich anstarrt. Ich weiß, dass er nicht auf mich schießen wird, dennoch spannen sich meine Muskeln an und meine Nerven vibrieren.

»Die Außenstehenden kennen dich nicht. Ihnen liegt nichts an dir. Sie werden dich erschießen, um zu bekommen, was du hast, wenn sie damit ihre eigenen Leute retten können.« Er schwingt mit der Waffe herum und richtet sie auf Will. Der zuckt zusammen. Ich kann sehen, dass er an sich halten muss, um nicht zurückzuweichen. »Wenn du ihnen die Gelegenheit dazu gibst, werden sie die umbringen, die du liebst.« Er spricht wieder zu mir. »Und sie werden nicht zögern. Niemals. Also darfst du es auch nicht.« Er lässt die Waffe sinken und wir atmen wieder aus.

Pioneer fasst mich am Arm und führt mich zur gegenüberliegenden, noch unbenutzten Zielscheibe. Es ist die Silhouette einer Frau mit einem Kind an der Hand. Ich erstarre. Vermutlich ist das albern, aber ich kann nicht anders.

»Du darfst sie nicht als Menschen wie du und ich betrachten. Sie sind jetzt schon Geister. Die Brüder werden nur uns, ihre Auserwählten, retten. Wenn sich die Erdrotation in drei Monaten umkehrt, werden die meisten Menschen in Minutenschnelle von diesem Planeten getilgt, von Tsunamis, Erdbeben oder Vulkanausbrüchen verschlungen. So haben es mir die Brüder beschrieben und ich habe es euch beschrieben. Immer und immer wieder. Es ist ihr Schicksal, so wie es unser Schicksal ist zu überleben. Misstraust du mir etwa? Glaubst du nicht, dass die Brüder, unsere allwissenden Schöpfer, in ihrer unendlichen Weisheit erkannt haben, wer es verdient, neu anzufangen, und wer nicht? Hat der Zweifel in dir Wurzeln geschlagen?«

Ich schüttele den Kopf und schlucke. Seine Worte treffen mich ins Mark. Er hat recht. Mich dem hier zu widersetzen ist, als würde ich jenen ins Gesicht spucken, die mir geholfen haben, das Licht zu sehen. Was ist los mit mir?

»Würdest du zulassen, dass sie einige von uns mitnehmen, während du zögerst? Liegen wir dir nicht ebenso am Herzen wie du uns? Jene zu erschießen, die deiner Familie Schaden zufügen und den Plan der Brüder gefährden, ist ein Beweis deiner Liebe für uns und deines Glaubens an die Brüder.« Er tätschelt mir die Schulter. »Du bist eine sanfte Seele, Kleine Eule. Das ist der Grund, warum du zu den Auserwählten gehörst. Aber selbst Lämmer müssen manchmal Löwen sein.«

Er benutzt meinen Spitznamen – den Namen, den er mir gegeben hat, weil ich dazu neige, alles zu beobachten und in mich aufzunehmen. Normalerweise mag ich den Namen und den warmen Klang seiner Stimme, wenn er ihn ausspricht, aber jetzt nicht. Heute bewirkt er nur, dass ich mich schwach fühle.

Er drückt mir das Gewehr an die Schulter und zieht behutsam meinen Zopf beiseite, der zwischen der Waffe und meiner Wange liegt. Ich konzentriere mich zuerst auf die Frauengestalt und nehme sie ins Visier. Ich muss tun, was er von mir will. Ich bin es ihm schuldig, uns allen.

»Wenn du diesmal abdrückst, zielst du auf den Kopf oder das Herz«, flüstert Pioneer mir ins Ohr. »Zeig mir, zeig ihnen« – er deutet auf Will, Brian und Marie –, »wie sehr du uns liebst.«

Er tritt zurück und stellt sich neben die anderen. Ich kann ihre Blicke spüren und beiße mir auf die Unterlippe. *Reiß dich zusammen. Sie sind nicht mal echt.* Also ziele ich auf die Brust der Frau. Atme ein und aus. Dann schließe ich im letzten Moment die Augen und drücke ab. Als ich sie wieder aufmache, hat die Figur ein Loch in der Brust.

»Gut. Gleich noch mal!«, befiehlt Pioneer.

Ich nehme mir die kleinere Gestalt vor und versuche, die kleinen Hände und Füße nicht zu sehen. Ich konzentriere mich auf die schwarze Mitte des Sperrholzes. Trotzdem schnürt es mir die Luft ab, als die Kugel davonsaust. Pioneer befiehlt mir, wieder und wieder zu schießen. Als ich fertig bin, sind die beiden Zielscheiben bis zur Unkenntlichkeit demoliert, doch mir ist nicht mehr so übel wie am Anfang. Das Schießen behagt mir immer noch nicht, aber wenigstens zucke ich dabei nicht mehr jedes Mal zusammen.

Pioneer sieht mich mit einem breiten Grinsen an. »Das ist mein Mädchen!« Er zieht mich an sich und gibt mir einen Kuss auf die Stirn. Sein Hemd riecht nach Heu und Gras und Schießpulver. »Dein sanftes Naturell ist das, was ich am meisten an dir liebe. Aber bis diese Welt aufhört zu existieren, stellt dein Naturell leider eine Gefahr dar. Für dich und für uns alle. Du musst dich auf die Monate, die vor uns liegen, vorbereiten. Dich wappnen.« Er hebt mein Kinn an und schaut mir in die Augen. »Lass mich dir dabei helfen, Kleine Eule. Je mehr du dich gegen das wehrst, was ich sage, desto schwerer wird es für dich.« In seiner Stimme schwingt jetzt ein Unterton mit, der die Wärme seiner Umarmung abschwächt. Er lässt mich schaudern.

»Ihr werdet Lyla alle helfen, sich zu besinnen, nicht wahr? Ihr werdet es mich wissen lassen, wenn sie meine ungeteilte Aufmerksamkeit braucht, während wir auf die letzten Tage zugehen?«

Meine Freunde nicken gehorsam. Ich schlucke und konzentriere mich auf das Gras unter meinen Füßen. Jetzt bin ich jedermanns Projekt. Ich kann keinem von ihnen in die Augen schauen. Es ist mir einfach zu peinlich.

»Also schön, der Nachmittagsunterricht beginnt in zwanzig Minuten«, sagt Pioneer. »Räumt auf und beeilt euch. Ich erwarte, dass ihr pünktlich seid.« Er wendet sich ab und geht, ohne sich noch einmal umzuschauen, zum Transporter.

Stille legt sich über uns. Wir nehmen unsere Zielscheiben von ihren Ständern und ersetzen sie durch neue aus dem Schuppen am anderen Ende des Feldes. Der vom Transporter aufgewirbelte Staub fliegt immer noch durch die Luft. Etwas davon gerät mir in die Kehle und ich muss husten.

Als der Schießstand wieder hergerichtet ist, folgen Will und ich Brian und Marie durch das Maisfeld und über die dahinterliegende Straße. Die Stimmung zwischen uns ist steif und angespannt. Ich hasse es, beim Verteidigen eine solche Niete zu sein – selbst auf Marie ist dabei mehr Verlass. Ich habe keine Ahnung, wie ich meine Instinkte umpolen soll, um genauso schnell zu schießen wie alle anderen. Pioneers Hilfe hat daran nichts geändert.

Auf halbem Weg zur Straße dreht Marie sich um und deutet mit dem Gewehr auf den Schießstand. Sie senkt die Stimme und sagt mit völlig unbewegter Miene und leicht mechanischem Tonfall: »Ich komme wieder.« Das bricht das Eis zwischen uns und ich würde sie dafür am liebsten umarmen.

Brian verdreht lachend die Augen. »Was habt ihr beiden nur mit diesen Terminatorfilmen? Ich dachte, die seien eigentlich für Kerle.«

Marie und ich schauen uns an und sie grinst. »Hm, man kommt einfach nicht drum herum, sie zu zitieren, schließlich hat Pioneer sie uns schon zigtausendmal gezeigt. Und wenn Typen mitspielen, die so heiß sind wie dieser Kyle, werden sie auf jeden Fall zu Mädchenfilmen.«

Brian hält sich die Ohren zu. »Das habe ich nicht gehört«, sagt er ein bisschen zu laut. Alle lachen los und auch die letzte verbliebene Anspannung zwischen uns verfliegt. Ich schaue Marie dankbar an und sie zwinkert mir zu. Ich weiß, dass ich es ihr – und Will, Pioneer und allen anderen – schuldig bin, mich zu besinnen. Sie sind meine Leute. Meine Gemeinde. Meine Familie. Ich kann mir nicht länger um den Rest der Welt Gedanken machen. Ihr Schicksal wurde vor langer Zeit entschieden – genau wie meins.

Wenn ich es schaffe,
auch nur einem anderen Menschen zu helfen,
Ruhe und Frieden zu finden, nun, dann kann ich
als glücklicher Mann sterben.

Pioneer, Gemeindeführer

2

Als ich Pioneer das erste Mal sah, war ich gerade mal fünf Jahre alt. Er hatte damals einen anderen Namen, einen, der so ähnlich klang wie die, die wir anderen haben, aber ich weiß nicht mehr, wie er lautete, weil wir ihn, solange ich denken kann, Pioneer nennen.

Damals lebten wir in New York City, in dem Brownstone-Haus, das meine Eltern gekauft hatten, kurz bevor meine ältere Schwester geboren wurde. Ich erinnere mich noch an die rosa-weiß gestreifte Tapete in Karens und meinem Zimmer und an Karens braune Wildlederschuhe für die Schule, die sie immer mitten im Hausflur liegen ließ. Diese Schuhe hielt meine Mutter in der Hand, als wir feststellten, dass meine Schwester verschwunden war. Karen und ich hatten draußen vor dem Haus gespielt – na ja, eigentlich hatten wir uns darüber gestritten, was wir spielen wollten. Karen wollte malen und ich Himmel und Hölle spielen. Ich war hineingelaufen, um sie bei meiner Mutter zu verpetzen, weil sie mich an den Haaren gezogen hatte, und als ich mit Mom wieder herauskam, war sie weg. Niemand hatte etwas gesehen. Es gab keine Hinweise darauf, wohin sie gegangen war oder wer sie mitgenommen haben könnte. Es gab nur ein leuchtend gelbes Stück Kreide und eine fast fertig gemalte Zeichnung unserer Familie auf dem Bürgersteig vor dem Haus. Nur unsere Füße fehlten noch. Damals dachte ich, dass, wer auch immer sie mitgenommen hatte, sie absichtlich an dieser Stelle aufhören ließ, damit wir keine Möglichkeit hatten, ihr zu folgen.

Danach drückte meine Mutter Karens Schuhe pausenlos an ihre Brust – als die Polizisten auftauchten, um Fragen zu stellen, und vor allem, als wenig später die beiden Wolkenkratzer in der City von Flugzeugen getroffen wurden und die Polizei aufhörte, nach meiner Schwester zu forschen und stattdessen anfing, nach Überlebenden zu suchen.

Nicht lange danach kam Pioneer zu uns. Ich erinnere mich noch daran, wie mein Vater ihn ins Haus ließ. Sein Lächeln schien das ganze Zimmer aufzuhellen. Bevor er kam, hatte ich gar nicht gemerkt, wie dunkel es bei uns geworden war, selbst bei eingeschaltetem Licht. Wenn er lächelte, schienen sich seine Augen mit verborgenem Kerzenschein zu füllen, und das ließ mich an den Nikolaus denken oder sogar an Jesus – obwohl er mit seinem kurz geschorenen Haar und dem blassen Teint keinem von beiden ähnelte. Er sah nicht wirklich gut aus, aber er war freundlich, das spürte ich.

Von meiner Mutter habe ich bei den wenigen Malen, an denen sie über diese Zeit sprach, erfahren, dass Pioneer in den Nachrichten von uns gehört hatte. Karens Gesicht sei ihm nicht aus dem Sinn gegangen, habe er ihr erzählt, und Moms Hilfsappelle hätten ihn verfolgt. Als die Türme einstürzten und die Welt vollends aus den Fugen geriet, zog es ihn zu meiner Familie. Uns bei der Suche nach Karen zu helfen sah er als eine Möglichkeit an, sich angesichts der gewaltigen Tragödie um uns herum auf einen kleinen

Teil davon zu konzentrieren und diese dadurch weniger erdrückend wirken zu lassen. Er bot uns an, mit seiner Hilfe die Suche fortzusetzen, und in den nachfolgenden Wochen löste er sein Versprechen ein. Er brachte sogar andere mit, von denen einige später mit uns nach Mandrodage Meadows gingen.

Ich weiß nicht genau, warum wir uns zu Pioneer so hingezogen fühlten. Ich denke, wir spürten einfach, dass er etwas Besonderes war. Meine Familie war ziemlich zurückhaltend und ruhig. Die Gesellschaft anderer hatten wir nie gebraucht, bis eine von uns verschwand. Doch allein konnten wir Karen nicht finden. Wir waren zu verängstigt und traurig, um zu wissen, was zu tun war.

Pioneer hingegen wirkte nie ängstlich oder traurig, er schien sich in allem so sicher zu sein. Fast jede Nacht, während der meine Mutter weinte, saß er stundenlang mit meinen Eltern in der Küche. Oft konnte ich nicht schlafen, sondern lag im Bett und hörte ihre Stimmen. Und dann, wenn die Leere auf Karens Seite des Zimmers immer größer zu werden schien, bis ich sicher war, dass sie mich mit Haut und Haaren verschlingen würde, konzentrierte ich mich auf ihre Stimmen, vor allem auf den tiefen Klang von Pioneers, als wäre er das Einzige, was mich vor dieser Dunkelheit bewahren könnte.

Als er mich das erste Mal ansprach, lag ich bäuchlings auf dem Boden im Wohnzimmer, direkt vor dem Fenster, wo die Sonne den Teppich aufheizte. Es war damals der einzige Platz im Haus, an dem ich mich nicht wie ein Eisklumpen fühlte – innerlich wie äußerlich. Ich malte immer wieder das gleiche Bild: Ich beendete, was Karen angefangen hatte. Ich musste es tun. Wenn ich nicht darauf bestanden hätte, Himmel und Hölle zu spielen, wenn ich mich einfach entschlossen hätte, ebenfalls zu malen, wäre sie jetzt nicht verschwunden. Immer wieder malte ich meine Eltern, meine Schwester und mich auf einem schmalen grünen Grasstreifen, die Hände zu einer durchgehenden Kette verschränkt. Vielleicht dachte ich, wenn ich uns nur oft genug so malte, würde Karen zu uns zurückkommen. Sie war dort auf dem Blatt. Unser Familienbild war komplett. Sie konnte nicht fort sein, nicht wirklich, nicht für immer.

Ich hatte nie sonderlich gern gemalt, nicht wie Karen, trotzdem tat ich tagelang nichts anderes. Ich hoffte, dass sie vielleicht nur böse war und sich versteckte, um mich dafür büßen zu lassen, dass ich sie alleingelassen hatte. Dass sie mir vielleicht verzeihen und nach Hause kommen würde, wenn ich nur genug malte. Außerdem konnte ich bei der Suche nach ihr nicht helfen. Mom ließ mich nicht mehr vor die Tür, nicht allein – und nachdem die Türme eingestürzt waren, überhaupt nicht mehr. Meine Eltern verbrachten die meiste Zeit am Telefon oder sie starrten durchs Fenster auf den Bürgersteig. Es war, als würden sie mich überhaupt nicht mehr oder, schlimmer noch, stattdessen Karen sehen. Nichts war mehr wie vorher. Ich wusste nicht, was geschehen würde, wenn wir meine Schwester nicht fanden. Ich wusste nur, dass ruhig und brav zu sein das war, was alle am dringendsten brauchten. Als Pioneer auftauchte, hatte ich vier komplette Zeichenblöcke mit Bildern gefüllt.

»Was hast du da?«, fragte Pioneer an jenem ersten Nachmittag, als er ins Wohnzimmer kam und mich entdeckte. Er zeigte auf meinen Bilderberg.

Ich starrte zu Boden und zuckte die Achseln. Ich mochte ihn, aber er war ein Außenstehender und das machte ihn beängstigend.

»Darf ich sie mir ansehen?«, versuchte er es wieder und streckte diesmal die Hand aus.

Meine Mutter tippte mir sacht auf die Schulter. Ihr Gesicht war vom Weinen geschwollen, was sie ebenfalls beängstigend aussehen ließ. »Na komm, Süße, zeig ihm deine Bilder.«

Ich holte tief Luft und reichte ihm, ohne ihn anzusehen, einen meiner Zeichenblöcke. Stattdessen konzentrierte ich mich auf seine Hände. Sie waren weich und seine Nägel glänzten. Am liebsten hätte ich sie umgedreht, um nachzuschauen, ob seine Handflächen genauso weich waren.

Pioneer hielt den Zeichenblock eine Weile vor sich und blätterte die Seiten durch. Seine Augen wurden glänzend und feucht und leuchteten dadurch noch intensiver. Er pfiff leise vor sich hin und verzog die Mundwinkel zu einem sanften Lächeln. »Sieht aus, als hätten wir es hier mit einer angehenden Künstlerin zu tun. Ich wette, deine Schwester fände sie toll. Sie sieht genauso aus wie auf den Fotos.« Er wies zum Kaminsims, wo mein Lieblingsfoto von Karen und mir stand.

Ich schaute auf das schwarze Strichmännchen, das meine Schwester sein sollte, mit spiralförmigen gelben Haaren und einer so gut wie nicht vorhandenen Nase, und verzog unwillkürlich den Mund. Selbst mir war klar, dass meine Schwester nicht die geringste Ähnlichkeit mit dieser Bohnenstange hatte, aber irgendwie ließen mich seine Worte sie auf einmal so sehen – weniger wie ein vermisstes Mädchen als wie eine witzige Comicfigur. Es reizte mich zum Lachen und ließ mich für einen Moment vergessen, dass sie nicht wiederkommen würde. Ich biss mir auf die Lippe und schnitt eine Grimasse bei dem Versuch, nicht zu kichern, woraufhin er nur noch breiter grinste.

»Nun lass das Lächeln schon heraus«, sagte er leise. »Du bist zu hübsch, um so traurig in die Welt zu schauen.«

Ich bohrte einen Turnschuh in den Teppich und versuchte nicht zu lächeln. Es schien mir nicht richtig zu sein, nicht, wenn Karens Verschwinden ganz allein meine Schuld war. Aber dann konnte ich nicht länger an mich halten. Ich schaute zu ihm auf und grinste.

**Diese letzten Tage lassen wenig Raum für Angst.
Angst zersetzt den Glauben,
deshalb muss sie auf der Stelle ausgemerzt
und zertreten werden.**

Pioneer, Gemeindeführer

3

Als wir zurückkommen, hat mein Vater Wachdienst. Er steht neben dem kleinen, aus nur einem Raum bestehenden Wachhäuschen unmittelbar vor dem Tor. Ich konzentriere mich auf das Holzschild daneben. WILLKOMMEN IN MANDRODAGE MEADOWS, steht darauf. Die Schrift schwebt über einem sonnenbeschienen Feld, ganz ähnlich dem, von dem wir gerade kommen, abzüglich der Gewehre und Zielscheiben.

Ich meide den Blick meines Vaters. Ich will ihm nicht sagen müssen, dass ich immer noch Probleme mit dem Schießtraining habe, aber aus den Augenwinkeln sehe ich, wie seine Schultern herabsacken, und ich weiß, dass er es bereits erraten hat.

»Es wird schon«, sagt Will leise und nimmt meine Hand. Als mein Vater unsere verschränkten Hände bemerkt, leuchten seine Augen auf. Seit Pioneer Will zu meinem Versprochenen erklärt hat – dem Jungen, den ich nach seinem Willen nächstes Jahr, wenn ich achtzehn bin, heiraten werde –, feiern meine Eltern jede noch so kleine Geste der Zuneigung zwischen uns. Ich frage mich, ob ihnen auffällt, dass diese Gesten stets von Will ausgehen und nie von mir. *Will* ist es mit Sicherheit aufgefallen, aber bislang hat er es nicht angesprochen. Ich bezweifle allerdings, dass es noch lange dauern wird, bis es das nächste Problem wird, an dem ich – nach Wills Meinung und der aller anderen – arbeiten muss.

»Hallo, Kinder, ein wunderschöner Tag, nicht?« Mein Dad klopft Will auf den Rücken und versucht mir die Haare zu zerzausen, obwohl sie zu einem Zopf zusammengebunden sind. Ich schneide eine Grimasse und lasse Wills Hand los, um meine wirren Strähnen wieder in Ordnung zu bringen.

Marie kichert hinter uns. »Als ob *das* helfen würde.«

Ich werfe ihr einen vermeintlich bösen Blick zu, doch in Wirklichkeit hat sie recht. Meine Haare haben mir noch nie gehorcht. Trotz aller Versuche, sie zu bändigen, enden sie immer da, wo sie hinwollen – in einem spaghettiglatten Durcheinander. Spitze Haarsträhnen lugen aus meinem Zopf, als kämpften sie verzweifelt dagegen an, sich biegen zu müssen.

»Ihr seid auf dem Weg zum Unterricht, nicht?«, erkundigt sich mein Dad lächelnd. Er beugt sich ins Wachhäuschen und drückt auf den Knopf, der das große Eisentor vor unserer Siedlung öffnet. Mit lautem Ächzen gleitet es scheppernd hinter die hohe Backsteinmauer, die rund um Mandrodage Meadows verläuft.

»Leider.« Marie runzelt die Stirn. »Es ist viel zu schön hier draußen, um sich im Klubhaus einpferchen zu lassen.«

Dad betrachtet Marie mit dem gleichen Blick wie die meisten Erwachsenen der Gemeinde – als wisse er nicht genau, ob er sie in den Arm nehmen oder bestrafen solle. »Der Unterricht ist wichtig. Wie wollt ihr euch an all das erinnern« – er weist in die weite Landschaft jenseits des Tores – »und daraus lernen, wenn ihr die Geschichte dahinter nicht versteht?«

Ich verdrehe die Augen. Wir haben keine Zeit für einen seiner leidenschaftlichen Vorträge darüber, dass wir die einzige Zukunft sind, die diese Welt noch hat, die Hüter ihrer dem Untergang geweihten Geschichte und Kultur. *Bla, bla, bla.* In New York war er Bauingenieur, aber ich schwöre, dass er eigentlich Geschichtslehrer sein müsste, so besessen ist er davon.

»Wir kommen zu spät, Dad.« Ich deute auf meine Uhr. Pioneer hat den ganzen Tag durchstrukturiert, sogar unsere Freizeit. Nicht zur festgelegten Zeit am festgelegten Ort zu sein bringt einem nur Ärger ein. Und ich habe für einen Tag schon genug Mist gebaut, herzlichen Dank.

»Ja, gut, tut mir leid«, sagt Dad mit einem verlegenen Lächeln. »Dann geht. Wir sehen uns beim Abendessen, Lyla.«

Mandrodage Meadows sieht genauso aus wie jede andere bewachte Siedlung in einer amerikanischen Vorstadt – behauptet jedenfalls meine Mom. Hinter dem Eingangstor befindet sich ein Kreis aus zwanzig Häusern, eines für jede Familie, die hier lebt. Sie sind aus geschichtetem Stein und Holzplatten gebaut und sehen ein bisschen aus wie Berghütten. Die urige Holzatmosphäre habe ich schon immer gemocht.

Im Zentrum des Kreises liegt ein großer begrünter Platz mit einem Teich, Gärten und einem Picknickbereich, und dahinter – dort, wo die Häuser enden – befinden sich unser Klubhaus, der Pool, die Holzwerkstatt, die Scheune und die Stallungen. Ganz am Ende des Geländes sind die Obstgärten, die gleich hinter den Wiesen, auf die die Tiere zum Grasen hinausgelassen werden, an die Steinmauer grenzen. Und direkt unter ihnen liegt das Silo, unsere unterirdische Zuflucht, die schweigend darauf wartet, dass die nächsten drei Monate vergehen und die Apokalypse über uns hereinbricht. Beim Gedanken daran zieht sich mir die Brust zusammen, also versuche ich das Silo die meiste Zeit zu ignorieren, was nicht leicht ist, weil seine Ausläufer sich praktisch unter jeden

Zentimeter Boden erstrecken, über den wir hier gehen. Ich schaue in den endlos weiten Himmel, atme die frische Luft ein und versuche mich auf den bevorstehenden Unterricht oder auf Maries pausenloses Geplapper zu konzentrieren. Es klappt nicht besonders gut.

Manchmal scheint mir, als hätten unsere Familien viel zu viel Geld und Mühe darauf verschwendet, die überirdischen Gebäude so schön zu gestalten, wo doch am Ende alles zerstört werden wird. Aber Pioneer sagt, abgesehen davon, dass unsere Familien dadurch in den letzten zehn Jahren eine komfortable Heimat hatten, diene die behagliche Normalität auch als Ablenkung für jene, die zufällig auf uns stoßen. Besucher sähen uns als äußerst zurückgezogen lebende exzentrische Vorstädter und würden mit Sicherheit nicht vermuten, dass wir unter den Obstgärten eine unterirdische Zuflucht angelegt haben oder ein komplettes Waffenarsenal besitzen, um uns zu verteidigen. Selbst der Name unserer Siedlung verstärkt diesen Eindruck. »Mandrodage Meadows« klingt ein bisschen hochnäsig und könnte fast aus dem Französischen stammen. Wir sind die Einzigen, die wissen, dass es sich um ein Anagramm für »Armageddon Meadows« handelt – ein Insiderwitz, den Pioneer sich ausgedacht hat.

Wir joggen den ganzen Weg bis zum Klubhaus und erreichen den Versammlungsraum gerade noch rechtzeitig, bevor Pioneer eintrifft. Er geht an seinen Platz am Kopfende des Raums und setzt sich mit übergeschlagenen Beinen auf den Resopaltisch, der dort steht. Dann lehnt er sich auf den Händen zurück und lächelt uns an. Alles in allem sind wir dreißig – sämtliche Kinder der Gemeinde –, alle etwa im gleichen Alter. Es gibt genauso viele Jungen wie Mädchen; das sicherzustellen hatten die Brüder Pioneer aufgetragen, als er die Familien aussuchte, die hierherziehen sollten. Auf diese Weise haben wir alle jemanden, der uns versprochen ist.

Will mir, Brian Marie und so weiter. Kein Detail unseres Lebens wird dem Zufall überlassen.

Pioneer nimmt eines der dicken Bücher neben sich in die Hand und schlägt es auf den Knien auf. Er räuspert sich. »Heute wollen wir uns mit Geschichte beschäftigen, insbesondere mit historischen Gestalten, deren falsche Entscheidungen – deren … Zögern – nicht nur ihr Land, sondern auch ihre Mitmenschen in Gefahr gebracht haben.« Er legt eine Pause ein, schaut mich an und lächelt. »Historische Feigheit ist unser heutiges Thema. Irgendwelche Gedanken dazu … Kleine Eule?«

Seine Worte überrumpeln mich. Wieder beginnt mein Gesicht zu brennen. Alle Augen sind abwartend auf mich gerichtet. Obwohl Will, Brian und Marie die Einzigen sind, die wissen können, was beim Schießtraining vorgefallen ist, fühle ich mich bloßgestellt. *Hat er wirklich vor, mich bei den anderen zu verpetzen?*

»Äh, eigentlich nicht, nein«, sage ich. Die anderen lachen nervös. Die Atmosphäre ist angespannt. Ich weiß, dass ich nicht die Einzige bin, die es spüren kann. Aber dann lacht Pioneer und beginnt einen weitschweifigen Vortrag über George B. McClellan, einen General der Unionsstaaten, der sich während des Sezessionskriegs immer wieder weigerte, in die Schlacht einzugreifen, selbst wenn er klar im Vorteil war – mein historisches Ebenbild, nehme ich an. Pioneer ist offensichtlich weiter darauf aus, mich zu reformieren.

Am liebsten würde ich einen guten Grund vortäuschen, um den Raum zu verlassen: ihn bitten, auf Toilette gehen zu dürfen, Übelkeit vorschützen oder sonst irgendetwas, damit ich nicht länger hier sitzen muss. Will legt mir die Hand auf das Bein, drückt es ein bisschen zu fest und zwingt mich damit zu bleiben. Beifällig nickt er mit dem Kopf, während Pioneer redet. Offensichtlich stimmt er mit diesem überein. Wills Entschlossenheit, die Gemeinde zu beschützen, wirkt manchmal schon fast krankhaft.

Ich unterdrücke den Impuls, mein Bein loszureißen. Wenn ich jetzt davonlaufe, beweise ich damit nur, was alle ohnehin schon ahnen: dass ich ein Feigling bin und sie vehementer daran arbeiten müssen, mich wieder in die Gemeinschaft einzugliedern. Diese Art von Aufmerksamkeit macht mir mehr Angst als alles andere.

Nach dem Unterricht laufe ich wortlos hinaus. Am liebsten würde ich mich an den Teich setzen und malen oder zur Koppel hinauslaufen und Indy satteln, aber ich weiß, dass Will mir einfach folgen würde, und ich will ihn im Moment nicht sehen. Sein Drang nach Perfektion in allen Belangen, selbst beim Befolgen von Regeln, ist manchmal einfach nervtötend, und sein Verhalten eben im Unterricht hat mich mehr als nur ein bisschen sauer gemacht. Er muss mich wirklich nicht an all das erinnern, woran ich arbeiten sollte! Also gehe ich stattdessen nach Hause.

Meine Mutter steht in der Küche und bereitet das Abendessen vor. Es ist Sonntag, der einzige Tag in der Woche, an dem wir in unseren eigenen Häusern essen. Alle anderen Mahlzeiten werden mit dem Rest der Gemeinde im Speisesaal des Klubhauses eingenommen. Ausnahmsweise bin ich froh darüber, dass es Sonntag ist. Heute Abend weder Will noch Pioneer sehen zu müssen ist der einzige Lichtblick an diesem total verkorksten Tag.

Ich bleibe im Türrahmen stehen und sehe meiner Mutter beim Gemüseschnippeln zu. Sie hebt einen Fuß und kratzt sich mit der Zehe hinten an der Wade. Ihre Haare sind zu einem unordentlichen Pferdeschwanz zurückgebunden. Das einfallende Licht betont das Rotgold in ihnen und verdeckt das sich einschleichende Grau. Sie ist kleiner als ich, und obwohl wir beide blass sind, wirkt sie wesentlich dünner und zerbrechlicher. Wenn ich, wie jetzt, hinter ihr stehe, fühle ich mich nicht nur größer, sondern auch kurviger – robuster, wie ein Kaffeebecher neben einer feinen Porzellantasse.

Sie dreht sich um und will den Berg aus Gurken und Tomaten in eine Schüssel mit kalten Nudeln geben, als sie mich entdeckt. »Hallo, Lyla. Das Essen ist fast fertig. Kannst du bitte nach deinem Vater suchen?«

»Klar.« Ich trete neben sie, um eine Gurkenscheibe aus der Schüssel zu fischen, aber sie schlägt mir auf den Handrücken. Etwas in mir drängt mich, ihr zu erzählen, was auf dem Feld los war … aber wird sie mich verstehen? Ich weiß, dass es ihr beim Schießen nicht anders ergeht als mir und sie in den Zielscheiben echte Menschen sieht, doch bei ihr ist es genau umgekehrt wie bei mir. Sie sieht den Menschen, der Karen mitgenommen hat, und hat noch nie danebengeschossen. Nicht ein einziges Mal.

Ich beschließe, lieber zu gehen und sie das Essen allein vorbereiten zu lassen. Beim Rausgehen höre ich sie vor sich hin summen. Wenn ich das nächste Mal schieße, sollte ich versuchen, mir ebenfalls denjenigen vorzustellen, der Karen mitgenommen hat, aber ich weiß, dass ich dabei nicht das Gleiche empfinden kann wie sie. Karen ist für mich kein Mädchen aus Fleisch und Blut mehr, sie ist eine verschwommene Erinnerung, ein weiterer Faktor in meinem Leben, der mir ein schlechtes Gewissen bereitet. Kann ich den Schmerz nicht so empfinden wie Mom, weil meinem Herzen ein entscheidender Teil fehlt? Bin ich wirklich genau wie McClellan, feige und selbstsüchtig? Das Schlimmste ist, dass ich wahrhaftig gut sein und tun *möchte*, was man von mir erwartet. Warum also zögere ich dann immer noch?

»Und, wie war das Schießen heute?«, fragt Dad zwischen zwei Gabelladungen Pastasalat, nachdem wir uns zum Essen gesetzt haben. Ich seufze schwer und lege die Gabel auf das Platzdeckchen. Als ich wieder aufschaue, sehe ich als Erstes das Bild von Pioneer, das an unserer Küchenwand hängt. Ich habe immer das Gefühl, der echte Pioneer würde mich daraus beobachten. Das war's mit meinem Appetit.

»Irgendwie habe ich das Gefühl, dass du schon weißt, wie es war«, murmele ich.

»Ich hätte da einen Verdacht.« Dad lehnt sich auf seinem Stuhl zurück und schaut mich an. Moms Blick wandert von ihm zu mir und wieder zurück. Jetzt komme ich in den zweifelhaften Genuss, ihr erzählen zu dürfen, was passiert ist, nachdem ich es versäumt habe, es gleich zu tun, und darf mir dann von beiden einen Vortrag anhören. *Super!* Ich drücke mit den Fingern auf die Gabelzinken, dass der Stiel auf den Tisch knallt.

»Kniescheiben«, sagt Dad zur Erklärung und meine Mutter macht ein »Ah-ja«-Gesicht. Meine Schießgewohnheiten sind für die beiden anscheinend keine große Überraschung mehr.

»Ich habe heute auch ins Herz getroffen, okay? Pioneer hat schon mit mir darüber geredet. Ich weiß, was ich zu tun habe.« Ich lehne mich zurück und schaue zur Decke.

Dad wischt sich mit der Serviette den Mund ab. »Das haben wir nie bezweifelt. Aber bringst du es auch fertig, wenn dir ein Gesicht entgegenstarrt und kein schwarzes Stück Sperrholz?«

»Wenn es sein muss, schon«, sage ich, aber ich bin keine große Lügnerin. Ich kann nicht mal mich selbst überzeugen.

»Es würde mir leichter fallen, das zu glauben, wenn du richtig schießen würdest, ohne dass Pioneer dich vorher dazu drängen muss«, sagt Dad.

Ich schaue zu Mom hinüber. Ich hatte gehofft, sie würde vielleicht aus Mitleid das Thema wechseln, aber sie und Dad halten sich an der Hand und bilden eine vereinte Front.

Dad schaltet in seinen Vortragsmodus. »Hör mal, keiner von

uns will Menschen verletzen. Das verstehst du doch, oder? Aber wenn wir überleben wollen, müssen wir vielleicht schon bald ein paar harte Entscheidungen treffen. Die Gemeinde hat viele Jahre in Sicherheit gelebt, trotzdem sind wir für die Städte im Umkreis immer noch ein Gegenstand der Neugierde. Glaubst du denn, sie fragen sich nicht, warum wir hier draußen so isoliert leben? Und glaubst du nicht, dass ihnen ein Licht aufgeht, sobald sich die Erdrotation umkehrt? Wir haben nur genug Vorräte für unsere eigenen Leute eingelagert und selbst das ist vielleicht nicht genug. Wenn die Leute hier auftauchen und Schutz suchen, werden sie sich nicht mit einem ›Tut uns leid, wir sind schon voll‹ zufriedengeben und wieder abziehen. Sie werden kämpfen.« Je länger Dad mich belehrt und je mehr er sich in das Thema hineinsteigert, desto lauter wird er. »Willst du wirklich riskieren, dass einer von uns stirbt, nur damit du dein eigenes fehlgeleitetes Gewissen entlasten kannst?«

»Du sprichst viel zu gut von ihnen, Thomas.« In den Augen meiner Mutter schimmern Tränen. »Die Leute da draußen sind Monster. Sie sind böse. Jeder Einzelne von ihnen. Sie gehören vom Erdboden getilgt und haben unser Mitleid nicht verdient. Die Brüder haben uns seit Jahren beobachtet. Sie kennen die Motive der Außenstehenden. Wir sind die Auserwählten, diejenigen, die wahre Rechtschaffenheit und Barmherzigkeit bewiesen haben. Uns ist es bestimmt zu überleben, nicht ihnen. Und wenn sie vor dem Ende hierherkommen – oder nachdem die Katastrophen eingesetzt haben –, dürfen wir kein Mitleid mit ihnen haben. Niemals. Wir würden sonst nur helfen, das Böse am Leben zu erhalten, und all das, alles, was wir hier aufgebaut haben, wäre umsonst.« Sie hat angefangen zu zittern. Ich sehe, wie sie zu Pioneers Bild hinüberschaut. Sie streckt die Hand aus und streicht mit den gleichen unsicheren Bewegungen über den Bilderrahmen, mit denen sie auch über Karens Schuhe reibt. Wenn Pioneer uns wirklich durch dieses Bild beobachten kann, empfindet sie das wahrscheinlich als beruhigend.

Ich starre auf meinen Teller. Tränen vernebeln mir die Sicht und verwandeln alles in ein abstraktes Gemälde. »Ich weiß nicht, was mit mir los ist, okay? Ich will ja tun, was getan werden muss, das könnt ihr mir glauben … aber ich, ach, ich weiß auch nicht. Ich erstarre dann einfach.«

Ohne die Hand meines Vaters loszulassen, legt Mom mir ihre zweite Hand auf die Schulter und Dad tut das Gleiche auf der anderen Seite. Jetzt sind wir alle miteinander verbunden.

»Es ist nicht falsch, sich zu verteidigen, Liebes. Falsch wäre es, nicht zu kämpfen, um diejenigen, die du liebst, am Leben zu erhalten«, sagt Mom.

Sie haben natürlich recht. Ich könnte es nicht ertragen, wenn ihnen etwas zustoßen würde, ihnen oder Will oder Marie. Ich war selbstsüchtig und, schlimmer noch, dumm. Ich muss mich bessern.

»Von jetzt an schieße ich richtig.« Ich spreche die Worte aus wie einen Schwur – vor ihnen und vor mir selbst. Ich bin kein kleines Kind mehr. Ich kann nicht einfach ausblenden, was geschieht. Es ist Zeit, erwachsen zu werden.

Wer sich selbst immer wieder in Gefahr bringt,
ist ein Narr.
Wir müssen tun, was notwendig ist, um zu überleben
und die zu schützen, die wir lieben.

Pioneer, Gemeindeführer

4

Wir haben Karen nie gefunden. Wie viele, viele andere New Yorker in jenem Herbst beerdigten wir einen leeren Sarg und versuchten uns einzureden, eine Beerdigung ohne Leichnam sei etwas genauso Endgültiges. Als es vorbei war, konnte meine Mutter nicht nach Hause zurück, an den Ort, an dem es nichts gab als Erinnerungen an das, was wir verloren hatten. Die Stadt begann sich wie ein fremdes Land anzufühlen, das nicht mehr das unsere war.

Wir verbrachten einige Monate in einer Mietwohnung, während meine Eltern sich darüber klar zu werden versuchten, was wir tun und wohin wir nun gehen sollten. Meine Mutter nahm mich von der Schule und versprach, mir das Alphabet selbst beizubringen, doch die meiste Zeit lag sie unter der Bettdecke und starrte aus dem Fenster, während ich den ganzen Tag allein durch die Wohnung wanderte. Ich malte ununterbrochen. Offenbar versuchte ich immer noch, die Dinge wieder ins Lot zu bringen.

Meine Mutter hatte ständig Angst – Angst, dass jemand mich mitnehmen würde, Angst vor weiteren terroristischen Angriffen. Mein Dad sprach nicht viel, aber das war auch nicht nötig. Seine

Augen waren so leer, wie der Sarg es gewesen war. Wir waren oft allein. Schon vor Karens Verschwinden hatten meine Eltern nicht viele Freunde besessen. Und da meine Mutter in einem Pflegeheim aufgewachsen und mein Vater ein Einzelkind war, dessen Eltern schon vor meiner Geburt gestorben waren, gab es auch keine Großeltern oder Onkel und Tanten, die kommen und uns hätten trösten können.

Pioneer war der Einzige, der uns besuchte. Er kam immer wieder und versuchte, uns zu helfen, wo er nur konnte. Er schien zu glauben, unsere Probleme lösen zu können. Er sagte uns, dass wir nicht allein wären. Viele der Leute, die er kannte, hätten ebenfalls ständig Angst, sie wären es leid, in einer Welt zu leben, die sich anfühlte, als stünde sie am Rand der Zerstörung. Er erzählte uns, dass sie ihre Mittel zusammenwerfen würden, um das aufzubauen, was er »die Gemeinde im Westen« nannte, und damit einen eigenen Weg zu gehen, so wie es die Menschen vor langer Zeit getan hatten. Meinen Eltern gefiel die Vorstellung von endlos weitem Land und Himmel, einem Ort, wo man Probleme von Weitem auf sich zukommen sah und handeln konnte, bevor sie auf der Türschwelle standen. Pioneer meinte, als Bauingenieur könnte man meinen Dad beim Bau der Siedlung gut gebrauchen. Sicher sollte sie werden, so sicher, dass wir niemals wieder fortmüssten.

Mein Dad verließ die Stadt als Erster. Er zog fast augenblicklich mit Pioneer und einigen der anderen fort. Meine Mutter und ich blieben zurück, um das Haus, die Möbel und alles, was wir nicht im Flugzeug mitnehmen konnten, zu verkaufen. Wir begannen unser neues Leben mit so wenig wie möglich aus unserem alten, aber das machte mir nichts aus. Endlich verhielten meine Eltern sich wieder ein bisschen mehr wie sie selbst, zum ersten Mal seit mehr Monaten, als ich zählen konnte, spürte ich, dass für uns das Leben wieder anfing. Und das wünschte ich mir mehr, als ich es laut zu sagen wagte, ohne mich dafür schuldig zu fühlen, dass ich mir nach der Sache mit Karen überhaupt noch etwas wünschte.

Mandrodage Meadows hatte damals nicht die geringste Ähnlichkeit mit heute. Die Rohbauten dessen, was einmal unsere Wohnhäuser und das Klubhaus werden sollten, standen schon, aber im Großen und Ganzen war es nicht mehr als ein großes offenes Feld voller Wohnwagen und Zelte. Ich war begeistert. Es war ein einziges großes Abenteuer, wie etwas aus einem Buch.

Während meine Mutter unseren winzigen Wohnwagen einrichtete, unsere wenigen Sachen auspackte und die Betten machte, holte ich meinen Zeichenblock heraus und begann im großen Bogen um den Wohnwagen herumzugehen. Ich wollte nicht zusehen, wie sie Karens Schuhe neben der Eingangstür platzierte. Sie rief mir durch das Fenster zu, ich solle in der Nähe des Wagens bleiben, und das tat ich, auch wenn ich darauf brannte, auf Entdeckungsreise zu gehen. Also zeichnete ich stattdessen und versuchte meine ganze Rastlosigkeit und Aufregung auf Papier zu bannen.

»He, du bist das neue Mädchen!«, rief ein Junge, der etwa in meinem Alter zu sein schien, zwischen zwei in der Nähe stehenden Zelten. Er hatte Unmassen von Sommersprossen und seine Haare standen in alle Himmelsrichtungen ab, aber er gefiel mir. Alles an ihm stimmte mich fröhlich. Er kam zu mir herübergetrabt.

»Ich bin Will.« Er hielt mir die Hand hin, damit ich sie schütteln konnte, eine seltsam formale Geste für ein Kind. Er schien sehr bemüht zu sein, mich nicht zu verschrecken, sodass ich mich fragte, wie viel er bereits über meine Familie wusste.

»Ich bin Lyla«, sagte ich leise.

Will nickte kurz und wir starrten uns einen Moment lang an, bevor er mich anlachte. »Willst du was spielen?«

Ich war ein bisschen schüchtern. Bis zu diesem Zeitpunkt hatte ich nicht viele Freunde besessen, sondern hauptsächlich mit Karen gespielt. Ich nickte und starrte zu Boden.

»Dann komm mit. Die anderen sind draußen am See und spielen Ball. Spielst du manchmal Baseball?«

Ich zuckte die Achseln. »Nein.«

»Ich bring's dir bei. Ist nicht schwer.« Will fasste nach meiner Hand, um mich mit sich zu ziehen, als meine Mutter die Wohnwagentür aufmachte und herausschaute. Ich dachte, sie würde durchdrehen und mich zu sich in den Wagen zerren, aber stattdessen lächelte sie leicht.

»Sieht aus, als würdest du bereits Freundschaft schließen, Süße.«

»Will sagt, ich soll mitkommen zum Ballspielen«, murmelte ich – so leise, dass sie es fast nicht hören konnte. Ich war überzeugt, sie würde Nein sagen. Schließlich hatte sie mich fast ein Jahr lang nicht aus den Augen gelassen, aber zu meiner Überraschung vertiefte sich ihr Lächeln.

»Na, das wäre doch toll«, sagte sie gedehnt. Ich sah zu ihr auf, prüfte das Spiel von Licht und Schatten in ihren Augen und versuchte herauszufinden, ob sie das wirklich ernst meinte.

»Ich komme einfach mit und lese ein Buch, während ihr spielt. Wartet einen Moment.« Mom duckte sich wieder in den Wohnwagen und ich starrte ihr hinterher. Sie würde mich spielen lassen. Natürlich kam sie mit, aber das war mir egal. Ich würde wieder mit anderen Kindern zusammen sein. Ich legte meinen Zeichenblock neben der Wohnwagentür ins Gras und hüpfte zwischen Mom und Will den ganzen Weg bis zum See vor mich hin. Dort waren haufenweise Kinder in meinem Alter, die durchs Gras purzelten, Bälle fortschlugen und einander beiseiteschubsten, während sie von Base zu Base rannten. Zum ersten Mal seit Langem wollte ich nicht mehr malen, was ich sah, sondern daran teilhaben.

Wir spielten, bis wir die Hand nicht mehr vor den Augen sehen konnten. Meine Mutter blieb und sah mir stundenlang zu, aber irgendwann zog sie sich zu den Wohnwagen und den anderen Erwachsenen zurück, die sich dort versammelt hatten. Seit Karens Verschwinden hatte sie mich nicht mehr so von der Leine gelassen. Es fühlte sich gut an, wie das Strecken meiner Beine nach dem langen Flug, den wir unternommen hatten, um hierherzukommen.

An diesem Abend aßen wir zum ersten Mal mit der Gemeinde zu Abend. Ich genoss es, weil es am Tisch niemals still war, nicht wie zu Hause in New York. Wir aßen im Freien, wo Pioneer Burger grillte und mein Dad sich mit einigen anderen Männern über Baupläne beugte.

Später lag ich im Gras, den Bauch voller Kartoffelsalat und Wassermelone. Ich war zu müde, um länger aufrecht zu sitzen. Ich konnte mich nicht erinnern, mich jemals so verausgabt zu haben. Will lag neben mir und wir warfen uns gegenseitig Weintrauben in den Mund. Rund um uns herum lachten, redeten und aßen die Leute. Ich konnte gar nicht aufhören zu lächeln. Ich hatte einen neuen besten Freund und jede Menge Platz zum Herumtollen. Ich wollte niemals wieder fort. Ich war zu Hause.

Ich wache über diese Menschen. Sie haben ihr Wohlergehen,
ihre gesamte Zukunft, in meine Hände gelegt.
Das ist eine gewaltige Verantwortung, keine Frage.
Aber ich will es nicht anders.

Pioneer, Gemeindeführer

5

Sobald am nächsten Morgen die ersten Sonnenstrahlen in mein Zimmer strömen, ziehe ich ein paar Klamotten über und laufe zu den Stallungen. Ich will vergessen, was gestern war, will eine Meile Prärie zwischen mich und jeden Gedanken an Selbstverteidigung bringen. Aber natürlich muss ich mich stattdessen damit zufriedengeben, Indy in der Koppel zu reiten.

Beim Reiten bekomme ich immer einen klaren Kopf und es beruhigt mich. Ich bin sicher, wenn ich heute nur lange genug auf dem Pferd sitze, schaffe ich es, meine Gedanken zu ordnen und mich ganz auf das zu konzentrieren, was ich tun muss. Außerdem liebe ich den Stallgeruch. Es ist eine nicht sonderlich dezente Mischung aus Heu, warmem Sattelleder und Dung, was sich wegen dem Pferdemist ziemlich eklig anhört, eigentlich aber wirklich angenehm riecht. Ich wünschte, es gäbe eine Möglichkeit, diesen Geruch in meine Bilder zu übertragen, denn irgendwie trägt er ebenso zur Schönheit dieses Ortes bei wie die Landschaft.

Indys Box ist die letzte auf der rechten Seite. Er schnaubt bereits ungeduldig und tritt gegen die Tür. Er weiß, dass ich komme und wie immer Möhren dabeihabe.

»Hallo, mein Junge. Bereit für einen Ausritt?« Er stupst mit dem Maul gegen meine Finger, als ich ihn füttere.

Wir reiten hinaus in die Mitte der Koppel. Es ist immer noch ziemlich still und das gibt mir das Gefühl, als wäre ich ganz allein. Die anderen sind fast alle noch dabei, sich für den Tag fertig zu machen, nur Indy und etwa ein Dutzend träge Fliegen leisten mir Gesellschaft. Ich reite mit Absicht so früh. Ich liebe es, das Gelände für mich allein zu haben.

Ich drücke Indy die Absätze in die Flanken und er prescht vorwärts. Wir wechseln von lockerem Trab zu Kantergalopp und ich lehne mich im Sattel zurück und schalte den Kopf ab. Das Einzige, was diesen Morgen noch besser machen könnte, wäre ausreichend Platz, um Indy richtig laufen zu lassen. Doch dazu ist die Koppel zu klein und allein dürfen wir nicht in die Prärie hinausreiten. Wir müssen in der Gruppe bleiben, was für mich dem Sinn des Ausreitens widerspricht. Also gebe ich mich mit der Koppel zufrieden und tue so, als wäre sie größer, als sie ist, nicht bloß ein pferdegroßes Hamsterrad. Als die ersten Gemeindemitglieder ihre morgendlichen Pflichten in Angriff nehmen, fühle ich mich besser und entspannter. Ich *kann* tun, was ich tun muss. Ich *werde* tun, was ich tun muss. Von jetzt an werde ich mich Pioneers Willen nicht mehr widersetzen.

Eine Stunde später habe ich mit Brian vor dem Tor Wachdienst. Ich habe noch nie verstanden, warum hier rund um die Uhr kontrolliert wird. Es ist nicht gerade so, als bekämen wir regelmäßig Besuch – eigentlich niemals. Diesmal jedoch ist es der Fall. Eine Staubwolke hinter sich herziehend, fährt ein Wagen über die unbefestigte Straße, die zu unserer Siedlung führt.

Brian bemerkt ihn als Erster. Wir spielen gerade UNO und ich bin dabei, mein Gewinnerblatt abzulegen, als er sich auf dem Stuhl vorbeugt und aus dem Vorderfenster späht. Dann schnappt er sich das Fernglas, flucht leise und holt das Funkgerät aus dem Arbeitstisch unter dem Fenster.

»Pioneer, da kommt jemand.« Er lässt den Sprechknopf los und das Funkgerät rauscht einen Moment.

»Ein Wagen?«

»Ja, Sir.«

»Bin unterwegs.«

Ich schnappe mir das Fernglas vom Tisch, um mir den näher kommenden Wagen genauer anzusehen. Es ist ein Polizeifahrzeug, höchstens noch ein paar Meilen entfernt, erkenne ich, nachdem ich das Fernglas schärfer gestellt habe. Obwohl der Lichtbalken oben auf dem Wagen nicht blinkt, läuft es mir kalt über den Rücken und ich habe ein mulmiges Gefühl im Bauch.

»Sieh noch mal hin, Brian.« Ich reiche ihm das Fernglas.

»Schöne Scheiße«, murmelt er, schnappt sich eine der unter dem Tisch versteckten Pistolen und schiebt sie sich in den Hosenbund, ehe er sein Hemd darüberzieht. Wieder ruft er Pioneer an.

»Begrüße sie erst mal wie willkommene Gaffer. Noch gibt es keinen Grund zur Aufregung«, sagt Pioneer. Wir bezeichnen jeden, der aus Neugier in unsere Siedlung kommt, als Gaffer. Ein willkommener Gaffer ist jemand, den wir nicht vom Tor abweisen.

Ich schrecke zusammen, als die Sirene unserer Anlage mit halber Lautstärke drei kurze Töne ausstößt – gerade laut genug, um innerhalb der Mauern gehört zu werden –, unser Code für unerwarteten Besuch. Im Grunde bedeute er nichts anderes als: »Seid wachsam, aber macht ganz normal weiter.« Ein paar Leute werden zu den Obstgärten hinausfahren und sicherheitshalber einen Transporter quer über den Weg stellen, der zum Eingang des Silos führt, und unsere Waffen müssen schnell weggeräumt werden. Mit anderen Worten, wir müssen die Vorstadtsiedlung herauskehren und die Apokalypse verschwinden lassen.

Ich streiche mir über Shorts und T-Shirt und dann über die Haare. Nicht, dass irgendetwas an mir etwas anderes verraten würde als die Tatsache, dass ich einfach stinknormal aussehe – was in diesem Fall vermutlich ganz gut ist.

»Bleib locker, Lyla«, knurrt Brian. »Und hör auf, an deinen Klamotten rumzufummeln.«

Ich setze ein Lächeln auf, merke aber, dass es völlig gespielt wirkt, und beiße mir stattdessen auf die Lippe. Brian verdreht die Augen und stöhnt. »Oh Mann, du bist wirklich das Letzte bei so was. Bleib einfach hinter mir, 'kay?«

Wenige Minuten später hält das Polizeiauto neben dem Wachhäuschen.

»Warte hier«, sagt Brian, als er die Tür öffnet.

Drei Leute sitzen im Wagen. Die beiden Männer auf den Vordersitzen kann ich deutlich sehen, aber die Person auf der Rückbank ist hinter dem Beifahrer verborgen und ich kann nur den oberen Teil seines Kopfes erkennen. Auf der Fahrerseite gleitet das Fenster herab, als Brian herantritt. Ich lehne mich aus der Tür, um besser hören und sehen zu können. Der Fahrer ist ein Mann im Alter meines Vaters. Das Auffälligste an ihm sind seine Augen. Sie wirken wach, aufmerksam – und streng in diesem sanft gerundeten Gesicht.

»Hallo.« Lächelnd schaut er zu Brian auf, während er ihn gleichzeitig taxiert. »Ich suche Mr Gerald Brown. Er lebt doch hier, oder?«

Brian legt eine Hand auf das Wagendach und beugt sich herab. »Jawohl, Sir. Darf ich fragen, wofür Sie ihn brauchen?«

»Seine Schwester sucht nach ihm. Eine Familienangelegenheit.« Der Mann mustert Brian von oben bis unten, registriert die breite Brust und das heraushängende Shirt. »Nichts Beunruhigendes. Ich nehme doch an, dass wir hier willkommen sind?« Trotz seines strahlenden Lächelns hat seine Stimme einen herausfordernden Unterton und Brian zuckt ein bisschen zusammen. Ich ziehe mich ins Wachhäuschen zurück und lege die Hand auf die unter dem Tisch verborgene Pistole. Ich bin mir nicht sicher, was ich tun werde, falls ich sie brauchen sollte, aber so haben wir es von Pioneer gelernt.

»Sie sind auf jeden Fall willkommen, Sir«, sagt Brian mit überzeugender Gelassenheit und ich gestatte mir ein Aufatmen; allerdings ohne die Pistole loszulassen. »Wir halten Besuche nur gern schriftlich fest.«

Der Mann nickt und lehnt sich fürs Erste zufrieden zurück. Brian dreht sich zu mir um und deutet aufs Tor. Ich nehme die Hand von der Pistole und drücke auf den Knopf, der es öffnet. Der Wagen rollt langsam vor und der Fahrer winkt mir im Vorbeifahren zu. Die Person im Fond ist jetzt hinter den Fahrer gerückt und schaut ebenfalls zu mir heraus. Es ist ein Junge in meinem Alter.

Ich starre ihn an. Er sieht gut aus – was nicht heißen soll, dass ich seine körperlichen Merkmale bereits komplett abgespeichert hätte. Im Gegenteil. Ich kann weder sagen, was für Augen, noch welche Haarfarbe er hat, es ist mehr ein spontanes Bauchgefühl – atemberaubend und beunruhigend. Ich kann einfach nicht wegschauen. Er lächelt mir zu und ich weiche ein wenig zurück.

Brian schaut mich böse an. »Lass das nervöse Getue und komm mit. Du führst dich echt seltsam auf.«

Ich zwinge mich, ihm zu folgen. Wir trotten hinter dem Wagen her, während dieser auf das Tor zurollt, das jetzt halb offen ist. Dahinter steht Pioneer. Er hat sein breitestes, wärmstes Lächeln aufgesetzt, winkt den Wagen weiter und zeigt den Männern, wo sie parken sollen. Ich versuche nicht auf den Jungen auf dem Rücksitz zu achten. Ich will ihn nicht anschauen, aber ich weiß, dass er Brian und mich durch die Heckscheibe beobachtet. Stattdessen konzentriere ich mich auf Pioneer und lasse Brian ein Stück vor mir gehen, was mich erfolgreich vor den Blicken des Jungen verbirgt.

Die beiden Männer auf den Vordersitzen steigen sofort aus. Obwohl sie sich in ihren Uniformen sehr ähnlich sehen, lässt die Art, wie der zweite Mann sich ein wenig hinter den Fahrer stellt, erkennen, dass dieser das Sagen hat. Sie schütteln Pioneer nacheinander die Hand und tauschen Freundlichkeiten aus. Brian und ich lungern am Tor herum, weil wir nicht sicher sind, ob wir hereinkommen oder weiter Dienst schieben sollen.

Der Junge auf dem Rücksitz lässt sich Zeit beim Aussteigen. Er trägt keine Uniform wie die beiden anderen. Jetzt, wo ich ihn richtig sehen kann, wirkt sein Haar sogar noch widerspenstiger, als ich ursprünglich vermutet hatte. Es besteht aus ungefähr einem Dutzend verschiedener Brauntöne und ist am Oberkopf, dort, wo die Sonne darauffällt, am hellsten. Er schiebt sich eine Strähne aus den Augen und nickt uns zu, bevor er sich zu den anderen gesellt.

»Was glaubst du, worum es geht?«, frage ich Brian flüsternd.

Er zuckt die Achseln. »Kann mir nicht vorstellen, dass es was Gutes ist.«

»Was können sie von Mr Brown wollen?«, wundere ich mich.

»Da bin ich überfragt. Vielleicht hat er was getan, was er besser gelassen hätte, als er das letzte Mal Vorräte besorgt hat.«

»Aber er war schon lange nicht mehr in der Stadt«, wende ich ein.

Pioneer schaut zu uns herüber, als sei er dabei, eine Entscheidung zu treffen, ehe er mir zuruft: »Lyla, kannst du bitte herkommen?«

Ich nicke und gehe zu ihm, wobei ich mich bemühe, gleichmäßig, entspannt und zuversichtlich auszuschreiten. Ich will ihm nach dem, was gestern war, beweisen, dass ich, ohne zu zögern, in der Lage bin, zu tun, was nötig ist. Er nimmt mich beiseite.

»Mr Browns Verwandte haben die Männer hergeschickt, um nach dem Rechten zu schauen. Sein Bruder ist vor Kurzem gestorben und das wollen sie ihn wissen lassen.«

»Oh, das tut mir leid«, sage ich zu niemand Bestimmtem. Wahrscheinlich wäre Mr Brown der richtige Ansprechpartner dafür, aber da er gerade nicht vor mir steht, habe ich das Gefühl, es Pioneer sagen zu müssen. Der nickt und fährt fort. »Ich werde sie jetzt zu Mr Brown und seiner Familie bringen. Das kann eine Weile dauern.«

Unsere Gäste starren mich an. Und ich kann nicht anders, als mich verlegen zu winden. Pioneers Blick verhärtet sich ein wenig – eine diskrete Warnung, mich bloß nicht auffällig zu verhalten. Ich schlucke und lächle. »Und wie kann ich behilflich sein?«

Der Mann, der das Auto gefahren hat, tritt vor und streckt mir die Hand entgegen. »Lyla, nicht wahr? Schön, dich kennenzulernen. Ich bin Sheriff Crowley. Ich habe deinen … Pioneer gefragt, ob du uns einen Gefallen tun und mit meinem Sohn Cody eine Besichtigungstour durch deine Siedlung machen kannst. Er hilft uns zurzeit auf der Wache und ist heute mit uns auf Streife, aber ich schätze, diese Sorte Angelegenheiten wird ihn wahrscheinlich langweilen. Würde es dir etwas ausmachen, ihn ein bisschen herumzuführen und ihm ein paar Fragen über Mandrodage Meadows zu beantworten?« Er spricht den Namen unserer Siedlung sorgfältig aus und lächelt mich dabei an. Ich spüre die Blicke der anderen und muss mich zusammenreißen, damit meine Lippen nicht zucken. »Eine Besichtigungstour wäre sicher viel interessanter für ihn«, sagt der Sheriff, als zweifle er daran, dass ich bereit sein könnte, für seinen Sohn die Fremdenführerin zu spielen.

Cody starrt mich mit leicht schräg gelegtem Kopf an, als sei er neugierig auf meine Reaktion. Ich werde rot und schaue Pioneer an. Er gibt mit einem Kopfnicken sein Einverständnis, sieht aber aus, als behage ihm die Idee nicht ganz.

»Sicher, warum nicht?«, sage ich.

»Brian, geh bitte zum Wachhaus zurück. Lyla gesellt sich wieder zu dir, sobald sie hier fertig ist«, sagt Pioneer. Brian macht ein enttäuschtes Gesicht, kehrt aber trotzdem auf seinen Posten zurück.

Pioneer wirft mir einen bedeutungsvollen Blick zu. »Und du führst ihn ausgiebig herum.«

An der Art, wie er »ausgiebig« betont, kann ich erkennen, dass er genau das Gegenteil meint. Als Pioneer die beiden Männer zum Haus von Mr Brown begleitet, drehe ich mich zu Cody um. Die Hände in den tief sitzenden Jeans vergraben, steht er neben mir. Ich lasse den Blick gerade lange genug auf seiner Brust ruhen, um zu erkennen, wie muskulös sie ist. Cody setzt ein breites Grinsen auf, offensichtlich ist ihm klar, dass ich seinen Brustkorb studiere, also konzentriere ich mich auf die ausgebleichten Worte auf seinem T-Shirt.

»›*Rettet Ferris*‹?«, frage ich.

Er senkt den Blick. »Ja. Das ist aus diesem alten Achtzigerjahre-Film *Ferris macht blau*.«

Er wirkt ein bisschen verlegen, als ich nicht reagiere. »Das ist eine Art Witz. Immer wenn ich krank war, hat meine Mutter mir den Film gezeigt. Meine Schwester und ich mochten ihn ganz gern. Sie hat mir auch das T-Shirt gekauft.«

»Ich kapiere nicht, was der Witz daran ist.«

»Meine Schwester nennt mich manchmal Ferris. Und da ich so bald wie möglich aus Culver Creek rauswill … fand sie es wohl lustig; als müsste ich aus unserer Stadt gerettet werden.«

»Ach so«, sage ich, auch wenn ich es immer noch nicht ganz

verstehe. »Aber warum musst du aus Culver Creek gerettet werden?«

Ich denke an die hübsch gestrichenen Geschäfte mit den Blumenampeln im Stadtzentrum und die alten Häuser entlang der Hauptstraße, allesamt viktorianische Villen mit üppigen Holzverzierungen. Es ist wunderschön dort. Ich fand es schon immer seltsam, dass Menschen, die von Natur aus böse sind, an so schönen Orten leben.

Cody scheint sich meine Frage durch den Kopf gehen zu lassen, während er die Straße entlangschaut. Sie ist ungewöhnlich leer für diese Tageszeit, aber ich kann ein Dutzend oder mehr Augenpaare spüren, die uns aus den Häusern heraus anstarren. Beobachten meine Eltern uns auch oder, noch schlimmer, Will? Der Gedanke macht mich nervös und merkwürdig schuldbewusst, als sei es falsch, mich mit Cody zu unterhalten, dabei hat Pioneer es mir doch aufgetragen.

»Ich will später mal beim Film arbeiten und die werden nicht unbedingt an Orten wie Culver Creek gedreht«, sagt er. »Jedenfalls bis jetzt noch nicht.«

»Als Schauspieler?«, vermute ich. Das hatte Maries Bruder vor, als er uns verließ. Es leuchtet mir ein. Genau wie Drew ist auch Cody mindestens ebenso süß wie die Schauspieler, die ich an unseren Filmabenden zu Gesicht bekommen habe.

Er wirft mir einen merkwürdigen Blick zu. »Nein. Ich will im Bereich visuelle Effekte arbeiten.«

»Hä?«

»Denk an *Wolfman* oder an *Herr der Ringe*: das Make-up, die Masken und speziellen Figuren, die sie kreieren – Monster und so.«

»Das sind alles Filme – ja?«

»Äh, ja. Du hast sie nicht gesehen, oder?«

»Wir schauen uns schon Filme an«, erkläre ich hastig. »Aber nicht so viele.«

»Welchen hast du als Letztes gesehen?«

»*The Day After Tomorrow* und *Der Terminator*. Double Feature letztes Wochenende. Du weißt schon – ›Sind Sie Sarah Connor?‹« Ich versuche den Satz mit dem richtigen Akzent auszusprechen, aber es klingt furchtbar abgedroschen. Cody lacht trotzdem, und nachdem ich meine erste Verlegenheit überwunden habe, lache ich ebenfalls.

»Wow. Okay, das sind gute Beispiele für Filme mit visuellen Effekten, auch wenn sie schon ziemlich alt sind. *The Day After Tomorrow* ist allerdings etwas neuer. Jedenfalls hoffe ich, dass ich irgendwann zu denen gehöre, die dafür sorgen, dass Figuren wie der Terminator echt aussehen. Ihr schaut euch also keine Filme im Kino an?«

»Wir verlassen Mandrodage Meadows nicht oft«, sage ich und hoffe, dass er es dabei bewenden lassen wird.

»Das habe ich mir irgendwie gedacht«, sagt er leise. »Ihr bleibt gern unter euch, nicht?«

»So ähnlich.« Ich schaue weg. »Bist du bereit für die Tour? Besonders spannend wird es nicht werden, fürchte ich.« Ich habe es eilig, loszuziehen und ein unverfänglicheres Thema anzuschneiden.

»Meinst du? Ich bin sicher, es wird *rasend* interessant«, sagt Cody und zwinkert mir zu. »Ihr seid in der Stadt nämlich ein ziemlich heißes Thema. Es ist toll, endlich mit eigenen Augen zu sehen, wo ihr die Leichen und die Kinderbräute versteckt habt.«

»Wie bitte?« Ich bleibe stehen und starre ihn an.

Er grinst breit. »Du solltest wissen, dass die Leute euch hier draußen für eine Art durchgeknallte Sekte halten. Es ist eine kleine Stadt. Und die Leute sehen euch seit Jahren wie Geister kommen und gehen. Obwohl unsere Stadt am nächsten an eurer Siedlung liegt, weiß kein Mensch, wie viele von euch überhaupt hier leben. Da ist es doch normal, dass sie anfangen zu glauben, ihr würdet nichts Gutes im Schilde führen.«

Ich weiß nicht, was ich sagen soll. Ich laufe ein Stück voraus und lege die Arme um den Körper. »So ist es aber nicht. Wir führen nur gern ein einfaches Leben, das ist alles. Hier gibt es nichts Interessantes, es sei denn, ihr haltet Nutztiere und Gärten für Stoff zum Tratschen. Und nur fürs Protokoll: Keiner, der hier lebt, ist unter fünfzehn. Und die verheirateten Leute haben ihre Teeniezeit schon lange hinter sich. Hier gibt es keine Kinderbräute, das kannst du mir glauben.«

Codys Lächeln erlischt. »He, ich wollte dich nicht auf die Palme bringen, ehrlich. Das sollte eigentlich ein Witz sein.«

»War es aber nicht«, brummte ich.

Er sieht so frustriert aus, dass ich sofort weich werde. »Vergiss es. Es ist okay. Lass uns einfach anfangen.«

Als Erstes führe ich Cody zum Klubhaus. Ich zeige ihm den Pool, unser Klassenzimmer und den Raum, in dem wir die meisten Mahlzeiten zusammen einnehmen. Dann gehen wir zu den Koppeln hinüber. Es sind nur Tiere dort, die uns mit mildem Interesse betrachten, während sie ihr Futter kauen. Ich frage mich, ob Cody auffällt, dass keine Leute zu sehen sind.

»Schafe, Schweine und Ziegen. Faszinierend«, sagt Cody trocken. Er dreht sich um, schaut in die andere Richtung und folgt mit den Augen dem Schotterweg, der zu den Obstgärten führt. »Und was ist dort hinten?« Er marschiert darauf zu.

Dorthin darf er nicht gehen. Obwohl der Transporter den Weg blockiert, der tiefer in die Gärten führt, könnte er den Eingang des Silos entdecken, wenn er zu nahe herankommt. Bevor er allzu weit kommt, greife ich verzweifelt nach seinem Arm und hake mich bei ihm unter. Es fühlt sich ganz und gar seltsam an, ihm, einem Außenstehenden, so nahe zu sein. Ich spüre den Schwung seines Unterarms unter meinen Fingern – ein bisschen kürzer und schmaler als Wills. Mein Magen zieht sich zusammen und mir wird heiß im Gesicht. Er schaut erst auf meinen Arm und dann mich an und hebt eine Augenbraue. Marie kann so etwas besser als ich. Ich habe keine Ahnung, wie man erfolgreich flirtet. Ich setze ein, wie ich hoffe, freundliches (aber nicht zu freundliches) Lächeln auf. »Da stehen bloß ein paar Apfelbäume und alte Maschinen. Komm mit in den Stall. Bitte, ich will dich jemandem vorstellen.«

Cody schaut ein letztes Mal zu den Obstgärten und lässt sich dann an den Koppeln vorbei in den Stall führen. Die Pferde heben nacheinander den Kopf, als wir an ihnen vorübergehen. Sie bewegen die Ohren vor und zurück. Ein oder zwei strecken die Nüstern in den Gang zwischen den Boxenreihen. Cody rückt jedes Mal dichter an mich heran, wenn das geschieht, sodass sich unsere Schultern immer wieder berühren. Und jedes Mal spüre ich den gleichen Schauer in der Brust. Dieser Junge macht mich nervös und ich glaube nicht, dass es an meiner Angst liegt, er könnte etwas sehen, was er nicht sehen soll.

Ich schaue zu ihm auf und versuche herauszufinden, ob es ihm genauso ergeht, aber seine Miene ist verkniffen und unsicher.

»Was ist?«, frage ich und bin überrascht, wie sehr es mich enttäuscht, dass er diese merkwürdige Spannung zwischen uns nicht zu bemerken scheint.

Er schaut mich nicht an. Seine Augen sind starr auf die Boxen auf seiner Seite des Stalls gerichtet und auf die Pferde, die darin stehen. »Äh, ich bin nicht gerade ein Fan von diesen Viechern«, sagte er und wird rot.

»Ehrlich? Warum?« Vor Indys Box bleibe ich stehen und lasse

seinen Arm los. Cody bleibt mitten im Gang. Er schaut mich immer noch nicht richtig an.

Dann dämmert es mir. »Du hast Angst vor ihnen«, sage ich langsam. Ich muss mich beherrschen, um nicht das Gesicht zu verziehen, weil es ihm wahrscheinlich furchtbar peinlich wäre, wenn ich lächeln – oder noch schlimmer – lachen würde.

»Angst nicht unbedingt … bloß kein Fan«, sagt er. *Und ob er Angst hat.* Ich schüttle den Kopf und versuche das zu begreifen. Dieser Junge ist möglicherweise noch seltsamer, als ich angenommen hatte. Aber dank seiner Angst fühle ich mich nun besser und weniger nervös.

Ich drehe mich zu Indys Box um und grinse vor mich hin. *Warte, bis ich das Marie erzähle.* Indy steht schon an der Tür und streckt mir den Kopf entgegen.

»Hallo, mein Großer, wie läuft es so für dich heute Morgen?«, gurre ich und er drückt die Nase in meine Schulterbeuge und lässt sie dort – es ist das, was einer Umarmung von seiner Seite am nächsten kommt.

Ich kann spüren, dass Cody uns beobachtet. Meine Finger in Indys Mähne beginnen zu zittern. Codys Augen versetzen jeden Teil meines Körpers in höchste Alarmbereitschaft, aber es macht mir keine Angst. Ja, ich glaube, es gefällt mir sogar. So ruhig wie möglich drehe ich mich zu ihm um. »Sie sind ganz sanft, weißt du. Und klug. Unglaublich klug.« Ich fahre Indy mit der Hand über den Kopf und spiele sanft mit seinem Ohr. Er reibt den Kopf an meiner Schulter.

»Das ist Indy. Er gehört mir. Wir sind sozusagen zusammen aufgewachsen. Er ist so ziemlich das sanfteste Pferd, das es gibt. Ich verspreche dir, dass er brav sein wird, wenn du herkommst und ihm Hallo sagst. Vor diesem Kerl kann man unmöglich Angst haben.« Ich nehme seinen Kopf in die Arme.

Cody steht immer noch an der gleichen Stelle, aber seine Miene ist nicht mehr ganz so angespannt. Seine Mundwinkel zeigen nach oben und deuten ein Lächeln an. »Er liebt dich wirklich sehr, nicht?«, sagt er.

»Nicht annähernd so sehr, wie ich ihn.« Ich drücke einen Kuss auf die Blesse, die sich mitten über Indys Gesicht zieht. »Er kann besser zuhören als jeder andere, den ich kenne. Und er ist so leicht zufriedenzustellen. Gib ihm eine Karotte und reite ein bisschen mit ihm und schon ist er im siebten Himmel.« Unwillkürlich muss ich an das gestrige Schießtraining denken. »Mehr als das verlangt er nicht.« Ich merke, dass ich nicht mehr lächle und Cody mich plötzlich seltsam ansieht. Ich beiße mir auf die Unterlippe und versuche mich schnell zusammenzureißen.

»Komm her.« Ich winke ihn näher zu Indy und mir heran.

»Ich weiß nicht …«, sagt er.

»Er ist ganz lieb, ich verspreche es.«

Cody schaut immer noch skeptisch drein, kommt aber näher. Ich weiß nicht, ob ich ihn wirklich überzeugt habe oder ob er einfach nicht wie ein Megaweichei wirken will. Auf jeden Fall steht er irgendwann neben mir. Ich nehme seine Hand und lege sie auf Indys Nüstern. Ich ahne sein Lächeln mehr, als dass ich es sehe.

»Fühl mal. Ist das nicht das Weichste, was es gibt?«

Indy lässt sich nicht lange bitten. Glücklich über so viel Aufmerksamkeit vergräbt er die Nase in Codys Hand. Cody erstarrt und ich lache leise, als Indy dichter an ihn heranrückt, ihn mit dem Maul anstupst und quer über seiner Brust einen breiten Fleck aus Dreck und Sabber zurücklässt. Cody verzieht das Gesicht und wir fangen gleichzeitig an zu lachen.

Als wir uns schließlich von Indy verabschieden und aus dem Stall gehen, hat mein Argwohn nachgelassen. Indy ist nicht bei jedem so zutraulich. Will hat er noch nie angestupst. Ich versuche das nicht überzubewerten. Ich weiß nur, dass Cody witzig und nett ist und ich schon lange nicht mehr so viel Spaß gehabt habe.

Zunächst gehen wir schweigend weiter, doch dabei belässt es Cody nicht lange. Er erzählt mir von seiner ersten Begegnung mit Pferden, bei der seine Mutter ihn einfach auf ein Tier draufgesetzt hatte, um ein Foto zu machen, und es mit ihm durchgegangen war. Er musste sich auf Gedeih und Verderb festklammern, bis es sich müde gelaufen hatte. Vermutlich war es eine grauenhafte Erfahrung, aber er lässt es urkomisch klingen. Ich schaue zu, wie er beim Reden die Hände bewegt. In seiner Nähe zu sein tut fast ein bisschen weh. Er macht mich so nervös, dass ich kaum still stehen kann. Ich bin mir ziemlich sicher, dass ich viel zu oft lächle und viel zu laut lache. Trotzdem kann ich einfach nicht aufhören und, was noch merkwürdiger ist, ich will es gar nicht. Ich suche nach dem Bösen, das direkt unter der Oberfläche lauern muss, aber alles, was ich sehe, ist ein Junge … und ein extrem süßer Junge noch dazu.

»Wie lange lebst du schon hier?«, fragt er.

»Zehn Jahre.«

»Und warst du schon mal in Culver Creek? Ich bin mir nämlich sicher, dass ich dich noch nie gesehen habe.«

»Ja. Wir fahren zweimal im Monat dorthin, um einzukaufen, was wir an Vorräten brauchen, Kleidung, Batterien und so etwas«, erzähle ich ihm. »Aber weil wir so viele sind und wir nicht genügend Transporter haben, um alle gleichzeitig in die Stadt zu fahren, wechseln wir uns ab. Seit wir hergezogen sind, war ich mit meiner Familie nur ein- oder zweimal pro Jahr in der Stadt.« *Was rede ich da? HALT DIE KLAPPE, du Laberbacke!*

»Und ich dachte, ich hätte es schlecht! Wie kommst du damit klar, die ganze Zeit hier festzusitzen? Ich glaube, ich würde verrückt werden.«

»Darüber denke ich eigentlich nie nach.« Ich füge nicht hinzu, dass Mandrodage Meadows sich im Vergleich zu unserem künftigen Quartier wie das glatte Gegenteil einer Einschränkung anfühlt ... oder dass Culver Creek mir immer zu groß und gefährlich vorkommt. Es gibt so viele Außenstehende und keine Möglichkeit festzustellen, wer von ihnen die größte Bedrohung darstellt oder wer einem von uns schaden könnte, wie die Person, die Karen mitgenommen hat.

Cody geht so dicht neben mir, dass wir uns wieder an den Schultern berühren. Ich kann sein Aftershave oder Shampoo riechen – zitronig und würzig zugleich. Es gefällt mir. Ich frage mich, was er von mir hält. Gut möglich, dass ich nach meinem Ausritt heute Morgen nach Heu und Pferdemist rieche – eine Kombination, die nicht annähernd so angenehm ist wie seine. Ich rücke ein bisschen von ihm ab.

Ich zeige ihm alles außer den Obstgärten. Es scheint ihn nicht zu kümmern, dass wir, ohne anzuhalten, am Weg vorbeigehen, der in sie hineinführt. Schließlich landen wir am Teich und setzen uns ins Gras, um auf seinen Vater zu warten. Ich bin überrascht, dass man uns so lange allein gelassen hat. Einige Gemeindemitglieder sind in ihren Gärten und ein paar waren auch bei den Ställen, aber ansonsten wirkt die ganze Siedlung still, fast verlassen. Ob Cody es bemerkt hat und merkwürdig findet? Ich hatte fast damit gerechnet, dass Marie uns unterwegs irgendwo auflauern würde. Es sieht ihr gar nicht ähnlich wegzubleiben – aber ich will mich nicht beschweren. Sie hätte die Tour sofort an sich gerissen und ich hinterhertrotten müssen. Es war schön, zur Abwechslung einmal nicht ihre Hintergrundmusik zu sein.

»Also, wenn du nicht gerade Vorräte einkaufst, kommst du demnach nie ...« Cody verstummt.

»Genau«, sage ich und flippe einen Stein übers Wasser. Es war wirklich dumm von mir, ihm das zu erzählen. Wir sehen zu, wie der Stein dreimal übers Wasser hüpft, ehe er versinkt.

»Nicht schlecht.« Er grinst. »Aber das kann ich toppen.«

Er sammelt eine Handvoll Steine auf und sucht sich dann einen zum Werfen aus. Er springt zweimal und geht dann unter. Ich grinse.

»Okay, spielen wir drei Runden«, schlägt er vor, und als auch sein zweiter Wurf erfolglos bleibt, fügt er hinzu: »Ich nehme nicht an, dass du für andere Gelegenheiten so was wie eine Sondergenehmigung bekommen kannst?«

»Eine Sondergenehmigung für was?«, frage ich und zum ersten Mal, seit er hier angekommen ist, wirkt er verlegen.

»Keine Ahnung, vielleicht um ein bisschen rumzuhängen … mit mir?« Er lächelt und mir bleibt der Mund offen stehen. Ich habe es verbockt. Ich bin zu nett zu ihm gewesen und habe mich wieder einmal in Schwierigkeiten gebracht.

»Das geht nicht«, sage ich hastig und gehe ein bisschen auf Abstand.

»Das habe ich schon vermutet, aber ich dachte, ich kann ja mal fragen.« Er verzieht den Mund zu einem schiefen Lächeln und wirft den letzten Stein. Dieser springt nicht einmal auf, sondern versinkt sofort.

Er sieht mich nicht gleich an und ich fühle mich unbehaglich und gemein. Aus irgendeinem Grund habe ich das Gefühl, mich erklären zu müssen. Es behagt mir nicht, dass meine Antwort ihn verletzt zu haben scheint, aber es gibt keine Möglichkeit, es zu erklären, ohne zu viel zu verraten oder ihn dabei gänzlich vor den Kopf zu stoßen. *Mann, ich finde du bist ein echt süßer Typ, aber ich kann nicht kommen, weil du ein Außenstehender bist und wahrscheinlich teuflisch böses Potenzial in dir hast. Ich dagegen bin rein und auserwählt und kurz davor, in eine Zuflucht zu ziehen, in der ich sicher bin, wenn die Welt implodiert und du stirbst. Nimm's mir nicht übel, ja?*

»Es sieht ein bisschen so aus, als wärst du hier gefangen, Lyla. Ist das so?« Cody legt den Kopf schief und mustert mich.

»Nein, es gefällt mir hier«, sage ich reflexartig.

Ich sollte mich hier nicht gefangen fühlen, aber jetzt, in diesem Augenblick – und wenn ich ehrlich bin, immer häufiger – empfinde ich es so, ich kann es nicht ändern. Ich *bin* gefangen. Aus gutem Grund natürlich, aber dennoch gefangen. Schließlich ist es nicht so, als könnten wir es uns wirklich anders überlegen und von hier fortziehen. Wir haben kein eigenes Geld, keinen Ort, wo wir hinkönnen. Außerdem hat es nicht viel Zweck, auch nur darüber nachzudenken, weil die Welt bald untergehen wird. Und trotzdem wünschte ich, mit Cody ausgehen und vielleicht feststellen zu können, wie sich ein Kuss anfühlt, der von einem anderen stammt als Will ... aber diese Sorte Wünsche ist dumm, ich darf mich ihnen nicht hingeben.

»Lyla.« Pioneer steht mit dem Sheriff und dem anderen Mann bei den Picknicktischen. Er sieht verärgert aus und scheint es eilig zu haben, unsere Gäste loszuwerden. Codys Vater reicht ihm eine Karte, die Pioneer mit einem Nicken in die Brusttasche steckt. Ich stehe auf und wische mir das Gras von den Shorts. Cody kommt langsamer auf die Beine und reckt sich. »Es war sehr nett, dich kennenzulernen«, sage ich laut und in wesentlich förmlicherem Ton als dem, den ich benutzt habe, als wir allein waren. Und dann überrasche ich mich selbst, indem ich mich vorbeuge und ihm etwas zuflüstere, was ich eigentlich nicht sollte.

»Meine Familie ist eingeteilt, am übernächsten Samstag in der Stadt Vorräte einzukaufen.« Hinterher kann ich ihn kaum ansehen. *Was tue ich da bloß?*

Kurz streift sein Blick meinen, dann huscht ein Lächeln über sein Gesicht und lässt seine graugrünen Augen aufleuchten. »Vielleicht laufen wir uns ja zufällig über den Weg. Könnte doch sein … vor allem, wenn ich so ungefähr weiß, wo ihr zu finden seid.«

Mein Atem geht schneller. Ich lasse mich von seinem Lächeln anstecken und erwidere es. »Wahrscheinlich sind wir den ganzen Vormittag bei Walmart.«

»Zufällig liebe ich diesen Laden. Wo kann man sich sonst gleichzeitig einen neuen Haarschnitt, einen Goldfisch und eine Campingausrüstung zulegen?«

Cody zwinkert mir zu und ich muss die Lippen zusammenpressen, um nicht laut loszulachen. Ich habe mich noch nie so verwegen gefühlt. Es ist beängstigend, aber auch berauschend. Ich schaue zu den Erwachsenen hinüber. Pioneer hat uns jetzt im Blick, also reiße ich mich zusammen.

»Ich hoffe, die Tour hat dir gefallen.«

Cody begreift schnell und schüttelt mir steif die Hand. Dabei streicht er mit dem Daumen ganz kurz über meinen Handrücken und mein Magen begibt sich in den freien Fall. »Das hat sie, vielen Dank.«

Ich drehe mich zu Pioneer um und wir begleiten Cody und die beiden Männer zu ihrem Wagen. Wir winken. Der Wagen wendet in Richtung Tor und rollt langsam hinaus. Mir ist klar, dass Pioneer einen ausführlichen Bericht über meine Zeit mit Cody verlangen wird, sobald das Tor geschlossen ist. Ich sollte ihm alles erzählen, bis hin zu der »zufälligen Begegnung«, die Cody und ich an dem Samstag haben könnten. Ich kann mich reinwaschen und diese schreckliche Versuchung abschütteln, bevor sie Wurzeln schlägt. Nach dem Schießtraining habe ich mir geschworen, von jetzt an die Regeln zu befolgen und die Gemeinde nicht wissentlich zu gefährden. Also warum stelle ich mich dann innerlich schon jetzt darauf ein zu lügen?

Wir können die Fortpflanzung
der Menschheit
nicht den Launen
eines Hormonrausches überlassen.

Pioneer, Gemeindeführer

6

Ich war dreizehn, als ich erfuhr, dass Will und ich eines Tages heiraten würden. Will hatte einen Monat zuvor seinen vierzehnten Geburtstag gefeiert und Jessica, das jüngste Kind der Gemeinde, war gerade zwölf geworden. Es gab niemanden mehr, der nicht »das Alter der Verantwortlichkeit« erreicht hatte, wie Pioneer es nannte. Wir waren endlich alt genug, um zu erfahren, wen uns die Brüder zugedacht hatten, und die Gemeinde war darüber völlig aus dem Häuschen.

Mit schlotternden Knien und zitternden Eingeweiden ging ich mit den anderen Mädchen zum Klubhaus. Gleich nach dem Essen, vor dem Film des Abends, wollte Pioneer unsere Versprochenen bekannt geben. Wir hatten uns fein gemacht zu diesem Anlass, was nur selten vorkam. Pioneer hatte unsere Mütter angewiesen, uns neue Kleider und die ersten High Heels zu bestellen. Sie waren alle identisch, bis hin zur Farbe, weil wir sie als Großbestellung geordert hatten, so wie alles andere auch, aber das spielte keine Rolle – jedenfalls nicht für mich. Ich liebte das Klackern meiner Absätze auf dem Weg zum Klubhaus, wo unsere Eltern zusammen mit den Jungen auf uns warteten.

Als wir den Speisesaal betraten, standen die Jungen auf. Sie waren ebenfalls herausgeputzt, mit Hemd, Schlips und schwarzen Hosen. Es schien, als stünden sie darin aufrechter, als würden sie vor unseren Augen älter werden. Das hier waren nicht mehr die Jungen mit den dreckverschmierten Gesichtern, mit denen wir gerade noch Baseball gespielt hatten. Mit einem Mal wirkten sie fremd und viel ernster – erwachsen. Zumindest versuchten sie es.

Ich spielte an meinen Haaren herum, die für diesen Anlass ausnahmsweise gelockt waren, genau wie Maries. Ich versuchte sie aufzuschütteln. Meine Mom hatte sie am Vorabend mit Stoffstreifen aufgedreht, und obwohl sie nach dem Ausrollen anfangs schön gewellt und elastisch gewesen waren, fingen sie bereits an, sich auszuhängen und wieder glatt zu werden. Ich verfluchte im Stillen meine widerspenstige strähnige Mähne.

Marie schlug mir auf die Hand. »Lass das, sonst werden sie noch glatter.«

Zusammen schauten wir die Reihe der Jungen entlang. Wir hatten uns in den letzten Wochen fieberhaft damit beschäftigt, wer uns wohl versprochen werden würde. Marie hoffte auf James, den ältesten Jungen der Gemeinde und auch den hübschsten. Die meisten anderen Mädchen hofften ebenfalls auf ihn, und das wusste er. Ich konnte sehen, wie er sich ganz vorn in der Reihe aufplusterte. Seine Arroganz nervte mich. Er war der einzige Junge, den ich definitiv nicht wollte.

Im Grunde gab es nur einen Jungen, auf den ich hoffte – Will. Er war mein bester Freund und schon jetzt wie ein Teil meiner Familie. Ich suchte nach ihm. Er stand mit Brian in der Mitte der Reihe. Ich lächelte den beiden zu und Will lächelte zurück. Ich wusste, er wünschte sich ebenfalls mich, was mich hoffen ließ, dass es uns vielleicht wirklich bestimmt war, einander versprochen zu werden. Ich drückte uns die Daumen und wünschte es mir mit aller Kraft.

Marie stieß mich an und wies mit dem Kopf auf Brian. Als er sie bemerkte, lief er knallrot an, bis sein Gesicht aussah wie eine riesige Tomate. Damals war Brian klein und ein bisschen pummelig, das genaue Gegenteil dessen, was er heute ist. Sein gutes Aussehen hielt noch Winterschlaf.

»Hoffen wir, dass keine von uns den Fleischklops abkriegt«, flüsterte Marie. Ich unterdrückte ein Kichern, denn genau in diesem Moment trat Pioneer – mit schwarzen Hosen und einem blauen Schlips ebenfalls förmlich gekleidet – mit hinter dem Rücken verschränkten Händen ans Kopfende und wies uns an, uns zu setzen.

Pioneer hatte eine Rede vorbereitet. Und er fand und fand kein Ende. Ich habe keine Ahnung mehr, um was es ging, ich weiß nur noch, dass alle im Raum abgelenkt und unruhig waren, selbst unsere Eltern. Wir alle versuchten vorauszudenken und uns in den Augenblick hineinzuversetzen, in dem wir Bescheid wissen würden. Als Pioneer seinen Vortrag schließlich zu Ende brachte und uns paarweise aufzurufen begann, schienen alle gleichzeitig aufzuatmen.

»Ziemlich nervenaufreibend, was?«, sagte Pioneer und fuhr sich theatralisch über die Stirn. Einige Leute kicherten.

Sobald sie aufgerufen wurden, standen die Paare auf und gingen zusammen nach vorn, um sich aufzustellen. Eltern gratulierten sich gegenseitig, wenn der oder die Versprochene ihres Kindes verkündet wurde. Mütter betupften sich mit Taschentüchern die Augen. Fast alle wirkten zufrieden mit ihrer Paarung, wenn auch ein wenig verlegen. Pioneer schritt die Reihe der Mädchen ab. Es dauerte nicht lange, bis unsere Blicke sich kreuzten.

»Kleine Eule«, sagte er mit einem breiten Lächeln, »dein Versprochener ist … Will.«

Ich spürte, wie ich über das ganze Gesicht zu strahlen begann, breit, einfältig und erleichtert. Wäre er nicht zu weit entfernt gewesen, hätte ich Pioneer umarmt. Marie drückte mir die Hand, als ich aufstand. Ich ging, um mich neben Will zu stellen. Wir grinsten beide wie Idioten. Er nahm zum ersten Mal meine Hand. Sie war schwielig, aber warm und augenblicklich wohltuend.

Marie war als Nächste an der Reihe. Ich machte ihr Zeichen mit den Augen und sie legte wie zum Gebet die Handflächen aneinander.

»Marie, dein Versprochener ist … Brian«, sagte Pioneer laut.

Marie machte ein langes Gesicht. Sie zögerte und ich konnte sehen, dass es ihr schwerfiel aufzustehen, doch schließlich schaffte sie es und ging steifbeinig auf Brian zu. Die Röte in seinem Gesicht hatte sich noch vertieft. Marie stand neben ihm und doch nicht. Ihre Augen wanderten durch den Raum, dorthin, wo James saß und immer noch auf seine Versprochene wartete. Er sah kein einziges Mal in ihre Richtung.

Hinterher aßen wir Kuchen und trafen uns dann im Versammlungsraum für die Filmvorführung. Will und ich saßen nebeneinander. Es fühlte sich kein bisschen merkwürdig oder fremd an, sondern so, wie es immer gewesen war seit dem Tag, an dem wir uns das erste Mal begegnet waren. Einfach richtig.

**Grenzen sind gut für Menschen;
sie geben ihnen Sicherheit.
Wenn ihnen die Welt zu offen steht, ziehen sie
womöglich los und kommen auf dumme Ideen.**

Pioneer, Gemeindeführer

7

An diesem Abend liege ich keine fünf Minuten im Bett, als ich höre, wie etwas gegen mein Fenster fliegt. Eigentlich eine ganze Menge Etwas – Kieselsteine aus unserem Garten. Ich schaue hinaus. Es ist dunkel, aber ich kann eine Bewegung erkennen, Schatten, die sich im Innern der Büsche direkt unter meinem Fenster verschieben. Mein Herz zieht sich zusammen und ich presse das Gesicht an die Scheibe, um besser sehen zu können. Einen wilden Moment lang hoffe ich, es wäre Cody. Vielleicht hat er eine Möglichkeit gefunden, zurückzukommen und mich zu treffen … aber nein, das wäre unmöglich.

Eine Taschenlampe leuchtet auf, lange genug, um Maries grinsendes Gesicht zu erkennen; wobei im gelben Licht mehr Schädel als Haut zu sehen ist. Sie bedeutet mir, nach draußen zu kommen. Ich habe keine Ahnung, warum sie hier ist, ziehe aber trotzdem Shorts und Schuhe an und steige die Treppe hinab, wobei ich sorgfältig die knarrenden Stellen vermeide.

Was hat sie vor? Nach der Sperrstunde draußen zu sein, ist absolut tabu.

Ich laufe in den Garten. Marie steht ganz am Ende in der Ecke neben den Rosenbüschen. Über einem Arm hat sie eine Decke, am anderen baumelt ein CD-Player.

»Heute ist Vollmond, weißt du noch?«, flüstert sie, das Gesicht ganz rosig vor Aufregung.

Das hatte ich total vergessen. Wir haben diesen nächtlichen Ausflug in die Umgebung den ganzen letzten Monat geplant.

»Brian und Will warten in unserem Garten an der Mauer«, sagt Marie. »Wir müssen uns beeilen.«

»Obwohl das heute passiert ist und diese Typen aufgetaucht sind, findet ihr immer noch, dass es ein guter Zeitpunkt ist, um sich rauszuschleichen? Seid ihr verrückt?«, flüstere ich. »Pioneer und die anderen Erwachsenen sind im Moment wahrscheinlich superwachsam. Bestimmt wird die Siedlung heute Nacht von doppelt so vielen Leuten bewacht wie sonst.«

»Das ist der *perfekte* Zeitpunkt dafür. Weil sie mit den Gedanken ganz woanders sind«, erwidert Marie, während sie mich tiefer in den Schatten und aus unserem Garten zieht. »Brian hat schon rausgefunden, wer heute Nacht Wache hat. Es ist Mrs Brown und du weißt, dass sie mehr mit Stricken als mit Aufpassen beschäftigt ist. Alle anderen schlafen. Wer soll schon davon erfahren? Es dauert doch nur ein oder zwei Stunden. Jetzt komm schon! Ist nicht für lange. Wenn wir dort sind und du dir immer noch Sorgen machst, drehen wir auf der Stelle um. Das verspreche ich dir.«

Theoretisch betrachtet, ist es für einen Regelverstoß die sicherste Uhrzeit überhaupt, weil der Großteil der Gemeinde schläft. Und weil niemand es je zuvor versucht hat. Die Mauer der Siedlung ist hoch genug, um das Rüberklettern riskant zu machen, der einzige andere Weg führt durch das Eingangstor, das rund um die Uhr bewacht wird. Außerdem gibt es nachts außer der Wache immer mindestens zwei weitere Erwachsene, die auf dem Gelände patrouillieren und sicherstellen, dass die Sperrstunde eingehalten wird. Sobald sich unsere Eltern vergewissert haben, dass wir im Bett liegen und das Licht aus ist, können sie normalerweise darauf vertrauen, dass wir bleiben, wo wir sind. Dieses blinde Vertrauen ist unser Vorteil.

Ich gehe mit schleppenden Schritten, als wir von unserem Garten in den von Mr Whitcomb wechseln. Maries Garten ist der übernächste. »Marie …«, unternehme ich einen neuen Versuch.

»Ach, komm schon, Lyla! Das hier ist wahrscheinlich unsere einzige Chance auf etwas Ähnliches wie ein Date mit den Jungs. Du weißt schon, das Ritual, mit dem sich die ganze Welt vergnügt, bloß wir nicht?«

Ich werfe ihr einen kurzen Blick zu und versuche nicht an Codys Gesicht zu denken, das vor mir aufblitzt. Marie hat mich wegen Einzelheiten ausgequetscht, nachdem er fort war, aber ich habe abgewehrt. Ich kann nicht über ihn reden. Ich habe Angst, dass sie merkt, wie süß ich ihn finde, und mich damit aufzieht. Außerdem, was spielt es für eine Rolle? Ich darf ihn nicht wiedersehen und muss ihn mir aus dem Kopf schlagen.

»Willst du denn nicht mal mit Will zusammen sein, ohne dass ihr auf Schritt und Tritt beobachtet werdet?« Marie hebt in gespielter Verzweiflung die Arme.

»Ich war schon mit ihm allein, schon oft. Wir waren neulich erst zusammen zum Geschirrspülen eingeteilt«, sage ich. Ich weiß, was sie meint, habe aber dennoch das Gefühl, es ihr schwer machen zu müssen.

Marie verzieht den Mund zu einem dünnen Strich. »Wie auch immer. Vergiss es. Ich weiß nicht, warum ich mir die Mühe mache. Wie kannst du nur so locker gegen Regeln verstoßen, wenn du schießt – wenn sogar *Menschenleben* auf dem Spiel stehen –, und gleichzeitig wegen dieser Sache so nervös sein?«

»Autsch.«

Marie läuft ein kleines Stück voraus, dann bleibt sie stehen und dreht sich um. »Tut mir leid, aber … bitte, Lyla. Nur dieses eine Mal. Bitte.« Sie wirft mir ihren treuesten Dackelblick zu.

Ich schaue zurück zu unserem Haus und in die Fenster. Es brennt kein Licht. Meine Eltern schlafen seit Stunden. Seit ich zehn war, haben sie nicht mehr mitten in der Nacht nach mir gesehen. Sollte ich mich je wegschleichen wollen, wäre diese Nacht so gut wie jede andere – vielleicht sogar besser, regelrecht clever. Niemand würde darauf kommen.

»Eine Stunde«, sage ich. »Mehr nicht.«

Marie umarmt mich so fest, dass ich husten muss. »Jaaaa! Ich danke dir.«

»Krieg keine Luft«, stöhne ich und sie lässt mich lachend los.

Brian und Will warten bereits auf uns, als wir zu Maries Garten kommen – mit Abstand der beste Ort für einen heimlichen Ausbruchsversuch. Ihre Eltern hassen Gartenarbeit, daher ist das Grundstück verwilderter als jeder wahre Dschungel. Hier gibt es jede Menge Verstecke.

Will steht mit der improvisierten Leiter vor der Mauer, die er extra für heute Nacht gebaut hat. Er grinst, als er uns sieht, und lehnt sie gegen die Steine. Es ist eine große Sperrholzplatte, die wir aus der Holzwerkstatt geschmuggelt haben, und auf die verschiedenste Holzabfälle als Tritte genagelt wurden.

»Seid ihr bereit?«

»Soweit das überhaupt möglich ist«, sage ich und gebe mir Mühe, begeistert auszusehen. Ich sollte es sein. *Das* hier ist das Date, auf das ich mich freuen sollte. *Das* hier ist der Junge, der mir den Atem rauben und mein Herz zum Klopfen bringen sollte. Cody war bloß … jemand Neues. Nur deshalb kann ich nicht aufhören, an ihn zu denken. Vielleicht ist das hier im Moment tatsächlich das einzig Richtige – eine Gelegenheit, mich wieder neu zu fokussieren.

»Hab gehört, dass du heute eine Besichtigungstour machen musstest«, sagt Will, als könne er meine Gedanken lesen. »Wirklich clever von Pioneer, dich mit ihm loszuschicken – nicht, dass ich mich darüber freue, aber ich bin sicher, dass es dem Typen sehr schwergefallen sein muss, außer dir noch irgendwas anderes zu sehen.«

»Du bist verrückt.« Ich werde rot.

»Nein, bloß ehrlich«, sagt er und gibt mir einen Kuss auf die glühende Wange. »Schöne Bettfrisur übrigens.«

»Halt die Klappe.« Ich knuffe ihn in den Bauch und er stöhnt.

»Nein, wirklich, sie gefällt mir. Passt gut zu dem kleinen Zahnpastafleck, den du da hast.« Er fährt mit dem Finger über meinen Mundwinkel.

»Danke für die Vorwarnung, Marie«, flüstere ich und werfe ihr einen gespielt bösen Blick zu.

Sie kichert. »Wozu hat man Freunde?«

Ich streiche meine Haare glatt und fahre mir mit dem Finger um die Lippen.

»Dann machen wir es also?«, frage ich Will.

»Unbedingt«, sagt er.

»Ich kann nicht glauben, dass du dabei mitmachst, du alter Regelfreak.«

Will tut gekränkt. »Willst du damit sagen, dass ich spießig bin?«

»Nein, nur langweilig«, antwortet Marie an meiner Stelle.

»Das ist unfair.« Will spielt den Beleidigten. »Ich befolge die Regeln, die mir einleuchten. Die, die uns schützen. Aber ein oder zwei Stunden am Fluss … um zu reden« – an dieser Stelle zieht er beide Augenbrauen hoch –, »ist nicht unbedingt lebensgefährlich.«

»Irgendwas sagt mir, dass mit dir im Dunkeln allein zu sein auch nicht gerade das Sicherste ist«, werfe ich ein.

Will lacht und beugt sich vor, um mich sanft auf die Lippen zu küssen. »Ich verspreche dir, brav zu sein … oder zumindest nicht *sehr* böse.«

Ich verdrehe die Augen und rücke ein wenig von ihm ab. Ich mag es lieber, wenn er einfach nur mein Freund ist, so wie früher, bevor wir einander versprochen wurden. Auf diese Art zu flirten fühlt sich immer ein bisschen an wie Schießtraining. Mir ist nun mal eher danach, ihm die Hand zu schütteln, als ihm schöne Augen zu machen und Pfeile auf sein Herz abzuschießen.

»Können wir dann mal los?«, brummt Brian. Er ist der Erste, der die Leiter hinaufklettert und sich mit einer geschmeidigen Bewegung über die Mauer zieht. Ich höre den dumpfen Aufprall, mit dem er auf der anderen Seite landet.

Marie ist die Nächste. Sie schafft es nicht ganz so mühelos, sich auf die Mauer zu ziehen, ist aber immer noch schnell genug drüben, um meine Angst vor dem Erwischtwerden in Schach zu halten.

»Du bist dran«, flüstert Will mir ins Haar.

Vorsichtig klettere ich die Sperrholzplatte hinauf. Da sie sich unter meinem Gewicht durchbiegt, muss ich mich an den Seiten festhalten, um nicht herunterzufallen. Die Leiter endet, als ich drei Viertel der Mauer erklommen habe. Ich muss praktisch einen Klimmzug machen, um oben auf den Kamm zu gelangen. Ich brauche ein paar Versuche, ehe ich mit den Füßen zwischen den Steinen Halt finde und es schaffe, mich auf den Mauerkamm zu ziehen, wo ich bäuchlings zu liegen komme. Ich fühle mich gefährlich ausgesetzt auf dem schmalen Zementabsatz, deshalb schwinge ich mich auf die andere Seite, schiebe die Beine über den Rand und lasse mich so weit wie möglich ab, ehe ich loslasse.

»Auu!«, ruft Brian aus, als ich auf ihn falle und uns beide rücklings ins Gras werfe. Zum Glück bin ich auf seinem festen Brustkorb gelandet und nicht umgekehrt.

Will ist bereits oben auf der Mauer. Er hat ein Seil in der Hand, das in Maries Garten hinunterführt. Er muss es an der Leiter befestigt haben, damit er das ganze Ding über die Mauer ziehen kann. Ohne sie kommen wir nicht wieder rein.

Das Sperrholz schabt so laut über die Mauer, dass wir alle zusammenzucken. Will lehnt sich zurück, zieht fester und das Kratzen nimmt noch etwas zu. Als es geschafft ist, müssen wir einfach über die Mauer spähen, um zu sehen, ob in Maries Haus das Licht angeht oder Leute sich im Garten auf die Suche machen. Ich kann mein Herz fast schlagen hören.

Nachdem wir so lange gehorcht haben, dass es sich wie Stunden anfühlt und mir davon die Ohren klingeln, wenden wir uns von der Mauer ab und stürmen in den Wald. Ich bin dankbar für den Schutz der Bäume und werde mit jedem Schritt etwas ruhiger. Wir bahnen uns den Weg zum Fluss. Er liegt nicht weit von unserer Siedlung entfernt, gerade weit genug, um ein bisschen Spaß zu haben und ohne sich Gedanken machen zu müssen, ob man uns hört.

Pioneer erlaubt der Gemeinde manchmal, dort hinzuwandern – ein Vergnügen, das er für besonders schöne Tage aufspart. Dann nehmen wir das Mittagessen als Picknick mit und gehen dort schwimmen. Brians Dad hat eine Schaukel aus einem Seil gebaut, und auch wenn wir in Mandrodage Meadows einen Pool haben, schwimme ich am liebsten im Fluss. Das Wasser ist frisch, es riecht nach Sonnenschein, vermischt mit Erde, und das Geräusch, mit dem es über die Steine rauscht und gegen das Ufer schwappt, beruhigt mich. Ich spüre auch jetzt, wie es mich besänftigt, wie die Anspannung der letzten beiden Tage von mir abfällt. Erst jetzt wird mir klar, wie dringend ich das hier gebraucht habe.

Marie und ich breiten die Decke aus und Will stellt den CD-Spieler auf. Es liegt nur eine CD darin.

»Sinatra?« Will schaut Marie an und verdreht stöhnend die Augen.

»Was denn? Das ist romantisch. Außerdem könnt ihr froh sein, dass ich überhaupt Musik herausgeschmuggelt habe.«

Unsere gesamte Musik ist in der Bibliothek im Klubhaus untergebracht. Pioneer hat die CDs sorgfältig zusammengestellt und dafür gesorgt, dass so gut wie alle Stilrichtungen vertreten sind. Wir werden sie ins Silo bringen, wenn die Zeit gekommen ist, um sie für unsere Kinder aufzubewahren. Im Moment können wir die CDs zusammen mit den Geräten tagsüber ausleihen, aber sie müssen jeden Abend zurückgebracht werden. Ich weiß nicht, wie Marie es geschafft hat, die Sachen über Nacht zu behalten – es grenzt fast an ein Wunder, aber ich bin froh, dass sie es getan hat. Musik ist auf jeden Fall ein Gewinn.

Marie und ich strecken uns auf der Decke aus und schauen zu den Sternen auf. Will und Brian platzieren den Player unter dem nächsten Baum und fangen einen Streit darüber an, welches Stück sie als Erstes abspielen wollen. Schließlich tönt »It Had to Be You« aus den Lautsprechern.

»Tanz mit mir«, sagt Will über mir. Er reicht mir die Hand und ich stöhne.

Marie kichert. »Jetzt wird es lustig.«

Ich bin eine lausige Tänzerin. Es ist nicht so, dass ich Musik nicht mag oder unmusikalisch wäre. Aber um gut zu tanzen, muss man loslassen, sich in einem Song verlieren und ihn in sich spüren können. Und ich bin mir nicht sicher, ob ich überhaupt dafür gemacht bin, jemals irgendetwas loszulassen, egal, um was es sich handelt. Mich gehen zu lassen ist mir ebenso fremd, wie es Marie fremd ist, irgendetwas zu Ende zu denken.

Will legt mir die Hand auf den Rücken und streicht mit dem Daumen leicht über mein Schlafanzugoberteil. Er zieht mich hinaus aufs Gras. Der Mond versilbert sein Haar, was ihn fast ein bisschen vornehm und reifer aussehen lässt. Er dreht mich langsam im Kreis. Ich umklammere seine Hand und Schulter so fest, dass es ihm unangenehm sein muss, aber ich kann mich nun mal nicht entspannen.

»Lass dich einfach von mir führen, ja?«, flüstert er und seine Augen wirken merkwürdig sanft im Mondlicht. Etwas an der Art, wie er mich ansieht, lässt mich zittern. Verlangen liegt in seinem Blick. Er zieht mich enger an sich und legt sacht das Kinn auf mein Haar. Ich konzentriere mich darauf, ihm nicht auf die Füße zu treten, um nicht darüber nachdenken zu müssen, wie nahe er mir ist.

»Doch kein totales Desaster. Gut, Lyla!«, ruft Marie mir über Brians Schulter zu. Sie wirkt vollkommen gelöst und zufrieden. Nachdem Brian schließlich an Gewicht ab- und an Muskelmasse zugenommen hatte, hat sie sich bis über beide Ohren in ihn verliebt. Man sieht es an der Art, wie sie ihn anschaut.

Die beiden tanzen ebenfalls. Ich schaue zu, wie Marie sich in Brians Armen bewegt. Es ist schwer, ihr nicht zuzuschauen, wenn sie tanzt. Sie ist dann wunderschön. Ich meine, sie ist auch nicht gerade unattraktiv, wenn sie *nicht* tanzt; aber in diesem Moment sieht sie einfach atemberaubend aus. Wenn das Ende der Welt nicht unmittelbar bevorstünde und wir nicht in Mandrodage Meadows leben würden, würde sie irgendwo bei einem richtigen Lehrer Tanz studieren und nicht die alten Ballettstücke und Broadwaynummern auswendig lernen, die Pioneer in unserer Bücherei archiviert hat, da bin ich sicher. Ich frage mich, ob es sie manchmal traurig macht, dass sie nie die Chance haben wird, so zu tanzen, wie es ihr offensichtlich bestimmt ist – auf einer Bühne vor Hunderten von Leuten. Ich habe sie nie danach gefragt. Bedauern gehört zu unserem Leben, es ist der Preis für unser Überleben. Niemand will länger als nötig darüber nachdenken.

»Froh, dass du mitgekommen bist?«, fragt Will und zieht mich an sich.

Ich nicke an seiner Schulter. »Ja, ich denke schon.« Es herrscht ein merkwürdiger Zauber hier draußen am Fluss. Er verwirrt meine Sinne, lässt meine Gedanken in einem Strom von »Was-wäre-wenn« davondriften. Was wäre, wenn meine Familie nie nach Mandrodage Meadows gezogen wäre? Wenn ich nicht wüsste, dass die Welt untergeht? Wäre ich dann mit Will oder mit Cody hier?

Ich bin so sehr in meine Gedanken vertieft, dass ich das schrille Aufheulen der Sirene unserer Siedlung zuerst gar nicht registriere. Aber dann trifft mich seine Bedeutung wie ein Schwall kaltes Flusswasser.

Es ist so weit.

Das Ende der Welt ist da.

Und es kommt zu früh.

»Wir müssen sofort zurück!«, schreit Will.

Mein Herz ist plötzlich so kalt, dass es wehtut. *Wie konnten wir nur so dumm sein?*

Die Welt dreht sich um mich.

Die Sterne sind viel zu hell.

Können wir es schaffen, rechtzeitig zurückzukommen?

Keiner von uns sagt etwas. Ich laufe los, um die Decke zu holen. Meine Hände zittern so sehr, dass es mir zunächst schwerfällt, den dünnen Stoff zu packen und ihn vom Gras zu ziehen.

»Lass sie einfach liegen und komm!«, ruft jemand, aber ich kann nicht aufhören, an der Decke zu zerren, ich weiß selbst nicht, warum.

Will ist im Nu neben mir. Schreiend fordert er mich auf loszulaufen. Ich sehe, wie sich seine Lippen bewegen, doch der Alarm scheint jetzt direkt aus meinem Brustkorb zu kommen. Ich kann nichts anderes mehr hören. Will reißt mich hoch und wir rennen zu den Bäumen. Wir lassen alles zurück, auch die Leiter, die wir benutzt haben, um herauszukommen. Ich atme so flach, dass mir schwindelig wird. Ich versuche tief durchzuatmen. In Ohnmacht zu fallen kommt nicht infrage, wir haben keine Zeit.

»Lauft zum Tor!«, brüllt Will, während wir rennen.

Der Alarm ist ein langes, ununterbrochenes Heulen. Noch nie ist er so losgegangen – nicht mitten in der Nacht, ohne dass eine Übung anberaumt war. Er soll nur dann ertönen, wenn die letzten Tage früher anbrechen und Pioneer sich im Datum geirrt hat. Aber bis dahin müssten es noch drei Monate sein. Kann Pioneer mit seinen Visionen so sehr danebenliegen? Ich versuche das Schluchzen zu unterdrücken, das aus meiner Brust herausdrängt. Ich bin nicht bereit, noch nicht.

Wir sind immer noch fast eine halbe Meile vom Tor entfernt. Ich habe das Gefühl, als würden mir gleich die Beine versagen, als würde mich jeden Moment die Kraft verlassen und ich an Ort und Stelle schlappmachen, mitten zwischen den Bäumen. Aber selbst, wenn das nicht passiert und es mir gelingt weiterzurennen, wenn wir alle weiterrennen, kann es sein, dass wir es nicht schaffen. Wenn die Tür zum Silo geschlossen wird und das hier ernst sein sollte, werden sie sie nicht wieder öffnen – nicht einmal für uns. Wir wären ausgeschlossen und müssten mit dem Rest der Welt sterben.

Mein Atem geht schwer. Ich werde nicht viel länger durchhalten. Will packt meine Hand und zieht mich mit sich. Ich kann mit seinen langen Schritten nicht mithalten, aber er zerrt mich weiter, zwingt mich, große Sprünge zu machen.

Marie schreit, das Gesicht kreidebleich vor Panik. Brian zieht sie hinter sich her, so wie Will es mit mir macht. Das hohe Gras raschelt beschwichtigend, als wir hindurchstürmen. Aus irgendeinem Grund kommen mir das Geräusch und das Gerenne komisch vor – als wären Will und ich plötzlich Teil eines Dreibeinlaufs auf Leben und Tod gegen Brian und Marie. Ich spüre, wie mir ein hysterisches Lachen in die Kehle steigt. Das kann nicht wirklich wahr sein, oder?

Will biegt nach links ab und lenkt uns zum Eingangstor. Gerade als wir dort ankommen, gerät die Sirene kurz ins Stocken und verstummt beinahe. Will hält die Luft an und bleibt stehen. Wir erstarren. Es ist, als hätte das Heulen der Sirene unsere Bewegungen kontrolliert. Einen Moment lang hoffe ich, dass es wirklich falscher Alarm war, doch dann jault die Sirene wieder auf. Wir machen am Wachhäuschen nur lange genug halt, um festzustellen, dass es unbesetzt ist. Sie sind bereits alle innerhalb der hohen Mauern unserer Siedlung – entweder auf dem Weg zur dicken Stahltür des Silos oder bereits tief in dem unterirdischen Betonbau selbst. Trotzdem rüttelt Will am Türgriff der Wachstation und probiert, ob sie offen ist.

»Lass es sein, wir haben keine Zeit!«, schreit Brian.

»Das Tor ist zu. Wir müssen es öffnen, wenn wir reinwollen«, schreit Will zurück. Mein Herz stockt so, wie es die Sirene gerade getan hat. Es ist Vorschrift, die Wachstation beim Verlassen sicher zu verschließen. Wir können das Tor nicht öffnen, wenn wir nicht in das Häuschen kommen und auf den Knopf drücken. Ich schließe die Augen und wünsche mir mit aller Kraft, es möge offen sein, aber das ist es nicht.

Will brüllt und tritt so lange gegen die Tür, bis sie aufspringt. Dann rennt er hinein. Es wird Pioneer gar nicht gefallen, dass er die Tür der Wachstation eingetreten hat. Andererseits, was spielt es für eine Rolle, wenn wir sie ohnehin nicht mehr brauchen? Ich schüttle den Kopf. Ich kann nicht mehr klar denken.

Das große Eisentor gleitet quietschend zurück. Wir warten nicht, bis es sich ganz geöffnet hat, und machen uns auch nicht die Mühe, auf den Knopf zu drücken, um es wieder zu schließen, ehe wir hindurchschlüpfen. Der Eingang zum Silo liegt am anderen Ende des Geländes. Wir müssen mindestens noch eine Meile rennen, ehe wir auch nur in die Nähe kommen. Mein Herz rast in der Brust und ich lege die Hand auf die Haut darüber in der Hoffnung, es irgendwie zu beruhigen. Marie bleibt neben mir stehen. Ich bin ziemlich sicher, dass sie ebenfalls an die Entfernung denkt, denn sie fängt an zu weinen.

»Das schaffen wir nicht.« Sie schluchzt zwischen abgehackten Atemzügen. »Es ist zu weit. Oh, Gott, wir werden sterben.« Niemand versucht sie zu trösten, denn sie hat recht. Es bleibt keine Zeit mehr. Wie zur Bestätigung ächzt die Sirene los. Und verstummt. Diesmal springt sie nicht wieder an und plötzlich ist alles still.

»Nein! Hört ihr? Nein!«, schreit Will in den Himmel, dann wendet er sich ab, rennt zu seinem Haus und verschwindet darin. Wir schauen ihm nach. Brian schaudert und legt die Arme um Marie, die sich an ihn lehnt. Sie ist inzwischen völlig hysterisch. Ich schlinge die Arme um den Leib und drehe mich langsam im Kreis, um nicht loszuschreien, richte die Augen auf Bäume, Häuser und Gärten, als würde es mich beruhigen, wenn ich mich auf sie konzentriere. Was machen wir jetzt? Siebzehn fühlt sich einfach zu jung an, um zu sterben. Ich brauche mehr Zeit. Das brauchen wir alle.

Wills Garagentor geht rumpelnd auf, als ich bei meiner vierten Umdrehung bin. Er schießt mit dem Golfcaddie seines Vaters aus dem Dunkel und kommt schlitternd vor uns zum Stehen.

»Steigt ein!«, befiehlt er. Ich rutsche neben ihn und Brian schubst Marie auf den Rücksitz, bevor er selbst hineinklettert.

»Festhalten!«, ruft Will, als er das Gaspedal durchtritt und wir Fahrt aufnehmen. Der Caddie schafft nur vierzig Stundenkilometer, trotzdem ist er schnell genug, um uns fast herauszuschleudern, als wir am Teich und den Picknicktischen im Zentrum vorbeischießen. Dennoch reicht die Geschwindigkeit nicht aus, um mein Herz zu beruhigen oder Marie dazu zu bringen, mit dem Schreien aufzuhören. Ich klammere mich an das kleine Geländer, das sich mir in den Oberschenkel presst, und hoffe, zu bleiben, wo ich bin, und dass wir rechtzeitig zum Silo kommen.

»Fahr schneller, du blödes Scheißding!«, brüllt Will.

Wir haben die Siedlung halb durchquert und sind jetzt fast bei den Stallungen. Ein paar Tiere stehen auf der Weide dahinter. Mehrere Pferde heben die Köpfe, als wir vorbeifahren. Ihre Ohren zucken vor und zurück, als verstünden sie nicht, was der ganze Aufruhr soll. Ich werfe ihnen einen letzten Blick zu. Ich wünschte, ich könnte Indy suchen, ihm die Hand auf die Nase legen und ein letztes Mal seinen dampfenden Atem fühlen, doch dafür ist es jetzt zu spät. Meine Augen sind feucht von Tränen, aber ich mache mir nicht die Mühe, sie wegzuwischen. Will legt eine Vollbremsung hin und wir springen aus dem Caddie und auf die Gruppe von Apfelbäumen zu, die den Eingang zum Silo verdeckt.

Will ist als Erster an der Tür. Sie ist mitten zwischen den Bäumen in einen flachen Hügel eingelassen. Ich muss ihn nicht einholen, um zu wissen, dass sie bereits fest verschlossen ist. Will hat den Kopf in den Händen vergraben und sitzt auf den Knien im Gras. Hinter uns kommen Brian und Marie herangestürzt. Bei Wills Anblick verliert Marie den letzten Rest ihrer Selbstbeherrschung. Sie rennt zu der verstärkten Stahltür und hämmert mit den Fäusten dagegen. »Lasst uns rein! Bitte, lasst uns rein! Tut uns das nicht an!«

Sie schreit und hämmert und keiner von uns sagt etwas. Sie können sie nicht hören. Für die Menschen hinter der Tür sind wir bereits tot.

Wenn ein Mensch
sich seiner Errettung
zu sicher ist,
verliert er die Leidenschaft dafür.

Pioneer, Gemeindeführer

8

Als Marie aufgibt und das Hämmern einstellt, hält die Welt den Atem an und verfällt in eine unheimliche Stille. Auch ich höre auf zu atmen. Ich glaube, das tun wir alle. Ich schaue zum Himmel und suche nach irgendwelchen Anzeichen von Rauch oder Feuer oder beidem. Was wird als Erstes kommen? Sonneneruptionen? Pioneer hat sich nie genauer dazu geäußert, was der Auslöser für die Apokalypse sein wird. Vielleicht die Erde. Sie könnte gleichzeitig beben, auseinanderbrechen und explodieren, wie eine Bombe, die nach innen losgeht statt nach außen.

Eine Minute vergeht. Ich balle die Hände zu Fäusten und versuche ganz still zu stehen, damit ich horchen kann.

Niemand sagt etwas.

Niemand bewegt sich.

Zwei Minuten.

Es passiert immer noch nichts.

Ich bin schweißbedeckt und so kalt vor Panik, dass ich mich fast nicht mehr rühren kann. Was sollen wir jetzt tun? Es gibt hier draußen keinen sicheren Ort. Unsere einzige Chance zu überleben ist verrammelt und liegt direkt unter unseren Füßen. Es ist zum Verrücktwerden, dass wir so dicht dran sind, aber ebenso gut hundert Meilen entfernt sein könnten. Ich will mich bewegen, will in die Felder hinauslaufen, um etwas zu tun, aber ich kann nicht. Es gibt nichts, was wir jetzt tun können. Gar nichts.

»Bitte, lieber Gott, o bitte, bitte, lieber Gott.« Ohne es zu merken, habe ich die Worte vor mich hin gemurmelt. Sie erschrecken mich. Ich bete und es sind nicht die Brüder, die ich anrufe. Es ist wie ein Reflex, von dem ich gar nicht wusste, dass er in mir steckt. Hoffe ich in meiner Verzweiflung, dass der Gott Noahs Mitleid mit mir haben wird, weil ich fast sicher bin, dass Pioneer keines haben wird? Weiß ich denn nicht, wie Noahs Gott auf die Gebete jener reagiert hat, die draußen vor der Arche geblieben sind, die Gebete der verderbten Ungläubigen? Er ließ sie ertrinken. Und das leuchtet ein, schließlich haben sie sich seinem Befehl widersetzt. Warum sollte Noahs Gott Mitleid mit uns haben, falls er wirklich existiert?

Ich sollte die Brüder anflehen. Wir sind die von ihnen Auserwählten. Jedenfalls waren wir das bis heute. Aber vielleicht sind wir es nicht mehr.

»Was maaaaachen wiiiir jetzt?«, wimmert Marie mit angstverzerrtem Gesicht.

»Ich weiß es nicht … ich hab's versucht, aber … ich weiß es nicht«, sagt Will mehr zu sich selbst als zu ihr. Er sitzt immer noch auf den Knien und vergräbt das Gesicht wieder in den Händen. *»Warum?«*, schreit er den Boden an. *»Warum?«*

»Es kann nicht sein, dass wir sterben müssen. Nicht so. Wir sollten drinnen sein. Sie haben uns im Stich gelassen. Haben uns einfach im Stich gelassen«, murmele ich, aber niemand hört zu.

Maries Weinen wird lauter und sie fängt an zu zittern. Ihre Tränen sammeln sich am Kinn, bevor sie ihr auf das T-Shirt tropfen.

Sie schaut zum Himmel und öffnet den Mund, um etwas zu sagen, bringt aber vor lauter Schluckauf und Weinen kein Wort heraus.

»Sie hätten sich doch denken können, dass wir ganz in der Nähe sind. Warum konnten sie nicht noch ein paar Minuten warten? Es passiert doch noch gar nichts. Sie hätten uns reinlassen können.« Brian schaut zum Eingang des Silos, aber es liegt keine Hoffnung in seinem Blick. Er weiß, dass seine Fragen keine Rolle mehr spielen. Wir alle wollen eine andere Antwort als die, die wir bekommen haben. Wir wollen eine Chance, die Dinge in Ordnung zu bringen.

Will stößt ein bitteres Lachen aus. »Meinst du wirklich? Wie lautet denn Pioneers oberste Regel? Hm? Wenn diese Tür zugeht, bleibt sie fünf Jahre lang geschlossen, so lange, bis uns die Brüder holen kommen. Sie wird keinesfalls geöffnet, egal, aus welchem Grund. Das wussten wir alle.«

Ich kann niemanden von ihnen ansehen. Ich will sie alle für das hier verantwortlich machen. Marie hat mich überredet, gegen die Regeln zu verstoßen. Will und Brian haben die blöde Leiter gebaut. Ich wollte von Anfang nicht mitmachen. Wären wir dort gewesen, wo wir hingehören – in unseren Betten –, wären wir jetzt in Sicherheit. Diese Gedanken setzen sich in meiner Brust fest und werden immer mächtiger, bis ich Angst habe, sie nicht länger für mich behalten zu können. Aber was würde es bringen, sie jetzt anzubrüllen?

Marie schnieft laut. Fürs Erste hat sie sich ausgeheult. Sie lehnt an Brian, der sie in den Armen hält, als könne er auf die Art verhindern, dass sie zerbricht. Will hält mich nicht im Arm und ich will auch nicht, dass er das tut. Was ich wirklich will, ist losrennen oder mir Indy schnappen und in die Prärie hinausjagen und vielleicht versuchen, vor der Zerstörung davonzulaufen, aber ich weiß nicht, aus welcher Richtung sie kommen wird. Also bleibe ich still stehen und warte.

Bamm!

Alle paar Minuten tritt oder hämmert Will gegen die Tür. Es gibt keinen erkennbaren Grund, der ihn aufspringen lässt, aber jedes Mal, wenn es so weit ist, schreckt der Rest von uns zusammen.

»Kannst du vielleicht damit aufhören?«, fauche ich schließlich, denn wenn er es nicht bald sein lässt, brennt mir die Sicherung durch.

Will funkelt mich wütend an und ich erstarre. Jetzt habe ich es geschafft, seine Wut auf mich zu lenken statt auf die Tür. »Was soll ich denn machen? Aufgeben? Einfach rumstehen und blöde vor mich hin starren, so wie ihr?«, ruft er.

»Komm runter, Will«, warnt ihn Brian.

»Nein, ich komme nicht runter. Es sei denn, ihr habt eine bessere Idee – dann bin ich ganz Ohr. Sagt mir, was wir eurer Meinung nach tun sollen.« Er funkelt erst Brian an und dann mich. Als unsere Blicke sich begegnen, wird seine Miene ein wenig weicher.

»Also gut. Aber ich kann einfach nicht … aufhören … Ich meine … Sie haben uns ausgesperrt. Uns im Stich gelassen.« Er tritt ein paar Schritte von der Tür zurück und ruft: »Hier passiert gar nichts! Macht die Tür auf!«

»Das wissen sie nicht«, sagte Brian leise. »Sie haben da unten keine Möglichkeit, es zu erfahren – oder uns zu hören. Und du hast es selbst gesagt: Auch wenn sie es wüssten, würden sie die Tür nicht aufmachen.«

»Dann müssen wir dafür sorgen, dass sie es hören und ihre Meinung ändern!«, ruft Will, bevor er sich umdreht und an uns vorbei aus dem Obstgarten stürmt.

»Wo läuft er denn hin?«, heult Marie auf und Brian schließt die Augen, als sei er ganz kurz davor, die Geduld zu verlieren.

»Reiß dich bitte zusammen, ja, Baby? Sieh dir Lyla an. Sie flippt nicht aus.«

Tue ich nicht?

Ich habe mir noch keine Gedanken darüber gemacht, wie ich auf die anderen wirke, weil ich das Gefühl habe, in mir drinnen sei alles lose und durcheinandergeraten. Das hier hätte nicht passieren dürfen. Ich kann immer noch nicht ganz glauben, dass es passiert ist. Wir sollten im Silo sein. Wir sollten Teil der Zukunft sein und keine noch atmenden Relikte der Vergangenheit. Ich schlinge die Arme um den Leib und versuche mich im wahrsten Sinne des Wortes zusammenzureißen.

Marie ist gerade dabei, sich zu beruhigen, als Will mit einer Axt in der Hand den Pfad wieder heraufgestürmt kommt, die Augen fest auf die Tür des Silos gerichtet. Er hebt die Axt über den Kopf und wir ducken uns, als könnte er aus Versehen einen von uns treffen, obwohl wir nicht einmal in seiner Nähe stehen. Er schlägt mit der Axt gegen die Tür. Sie trifft auf das Metall und erzeugt einen beeindruckenden Ton, bevor sie abprallt. Der Griff vibriert in Wills Händen und er flucht, weil sie ihm beinahe aus der Hand gefallen wäre. Dann holt er aus und bearbeitet die Betonwände zu beiden Seiten der Tür. Er ächzt und brüllt und schlägt immer wieder zu, ohne große Fortschritte zu machen. Irgendwie erinnert er mich an eine der Looney-Tunes-Figuren – Yosemite Sam vielleicht, wenn irgendetwas nicht so klappt, wie er es will, und er völlig aus der Haut fährt. Dann dreht Marie wieder auf, sie heult und jammert immer lauter, während die Axt auf Tür und Mauer eindrischt … und ich kann das verrückte Lachen, das in mir aufsteigt, nicht länger zurückhalten. Ich fange an zu kichern, weil das Ganze einfach zu surreal ist. Und schließlich lache ich schallend los, was mir manchmal passiert, wenn ich sehr nervös bin. Ich halte mir den Bauch, mir tränen die Augen und meine Nase läuft. Ich habe Seitenstechen, aber ich kann das hysterische Gelächter, das wellenartig über mich hereinbricht, nicht abstellen. Es reicht, um dafür zu sorgen, dass Will die

Tür in Ruhe lässt und Marie ihr Flennen einstellt. Brian presst sie jetzt noch enger an sich, als habe er Angst vor mir. Alle starren mich an, als wäre ich komplett übergeschnappt, was die Sache nur noch schlimmer macht. Es dauert nicht lang und Will muss hinter mich treten und mir auf den Rücken schlagen, damit ich zwischen den Lachanfällen noch Luft hole.

»Hm, Lyla, alles okay?«, fragt Brian. Die ganze letzte halbe Stunde hat er nicht so ängstlich ausgesehen wie jetzt.

Keuchend versuche ich mich zu beruhigen. »Ja, tut mir leid, aber Will so auf die Tür eindreschen zu sehen und dann Marie mit ihrem Geheule … und dabei ist der Garten so still und alles andere so normal … Das Ganze fühlt sich einfach unmöglich an. Ich meine, haben wir uns getäuscht? Vielleicht sind sie einfach nur im Klubhaus. Wir haben schließlich nicht nachgesehen. Vielleicht hat die Sirene aufgehört, weil es bloß *falscher* Alarm war. Es könnte doch alles ein riesengroßes Missverständnis sein. Oder? Bitte, das kann doch alles gar nicht wahr sein. Nicht, wenn es ganz allein unsere Schuld ist, dass wir es nicht geschafft haben.« Jetzt lache und weine ich tatsächlich gleichzeitig, was sehr beängstigend ist, weil es mir zeigt, wie nahe ich daran bin, völlig auszurasten.

Will stößt einen langen Atemzug aus. »Okay, dann ist es eben unsere Schuld, dass wir hier draußen sind. Na und? Was kann Heulen schon daran ändern? Wir müssen rausfinden, was als Nächstes kommt.«

»Was meinst du mit ›was als Nächstes kommt‹? Als hätten wir irgendwelche Optionen. Wir werden sterben«, kreischt Marie und Brian schubst sie von seinem Schoß und schüttelt sie.

»Halt die Klappe!«, schreit er und alle erschrecken, weil er bislang noch gar nicht ausgeflippt ist. Er war unheimlich ruhig, aber da wir alle unseren Ausraster hatten, ist er jetzt vielleicht an der Reihe.

»Wir sitzen hier draußen fest.« Er steht auf, rammt einen Schuh in den Boden und reißt mit der Spitze ein kleines Stück Gras heraus. »Daran können wir nichts ändern. Aber wir können aufhören, uns selbst zu bemitleiden, und rausfinden, wie wir so lange wie möglich überleben können. Ich bleibe nicht einfach hier sitzen und warte darauf, zu sterben. Entweder finden wir einen Weg, dass sie uns reinlassen, oder wir fangen an uns zu überlegen, was der nächste Schritt ist. Also, was wollt ihr tun?«

Will läuft ein paarmal auf und ab, ehe er mich ansieht und sich dann wieder Brian zuwendet. »Wir müssen rausfinden, wie viel Zeit uns noch bleibt. Dann können wir uns entscheiden.«

Marie fährt sich mit dem Handrücken über die Nase und atmet zittrig aus. »Wir brauchen ein Telefon oder ein Radio oder so was in der Art.«

Brian nickt und schaut zu Boden. »Pioneer hat in seinem Zimmer ein Radio und einen Computer, nicht? Wir müssen sie holen und sehen, ob es schon irgendwelche Neuigkeiten über den Weltuntergang gibt, ob er schon angefangen hat.«

»Aber wir dürfen nicht in sein Zimmer. *Niemals*«, sagt Marie fast ehrfürchtig. Pioneer bewohnt hinten im Klubhaus zwei kleine Räume, die noch nie jemand gesehen hat, weil sie absolut tabu sind. Ich kann mich nicht erinnern, jemals gehört zu haben, dass er jemanden hereingebeten hätte.

»Als ob er je davon erfahren würde. Er ist im Silo. Was noch in seinem Zimmer ist, kann nichts Verbotenes mehr sein«, sagt Brian.

»Dann lasst uns gehen«, sage ich. Im Obstgarten zu bleiben wird langsam unerträglich. Ich kann nicht länger ruhig bleiben mit dem Wissen, dass sich meine Familie direkt unter meinen Füßen befindet, sicher im Innern des Silos. Ich werde sie nie wiedersehen. Ich habe mich nicht einmal von ihnen verabschiedet. Keiner von uns hat das getan. Schließlich zuckt Will mit den Achseln und nimmt meine Hand, Brian nimmt Maries und wir machen uns auf den Weg zum Klubhaus und zu Pioneers Zimmern.

Als wir das Schloss klicken hören, können wir zuerst gar nicht zuordnen, wo es herkommt. Ich erschrecke, weil das Geräusch nicht zu den anderen, natürlicheren Lauten um uns herum passt. Ohne darüber nachzudenken, drängen wir uns dichter zusammen. Im Verlauf von nur einer halben Stunde sind wir völlig voneinander abhängig geworden. Unmittelbare Lebensgefahr bewirkt so etwas. Ich zittere und Will packt meine Hand noch fester. Haben wir uns das Geräusch nur eingebildet?

Die Silotür ächzt und schwingt langsam zum Garten hin auf. Einen Moment lang scheinen alle zu erstarren; selbst die Grillen um uns herum sind verstummt. Dann sehen wir Pioneer im Türrahmen auftauchen.

»Oh, danke, danke, danke.« Marie wirft sich ihm an den Hals. Er erwidert ihre Umarmung nicht. Sein Gesicht ist ernst. »Ihr wart heute Abend nicht da, wo ihr hättet sein sollen«, sagt er leise und schaut einen nach dem anderen an. Seine Miene ist undurchdringlich. Ich schaudere unwillkürlich. Es wäre mir lieber, er würde schreien. Seine Ruhe wirkt unheimlich.

»Beeilt euch«, sagt er, während er uns hineinwinkt.

Noch bevor er zu Ende gesprochen hat, eilen Brian und Marie ins Gebäude. Will lässt meine Hand los und läuft ihnen hinterher. Ich folge ihm, wenn auch langsamer. *Warum hat er die Tür geöffnet?* Es widerspricht allem, was er uns bis heute gelehrt hat. Warum jetzt, nachdem er uns so lange hat dagegenhämmern lassen? Ich bin froh über unsere plötzliche Sicherheit, aber ich frage mich trotzdem, was wirklich vor sich geht. Wir haben es nicht verdient, hereingelassen zu werden. Wir haben die Regeln gebrochen.

Ich sehe Pioneer an. Er blickt mir tief in die Augen und lächelt sanft. »Alles wird gut, Kleine Eule. Ich bin da. Du bist in Sicherheit. Komm jetzt rein.« Er legt mir den Arm um die Schultern und zieht mich sanft ins Silo. Dann schließt er die Tür zu unserer Zuflucht und verriegelt sie hinter uns. Als das Schloss einschnappt, spüre ich, wie meine Panik ein wenig nachlässt. Pioneer tätschelt mir noch einmal den Arm und setzt sich dann an die Spitze unserer Gruppe. »Also dann, meine verirrten Schäfchen, folgt mir.«

Plötzlich weiß ich, warum er so gehandelt hat. Er hat uns hereingelassen, weil ihm an uns liegt, weil er will, dass wir eine zweite Chance bekommen, selbst wenn es bedeutet, die eigenen Regeln brechen zu müssen. Natürlich ist das der Grund. Er hat schon immer alles zu unserem Schutz getan. Das hier ist nur ein weiteres Beispiel für seine Hingabe. Und meine Zweifel sind nur ein weiterer Beleg dafür, wie wenig ich sie verdient habe.

Während er uns durchs Silo führt, sagt er kein Wort mehr und sein Schweigen färbt auf uns ab – entweder das oder die anderen ertrinken, genau wie ich, in Schuldgefühlen wegen unseres schlecht getimten Ausflugs hinaus aus Mandrodage Meadows.

Wir folgen ihm die erste Treppe hinab, durch den Bereich mit den Dekontaminationsduschen und vorbei am Waffenlager. Mir ist ganz schwindlig von der plötzlichen Wendung unseres Schicksals. Es will mir immer noch nicht in den Kopf, dass wir verschont wurden, obwohl Pioneer immer geschworen hat, die Tür des Silos verriegelt zu lassen, sobald der letzte Tag gekommen ist. Sein Timing war so merkwürdig. Genau in dem Moment, als wir den Versuch aufgeben wollten hineinzukommen, hat er die Tür geöffnet. Warum erst dann und nicht sofort? War es nicht wesentlich riskanter zu warten? Ich schaue immer wieder zu den anderen, um festzustellen, ob sie sich die gleichen Fragen stellen, aber Marie grinst wie eine Irre und Brian und Will starren mit ausdruckslosen Gesichtern vor sich hin.

Wir gehen zum Treppenschacht, der sich durch das ganze zylinderförmige Gebäude erstreckt. Wir haben irgendwann angefangen, es »Silo« zu nennen, weil es genauso aussieht – wie ein in die Erde eingelassenes Getreidesilo. Unter uns liegen sechs Stockwerke mit Gemeinschaftsräumen und zwanzig Privatquartieren, die wie die Speichen eines Rades von den beiden mittleren Stockwerken abgehen. Im Hauptzylinder befinden sich ein Begegnungsbereich mit einer großen Bibliothek und dem Musiktrakt, eine Krankenstation, der Hydrokultur-Garten und ein Fitnessstudio, ein Theater und das Vorratslager; in den Radspeichen liegen die Schlafkojen, winzige Küchenzeilen und Sitzecken – alles, was wir für die Zeit brauchen, in der wir darauf warten, dass die Welt wieder ein sicherer Ort zum Leben wird.

Ich weiß, dass es garantiert schlimmere Arten gibt, die kommende Vernichtung zu überstehen. In anderen Teilen der Welt haben Menschen kleine Einraumbunker angelegt – winzige Schutzräume hinter ihren Häusern. Im Vergleich dazu ist unser Silo eine unterirdische Stadt. Trotzdem hat es keine Fenster und die Mauern scheinen jedes Mal, wenn ich mich darin aufhalte, ein wenig näher zusammengerückt zu sein. Ich sollte mich glücklich schätzen, mich in seinem Innern zu befinden, dankbar sein dafür, dass wir in Sicherheit sind, doch die Spannung, die ich draußen verspürt habe, ist nicht gewichen. Auf merkwürdige Art und Weise habe ich das Gefühl, lediglich ein Todesurteil gegen ein anderes eingetauscht zu haben. Wie lange können wir hier unten wirklich überleben, ohne Sonne und die Weiten der Prärie? Ich schätze, die einzige Antwort darauf lautet, solange es nötig ist. Wir haben keine andere Wahl.

Wir steigen noch ein Stockwerk tiefer, ehe Pioneer mit uns vor der Tür stehen bleibt, die zum Begegnungsbereich, der Bibliothek und den Musikräumen führt. Er öffnet sie. Dahinter sind unsere

Familien und Freunde, tränenüberströmt und voller Sorge. Im ersten Moment herrscht Stille und wir starren uns einfach nur an, doch dann schreit jemand auf, unsere Familien eilen auf uns zu und alles versinkt in einem Tumult aus Umarmungen und Küssen und weiteren Tränen.

Meine Eltern nehmen mich in ihre Mitte. Sie zittern und ihre Stimmen sind heiser vom Weinen. Ich kuschle mich fest in ihre Arme. Das Shirt meiner Mutter streicht mir immer wieder über das Gesicht und riecht nach ihrer geliebten Lavendelseife. Ich inhaliere ihren Geruch in kleinen Zügen, die immer wieder ins Stocken geraten, weil ich jetzt selbst schluchze. Das Wissen, hier zu sein, lässt mich fast hysterisch werden. Ich hatte fest damit gerechnet, dass man uns draußen stehen lassen würde.

Es geht laut zu im Raum bei unserer Wiedervereinigung. Kaum zu glauben, dass wir nur etwa eine Stunde lang getrennt waren. Wir vier werden von der Gemeinde umringt, man klopft uns auf den Rücken und weint mit unseren Eltern. Ich schaue zu Marie hinüber, die mich angrinst und übers ganze Gesicht strahlt angesichts der Aufmerksamkeit, die ihr zuteilwird. Will und Brian sehen aus, als sei ihnen die geballte Ladung Liebe, die ihnen entgegenschlägt, peinlich, als würden sie sich am liebsten die nass geküssten Wangen abwischen – wenn sie es tun könnten, ohne die Gefühle der anderen zu verletzen. Ich kann mir nicht darüber klar werden, was ich empfinde. Beklommenheit vielleicht? Ich begreife immer noch nicht ganz, dass ich, dass wir alle in Sicherheit sind.

Pioneer meldet sich erst zu Wort, als wir uns ein wenig beruhigt haben. »Brüder und Schwestern, setzt euch.«

Es wird schnell leise im Raum und alle gehen zu den Reihen mit Sesseln und Sofas, die grüppchenweise im ganzen Raum verteilt sind. Meine Mutter nimmt keinen eigenen Sessel, sondern hockt sich mit auf meinen und legt mir die Hand auf den Kopf. Auch

Wills Familie drängt sich um ihn herum und Marie wird von den Armen ihrer Mutter umhüllt wie ein Schmetterling in einem Kokon. Beide zwängen sich in denselben Sessel. Ich knabbere an einem Fingernagel und kämpfe mit den Tränen. Jetzt, wo wir in Sicherheit sind, wird postwendend die Strafe für unser Wegschleichen folgen. Was wir getan haben, ist so schlimm, dass ich mir nicht annähernd vorstellen kann, wie sie ausfallen wird. Ich weiß nur, dass sie schrecklich sein wird.

Ich werfe einen Blick auf Pioneer, der in aller Ruhe zuschaut, wie wir uns niederlassen. Seine Miene ist glatt und unbewegt. Er ist der Einzige, der zu wissen scheint, was vor sich geht und was als Nächstes geschehen wird. Ich umklammere die Sessellehnen und versuche mich gegen die schlechte Neuigkeit zu wappnen, die nun folgen muss. Bedeutet es, dass wir länger unter der Erde leben müssen, als ursprünglich geplant? Das Gebäude um uns herum ist groß genug, um die Gemeinde bequem zu beherbergen, aber ich kann trotzdem nach wie vor nur flach atmen, als wäre es hier nicht geräumiger als in einem Kleiderschrank.

Die Augen auf den Boden geheftet und die Hände auf dem Rücken verschränkt, schreitet Pioneer die Längsseite des Raums ab, ehe er zu sprechen beginnt.

»Seit Monaten werde ich jede Nacht von Sorgen um die letzten Tage geplagt, um unsere Bereitschaft, uns ihnen zu stellen. Und ich fürchte inzwischen, dass wir nicht bereit sind. Unter uns hat sich Selbstzufriedenheit breitgemacht, meine Freunde. Unser bedingungsloser Einsatz für das Überleben hat nachgelassen.« Hier macht er eine Pause, schaut uns allen mit blitzenden Augen ins Gesicht. »Mir bricht das Herz, wenn ich daran denke, wie weit wir gekommen sind, was wir alles getan haben, um zu überleben, nur um zu sehen, wie jetzt, wo wir so kurz vor dem Ende stehen, alles aufs Spiel gesetzt wird. Heute Nacht habe ich unsere Bereitschaft getestet, weil ich hoffte, ich würde mich irren und wir seien nicht gleichgültig geworden angesichts des drohenden Weltuntergangs, sondern immer noch auf dem richtigen Weg. Doch tief drinnen befürchtete ich, dass ihr diesen Test nicht bestehen würdet. Und diese Befürchtungen haben sich heute Abend bewahrheitet.«

Seine Augen bohren sich in meine und ich bin sicher, dass er auf die Sekunde genau wusste, wann wir uns hinausgeschlichen haben. Aus den Augenwinkeln sehe ich Marie in ihrem Sessel hin und her rutschen. Sie weiß es auch. Der Alarm ist unseretwegen losgegangen.

Niemand gibt einen Mucks von sich, was nur verdeutlicht, wie still es hier unten ist, wie abgeschottet von allem. Pioneer schließt die Augen, Tränen laufen ihm jetzt über das Gesicht. »Wenn heute tatsächlich der letzte Tag gewesen wäre, hätten wir vier von uns verloren. Vier.« Er verzieht das Gesicht vor Qual und verbirgt es in den Händen. Meine Mutter gibt ein kleines Schluchzen von sich und ich streichle ihre Hand. Wir warten, während er um Fassung ringt. »Uns bleiben nur noch wenige Monate. Da ist kein Raum für Selbstzufriedenheit. Für Rebellion. Nicht hier und nicht mehr.« Bei den letzten Worten verzieht er die Lippen, als hinterließen sie einen schlechten Geschmack im Mund.

»Wir haben nicht die letzten zehn Jahre damit verbracht, zu planen, zu bauen und Opfer zu bringen, nur um am letzten Tag noch Mitglieder unserer Gemeinde zu verlieren. Und so gern ich euch sagen würde, dass ich den genauen Tag und die genaue Stunde kenne, ist es nicht so. Keiner von uns weiß, wann wir hier unten einziehen werden, wann das Silo der einzige sichere Ort werden wird, der uns noch bleibt.«

»Willst du damit sagen, dass das alles nur eine *Übung* war? Du hast uns für eine *Übung* glauben gemacht, wir hätten unsere Kinder verloren?«, fragt Mr Wallace, Brians Dad, der dabei rot anläuft. Er beugt sich im Sessel vor, als habe er Mühe, sitzen zu bleiben.

Der Rest von uns weicht unwillkürlich vor ihm zurück. Etwas infrage zu stellen, was Pioneer tut, ist beinahe beispiellos und die wenigen Male, bei denen es jemand versucht hat, folgte eine Strafe der drastischsten Art – mitunter vor aller Augen. Ich selbst habe noch nie etwas angestellt, das eine dieser Strafen gerechtfertigt hätte. Das heißt, bis heute Nacht.

Ich kauere mich zusammen und versuche nicht darüber nachzudenken, welche Strafe Will, Brian, Marie und mir bevorsteht. Sich wegzuschleichen ist sogar noch schlimmer, als Pioneer infrage zu stellen. Und das Schlimmste daran ist das Wissen, dass wir die Strafe, was immer sie sein mag, verdient haben.

Pioneer stoppt abrupt. Sein Gesicht wird blass und der Ausdruck seiner tränennassen Augen so schlagartig hart und leer, dass ich mich frage, wohin der Rest seiner ungeweinten Tränen verschwunden ist. Wie aus dem Nichts drischt er mit der Handfläche auf das vor ihm stehende Pult, sodass wir alle zusammenschrecken. Dann tritt er direkt vor Mr Wallace und starrt ihn an, bis sich der arme Mann zusammenkrümmt und den Blick abwendet. Brian und seine Mutter kauern sich auf ihren Sesseln zusammen. Ich flehe Brians Dad in Gedanken an, still zu sein. Das Letzte, was wir jetzt gebrauchen können, ist, dass auch noch irgendjemand von unseren Eltern bestraft wird.

»Ja, ich habe euch glauben lassen, eure Kinder seien fort! Gott weiß, dass ich es nicht gern tat, aber mir blieb keine Wahl. Ihr musstet erfahren, wie es sich anfühlt, sie zu verlieren, damit ihr ein für alle Mal versteht, wie gefährlich diese Zeiten sind. Wir baumeln am Rand einer Klippe! Eure Kinder hängen an den Rettungsseilen, die *wir* bereitstellen – diese Gemeinde und diese Zuflucht. Wenn ihr die Seile nicht ständig fest in den Händen haltet, werden sie zusammen mit dem Rest dieser verlorenen Welt in den Abgrund stürzen und dann gibt es kein Zurück. Wusstest du, wo Brian war, als die Sirene losging? Hattest du irgendeine Ahnung, wo du als Erstes suchen musst? Nein! Das wusste keiner von euch. Ihr habt euch darauf verlassen, dass sie dort sind, wo sie hingehören. *Ihr* habt es irgendwie in die Zuflucht geschafft. Habt dafür gesorgt, dass *ihr* in Sicherheit seid. Dann habt ihr hier gesessen und gejammert, die Hände gerungen und mich angefleht, die Tür wieder aufzumachen.« Pioneer weist mit dem Finger zur Decke, dorthin, wo sich die Eingangstür des Silos befinden würde, wenn wir sie sehen könnten. »Ihr habt ihr Überleben ganz und gar in meine Hände gelegt, wo es nichts zu suchen hat, weil ich an diesem letzten Tag für nichts anderes verantwortlich sein werde, als diese Tür zuzumachen und fest zu verschließen. Und beim nächsten Mal werde ich sie für nichts und niemanden wieder öffnen. Verstanden?«

Er richtet die letzten Worte direkt an Mr Wallace. Dann lehnt er sich zurück und schlägt ihm ins Gesicht. Richtig fest. Ungewollt stockt mir der Atem. Es schockiert mich jedes Mal, wenn er so etwas vor aller Augen tut. Meine Mom bedeutet mir, still zu sein. Ich sehe, wie Mr Wallace' Familie ein wenig von ihm abrückt, als könnte die Nähe zu ihm Pioneers Zorn auch über sie bringen. Mr Wallace schluckt wie ein Fisch und nickt.

Pioneer zittert jetzt; so wütend habe ich ihn noch nie gesehen. Sein angegrautes Haar, das normalerweise glatt und ordentlich zurückgekämmt ist, steht dort, wo er mit den Händen hindurchgefahren ist, in alle Himmelsrichtungen ab. Selbst seine Augen glühen vor Erregung. Vielleicht hat er das Recht, wütend zu sein. Er kann unsere Last nicht auch noch tragen, nicht, wenn er bereits mit der Führung der Gemeinde und der Vorbereitung des Silos belastet ist. Er hatte den Mut, vorzutreten und sich den Ungläubigen zu widersetzen, er hat uns hier versammelt, um einen kleinen Teil der Menschheit zu retten. Ohne ihn wären wir ebenso verloren wie der Rest der Welt. Er ist unsere einzige Hoffnung auf eine Zukunft.

Rund um mich herum senken alle die Köpfe und starren zu Boden – meine Eltern eingeschlossen. Meine Mom reibt mit dem Daumen über die Spitzen von Karens Schuhen – die es ins Silo geschafft haben, auch wenn ich es nicht tat. Meine Eltern vermeiden es, mich anzusehen. Was hat sie veranlasst, ohne mich hierherzukommen? Haben sie überhaupt nach mir gesucht oder sind sie einfach hierhergerannt und haben sich darauf verlassen, dass ich irgendwie auch hier sein würde, und damit zumindest in Kauf genommen, dass dem womöglich nicht so ist? Und noch schlimmer, hätte ich an ihrer Stelle das Gleiche getan? Ich wünschte, die Antworten auf diese Fragen verstünden sich von selbst. Ich würde gern behaupten, dass ich nie tun würde, was sie gerade getan haben. Ich habe immer geglaubt, dass sie mir mehr bedeuten, als mein eigenes Leben es je könnte … aber nach dieser letzten Stunde kann ich das nicht mehr mit Sicherheit sagen. Als die Sirene losging, dachte ich an nichts anderes als an das nackte Überleben. Meine Eltern kamen mir erst in den Sinn, als mir klar wurde, dass ich es nicht schaffen würde. Und diese Erkenntnis – dass wir alle nur einen panischen Moment davon entfernt sind, die Bande zu kappen, die uns verbinden – erschüttert mich bis ins Mark.

»Geht nach Hause«, sagt Pioneer und macht bei diesen Worten keinen Hehl aus seiner Enttäuschung. Meine Eltern zucken zusammen. »Geht in euch, denn in wenigen Stunden beginnen wir endgültig mit den letzten Vorbereitungen.«

Als aber der HERR sah, dass der Menschen Bosheit groß war auf Erden und alles Dichten und Trachten ihres Herzens nur böse war immerdar, da reute es ihn … und er sprach: Ich will die Menschen, die ich geschaffen habe, vertilgen von der Erde.

1. Mose 6,5–7

9

Als wir nach Mandrodage Meadows zogen, erwähnten die Erwachsenen uns gegenüber das Ende der Welt anfangs so gut wie gar nicht. Ich kann mich nicht erinnern, mich jemals mit meinen Eltern, Pioneer oder sonst jemandem hingesetzt und darüber gesprochen zu haben, warum wir mitten im Nirgendwo waren und das größte Loch in die Erde gruben, das ich je gesehen hatte. Woran ich mich sehr wohl erinnere, ist, mit Will und den anderen durch die Prärie und die angrenzenden Hügel gestreift zu sein. Ich erinnere mich, im Sommer Wildblumen gepflückt zu haben und im Winter Schlitten gefahren zu sein. Ich erinnere mich an das Gefühl, New York sei eine Million Meilen entfernt und die Dunkelheit, die heraufgezogen war, bevor wir hierherkamen, nur noch ein verblassender Albtraum. Hätten Karens Schuhe nicht weiter neben der Haustür gestanden, hätte ich vielleicht versucht, die Zeit davor völlig zu vergessen.

Als ich zehn wurde, änderte sich das alles. Es war das Jahr, in dem Pioneer uns in der Schule versammelte, um uns die aufgezeichneten Nachrichten zu zeigen, die unsere Eltern schon gesehen hatten, wir aber nicht. Er holte Diagramme und Karten vom Weltraum heraus und brachte uns bei, sie zu lesen. Ich begann zu begreifen, dass der Himmel Gefahren barg, die wesentlich größer waren, als ich mir je hatte vorstellen können. Asteroiden. Sonneneruptionen.

Er las uns die Geschichte von Noah vor und erklärte uns, dass wir genau wie Noah und seine Familie wären. Ihr Gott hatte ihnen erzählt, dass etwas im Anzug sei, etwas, das der überwiegende Teil der Menschheit nicht überleben würde, und deshalb bereitete Noah seine Leute vor. Er ließ sich von der Schelte und dem Unglauben des Rests seiner Gemeinde nicht einschüchtern, versammelte die wenigen, die ihm glaubten, und baute ihnen eine Arche, in der sie den heraufziehenden Sturm überstehen würden, genau wie Pioneer für uns das Silo gebaut hatte. Als Noahs Flut schließlich kam, erkannten die Spötter, dass Gott seine schützende Hand über sie hielt. Sie kämpften darum, auf die Arche zu gelangen, doch es war zu spät und sie waren verloren, genau wie es die Menschen außerhalb von Mandrodage Meadows irgendwann sein würden.

»Ihr alle seid Auserwählte, ihr wurdet von den Brüdern ausersehen, jenen höheren Wesen, die die Entwicklung unseres Planeten schon verfolgt haben, bevor er von Menschen besiedelt wurde. Sie haben mich erwählt und mir Visionen von dem eingegeben, was kommen wird, damit ich auf ihr Geheiß hin die auserwählen konnte, die es am meisten verdient haben zu überleben. Euch, meine Gemeinde.«

Ich hatte viele Fragen, das hatten wir alle – über die geheimnisvollen Brüder, über das, was Pioneer in seinen Visionen sah, darüber, wie er unsere Familien ausgesucht hatte. Pioneer lachte sein tiefes, dröhnendes Lachen, bei dem man immer mitlachen wollte – selbst wenn wir gar nicht sicher waren, worüber er lachte. Er legte eine Hand auf meine Schulter und die andere auf Wills. Dann erzählte er uns Geschichten von den Aliens, die uns am anderen Ende des Universums erwarteten. Er zeigte uns Zeichnungen, die er von ihren schlanken Leibern und den großen schwarzen Augen angefertigt hatte, zeigte uns auf der Karte die Galaxie, in der sie lebten, und beschrieb uns, wie herrlich ihre Welt sei. Das alles habe er in den Visionen gesehen, die die Brüder ihm eingaben, erklärte er uns. Er verbrachte ganze Wochen und Monate damit, uns beizubringen, wie man in der Bibel nach den Botschaften suchte, die sie dort für jene hinterlassen hatten, die klug genug waren, sie zu erkennen.

Wir fingen an, mit gestrafften Schultern und einem geheimnisvollen Lächeln durch die Siedlung zu laufen. Wir waren etwas Besonderes. Wir waren auserwählt. Wir würden die Überlebenden sein.

Wenn man jemanden wirklich liebt,
muss man bereit sein, alles zu tun, was nötig ist,
damit er lernt und wächst,
selbst wenn es für beide schmerzhaft ist.

Pioneer, Gemeindeführer

10

Die Luft außerhalb des Silos ist süß, und das nicht nur, weil sie nach Äpfeln und Geißblatt duftet. Sie ist frisch und nicht recycelt – ganz anders als die Luft im Silo. Auf dem Weg nach Hause kann ich einfach nicht aufhören, sie immer wieder tief einzusaugen und sie so lange wie möglich in mir zu behalten. Wir sind ernst und stumm – als seien wir Teil einer Beerdigungsprozession, als hätten wir nicht gerade das schönste Geschenk von allen erhalten: mehr Zeit. Zeit, um Dinge anders zu machen, Zeit, um sich noch einmal zu verabschieden. Dennoch hat Pioneers Rede mich wachgerüttelt. Es ist merkwürdig, aber ich glaube, bis jetzt habe ich einfach nicht genug darüber nachgedacht, was es wirklich bedeutet, die Sonne, den Himmel, unsere Siedlung, die Welt loszulassen. Ich war so damit beschäftigt, mich auf das Ende der Welt vorzubereiten, dass ich nicht wirklich innegehalten habe, um mir Gedanken darüber zu machen, was danach passiert.

Ich habe es eilig, nach Hause zu kommen, auch wenn ich wahrscheinlich nicht lange dort sein werde. Pioneer wird bald nach mir schicken lassen. Er musste nicht erst ankündigen, dass er Will, Marie, Brian und mich bestrafen würde, wir wissen auch so, was nun folgt. Wir haben die Regeln gebrochen und die Siedlung ohne Erlaubnis verlassen. Wir haben niemandem erzählt, wohin wir wollten. Wir haben unseren Eltern und, schlimmer noch, Pioneer den Gehorsam verweigert. Der falsche Alarm war nur ein Teil unserer Buße. Etwas wie das, was wir gerade getan hatten, lässt Pioneer niemandem durchgehen. Was immer dabei herauskommt, wird außerordentlich schmerzhaft werden. Er wird dafür sorgen, dass wir nie wieder in Versuchung geraten, etwas Derartiges zu wiederholen.

Als wir zu Hause ankommen, bin ich ganz rastlos vor Angst. Ich will nicht darüber nachdenken, was uns blüht. Ich muss diese Nacht hinter mich bringen, muss zum Himmel hinaufschauen, den Sonnenaufgang malen – mir alles merken, was gut ist auf dieser Welt, damit ich es nicht vergesse.

Wir gehen gar nicht erst ins Haus. Stattdessen setzen wir uns auf die Hollywoodschaukel. Ich sitze in der Mitte, meine Eltern drängen sich von beiden Seiten an mich. Mom legt Karens Schuhe in ihren Schoß und fährt fort, nervös darüberzustreichen. Das Wildleder ist im Laufe der Jahre an den Spitzen ganz glatt geworden vom vielen Darüberstreichen – ihr Standardverhalten, wann immer sie in einer Krise steckt oder nervös ist. Früher hat es mich traurig gemacht, sie so zu sehen, aber jetzt bereitet es mir Sorgen. Dad und ich starren die Schuhe an, während sie sie reibt, aber keiner von uns sagt etwas. Was gibt es schon zu sagen?

Obwohl Wills Haus gleich vorn am Tor auf der anderen Straßenseite steht – zu weit weg, um die Gesichter der Leute zu erkennen, die im Vorgarten herumlaufen –, weiß ich, dass er derjenige ist, der am Verandageländer lehnt. Ich sehe, wie er den Kopf in unsere Richtung dreht. Aber er winkt nicht und ich tue es auch nicht.

Es ist nicht der Zeitpunkt für zwangloses Grüßen. Marie, die zwei Häuser weiter in der entgegengesetzten Richtung wohnt, marschiert auf der Veranda wie in einem Käfig auf und ab. Brians Haus liegt zu weit entfernt, um es genau zu sehen, aber ich bin sicher, dass er genau wie wir auf seine Bestrafung wartet. Leute gehen auf dem Rückweg zu ihren Häusern an uns vorbei, doch sie bleiben nicht stehen, um ein paar Worte zu wechseln oder uns, bis auf einen gelegentlichen flüchtigen Blick, auch nur anzuschauen. Im Moment sind wir hier geächtet, ausgestoßen, bis die Strafen vollzogen wurden. Danach wird keiner mehr davon sprechen, alles wird wieder so sein wie immer. Das macht es jedoch nicht weniger verletzend, jetzt gemieden zu werden – es ist sozusagen die ungenießbare Vorspeise vor dem noch brutaleren Bestrafungs-Hauptgang.

»Nimm es still und klaglos hin«, sagt Dad schließlich, den Blick starr auf einen Punkt im Vorgarten gerichtet. Er stößt sich mit dem Fuß von der Veranda ab und setzt die Schaukel gemächlich in Bewegung. »Weinen nützt nichts.«

Ich spüre ein Zittern in mir und mein Atem stockt.

Mom sagt: »Er liebt dich. Genau wie wir. Wenn man einen Menschen liebt, muss man manchmal Dinge tun, die man gar nicht tun will – damit die Person etwas lernt, was sie unbedingt wissen muss. So ist das mit Kindern. Man muss sie hart anpacken.« Ihre Finger wandern etwas schneller über die Schuhe. »Wenn wir es bei Karen besser gemacht hätten …« Ihre Stimme wird immer leiser. Sie schaut die Straße entlang zum Eingangstor.

Dad öffnet den Mund, um etwas zu sagen, aber dann senkt er den Kopf und presst die Lippen aufeinander. Er streicht mir über das Bein. »Ich bin sicher, dass du so etwas nie wieder tun wirst. Was immer jetzt kommt, ist lediglich die Quittung. Deine Lektion hast du schon gelernt, nicht?«

Ich nicke und er legt den Arm um mich. Seine Hand ruht auf

meiner Schulter. Ich lehne mich an ihn, wir werden still und jeder hängt seinen eigenen Gedanken nach. Seit Karens Verschwinden habe ich immer nur versucht, möglichst brav zu sein, als Wiedergutmachung dafür, dass ich sie damals allein gelassen habe. Ich habe mich nach Kräften bemüht, Mom und Dad keine Sorgen zu bereiten, weil sie in ihrem Leben schon mehr als genug Sorgen hatten. Es bekümmert mich, dass ich jetzt versage.

Die Nacht um uns herum beginnt allmählich zu verblassen, doch wir bleiben, wo wir sind. Wir schaukeln schweigend vor uns hin, unsere Beine berühren den Boden und lösen sich wieder im Rhythmus der Schaukel. Wir warten.

Noch ehe es dämmert, ehe einer von uns wirklich Gelegenheit hatte, zur Ruhe zu kommen, stehen Mr Whitcomb und Mr Brown auf unserer Veranda, begleitet von unserem Gemeindearzt, Mr Kincaid, der mit einem Erste-Hilfe-Koffer in der Hand auf dem Bürgersteig wartet. Mein Magen zieht sich zusammen und ich habe den überwältigenden Drang davonzurennen. Was immer Pioneer vorhat, es wird wehtun.

Meine Mom steigt mit mir die Verandatreppe hinunter und übergibt mich ohne ein Wort. Ich schaue über die Schulter zu meinem Dad. Angespannt, aber ruhig, bleibt er, wo er ist. Seine Hände umklammern den Sitz der Schaukel, seine Miene ist starr und entschlossen.

Ich muss mir auf die Lippe beißen, um nicht zu weinen. Ich will dem, was kommt, nicht wie ein Baby begegnen. Trotzdem wollen mir die Beine fast nicht gehorchen und Mr Whitcomb muss mich auf die Straße schubsen. Meine Mom gibt winzige Laute von sich, als wir sie hinter uns lassen und die Straße entlanggehen. Ich weiß, dass sie mich gern bewahren würde vor dem, was nun kommt, aber sie kann es nicht, und ich will ihre Schuldgefühle nicht verstärken, indem ich zurückschaue.

Brian, Will und Marie stoßen auf der Straße zu uns. Sie werden von mehreren Erwachsenen vorwärtsgetrieben. Ich versuche sie zu grüßen, aber meine Kehle ist so eng, dass kein Ton herauskommt. Will läuft auf meiner einen Seite, Marie auf der anderen, mit Brian dicht neben sich. Die Erwachsenen bilden die Nachhut.

Einen flüchtigen Moment lang stelle ich mir vor, dass wir uns unterhaken wie die Hauptfiguren im *Zauberer von Oz*, als sie sich darauf vorbereiten, dem Zauberer gegenüberzutreten. Ich bin auf jeden Fall der feige Löwe. Ich kann meine Knie förmlich schlottern hören. Will mit seinen überlangen Armen und Beinen ist definitiv die Vogelscheuche, Marie die kirschmundige Dorothy und Brian gäbe den perfekten Blechmann ab. Ich wünschte, wir wären auf dem langen Weg durch die Smaragdstadt, doch stattdessen ziehen wir um die Stallungen herum zur Koppel. Pioneer steht genau in der Mitte, umgeben von diversen Eimern und Holzstangen.

»Kommt her.«

Wir gehen gemeinsam hinüber. Die Erwachsenen bleiben am Eingang zur Koppel zurück, wo sie uns zuschauen können. Keiner unserer Eltern ist mitgekommen. Sie werden absichtlich ferngehalten, damit sie nicht eingreifen können – unser übliches Verfahren bei Bestrafungen.

Löwen und Tiger und Bären, o weh. Diese absurden Worte gehen mir durch den Kopf. Ich presse mir die Fingernägel in die Handfläche, um sie nicht laut vor mich hin zu sagen. Ich glaube kaum, dass Pioneer sie lustig finden würde.

Pioneer wartet, bis wir direkt vor ihm stehen, ehe er vier Stangen aufhebt und sie uns überreicht. Sie haben an jedem Ende eine Einkerbung. Wir schauen uns an und dann wieder Pioneer.

»Legt sie euch auf die Schultern.«

Pioneers Stimme ist so barsch, dass wir auf der Stelle gehorchen. Die Stangen sind schwer und unbequem. Ich balanciere das

Holz auf meinen Schultern und suche nach einer Stelle, an der es bequem aufliegen kann, doch es gibt keine. Pioneer nimmt zwei Eimer und hängt sie an die Enden von Wills Stange. Sie sind fast randvoll mit Wasser und Will hat Mühe, sie auszubalancieren, ehe das Wasser herausspritzt.

»Ihr werdet mit diesen Eimern durch die Koppel marschieren, bis ich sage, dass ihr aufhören könnt. Sorgt dafür, dass das Wasser im Eimer bleibt, dann ist das heute euer einziger Bestrafungstag. Verschüttet ihr zu viel, macht ihr morgen das Gleiche wieder.«

Ich kann jetzt schon spüren, wie mir das Holz in den Nacken schneidet und seine raue Oberfläche die Haut aufscheuert. Als Pioneer meine Eimer anhängt, wird es noch schlimmer. Ich bin mir nicht sicher, ob ich tun kann, was er verlangt, aber mir bleibt nichts anderes übrig. Mit Mühe finde ich ins Gleichgewicht und folge dann Will. Zusammen machen wir uns auf den Weg entlang des Zauns, der die Koppel umgibt.

»Langsam und gleichmäßig, Lyla«, raunt Will mir zu.

»Keine Unterhaltungen!«, ruft Pioneer hinter uns.

Ich knirsche mit den Zähnen und gehe mit vorsichtigen Schritten. Wir haben noch keine halbe Runde geschafft und ich bin bereits verschwitzt und zittrig. Wie lange wird es dauern, bis mir die Stange zu schwer wird?

Pioneer und die anderen schauen zu, wie wir Runde um Runde durch die Koppel trotten. Nach einer Weile verliere ich den Überblick, wie viele Runden wir schon hinter uns gebracht haben, aber die Sonne hat allmählich das erste Drittel ihrer Bahn über den Himmel erklommen. Alles, worauf ich mich konzentrieren kann, ist das Balancieren der Stange. Zuerst habe ich es geschafft, sie so ruhig zu halten, dass die Eimer kaum hin und her schwangen, doch inzwischen wippen sie vor und zurück. Mein ganzer Rücken ist verkrampft. Ich weine, ebenso wie Marie. Ich bin mir nicht sicher, ob wir durchhalten werden. Aber ich kann das morgen nicht noch einmal machen, also rücke ich die Stange zum hundertsten Mal zurecht und laufe wieder einen Schritt weiter. Mein Nacken verkrampft sich. Verzweifelt versuche ich mich aufzurichten und die Stange trotzdem ruhig zu halten.

»Bitte. Ich kann nicht mehr. Ich muss aufhören.« Marie wartet Pioneers Antwort nicht ab, ehe sie stehen bleibt. Ihre Stange hebt und senkt sich. Die Eimer spritzen wie wild. Ich halte die Luft an. Marie stößt ein kleines Wehklagen aus und sackt auf ein Knie.

»Steh auf!«, brüllt Pioneer.

»Ich kann nicht«, weint Marie.

»Du stehst sofort auf!« Pioneer springt über den Zaun und stürmt zu ihr. Marie schließt die Augen. Tränen laufen ihr über das Gesicht. Sie blutet im Nacken. Ich kann die Blutspur sehen, die wie eine grausige Kette über ihre Schlüsselbeine rinnt. Ich schaudere und versuche nicht darüber nachzudenken, wie mein eigener Nacken aussehen mag. Ich weiß nur, dass es immer schwieriger wird, an etwas anderes zu denken als an den Schmerz, den ich empfinde.

»Steh auf!« Pioneer zieht Marie auf die Beine. »Das hier hast du niemandem als dir selbst zuzuschreiben. Du bist ohne Erlaubnis fortgegangen. Du hast dich und deine Familie in Gefahr gebracht. Unsere Regeln sind nicht zum Spaß da, sie sind nichts, was ihr einfach so missachten könnt. Habt ihr tatsächlich geglaubt, ich würde es nicht herausfinden? Ich weiß *immer*, wo ihr seid. Ich trage diese Gemeinde genauso wie ihr die Holzstangen. Wenn ich nicht straucheln darf, dürft ihr es auch nicht. Und jetzt geh!« Er versetzt ihr einen Stoß und das Wasser spritzt aus beiden Eimern.

Marie schreit abermals auf und taumelt vorwärts. Pioneer wirbelt herum und marschiert von einem zum anderen.

»Von jetzt an werdet ihr jede einzelne Regel, die ich erlasse, bedingungslos befolgen. Tanzt noch einmal aus der Reihe und diese Strafe wird euch wie ein milder Tadel vorkommen im Vergleich zu dem, was euch dann blüht. Ich dulde keine Störenfriede in der Gemeinde.«

»Wir wollten wirklich keine Probleme machen«, sagt Brian.

Pioneer bleibt neben ihm stehen. »Das wollten Adam und Eva auch nicht, trotzdem hat ihr Gott sie aus dem Paradies geworfen, nicht? Die Brüder verlangen mehr von euch – und ich auch.«

Ich habe Pioneer noch nie so erregt und wütend gesehen. Es macht mir Angst. Droht er damit, uns aus der Gemeinde zu werfen, wenn wir noch einmal Ärger machen? Wo sollen wir denn dann hin?

Die restlichen Runden läuft Pioneer neben uns her. Er redet ununterbrochen weiter, von dem Plan, den die Brüder für uns haben, und unserer Pflicht ihnen gegenüber, aber ich kann mich nicht darauf konzentrieren. Es tut zu weh. Wir absolvieren drei weitere Runden, ehe er uns schließlich anhalten lässt. Als mir die Stange von den Schultern genommen wird, habe ich Mühe, mich nicht zu übergeben. Ich versuche die klebrige, nasse Stelle direkt unterhalb des Haaransatzes mit den Fingern zu betasten, doch die kleinste Berührung lässt mich fast umkippen. Stattdessen sehe ich mir Wills Nacken an. Er ist blutig und wund – genau wie Brians und Maries.

Mr Kincaid tritt mit einem Arm voller Handtücher und Verbandszeug in die Koppel. Er legt alles auf den Zaunpfahl neben Pioneer, doch bevor er näher kommen und uns untersuchen kann, winkt Pioneer ihn fort. Wortlos bedeutet er mir vorzutreten, dann macht er sich behutsam daran, meinen Nacken zu versorgen. Dabei schnalzt er leise mit der Zunge.

»Ich hasse das. Mehr als du selbst. Ich liebe euch alle so sehr. Es zerreißt mich, wenn ich euch dabei helfen muss, solche Lektionen zu lernen.« Er streicht mir über das Haar und küsst mich oben auf den Kopf. »Aber wenn die Lektion nicht eindrücklich ist, wirst du es nie lernen, nicht wahr, Kleine Eule?«

Ich schlucke. Ich darf nichts sagen. In diesem Moment bin ich mir ziemlich sicher, dass ich ihn für das, was er uns angetan hat, hasse, und ich bin ganz und gar nicht sicher, ob ich das für mich behalten kann, wenn ich den Mund aufmache.

»Sei ein braves Mädchen, Kleine Eule. Und zwing mich bitte nicht, das noch einmal zu tun.« Offensichtlich spürt er meinen Zorn, denn er sieht mich eindringlich an.

Gleich darauf legt er mir die Hand auf den Rücken und beginnt mit langsamen, kreisenden Bewegungen darüberzustreichen, wie meine Mutter es manchmal tut, wenn ich krank bin. Dann geht er zu Marie, die immer noch nicht aufgehört hat zu weinen. Ich sehe, wie Pioneer ihr etwas ins Ohr flüstert und sie genau wie mich auf den Kopf küsst. Unsere Blicke begegnen sich, doch in ihrem liegt kein Zorn, nur Schmerz, in den sich Erleichterung mischt. Hält sie unsere Bestrafung etwa für gerecht?

Den Rest des Tages verbringen wir mit Arbeitsdiensten, zuerst in den Stallungen und dann in der Küche. Unsere Nackenwunden werden zwar von Verbänden verdeckt, aber trotzdem von allen angestarrt. Viele der Erwachsenen werfen missbilligende Blicke in unsere Richtung. Ich kann ihren Tadel fast hören.

Will hält den Kopf gesenkt, als wir an den anderen vorübergehen, seine Hand umklammert meine fest. Marie vergräbt ihr Gesicht in den Händen. Ich verstecke mich nicht, sondern starre geradewegs zurück. Wir wurden bereits bestraft. Wir haben *geblutet*. Was wollen sie denn noch?

An diesem Abend erlässt man uns das Essen mit dem Rest der Gemeinde. Wir müssen unser Abendessen allein auf unserem Zimmer einnehmen. Obwohl es mein Lieblingsauflauf ist, bringe ich nichts hinunter. Mir tut alles weh. Ich lege mich vorsichtig aufs Bett und starre durch das Fenster in den Himmel. Hell und klar stehen die Sterne über den Bäumen, wie blinkende Portale. Sind die Brüder jetzt dort oben und beobachten mich? Wenn sie endlich hierherkommen, nachdem wir das Ende der Welt überlebt haben, werden sie mich dann für wert befinden, bei ihnen zu bleiben, oder werden sie mich allein zurücklassen, als Überlebende der Menschheit, aber als eine von den Ihren Ausgestoßene?

Denn es wird sich ein Volk gegen das andere erheben
und ein Königreich gegen das andere;
und es werden Hungersnöte sein und Erdbeben hier und dort.
Das alles aber ist der Anfang der Wehen.

Matthäus 24,7–8

11

Am nächsten Tag löst Pioneer, kaum dass wir aufgewacht sind, die Sirene aus – vier kurze Töne. Es ist das Signal zu einer Versammlung. Er hat uns irgendeine wichtige Neuigkeit mitzuteilen.

Auf dem Weg hinaus schnappe ich mir zwei Aspirin und gehe mit meinen Eltern in Richtung Klubhaus. Ich kneife abwechselnd die Augen zu, um so viel von dem grellen Sonnenlicht auszublenden wie möglich, und mache sie wieder auf, damit ich nicht auf die Nase falle. Außerdem muss ich pausenlos gähnen, wobei sich mein Nacken und mein Rücken anspannen und mir einen schier unerträglichen Schmerz bereiten. Die gestrige Bestrafung hat nicht in der Koppel geendet; sie ist mir bis nach Hause gefolgt. Es fühlt sich immer noch an, als läge die Stange auf meinen Schultern und drückte mich nieder.

Ich bin müde, weil ich letzte Nacht nicht gut geschlafen habe. Sobald ich die Augen zumachte, war ich in Gedanken wieder draußen und rannte zum Silo – nur dass ich diesmal vom Rest der Gemeinde verfolgt wurde, die versuchte, mich in die entgegengesetzte Richtung zu treiben, weit fort von unserer Zuflucht. Atemlos und voller Panik war ich immer wieder hochgeschreckt.

Es ist jetzt schon drückend heiß und schwül. Ich bereue es, die Haare offen gelassen zu haben, um den Verband zu verdecken. Sie liegen mir auf dem Rücken wie eine schwere Wolldecke. Ich winke schlapp zu Marie hinüber, die sich von ihrer Familie löst, um mit mir zusammen zu gehen.

Ihr Gesicht und ihre Haare sehen samtig und hübsch aus, als hätten das Wetter und die gerade erst erhaltene Bestrafung ihr kaum etwas anhaben können. Das Tempo ihrer Schritte ist das einzige Anzeichen dafür, dass sie ebenso unter Schmerzen leidet wie ich. Sie geht langsam und verhalten.

Ich sehe zu, wie sie näher kommt. Sie trägt die gleiche Kombi aus lila T-Shirt und weißen Shorts wie ich, aber irgendwie schafft sie es, darin sexy zu wirken – selbst mit ihrem weißen Verband –, während ich einfach nur zerknittert aussehe. Aber das kümmert mich nicht. Sie investiert mehr Mühe in ihr gutes Aussehen, als ich es jemals wollte. Ihren sexy Look hat sie sich verdient.

Dass Leute die gleichen Sachen tragen, kommt in der Gemeinde häufig vor, weil wir unsere gesamte Kleidung als Großbestellungen ordern und alle tagtäglich die gleiche begrenzte Auswahl haben. Heute Morgen werden bestimmt mindestens fünf oder sechs Mädchen das Gleiche tragen wie wir. Mich stört es nicht besonders, aber die Art, wie Marie ihr Shirt in der Taille verknotet, und die Sorgfalt, mit der sie den Saum ihrer Shorts zerfetzt hat, verraten mir, dass es ihr etwas ausmacht. Sie macht aus fast all ihren Sachen Eigenkreationen. Einmal hat sie sogar eines ihrer Shirts mit Roter Bete aus dem Garten gefärbt, damit es nicht so aussieht wie alle anderen.

Marie packt mich am Arm und zieht meinen Kopf zu sich heran. »Komm nachher zu mir, wenn du deine Arbeiten erledigt hast, okay? Ich will dir was zeigen.«

»Was denn?«

Ich muss mich anstrengen, Interesse zu heucheln. Mein Nacken tut immer noch höllisch weh. Er fühlt sich geschwollen an und meine Muskeln sind so verhärtet, dass ich kaum den Kopf drehen kann. Ich will einfach nur stillhalten, mich hinlegen und darauf warten, dass der Schmerz aufhört. Und diese Hitze macht es nicht besser. Der Schweiß auf meinen Schultern brennt so sehr, dass ich davon ganz zapplig werde – was das Stillhalten, das ich mir so verzweifelt wünsche, unmöglich macht. Ich bin müde, mir ist heiß und ich habe Schmerzen – ganz zu schweigen von den Sorgen, die ich mir darüber mache, was Pioneer nun schon wieder für uns in petto hat. Er hat angedeutet, dass sich ab heute einiges ändern würde, und ich kann mir nicht vorstellen, dass es sich um positive Veränderungen handelt. Ich hoffe nur, es bedeutet nicht noch mehr Pflichten, denn mein Kopf fühlt sich langsam an, als habe man ein heißes, nasses Handtuch drumgewickelt, das mit spitzen Nägeln bespickt ist. Ich schlucke die beiden Aspirin, die ich bei mir habe, und hoffe, dass sie bald Wirkung zeigen werden. Meine Kehle ist so trocken, das sie auf halbem Weg stecken bleiben und ich Mühe habe, sie hinunterzuschlucken.

»Kann ich jetzt nicht sagen, bei all den Oldis in der Nähe«, murmelt Marie, dreht sich um und winkt meinen Eltern zu, die uns beobachten. »Hallo, Mr und Mrs Hamilton.«

»Es ist aber nichts, was uns in Schwierigkeiten bringt, oder? Ich meine, nach gestern …«, setze ich an.

Marie lacht – leicht und unbeschwert. »Du machst dir zu viele Gedanken. Es ist alles gut. Komm einfach zu mir, ja?«

Ich werfe einen Blick auf meine Eltern und rücke dann ein wenig dichter an sie heran. »Nein, das werde ich nicht. *Eine* Strafe ist mehr als genug, Marie. Noch eine will ich nicht riskieren und das solltest du auch nicht.« Ihre Weigerung zu benennen, was sich in der Koppel abgespielt hat, ist mir ein bisschen unheimlich.

Ich werfe ihr meinen strengsten Blick zu, den, den ich von Pioneer gelernt habe. Wenn sie weiter so tun will, als wäre alles cool, werde ich sie eben noch deutlicher daran erinnern, dass dem nicht so ist.

Marie lässt Unangenehmes gern so schnell wie möglich hinter sich. Das hat sie schon immer getan, ganz besonders seit ihr Bruder Drew und seine Versprochene, Kelly, sich letztes Jahr entschlossen, die Gemeinde zu verlassen. Pioneer hat damals erklärt, Drew und Kelly würden für uns fortan ebenso wenig existieren wie all die anderen Familienangehörigen, die die Mitglieder der Gemeinde zurückließen, als sie hierherkamen – nur war es schlimmer, weil Drew und Kelly die Wahrheit kannten und sich absichtlich von ihr abgewandt haben.

Für Pioneer waren sie nichts anderes als Verräter, Marie dagegen gab lange Zeit vor, sie wären auf einer speziellen Besorgungsfahrt, von der wir anderen nichts wissen durften. Natürlich war ihr klar, dass das nicht stimmte, dennoch tat sie so, als wäre nichts passiert. Vielleicht, damit wir ihr keine Fragen stellten oder damit sie ihren Bruder weiter als einen der Auserwählten betrachten kann. Und genau dasselbe Verhalten scheint sie jetzt wieder an den Tag zu legen.

Ich verstehe, warum sie so handelt – und gerade deshalb wäre ich wohl am besten geeignet, sie darauf anzusprechen. Ich weiß, wie verlockend es ist, sich etwas vorzumachen. Ich habe das ständig getan, nachdem meine Schwester verschwunden war, aber es hat sie nicht zurückgebracht. Nach einer Weile wird das So-tun-als-ob zu anstrengend und es verändert einen derart, dass man sich nicht zurückverändern kann. Ich muss nur meine Mutter ansehen, um zu wissen, dass es stimmt.

Marie starrt mich an und ihre Lippen zittern ein wenig. »Ich lege es nicht darauf an, wieder bestraft zu werden. Ich würde ja warten, wenn wir noch Zeit hätten. Das schwöre ich. Aber das Ende der Welt steht jetzt ganz dicht bevor, Lyla. Wenn der falsche Alarm von gestern etwas bewirkt hat, dann dass er mich daran erinnert hat.« Sie schaut an mir vorbei zu meinen Eltern, die langsam misstrauisch werden. »Ich muss noch ein paar Dingen nachgehen, bevor … und was ich vorhabe, ist keine große Sache, ehrlich. Nicht so was, wie sich wegzuschleichen. Ich will nur rumhängen und ein bisschen Spaß haben. Sicher und geborgen, hier hinterm Tor. Mit den anderen Mädchen quatschen und so. Einfach versuchen, das hier zu vergessen.« Sie zeigt auf ihren Rücken. »Es wird bestimmt lustig. Komm schon. Erzähl mir nicht, dass du nicht wenigstens ein bisschen Lust hast.«

»Nein, hab ich nicht«, sage ich, nicht allzu freundlich. Doch als ich sehe, wie enttäuscht sie ist, gebe ich nach. Es ist unmöglich, Marie etwas abzuschlagen. Vielleicht, weil sie und ich uns so gleichen und wir beide durch ein Verschwinden zu Einzelkindern geworden sind, zu unglücklichen Schwestern, verbunden durch einen nur allzu ähnlichen Schmerz. Auch ich will über meine vielen schlimmen Erinnerungen hinwegkommen. Der einzige Unterschied ist, dass ich sie nicht ganz und gar verleugnen mag.

Ich nicke ihr zu, aber als sie mich umarmen will, zucke ich zusammen und sie ebenfalls und am Ende lächeln wir uns einfach nur an. Dann entdeckt sie Heather und Julie und wendet sich ab, bevor ich noch irgendetwas sagen kann. Ihr schwarzer Pferdeschwanz wippt vor und zurück, als sie zu den anderen Mädchen hinübertrottet und mit ihnen zu flüstern beginnt. Was immer es ist, es scheint eine Art Party zu werden.

Ich schiebe die Unterlippe vor und puste mir Luft unter den Pony, um meine Stirn zu kühlen, doch der klebt bereits hoffnungslos fest und ist völlig unbeweglich. Ich kann nur hoffen, dass, was immer Marie geplant hat, auch einen Trip zum Pool vorsieht, denn nach den letzten vierundzwanzig Stunden bin ich mehr als bereit für eine Abkühlung.

Von außen ähnelt das Klubhaus mit seiner Front aus Holz und Stein und der breiten Veranda unseren eigenen Häusern. Drinnen befindet sich ein Festsaal, in dem wir an Feiertagen oder bei besonderen Gelegenheiten zusammenkommen, und dahinter liegt der Versammlungsraum. Mom meint, er erinnere sie an die Konferenzräume in den meisten besseren Hotels, aber ich bezweifle, dass die Wände dort mit Bildern von Naturkatastrophen und deren Folgen tapeziert sind. Für mich ist er eher ein Schrein, eine Mahnung an die Zerbrechlichkeit und den Schmerz der Welt.

Auf einem der Bilder ist ein winzig kleines Mädchen im Schlafanzug zu sehen, das mit einem schmutzigen Stofftier in der Hand mitten in dem Trümmerfeld steht, das einmal ihr Elternhaus war. Es zieht mich jedes Mal in seinen Bann, wenn wir hier drinnen sind. Auch jetzt, während wir darauf warten, dass Pioneer erscheint, kann ich den Blick nicht abwenden. Ich glaube, es ist etwas im Gesicht des Mädchens, das mich so fesselt. Ihre Miene zeigt eine Mischung aus Verwirrung und Trotz, eine an den Tornado, der ihre Welt zertrümmert hat, gerichtete Aufforderung, ja nicht zurückzukommen. Ich frage mich jedes Mal, warum sie nicht weint. Ihr ist nichts geblieben außer einem dreckigen Bären und trotzdem liegt eine unheimliche Ruhe in ihrem Gesicht. Ich möchte wie dieses Mädchen sein, wenn das Ende der Welt kommt – verrückt oder mutig, aber nicht geduckt vor Angst.

Pioneer tritt ein, flankiert von Mr Whitcomb und Mr Brown, seine beiden ständigen Begleiter auf Versammlungen und auch die meiste übrige Zeit. Sie waren die Ersten, die ihre Familien für die Gemeinde anmeldeten, und haben Pioneers Pläne immer am vehementesten unterstützt. Beide sind stiller als sonst. Sie winken uns zu den aufgereihten Metallstühlen, die wie in einer Kirche zum Kopfende hin ausgerichtet sind. Der Raum ist angefüllt mit dem Gemurmel Dutzender Gespräche. Niemand scheint zu wissen, was vor sich geht.

Pioneer schaut zu, wie wir uns hinsetzen. Er sieht schrecklich aus. Sein Gesicht ist angespannt und von Schlafmangel ausgezehrt. Trotzdem steht er kerzengerade und mit blitzenden Augen vor uns. »Ich nehme an, ihr alle hattet Zeit zum Nachdenken«, beginnt er.

Ich sehe, wie sämtliche Erwachsene zustimmend mit den Köpfen nicken, dabei wirkt einer verlegener als der andere. Nicht wenige schauen zu Will, Brian, Marie und mir herüber. Eifrig bemüht, mich von meiner besten Seite zu zeigen, nicke ich mit den anderen. Ich habe beschlossen, mich zu bemühen, von jetzt an alles zu tun, was man von mir erwartet. Ich will weder meinen Eltern, noch Pioneer oder Will weiter Anlass zur Sorge geben. Auch wenn unser Leben auf der Erdoberfläche gestern noch nicht zu Ende gegangen ist, muss es das Ende meines Schmachtens danach sein. Ich darf mir nicht länger Dinge wünschen, die ich nie haben werde.

»Ich war die ganze Nacht wach und habe versucht herauszufinden, wie ich euch am besten dienen kann, wie ich am besten helfen kann, eure Familien zu beschützen«, erklärt Pioneer.

Ich habe gehört, Pioneer würde die *meisten* Nächte damit zubringen, in den Fluren des Klubhauses auf und ab laufen, wo sich seine Privaträume befinden. Er hat mir immer ein bisschen leidgetan. Es muss einsam sein, uns anzuführen und selbst keine Familie zu haben, die die Härten seines Jobs mit ihm teilt, besonders wenn er über Dinge nachgrübelt. Er meint, seine Bürde sei zu schwer und eine Familie sei ihm nicht bestimmt. Aber im Moment bin ich irgendwie froh, dass er niemanden hat. Ich bin immer noch wütend auf ihn wegen gestern.

»Ich habe gestern Nacht mit mir gerungen, Brüder und Schwestern. Ich suchte nach einem Zeichen oder einer Nachricht der Brüder – irgendetwas, das mir den richtigen Weg weisen könnte, euch zu führen. Und ich wurde mit einer Vision gesegnet, die mir den Weg gezeigt hat.« Pioneer zögert und fast der halbe Raum beugt sich vor.

Auf Pioneers Visionen sind wir immer gespannt. Er ist unser Prophet, seine Visionen zeigen uns die letzten Tage und viele von ihnen bestätigen Pioneers wissenschaftliche Forschungen über das, was sich zutragen wird. Was immer nun kommt, keiner will es verpassen, es kann nur bedeutsam sein. Ich wische mir die Handflächen an den Shorts ab.

»In meiner Vision erschienen die Brüder am Himmel. Sie sagten mir, dass die Zeit gekommen ist. Die Welt erlebt bereits die ersten schmerzhaften Veränderungen. Ich sah eine große Flutwelle, das Wasser war hoch genug, um ganze Städte zu überschwemmen, und ein großes Erbeben der Erde. Als ich aufwachte, machte ich mich auf die Suche nach Neuigkeiten über die Welt draußen. Ich suchte nach allem, was mir bestätigen würde, was ich bereits in den Knochen spürte. Und ich habe gefunden, wonach ich suchte. Es gibt ganz klare Anzeichen dafür, dass sich die Erdrotation verschiebt. Das Ende hat bereits begonnen.«

Pioneer nickt Mr Whitcomb zu, der hinten im Raum steht und jetzt an der Elektronik hantiert, während seine Frau das Licht herunterdimmt. Pioneer schaltet die beiden Fernsehbildschirme an, die vorn in den Ecken hängen. Wir benutzen sie nur, wenn er uns Nachrichten aus der Außenwelt zu zeigen hat, oder an Freitagabenden, wenn wir uns einen von ihm genehmigten Film ansehen dürfen. Zuerst sieht man nur einen blauen Bildschirm, der dann von einem Gewirr aus Tönen und Bewegung abgelöst wird.

»Was ihr gleich seht, geschah erst vor drei Tagen«, erklärt Pioneer.

Mein Magen schlägt einen Purzelbaum und ich umklammere die Stuhllehnen, als Pioneer abtritt und sich setzt. Wir haben uns erst ein paarmal Nachrichtensendungen angesehen. Pioneer meint, wir müssten über die Außenwelt nicht auf dem Laufenden bleiben. Er sagt, das Fernsehen zeige meist nur Lügen und Mist – zeitraubende Ablenkungen, die uns bestenfalls von unseren täglichen Aufgaben abhalten und schlimmstenfalls zu sehr an eine böse, sterbende Welt binden. Er ist das einzige Mitglied der Gemeinde, das regelmäßig Zugang zu einem Fernseher hat, und er schaut auch nur dann, wenn er nach irgendeinem Hinweis auf das heranrückende Ende sucht oder nach Anzeichen dafür, dass die Außenwelt es nun *begriffen* hat. Es ist nur eine von vielen Bürden, die er freiwillig für uns auf sich nimmt. Was immer gleich kommen mag, muss eine Riesenneuigkeit sein.

Auf dem Bildschirm sind nun zwei Nachrichtensprecher zu sehen, ein Mann und eine Frau. Die Frau fesselt meine Aufmerksamkeit als Erste. Ihre braunen Haare haben blonde Strähnen, die ihr Gesicht nahezu perfekt umrahmen und ihre blauen Augen betonen. Es ist wunderschön und unwirklich zugleich. Sie trägt viel Make-up, genau wie die Schauspielerinnen in den Filmen, die wir gesehen haben. Die Vorstellung, von einer so hübschen Person schlechte Neuigkeiten zu erfahren, will mir einfach nicht in den Kopf. Es lässt alles weniger real wirken.

»Soeben erhielten wir die Nachricht von einem verheerenden Erdbeben im Indischen Ozean, das eine Reihe von Tsunamis zur Folge hatte, die über Küstenregionen in Indonesien, Sri Lanka, Indien und Thailand hereingebrochen sind. Wissenschaftler vermuten eine Magnitude von neun Komma drei auf der Richterskala, das wäre das drittstärkste Beben seit Beginn der Aufzeichnungen. Noch gibt es keine Informationen über die Zahl der Todesopfer, die dieses Beben, das von vielen schon als ›Superbeben‹ bezeichnet wird, gefordert hat, doch viele Experten gehen davon aus, dass die menschlichen Verluste in die Zehntausende gehen könnten. In der nächsten Stunde werden wir Ihnen weitere Informationen zu dieser Tragödie liefern.«

Ich ergreife die Hand meiner Mutter. Der Bildschirm erlischt für einen Moment, ehe er wieder hochfährt. Zwei neue Nachrichtensprecher sind nun zu sehen, hinter denen in einem Videoausschnitt Wasser durch das Zentrum einer Stadt flutet. Ich finde es merkwürdig, dass manche Leute auf der Straße nur gehen und nicht rennen, während hinter ihnen eine riesige Wasserwand heranrauscht, Autos umstürzt und ganze Wände aus Gebäuden reißt. Es ist fast so, als hätten sie bereits aufgegeben, aber vielleicht können sie auch nicht glauben, was vor sich geht.

Bis gestern hätte ich vielleicht gedacht, dass mit ihnen etwas nicht stimmt – dass sie vielleicht einfach nicht besonders klug sind, aber jetzt meine ich zu wissen, was sie empfinden. Das Plötzliche des Ganzen muss sie in eine Art Schock versetzt haben – bis zu dem Augenblick, in dem es sie erreichte und sie begriffen, dass es wirklich das Ende der Welt ist. Doch da war es bereits zu spät. Ich kann einfach nicht wegsehen, als das Wasser sie erreicht. Es dauert nicht lange, bis sie zwischen den Trümmern aus Autos und Gebäuden versinken, während das Wasser weiter die Straße entlangschießt. Und die ganze Zeit über sind auf dem Bildschirm andere Menschen zu sehen, die von etwas sichereren Standorten auf Hausdächern und Laternenpfosten zuschauen, wie die Riesenwelle unter ihnen alles und jeden davonschwemmt. Ich muss an meine Eltern denken, die gestern unten im Silo auf die Geräusche des

Weltuntergangs gewartet haben, auf die Gewissheit, dass ich tot wäre, sie aber nichts unternommen haben, um es aufzuhalten.

Wieder erlischt der Bildschirm, ehe er abermals zum Leben erwacht.

»Und das ist vor zwei Tagen passiert«, sagt Pioneer.

Wieder erscheint ein Nachrichtensprecher.

»Hurrikan Katrina hat soeben New Orleans erreicht. Die Wasserstände steigen rapide und viele Experten gehen nun davon aus, dass der Deich nicht halten wird. Die meisten Einwohner haben das Gebiet vor dem Sturm geräumt, andere jedoch entschlossen sich zu bleiben und das Unwetter auszusitzen. Inzwischen fürchtet man, dass die Zurückgebliebenen in großer Gefahr schweben, zumal bei Windböen mit bis zu hundertsechzig Stundenkilometern sämtliche Rettungsversuche eingestellt werden mussten. In den kommenden Stunden werden wir Ihnen im Minutentakt weitere Informationen liefern, also bleiben Sie bei uns.«

Hinter dem Nachrichtensprecher sieht man Aufnahmen von Bäumen, die von Wind und Regen gepeitscht werden. Boote prallen gegen Hafenanlagen, Wassermassen branden über Steinmauern und gegen Gebäude. Die Mauern geben nach und Gebäude stürzen ein. Als wären sie zerbrechlich wie Streichhölzer, rutschen sie in den neu entstandenen Fluss, der sie umgibt.

Der Bildschirm wird wieder blank und im Raum erhebt sich Tumult. Jeder scheint jeden zu übertönen. Einige Leute sehen verängstigt aus, andere wirken erregt, fast begeistert. Ich kann den Anblick nicht ertragen und schaue weg. Stattdessen konzentriere ich mich auf das Mädchen, das auf dem Bild an der Wand zu sehen ist. Nichts an den letzten fünf Minuten erscheint mir real.

Pioneer klatscht in die Hände und bringt uns zum Schweigen. »Der letzte Beitrag stammt von heute Morgen.« Seine Stimme ist düster, aber seine Augen leuchten, genau wie die der anderen.

»Heute wurde Japan von einem Erdbeben heimgesucht, das eines der größten seit Beginn der Aufzeichnungen zu sein scheint. Keine halbe Stunde später folgte ein Tsunami, der mit einer fast vierzig Meter hohen Flutwelle auf die Küste traf. Die gesamte Region steht jetzt unter Wasser. Viele fürchten, dass die Todesrate alle bisherigen Naturkatastrophen in den Schatten stellen könnte. Bis jetzt liegen uns keine genauen Angaben darüber vor, von wie vielen Opfern auszugehen ist. Wir werden Sie auf den neuesten Stand bringen, sobald wir weitere Informationen erhalten.«

Der Bildschirm wird blau und dann schwarz. Mr Whitcomb schaltet das Licht nicht sofort wieder an. Er wirkt zu geschockt, um sich zu rühren – genau wie alle anderen um mich herum. Ein solches Ausmaß an Zerstörung in nur wenigen Tagen. Es ist schwer, das alles zu begreifen. Diese Berichte sind konkrete Beweise dafür, dass Pioneer die ganze Zeit über recht gehabt hat – nicht, dass einer von uns das wirklich bezweifelt hätte, aber trotzdem gibt es einen großen Unterschied zwischen Glauben und Wissen. Unser Tun ist nicht länger nur eine Glaubensfrage.

Meine Eltern drängen sich an mich und halten mich fest, als würden die Wellen und das Beben, die wir soeben auf dem Bildschirm gesehen haben, jeden Moment vor unserer Tür einsetzen und versuchen, uns auseinanderzureißen.

»Genau das habe ich gestern Nacht in meinen Visionen gesehen. Es ist das, worauf wir gewartet haben: die ersten Anzeichen, Brüder und Schwestern«, sagt Pioneer, als das Licht wieder angeht und er abermals vor uns steht.

Mir fällt auf, dass sein Gesicht ganz zerfurcht ist und er dunkle Ringe unter den Augen hat. Der drohende Weltuntergang verändert seine Züge und verleiht ihnen scharfe Kanten. Seinen Augen fehlt die gewohnte Wärme. Im Moment gleicht ihr übliches Leuchten eher einem Laserstrahl, der zu hell und zu konzentriert ist, um mich zu beruhigen. Es reicht, um meine Angst, dieses seit gestern Nacht andauernde Flattern in meinem Hinterkopf, zu einem fast unerträglichen Dröhnen anwachsen zu lassen.

»Es ist ein Leuchtsignal, das zu spät in die Welt geschickt wurde, um den Großteil der Menschen zu warnen, dass das Ende naht. Es wird jene geben, die erkennen, um was es sich handelt. Sie werden plötzlich den Drang verspüren zu überleben und dieser Drang könnte sie ohne Weiteres vor unsere Tür treiben. Sie werden verlangen, dass wir ihnen Obhut gewähren, und wenn wir uns weigern, werden sie versuchen, sie mit Gewalt zu erlangen. Wenn es uns nicht gelingt, sie draußen zu halten, werden sie uns alles wegnehmen, was wir haben – unsere Nahrung, unsere Vorräte, die Möglichkeit zu überleben schlechthin. Daher stellen sich uns in diesen letzten Tagen einige klare Aufgaben: Wir müssen um jeden Preis verteidigen, was rechtmäßig uns gehört, und so schnell wie möglich die letzten Vorbereitungen dafür treffen, das Silo zu beziehen, damit wir bereits drinnen sind, wenn die Panik die anderen herführt.«

Will dreht sich zu mir um und ich kann von seinem Gesicht die Gedanken ablesen, die er über die Distanz nicht aussprechen kann. Gedanken wie *Was habe ich dir gesagt?*. Ich weiß, dass er wieder an das Schießtraining denkt.

»Ich bin überzeugt, dass wir früher in die Zuflucht müssen«, sagt Pioneer. »Ich habe unsere Arbeiten so eingeteilt, dass wir das Silo bis Ende nächster Woche beziehen können, wenn es sein muss. Wir fangen heute mit den notwendigen Vorkehrungen an. Mir ist klar, dass einige von euch Angst haben oder unsicher sind … und das solltet ihr natürlich auch sein. Ich bin es auch.«

Pioneer lässt sich einen Moment Zeit und schenkt uns sein wärmstes Lächeln, jenes Lächeln, das uns wie über eine Rettungsleine mit ihm zu verbinden scheint. Ein Teil der Wärme, die gerade eben noch verschwunden war, schimmert wieder in seinen Augen. »Wir müssen jetzt mehr als je zuvor daran denken, was die Brüder uns versprochen haben. Sie wissen, was uns bevorsteht. Sie haben euch – durch mich – vor eine Herausforderung gestellt. Bleibt auf dem Pfad. Der Tag ist nicht fern, an dem sie uns hier in leiblicher Gestalt begegnen werden. Wir müssen dankbar sein für ihren Beistand. Müssen bereit sein, das zu sein, was sie verlangen: eine geläuterte Gemeinde, befreit von dem Bedürfnis, Teil der Außenwelt zu sein oder wie jene, die in ihr leben – Konsumenten und Parasiten, die diesen Planeten und ihre Mitmenschen ausnutzen, um ihren eigenen erbärmlichen Gelüsten zu frönen. Vergewaltiger, Mörder, Misshandler, alle miteinander.«

Jemand hinter mir ruft: »Sag uns, wie es ist, Pioneer! Weiter so!«

Andere klatschen und lachen laut. Ich versuche mich von der Begeisterung anstecken zu lassen, die ich ihnen ansehen kann, und sie in mir selbst zu finden, aber im Moment empfinde ich nichts als Angst. Meine Brust ist wie zugeschnürt, nichts anderes hat darin mehr Platz.

»Ich bin froh, dass ihr so euphorisch seid, Brüder und Schwestern. Das solltet ihr auch sein. Ich selbst kann kaum noch stillstehen.« Er macht einen kleinen Hopser zur Seite und der Applaus nimmt zu. »Ich bin so froh über euren Eifer. Haltet an ihm fest. Bewahrt ihn in eurem Herzen. Lasst euch von dieser Welt und ihren Menschen nicht in die Irre führen. Nicht jetzt und niemals wieder. Geht in euch, meditiert weiter darüber, warum wir das alles tun. Wir müssen überleben. Wir sind *beauftragt* zu überleben. Und wenn das Überleben von uns verlangt, Opfer zu bringen, dann ist es eben so. Lasst den Countdown beginnen.«

Es wird ganz still im Raum. Dann brechen Applaus und Jubel los. Mir stockt der Atem, als mir die Bedeutung von Pioneers letzten Worten klar wird. Ende nächster Woche … In knapp zwölf Tagen könnten wir unter der Erde sein. Trotz alldem, was ich nun über Erdbeben, Tsunamis und Wirbelstürme weiß, drängt es mich, die Brüder um mehr Zeit anzuflehen, als könnte ich sie dadurch irgendwie davon abbringen, allem ein Ende zu bereiten. Zwölf Tage ist nicht lange genug. Ich merke, wie ich insgeheim bete und hoffe, dass sie mich erhören. Ich flehe um mehr Zeit, um mehr Mut … um ein Wunder.

Es tut niemandem gut,
zu lange müßigzugehen.
Nach meiner Erfahrung ist es gefährlich,
zu viel nachzudenken.

Pioneer, Gemeindeführer

12

Zum ersten Mal überhaupt fallen der Schulunterricht und alle anderen regelmäßigen Aktivitäten aus. Während wir im Versammlungsraum warten, hängt Pioneer den Wochenplan mit unseren neuen Aufgaben an das Schwarze Brett außerhalb des Klubhauses. Normalerweise ist mir das Aufgabenbrett ein Trost, eine ständige Erinnerung daran, dass wir alle in Sicherheit sind. Ich mag es, unsere Namen fein säuberlich in den Kästchen stehen zu sehen. Ich bin durch eine gefüllte Aufgabentabelle mit allen verbunden und sie mit mir, bin eingebunden in eine Welt, die klein genug ist, um sie an einer einzigen Wand komplett aufzuzeichnen. Aber nicht heute. Heute fühlt sich das Brett an wie ein Countdown-Kalender, ein Beleg dafür, wie wenig Zeit uns noch bleibt.

Marie und ich sind die Ersten, die sich davor drängen, als Pioneer fertig ist. Normalerweise wird jedem von uns eine ganz bestimmte Anzahl von Aufgaben zugewiesen, wie das Ausmisten der Pferdeställe oder Gartenarbeiten. Pioneer meint, es sei ungeheuer wichtig, keine Außenstehenden hereinzulassen, wenn es sich irgendwie vermeiden lässt, also erledigen wir alles, was für den Erhalt der Gemeinschaft notwendig ist, selbst. Doch jetzt sind die meisten von uns der Holzwerkstatt zugeteilt und die, die es nicht sind, übernehmen sämtliche anderen Aufgaben und dazu die Vorbereitung des Abendessens.

»Pioneer hat meinem Dad gesagt, dass wir alle offenen Aufträge abarbeiten müssen«, erzählt mir Marie mit einem Seufzen, ehe sie gegen die Wand tritt. »Ich hasse die Holzwerkstatt.« Sie springt von der Veranda und eilt Julie nach, um diese zu fragen, ob sie den Dienst mit ihr tauschen würde. Daran, wie Julie ihr aus dem Weg zu gehen versucht, kann ich bereits erkennen, dass Marie nicht viel Erfolg haben wird. Ich muss unwillkürlich kichern und mache mich allein auf den Weg zur Holzwerkstatt.

Die Herstellung von Möbeln ist unsere einzige regelmäßige Einnahmequelle. Abgesehen davon besitzen wir nur das, was jede Familie mit hierhergebracht hat – was ziemlich viel war, wie ich vermute, da es den meisten von uns finanziell recht gut ging, als wir Pioneer begegneten. Inzwischen ist fast alles Geld in den Bau und den Unterhalt von Mandrodage Meadows und des Silos geflossen. Also haben wir in den letzten fünf Jahren Möbel gebaut, um unser Leben zu finanzieren und die Siedlung am Leben zu halten.

Wir fertigen exklusive Stücke und verkaufen sie an Menschen, die genauso sind, wie viele von uns früher einmal waren: Leute, die sich ihre Wohnungen von Designern einrichten lassen und für handgemachte Einzelstücke keine Kosten und Mühen scheuen. Die meisten dieser Möbel sind Reproduktionen seltener Antiquitäten und Museumsstücke. Sie kosten eine Menge Geld, daher müssen wir nicht allzu viele davon anfertigen, um unsere Ausgaben zu decken, aber es nimmt viel Zeit in Anspruch, die einzelnen Teile herzustellen. Normalerweise werden nur die wenigsten von uns – diejenigen mit dem größten Geschick – in die Holzwerkstatt zu Mr Brennan geschickt, der Schreiner war, bevor er hierherkam. Aber jetzt ist alles anders. Wir alle werden praktisch rund um die Uhr arbeiten müssen, um die noch anstehenden Aufträge zu erledigen, bevor wir ins Silo gehen.

Wir haben noch fünfzehn Bestellungen auszuführen, was sich nach nicht sehr viel anhört, nur dass die meisten georderten Stücke groß, kompliziert und mit vielen Ornamenten versehen sind. Pioneer hat den Liefertermin auf das Ende der nächsten Woche festgelegt, den Tag, an dem meine Familie ein letztes Mal in die Stadt fahren wird. Wir sollen die Möbel ausliefern und mit dem Geld, das wir einnehmen, unsere Vorräte im Silo komplettieren. In etwas über einer Woche fünfzehn Möbelstücke anzufertigen ist verrückt, vielleicht sogar unmöglich, aber Pioneer ist der Ansicht, dass wir es nicht riskieren können, so kurz vor dem Untergang auch nur eine unserer Familien über diesen Samstag hinaus aus Mandrodage Meadows fortzulassen, also bleibt uns keine andere Wahl.

Binnen einer Stunde sind meine Hände von Sägemehl bedeckt und mir dröhnen die Ohren vom pausenlosen Lärm der Elektrosägen. Schon vor unserer morgendlichen Versammlung war es heiß, aber jetzt ist es, als brenne die Luft. Durch die Sonne, die auf das Gebäude knallt, und die Körperwärme der vielen schuftenden Leiber muss es in der Werkstatt gut vierzig Grad heiß sein. Wir haben mindestens zehn große Ventilatoren in Betrieb, aber ihr Wind kühlt nicht und mein Shirt fühlt sich an wie eine zweite Haut. Mein ganzer Körper ist körnig, wie das Schleifpapier in meiner Hand. Ich rücke den Mundschutz zurecht und versuche zu Atem zu kommen, doch ich ersticke langsam in Hitze und Staub.

Marie und ich haben die Aufgabe, die verschnörkelten Teile zweier Kommoden mit feinem Schleifpapier glatt zu schleifen, ehe sie zum Beizen gebracht werden. Zuerst arbeiten wir mit Feuereifer, doch die Hitze ist so unerträglich, dass wir schon nach kurzer Zeit nur noch leicht über die geschnitzten Blätter und Rosen fahren. Meine Schutzbrille ist so beschlagen, dass ich kaum noch etwas sehen kann.

Marie beugt sich vor, hält ihr vernebeltes Gesicht ganz dicht an meines und fängt an wie Darth Vader zu atmen. An den Rändern meines Gesichtsfeldes sieht sie aus wie ein Alien oder ein riesiger Käfer mit dunklen Locken. Wir fangen beide an zu lachen. Dann starren wir uns an und drücken die Nasen aneinander, sodass wir nun zwei Käferköpfe bilden, während uns alles vor den Augen verschwimmt, und lachen noch mehr.

Schließlich kommt Mr Whitcomb und stellt sich hinter uns, um dafür zu sorgen, dass wir mehr arbeiten als lachen. Ich versuche Maries Gegenwart irgendwie auszublenden, weil ich sofort wieder losprusten muss, wenn ihre Haare und die Brille auch nur kurz in Sichtweite kommen. Mr Whitcomb gibt mir einen Klaps auf den Hinterkopf, genau dorthin, wo mein Verband sitzt, und ich schreie auf. Ich beuge mich über die Kommode und versuche mich zu konzentrieren.

Als Mrs Brennan Pappbecher und große Krüge mit Limonade aus der Küche herüberbringt, dürfen wir eine Pause einlegen. Marie und ich schnappen uns jede zwei Becher und tragen sie zu unserem Platz, um sie dort zu trinken, doch zuerst halte ich mir den kühlen Becher einen Moment lang an die Stirn. Marie kippt ihre beiden hinunter und steht auf, um sich Nachschub zu holen.

Will arbeitet am entgegengesetzten Ende des Raums und hilft, Bretter für die Seiten- und Oberteile verschiedener Kommoden und Tische zurechtzuschneiden. Er hat sein Hemd ausgezogen wie die meisten Männer, glänzt vor Schweiß und ist von einer Dreckschicht überzogen. Er ist so auf die Kreissäge vor sich und das Holz in seinen Händen konzentriert, dass er gar nicht mitbekommt, wie ich ihn mustere. Seine Haare wirken unter der dicken Schicht aus Sägemehl fast grau. Ich frage mich, ob er so aussehen wird, wenn er alt ist. Falls ja, wird er immer noch attraktiv sein. Ich müsste dumm oder blind sein, um nicht zu wissen, wie gut er aussieht, aber merkwürdigerweise weiß ich es genau und empfinde trotzdem nichts dabei. Es ist wie beim Betrachten eines schönen Gemäldes. Manchmal entdecke ich eines in einem Buch, bin beeindruckt von der Weise, wie der Künstler Licht, Farbe und Textur einsetzt, und trotzdem gelingt es mir nicht, den Gedanken an die Technik auszublenden, die das Gemälde so schön erscheinen lässt, oder das unerklärlich tiefe Gefühl dafür zu entwickeln, das einen manchmal beim Anblick eines Kunstwerks überkommt. Genau so ist Will für mich: technisch perfekt, aber nicht inspirierend. Ich habe in seiner Gegenwart noch nie ein Kribbeln im Bauch empfunden, wie es bei Cody der Fall war. Nicht in all der Zeit, die wir schon miteinander verbracht haben.

Cody.

Ich bemühe mich weiter, diesen Jungen aus meinem Kopf zu verdrängen, aber er kriecht immer wieder hinein. Und jedes Mal, wenn es ihm gelingt, kann ich nicht anders, als zu lächeln. Ich kenne ihn eigentlich gar nicht und trotzdem fühle ich mich irgendwie glücklich, wenn ich nur an ihn denke, an sein leicht schiefes Lächeln oder an die kurzen Stoppeln an seinem Kinn. Es war erschreckend, wie sehr ich mich an diesem Tag danach gesehnt habe, die Hand auszustrecken und es zu berühren. Ich muss damit aufhören. Dort drüben ist Will. Was er wohl tun würde, wenn er wüsste, was mir durch den Kopf geht?

Auf dem Weg zu ihrem Platz stupst Marie mich an und ich sehe, wie sie die Augenbrauen hochzieht, kann das Lächeln unter dem Mundschutz erahnen, während sie erst mich und dann Will anschaut. Ich starre immer noch in seine Richtung und habe es nicht einmal gemerkt. Ich nicke und versuche sie nachzuahmen, damit sie weiter glaubt, ich wäre ebenso wild auf Will wie sie auf Brian. Ich habe noch nie jemandem erzählt – auch Marie nicht –, dass ich Will nicht liebe. Abgesehen von ihm ist sie meine engste Vertraute, also *sollte* ich es ihr vielleicht sagen. Ich habe mir schon Dutzende Varianten zurechtgelegt, das Thema anzusprechen, bringe es aber einfach nicht über mich. Ich weiß nicht genau, warum. Vielleicht habe ich Angst, sie würde mich nicht verstehen oder mich bedauern. Vor allem aber bin ich mir sicher, sie würde denken, dass mit mir etwas nicht in Ordnung ist. Und ich würde es nicht ertragen, das in ihren Augen zu sehen und meinen Verdacht bestätigt zu wissen: dass ich tatsächlich einen Defekt habe und unfähig bin, Liebe anzunehmen oder sie selbst zu empfinden.

Wir arbeiten über Mittag durch. Meine Mom und einige andere Gemeindemitglieder, die nicht der Werkstatt zugeteilt wurden, bringen uns schließlich Sandwiches und Getränke, aber eigentlich kann ich nichts essen. Sobald ich es versuche, habe ich das Gefühl, Sägespäne zu schlucken statt Eiersalat. Es gibt keinen Fleck mehr, nicht einmal meinen Mund, der nicht mit Sägemehl bedeckt ist. Stattdessen trinke ich ungefähr eine Gallone Wasser. Die Hitze lastet so schwer auf mir, als pressten glühend heiße Hände meinen Kopf so lange zusammen, bis er von oben bis unten pulsiert und jeder Zentimeter Haut sich fiebrig und geschwollen anfühlt.

Nach dem Essen wechseln wir die Tätigkeiten, damit sich niemand bei den immer gleichen Bewegungen verkrampft. Kurz darauf stehe ich ganz hinten in der Werkstatt, bei den größten Ventilatoren, und bestreiche Möbel mit kastanienbrauner Beize. Die Luft ist hier nicht annähernd so stickig, aber der Geruch der Beize verstopft mir die Nase und der Druck in meinem Kopf nimmt zu, bis ich das Gefühl habe, er könnte explodieren. Mir ist schwindelig und hundeelend, aber niemand sonst hat mit der Arbeit aufgehört. Sobald ich versuche, mich zurückzulehnen und zu entspannen, stellen sich Mr Whitcomb oder Mr Brown neben mich und fixieren mich so lange, bis ich mich wieder über den Tisch beuge und weiterpinsele. Ich versuche mir vorzustellen, ich würde eine Landschaft oder die Pferde draußen auf der Weide malen, aber da ich gleichmäßig auf- und abstreichen muss, funktioniert das nicht.

Um kurz vor acht hören wir auf, um zu Abend zu essen. Ich bin so müde, dass ich kaum aufstehen kann. Meine Hände und Gelenke schmerzen vom vielen Schleifen und Streichen, meine Lunge ist vom Staub verstopft und von den Dämpfen der Beize gereizt. Ich schüttle die Arme aus und strecke mich. Will und die meisten anderen Männer arbeiten immer noch. Es ist, als hätten sie aus diesem Tag einen Wettkampf gemacht: Immer wieder vergewissern sie sich, was ihr Nebenmann tut. Wer weiterarbeitet, ohne zu klagen, muss der Männlichste sein. Das Kreischen ihrer Kreissägen hat den ganzen Tag nicht aufgehört, und selbst als ich nach draußen in Richtung Pferdekoppel gehe, höre ich sie weiter. Am liebsten würde ich mir Fetzen aus dem T-Shirt reißen und in die Ohren stopfen, um ein bisschen Ruhe und Frieden zu haben.

»Da bist du ja. Komm mit«, sagt Marie und zieht mich am Arm. Dort, wo die Schutzbrille das Sägemehl abgehalten hat, verlaufen zwei gleich große weiße Kreise um ihre Augen. Sie sieht aus wie das negative Abziehbild eines schmuddeligen kleinen Waschbären und ich muss lachen.

»Ich weiß, schlimm, nicht? Ich weigere mich auch nur in den Spiegel zu schauen«, sagt sie und seufzt.

»Wohin gehen wir?« Ich will nur noch nach Hause, mich unter die kalte Dusche stellen und dann umfallen.

»Zum Pool.« Wieder packt sie mich am Arm.

»Aber wir sind dreckig und ich habe keinen Badeanzug dabei«, sage ich halb vorwurfsvoll, halb lachend. Marie ignoriert meinen Protest und zieht mich den Pfad entlang zum Schwimmbecken. Es wird merklich kühler, je näher wir dem Wasser kommen. Schon bald hüpfen wir von einem Fuß auf den anderen, um uns Schuhe und Strümpfe auszuziehen, dann nehmen wir uns an den Händen, rennen über den noch warmen Betonboden und springen ins Wasser.

Kurz bevor wir untertauchen, lassen wir einander los. Ich rolle mich zu einer Kugel zusammen und lasse mich auf den Grund sinken, ein brennendes Stück Kohle in einem Eimer Eiswasser. Während ich auf dem Zementboden sitze, stelle ich mir vor, wie das Wasser auf meiner Haut zischt. Die Poolbeleuchtung ist eingeschaltet und ich öffne die Augen und starre zur Oberfläche hinauf.

Über mir treibt Marie auf dem Rücken, alle viere von sich gestreckt, das Haar fächerförmig ausgebreitet. Ich kauere mich zusammen, solange ich kann, genieße die Stille und das Gefühl, die Zeit stehe still. Ich schaue an Marie vorbei in den Himmel. Abgesehen von den letzten pink- und orangefarbenen Streifen des Sonnenuntergangs, die ganz am Rand meines Blickfelds verharren, färbt er sich immer schneller dunkel. Er ist wie eine wunderschöne Fata Morgana, die im Rhythmus des Wassers schimmert und jeden Moment zu verschwinden droht.

Ich komme erst wieder hoch, als sich vor meinen Augen alles zu drehen beginnt und meine Lunge zu platzen droht. Keuchend und schwindelig schieße ich an die Oberfläche. Marie richtet sich auf und wirft mir einen Blick zu, der besagt, dass sie mich für verrückt hält, ehe sie das Gesicht wieder den ersten Sternen zuwendet.

»Glaubst du, wenn man jeden Abend, sobald der erste Stern am Himmel steht, den gleichen Wunsch hinaufschickt, dass er dann eine Chance hat, in Erfüllung zu gehen?«, frage ich, während ich um sie herum durchs Wasser strample.

»Weiß nicht.« Ihre Stimme klingt sanft und abwesend, fast so, als höre sie mir gar nicht richtig zu.

Ich presse die Lippen zusammen. »Ich wünsche mir nämlich seit Ewigkeiten immer das Gleiche … also glaubst du, ich habe eine Chance?«

»Was denn?«, fragt sie.

Ich schaue zu, wie meine Hände durchs Wasser gleiten. »Dass wir nie ins Silo müssen.«

Marie atmet tief ein.

»Er könnte sich doch täuschen. Und die Welt völlig in Ordnung sein. Ich meine, er könnte … verwirrt sein oder so etwas, meinst du nicht?« Die Worte sprudeln nur so aus mir heraus.

Ohne meinen Blick loszulassen, mustert sie mich eingehend – nicht gerade die Reaktion, die ich erhofft hatte. Ich sollte Pioneers Visionen, sein Wissen nicht infrage stellen. Er hat uns vor langer Zeit Beweise für das Ende gezeigt und es ergibt alles einen Sinn. Alle seine Visionen haben sich erfüllt. Die heutigen Nachrichten sind nur ein weiterer Beleg dafür. Und er hat mehr als gut daran getan, uns aus einer Welt herauszuholen, in der die Menschen der Erde schaden, sich gegenseitig Gewalt antun und an sich zu reißen versuchen, was ihnen nicht gehört. Anzudeuten, er könnte nicht der sein, für den wir ihn halten, ist praktisch unvorstellbar. Doch dann, fast so, als habe sie einen eigenen Willen, wandert meine Hand in meinen Nacken und erinnert mich daran, dass sich nicht alles richtig anfühlt, was er tut.

»Ich habe mich falsch ausgedrückt. Was ich eigentlich sagen wollte, ist, dass ich *wünschte*, er würde sich irren, verstehst du? Aber es ist natürlich nicht so; denk nur an die Erdbeben und den Wirbelsturm. Natürlich hat er recht.« Ich stammele und bin nervös. Hält sie mich für verrückt oder schlecht – oder noch schlimmer, wird sie beschließen, mich bei Pioneer zu verpetzen?

Ich mache den Mund auf, um noch etwas zu sagen, irgendetwas, mit dem ich sie von meinen Worten ablenken und ihr versichern kann, dass ich nicht vorhabe zu rebellieren, aber ich weiß nicht recht, was. Stattdessen versuche ich sie anzulächeln, schaffe es aber nicht ganz, die Mundwinkel hochzuziehen. Es ist, als wäre mir vor Kälte der Mund erstarrt.

Marie wendet das Gesicht ab und fängt an, mit den Fingern im Wasser zu planschen, gerade genug, um ein wenig Abstand zwischen uns zu bringen. »Sei vorsichtig, Lyla. Ich würde das lieber nicht herumerzählen. Spaß zu haben und sich ein bisschen Ärger einzuhandeln ist eine Sache, aber was du gerade gesagt hast ... ist etwas ganz anderes.«

»Du hast recht, natürlich hast du recht. Das ist bloß die Hitze, achte nicht auf mich«, sage ich. Ich drücke den Rücken durch und lege mich aufs Wasser, Marie tut das Gleiche. Ich strecke die Hand aus, bis ich ihre berühre, halte sie fest und drücke sie. Zusammen schauen wir in den Himmel. Während wir dahintreiben, halte ich ihre Hand. Trotzdem kann ich nicht anders, als stumm meinen Wunsch zu den Sternen hinaufzuschicken und wider jede Vernunft zu hoffen, er möge etwas bewirken.

Gib einem Kind das,
was es sich am meisten wünscht,
und es legt dir
sein Herz in die Hände.

Pioneer, Gemeindeführer

13

Indy war noch nicht in Mandrodage Meadows, als wir hierherzogen. Sobald die Scheune, die Koppeln und die Ställe fertig waren, hielten wir Kühe und Schweine, Hühner und Puten. Die Pferde kamen erst viel später.

Es war der Tag nach Weihnachten in dem Jahr, als ich acht wurde. Ich erinnere mich noch daran, wie die Viehtransporter die Straße heraufkamen und dass unser übliches Misstrauen gegenüber Fahrzeugen von Außenstehenden ausnahmsweise fehlte. Sämtliche Kinder warteten am Eingangstor, aufgeregt, hibbelig und völlig aus dem Häuschen. Ein Schwein oder eine Kuh kann man nicht reiten, aber ein Pferd … Pferde können einen tragen, wohin man will, sie sind etwas Besonderes. Etwas ganz Besonderes.

Ich hatte damals schon jahrelang Pferde gemalt, immer in der heimlichen Hoffnung, die Erwachsenen würden beschließen, sie für uns anzuschaffen. Die Wände in meinem Zimmer waren tapeziert mit Zeichnungen von Arabern, Mustangs und Palominos. In meinen Träumen ritt ich pausenlos mit wehenden Haaren und ausgebreiteten Armen.

Auch die anderen waren voll aufgeregter Vorfreude, aber ich wusste, dass Pioneer nur meinetwegen eingewilligt hatte, die Pferde zu kaufen. Er hatte es mir am Weihnachtsmorgen ins Ohr geflüstert, als ich gerade ein Buch über das Zeichnen von Pferden aufschlug. Ich wusste es, bevor er es dem Rest der Gemeinde verkündete. Es war das schönste Geschenk, das ich je erhalten hatte und wahrscheinlich je erhalten werde.

Nachdem man die Tiere ausgeladen und zur Scheune geführt hatte, zerstreuten sich die anderen Kinder, um im Schnee zu spielen, ich dagegen blieb bei den Pferdeställen. Indy stach mir sofort ins Auge. Er war der Kleinste und seine Unterlippe hing immer ein wenig herab. Er schien es zu wissen und saugte sie ständig an die Zähne, aber sie sackte unweigerlich immer wieder schlapp nach unten wie der zu dick gewordene Bauch eines in die Jahre gekommenen Mannes. Es sah lustig aus, so, als würde er permanent etwas anstieren. Ich konnte ihn nicht anschauen, ohne zu lächeln.

Wochenlang verbrachte ich meine ganze Freizeit vor Indys Box. Ich fütterte ihn mit Äpfeln und Möhren. Bei den anderen Kindern hatte sich die anfängliche Begeisterung inzwischen gelegt, vor allem nachdem sie ein oder zwei Tage damit zugebracht hatten, die Ställe auszumisten. Ich dagegen hätte mein Kissen geholt und neben Indy geschlafen, wenn es gegangen wäre. Er war mir von Anfang an vertraut.

»Glücklich, Kleine Eule?«, fragte Pioneer nach der ersten Woche.

»Ja. Vielen Dank.« Ich lächelte ihn an.

»Du weißt, dass ich dich lieb habe, nicht?«

Ich nickte.

»Niemand wird sich je besser um dich kümmern als ich, nicht wahr?«

Pioneer sah mir beim Malen, oder besser, Bemalen von Indy zu. Ich hatte meine Farbtöpfe an der Boxenwand aufgereiht, ihm blaue Blumen auf die Flanken gemalt und begann gerade mit einer Efeuranke auf dem Hals. Indy mampfte zufrieden die Zuckerwürfel, die ich ihm mitgebracht hatte, und duldete im Gegenzug meine Dekorationsarbeiten. Mit hoch erhobenem Haupt sah er über die Boxenwand zu den anderen Pferden hinüber, als wollte er sie wissen lassen, dass er etwas Besonderes sei.

Pioneer kam zu mir in die Box und hob eine Dose mit lila Farbe hoch. Er zog Indy einen Strich über die Nase. »Ich liebe dich wie eine eigene Tochter, Kleine Eule. Ich liebe dich genauso, wie du dieses Pferd liebst, weißt du das? Ihr alle seid meine Familie. Meine Kinder. Es gibt nichts, was ich nicht für euch tun würde, kein Weg wäre mir zu weit, um uns zusammenzuhalten. Wenn etwas dein Herz berührt, so wie dieses Pferd hier, dann macht es mir die größte Freude, es dir zu schenken. Alles, was ich dafür von dir erbitte, ist, dass du mir vertraust. Kannst du das tun?«

Ich nickte und schlang die Arme um seine Taille. Ich wollte ihm sagen, wie viel Indy mir bedeutete, wie viel mehr er selbst mir bedeutete, jetzt, da er mir Indy gegeben hatte, aber ich fand nicht die richtigen Worte. Ich wusste nur, dass er mir meine ganze Welt geschenkt hatte, alles, was für mich zählte. Er hätte nichts von mir erbitten können, was ich ihm nicht bedingungslos gegeben hätte.

Kinder streunen herum.
Das liegt in ihrer Natur.
Aber in meiner Welt gehen sie nur so weit,
wie meine Leine es zulässt.

Pioneer, Gemeindeführer

14

Nach dem Schwimmen landen wir bei Marie. Ihre Eltern sind, genau wie meine und die meisten anderen Erwachsenen, immer noch draußen in der Holzwerkstatt. Es sieht aus, als würde die Arbeit bis tief in die Nacht weitergehen. Kurz nachdem wir ein paar von Maries Klamotten übergezogen und uns die Haare trocken gerieben haben, erscheinen Heather und Julie. Sie sehen wesentlich frischer aus als wir. Sie haben den Tag damit zugebracht, im Garten zu arbeiten und Essen zuzubereiten, aber ich bin nicht neidisch, denn morgen sind sie der Holzwerkstatt zugeteilt und *wir* den Gärten und der Küche. Ich bin zu dem Schluss gekommen, dass es wesentlich besser ist, einen harten Tag hinter sich zu haben, als ihm entgegenzusehen, und ihnen scheint es genauso zu gehen, denn immer wieder betrachten sie stöhnend die Blasen an unseren Händen.

Ich muss zugeben, dass ich trotz meiner gegenteiligen Bekundungen neugierig war, was Marie uns heute zeigen wollte – zumindest bevor wir von den Naturkatastrophen erfuhren und zur Schwerstarbeit verdonnert wurden. Jetzt bin ich zu erschöpft, um noch großes Interesse daran zu haben, aber sie wirkt immer noch ganz aufgeregt und ich will sie nicht enttäuschen, schon gar nicht nach meinem Anflug von unangebrachter Offenheit draußen am Pool. Wir verteilen uns im Halbkreis auf dem Boden ihres Zimmers. Ich döse ein, während ich darauf warte, dass es sich die anderen bequem machen und Marie aufhört, an der Tür herumzufummeln. Als sie die Tür zumacht und ihren Schreibtischstuhl herüberzieht, um ihn unter den Knauf zu schieben, bin ich wieder hellwach.

In Mandrodage Meadows gibt es keine Schlösser, jedenfalls nicht in unseren Häusern. Pioneer meint, Geheimnisse würden Misstrauen erzeugen, daher ist es uns nicht erlaubt, unsere Türen abzuschließen, ganz zu schweigen davon, sie zu verbarrikadieren. Wenn Maries Eltern zurückkommen und uns hier oben so vorfinden, geht der ganze Ärger von vorne los und das bedeutet, dass, was immer sie uns zeigen will, verboten sein muss. Ich fange an, mir ihretwegen Gedanken zu machen. Angesichts der schweren Bestrafung, die wir gerade erleiden mussten, hat das hier etwas von einem Todeswunsch. Wie kann sie nur so rebellisch sein und trotzdem nie etwas infrage stellen? Das ergibt keinen Sinn.

Ich werfe Heather und Julie einen Blick zu und warte, ob eine von ihnen den Mund aufmacht, um Marie daran zu erinnern, welchen Ärger wir uns damit aufhalsen können. Ich werde es jedenfalls nicht tun. Was ist, wenn sie den anderen von meinem geheimen Wunsch berichtet? Eigentlich glaube ich nicht, dass sie das tun würde, aber ich hatte auch nicht damit gerechnet, dass sie mir so über den Mund fahren würde, als ich ihr davon erzählte. Als niemand etwas sagt, rücken wir schließlich dichter zusammen und warten, während Marie sich tief in ihren Schrank beugt. Nachdem sie eine Weile darin herumgekramt hat, taucht sie mit einem glänzenden Stapel Papier und einem Sixpack Cola in der Hand wieder auf.

»Das dürfen wir nicht haben«, flüstert Julie. Sie lässt die Coladosen nicht aus den Augen, als fürchte sie, von ihnen angegriffen zu werden.

Als wir nach Mandrodage Meadows zogen, verschrieben sich unsere Eltern einem einfachen, gesunden Leben. Den größten Teil unserer Nahrung produzierten wir von Anfang an selbst und wir vermeiden praktisch alles, was nicht direkt aus dem Boden kommt. Pioneer ist überzeugt, dass die meisten Krankheiten dieser Welt von den Fremdchemikalien in industriell gefertigten Lebensmitteln verursacht werden. Und Cola steht ganz oben auf seiner Liste des Schreckens. Trotzdem haben mich die Dinge auf dieser Liste schon immer neugierig gemacht – geängstigt, aber auch neugierig gemacht. Ich meine, warum trinken Leute so etwas, wenn sie doch wissen, dass es sie irgendwann umbringen wird? Es muss also sehr gut schmecken, nehme ich an.

Marie reicht jeder von uns eine Dose. Heather weigert sich, ihre entgegenzunehmen. »Ich will nicht krank werden«, quietscht sie, als sei sie überzeugt, dass ihr sofort ein riesiger Tumor wachsen werde, wenn das Zeug ihre Lippen berührt.

»Kommt schon, ihr Feiglinge«, stöhnt Marie, »Probiert mal. Ich will nicht allein trinken. Ich schwöre, wenn ihr nicht mitmacht, haue ich euch in die Pfanne, wenn ich das nächste Mal mit Haareschneiden dran bin – vor allem dich, Lyla.« Ich lege mir die Hand auf die Haare und ducke mich aus Spaß.

Julie und ich schauen uns noch einmal an, während wir zu entscheiden versuchen, ob wir einen Schluck probieren sollen oder nicht. Mit Junkfood erwischt zu werden ist nur ein kleiner Verstoß, nicht annähernd so schlimm, wie sich wegzuschleichen. Außerdem war ich schon immer neugierig darauf und das hier könnte unsere letzte Chance sein. Schließlich zucke ich mit den Achseln und wir nehmen uns jede eine Dose. Heather verschränkt die

Arme und wendet den Kopf ab, als wir anderen unsere Dosen öffnen und winzige Schlucke trinken. Marie deutet mit den Fingern eine Schere an und tut, als würde sie Heather die Haare abschneiden, aber dieser ist es ernst mit ihrer Weigerung. Maries Drohungen sind wirkungslos.

Die Cola in meinem Mund ist warm und fast lebendig, sie läuft mir sprudelnd über die Zunge und die Kehle hinab. Ihr Geschmack ist schwer zu beschreiben, weil sie nach nichts schmeckt, was ich je zu mir genommen habe. Ich weiß nur, dass mir das Prickeln im Mund gefällt, und nehme beim nächsten Mal einen größeren Schluck. Julie hält die Dose schräg und trinkt in tiefen Zügen, ehe sie sich ein paarmal auf die Brust klopft. Plötzlich verzieht sie das Gesicht, als habe sie etwas Schlechtes gerochen, und mit schreckensweiten Augen gibt sie einen gewaltigen Rülpser von sich. Ich muss mir den Mund zuhalten, um meinen letzten Schluck Cola nicht über Marie und den Fußboden zu versprühen, aber damit erreiche ich nur, dass er in die Nase umgeleitet wird. Tränen schießen mir in die Augen und ich muss nach einem Taschentuch greifen, weil mir Colarotze über das Kinn läuft.

»Das war ja umwerfend sexy, ihr beiden«, brummt Heather und wir prusten los, lachen, bis wir keine Luft mehr kriegen. Erst als wir uns beruhigt haben, fällt mir der Papierstoß wieder ein, den Marie zwischen uns platziert hat. Ich ziehe den Haufen zu mir heran.

Es ist ein Stapel Zeitschriften. Zwar habe ich noch nie eine in der Hand gehabt, aber auf unseren Besorgungsfahrten habe ich sie in den Geschäften ausliegen sehen. Wenn meine Mutter mich dabei erwischte, wie ich sie anstarrte, zwang sie mich wegzuschauen. Pioneer verbietet es uns, Zeitungen oder Zeitschriften zu lesen, denn je weniger Verbindung wir zur Welt haben, desto einfacher wird es werden, ihr Auf Wiedersehen zu sagen. Zeitschriften anzuschauen ist deshalb ein wesentlich gravierenderer und ernsterer Verstoß, als Cola zu trinken. Ich schaue Marie an und versuche zu ergründen, warum sie so bereitwillig riskiert, mit ihnen erwischt zu werden.

»Ich hab sie letzte Woche besorgt, als meine Familie auf Besorgungsfahrt war«, erklärt sie mit einem Anflug von Stolz. »Da war eine Frau mit einer ganzen Kiste voll. Sie hat sie hinter dem Geschäft neben die Mülltonne gestellt und ich habe mir einfach ein paar davon in den Rucksack gesteckt. Ich habe sie nicht geklaut. Sie hat sie weggeworfen.«

»Und was ist mit der Cola?«, fragt Heather säuerlich. »Hast du die auch neben der Mülltonne gefunden?«

»Nein.« Marie funkelt sie an. Ich bin mir ziemlich sicher, dass sie es inzwischen bereut, Heather eingeladen zu haben. »Ich hab sie gekauft, als Dad mir erlaubt hat, das Benzin für den Transporter zu bezahlen. Ich hab vielleicht gelogen, aber nicht gestohlen.«

Ich mustere Marie. Sie ist nervös, das sehe ich an ihren leicht zittrigen Händen. Ich frage mich, warum sie mir bis heute nichts davon erzählt hat. Es kommt mir komisch vor, dass sie so etwas allein unternimmt. Sie ist zwar mutig, aber so mutig normalerweise auch wieder nicht.

Marie nimmt wieder einen Riesenschluck von ihrer Cola und schlägt dann im Schoß eine Zeitschrift auf, sodass wir die Seiten sehen können. Die Leute, die darauf abgebildet sind, tragen raffinierte Outfits, eines schöner als das andere. Keine von uns öffnet selbst ein Heft. Marie sieht uns an, besonders mich. »Das sind Filmstars.« Sie weist auf eine Seite. »Seht ihr, das ist der Typ aus dem Film, den wir letzten Winter gesehen haben … Ich hab den Namen vergessen, aber ihr wisst, welchen ich meine, nicht?«

Ich betrachte den Typen. Er kommt mir bekannt vor. »Ja, ich glaube … war das nicht *2012*?«

Marie grinst. »Genau!« Sie schaut wieder auf die Seiten und blättert sie langsam durch, als denke sie über etwas nach. Sie macht den Mund auf und wieder zu und öffnet ihn schließlich erneut.

»Was ist?«, frage ich.

Sie schaut nicht von der Zeitschrift auf. »Drew wollte Filmstar werden.«

Es ist das erste Mal seit langer Zeit, dass ich sie von ihrem Bruder sprechen höre. Wir werden ganz still. Ich warte ab, ob sie noch mehr sagt.

»Ich stelle mir immer vor, dass er vielleicht dort hingegangen ist, als er uns verließ. Nach Hollywood. Ich meine, wäre das nicht cool, wenn er es geschafft hätte und wir ihn zufällig in einer von denen hier entdecken würden?«

Marie hat irgendwann aufgehört, von Drew zu sprechen – es war, kurz nachdem sie aufhörte, uns einzureden, er sei auf einer geheimen Besorgungsfahrt. Bisher habe ich angenommen, sie hätte die Dinge endlich so akzeptiert, wie sie sind, aber jetzt merke ich, dass sie sich nur eine neue, noch ausgeklügeltere Lüge zurechtgelegt hat.

Marie lacht ein wenig. »Ich weiß, es ist albern, aber es könnte doch sein, oder? Ich meine, warum denn nicht? Er sieht genauso gut aus wie diese Typen. Er könnte hier drin sein ...« Ihre Stimme wird immer leiser und schließlich beißt sie sich auf die Lippe. Es hat sie viel gekostet, uns das zu erzählen; sie hat Angst, dass wir ihre Hoffnungen zunichtemachen. Auch wenn das, was sie da erhofft, unmöglich ist, bringe ich es nicht über mich, es ihr ins Gesicht zu sagen.

»Denkbar wäre es vielleicht«, murmele ich gedehnt und sie strahlt mich an. Jetzt ist mir klar, warum sie dieses Risiko eingeht. Wenn auch nur die geringste Chance besteht, Drew auf diesen Fotos ausfindig zu machen und herauszufinden, dass es ihm gut geht, war es für sie die Sache wert. Ich nehme mein Heft in die Hand und fange an, es durchzublättern. Die anderen beiden sitzen mit großen Augen da, zu verängstigt, um unserem Beispiel zu folgen.

Es dauert nicht lange, ehe Marie mit einem weiteren Stöhnen die Augen verdreht. »Jetzt kommt schon, Leute, wann bietet sich euch je wieder die Chance, euch so etwas anzusehen? Es ist das *Ende der Welt*, verdammt noch mal! Also lebt vorher ein bisschen.«

Heather hält die Luft an und Julie und mir bleibt der Mund offen stehen. Marie hat manchmal einen merkwürdigen Sinn für Humor und in diesem Augenblick habe ich das sichere Gefühl, dass sie zu weit gegangen ist. Selbst Julie schaut einen Moment lang unbehaglich drein.

Marie stößt einen tiefen Seufzer aus. »Tut mir leid, Leute, aber mal im Ernst, das hier ist die letzte Gelegenheit für uns, ein bisschen was Gewagtes zu unternehmen. Und es ist längst nicht so riskant wie gewisse andere Dinge, das könnt ihr mir glauben.« Sie wirft mir einen bedeutungsvollen Blick zu und lächelt schief. Im Geiste hat sie vorgestern Nacht bereits mehr als Abenteuer abgespeichert denn als äußerst teuer bezahlten Fehler.

»Das will ich auch hoffen. Seht euch nur an, was es euch eingebracht hat.« Heather deutet auf meinen Nacken. »Bestraft zu werden ist nicht gerade das, was ich mir unter einer guten Zeit vorstelle.«

Marie sieht Heather erbost an. »In zwei Wochen sind wir im Silo. Dann können wir nicht mal mehr niesen, ohne dass die ganze Gemeinde davon erfährt. Die anderen sind draußen beschäftigt, sie werden uns nicht erwischen … und außerdem solltet ihr euch die Typen hier drin mal ansehen, die sind einfach H-E-I-S-S.« Marie singt die letzten Worte förmlich und ich grinse sie an, als sie sich dabei mit der Hand Luft zufächelt.

Heather und Julie beugen sich vor, um besser sehen zu können. Als Marie Heather anschaut und mit den Augenbrauen wackelt, fangen wir alle an zu lachen. Sie und Julie greifen nach den Zeitschriften und halten sie fest, als wären es kostbare Kunstwerke.

Ich blicke auf mein eigenes Heft und zeichne mit dem Finger die Gesichtskonturen der Frau auf dem Cover nach. Ihre Haut ist so glatt. Ich bin überzeugt, sie würde sich anfühlen wie Babyhaut, wenn ich sie wirklich berühren könnte, ganz weich und perfekt. Selbst ihre Zähne sind schön, so weiß und gerade. Ich lege den Finger auf meinen eigenen Mund und berühre die kleine Lücke zwischen den Schneidezähnen. Ich werde nie so perfekt aussehen wie sie.

Wir studieren jedes Heft Seite für Seite, prägen uns Frisuren ein und die richtige Art, Farbe auf die Wangen aufzutragen. Marie ist überzeugt, dass wir unsere Wangen mit Tonerde oder zerdrückten Erdbeeren ebenso zum Leuchten bringen können, aber ich kann mir nicht vorstellen, dass es funktioniert. Als wir hören, wie in der Werkstatt die Sägen abgestellt werden, sind unsere Köpfe angefüllt mit Klatsch über Leute, die wir nicht kennen, und Schönheitstipps, die wir niemals brauchen werden. Trotzdem macht es Spaß, so zu tun als ob, selbst wenn es nur für einen Abend ist.

Als ich später in meinem Zimmer unter der Decke liege und meinen Gedanken freien Lauf lasse, grüble ich über meinen Traum, über Marie und die Zeitschriften nach – darüber, dass sie die Hefte und ihre Hoffnungen in Bezug auf ihren Bruder geheim gehalten hat. Es war mir nicht bewusst, dass Marie womöglich ebenso viele Geheimnisse hat wie ich. Und es verursacht mir ein unangenehmes Grummeln im Magen. Ich finde es schrecklich, dass sie das Gefühl hatte, etwas vor mir zurückhalten zu müssen … Andererseits ist es nicht gerade so, als könnte ich mich ihr restlos anvertrauen, der heutige Abend war der Beweis dafür. Es ist merkwürdig, sich vorzustellen, dass es immer noch Dinge gibt, die wir nicht übereinander herausgefunden haben, obwohl wir uns seit Ewigkeiten kennen. Dinge, von denen wir nicht wollen, dass die andere von ihnen erfährt. Und wenn das auf uns zutrifft, was weiß ich dann nicht von Will, Brian und all den anderen, die mir in den letzten zehn Jahren ans Herz gewachsen sind? Haben sie alle etwas, das sie zu verbergen suchen? Selbst Pioneer?

Ob ich meinen Leuten vertraue?
Zweifellos. Trotzdem wache ich über sie. Die Versuchung lauert überall wie ein Wolf und ich weigere mich, ihm Gelegenheit zu geben, sich die Schwachen unter uns herauszupicken.

Pioneer, Gemeindeführer

15

Wir schaffen es, die Möbelbestellungen bis zum Ende der folgenden Woche abzuarbeiten. Zehn Tage lang mussten wir fast rund um die Uhr durcharbeiten, aber heute stehen alle fünfzehn Möbelstücke frisch gebeizt und gewachst in der Holzwerkstatt und glänzen im fluoreszierenden Licht. Meine Hände und Fingernägel sind kastanienbraun von den vielen Stunden, die ich mit Beizen beschäftigt war, mein Rücken schmerzt und meine Schultern fühlen sich an, als wären sie mir an den Ohren festgewachsen, aber zum Glück ist jetzt alles vorbei.

Die Gemeinde hat sich in der Werkstatt versammelt, um zu feiern. Mehrere Mütter haben Orangensaft und frisch gebackene Muffins hereingebracht. Wir reichen sie herum und warten darauf, dass Pioneer erscheint, um die Möbelbestellung ein letztes Mal in Augenschein zu nehmen, ehe wir unseren größten Anhänger für die morgige Besorgungsfahrt beladen. Mein Dad steht mit Will und dessen Dad zusammen. Sie haben die Köpfe zusammengesteckt und reden und lachen über etwas. Dad hat Will eine Hand auf die Schulter gelegt.

Will blickt zu mir hin und zwinkert mir zu, ehe er sich wieder unseren Vätern zuwendet. Alle drei haben in der vergangenen Woche praktisch in der Werkstatt gewohnt und sehen blass, schmutzig und erschöpft aus. Trotzdem wirken sie stolz auf sich und ihre Arbeit. Ich sehe es an ihren Blicken, die immer wieder über die Möbel streifen. Und ich spüre, wie der gleiche Stolz auch mich erfüllt, weil ich weiß, dass sie am meisten von allen dazu beigetragen haben, unser Ziel zu erreichen. Mein Dad und mein Versprochener.

Ich sehe, dass mehr als eine meiner Freundinnen – besonders Heather und Julie – Will mit einer Art Gier im Blick betrachtet. Sie wünschen sich, er wäre ihnen versprochen worden. Ich kann froh sein, dass Pioneer ihn mir versprochen hat, dass ich nicht jemanden wie Mark bekommen habe, Julies Versprochenen, der in allem so langsam ist. Ich mag Will noch nicht so lieben, wie ich es sollte, aber ich weiß, dass ich mich in der Gemeinde mit keinem Besseren verbinden könnte.

Wenn ich anfangen würde, Will mit anderen Augen zu sehen – wenn ich an dem Gefühl festhalten könnte, das mich beim Anblick dessen, was er mit den Möbeln vollbracht hat, überkommt –, dann könnte ich vielleicht auch aufhören, an Cody zu denken und mir Szenen auszumalen, in denen wir uns in der Stadt über den Weg laufen. In Wirklichkeit hätten wir, selbst wenn es uns gelänge, uns wiederzufinden, bestenfalls ein paar Minuten, um miteinander zu reden. Minuten, die ich nicht mit ihm allein verbringen würde, weil meine Eltern ebenfalls da wären. Außerdem ist er ein Außenstehender. Zwar einer, der jedes Mal, wenn ich an ihn denke, in meinem Bauch Aktivitäten von seismischer Größe auslöst, aber trotzdem.

Ich konzentriere mich wieder auf Will und versuche Cody aus meinem Kopf zu verdrängen, seine vollen Lippen und die sanften

Fältchen um die Augen aus meinem Gedächtnis zu tilgen. Meine Zukunft liegt hier bei Will. Er ist klug und treu und er tut mir gut – wie ein warmes Bad. Seismische Bauchaktivitäten werden vermutlich völlig überschätzt. Wer kann schon in ständiger Aufregung leben? Vielleicht reicht es, sich wohlzufühlen, um eine Beziehung darauf aufzubauen. Will ist mein bester Freund. Wer wäre zum Heiraten besser geeignet als jemand, der schon fast alle deine Fehler kennt und dich trotzdem liebt?

Will schaut mit einem leicht amüsierten Blick zu mir herüber. Wahrscheinlich hat mein Dad gerade einen seiner peinlich abgedroschenen Witze losgelassen. Ich schicke ihm mein strahlendstes Lächeln und sein Gesicht leuchtet auf. Ich fühle mich glücklicher, jetzt wo ich zu Verstand gekommen bin – jetzt, da unsere Beziehung genau so ist, wie sie sein soll. Wenn wir morgen in die Stadt fahren, werde ich nicht nach Cody Ausschau halten. Ich werde mithelfen, die letzten Vorräte zu besorgen, wie es von mir erwartet wird, und dann ihn und den Rest der Welt hinter mir lassen.

Kurz darauf kommt Pioneer. Er hat kurze Hosen an, was ungewöhnlich für ihn ist. Normalerweise ist er sehr schamhaft und trägt lieber Jeans. Seine Beine sind dünn und blass, ein weiterer Beweis dafür, dass sie nur selten ans Tageslicht kommen. Ich muss mir das Kichern verkneifen, weil er in den Shorts so seltsam wirkt, anders und irgendwie fehl am Platz. Er sieht aus wie ein halb verhungerter Bär. Marie wirft mir quer durch den Raum einen Blick zu und wir müssen uns beide den Mund zuhalten, um nicht loszuprusten.

Pioneer trägt eine ausgeblichene Baseballkappe mit der Aufschrift MYRTLE BEACH. Ich habe sie vorher noch nie gesehen. Sie bringt mich auf den Gedanken, wie sein Leben wohl ausgesehen haben mag, bevor seine Visionen von der Zukunft begannen und er anfing, uns alle auf das Ende vorzubereiten. Ich versuche mir vorzustellen, wie es wäre, an diesem Myrtle Beach entlangzuspazieren, stelle mir vor, wie ich die Zehen in den Sand bohre und die Wellen male. Ich war nur ein einziges Mal am Meer. Meine Eltern sind mit mir und meiner Schwester hingefahren, kurz bevor sie verschwand, aber ich kann mich kaum daran erinnern. Es ist nicht mehr als eine Ahnung, dass ich sonnenverbrannt und voller juckendem Sand, aber glücklich war.

Pioneer fährt mit der Hand über die kunstvoll geschnitzte Seite der Kommode. »Brüder und Schwestern … Mir ist klar, dass die letzten Tage eine große Herausforderung waren … für uns alle. Ich habe euch viel abverlangt.« Er macht eine Pause und schaut mich und einige andere strahlend an, ehe sein Blick auf jenen zu ruhen kommt, die die meiste Zeit in der Holzwerkstatt verbracht haben. »Aber jetzt bin froh, euch sagen zu können, dass die härteste Aufgabe vor unserem Umzug ins Silo hinter uns liegt.«

Ich blicke zu meinen Eltern und Will hinüber. Alle nicken Pioneer zu. So anstrengend die zehn Tage in körperlicher Hinsicht auch gewesen sein mögen, bezweifle ich sehr, dass die Erledigung der Möbelbestellung die härteste Aufgabe sein wird, die wir in den nächsten Wochen bewältigen müssen. Mich für fünf Jahre unter der Erde zu verkriechen wird mir noch viel schwerer fallen. Ich habe das Gefühl, der schwierige Teil hat gerade erst begonnen, alle anderen hingegen wirken bei seinen Worten erleichtert. Warum empfinde ich nicht das gleiche Gefühl von Befreiung?

»Wir sind jetzt so weit, uns in erster Linie auf die Vorbereitung des Silos konzentrieren zu können. Das Geld, das wir mit diesen Möbelstücken verdienen, wird die Kosten der restlichen Vorräte mehr als abdecken.« Pioneer lächelt. »Und jetzt möchte ich, dass ihr euch zur Feier der vielen harten Arbeit, die ihr geleistet habt, für heute freinehmt. Ohne Pflichten. Ohne Einsatzpläne. Genießt das ungewöhnlich warme Septemberwetter miteinander. Wir gönnen uns ein richtiges Grillfest.«

Alle Kinder und sogar einige Erwachsene begrüßen Pioneers Rede mit Jubel und Beifallsrufen. Ich kann mich nicht erinnern, wann wir zuletzt einen ganzen Nachmittag ohne Pflichten oder Unterricht verbracht haben. Natürlich werden ein paar von uns trotzdem auf den Spaß verzichten müssen, weil das Wachhäuschen nicht unbemannt bleiben darf, nicht einmal für ein, zwei Stunden. Mr Whitcomb bietet an, die Schicht zu übernehmen, aber dann springt Pioneer selbst für eine Weile ein, damit Mr Whitcomb zumindest einen Teil des Grillfests mit uns genießen kann. Niemand könnte je behaupten, Pioneer wäre nicht aufopferungsvoll. Er hat fast ebenso viel Zeit in der Holzwerkstatt verbracht wie wir alle, lässt es sich aber nicht nehmen, sicherzustellen, dass wir alle feiern und uns ausruhen können.

Es dauert keine halbe Stunde, bis sich der Großteil der Gemeinde am Pool versammelt hat. Ich höre die Rufe und das Platschen auf dem Weg zum Eingang. Es ist ein perfekter Tag zum Sonnen, der Himmel ein einziges ausgedehntes Blau, nur hier und da ein paar Wolkenhügel, die sich so steif und weiß auftürmen, dass man sie für Schaumgebäck halten könnte. Ich sehe, dass Brian und Marie schon mit den anderen im Pool sind. Anscheinend tragen sie mit Julie und Mark einen Reiterkampf aus, mit Marie als amtierende Meisterin. Ihre dunklen Haare wippen, als sie Julie mit einem schrillen Triumphschrei ins Wasser stößt. Das Handtuch über die Schulter geworfen, wartet Will kurz hinter dem Eingang auf mich.

»Hallo, meine Schöne, bereit für eine Abkühlung?« Will zieht mich auf das Pooldeck und in Richtung Wasser. »Wollen wir es mit Brian und Marie aufnehmen?«

»Unbedingt.« Auf dem Weg zum Becken ziehe ich meinen Badeanzug zurecht. Er hat genau die gleiche Farbe und Form wie die Anzüge von Marie und Julie, aber an ihnen wirkt er irgendwie züchtiger. Marie ist dünn und hat nur angedeutete Kurven, Julie ist schlank und muskulös. Ich dagegen platze fast vor lauter Kurven – ein Urknall aus Brüsten und Hintern. Will meint, Männer würden eher auf meinen Typ stehen, aber ich würde mich am liebsten zusammenrollen wie eine Raupe, lasse es jedoch bei einem übergroßen Shirt bewenden, das ich auch nicht ausziehe, als wir ins Wasser waten.

Die Sonne ist heiß, aber ich mag es, wie sie mir auf Kopf und Nacken brennt. Ich lasse mich langsam ins Wasser gleiten, während mein Shirt blubbernd vor mir aufsteigt.

»Zieh es aus, Lyla.« Marie verdreht die Augen. »Ernsthaft. Wenn ich deine Figur hätte, würde ich hier wahrscheinlich nackt aufkreuzen.«

Als sie nicht lockerlässt, gebe ich nach und ziehe das Shirt über den Kopf. Meine Finger streifen über den dicken Wundschorf im Nacken, eine nachhaltige Erinnerung an unsere Bestrafung in der Koppel. Auch bei Marie, Will und Brian hat sich dort Schorf gebildet. Er sieht hässlich aus und ist ein weiterer Grund, warum ich das Shirt angezogen habe. Aber wenn sie entschlossen sind, ihren Schorf zu ignorieren – alle anderen waren es schon vor Tagen leid, ihn anzustarren –, ist es irgendwie albern, ihn weiter zu verstecken. Ich werfe mein Shirt auf die Betonplatten.

»Steig auf.« Will lässt sich tiefer sinken und ich klettere auf seine Schultern, wobei ich sorgsam darauf achte, den schlimmsten Teil seiner Wunde nicht mit den Beinen zu berühren. Ich habe Angst, dass er unter meinem Gewicht zusammenbrechen wird, aber er steht auf der Stelle auf und marschiert tiefer ins Wasser, dorthin, wo Marie und Brian sind. Ich schaue ihnen blinzelnd entgegen. Es ist so hell, dass ich sie kaum sehen kann.

Als wir dicht genug heran sind, hechtet Brian los und Marie lehnt sich so weit über seinen Kopf, um nach mir zu greifen, dass ich nicht sicher bin, ob sie wirklich oben bleiben kann. Ihre Hände berühren meinen Brustkorb und sie stößt zu. Ich greife Will in die Haare – was nicht ganz einfach ist, weil sie so kurz sind.

»Au!«, ruft er, während Marie abermals auf mich losgeht. Ich reiße die Hände hoch, bevor sie mich packen kann, und stoße sie zurück. Sie rudert ein bisschen mit den Armen, ehe sie das Gleichgewicht wiedererlangt. Für einen kurzen Moment sieht sie aus wie ein kleiner Vogel und ich fange an zu kichern. Kurz darauf lachen wir beide wie verrückt und ich kriege kaum noch Luft.

»Keine Gnade, Lyla!«, ruft Will und packt meine Beine etwas fester, damit ich nicht herunterfalle.

Marie lacht. »Oooh, jetzt zittern mir aber die Knie.«

Will und Brian grinsen feixend.

»Du hast die Aggressivität eines Marienkäfers«, sagt sie zwischen zwei Lachern.

»Nicht mal das«, sagt Will und ich höre das Lächeln in seiner Stimme. »Im Vergleich zu ihr ist ein Marienkäfer regelrecht furchterregend.«

»Das Einzige, wo sie richtig fies werden kann, ist beim Kartenspielen«, sagt Brian laut. »Sie UNOt einen in Grund und Boden.« Die anderen lachen jetzt so sehr, dass es fast aussieht, als würden sie weinen.

»Wer ist der letzte Mensch, mit dem man Wache schieben will, wenn das Armageddon früher kommt?«

»Lyla«, verkünden sie wie aus einem Mund. Den letzten Teil hat das halbe Becken mitgehört und jetzt schauen mich mehrere Leute mit einem Lächeln an, das besagt, dass an den Scherzen durchaus etwas Wahres dran ist.

Mit einem Mal habe ich es satt, von allen für sanft und schwach gehalten zu werden. Ich habe es satt, sanft und schwach sein zu wollen. Und ich habe es satt, mich abzustrampeln, um das zu sein, was alle anderen von mir erwarten. Für wen mache ich das eigentlich? Ehe ich weiß, was ich tue, werfe ich mich auf Marie, strecke die Hände aus und versetze ihr mit aller Kraft einen Stoß gegen die Brust. Sie reißt die Augen auf, bleibt aber oben, was meinen Entschluss, sie hinunterzustoßen, nur noch verstärkt. Ich packe sie an beiden Händen und verschränke sie vor ihrer Brust, bevor ich abermals zustoße. Mit einem Schrei kippt sie von Brians Schultern ins Wasser.

Brian lacht laut auf, als Marie, prustend und mit einem Vorhang aus Haaren im Gesicht wieder auftaucht. »Wow, Lyla«, sagt er. »Starke Leistung. Hätte nicht gedacht, dass du das in dir hast. Die Marienkäfer sollten sich lieber in Acht nehmen. Die *Kleine Eule* hat gerade die Krallen ausgefahren.«

Ich strecke ihm die Zunge heraus. Ich hasse es, wenn meine Freunde Pioneers Spitznamen verwenden. Bei ihnen hört es sich einfach nicht so nett an.

Marie bespritzt mich mit Wasser. Sie ist verstimmt, das kann ich sehen. In all den Jahren, in denen wir schon miteinander ringen, habe ich es noch nie geschafft, sie absichtlich herunterzustoßen. Ehrlich gesagt habe ich es nie richtig probiert. Ich lasse sie gewinnen und sie tut, als hätte sie mich wirklich geschlagen. Ich glaube, es ist ihr lieber so, auch wenn sie das nie laut aussprechen würde. Wahrscheinlich war es mir nie wichtig genug, um etwas daran zu ändern – bis jetzt.

»Bisschen heftig, findest du nicht, Amazone?« Marie schiebt sich die Haare aus den Augen und sieht mich stirnrunzelnd an.

»Das ist mein neues Ich«, gebe ich zur Antwort. Ich fühle mich gut – und ausnahmsweise stark. Zum ersten Mal merke ich, dass es mir eigentlich missfällt, unterschätzt zu werden. Ich klettere von Will herab und lasse mich bis zu den Schultern ins Wasser sinken.

»Nicht schlecht, Kurze.« Will zupft sacht an einer Strähne meines Haars. In seinem Gesicht steht zu gleichen Teilen Überraschung und Bewunderung.

Ich grinse sie alle an. »Wollt ihr noch mal?«

Wir essen am Pool zu Abend – Burger, Maiskolben und frische Tomaten, mein Lieblingsessen. Sogar Eiscreme gibt es. Ich sitze mit Will, Brian und Marie zusammen. Ein wenig sonnenverbrannt und völlig wassertrunken strecken wir uns auf unseren Badetüchern aus.

Marie hat sich von ihrer Verstimmung bei den Reiterspielen erholt, auch wenn sie danach nicht noch einmal antreten wollte. Stattdessen haben wir in der Sonne gebraten und den Jungen beim Wasservolleyball zugesehen. Jetzt schnappt sie mir fröhlich meine letzte Kugel Eis weg. Ich schlage ihr mit dem Löffel auf die Hand und sie lächelt, ehe sie einen Klecks Vanilleeis in meine Richtung schnickt. Ich ducke mich und er landet auf Wills Wange und alle bekommen einen Lachkrampf.

Nach dem Abendessen bittet Pioneer um Ruhe und steht auf, um etwas zu sagen. Hinter ihm stellen Mr Whitcomb und Mr Brown die Leinwand für den Filmabend auf, denn es ist Freitag. Wir werden uns den Film im Freien ansehen, was wir häufig tun, wenn das Wetter so schön ist wie heute. Schlagartig wird mir klar, dass wir das nie wieder werden tun können. Ich versuche mich davon nicht runterziehen zu lassen. Das alles wird mir sehr fehlen.

»Habt ihr den Tag genossen?«, fragt Pioneer. Alle klatschen. Ein paar Leute antworten mit lauten Jas.

»Gut.« Er nickt, was scheinbar mehr ihm selbst als uns gilt. »Ich will nur ein paar Worte zu morgen und unserer letzten Besorgungsfahrt sagen, bevor wir mit dem heutigen Film anfangen. Ich bin absolut außer mir vor Freude, dass es das letzte Mal sein wird, ihr nicht auch?«

Noch mehr Zustimmung und Klatschen schallen hinaus in die Prärie, was unsere Gruppe größer und lauter wirken lässt.

»Ich hasse es, jemanden von uns hinauszuschicken, um sich unter die Außenstehenden zu mischen. Die Verlorenen, Irregeleiteten. Aber wir müssen uns schließlich mit Vorräten eindecken, nicht wahr?«

Marie, Will und Brian schauen mich an, doch ich halte Ausschau nach meinen Eltern. Wir sind an der Reihe, daran muss mich niemand erinnern. Im Gegenteil, ich habe mich den ganzen Tag über bemüht, nicht daran zu denken – daran und an die Möglichkeit, Cody wieder über den Weg zu laufen. Es schnürt mir die Luft ab. Ich will ihn jetzt nicht sehen. Okay, vielleicht will ich ihn doch sehen, aber ich will es nicht wollen.

Ich verdränge Cody aus meinem Kopf und starre zu meiner Mutter hinüber. Sie lauscht Pioneer wie gebannt, das Gesicht blass in der trüben Poolbeleuchtung. Sie wirkt zu Tode verängstigt, was mich nicht sonderlich überrascht. So ist es immer, wenn die Reihe an uns ist, in die Stadt zu fahren. Seit wir hierhergezogen sind, hat sie Gefallen daran gefunden, innerhalb unserer Mauern zu bleiben und die Siedlung nicht mehr zu verlassen. Sie wird jedes Mal regelrecht hysterisch, bevor wir abfahren. Nicht mehr rauszumüssen wird für sie einer der schönsten Aspekte am Leben unter der Erde sein.

»Jedes Mal, wenn ich euch dort hinausgeschickt habe, war ich voller Sorge. Eure Sicherheit war immer mein oberstes Anliegen. Aber ich habe mich auch um euren Seelenfrieden gesorgt. Die Leute da draußen sind darauf aus, das, was an uns besonders und richtig ist, zu verbiegen. Sie wollen die Augen nicht aufmachen und die Welt so sehen, wie sie ist. Sie wollen sich nicht von ihrem Dreck und Gestank abwenden. Himmel, wahrscheinlich riechen sie ihn nicht einmal. Sie ignorieren die Verpestung. Die Zerstörung. Sie akzeptieren das Böse darin. Und das alles nur, weil sie Sklaven der flüchtigen Vergnügungen sind, die sie zu bieten hat. Sie haben sich abgewendet von der Wahrheit, die die Brüder ihnen so verzweifelt zu zeigen versucht haben.« Pioneers Gesicht ist der Inbegriff von Trauer und Bedauern.

»Und ich stehe hier, um euch zu sagen, dass solches Elend sich gern Gesellschaft sucht, meine Brüder und Schwestern, ja das tut es. Sie wollen nichts lieber, als euch von der Wahrheit abzubringen, die ihr hier gefunden habt, damit ihr genauso verloren seid wie sie.«

Buhrufe ertönen aus der Menge. Mehrere Erwachsene schütteln den Kopf und rufen: »Nein!«

Pioneer grinst breit und strahlend. »Aber wir sind zu klug für sie, nicht wahr?«

»Du sagst es!« Maries Dad, Mr Diaz, steht auf und lässt seine Muskeln spielen. Er kann manchmal echt peinlich sein.

Mehrere Leute fangen an zu lachen und klatschen.

»Unser Blick ist auf die Zukunft gerichtet. Und unsere Herzen auf den Willen der Brüder. Ich bin so stolz auf euch alle. Und tief bewegt.« Pioneers Stimme kippt und er muss tief durchatmen. »Ihr habt euren Platz hier verdient. Das haben wir alle. Für diejenigen unter euch, die nie wieder nach Culver Creek fahren müssen, ist heute Abend ein Anlass zu feiern.«

Die Menge bricht in Jubel aus und Pioneer hebt die Hände, um sie wieder zum Schweigen zu bringen. »Aber es ist auch ein Anlass, die Brüder um die sichere Rückkehr unseres geliebten Thomas und seiner Familie zu bitten, unserer Schwestern Allison und Lyla. Sie sind die Letzten von uns, die sich hinauswagen und unter diese Narren mischen müssen. Schützen wir sie mit unseren Gebeten. Und seien wir festen Glaubens, damit sie sicher zurückkehren.« Pioneer senkt die Stimme, sein Gesicht wird ernst. »Denn die Brüder haben mir gesagt, dass sie auf Widerstand treffen werden. Das Böse hat ein Gespür für letzte Gelegenheiten. Auf irgendeine Weise wird es angreifen. Also lasst uns zu den Brüdern sprechen und sie bitten, unsere Lieben zu beschützen.«

Wir allen senken die Köpfe. Marie, Will und Brian legen mir die Hand auf die Schultern, andere scharen sich um meine Eltern, damit sie auch ihnen die Hand auflegen können.

»Geliebte Brüder, bitte helft unserem Bruder und unseren Schwestern, wenn sie sich morgen unter die Außenstehenden begeben. Helft ihnen, ihren Geschäften nachzugehen, ohne nach links oder rechts zu schauen, und nicht innezuhalten, bis sie sich wieder sicher in unseren Mauern befinden. Lasst nicht zu, dass diese Familie an ihrer Mission zu zweifeln beginnt oder strauchelt. Behütet sie, damit sie einmal mehr zu uns zurückkehrt und mit uns der Erneuerung der Welt harrt und Eurem Erscheinen, wenn die Zeit gekommen ist.«

Ich lege eine Hand auf Maries Hand und die andere auf Brians. Ich bin dankbar für ihre Sorge und ihre Gebete. Ich fühle mich ihnen dadurch verbunden und geliebt. Ich werde tun, was ich kann, damit diese Gebete nicht umsonst sind. Ich werde Cody in Ruhe lassen. Ich werde weder nach ihm Ausschau halten, noch mir länger über ihn den Kopf zerbrechen. Ich werde nicht zulassen, dass das Böse, das ihn und die anderen Außenstehenden umgibt, auch mich infiziert. Die Anziehung, die ich verspüre, ist nichts als eine Täuschung, ein Trick, der mich vom richtigen Weg abbringen soll. Aber ich lasse mich nicht hereinlegen, nicht mehr.

Pioneer hebt den Kopf. »Wir haben ihren 11. September überlebt, ihre Klimaerwärmung, ihre Entführungen, ihre Bedrohungen und Diebstähle. Wir haben uns von alldem abgewendet. Voller Glauben sind wir auf unsere Schöpfer aus dem Nachbaruniversum zugegangen und haben ihren Ruf erhört. Wir sind bereit, diese

Welt wieder aufzubauen und zu erneuern. Wir lassen uns von unserem Weg nicht abbringen. Weder jetzt noch irgendwann. Niemals! Sagen wir es zusammen.«

»Niemals«, erklären wir wie aus einem Mund.

»Noch mal!«, ruft Pioneer.

»Niemals!«, wiederholen wir lauter.

»Noch mal!«

»NIEMALS!«, brüllen wir. Unsere Stimmen schallen über die Prärie. Rund um mich herum werden Fäuste gereckt und geschüttelt. Meine Mutter kommt und stellt sich neben mich. Mit an die Brust gepressten Händen weint und lacht sie zugleich. Dad stellt sich auf ihre andere Seite. Er beugt sich vor, bis unsere Blicke sich begegnen, und wir sprechen die Worte gemeinsam mit den anderen. Wir sind eine Stimme, ein Ruf, wir sind praktisch eins.

»NIEMALS!«

»NIEMALS!«

»NIEMALS!«

Pioneer schließt die Augen und wiegt sich wie zu einer Musik, die nur er hören kann. Dann macht er auf dem Pflaster vor uns ein paar Tanzschritte, als könne er sich vor Freude nicht beherrschen, während er unserem Sprechgesang zuhört. Wir lachen, klatschen und jubeln.

Es dauert eine Weile, ehe sich die Gemüter beruhigen. Zuerst werden meine Eltern und ich Dutzender heftiger Umarmungen und Schulterklopfern unterzogen. Meiner Mom machen sie Mut, sie hält den Kopf hoch. Mein Dad wirkt demütig angesichts dieser Welle von Liebe und Anteilnahme. Ich bin mir nicht sicher, was ich empfinde. Ich weiß nur, dass ich mir wünsche, es wäre bereits Samstagabend. Ich will die Besorgungsfahrt – und Cody und die schreckliche Anziehung, die ich verspüre – hinter mir haben.

Während sich die anderen einen Platz suchen, um den Film anzuschauen, nimmt Pioneer uns beiseite. Er legt den Arm um mich und zieht mich an sich. »Fühlst du dich jetzt bereit für morgen, Kleine Eule?«

Ich nicke und schaue meine Eltern an. Mein Vater wirkt plötzlich ernst, ernüchtert.

Pioneer stellt sich vor mich, die Hände auf meinen Schultern und das Gesicht dicht vor meinem. Meine Eltern stehen hinter ihm. »Du hast mich in letzter Zeit enttäuscht, Kleine Eule. Um ehrlich zu sein, war ich mir nicht sicher, ob du deine Eltern begleiten sollst.« Er zögert. »Aber dann haben die Brüder zu mir gesprochen und weißt du, was sie gesagt haben?«

Ich schüttle den Kopf. Ich habe keine Ahnung, aber da sie Pioneer noch nie etwas über mich gesagt haben, bin ich neugierig.

»Sie haben gesagt, dass du gehen musst. Dass du auf die Probe gestellt, in Versuchung geführt werden sollst. Sie wollen, dass du deine Liebe und Hingabe für die Gemeinde unter Beweis stellst, Kleine Eule. Dass du dir deinen Platz verdienst. Sie werden dich morgen beobachten. Es gibt keinen Freifahrtschein in die neue Welt, ganz sicher nicht.«

Ich lasse seine Worte auf mich wirken. Die Brüder sind sich nicht sicher, dass ich hierhergehöre? Mir dreht sich fast der Magen um. Was sagt er da?

»Ich habe heute schon mit deinen Eltern über diese Sache gesprochen. Sie haben mir versichert, dass du der Herausforderung, dich unter den Außenstehenden zu bewegen, gewachsen bist. Sie werden dich gut im Auge behalten und dir helfen, dich zu beweisen.«

Ich schlucke und schaue meine Eltern an. Sind sie alle unsicher, wem meine Treue gilt? Ich weiß, dass ich in letzter Zeit ein paar schwache Momente hatte, aber es war nie meine Absicht, sie derart zu beunruhigen.

»Ich werde alles tun, was du für nötig hältst, um dir zu beweisen, dass ich hierhergehöre«, sage ich verzweifelt. Ich muss sicher sein, dass sie an meine Zugehörigkeit glauben. Dass auch die Brüder daran glauben. Wohin gehöre ich denn sonst?

Pioneer drückt meine Schultern. »Mach mich stolz.«

Er und Dad entfernen sich ein Stück und meine Mutter legt den Arm um mich. »Keine weiteren Fehltritte mehr«, raunt sie mir ins Ohr und küsst mich auf die Wange. »Ich brauche dich bei mir, Lyla. Für immer.«

Ich erwidere ihre Umarmung. Während wir uns zu den anderen am Pool gesellen, fange ich ein paar Fetzen von Pioneers Gespräch mit Dad auf.

»Behalte sie gut im Auge, Thomas«, sagt er.

»Das mache ich.«

»Und was tust du, wenn sie versagt?« Pioneer schaut ihn eindringlich an.

Dad holt tief Luft. »Ich werde tun, was nötig ist, um sie bei der Stange zu halten.«

Pioneer tätschelt seinen Arm. »Gut. Du bist ein guter Mann, Thomas.«

Tief drinnen sind sie alle überzeugt, dass ich schwach bin und man sich nicht auf mich verlassen kann, wenn es darum geht, mit den unangenehmen Dingen fertigzuwerden, die hier passieren. Der Zorn, den ich vorhin im Pool verspürt habe, wallt wieder in mir auf. Niemand hält mich für fähig, die Gemeinde zu beschützen und für ihre Sicherheit zu sorgen. Aber das bin ich. Wenigstens glaube ich es. Ich muss mir nur ein bisschen mehr Mühe geben.

Die Leinwand erwacht flackernd zum Leben und ich setze mich auf einen Schwimmreifen und lasse mich mit Will in die Mitte des Pools zu den anderen hinaustreiben. Als das Licht von der Leinwand auf uns fällt, lächeln wir uns zu. Will streckt die Hand nach mir aus und ich ergreife sie.

Das Bild auf der Leinwand wird allmählich scharf. Neugierig darauf, was Pioneer ausgesucht hat, schaue ich hin. Ich hoffe auf etwas Lustiges, Fröhliches. Ich will mich heute Abend amüsieren, um das Gespräch zwischen Pioneer und meinem Dad zu vergessen. Trotzdem bin ich wie vom Donner gerührt, als der Titel aufleuchtet.

Ferris macht blau.

Ich schaue zu Pioneer hinüber, um zu sehen, ob das Absicht ist. Weiß er, dass Cody mir von diesem Film erzählt hat? Ist das seine Art, es mich wissen zu lassen? Will er meine Stärke testen, schon bevor ich in die Stadt fahre? Ich kriege Gänsehaut am ganzen Körper, kann kaum schlucken und kämpfe gegen Übelkeit an.

Immer wieder halte ich in der Menge rund um den Pool nach Pioneer Ausschau. Es dauert ewig, bis ich ihn entdecke – wahrscheinlich weil ich mich nicht genug beruhigen kann, um gründlich zu suchen. Er steht mit meinem Dad hinten beim Projektor. Er hat der Leinwand den Rücken zugekehrt und ist ganz ins Gespräch vertieft, über morgen vermutlich und was immer sie vor mir geheim halten.

Er kann es nicht wissen. Das ist unmöglich, oder? Ich versuche mir einzureden, dass seine Entscheidung für diesen Film nur ein blöder Zufall ist. Vielleicht ist Pioneer einfach Codys T-Shirt aufgefallen und es hat ihn unbewusst an den Film erinnert. Aber tief im Innern fühlt sich all das nicht wie Zufall an – weder unsere Fahrt in die Stadt noch der Film oder die Begegnung mit Cody. Es fühlt sich eher an wie ein Angriff auf meine Entschlossenheit. Wie ein Omen. Eine Prüfung. Zähneknirschend starre ich auf die Leinwand. Diese Prüfung werde ich nicht in den Sand setzen.

Komm nicht auf den Pfad der Gottlosen
und tritt nicht auf den Weg der Bösen.
Denn jene können nicht schlafen, wenn sie nicht übel getan,
und sie ruhen nicht, wenn sie nicht Schaden getan.

Sprüche Salomos (Sprichwörter) 4,14+16

16

Ich erwache von einem Hagelsturm. Ist ein Tornado im Anzug? Aber es ist nicht die richtige Jahreszeit dafür ... Ist er das, der Anfang vom Ende? Ich will aus dem Bett steigen, verheddere mich aber im Laken und falle heraus. Ich rolle mich auf die Seite und versuche aus dem Fenster zu sehen. Von dort, wo ich liege, sieht der Himmel klar aus. Es gibt keine verräterische Folge von Blitzen.

Klack, klack, klack, klack.

Trotzdem prallt irgendetwas gegen mein Fenster. Langsam rappele ich mich auf und spähe hinaus. Marie steht draußen im Garten neben dem Haus und absolviert eine jämmerliche Hampelmann-Nummer, die mehr Ähnlichkeit mit einem Kind hat, das dringend Pipi machen muss, als mit einer Sportübung, und ich muss lachen. Als sie mich entdeckt, gibt sie mir Zeichen, nach draußen zu kommen. Ich kann mir nicht vorstellen, warum sie so früh mit mir reden will, aber ich schlüpfe trotzdem aus meinem Zimmer und schleiche auf Zehenspitzen die Treppe hinunter. Da sie nicht die Haustür benutzt hat, will sie offensichtlich unentdeckt bleiben, was mich vermuten lässt, dass sie – wieder einmal – nichts Gutes im Schilde führt.

Trotzdem sorgen sich alle um *mich* und meine sogenannten Fehltritte. *Logisch*.

»Herrje, Lyla, das hat aber gedauert. Ich habe mich schon gefragt, ob du im Koma liegst.«

»Was ist los?« Gähnend raffe ich die Haare im Nacken zusammen und wickle sie ein paar Male um die Hand, ehe ich sie zu einem lockeren Knoten zusammenziehe.

»Hör mal, ich habe nicht viel Zeit. Wenn meine Mom merkt, dass ich nicht da bin, kriege ich Hausarrest bis ans Ende aller Tage.« Sie lächelt schief. »Ich will dich um einen Gefallen bitten.«

Ich kann nicht anders, als ihr Lächeln zu erwidern. Das ist typisch Marie. »Wie? Kein ›Mach's gut, meine liebste, beste Freundin und Seelenschwester; ich halte die Silotür für dich offen für den Fall, dass die Welt untergeht, während du noch in der Stadt bist‹?«

Marie verdreht die Augen, besitzt aber immerhin den Anstand, eine Spur verlegen auszusehen. »Verabschieden wollte ich mich auch.« Sie seufzt und dann platzt es aus ihr heraus: »Ich habe mir überlegt, dass du vielleicht versuchen könntest, uns noch ein paar Zeitschriften zu besorgen?«

Ich starre sie an und sie windet sich. »Und wie soll ich das anstellen? Ich glaube kaum, dass die Frau, der du das letzte Mal begegnet bist, wieder mit einer Ladung Altpapier dasteht und nur darauf wartet, dass ich auftauche.«

Marie funkelt mich an. »Das weiß ich … Ich hatte gehofft, du würdest sie kaufen.«

Diesmal lache ich laut auf und sie hält mir den Mund zu, um mich zum Schweigen zu bringen. »Mit was, mit meinem Lächeln? Geldbesitz ist verboten, falls du das vergessen hast«, flüstere ich durch ihre Finger hindurch.

Sie greift in die Tasche und zieht eine Serviette heraus. Darin befindet sich eine mit Gummiband zusammengehaltene Rolle Geldscheine. Sie nimmt meine Hand und drückt die Rolle hinein.

Ich starre sie an, als könne sie mich stechen. »Wo hast du das her?«

»Ich habe es sozusagen gespart. Jedes Mal, wenn wir letztes Jahr in die Stadt gefahren sind, habe ich ein bisschen was behalten. Ich biete immer an, das Bezahlen zu übernehmen, und tue so, als wollte ich etwas über Geld lernen, damit ich meinen Kindern später erzählen kann, wie wir früher Sachen nur gegen Geld bekamen. Mein Dad findet das clever. Normalerweise lässt er mich reingehen und bezahlen, wenn wir den Transporter auftanken. Ich nehme immer nur ein paar Dollar auf einmal. Am Anfang ging es mir eher darum, zu sehen, ob ich damit durchkomme, aber dann habe ich mir überlegt, dass es schön wäre, damit etwas zu kaufen.«

Marie schaut sich um und tritt von einem Fuß auf den anderen, als wäre sie permanent auf dem Sprung. Nichts von alldem hat irgendetwas mit den Zeitschriften zu tun. Hier geht es einzig und allein um die trügerische Hoffnung, sie könnte in einer von ihnen Drew entdecken, und zwar berühmt, glücklich und wohlauf. Bildet sie sich ein, sie könnte tatsächlich Kontakt mit ihm aufnehmen und ihn überreden zurückzukommen, falls sie ihn wirklich aufspüren sollte? Selbst wenn es möglich wäre, bleibt dafür nicht annähernd genug Zeit, das muss sie doch wissen. Aber dann dämmert mir, dass es ihre letzte Chance ist, es zu probieren und an ihrer Hoffnung festzuhalten, ehe wir unter die Erde müssen. Danach muss sie die Illusion, ihn wiederzusehen, aufgeben, weil er mit Sicherheit tot sein wird. Deshalb will sie, so lange wie möglich, daran festhalten. Das steht ihr ins Gesicht geschrieben. Und es erinnert mich an Mom. Marie muss ihren ganzen Mut zusammengenommen haben, um damit zu mir zu kommen und meine Missbilligung zu riskieren. Und ich mache es ihr wirklich nicht einfach. *Sollte ich das denn?*

Marie wirft mir diesen schrecklich flehenden Blick zu und ich spüre, wie mein Widerstand erlahmt. Wenn ich schlau bin, verspreche ich ihr einfach, zu tun, was sie will, und lasse es dann bleiben. Ich kann behaupten, es habe sich einfach nicht ergeben. Das wird sie verstehen. So kann ich sie schützen und ihr helfen, die Hoffnung nicht aufzugeben, ohne dass sie es merkt.

»Okay, ich versuche es – aber ich kann dir nichts versprechen«, sage ich zögernd und sie umarmt mich.

»Du bist die Beste!«, quietscht sie und umarmt mich noch einmal.

Ich streife den Gummiring von den Geldscheinen und falte sie auf. Es sind zwölf Einer und ein Fünfdollarschein, siebzehn Dollar insgesamt. Die größte Summe Geld, die ich je in den Händen gehalten habe. Es kommt mir fast unecht vor.

»Ich habe gehofft, dass du vielleicht … wenn es sich ergibt … auch einen von diesen Liebesromanen besorgen kannst … du weißt schon, die mit den halb nackten Männern vorne drauf … und äh, viel Geknutsche drinnen?«

Ich kann ein Schaudern nicht unterdrücken. Zeitschriften zu besorgen ist eine Sache, aber Bücher mit halb nackten Typen auf dem Umschlag und peinlichen Liebesszenen zu kaufen ist etwas ganz anderes. Ich bin mir nicht sicher, ob ich nicht vor Verlegenheit sterben würde, wenn ich mit einem davon zur Kasse ginge, auch wenn ich selbst ein bisschen neugierig darauf bin.

Ich schaue zum Haus. Die Lichter sind noch aus, aber es wird nicht mehr lange dauern, bis meine Eltern aufstehen. Der Himmel ist mehr blau als schwarz und hinter Marie kann ich erste pinkfarbene Sonnenstrahlen über den Horizont lugen sehen. »Ich tue, was ich kann, das verspreche ich, aber mach dir keine großen

Hoffnungen, ja? Du weißt, wie meine Mutter ist, wenn wir an der Reihe sind. Du kannst von Glück sagen, wenn es mir gelingt, dir einen Kaugummi mitzubringen.«

Wieder umarmt mich Marie. »Ich glaube an dich. Wenn es überhaupt jemand schafft, dann du. Du bist der letzte Mensch, dem das irgendjemand zutrauen würde.«

Das sollte wohl ein Kompliment sein – jedenfalls lässt ihr breites Lächeln darauf schließen –, aber ich bin trotzdem ein bisschen gekränkt. Vor allem nach dem, was sich gestern abgespielt hat.

Jetzt, wo ich ihren Auftrag angenommen habe und alles geklärt ist, wirkt Marie weniger flattrig und ein wenig ernster. »Sei vorsichtig da draußen, ja? Und komm zurück, sobald du kannst.«

Sie berührt mich ganz leicht an der Schulter und diese eine kleine Geste wirkt herzlicher als sämtliche Umarmungen, die sie mir in den letzten Minuten gegeben hat. Wir schauen uns an. Ich würde sie gern bitten, sich für mich um Will zu kümmern, nur für den Fall – man kann schließlich nie wissen, jetzt, wo das Ende so nah ist –, aber ich bringe die Worte einfach nicht heraus. Ich hoffe, sie weiß, dass sie in jeder erdenklichen Hinsicht meine Schwester ist, selbst wenn ich es ihr jetzt nicht sagen kann, ohne die Fassung zu verlieren.

»Ich bin schneller zurück, als du glaubst«, sage ich schließlich, weil es das Einzige ist, was ich mit dem Kloß im Hals noch herausbringe. Sie nickt in dem Moment, als im Schlafzimmer meiner Eltern die Lichter angehen. Ich schließe die Finger um das Geldbündel, das sie mir gegeben hat, und wir wenden uns voneinander ab. Unmittelbar bevor meine Eltern die Treppe herunterkommen, um die Fahrt vorzubereiten, schlüpfe ich ins Haus und schleiche die Treppe hinauf in mein Zimmer.

Als der Transporter mit den Möbeln beladen ist und meine Eltern einen Cooler mit Wasser und Snacks in der Fahrerkabine verstaut haben, verabschiede ich mich von Will. Er schiebt mir die Haare hinters Ohr und streicht mir über die Wange.

»Ich finde es schrecklich, dass du wegfährst. Ich weiß, dass dir nichts passieren wird, aber ich mag es nicht, wenn du so weit von mir fort bist.« Er gibt mir einen Kuss auf die Stirn. Ich schließe die Augen und atme seinen Geruch ein – Gras, Chlor und Sonnenschein. Will ist mein immerwährendes Stück Sommer. Sein Geruch ist beruhigend, das pure Wohlgefühl. Er beglückt mich auf die gleiche Art wie das Malen. Und wieder einmal halte ich mir vor Augen, wie froh ich sein kann, ihn zu haben.

Plötzlich wird sein Gesicht ernst. »Es ist immer noch viel Zeit bis zum Ende. Die Fahrt heute ist in keiner Weise riskant.« Er sagt das mehr zu sich selbst als zu mir, zu seiner eigenen Beruhigung, und genau das macht mich ein wenig nervös. Ich hatte es geschafft, vor mir selbst das Risiko, so kurz vor dem Umzug ins Silo noch einmal fortzufahren, herunterzuspielen, aber jetzt, da Will den gleichen Gedanken äußert, kann ich es nicht länger verdrängen. Anscheinend werde ich blass, denn Will bemerkt es und nimmt mich in den Arm. »Dir passiert nichts. Es ist doch nur für ein paar Stunden, höchstens.«

Pioneer unterhält sich mit Mom und Dad und reicht ihnen eine Liste mit Vorräten und Aufträgen, zusammen mit dem üblichen Umschlag voller Geld. Ich betaste meine Tasche und versuche nicht an das Geldbündel zu denken, dass Marie mir gegeben hat. Ich bin sicher, dass ich jetzt schon schuldbewusst aussehe, dass Pioneer es irgendwie bemerken und meine ganze Familie für diese dämliche kleine Mission bestrafen wird, auf die ich mich eingelassen habe. Sie können ja nicht wissen, dass ich die Aktion gar nicht durchführen will und im Grunde nicht weiß, warum ich sie überhaupt angenommen habe. Hatte ich Pioneer nicht gestern Abend erst versprochen, von nun an nur noch zu tun, was ich zu tun habe?

Ich suche in der kleinen Menschenmenge um uns herum nach Marie in der Hoffnung, vielleicht noch einen Rückzieher machen und ihr das Geld zurückgeben zu können, aber ich kann sie nirgends entdecken.

Ich werde unruhig und Will legt den Arm um mich. Er muss glauben, dass ich mich immer noch vor der Fahrt fürchte – was stimmt, aber vor allem lässt mich der Gedanke an das Geld in meiner Tasche nicht los. Ich starre meine Eltern und Pioneer an und kann mich nur mit Mühe daran hindern, sie nicht anzubrüllen, dass sie sich beeilen sollen. Ich will diese Fahrt hinter mich bringen. Ich will wieder zurück sein. *Warum brauchen sie so lange?*

Endlich entfernt sich Pioneer von meinen Eltern und lächelt mir zu, was mir einen Stich versetzt. Ich habe inzwischen das Gefühl, als würde das Geld in meiner Tasche leuchten.

»Da ist ja meine mutige Kleine Eule«, sagt Pioneer und Will entlässt mich aus seinen Armen, damit ich in Pioneers sinken kann. Die Hände links und rechts auf meine Schulterblätter gelegt, zieht er mich leicht an sich. Früher pflegte er mich richtig zu umarmen, bevor wir in die Stadt fuhren, aber jetzt, wo ich … entwickelt bin, umrahmen mich seine Arme mehr, als dass sie mich wirklich berühren. Ich vermisse diese alten Umarmungen, die mir sagten, dass ich etwas Besonderes sei, aber ich verstehe es. Ich bin inzwischen fast eine Frau. Und auf jeden Fall so geformt. In der Gemeinde ist der Körperkontakt zwischen unverheirateten Erwachsenen unterschiedlichen Geschlechts, die einander nicht versprochen sind, sehr eingeschränkt und wird vorsichtig gehandhabt. Da ich für die meisten ohnehin Pioneers Liebling unter den jüngeren Mädchen bin, ist es nur richtig, dass er mich jetzt auf Distanz hält.

Ich werfe meinen Rucksack auf den Sitz und klettere mit meiner Familie in den Transporter. In der Fahrerkabine riecht es nach warmem Vinyl und dem Kirschduft des Lufterfrischers am Rückspiegel. Ich habe diese Kombination schon immer gemocht. Sie riecht nach offener Landstraße und neuen Abenteuern. Aber heute wirkt sie auf mich übersüß und erstickend.

»Bereit, Ladys?« Mein Dad dreht sich um, lächelt mich an und streichelt meiner Mutter übers Bein.

Mom greift schniefend nach dem Sicherheitsgurt. Sie schnallt sich sorgfältig an und klammert sich dann an den Gurt wie an eine Rettungsleine. Ihre Haut ist heute Morgen so blass, dass sie fast durchsichtig wirkt. Den Mund hat sie fest zusammengepresst, als habe sie Angst, sie könnte anfangen zu hyperventilieren. Für sie wird der heutige Tag am schwersten.

Mein Vater schaut ein letztes Mal aus dem Fenster und dreht den Zündschlüssel. Der Transporter erzittert, als er die Kupplung kommen lässt. Langsam rollen wir auf das hintere Tor zu. Meine Nerven vibrieren im Takt mit dem Motor. Jetzt ist es so weit. Wir fahren.

Ich beuge mich zwischen den beiden Vordersitzen nach vorn und schaue durch die Windschutzscheibe zum Tor, das in seiner Schiene langsam zur Seite gleitet. Will joggt neben meinem Seitenfenster her. Er winkt mir zum Abschied. Ich winke mit den Fingern und schüttele den Kopf, als er tut, als würde er ausrutschen und in den Dreck stürzen. Lächelnd lehne ich mich aus dem Fenster und er legt die Finger an die Lippen, als wolle er mir eine Kusshand zuwerfen, doch dann lässt er sie einfach da, sein Gesicht wird plötzlich ernst und mein Magen zieht sich ein bisschen zusammen. Kopfschüttelnd winke ich ein letztes Mal, bevor ich mich auf meinen Sitz fallen lasse. Wieder überkommt mich die Unruhe, die ich letzte Nacht verspürt habe. Geht es Will wie mir? Hat er auch das Gefühl, dass alles auseinanderzubrechen droht?

Diese Welt birgt eine Fülle flüchtiger Vergnügungen.
Ich wäre ein Narr, das zu leugnen.
Aber wie, frage ich Sie, sollen sie jemals wirklich Bestand haben
gegen ein langes und sicheres Leben?

Pioneer, Gemeindeführer

17

Die Fahrt in die Stadt dauert ewig. Unterwegs gibt es nicht viel zu sehen, nur einen Streifen aus Staub und dann Teer, der sich durch Gras und Bäume windet. Hin und wieder sieht man andere Autos, aber nicht genug, um das Gefühl zu haben, wir seien nicht die Einzigen auf der Straße. Ich habe mein Skizzenheft und ein paar Kreidestifte eingesteckt, werde sie aber wohl erst herausholen, wenn wir fast da sind. Hier gibt es nichts zu zeichnen. Fürs Erste lehne ich mich zurück, schließe die Augen und stelle mir vor, was Will und Marie zu Hause gerade tun. Ich trommle mit den Fingern gegen die Scheibe und versuche mir keine Sorgen darüber zu machen, dass ich so weit von ihnen fort bin – und vom Silo.

Vor knapp zwei Wochen waren wir draußen in der Prärie beim Schießtraining. Seltsam, wie anders jetzt alles ist. Ich bezweifle, dass es noch weitere Schießtrainings geben wird. Wenn wir zurückkommen, wird Pioneer die Siedlung mehr oder weniger dichtmachen. Die Zeit zum Üben ist offiziell vorbei. Es gefällt mir nicht, wie endgültig sich heute alles anfühlt. Und jede Meile, die wir zwischen uns und Mandrodage Meadows bringen, steigert meine Unruhe. Es ist, als könnte ich den Atem des Untergangs bereits im Nacken spüren.

Als wir nach Culver Creek kommen, liefern wir als Erstes die Möbel ab. Ich mache ein paar schnelle Skizzen von den Männern, die Dad beim Abladen helfen, und versuche die Leute zu zeichnen, die mir in der Stadt begegnen. Es ist wesentlich angenehmer, mich auf die Wölbung der Stirn eines Menschen zu konzentrieren oder auf das Grübchen in seinem Kinn als auf die Vorstellung, dass er demnächst tot sein wird, selbst wenn er ein böser Mensch ist.

Mom und ich warten im Wagen. Wir haben die Fenster herabgelassen, aber es ist trotzdem extrem heiß. Ich wünschte, wir könnten die Klimaanlage anschalten, doch Pioneer will nicht, dass wir den Motor laufen lassen. Er meint, jemand könne uns im Transporter entführen, wenn wir das tun. Es sei sicherer, wenn er ausgeschaltet sei und mein Dad die Schlüssel bei sich trage.

Mom hat ein Buch mitgebracht, um sich die Wartezeit zu vertreiben, eine Sammlung von Gedichten. Das Lesen entspanne sie, meint sie sonst, heute jedoch streichen ihre Finger unentwegt über die obere rechte Seitenecke. Das leise *tschk, tschk, tschk* beim Umblättern erinnert mich an einen tropfenden Wasserhahn und macht mich wahnsinnig, doch ich bitte sie nicht, damit aufzuhören. In ihrer derzeitigen Stimmung würde sie mir sonst womöglich den Kopf abreißen.

Nachdem die Möbel abgeladen sind, kehren wir auf die Hauptstraße zurück und fahren zu Walmart, wo wir den Großteil dessen, was auf unserer Vorratsliste steht, auf einmal bekommen können. Pioneer hält es für den perfekten Ort zum Einkaufen, weil es weit und breit der einzige große Supermarkt ist. Ganze Heerscharen von Leuten kaufen dort ein, daher ist es unwahrscheinlich, dass wir mit unserem Einkauf Aufsehen erregen – selbst wenn wir jedesmal mehrere Einkaufswagen füllen. Um Zeit zu sparen, schlägt Dad vor, uns aufzuteilen. Er wird den einen Teil der Liste abarbeiten und Mom und ich den anderen.

Ehrlich gesagt mag ich diesen Laden sehr. Es sind immer haufenweise wirklich einzigartige Leute dort. Ganz vorn gibt es sogar einen Friseurladen und ich verbringe gern ein paar Minuten damit, zuzuschauen, wie sich die Leute drinnen die Haare schneiden lassen. Manche haben sogar Alufolie oder andere Sachen in den Haaren, zum Haarfärben, wie Mom meint, aber mir kommt die Prozedur irgendwie lächerlich vor. Warum einen solchen Aufwand betreiben, nur um blond statt brünett zu sein?

Meine Haare hat noch nie jemand anderes als Marie, meine Mutter oder sonst jemand aus der Gemeinde geschnitten. Das machen wir normalerweise hinten im Garten und nicht in einem verglasten Laden, wo alle zuschauen können. Wirklich seltsam!

Mom weiß, dass ich dem Treiben drinnen gern zuschaue, und bleibt sonst immer ein paar Minuten mit mir stehen, bevor wir loslegen. Heute hingegen will sie so schnell wie möglich in den Laden rein und wieder raus. Sie sucht mit den Augen bereits die Gänge nach dem ersten Posten auf unserer Liste ab. Ich trabe so langsam wie möglich hinter ihr her, um ein kleines bisschen länger in den Salon schauen zu können.

Die Friseurin im Laden ist gewaltig. Sie ist eine der dicksten Frauen, die mir je untergekommen sind, und zugleich auch eine der größten. Den Farbton ihrer Haare habe ich noch bei keinem Menschen gesehen: Sie sind apricotfarben und weder richtig gelockt noch gerade, sondern eher wie ein Knäuel Watte, weich und fluffig. Und im Gesicht ist sie genauso bunt: blaue Streifen entlang der Augenlider, grellrosa Striemen auf den Wangen – beißende Farben, wohin man sieht, bis hin zu den schwarzen Fingernägeln und den knallengen gelben Jeans. Sie hat die Hände in den längeren braunen Haaren eines Jungen vergraben.

Codys Haaren, wie mir mit Schrecken klar wird.

Nein, das kann nicht sein, oder? Ich habe ihm zwar erzählt, dass wir heute hier sein würden, also sollte es mich nicht so überraschen. Aber das tut es.

Ich schaue zu meiner Mutter hinüber, um zu sehen, ob sie ihn auch bemerkt hat. Dann fällt mir ein, dass die beiden sich nie begegnet sind. Pioneer und Brian sind die Einzigen, die ihn zu Gesicht bekommen haben. Ich bin wie erstarrt, traue mich kaum, mich zu bewegen und seine Aufmerksamkeit auf mich zu ziehen. Ihn wiederzusehen legt mein Hirn lahm und bringt zugleich mein Inneres in Aufruhr. Ich bleibe stehen und starre ihn an.

Cody streicht sich ein paar Haare aus den Augen. Die Friseurin hat ihm den Großteil davon direkt ins Gesicht gekämmt und bearbeitet gerade seinen Hinterkopf, wobei ihr Mund pausenlos in Bewegung ist. Entweder plappert sie wie verrückt vor sich hin oder sie hat Riesenspaß an ihrem Kaugummi. Ich beobachte, wie Cody beide Hände auf die Knie legt und die Finger in die Jeans presst.

Dann schaut er auf und begegnet meinem Blick. Seine Augen weiten sich und sein Gesicht leuchtet auf.

»Hi«, formt er mit den Lippen.

Ich starre ihn einfach nur an und weiß nicht, was ich tun soll. Ich *sollte* wegrennen, aber wenn ich es tue, folgt er mir vielleicht.

Denk nach!

Dann weist er mit den Augen auf die Finger der Frau und auf seine Haare und fleht lautlos: »Hilf mir.« Er schneidet eine Grimasse und ich kann nicht anders, als laut aufzulachen. Ich halte mir den Mund zu, trete einen Schritt zurück und pralle direkt gegen meine Mutter.

»Was machst du denn, Lyla? Wir haben jede Menge zu tun, lass uns gehen.« Meine Mutter zieht mich am Arm und ich werfe Cody einen letzten Blick zu, ehe ich mich dem Labyrinth aus Gängen zuwende und anfange, Dinge in unsere beiden Einkaufswagen zu legen. Mir zittern die Hände und ich kann nicht aufhören, immer wieder über die Schulter zu blicken. Ich bete darum, Cody nicht wiederzusehen, und hoffe gleichzeitig, dass es doch geschieht.

Das Einkaufen dauert bei uns immer lange. Da wir es nur ein- oder zweimal im Jahr tun, kennen wir uns im Markt nicht gut aus. Mitunter finden wir die Artikel nicht, die auf unserer Liste stehen, und bringen viel Zeit damit zu, die Gänge auf und ab zu laufen. Konserven und Müsli sind am einfachsten, Dinge wie Aspirin und Klebeband dagegen sehr verzwickt. Normalerweise macht mir das nichts aus, aber heute dränge ich Mom, sich noch mehr zu beeilen als ohnehin schon.

»Wir sind bald fertig, keine Sorge.« Mom klopft mir auf die Schulter. Sie scheint zu glauben, dass ich aus den gleichen Gründen nervös bin wie sie. Ich fühle mich schrecklich. Ich habe zugelassen, dass dieser Junge mein Hirn verpestet. Ich bin schwach und anfällig für Versuchungen, besonders wenn sie in Gestalt eines Jungen wie Cody daherkommen. Ich bin der Grund für Pioneers Gebete gestern Abend. Er muss meine Schwäche ahnen. Vielleicht haben die Brüder – die mich aus der Ferne beobachten – es ihm gesagt.

Während wir den Einkaufswagen mit Toilettenpapier und Küchenrollen füllen, halte ich weiter nach Cody Ausschau, doch nach gut einer halben Stunde ist immer noch nichts von ihm zu sehen. Ich werde ein bisschen ruhiger. Einen Wagen haben wir schon gefüllt und der nächste ist bereits halb voll. Vielleicht ist er schon gegangen. Ich versuche nicht allzu enttäuscht zu sein bei dieser Vorstellung. Es ist gut, dass er nicht aufgetaucht ist.

Ich klopfe auf die Tasche mit Maries Geld. Möglicherweise bietet sich eine Gelegenheit, ihr die Zeitschriften zu besorgen, wenn wir hier fertig sind. Ich könnte es versuchen, während wir den Transporter auftanken. Obwohl es auch hier Bücher und Zeitschriften gibt, besteht keine Chance, welche zu kaufen, denn meine Mutter lässt mich in diesem Laden nicht aus den Augen. Er sei zu groß und biete mir zu viele Möglichkeiten, in Schwierigkeiten zu geraten, meint sie. Vielleicht kann ich sie überreden, mich an der Tankstelle bezahlen zu lassen, so wie Marie, und die Zeitschriften dann besorgen. Ich bin alles andere als begeistert von dieser Idee, ja, mir wird regelrecht schlecht davon, aber sie ist eine ideale Ablenkung, um mich nicht weiter zwanghaft mit Cody zu beschäftigen. Außerdem reizt es mich irgendwie, das Gleiche fertigzubringen wie Marie und etwas zu tun, das mir niemand zutraut.

»Reich mir bitte das große Glas mit Oliven dort drüben.« Mom schaut auf die Liste in ihrer Hand, während sie mich anstößt. In Gedanken immer noch bei Maries Geld, meiner versprochenen Mission und bei Cody suche ich die Regale ab. Ich drehe mich um und will ihr das Dreiliterglas mit Oliven geben, lasse aber zu früh los und das Glas rutscht uns beiden durch die ausgestreckten Hände. Es zerschellt vor den Füßen meiner Mutter, Oliven und hellbraune Flüssigkeit verteilen sich im Gang. Meine Mutter stößt einen kleinen Schrei aus, als ein Teil der Flüssigkeit hochspritzt und ihre Hosenbeine durchtränkt.

»Tut mir leid!«, quieke ich.

»Es war ein Versehen, niemand kann etwas dafür«, sagt Mom, als wir uns hinknien, um die Glasscherben aufzusammeln.

Ein Mann mit einem Namensschild biegt in den Gang ein und eilt zu uns. »Nein, nein, Ladys, bitte heben Sie das Zeug nicht selber auf. Sie werden sich noch schneiden. Ich mache das schon.« Der Mann winkt uns fort und zieht ein kleines funkgerätartiges Etwas aus der Tasche, in das er hineinspricht. »Suz, wir haben eine Sauerei in Gang sieben.«

Die Hose meiner Mutter klebt an ihren Waden. Rund um uns herum stinkt es nach Oliven. »Ich muss sehen, dass ich dieses

Zeug aus der Hose bekomme«, sagt sie. »Den Geruch ertrage ich nicht bis nach Hause. Sonst wird mir schlecht.«

»Die Toiletten sind vorn am Eingang, nicht?«, frage ich und wende den Einkaufswagen in diese Richtung.

»Ja, aber sie liegen hinter den Kassen. Wir können erst rein, wenn wir bezahlt haben. Und selbst dann können wir die Wagen nicht allein lassen.« Meine Mutter beißt sich auf die Unterlippe. »Ich lass es einfach so, bis wir deinen Vater gefunden haben.« Sie schüttelt das eine Bein ein wenig, aber der Hosensaum klebt wie eine zweite Haut an ihren Knöcheln. Das muss sich widerlich anfühlen.

»Warum suchen wir nicht nach einer billigen Hose und du gehst dich umziehen, während ich hier mit den Wagen auf dich warte?«

Meine Mom sieht aus, als wolle sie aus reiner Gewohnheit ablehnen, doch dann zögert sie. Wenn sie auch nur in Erwägung zieht, mich allein zu lassen, muss die Hose sie wirklich sehr quälen. Ich jedenfalls finde den Geruch eklig. Ich hasse Oliven. Wir hassen sie beide.

»Schön, aber du musst vorn warten. Kein Herumwandern und keine Gespräche mit Fremden.«

Ich nicke. »Ich glaube, ich komme zwei Minuten allein klar, Mom.« Obwohl ich mir da im Augenblick nicht ganz sicher bin.

Am Ständer mit den Sonderangeboten suchen wir eine blaue Hose für sieben Dollar aus und machen uns auf den Weg in den vorderen Bereich des Marktes. Kurz vor den Kassen, direkt gegenüber den Toiletten, bleibe ich stehen. Meine Mutter schiebt ihren Einkaufswagen neben meinen und geht zur Kasse. Während sie darauf wartet, dass ihr Vordermann bezahlt, schaut sie sich immer wieder nach mir um. Ich könnte schwören, dass sie fest überzeugt ist, gleich werde eine Bande Psychokiller auftauchen und mich verschleppen. Kopfschüttelnd blicke ich mich nach meinem Vater um. In diesem Moment fällt mir auf, wo ich stehe – direkt vor den Regalen mit den Zeitschriften und Büchern. Ich atme tief durch und schaue zu meiner Mutter hinüber. Wenn ich mich beeile, schaffe ich es vielleicht, mir ein paar Zeitschriften zu schnappen und damit durch die Kasse zu gehen, bevor sie wieder herauskommt.

Ich warte, während sie ihre Tasche und ihren Beleg einsammelt und zur Toilette eilt. An der Tür zögert sie. Ich will ihr zulächeln, aber mein Mund ist plötzlich wie ausgetrocknet und meine Lippen scheinen an den Zähnen zu kleben. Also winke ich stattdessen und hoffe, nicht ganz so nervös und schuldbewusst auszusehen, wie ich mich fühle. Sie winkt zurück und betritt die Toilette.

Ich halte noch einmal Ausschau nach meinem Dad, doch er ist nirgends zu sehen. Dann schiebe ich mich näher an die Bücher und Zeitschriften heran, überzeugt davon, dass meine Eltern jeden Moment einzeln oder zu zweit hinter mir auftauchen und »Aha!« rufen werden. Ich wische mir die Hände an den Shorts ab und gehe die verbleibenden sieben Schritte bis zu den Zeitschriften. Hastig blättere ich sie durch und entscheide mich dann für die beiden mit den attraktivsten Leuten auf dem Titelblatt. Als ich mich zu unseren Einkaufswagen umdrehe und herauszufinden versuche, welches die kürzeste Kassenschlange ist, fällt mir ein Pappständer mit einem guten Dutzend Büchern auf, die genauso aussehen, wie Marie sie beschrieben hat.

Ich bleibe stehen und nehme eines mit einem Einband, von dem Marie sicher begeistert wäre. Mir dagegen ist eher danach, das Gesicht zu verziehen oder zu würgen oder beides zu tun. Ein Mann mit nacktem Oberkörper ist darauf abgebildet, völlig unbehaart und braun gebrannt und mit so klar definierten Muskeln, dass sie fast cartoonartig wirken. Seine Haare sind dunkel und verwuschelt, als sei gerade jemand mit den Fingern hindurchgefahren. Neben ihm steht eine extrem vollbusige Frau mit dunklem Wallehaar und leicht geöffnetem Mund. Ihre Hand liegt auf seiner Schulter, ihr Blick ist verklärt. Ich frage mich, ob Marie sich und Brian wohl so sieht, wenn sie zusammen sind. Ich stelle mir die Gestalten auf dem Buch mit ihren Köpfen vor und lache laut auf. Dann drehe ich das Buch um und suche nach dem Preis.

»Hast du eine Schwäche für Groschenromane?«, fragt eine männliche Stimme.

Ich zucke zusammen und lasse vor Schreck fast das Buch fallen. Cody steht auf der anderen Seite des Ständers. Er hat die Augenbrauen hochgezogen und grinst mich an.

»Äh, nein, ich meine, irgendwie schon … es ist für eine Freundin«, murmele ich und die Hitze steigt mir ins Gesicht. In mir tobt ein Sturm von Gefühlen – Panik, Freude und Entsetzen.

Er hebt die Hände. »He, ich erlaube mir da kein Urteil. Meine Mom liebt diese Dinger. Im Augenblick stapeln sich ungefähr ein Dutzend davon neben ihrem Bett. Glaub mir, das, was du da in der Hand hast, ist gar nichts im Vergleich zu ihren.« Schaudernd lacht er leise vor sich hin.

»Ich dachte, du wärst schon weg«, ist alles, was ich als Antwort zustande bringe.

»Ich wollte warten, um zu sehen, ob ich dich vielleicht allein erwische. Ich habe das Gefühl, dass es deinen Eltern nicht gefallen würde, wenn wir uns … unterhalten. Stimmt's?«

Ich lächele schwach. »Äh, schon.«

»Zum Glück hast du deine Mutter mit den Oliven attackiert. Ich dachte schon, ihr würdet wegfahren, bevor ich meine Chance kriege.«

Ich lache ein wenig und starre auf die Bücher vor mir. Cody blättert in einem Stapel neben sich. »Du könntest deiner Freundin das hier mitbringen.« Er hält ein Buch mit einem braun gebrannten, glänzenden Piraten hoch, dessen Hose so eng und tief sitzt, dass man nicht viel Fantasie braucht, um sich vorzustellen, was sich darunter verbirgt.

»Wer kann schon einem Kerl in hautengen gestreiften Hosen widerstehen?«, sagt Cody grinsend und wir lachen beide. Um seine Augen bilden sich Fältchen und seine Lippen verziehen sich leicht nach einer Seite, wenn er lächelt. Seine Haare sind verstrubbelt und immer noch feucht vom Schneiden, und im Nacken sehen sie ganz weich aus. Ich habe den merkwürdigen Drang, ihn dort zu berühren, um festzustellen, ob sich die winzigen Härchen wirklich so anfühlen, wie ich es vermute: wie Gänseflaum.

Ich starre ihn an und er lächelt dabei. Dann schaue ich wieder hinunter auf die Bücher. Ich muss fort von ihm. Was immer es ist, das ich empfinde, ist ganz und gar falsch. Das weiß ich und trotzdem schaffe ich es nicht, davonzulaufen. Stattdessen ertappe ich mich dabei, wie ich mir sein Gesicht einzuprägen versuche. Wie kann ein Junge, den ich kaum kenne, mich derartig interessieren? Warum er und nicht Will?

Will ist auserwählt, genau wie ich. Cody nicht. Die Brüder haben entschieden, dass er dem Tod geweiht ist. Wenn er ein guter Mensch wäre, befände er sich bei uns in Mandrodage Meadows. Die Brüder hätten dafür gesorgt und Pioneer zu ihm geführt. Stattdessen ist er hier in Culver Creek, was bedeutet, dass ich gerade wegen eines Jungen ausflippe, der zum Tode verurteilt wurde, weil er von Natur aus böse und gestört ist.

Aber wer hätte gedacht, dass jemand, der angeblich böse ist, so … gar nicht böse wirkt? Nichts an ihm signalisiert mir Gefahr. Müssten bei mir nicht die Alarmglocken schrillen? Müsste ich nicht den überwältigenden Drang haben wegzurennen? Ich habe ihn aber nicht. Also was sagt das über mich aus?

Cody beobachtet mich. Gerade hat er noch geredet, doch jetzt schaut er mich einfach nur mit schräg gelegtem Kopf an, als versuche er meine Gedanken zu erraten.

»Wo warst du gerade?«, fragt er sanft.

»Tut mir leid, ich … ich sollte besser meine Eltern suchen.« Ich zwinge mich endlich zu tun, was ich tun muss, und es fühlt sich ätzend an.

»Aber wir haben uns doch nur ein paar Minuten unterhalten.« Er kommt ein wenig näher und lehnt sich an den Bücherständer. Seine Hand liegt so dicht neben meiner, dass sich unsere Finger berühren. Mein Magen zuckt wie ein Fisch auf dem Trockenen.

»Warum schlendern wir nicht ein bisschen durch die Gänge? Wenn deine Eltern auftauchen, kannst du sagen, du wärst sie suchen gegangen und hättest dich verirrt«, schlägt Cody vor. Er hat seine Hand nicht wegbewegt. Sie berührt immer noch meine.

Ich rücke ein bisschen zur Seite, um etwas Abstand zwischen uns zu bringen. »Das geht nicht. Ich habe meiner Mutter versprochen, mit den Wagen genau hier zu warten. Wir sind sowieso bald fertig mit den Einkäufen. Das war's dann also, tut mir leid.«

»Sicher?« Enttäuscht blickt er mich an.

Ich nicke.

»Lyla!« Mom schreit meinen Namen. Ihr Gesicht ist der Inbegriff von Panik. Leute drehen sich um und schauen erst sie und dann mich an. Ich werde rot und kämpfe gegen den Impuls, mich unter einem der Kleiderständer zu verstecken.

»Siehst du, ich muss wirklich los«, raune ich Cody zu und kann ihm dabei nicht in die Augen sehen.

Schon ist Mom herangeeilt. »Geht es dir gut?«, fragt sie laut genug, dass Cody und mehrere Umstehende es hören.

»Mir geht es *bestens*, Mom«, sage ich mit zusammengebissenen Zähnen.

»Ich bin Cody.« Er streckt meiner Mutter die Hand entgegen, doch diese schaut sie an, als befürchte sie, von ihr gestochen zu werden. »Lyla hat mich letzte Woche durch Ihre Anlage geführt, als ich mit meinem Vater dort war. Sheriff Crowley.«

Mom starrt ihn einfach nur an.

»Auf jeden Fall habe ich sie hier stehen sehen und dachte, ich komme vorbei, um Hallo zu sagen.« Er lächelt, doch das Gesicht meiner Mutter bleibt verkniffen und misstrauisch. Ich würde am liebsten sterben.

»Ja, also, ich fürchte, wir haben einen anstrengenden Tag vor uns. Keine Zeit für Plaudereien. Komm mit, Lyla.« Sie zieht mich am Arm, den sie unangenehm fest umklammert.

Ich schaue ein letztes Mal zu Cody. Unsere Blicke verschmelzen für einen Moment. Ich sollte nicht enttäuscht sein. Ich wusste, dass so etwas passieren würde. Ich kenne ihn doch kaum. Mein Herz zieht sich zusammen und ich fühle mich den Tränen gefährlich nahe. Was immer das hier war, es ist vorbei, bevor es anfangen konnte – was, nach allem, woran ich glaube, nur richtig ist. Ich wünschte nur, es würde sich nicht so *falsch* anfühlen.

»He, warte! Willst du deine Zeitschriften nicht mitnehmen … und die Bücher?«, ruft Cody mir nach und ich zucke zusammen. Er hält die Zeitschriften hoch, sodass meine Mutter sie sehen kann. Mom wirft mir einen schneidenden Blick zu. Ich schaue sie nicht an.

»Lyla?« Sie mustert mich, als sähe sie mich zum ersten Mal.

»Äh, ich habe sie mir nur angesehen. Das muss er missverstanden haben.«

Cody sieht aus, als wolle er die Bücher und Zeitschriften zu mir rüberbringen, überlegt es sich nach einem Blick auf meine Mutter jedoch anders. Stattdessen legt er sie achselzuckend zurück. Mom packt meinen Arm ein wenig fester.

»Was dagegen, mir zu sagen, was hier vorgeht?«

»Hier geht gar nichts vor«, erwidere ich hölzern. Und es stimmt. Hier geht gar nichts vor – nicht mehr.

Wenn dein Kopf und dein Herz nicht unentwegt
über meine Worte und die Gebote
der Brüder meditieren,
führst du dein Scheitern selbst herbei.

Pioneer, Gemeindeführer

18

Ich folge meinen Eltern zurück zum Transporter. Sonst sind wir meistens in den Park gegangen, um im Freien zu essen, aber heute haben es meine Eltern eilig weiterzufahren, daher findet unsere letzte Mahlzeit in der Stadt auf dem Walmart-Parkplatz in der Fahrerkabine mit Blick auf Einkaufswagen und Autos statt.

Ich habe nicht das kleinste bisschen Hunger, also zeichne ich stattdessen. Ich fange mit einem Vogel an, der auf dem Parkplatz herumläuft, aber es dauert nicht lange, bis ich eine neue Seite aufschlage und damit beginne, Cody zu zeichnen. Ich versuche den Verlauf seines Kinns richtig hinzubekommen, den Schwung seines Unterkiefers. Vielleicht kann ich ihn aus meinem System verdrängen, indem ich ihn auf Papier banne. Ich nehme mir vor, die Zeichnung wegzuwerfen, sobald sie fertig ist. Dann werde ich den heutigen Morgen vergessen und mich auf das konzentrieren, was vor uns liegt, auf all die großen und kleinen Dinge, die noch zu tun sind, bevor wir ins Silo gehen.

Als ich mit dem Zeichnen fertig bin, haben meine Eltern ihre Mahlzeit beendet und sind dabei, im Transporter Ordnung zu schaffen. Ich fühle mich ein wenig besser, wieder mehr bei mir. Während wir sämtliche Abfälle in eine Plastiktüte stopfen, schiebe ich den Gedanken an Cody weit weg. Nur noch ein paar Stationen und dieser Tag, diese Stadt werden, soweit es mich betrifft, der Vergangenheit angehören und nicht mehr sein als ein Traum.

Bevor wir endgültig zurückfahren können, müssen wir noch zur Post und dann zur Tankstelle. Mein Dad lässt den Wagen an und meine Mutter reicht mir die Tüte mit den Abfällen, die ich wegwerfen soll. Ich springe aus dem Wagen und laufe damit zum Vordereingang des Supermarkts. Ich beobachte den unablässigen Strom von Menschen, der herauskommt, und suche nach dem Mülleimer.

Gerade habe ich die große Fahrgasse zwischen Parkplatz und Vordereingang überquert, als Cody auftaucht. Die Automatiktüren gleiten auseinander und da ist er. Fast reflexartig beginne ich zu lächeln. Ich gehe einen Schritt weiter und will schon die Hand heben, um zu winken. Aber dann frage ich mich, ob meine Eltern mich vielleicht beobachten, mich ausgerechnet das tun sehen, was ich auf keinen Fall tun soll. Abrupt mache ich kehrt und gehe wieder einen Schritt zurück in Richtung Parkplatz. Den Abfall kann ich auch auf der Post wegwerfen.

Mir bleibt nur eine Sekunde, um zu registrieren, wie die Sonnenstrahlen von etwas Metallenem reflektiert werden, da blitzt etwas Grünes vor mir auf und irgendetwas prallt gegen meine linke Seite – und zwar fest. Mein Körper sackt dagegen und mit einer Art gleichgültigen Verwunderung begreife ich, dass es ein Wagen ist. Ich bin vor ein fahrendes Auto gelaufen.

Die Welt dreht sich und ich falle. Ich knalle mit dem Hintern auf den Asphalt, meine Hände schrappen über losen Kies, dann schlägt mein Kopf auf den Boden. Ich höre ein merkwürdiges Knacken. Ich blinzele, mache den Mund auf, um zu atmen, aber meine

Lunge funktioniert nicht. Nur wenige Schritte entfernt kommt der Wagen quietschend zum Stehen.

Ich liege mit dem Rücken auf der Straße. Mein T-Shirt ist hochgerutscht und der untere Teil meines Rückens brennt, er verschmilzt mit dem Boden. Ich kann mich nicht bewegen, mich nicht aufrichten. Lärm und Menschen umgeben mich, aber ich vermag dem Ganzen keinen Sinn abzugewinnen. Dann ist es, als dehne der Asphalt sich aus und lege sich um mich, bis nichts bleibt als Schwärze und der Klang der Schreie meiner Mutter.

Als ich das nächste Mal die Augen öffne, schwebt ein Ring aus Köpfen über mir. Die Gesichter sind verschwommen, ich kann mich nicht entscheiden, ob ich eines davon kenne. Mein Kopf tut weh – so sehr, dass ich die Augen wieder zumache, um die Farben und das Licht auszublenden. Die blitzartigen Bewegungen um mich herum sind so abrupt und erschreckend wie Gewehrschüsse. Meine Ohren dröhnen, ich kann noch hören, aber die Stimmen ringsum sind gedämpft. Ich will mich aufsetzen, werde aber von Händen festgehalten. Es tut weh, sie abzuwehren, also versuche ich es nicht weiter. Stattdessen lecke ich mir die Lippen und versuche zu sprechen.

»Sei so gut und bleib ganz still liegen, Süße.« Die Stimme meines Dads dringt durch den Nebel in meinem Kopf. Er kniet neben mir, direkt bei meiner Schulter. Sein Gesicht ist voller Furcht. Es macht mir Angst.

»Auto«, schaffe ich es zu murmeln. Entweder sind meine Augen feucht von den Schmerzen oder ich weine. Ich kann es nicht auseinanderhalten.

»Ja, das wissen wir. Der Krankenwagen kommt gleich.« Mein Dad schaut auf und ich folge seinem Blick. Er sieht meine Mom an, die auf der anderen Seite über mir kauert. Mein Kopf wird für einen Moment klar. Sie haben Angst, weil ich ins Krankenhaus muss. Das ist gar nicht gut. Es bedeutet für uns alle unerwünschte Aufmerksamkeit. Wieder kämpfe ich gegen die Hand meines Vaters an. Ich muss aufstehen. Wir müssen fort, ehe der Krankenwagen hier eintrifft. Wir müssen zurück nach Mandrodage Meadows.

»Es geht mir gut«, krächze ich.

»Nein, Süße, tut es nicht. Du musst still liegen bleiben.« Dad beugt sich vor, ganz nah an mein Ohr, und flüstert hinein. »Mach dir keine Sorgen. Wir kommen schon klar mit den Leuten im Krankenhaus. Im Moment kommt es nur darauf an sicherzugehen, dass mit dir alles in Ordnung ist.«

Ich schaue zu der Menschenmenge auf, die um uns herumsteht. Die meisten flüstern miteinander, offene Neugier im Gesicht. Wissen sie schon, wer wir sind? Woher wir kommen? Ich suche nach Cody. Er war dort, im Supermarkt. Unmittelbar bevor ich angefahren wurde. Aber jetzt kann ich ihn nirgendwo entdecken.

Gut so.

Wenigstens war er vernünftig genug, sich nicht einzumischen.

Mein Mom streicht mir über die Haare und küsst meine Stirn. Ihre Miene wechselt zwischen Zuversicht und Hysterie. Wegen mir muss sie ihre schlimmsten Ängste noch einmal durchstehen. Ich kann sehen, dass sie fast zusammenbricht, dass sie abermals Karens Verschwinden durchlebt, während sie auf mich herabschaut.

»Ich komme schon wieder auf die Beine, Mom. Das verspreche ich dir.« Ich versuche zu lächeln und zucke stattdessen zusammen. In meinem Kopf und Nacken pulsiert es.

Schließlich verliert meine Mutter den inneren Kampf und bricht genau in dem Moment in ein lang gezogenes Heulen aus, als der Krankenwagen über den Parkplatz schießt und seine Sirenen sich mit ihrem Aufschrei zu einem schrecklichen Duett vereinen.

Warum wir die Außenwelt meiden? Weil sich die Menschen ein so schönes, freundliches und liebevolles Volk wie unseres gar nicht vorstellen können. Und weil sie uns nicht verstehen, werden sie es sich mit Sicherheit zur Aufgabe machen, uns zu zerstören.

Pioneer, Gemeindeführer

19

Ich war noch nie in einem Krankenwagen, aber ich habe schon welche in Filmen gesehen. Normalerweise steht der Mensch, mit dem der Wagen ins Krankenhaus saust, an der Schwelle des Todes und der Sanitäter drückt ihm ein Paar Elektroden auf die Brust. Und er hat sich immer bei etwas verletzt, das einen Krankenhausaufenthalt rechtfertigt: bei einem Schusswechsel mit bösen Kerlen oder weil er von einem Gebäude gestürzt ist, kurz bevor es in die Luft flog. Ich aber nicht. Ich bringe es fertig, mir von einer alten Lady in einem noch älteren Gefährt auf dem Walmart-Parkplatz den Hintern abfahren zu lassen. Das wäre vielleicht sogar komisch, wenn meine Eltern nicht dort gewesen wären, um alles mit anzusehen. Meiner Mom geht es psychisch wahrscheinlich schlechter als mir körperlich.

Die Rettungssanitäterin hockt neben mir, wickelt geschäftig irgendetwas um meine Arme und schließt mich an Geräte an, die Pieptöne von sich geben. Mir ist immer noch nicht ganz klar, warum ich überhaupt im Krankenwagen liege. Ich habe nicht das Gefühl, dass mit mir etwas nicht stimmt. Wahrscheinlich habe ich mir beim Sturz den Kopf angeschlagen. Die Sanitäterin sagt, ich hätte kurzzeitig das Bewusstsein verloren. Tatsächlich habe ich ziemlich üble Kopfschmerzen, doch wenn man davon absieht, dass ich mich fühle, als wäre ich vor ein Auto gelaufen – was ich ja getan habe, ha, ha, ha –, bin ich mir ziemlich sicher, dass mir nichts fehlt. Die alte Dame kann nicht besonders schnell gefahren sein. Vielleicht etwas schneller als erlaubt, aber sicher kein Höllentempo. Im Grunde bin ich ihr vor die Stoßstange gelaufen und abgeprallt.

Ich will mich aufsetzen. Im Liegen komme ich mir albern vor. Ich habe immer noch die Hoffnung, die Sanitäterin überreden zu können, den Wagen anzuhalten und mich aussteigen zu lassen, damit ich in unseren Transporter klettern, nach Hause fahren und so tun kann, als wäre nichts von alldem passiert. Meine Eltern wären sicher erleichtert, wenn ich das täte. Sie müssen außer sich sein vor Angst, weil ich schwer genug verletzt bin, um ins Krankenhaus gebracht zu werden, aber auch, weil wir unerwünschte Aufmerksamkeit auf uns gelenkt haben – nicht nur auf uns, sondern auf die ganze Gemeinde.

Ich versuche, die Sanitäterin nicht anzuschauen. Sie löchert mich mit Fragen. Haufenweise. Ich bin mir nicht sicher, was ich darauf antworten soll, ohne dass meine Eltern dabei sind, um mir dabei zu helfen. Ich mache die Augen zu. Ich bin müde und es fühlt sich sehr, sehr gut an, sie vor dem Schein der hellen Lampe über mir zu schließen.

Die Sanitäterin tippt mir auf den Arm. »He, Lyla, schlaf bitte nicht ein, Liebes.«

Ich will ihr antworten, aber das Reden ist so anstrengend. Wenn ich nur die Augen zumachen darf, wird alles bestimmt viel klarer …

Die Fahrt im Krankenwagen verschwimmt zu einem unzusammenhängenden Etwas. Jedes Mal, wenn die Sanitäterin an mir rüttelt, öffne ich die Augen und schließe sie wieder, sobald sie damit aufhört. Das passiert wieder und wieder, bis der Wagen mit einem Ruck stehen bleibt und ich in das noch hellere Nachmittagslicht herausgehoben werde. Es ist merkwürdig, so transportiert zu werden, im Liegen und an ein sehr schmales Bett gebunden.

Auch das Krankenhaus ist Neuland für mich – all die hellen Lichter und komischen Gerüche, die vom Bleichmittel, mit dem offensichtlich geputzt wurde, nicht ganz überlagert werden. Es gefällt mir nicht, auch wenn ich nichts anderes erwartet hatte. Ich werde immer wieder gedreht und gedrückt und für irgendwelche Tests in verschiedene Räume gebracht, deren Namen ich entweder nicht richtig mitbekomme oder nicht behalten kann. Schließlich lande ich in einem Zimmer mit Blick auf einen Baum und eine Backsteinmauer. Ich liege im einzigen Bett und daneben sitzt meine Mutter stocksteif auf der Kante eines Sessels. In der oberen linken Zimmerecke hängt ein Fernseher, der aber nicht läuft.

»Sie sagen, dass du über Nacht hierbleiben musst«, informiert mich meine Mutter, als sie mir die Haare aus dem Gesicht streicht.

»Aber mir geht's gut.« Ich versuche zu lächeln, doch jede Bewegung im Gesicht verstärkt das Donnern in meinem Kopf. Stattdessen ziehe ich eine Grimasse. Mein ganzer linker Oberschenkel ist lädiert, dort, wo ihn das Auto erwischt hat. Langsam merke ich, dass es mir inzwischen überall ein bisschen wehtut, als habe sich mein Körper nach dem Aufprall neu zusammengesetzt. Die größten Schmerzen bereiten mir mein Kopf und das Steißbein; ich glaube, ich bin mit beidem ziemlich fest aufgeschlagen.

Meine Mom küsst mir auf ihre übertrieben niedergeschlagene Art die Stirn. Ich muss mich jedes Mal beherrschen, um nicht zurückzuzucken, wenn sie das tut, weil ich weiß, dass es sie verletzen würde, aber es wirkt einfach zu verzweifelt und bedrückend.

»Sie wollen sichergehen, dass mit dir alles in Ordnung ist. Du hast eine Gehirnerschütterung, sagen sie, und sie wollen dich im Auge behalten, falls eine Schwellung auftritt.« Sie lächelt, aber ihre Hand auf meiner Stirn zittert.

»Aber wir dürfen nicht hier sein«, flüstere ich und wende den Blick zur Tür für den Fall, dass dort schon jemand stehen und lauschen sollte. »Pioneer sagt …«

»Wenn wir einfach gehen, macht das die Sache nur noch schlimmer. Wenn wir es klug anstellen und ihnen so wenig wie möglich über die Gemeinde erzählen, überstehen wir die Sache vielleicht, ohne sie allzu neugierig zu machen. Aber du musst das Reden deinem Vater und mir überlassen. Behalte einfach die Nerven, ja?« Die Stimme meiner Mutter klingt barsch. Und sie bestätigt, was ich insgeheim schon weiß. Unsere Situation ist prekär. Eine falsche Antwort oder Information und wir verwandeln die Gemeinde im Alleingang in einen Gegenstand allgemeiner Neugierde.

»Was soll ich tun?«, frage ich und lege einen Arm über die Augen, um das Licht und mögliche weitere Küsse von ihr abzuwehren.

»Sei höflich, aber still. Sage ihnen nichts, was sie nicht ausdrücklich wissen wollen. Und erzähle ihnen vor allen Dingen, dass wir einfach nur eine landwirtschaftliche Gemeinschaft sind mit dem Ziel, unsere Nahrung selbst anzubauen und einfach zu leben. Egal was passiert, sage kein Wort über Pioneers Träume oder sonst etwas.«

»Ich bin kein Idiot, Mom«, erwidere ich; andererseits hat sie vielleicht durchaus Grund zu dieser Annahme, schließlich habe ich angefangen, vor fahrende Autos zu laufen. »Wo ist Dad?«

»Sie brauchen ihn, damit er ein paar Papiere ausfüllt.« Sie seufzt schwer. »Wir haben keine Krankenversicherung … das erschwert die Sache.«

»Was ist mit unseren ganzen Vorräten? Eigentlich sollten wir jetzt auf dem Rückweg sein.«

»Dein Vater wird sie zurückbringen, wenn er hier fertig ist, und morgen früh wiederkommen. Er muss Pioneer informieren, was passiert ist.«

»Und was ist mit dir?«, frage ich und bin überrascht über meine plötzliche Anhänglichkeit. Ich will hier unter keinen Umständen allein sein.

»Ich bleibe natürlich bei dir.« Sie lehnt den Kopf zurück. »Die Schwester bringt mir Decken. Angeblich lässt sich dieses Ding in ein Bett verwandeln.« Sie deutet auf den Sessel und wir beäugen ihn. Einen Moment lang wird es still.

»Es tut mir leid«, murmle ich schließlich deutlich gepresster als sonst. Ich habe das Gefühl, noch viel mehr sagen zu müssen, aber die Worte bleiben mir im Hals stecken. Es sind zu viele, die auf einmal hinauswollen. Selbst das Schlucken fällt mir schwer. Es ist, als würde ich ersticken.

Meine Mutter atmet langsam ein und aus. »Ich weiß.«

»Ich hasse es, wenn ich euch Kummer mache.«

»Das hast du nie absichtlich getan, Lyla, das weiß ich. Aber du bist ein Kind. Mir Kummer zu bereiten ist sozusagen Teil deines Jobs. So wie das Sich-Sorgen meine Aufgabe ist. Deshalb bin ich froh, wenn wir endlich im Silo sind. Dort hast du nicht mehr viele Möglichkeiten, mich zu beunruhigen.« Ihre Mundwinkel verziehen sich ein winziges bisschen nach oben.

Bevor er fährt, schaut mein Vater kurz nach mir. Er steckt die Decke rund um mich fest, von den Schultern bis zu den Füßen, so wie er es früher gemacht hat, als ich noch ein kleines Kind war und glaubte, es könnten Monster unter die Decke schlüpfen, wenn irgendwo eine Lücke war.

»Lyla Burrito«, sagt er mit einem Lächeln und gibt mir einen Kuss auf den Kopf. »Ruh dich aus.«

»Du kommst morgen ganz früh zurück, nicht?«

»Noch bevor die Sonne richtig aufgegangen ist«, verspricht er.

Meine Mutter folgt ihm zur Tür. »Bin gleich wieder da, Süße«, sagt sie.

Während sie meinen Vater zum Transporter begleitet und ich auf ihre Rückkehr warte, spiele ich an meinem Bett herum. Die Knöpfe, die es hinauf- und hinunterfahren, sind lustig. Ich lasse erst das Fußteil nach oben fahren, sodass meine Füße den Kopf überragen, und dann umgekehrt, ehe mir von diesem ganzen Auf und Ab schwindlig und übel wird. Ich starre an die Decke und dann aus dem Fenster. Der Fernseher ist aus. Selbst wenn ich ihn einschalten wollte, könnte ich es nicht. Meine Mutter hat der Schwester die Fernbedienung mitgegeben, sobald sie sie entdeckte. Pioneer würde wollen, dass wir uns an die Regeln der Gemeinde halten, ganz besonders hier. Schließlich starre ich in den Flur hinaus und beobachte das Hin und Her der Schwestern und Pfleger. Es ist ziemlich still. Ich sehe keine anderen Leute und frage mich, wie viele dort draußen in Zimmern wie meinem liegen mögen.

Ich wünschte, ich hätte mein Skizzenbuch bei mir, um einige der Schwestern und Pfleger zu zeichnen, aber das steckt in meinem Rucksack auf der anderen Seite des Zimmers. Und mir ist nicht danach, aufzustehen und es zu holen. Stattdessen begnüge ich mich mit dem winzigen Notizblock aus meinem Nachttisch, auf dem am oberen Rand KRANKENHAUS CULVER CREEK steht, und dem dazugehörigen Bleistift. Aber dann weiß ich nicht, was ich zeichnen soll, außerdem fällt es mir ungeheuer schwer, mich zu konzentrieren. Am Ende bringe ich nur willkürliches Gekritzel aufs Blatt, ein Gewirr aus zittrigen Linien und Kreisen.

»Klopf, klopf.«

Cody steht in der Tür und lehnt sich an den Rahmen. Mir bleibt der Mund offen stehen, aber es kommt kein Ton heraus. *Was macht er hier?*, ist mein erster Gedanke, unmittelbar gefolgt von: *Ich muss furchtbar aussehen.*

»Ich wollte schauen, ob mit dir alles in Ordnung ist«, sagt er und fingert an einer Plastiktüte von Walmart herum, die er in der Hand hält.

»Woher wusstest du, wo ich zu finden bin?«

Er lacht und reibt sich das Kinn. »Nun, du hattest einen Autounfall – es war ziemlich eindeutig, dass du hier landen würdest.«

»Ich meine, woher wusstest du die Zimmernummer?«, frage ich, während mir wieder heiß wird. »Geben sie die Information an jeden raus?«

Er bekommt rote Ohren und sieht sich um. »Mein Dad hat hier ziemlich viel Einfluss … aber wenn es dir lieber ist, gehe ich wieder. Ich wollte dich nicht stalken oder so. Ich … habe gesehen, wie du auf dem Parkplatz zu Boden gegangen bist. Und ich wollte einfach sichergehen, dass du nicht ernsthaft verletzt bist.«

Er lässt ein winziges Lächeln aufblitzen und ich lächle zurück.

»Also, wie ist es so?«, fragt er, während er sich näher ans Bett heranschiebt.

»Langweilig«, sage ich. »Krankenhäuser sind stinklangweilig.«

»Was das angeht, kann ich dir helfen, glaube ich«, sagt er. Er hält die Walmart-Tüte hoch, ehe er sie mir übergibt. Sie enthält drei Zeitschriften und das Buch, das ich mir im Laden angesehen habe.

»Ich dachte, der Spandex-Mann hier könnte ein bisschen für Stimmung sorgen.« Er deutet auf den Buchumschlag und wir fangen beide an zu lachen.

»Danke.«

Ich weiß nicht, wie ich mich verhalten soll. Eigentlich müsste ich ihm die Sachen zurückgeben. Ich kann sie nicht in Sichtweite meiner Mutter aufbewahren. Außerdem ist schon genug schiefgegangen, warum alles noch schlimmer machen? Andererseits, wenn ich es schaffe, sie zu verstecken und morgen rauszuschmuggeln, kann ich das Versprechen halten, das ich Marie gegeben habe, und ausnahmsweise einmal als die Wagemutige, Abenteuerlustige dastehen, vor allem wenn sie erfahren, dass ich von einem Auto angefahren wurde und überlebt habe. Außerdem hat Cody sich die Mühe gemacht, sie mir zu bringen, da will ich nicht so unhöflich sein, sie ihm zurückzugeben.

Wieder ist es still im Zimmer.

»Äh, ich wünschte wirklich, du könntest noch bleiben, aber meine Mutter wird jeden Moment zurückkommen und sie hat es nicht so mit Außenstehenden.«

»Das habe ich gemerkt. Ziemlich überfürsorglich, was?«

»Überfürsorglich ist noch untertrieben«, sage ich. »Zumindest was mich angeht.«

»Und wenn ich dir verspreche, den Gang nicht aus den Augen zu lassen – kann ich dann noch bleiben?«

Ich gebe keine Antwort und er macht keine Anstalten zu gehen. Es gibt mir zu denken, wie glücklich mich das macht.

»Ich verstehe schon. Ihr wollt um jeden Preis unter euch bleiben, stimmt's? Keine Verbrüderung mit Außenstehenden.«

Ich weiß nicht, was ich darauf erwidern soll, also gehe ich einfach nicht darauf ein. »Danke noch mal für die hier.« Ich fahre mit der Hand über den glänzenden Buchumschlag.

Er zieht einen Mundwinkel nach oben und mein Magen schlägt einen Purzelbaum. »War mir ein Vergnügen.«

Ich muss ihm sagen, dass er gehen soll. Sofort. Bedank dich und sag Auf Wiedersehen. Mom wird jeden Moment zurückkommen.

Cody setzt sich auf die Bettkante. Seine Hüfte berührt mein Bein und ein Schauer durchläuft mich, als er nicht fortrückt. Das alles ist so dumm von mir und doch ist es mir offensichtlich egal. Andernfalls wäre er bereits weg. Dann hätte ich ihn sofort rausgeworfen.

»Ehrlich gesagt war ich froh, eine Ausrede zu haben, um zu versuchen dich wiederzusehen«, sagt er.

»Warum?« Das will ich unbedingt wissen. Ich kann mir nicht vorstellen, warum er mich sehen will, auch wenn ich mindestens ein Dutzend Gründe aufzählen kann, warum ich möchte, dass er es weiter versucht.

»Ganz ehrlich?« Er wird rot. »Keine Ahnung. Ich meine, du bist ganz anders als die Mädchen, die ich kenne. Und du bist ziemlich hübsch, das kommt noch dazu.« Seine Röte vertieft sich und er lächelt. »Aber ich glaube, es liegt vor allem daran, dass du mich faszinierst. Deine Eltern und deine Lebensumstände sind erdrückender, als ich es selbst je erlebt habe, und trotzdem scheint dir das gar nicht so aufzufallen … oder wirklich etwas auszumachen. Ich kapier das nicht.«

Ich bin mir nicht sicher, ob das ein Kompliment ist oder nicht. Ich beschließe, mich daran festzuhalten, dass er mich hübsch findet.

»Vermutlich will ich einfach verstehen, wie du tickst.« Er zwinkert mir zu und ich spüre, wie ich dahinschmelze.

Er schaut zur Tür. »Hör mal, mein Dad wird in ein paar Minuten hier aufkreuzen, um dich zum Unfall zu befragen, und ich vermute, deine Eltern werden auch wieder da sein. Ich hab mir gedacht … dass ich vielleicht hinterher … wenn deine Eltern weg sind … wiederkommen kann?«

»Hm, ich weiß nicht, wie das gehen soll. Meine Mom wird nicht wegfahren. Sie bleibt die Nacht über hier«, sage ich seufzend. Es scheint, als fänden wir ständig neue Gelegenheiten, uns zu verabschieden.

Er runzelt die Stirn und wir schweigen beide, bis er langsam anfängt zu grinsen. »Und wenn ich es schaffe, dich mit ihrem Segen aus dem Zimmer zu holen?«

»Unmöglich«, schnaube ich ungläubig, lasse mich ins Kissen zurücksinken und starre an die Decke.

»Das werden wir sehen«, sagt er.

Im Flur wird es laut und wir zucken beide ein wenig zusammen. Cody beugt sich vor und klopft mir auf die Schulter. Für einen Moment sind sich unsere Gesichter so nah, dass ich sicher bin, er werde mich küssen.

»Wir sehen uns bald wieder«, wispert er und ist auf und davon, ehe ich auch nur Luft holen kann.

Ich verstecke die Zeitschriften und das Buch unter der Matratze. Ich werde sie definitiv behalten.

Cody ist noch keine zwei Minuten fort, als meine Mutter aus dem Flur ins Zimmer tritt. Die Zeitspanne zwischen seinem Weggang und ihrem Erscheinen ist so kurz, dass ich mich zusammenkauere. Hat sie ihn gesehen? Sie wirkt erregt, aber nicht komplett ausgeflippt. Allerdings bleibt mir kaum Zeit, mich zu beruhigen, bevor die Tür erneut aufgeht und Codys Dad hereinmarschiert.

Bei unserer ersten Begegnung habe ich nicht sonderlich auf ihn geachtet. Ich war zu sehr von Cody in Anspruch genommen. Er ist ein Baum von einem Mann, viel größer, als ich ihn in Erinnerung hatte. Vielleicht liegt es daran, dass er steht und ich liege, oder daran, dass das Zimmer so eng ist, jedenfalls wirkt er riesig. Er beugt sich über das Bett und streckt mir die Hand hin.

»Hallo, Lyla. Schön, dich wiederzusehen. Auch wenn ich dir lieber unter angenehmeren Umständen wiederbegegnet wäre.«

Ich schüttele ihm die Hand. Sein Griff ist warm und fest. Ich suche nach Spuren von Cody in seinem Gesicht, aber sie scheinen sich nicht sehr ähnlich zu sehen. Codys Züge sind schärfer, feiner, die des Sheriffs insgesamt gröber gezeichnet: breite Nase, noch breiteres Kinn, volle Wangen. Seine Haare sind kurz geschnitten und mit ebenso viel Grau wie Schwarz durchsetzt.

»Was dagegen, wenn ich mich setze?« Er deutet auf den Sessel, ehe er sich darauf niederlässt. Er knarrt laut unter seinem Gewicht. »Also, wie geht es dir?«

»Sie ist angeschlagen, aber sonst in Ordnung. Der Arzt sagt, wenn sich keine Anzeichen einer Schwellung oder einer ernsthafteren Gehirnentzündung entwickeln, kann sie morgen nach Hause«, sagt meine Mutter, ehe ich auch nur den Mund aufmachen kann.

Der Sheriff lächelt sie an. »Das ist gut ... sehr gut. Ma'am, ich würde mich gern einen Moment mit Lyla unterhalten. Allein, wenn Sie nichts dagegen haben?«

»Warum? Ich kann Ihnen sicher besser helfen als Lyla. Sie ist ein bisschen verwirrt in Bezug auf das, was passiert ist«, sagt Mom mit einem Lächeln, das ein bisschen zu breit ist für ihr Gesicht.

»Reine Routine, Ma'am. Ich muss einfach ihre Sicht der Dinge hören, um zu entscheiden, ob die beteiligte Fahrerin wegen irgendwas belangt werden muss oder nicht. Sie können gern hierbleiben, aber ich weiß, dass die Schwestern ein paar Fragen klären wollen, und ich dachte, da ich ohnehin da bin, wäre das die perfekte Gelegenheit. Es dauert bestimmt nicht lange und danach können Sie mir helfen, sämtliche Lücken zu füllen, die noch offen sind. Sobald ich habe, was ich für meinen Bericht brauche, sind Sie mich wieder los.«

Sein Lächeln ist genauso breit wie ihres und seine Stimme fest. Widerstrebend gibt meine Mutter nach. »Also gut«, schnaubt sie. »Aber ich bin gleich draußen vor der Tür, falls Sie mich brauchen.« Beim Hinausgehen wirft sie mir einen langen Blick zu. Ich nicke fast unmerklich, um sie wissen zu lassen, dass ich mich vorsehen werde.

Der Sheriff hievt sich aus dem Sessel und geht zur Tür. Er wartet, bis meine Mutter im Flur ist, und schließt sie dann. Auf dem Weg zurück zu seinem Platz lächelt er mich an. Ich konzentriere mich darauf, das Laken über den Beinen glatt zu streichen, damit ich nicht nervös wirke.

Er beobachtet mich einen Moment.

»Es gibt keinen Grund, nervös zu sein. Ich will dir nur ein paar Fragen stellen. Nichts Kompliziertes, okay?«

Ich nicke. Er scheint zufrieden und lehnt sich zurück. »Fangen wir mit dem an, was du noch vom Unfall weißt.«

Ich erzähle ihm von unserer Fahrt zu Walmart. Erwähne kurz, dass ich dort Cody begegnet bin, und kriege knallrote Wangen, aber falls er es bemerkt, reagiert er nicht darauf. Sein Gesichtsausdruck ist neutral bis zum Schluss, als ich ihm schildere, wie ich den Parkplatz überquert habe. Dass ich Cody gesehen und deshalb kehrtgemacht habe, lasse ich weg. Ich behaupte, etwas im Wagen vergessen zu haben und deshalb umgekehrt zu sein.

Als ich fertig bin, will er wissen, was mir an dem Wagen aufgefallen ist, bevor er mich umfuhr. Ob ich das Gefühl hatte, dass er zu schnell gefahren sei? Oder ob er mir vorher beim Überqueren des Parkplatzes überhaupt aufgefallen war?

Meine Nerven haben sich gerade ein wenig beruhigt, als er sich vorbeugt und meinen Nacken betrachtet. »Die Ärzte meinen, du hättest eine ziemlich üble Wunde hinten im Nacken – und zwar nicht von dem Unfall. Wie ist das passiert?«

Ich kann nicht verhindern, dass meine Hände zu dem Verband wandern. Pioneers Bestrafung. »Ach, das. Das ist nichts. Ehrlich. Ich kann mich kaum noch erinnern, woher ich sie habe.« Ich versuche zu lächeln. »Ich glaube, ich bin in der Scheune gegen einen Nagel oder so was Ähnliches gekommen und habe mich geschnitten.«

Der Sheriff mustert mich eingehend. »Das muss aber ein ordentlicher Nagel gewesen sein. Was hast du gemacht – dich daran gescheuert wie eine Katze?«

Ich wende die Augen ab, schaue durchs Fenster zu dem Baum draußen. »Äh … ja, ich meine, nein, ich bin bloß, äh, dagegengekommen, wie ich gesagt habe.«

Man sieht, ich bin die schlechteste Lügnerin der Welt.

Er nickt vor sich hin. Ich sehe seinen Kopf aus den Augenwinkeln auf- und abwippen. »Okay, Lyla, noch eine Frage, dann kannst du dich ausruhen, das verspreche ich dir.«

Ich nicke und setze einen Unschuldsblick auf, um die Panik aus meinen Augen zu verbannen.

»Besteht irgendeine Möglichkeit, dass du absichtlich vor das Auto gelaufen bist?« Er lässt mich nicht aus den Augen.

Ich lache laut auf. »Sie glauben, ich hätte versucht, *mich umzubringen?*« Das ist das Lächerlichste, was ich je gehört habe. Wenn er wüsste, welche ungeheuren Strapazen meine Familie im Laufe meines Lebens auf sich genommen hat, um die Apokalypse zu überleben, dann würde er das auch für eine lächerliche und dumme Frage halten.

»Vielleicht wolltest du auch nur jemanden auf dich aufmerksam machen? Geht dort draußen in Mandrodage Meadows irgendetwas vor, das ich wissen sollte? Etwas im Zusammenhang mit eurem Anführer, Pioneer? Denn wenn es so ist und du Hilfe brauchst – wenn du in Gefahr bist –, dann verspreche ich dir, alles zu tun, was in meiner Macht steht, um dir zu helfen. Du musst es nur sagen.«

Er hat den Blick auf seine Finger gerichtet, während er auf meine Antwort wartet. Einer von ihnen ist seitlich eingerissen und nun steht ein langes Häutchen ab. Er zieht mit Daumen und Zeigefinger daran, bis es abreißt. Ich sehe zu, wie sich an der Stelle ein winziger roter Blutfleck bildet. »Du musst mir nur erzählen, was vor sich geht.«

Ich schüttle den Kopf. »Nichts. Es geht gar nichts vor sich. Es war ein Unfall. Ich habe einfach nicht aufgepasst, wohin ich laufe. Ich war abgelenkt, das ist alles. Es war keine Absicht. Das schwöre ich.«

Er steht auf und streicht mit den Händen über die Hose. »Wenn du meinst. Dann sind wir hier wohl fertig.« Er lächelt. »Versuch von jetzt an einfach vorsichtig zu sein, okay? Ich will wirklich nicht hören müssen, dass dir noch mehr Unfälle widerfahren sind. Und nimm dich vor diesen Nägeln in Acht. Ich glaube, es ist Zeit, dass du der Welt um dich herum ein bisschen mehr Aufmerksamkeit schenkst.«

Ich zwinge mich, zu nicken und sein Lächeln zu erwidern. Als er die Tür öffnet, um zu gehen, fällt meine Mutter praktisch ins Zimmer. »Ma'am.« Mit einem Nicken bedeutet er ihr im Hinausgehen mitzukommen.

Meine Mutter folgt ihm in den Flur. Ich kann ihre Stimme und dann ihr Lachen hören, das schrill und gezwungen klingt, und ich zucke zusammen. Wir stellen uns schrecklich an bei dem Versuch, ihn zu überzeugen, dass wir nichts zu verbergen haben. Ich lasse die letzte halbe Stunde Revue passieren. Seziere jede meiner Antworten auf seine Fragen. Ich rede mir ein, es gäbe keinen Grund, mir Sorgen zu machen, er habe keinen echten Anlass, uns gegenüber allzu misstrauisch zu sein. Wahrscheinlich wird er einfach nur seinen Bericht schreiben und uns vergessen, sobald wir Culver Creek verlassen haben. Bald wird er ganz andere Probleme haben, um die er sich kümmern muss. Also warum habe ich dann das Gefühl, wir seien ein kleiner Fetzen Haut, der gerade so weit herausragt, dass er ihn abreißen möchte?

Ihr
werdet die Wahrheit erkennen,
und die Wahrheit
wird euch frei machen.

Johannes 8,32

20

Als der Sheriff fort ist, löchert mich meine Mutter eine geschlagene Stunde lang mit Fragen. Sie will wissen, was er gesagt hat und was ich darauf erwidert habe. Ich beschließe, ihr gegenüber nichts von seinen letzten beiden Fragen zu erwähnen. Ich werde lieber warten und es erzählen, wenn mein Vater zurückkommt. Im Moment kann sie sowieso nichts tun – außer auszuflippen, was uns beide nur noch seltsamer aussehen lassen würde.

Sie beruhigt sich ein wenig, als sie sich vergewissert hat, dass der Großteil dessen, was er wissen wollte, nichts mit Mandrodage Meadows zu tun hat, trotzdem geht sie nicht mehr aus dem Zimmer. Sie ist überzeugt, dass die Schwestern wissen, woher wir kommen, und über uns tuscheln.

»Ich kann es kaum erwarten, nach Hause zu kommen. Ich hasse es, hier festzusitzen. Mit ihnen.« Sie zieht die Nase kraus, als würde das ganze Gebäude und jeder, der darinnen ist, stinken.

»Das werden wir morgen«, sage ich.

»Also mir kann es gar nicht schnell genug gehen.« Seufzend

geht sie zum Fenster. »Ich werde erst wieder richtig zur Ruhe kommen, wenn wir auf halbem Weg nach Hause sind.«

Der Nachmittag zieht sich endlos hin. Es gibt nichts zu tun, also schlafe ich ein bisschen, auch wenn es bedeutet, dass ich später länger wach liegen werde. Ich ertrage es nicht, mit anzusehen, wie meine Mutter ununterbrochen auf und ab tigert und vor sich hin seufzt. Ich ertappe mich bei dem Wunsch, sie würde einfach für eine Weile weggehen. Die Zeit wäre leichter zu überstehen, wenn sie nicht pausenlos hier wäre. Außerdem erinnern mich der Sheriff, der Verkehrslärm vor dem Fenster und das Geplapper der Fremden draußen im Flur zu sehr an New York. Karen und alles, was dort passiert ist, rücken mir hier viel zu nah. In Mandrodage Meadows können wir die Erinnerungen von uns fernhalten, sie vor dem Tor lassen, aber hier nicht. Hier können wir ihnen nicht ausweichen. Sie schlängeln sich um uns, drängen die Luft aus dem Zimmer und machen das Vergessen unmöglich.

Als Mom und ich gegen Abend ein Tablett mit Essen bekommen, springe ich praktisch aus dem Bett. Essen ist etwas, auf das wir uns konzentrieren können, das uns beschäftigt. Wir essen langsam und tun, als würden wir den geschmacklosen Hackbraten mit Kartoffelbrei genießen. Ich kratze meinen Puddingbecher aus, bis ich nicht mehr weiß, welche Sorte er enthalten hat, so blitzsauber ist er. Mom spielt mit ihrem Pudding und stochert mit dem Löffel darin herum, als fasziniere oder ekle sie das leise Sauggeräusch.

»Widerlich«, murmelt sie, bevor sie das Tablett fortschiebt.

Wir haben seit Stunden kaum etwas gesagt. Mom hat Angst vor Lauschern. Mich machen die Zeitschriften und das Buch unter der Matratze nervös. Ich würde sie gern tiefer darunterschieben. Jedes Mal, wenn Mom sich in ihrem Sessel vorbeugt, frage ich mich, ob sie ein hervorstehendes Stück Papier entdeckt hat. Es ist quälend.

Endlich gibt Mom es auf, wach bleiben zu wollen, und hantiert an ihrem Sessel herum, bis er sich zu einem sehr schmalen und sehr hart aussehenden Bett ausziehen lässt. Sie breitet die Decken aus, die die Schwestern ihr gegeben haben. Ich bin nicht einmal ansatzweise müde nach meinem langen Nickerchen am Nachmittag, täusche aber dennoch ein Gähnen vor. Lieber hocke ich im Dunkeln und lausche ihrem Schlaf, als noch länger herumzusitzen und sie anstarren oder noch einmal Galgenmännchen spielen zu müssen.

Gerade als wir das Licht ausschalten wollen – zu einer völlig untypischen Zeit, um sieben Uhr abends –, steckt eine Krankenschwester den Kopf zur Tür herein. Sie ist sehr jung und hübsch, das komplette Gegenteil aller anderen Schwestern, die ich heute gesehen habe. Ihr Haar erinnert mich ein bisschen an das von Cody. Es hat die gleiche Mixtur aus Brauntönen. Sie lächelt und zwinkert mir zu, was mich überrascht. Ehrlich gesagt ist es ein bisschen merkwürdig.

»Tut mir leid, Sie zu stören, Ladys, aber ich muss« – sie schaut mit einigem Tamtam auf dem Klemmbrett nach, das sie in der Hand hält – »Lyla für ein paar zusätzliche Tests nach unten bringen.«

Meine Mutter macht Anstalten aufzustehen.

»Sie müssen nicht aufstehen, Ma'am. Ich nehme sie nur ganz kurz mit. Und in den Untersuchungsraum dürfen Sie sowieso nicht mit hinein. Wir machen nur ein paar weitere Röntgenaufnahmen.« Sie lächelt meine Mutter an. »Ruhen Sie sich aus; ich hole Sie, wenn wir Sie brauchen.« Sie drückt mit dem Rücken gegen die Tür, bis diese ganz aufgeht, und zieht einen Rollstuhl herein.

»Kann ich denn nicht einfach laufen?«, erhebe ich Einspruch.

»Tut mir leid. Krankenhausvorschrift«, sagt sie. Sie hilft mir, die Decke zurückzuziehen, und ich setze mich mit einem Seufzer in den Rollstuhl. Sie haben mich vorhin schon geröntgt und es war ziemlich öde, aber immer noch besser, als an die Decke zu starren.

»Okay, dann gehen wir mal auf die Rolle.« Ich grinse über mein eigenes Wortspiel, aber niemand sonst scheint es bemerkt oder kapiert zu haben.

Mom sieht aus, als wolle sie trotzdem mitkommen, hält dann aber inne. Wahrscheinlich befürchtet sie, einen komischen Eindruck zu machen. In unnatürlich steifer Haltung hockt sie auf der Kante des Sesselbettes.

»Entspann dich, Mom, ich bin gleich zurück. Es geht mir gut, das werden die Röntgenbilder schon zeigen.« Die Schwester soll glauben, dass Moms merkwürdiges Verhalten auf ihre Besorgnis zurückzuführen ist und nicht auf anders geartete Paranoia.

Sobald wir im Gang sind, beugt sich die Schwester zu meinem Ohr hinab. »Bereit für ein kleines Abenteuer?«

Ich drehe mich zu ihr um. »Was?«

»Cody hat mich geschickt. Ich bin Taylor, Codys Schwester.« Sie wippt beim Reden ein bisschen auf den Zehen, was sie noch jünger wirken lässt.

»Du bist gar keine echte Krankenschwester, nicht wahr?«, stelle ich fest.

»Ähm, wenn man es genau nimmt, nicht. Aber ich will es werden und arbeite hier stundenweise … bloß noch nicht als Fachkraft.«

Ich schaue zum Stationszimmer hinüber. Im Augenblick ist niemand da.

»Ich habe gewartet, bis die Luft rein ist«, erklärt mir Taylor stolz. »Wir wollen doch nicht, dass sich jemand wundert, wohin wir unterwegs sind, oder?«

Mein Magen beginnt im Eiltempo Purzelbäume zu schlagen. »Und wohin *sind* wir unterwegs?«

»Zu einem ruhigen Plätzchen«, sagt Taylor.

Cody will mich sehen. Und um das zu erreichen, hat er seine Schwester geschickt, um mich praktisch zu entführen. Ich sollte sie aufhalten, aus dem Rollstuhl springen und umkehren. Sein Dad ist der Sheriff. Ausgerechnet demjenigen, der meiner Familie und dem Rest der Gemeinde richtig Ärger machen könnte, steht er viel zu nahe. Doch dann leuchtet im Geiste sein Gesicht vor mir auf und ich kann mich weder überwinden aufzustehen noch kehrtzumachen.

Taylor plappert ununterbrochen weiter. »Du hast meinem Bruder ganz schön den Kopf verdreht. Er hängt schon den ganzen Tag hier rum und fleht mich an, ihm zu helfen, damit er dich sehen kann. Er hat geschworen, den ganzen nächsten Monat meine Hausarbeiten zu übernehmen, wenn ich es schaffe, dich aus deinem Zimmer und von deiner Mutter loszueisen.« Sie macht eine Pause. »Stimmt das – gehörst du wirklich zu den Leuten, die draußen in der Prärie in dieser Art Kommune leben?«

Ich nicke.

»Wow, das ist echt schrä… was Besonderes, meine ich.« Sie zögert ein wenig und scheint sich ihre nächsten Worte genau zurechtzulegen. »Erzähl doch mal, warum schottet ihr euch da draußen ab?«

Ich erzähle ihr den üblichen Sermon darüber, dass wir ein einfaches Leben führen wollen.

»Dann seid ihr also so was wie die Amish People?«

»Die was?«

»Du weißt schon, die Leute mit den Pferden und Kutschen, die sich altmodisch anziehen und weder Strom noch Technik einsetzen. Sie halten das für böse oder so. Ihr auch?«

Ich schüttele den Kopf. »Äh, nein, das tun wir nicht. Wir sind mit einem Transporter hergekommen. Und normalerweise trage ich Jeans und Shorts. Und Strom mögen wir auch. Sehr sogar.«

Sie zuckt die Achseln. »Dann seid ihr also gar keine Sekte oder so was?«

Es ist das zweite Mal, dass einer von ihnen diesen Ausdruck benutzt. Pioneer hat immer prognostiziert, dass sie das tun würden. Er meint, jede religiöse oder politische Gruppierung – jede Gruppe, in der sich Menschen leidenschaftlich für etwas einsetzen – würde von der Gesellschaft als Sekte angesehen. Er sagt, es liege daran, dass Leute, denen es an Leidenschaft und Einsatzbereitschaft fehle, andere, die darüber verfügen, nicht verstehen können. Nichts, was wir sagen, werde ihre Meinung ändern. Und wenn wir nicht äußerst vorsichtig seien, würden sie es zum Anlass nehmen, uns zu verfolgen.

»Absolut nicht«, sage ich so sanft wie möglich, weil es die Antwort ist, die ich gelernt habe, auch wenn mich die Frage ärgert. Was geht es sie überhaupt an? Wir tun niemandem etwas zuleide, zumindest nicht, wenn sie uns in Ruhe lassen. Im Gegenteil, die Einzigen, die darauf aus zu sein scheinen, jemandem wehzutun, sind die Leute hier, an Orten wie diesem. Zuerst mit ihren Worten, wie jetzt, und später mit ihren Waffen – oder ihren Autos. Damit hat Pioneer anscheinend recht.

Einen Moment lang rollen wir schweigend durch den Flur. Ich blicke starr auf meine Hände, die ich in den Schoß gelegt habe.

»Tut mir leid, die Frage war ziemlich unhöflich. Ich plappere manchmal los, bevor ich den Kopf einschalte. Ich war bloß neugierig.«

»Dazu besteht wirklich kein Grund«, sage ich.

»Da sagt mein Dad aber etwas anderes.«

Mir bleibt fast das Herz stehen. Sie hat gerade bestätigt, was ich bereits befürchtet habe. Der Sheriff ist nicht gewillt, uns einfach zu vergessen.

Wir halten vor einem Aufzug an und rollen hinein, als er sich öffnet.

»Wir sind fast da«, sagt Taylor und drückt auf den Knopf für den neunten Stock.

Erst jetzt geht mir auf, dass ich ein OP-Hemd trage … und nicht viel mehr. »Äh, aber meine Klamotten. So, wie ich aussehe, kann ich deinen Bruder nicht treffen.«

Taylor lacht leise. »O Mann, tut mir leid, das hätte ich fast vergessen.« Sie drückt auf den Halteknopf und fängt an, sich ihren Schwesternkittel über den Kopf zu ziehen. Sie zuckt nicht einmal, als der Fahrstuhl anfängt zu summen.

»He, ich meinte doch nicht, dass du mir *deine* Klamotten geben sollst.« Ich hebe die Hand, um sie aufzuhalten, doch sie hat den Kittel bereits abgelegt. Jetzt trägt sie ein paar hautenge Stretchhosen und ein langes T-Shirt.

»Kein Problem, der gehört sowieso nicht mir. Ich habe ihn mir aus dem Umkleideraum ausgeborgt.« Sie hält mir den Kittel hin. Ich zucke zurück. Das Letzte, was ich brauche, ist, mit geklauten Klamotten erwischt zu werden.

Taylor seufzt. »Mach dir nicht ins Hemd. Der Kittel gehört einer Freundin von mir. Und die stört das nicht, glaub mir. Sie ist ganz wild auf diesen ganzen Shakespeare-Kram, verbotene romantische Schäferstündchen und so was. Und ich bin wild auf weniger Hausarbeit, also beeil dich und zieh dich um, damit ich dich zu meinem Bruder bringen kann und alle zufrieden sind.«

Ich spüre, wie ich rot werde. Ist es das, was ich vorhabe? Ein romantisches Schäferstündchen? Das klingt so mittelalterlich … und beängstigend aufregend. Ich ziehe den Kittel an und stelle mich neben sie. Ich kann nicht länger im Rollstuhl sitzen. Ich bin zu nervös, ich schwanke ein bisschen und der Fahrstuhl fühlt sich jetzt an, als bewege er sich hin und her, aber ich schaffe es, das

Gleichgewicht zu bewahren. Taylor lässt den Fahrstuhl weiterfahren und wir schweigen während der restlichen Fahrt.

Als die Tür aufgeht, treten wir in einen völlig verwaisten Korridor. Er riecht neu, nach Sägemehl und frischer Farbe.

»Das Stockwerk wurde gerade frisch renoviert. Es wird noch nicht benutzt und erst nächste Woche wieder aufgemacht, was bedeutet, dass ihr beide es ganz für euch allein habt.« Sie grinst mich an.

Sie führt mich ganz ans Ende, in einen Raum mit einigen harten Sofas und Stühlen auf der einen Seite und einer Reihe Verkaufsautomaten und einer kleinen Kochnische auf der anderen. Cody sitzt auf einem der Sofas. Mit einem Grinsen im Gesicht steht er auf. »Ich hab dir gesagt, ich finde einen Weg, dich wiederzusehen.«

Taylor verdreht die Augen. »Ja, du bist wirklich der Megachecker, kleiner Bruder. Ihr habt eine Stunde. Verschwendet sie nicht. Bring sie runter auf die Fünf, wenn du fertig bist – und kommt nicht zu spät. Ich habe heute Abend selbst ein Date.«

Ein Date. Ihre Worte machen mich nur noch nervöser. Ich darf kein Date haben, weder mit ihm noch mit sonst jemandem. Ich bin versprochen. Ich gehöre zu Will. Ich bewege mich nicht vom Eingang weg, lege die Hand an den Rahmen und versuche mich zum Davonlaufen zu überreden, aber dann lächelt Cody mich an und ich lasse mich von ihm ins Zimmer führen. Was hat dieser Junge nur an sich, dass ich sämtliche Vernunft über Bord werfe?

»Tut mir leid, dass ich dich von meiner Schwester holen lassen musste, aber das konnte ich wirklich nicht selbst übernehmen. Irgendwie hatte ich das Gefühl, deine Mutter würde ausflippen.« Er bedeutet mir, mich auf eines der erbsengrünen Sofas zu setzen. Ich hocke mich direkt auf die Kante und schaue zu, wie er sich neben mir niederlässt. Einen Moment lang ist es so still, dass man das Schweigen zwischen uns fast mit den Händen greifen kann, doch dann knurrt mir plötzlich der Magen, und zwar richtig laut. Ich lege die Hände auf den Bauch und krümme mich zusammen.

»Hunger?«, fragt Cody mit einem leisen Lachen, ehe er aufspringt und zu den Automaten hinübergeht. Einer von ihnen hat ein Muster auf der Front, das mir bekannt vorkommt. Es ist das gleiche wie auf den Dosen auf Maries kleiner Party letzte Woche.

Cola. Lecker.

»Mmh, ich hätte gern eine Cola«, sage ich schüchtern.

Er steckt ein paar Münzen in die Colamaschine und einige weitere in einen anderen Automaten. Dann bückt er sich, sammelt die Snacks ein und breitet sie auf dem kleinen Holztisch vor mir aus. Ich betrachte die kleine Tüte, die vor mir liegt. »Cheetos?«

Cody nimmt sie mir aus der Hand und zieht sie auf. »Jep.«

Als ich nicht reagiere, macht er große Augen. »Du hast noch nie welche gegessen, stimmt's?«

Ich schüttle den Kopf.

»Na, dann hast du ein echtes Vergnügen vor dir. Sie sind mit Abstand mein Lieblings-Junkfood.«

Die Tüte enthält orange gefärbte Stäbchen, die aussehen wie Höhlenmenschen-Keulen. Sie machen nicht den Eindruck, als sollte man sie essen. Sie sehen irgendwie eklig aus. Ich ziehe die Nase kraus.

»He, Probieren geht über Studieren«, sagt Cody. »Gestatte mir, dich in die hohe Kunst des Junkfood-Snackens einzuweihen.«

»Ich wusste nicht, dass Essen etwas mit Kunst zu tun hat.« Ich muss ihn einfach anlächeln. Er schafft es, dass ich mich ohne ersichtlichen Grund glücklich fühle. Es ist ein bisschen so, wie mit Will zusammen zu sein, nur viel, viel schöner. Allmählich dämmert mir, dass es sich genau so anfühlen muss, wenn man jemanden wirklich gernhat. So sollte ich für Will empfinden, tue es aber nicht. Es ist Cody, den ich will, und egal, wie sehr ich das wegzurationalisieren versuche, es wird nichts daran ändern. Was immer das hier sein mag, es ist alles andere als rational – es ist verrückt, dumm, rücksichtslos … und irgendwie absolut *richtig*.

»Snacken sagt mir was, aber das hier …« Ich nehme ein Cheeto-Stäbchen in die Hand und schwenke es vor meinem Gesicht. »Ich habe keinen blassen Schimmer, was das sein soll.«

Cody lacht leise. »Das ist Nahrung … im weitesten Sinne des Wortes. Es ist überhaupt nicht gut für dich und hat keinerlei brauchbare Eigenschaften, außer dass es gut schmeckt. Wenn du erst einen gegessen hast, willst du unbedingt mehr davon, glaub mir.«

Im Grunde beschreibt er nichts anderes als meine Reaktion auf ihn. Er ist mein Cheeto – nicht gut für mich, aber jetzt, wo ich auf den Geschmack gekommen bin, kann ich nicht mehr von ihm lassen.

»Was?« Er lächelt mich an.

»Nichts«, sage ich und stecke mir ein Cheeto-Stäbchen in den Mund. Wenn ich mich schon selbst zerstöre, kann ich es auch gleich gründlich tun.

Cody beobachtet mich. »Gut?«

Ich denke darüber nach. »Ja, irgendwie schon.«

Er grinst. Dann greift er selbst in die Tüte und holt sich eine Handvoll heraus. Kopfschüttelnd greife ich zur Cola. Ich nehme einen langen, tiefen Zug und seufze. Diesmal ist sie kalt und schmeckt sogar noch besser. Ich glaube, ich liebe dieses Getränk. Es ist das Einzige, was ich wirklich furchtbar gern lastwagenweise zurückschmuggeln würde.

»Wow, du bist ein Cola-Junkie«, sagte Cody mit großen Augen und ich lache so sehr, dass mir ein bisschen Cola in die Nase steigt und es anfängt zu brennen. Mir tränen die Augen. Himmel, warum kriege ich ständig Cola in die Nase? Ich muss wirklich besser aufpassen, wenn ich dieses Zeug trinke.

»Du lässt sogar Junkfood neu und faszinierend aussehen«, sagt Cody leise. »Macht es dir denn nichts aus, dass es so vieles gibt, was du nie probiert hast?«

Ich lehne mich auf dem steifen Sofa zurück. Die Antwort sprudelt nur so aus mir heraus. »Wenn ich von etwas nichts weiß, kann ich es auch nicht vermissen. Ich mag es, wo und wie ich lebe. Weißt du, je kleiner die eigene Welt ist, desto sicherer ist sie auch. Ich kenne vielleicht nicht sämtliche Arten von Junkfood, nicht jeden Film oder jedes Buch, aber dafür muss ich mir auch keine Sorgen machen, dass jemand kommt und einen Menschen wegholt, den ich liebe, oder dass ich etwas esse, was mich irgendwann umbringt, oder mich jeden Morgen fragen, ob heute jemand mit einem Gewehr in meine Schule stürmt und mich oder meine Freunde erschießt oder ob ein Haufen Terroristen das Gebäude in die Luft jagt, in dem meine Eltern arbeiten. Die Welt kann ziemlich angsteinflößend sein. Und sie ist sehr viel weniger angsteinflößend, wenn einem nicht so viel davon offen steht.« Näher werde ich mich nicht daran heranwagen, ihm von Karen zu erzählen oder davon, warum wir in Mandrodage Meadows leben.

Er nickt bedächtig. »Ich glaube, ich verstehe, was du meinst … Aber diese Dinge passieren nicht ständig und nicht jedem. Und mir ist auch nicht klar, wie es einen vor Problemen bewahren soll, wenn man an einem kleineren und strenger kontrollierten Ort lebt. Wenn überhaupt, hat man weniger Bewegungsfreiheit, um wegzurennen. Irgendwann müssen wir uns alle mit unangenehmen Dingen auseinandersetzen. Ich glaube, sich vor solchen Dingen zu verstecken heißt nicht, dass sie einen nicht finden werden.«

Darauf weiß ich keine Antwort. Meine Wangen glühen. Vielleicht erkläre ich die Sache nicht richtig, denn was er sagt, ergibt für mich irgendwie Sinn und das, was ich gesagt habe, erscheint mir plötzlich in einem anderen Licht. Kopfschüttelnd versuche ich meine Gedanken zu ordnen, um ihn die Dinge so sehen zu lassen, wie ich es tue. Doch um ihm offen zu antworten, müsste ich ihm genau erklären, warum wir mitten im Nirgendwo leben. Ich müsste ihm vom Ende der Welt erzählen. Ich möchte es – sehr sogar –, aber es ist nicht an mir, dieses Geheimnis preiszugeben, jedenfalls nicht ganz.

»Können wir über was anderes reden?«, frage ich.

»Kann ich dich noch eine Sache fragen? Dann wechseln wir das Thema, versprochen. Du darfst mir sogar unangenehme Fragen stellen ... zum Beispiel ob ich Boxershorts oder Slips trage.«

Wieder muss ich lächeln. »Und du glaubst, dass mich das interessiert?«

Cody lächelt zurück. »Das glaube ich nicht. Das *weiß* ich.«

Ich verdrehe die Augen und er lacht.

»Okay«, sagt er. »Letzte Frage. Wer entscheidet, dort, wo du lebst, was ihr dürft und was nicht?«

Ich runzle die Stirn. »Wie meinst du das?«

»Ich meine, legt dieser Pioneer sämtliche Regeln fest oder habt ihr alle was zu sagen?«

»Ich ... ich meine, wir ... es ist wohl Pioneer, der entscheidet, aber wir haben ihm die Verantwortung übertragen.« Ich beiße mir auf die Lippe. Ich habe das Gefühl, in eine Falle zu tappen.

»Und was passiert, wenn ihr nicht seiner Meinung seid?«

»He, darauf muss ich nicht antworten. Du hast gesagt, noch eine Frage und dann bin ich an der Reihe«, erinnere ich ihn. Die Richtung seiner Fragen gefällt mir nicht. Es ist, als wolle er mir sagen, dass etwas falsch daran ist, wie wir die Dinge handhaben. Aber woher will er das wissen? Er kennt weder mich noch Pioneer oder sonst jemanden von uns.

»Ich meine, vielleicht könnten wir wirklich mehr selbst entscheiden, aber ich weiß nicht genau, warum das so wichtig sein soll. Pioneer hat sich uns gegenüber immer anständig verhalten … jedenfalls hat er es versucht.«

»Und was ist, wenn er sich irrt?«

Ich atme langsam aus. Das hier ist nicht die Art von Gespräch, mit der ich gerechnet hatte. Ich weiß nicht genau, was ich mir erhofft hatte … vielleicht dass wir uns küssen, aber das zeigt nur, wo ich mit meinen Gedanken war, als ich mich auf die ganze Sache eingelassen habe. »Das tut er nie.« Ich versuche, die Zweifel nicht hochkommen zu lassen, die mich bei seinen Fragen beschleichen. Dieses Gespräch fühlt sich langsam gefährlich an.

»Jeder irrt sich hin und wieder«, sagt Cody und beobachtet mich ein bisschen zu genau.

»Tja, *er* nicht.«

Seine Fragen gehen mir unter die Haut, sie sind frustrierend und irritierend zugleich.

»Woher weißt du das? Wenn er euch nur dem aussetzt, was *er* will, wie könnt ihr das dann wissen?«, drängt er.

Ich zucke die Achseln. Ich will, dass dieses Gespräch aufhört. Sofort. »Wir wissen es einfach. Er war immer ehrlich zu uns, selbst wenn es um unangenehme Dinge ging.«

»So? Dann wisst ihr also, dass er schon mal im Gefängnis war?«

Ich pralle zurück. »Du lügst. Warum sagst du so was?«

»Das hast du nicht gewusst, stimmt's? Mein Dad hat ein paar Erkundigungen eingezogen. Wie es aussieht, hat er einen Mann halb totgeschlagen. Jemanden, mit dem er zusammengearbeitet hat.«

Ich verschränke die Arme und versuche so zu tun, als schockiere mich diese Information nicht. Warum hat Pioneer uns das nicht gesagt? *Wir* haben keine Geheimnisse von dieser Tragweite vor ihm verborgen. »Das … ist lange her. Er hat nichts Derartiges getan, seit ich ihn kenne.« Ich verdränge den Gedanken an meine Bestrafung fürs Wegschleichen. Unterdrücke den Impuls, den Verband in meinem Nacken zu berühren. *Das war etwas anderes. Mit so was gar nicht zu vergleichen. Ich hatte es verdient. Er wollte uns überhaupt nicht so hart bestrafen müssen … oder?*

»Vielleicht hatte er einen guten Grund dafür?«, wende ich ein.

Cody schüttelt traurig den Kopf. »Er hat ihn fast umgebracht. Gibt es überhaupt einen Grund, der gut genug ist, um weiter auf einen Mann einzuschlagen, der sich nicht wehrt?«

Mir bleibt kaum Zeit, das zu verarbeiten, als er auch schon weiterspricht. »Er hat damals als Tankwart gearbeitet. Ist von der Highschool abgegangen. Hat keinen Job länger als ein, zwei Jahre behalten. Also wie kommt es, dass so ein Kerl über mehr als zwanzig Familien bestimmt? Und warum wollte er, dass ihr mitten ins Nirgendwo zieht? Du musst zugeben, dass das echt merkwürdig aussieht, Lyla.«

Ich kann das alles nicht begreifen, was er sagt. Es ist zu viel. Er hat Pioneer in einen mir Fremden verwandelt und das gefällt mir nicht. Das ist nicht der Pioneer, der mich aufgenommen und beschützt hat oder der Mann, der mir Indy geschenkt hat. Der Mann, von dem Cody spricht, hört sich an wie ein Monster und ich kann mein Bild von Pioneer nicht mit seinem in Übereinstimmung bringen. Ich muss raus hier. Ich brauche Platz zum Atmen.

»Ich will nicht mehr darüber reden«, fauche ich und in meinem Kopf fängt es wieder an zu klopfen. Mir ist plötzlich gar nicht gut. »Ich will jetzt zurück.« Ich stehe so abrupt auf, dass mir wieder schwindlig wird. Als ich mich vorbeuge, um mich am Tisch festzuhalten, werfe ich stattdessen die Cola um.

Cody schnappt sich ein paar Papierhandtücher von der Anrichte und wischt sie auf. »Tut mir leid. Das habe ich nicht gewollt.« Er sieht zu mir auf und schenkt mir ein mattes Lächeln.

»Dann wären wir schon zu zweit«, sage ich.

Er schüttelt langsam den Kopf. »Es ist bloß ... ich mag dich. Sehr sogar. Und wenn du erst von hier weg bist, werde ich dich wahrscheinlich eine ganze Weile nicht sehen ... wenn überhaupt.«

Er hat keine Ahnung, wie recht er damit hat. Das macht mich plötzlich ein bisschen traurig und besänftigt meinen Zorn.

»Im Grunde ist es *ein* Mann, der es mir unmöglich macht, dich zu sehen, und das kapiere ich einfach nicht.« Cody steht auf und schaut zu mir herab. Unsere Körper berühren sich fast. »Und als mein Dad mir von seinem Vorstrafenregister erzählt hat und von der Wunde in deinem Nacken ... hat mir das Sorgen gemacht. Es kommt mir einfach so vor, als bräuchtest du Schutz.«

»Das mit dem Nacken war meine Schuld«, sage ich abwehrend. »Ich habe etwas getan, was ich nicht hätte tun sollen.«

»Das macht es für mich nicht besser, vor allem, wenn es eine Art Bestrafung oder so etwas war.«

»Aber mit dir hat das alles gar nichts zu tun. Ich bitte dich nicht darum, auf mich aufzupassen. Es geht mir gut, wirklich. Die Gemeinde und Pioneer sind alles, was ich brauche.« Ich schaue zu ihm auf und versuche so auszusehen, als würde ich glauben, was ich sage. Er rührt sich nicht, er bleibt einfach so dicht vor mir stehen, dass ich spüren kann, wie sich unsere Körperwärme vereinigt. Dann kommt er noch ein Stückchen näher. »Und warum bist du dann hier, Lyla?«

Ich öffne den Mund zu einer Erwiderung, aber es kommt kein Wort heraus. Ich will mich vorbeugen und meine Lippen auf seine legen, über die Stoppeln an seinem Kinn streichen. Aber ich zwinge mich, von ihm abzurücken. »Ich bin hier, weil ich einen Unfall hatte«, sage ich.

»Das meine ich nicht.«

Ich beiße mir auf die Unterlippe und gebe mir alle Mühe, ausdruckslos auszusehen, distanziert. Ich darf ihn nicht näher an mich heranlassen. Ich habe mir selbst etwas vorgemacht. Ich sollte nicht mit ihm zusammen sein, egal, wie flüchtig es ist. Er hat zu viele Fragen, die ich nicht beantworten kann, genau wie sein Dad. Dass ich hier bin, macht die Sache nur noch schlimmer. »Ich weiß, was du meinst«, sage ich. »Es war ein Fehler. Ich habe einen Fehler gemacht.«

»Das nehme ich dir nicht ab. Nicht wirklich«, sagt er leise. Er kommt auf mich zu. Als ich zurückweichen will, stoße ich gegen die Wand hinter mir. Cody hebt die Hand und streicht mit dem Finger sanft an meinem Unterkiefer entlang. Es ist, als würde meine Haut zischen. Gänsehaut überzieht meine Arme. Mein Fehler war, mir einzubilden, ich könnte meine Gefühle für ihn einfach ausknipsen und gehen. Aber das kann ich nicht. Ich mag ihn. Ob richtig oder falsch, gefährlich oder nicht. Seine Fragen – und die seines Vaters – reichen nicht aus, um das abzustellen.

Er beugt sich ein wenig vor und küsst mich. Es ist ein flüchtiger, kaum fassbarer Kuss, aber er genügt. Ich lächle unter seinen Lippen. Ich hätte nie gedacht, dass es sich so anfühlt. Mein Gott, ich kann fast verstehen, warum die Mädchen auf diesen Buchumschlägen so verklärt schauen. Meine Knie werden tatsächlich weich.

»Ich will doch nur sichergehen, dass dir nichts passiert, Lyla«, flüstert er.

Er will sichergehen, dass *mir* nichts passiert.

Er wird schon bald tot sein oder im Sterben liegen – und ich weiß es. Ich halte seine Zukunft vor ihm geheim und gebe ihm nicht die geringste Chance zu überleben. Cody hat es nicht verdient zu sterben. Er ist nicht böse, dessen bin ich mir sicher. Er ist nicht wie der Mann, der Karen mitgenommen hat. Er verdient es zu leben. Ich will, dass er lebt. Wie können wir so sicher sein, dass die Brüder Cody nicht ebenfalls auserwählt haben? Vielleicht fühle ich mich deshalb so zu ihm hingezogen.

Wenn das, was Cody sagt, stimmt, hat Pioneer fast einen Mann erschlagen und wurde trotzdem zum Propheten der Brüder. Wenn er eine Chance auf Wiedergutmachung bekommen hat, warum dann nicht auch Cody oder Taylor oder irgendjemand der anderen Leute, die mir heute begegnet sind? Also was soll ich tun?

Ich brauche keine Sekunde, um mich zu entscheiden. »Ich muss dir etwas sagen ...«

Cody und ich setzen uns wieder auf das Sofa. Ich erzähle ihm von der bevorstehenden Umkehrung der Erdrotation, den Brüdern, Pioneers Visionen, von allem. Selbst wie Pioneer meine Familie gefunden und uns geholfen hat, schildere ich ihm. Er soll sehen, dass Pioneer im Grunde seines Herzens ein guter Mensch ist und dass wir nicht merkwürdig sind, sondern einfach nur versuchen zu überleben.

Es ist komisch – das laut auszusprechen. Ich weiß nicht, ob ich es richtig darstelle. Aus Pioneers Mund klingt es immer viel besser. Ich muss Cody dazu bringen, mir zu glauben, denn er sieht längst nicht so betroffen aus, wie ich es erwartet hatte. Ich suche nach einer anderen Art, es auszudrücken, um eine stärkere Reaktion hervorzurufen, aber mir fällt nichts ein. Wenn er nur Pioneer hören könnte, dann würde er es erkennen, es verstehen.

Cody sagt lange kein Wort. Ich hatte erwartet, dass er mir widersprechen oder vielleicht lachen und mich für verrückt erklären würde. So würden die Außenstehenden reagieren, wenn wir ihnen davon erzählen, hatte Pioneer gesagt, aber Cody tut nichts dergleichen. Stattdessen rutscht er näher an mich heran und legt die Arme um mich. Ich lehne mich an seine Brust. »Das mit deiner Schwester tut mir leid«, sagt er schließlich.

Prüfend schaue ich auf in sein Gesicht. Glaubt er mir? Und wenn ja, was sollen wir dann tun?

Seine Augen sind dunkel, undurchdringlich. »Dann ist Pioneer also der Einzige, der diese … Visionen von der … äh, Zukunft hat?«

Ich nicke.

»Und wie könnt ihr dann sicher sein, dass er recht hat?«

Ich stoße die Luft aus. Na also. Er glaubt mir nicht wirklich. »Weil es wissenschaftliche Beweise gibt, die ihn stützen … Ich meine, sieh dir nur die Klimaerwärmung an. Du musst doch zugeben, dass diese ganzen Naturkatastrophen, die sich letzte Woche ereignet haben, ein ziemlich guter Indikator sind.«

»Welche Naturkatastrophen?« Cody macht ein verwirrtes Gesicht.

»Hörst du denn keine Nachrichten? Die Erdbeben in Indonesien und Japan? Und der Hurrikan in New Orleans?«

Cody kratzt sich am Kopf. »Letzte Woche ist nichts dergleichen passiert, Lyla. Das letzte Erdbeben in Indonesien war vor mehreren Jahren und der Hurrikan in New Orleans auch. Das Beben in Japan liegt nicht ganz so weit zurück, ist aber trotzdem schon eine Weile her … Er hat euch erzählt, die Katastrophen wären gerade erst passiert?«

»Du musst dich irren.« Ich spüre, wie sich meine Welt zusammenzieht, die Luft im Raum sich praktisch in nichts auflöst. »Es müssen neue sein. Sie sind letzte Woche erst passiert. Ich habe es in den Nachrichten gesehen.«

Cody schüttelt den Kopf und blickt mich besorgt an. »Nein, Lyla. Das sind sie nicht. Jedenfalls nicht letzte Woche. Wenn sich all das innerhalb einer Woche ereignet hätte, wäre es immer noch in aller Munde. Die Nachrichten würden sich überschlagen. Haben sie in den Nachrichten denn je das Datum erwähnt?«

Ich versuche mich zu erinnern. Das müssen sie. Pioneer würde uns doch nicht absichtlich etwas zeigen, das seit Jahren veraltet ist, oder? Was hätte das für einen Sinn?

»Ich weiß es nicht mehr«, gebe ich zu.

»Er hat euch alte Aufzeichnungen gezeigt, Lyla. Das ist nicht schwer. Er will euch Angst einjagen, damit ihr bei der Stange bleibt.« Cody geht auf die andere Seite des Raums und kramt dort in einem Rucksack, aus dem er ein dünnes schwarzes Etwas mit einem Bildschirm auf der einen Seite herauszieht. »Er lügt euch an… und ich kann es beweisen.«

Der Tod hat für mich
nichts Beängstigendes.
Es ist das Leben,
das verflucht ist.

Jim Jones, Anführer des Peoples Temple

21

Finger legen sich um meine und ich nehme verschwommen wahr, dass jemand neben meinem Bett steht. Es muss Morgen sein. Ich habe kaum geschlafen und jetzt fällt es mir schwer aufzuwachen; meine Augen fühlen sich ganz verklebt an.

»Wach auf, Kleine Eule.« Das ist nicht meine Mutter. Es ist Pioneer.

Ich zwinge mich, die Augen zu öffnen. Es ist seine Hand, die auf meiner liegt. Er schaut lächelnd zu mir herab, aber seine Stirn ist gefurcht. Ich zähle die Falten – es sind drei. Das bedeutet vermutlich, dass er zwar wütend, aber nicht außer sich vor Zorn ist. Ich entspanne die Schulter und lasse mich wieder ins Kissen sinken. Mein Unfall hat ihn nicht komplett ausrasten lassen … jedenfalls noch nicht.

Ich reibe mir das Gesicht und meide Pioneers Blick, aber ich spüre, dass er mich nicht aus den Augen lässt. Cody hat gestern Abend den Großteil unserer Stunde damit verbracht, mir Internetclips von den Katastrophen zu zeigen, von denen ich ihm erzählt hatte. Einige der Aufzeichnungen kannte ich schon, aber nicht die Daten, an denen sich die Katastrophen ereignet haben. Es war genau, wie Cody gesagt hatte.

Als ich in mein Zimmer zurückkam, wollte meine Mutter alles über das Röntgen wissen, wie es gelaufen sei und was die Schwestern gesagt und getan hatten, aber ich konnte ihr nicht antworten. Ich wusste nicht einmal, wie ich es anstellen sollte, ihr von dem zu berichten, was Cody mir erzählt hatte. Ich hatte keine Ahnung, wo ich anfangen sollte. Stattdessen rieb ich mir einfach nur die Schläfen und klagte über Kopfschmerzen – was nicht einmal eine Ausrede war. Mein Kopf tat tatsächlich weh, aber das Gleiche galt auch für meinen Magen und mein Herz. Schließlich gab sie auf, half mir ins Bett und schlief selbst ein.

Ich lag den größten Teil der Nacht wach und alles, was ich gesehen hatte, spulte sich in meinem Kopf in einer Endlosschleife ab. Die Rede, die Pioneer gehalten hatte, bevor er uns die Nachrichtenbeiträge zeigte, ging mir nicht aus dem Sinn. Er hatte ebenso niedergeschmettert gewirkt wie wir. Es fällt mir immer noch schwer zu glauben, dass er uns absichtlich belogen hat. Kann es sein, dass er selbst irgendwie reingelegt worden ist?

Cody glaubte das nicht. Er will heute wiederkommen und seinen Dad mitbringen, um zu sehen, ob es eine Möglichkeit gibt, mich wenigstens noch einen Tag hierzubehalten, während sie der Sache auf den Grund gehen. Ich habe ihm gesagt, dass er wegbleiben soll. Ich brauche Zeit, um alles zu überdenken und zu verarbeiten. Ich muss mir darüber klar werden, was ich wirklich glaube. Aber es sieht so aus, als wäre meine Zeit bereits um.

»Wie es scheint, hast du dir hier einen ziemlichen Schlamassel eingebrockt, Kleine Eule«, sagt er.

Das ist die Untertreibung des Jahrhunderts. Fast hätte ich gelacht – es kommt mir vor, als steckte ich schon seit dem Schießtraining im Schlamassel. Inzwischen bin ich ziemlich sicher, dass er mir bis über die Ohren reicht.

»Wie geht es dir?«, fragt er, als ich keine Antwort gebe.

»Als wäre Indy mir ein paarmal über den Schädel getrampelt«, sage ich.

»Wie ist das genau passiert?«

Ich seufze. Ich bin es leid, Erklärungen abzugeben. Zuerst dem Sheriff, dann Cody und jetzt Pioneer. Meine Gedanken sind zerfahren und ich kann mich auf nichts konzentrieren – außer darauf, herauszufinden, wem ich glauben soll.

»Ich habe einfach nicht aufgepasst, wo ich hinlaufe, das ist alles. Es war ein wirklich dummer Unfall.«

Pioneers Augen verengen sich. »Und Sheriff Crowley? Ich habe gehört, er sei da gewesen.«

»Ja.«

Pioneers Miene verhärtet sich, als er sich über mich beugt. Meine Eltern stehen hinter ihm in der Nähe des Badezimmers und flüstern miteinander. Sie können Pioneers Gesicht nicht sehen. Der abrupte Wechsel in seinem Mienenspiel lässt mich frösteln, vor allem jetzt, da ich weiß, wozu er fähig ist.

»Es war nicht die Zeit, um achtlos zu sein, Lyla«, sagt er mit leiser Stimme.

Ich schlucke und nicke.

»Was hat er gefragt?«

»Er wollte genau wissen, wie sich der Unfall abgespielt hat.«

»Und?«

Ich zögere einen Sekundenbruchteil zu lang. Pioneer nimmt meine Hand und hält sie fest. Dann drückt er ein klein wenig zu fest zu. Ich beiße mir auf die Unterlippe.

»Er wollte wissen, ob ich mit Absicht vor das Auto gelaufen bin«, erzähle ich und beiße die Zähne zusammen. Laut aufzuschreien vor Schmerz würde nichts nützen, meine Eltern sind auf Pioneers Seite, wenn es um Dinge geht, die die Gemeinde in Gefahr bringen.

»Er hat *was?*« Die Stimme meiner Mutter steigt am Satzende um eine Oktave an. Offensichtlich hat sie uns doch zugehört. Ich frage mich, ob sie gesehen hat, wie Pioneer mir die Hand gequetscht hat. »Das ist doch absurd! Das hast du mir gar nicht erzählt.«

Hab ich nicht? Ich kann mich nicht erinnern. Ich dachte, ich hätte es getan.

Pioneer ignoriert den Gefühlsausbruch meiner Mutter. »Und, war es so?«

»Natürlich nicht!«, rufe ich.

»Warum hat er dich dann gefragt?«

»Das weiß ich nicht.«

»Irgendeinen Grund muss er doch gehabt haben«, drängt er und drückt meine Hand noch fester.

»Au«, sage ich mit zusammengebissenen Zähnen. »Du tust mir weh.«

»Sag es ihm, Lyla«, warnt mich Dad.

»Er ... er hat meinen Nacken gesehen. Du weißt schon, die Wunde von letzter Woche«, platze ich heraus.

Pioneer wird ein bisschen blass und seine Augen beginnen zu flackern. Die Anzahl der Falten auf seiner Stirn erhöht sich von drei auf fünf. »Und was hast du dazu gesagt?«

»Dass es ein Unfall war, bei Stallarbeiten, aber er hat es mir nicht abgekauft. Er glaubt, dass du mir vielleicht wehgetan hast.«

Meine Eltern und Pioneer wechseln einen Blick. Dann fährt dieser sich mit der Hand durch die Haare. »Tja, jetzt stecken wir wohl alle im Schlamassel. Der Mann versucht schon eine ganze Weile, uns auf den Zahn zu fühlen. Ich hatte bereits länger diesen

Verdacht, aber als er dann zu Besuch kam, war ich mir sicher. Sieht aus, als wäre er jetzt bereit zum Angriff. Er wird erst Ruhe geben, wenn er uns auseinandergerissen hat, das weiß ich genau.«

»Und was machen wir jetzt?« Moms Lippen zittern. Einen Moment lang wirkt sie jünger als ich.

»Wir verschwinden von hier. Auf der Stelle.«

»Aber wir müssen noch Lylas Entlassungspapiere holen. Wäre es nicht besser, zu bleiben und sie zu unterschreiben, damit sie nicht noch einen Grund haben, uns nachzustellen?«, wendet Dad ein.

»Ihr kapiert nicht, was hier vor sich geht«, faucht Pioneer. »Dieser Sheriff hat es auf mich abgesehen. Er wird den Leuten erzählen, dass ich böse bin, dass ich euer Kind misshandelt habe und alle anderen auch. Er wird euch vor der ganzen Welt als Narren hinstellen, weil ihr mir gefolgt seid. Und er wird dafür sorgen, dass man es glaubt. Sie werden vorgeben, euch zu retten, wenn sie in Mandrodage Meadows eindringen, und jeden töten, der sie in ihrem Eifer, das *Richtige* zu tun, bekämpft. Er ist jetzt wild entschlossen, unsere Familie auseinanderzureißen, egal wie teuer es ihn oder uns zu stehen kommt. Seht ihr das denn nicht? Wir stehen kurz vor dem Krieg gegen einen Verdammten. Er wird uns heute nicht einfach ziehen lassen, wenn er es verhindern kann. Wir müssen hier weg und die Gemeinde auf den Kampf vorbereiten, der uns bevorsteht. Wir dürfen keine Zeit verlieren. Bis die letzten Tage anbrechen, verfügt er über stärkere Mittel als wir. Im Augenblick kann *er* gewinnen und das weiß er.«

Meine Mutter schluchzt an der Brust meines Vaters.

Pioneer geht zu dem Regal, in dem meine sauber gefalteten Kleider liegen. Er wirft sie zu mir aufs Bett. »Los, zieh dich an, Mädchen.«

Ich weiß nicht, was ich tun soll. Alles geht so schnell. Doch dann tue ich das, was ich gewöhnt bin und was ich immer getan habe, wenn ich in Panik war. Ich gehorche Pioneer. Der Raum kippt ein wenig zur Seite, als ich mit meinen Kleidern aus dem Bett steige und ins Badezimmer eile. In ein paar Minuten werden wir verschwunden sein. Ich werde Cody nicht wiedersehen, auch wenn ich insgeheim gehofft hatte, dass uns heute etwas Zeit bleiben würde, um uns zu treffen. Ich habe mich nicht verabschiedet. Und das werde ich auch nicht mehr.

Ich schließe mich im Badezimmer ein und lehne mich gegen die Tür. Obwohl ich versuche ruhig zu atmen, kann ich nur keuchen. Ich gehe mit einem Mann mit, bei dem ich mir nicht mehr sicher bin, ob ich ihm noch voll vertraue. Ich hatte noch keine Gelegenheit, meinen Eltern von den Katastrophen zu erzählen, ihnen die echten Berichte zu zeigen oder über die Sache mit den Datumsangaben zu sprechen. Und ich bin mir nicht sicher, ob es ausreichen wird, in ihnen Zweifel an all dem zu wecken, was Pioneer uns in der Vergangenheit erzählt hat.

Sobald ich angezogen bin, eilen Pioneer und meine Eltern in den Flur. Ich folge ihnen, bis ich merke, dass ich meinen Rucksack vergessen habe. Als ich wieder im Zimmer stehe, fällt mir ein, dass ich noch etwas vergessen habe: die Zeitschriften und das Buch. Ich überlege, ob ich sie dalassen soll, aber das bringe ich nicht über mich. Cody hat sie mir gebracht. Sie sind alles, was ich von ihm habe, ich kann sie einfach nicht zurücklassen. Hastig stopfe ich sie in die Tiefen meines Rucksacks und lege meinen Skizzenblock und verschiedene andere Dinge obenauf, damit sie nicht so leicht zu entdecken sind. Dann werfe ich mir den Rucksack über die Schulter und trete in den Flur.

Pioneer und meine Eltern stehen am Ende des Gangs vor den Fahrstühlen. Sie winken mich zu sich. Ich schaue zum Stationszimmer. Dort ist nur eine Schwester, die den Kopf gesenkt hat und mit raschen Bleistiftbewegungen über ein Blatt fährt. Ohne zu zögern, gehe ich an ihr vorbei, mit hoch erhobenem Haupt und schnellen Schritten, aber ohne zu rennen. Noch nicht! Sobald ich außer Sichtweite bin, eile ich im Laufschritt zu den anderen, wobei ich verzweifelt versuche, nicht rechts und links gegen die Wände zu stoßen. Warum hört dieser Gang nicht auf zu schaukeln? Ich bin sofort außer Atem. Mir ist immer noch sehr, sehr schwindlig. Meine Mutter legt mir den Arm um die Schulter und wir laufen an den Fahrstühlen vorbei zur Treppe.

»Beeilt euch«, flüstert Pioneer drängend. Er öffnet die Tür und prallt geradewegs mit dem Sheriff zusammen. Die beiden stolpern ins Treppenhaus. Auch Cody ist da, auf halbem Weg nach oben. Er rennt die letzten Stufen hoch, um seinen Vater aufzufangen. Fragend und besorgt schaut er mich an.

Falls Pioneer von alldem in Panik versetzt wurde, lässt er es sich nicht anmerken. Er tritt zurück und starrt den Sheriff wütend an.

»Sie scheinen es recht eilig zu haben«, stellt Sheriff Crowley fest.

Pioneer schüttelt den Kopf und versucht zu lächeln. »Nur bestrebt, unsere Lyla nach Hause zu holen, damit sie sich ausruhen kann. Wir haben uns große Sorgen um sie gemacht.«

»Natürlich, natürlich.« Der Sheriff blickt von Pioneer zu mir. »Wie geht es dir heute Morgen?«

»Gut«, antworte ich. Ich versuche, weiter *ihn* anzuschauen und nicht Cody. Meine Eltern und Pioneer beobachten uns.

»Warten Sie!« Die Schwester, die am Empfangstisch gesessen hatte, als wir vorübergingen, kommt durch den Flur gerannt. »Man hat Sie noch nicht entlassen.«

Die Augenbrauen des Sheriffs schießen in die Höhe. »Sie hatten es *wirklich* eilig!«

Pioneer funkelt ihn weiter an, sagt aber nichts.

»Sie müssen erst noch einmal untersucht werden, bevor der Arzt die Papiere unterschreibt, und Ihre Eltern müssen nach unten zur Kasse.«

Sie führt uns durch den Flur zurück und uns bleibt keine Wahl, als ihr zu folgen. Meine Eltern biegen an den Fahrstühlen ab und fahren hinunter zur Kasse, während Pioneer mich in Richtung meines Zimmers zurückbegleitet. Ich bin ziemlich sicher, dass er mich nicht aus den Augen lassen wird, bis wir von hier verschwunden sind. Der Sheriff und Cody sind uns dicht auf den Fersen.

Mein Magen hört nicht auf zu zittern. Der Zorn strahlt in Wellen von Pioneer ab. Zwischen ihm und dem Sheriff kündigt sich ein Zusammenstoß an, ich kann es fühlen wie einen Sturm, der sich zusammenbraut. Je länger wir zusammen sind, desto dicker werden die Sturmwolken.

»Ich möchte ein letztes Mal mit Lyla sprechen, während Sie auf ihre Entlassung warten«, sagt Sheriff Crowley, während wir weitergehen.

»Auf keinen Fall.« Pioneer bleibt stehen und fixiert ihn mit seinem Blick. »Sie hat genug durchgemacht.«

»Das sehe ich. Sieht aus, als hätte sie in letzter Zeit mehrere Unfälle gehabt, nicht nur mit dem Auto.« Er zeigt auf meinen Nacken.

Pioneers Augen blitzen. »Was wollen Sie damit andeuten?«

Sheriff Crowley schaut ihm geradewegs in die Augen. »Dass es möglicherweise nicht ganz ungefährlich ist, in Mandrodage Meadows zu leben.«

»Hören Sie zu. Ich habe keine Ahnung, wo Sie das herhaben. Ich habe Sie selbst durch die Siedlung geführt. Was genau erscheint Ihnen denn so gefährlich? Ein anständiges Leben?«, fragt Pioneer.

Der Sheriff schüttelt den Kopf. »Nun, wenn Sie nichts zu verbergen haben, dann möchten Sie mir vielleicht selbst ein paar Fragen beantworten, Mr Cross?«

Mr Cross. Das ist sein echter Name. Alan Cross. Das weiß ich noch von gestern Abend.

Pioneer wirkt einen Moment lang wie vom Donner gerührt, während ihn der Sheriff unverwandt und mit offener Herausforderung im Blick anstarrt.

Pioneer blickt zu mir hinüber. Wenn ich ihn jetzt begleite, werde ich seine Version all der Dinge hören, die Cody und der Sheriff herausgefunden haben. »Lyla, du setzt dich auf den Stuhl dort drüben und wartest auf mich.« Merkwürdig, ich hätte gedacht, dass er mich zwingt, an seiner Seite zu bleiben. »Ich komme mit, aber Ihr Sohn wartet nicht mit ihr zusammen«, verlangt Pioneer vom Sheriff. »Und wir reden gleich dort drüben.« Er deutet auf das andere Ende des Stationszimmers, das sich unmittelbar in Sichtweite meines Stuhls befindet.

Auf einen Blick seines Vaters hin nickt Cody und geht zu den Fahrstühlen hinüber. Doch sobald Pioneer und sein Vater sich abwenden, huscht er geduckt zur halbhohen Wand des Stationszimmers, wo er sich auf der mir zugewandten Seite auf den Boden setzt, sodass ich ihn sehen kann, sie ihn aber nicht. Ich beuge mich nach vorn und tue, als würde ich mir die Schläfen reiben. Aus den Augenwinkeln sehe ich, wie Pioneer zu mir herüberschaut, aber dann sagt der Sheriff irgendetwas zu ihm und Pioneer wendet die Augen ab.

»Alles in Ordnung mit dir?«, flüstert Cody so leise, dass ich ihn fast nicht hören kann.

Ich nicke in meine Hände.

»Du musst nicht mit ihm mitgehen, Lyla. Dad sagt, er kann dich hierbehalten, wenn du erklärst, dass Pioneer dich verletzt hat. Das mit deinem Nacken war er doch, oder? Ich finde, dass du lieber nicht nach Hause fahren solltest. Nicht jetzt.«

Durch den Vorhang, den ich mit meinen Haaren gebildet habe, damit Pioneer mein Gesicht nicht deutlich sehen kann, spähe ich zu ihm hinüber. »Warum nicht?«

Cody schaut unbehaglich drein. »Als ich gestern auf der Wache das Telefon bedient habe, habe ich mitbekommen, wie Dad von euch gesprochen hat. Er will noch mal nach Mandrodage Meadows fahren. Bald schon. Und mit ihm der Rest seiner Einheit und ein paar Leute von der ATF.«

»Der was?«

»Der Behörde für Alkohol, Tabak und Feuerwaffen. Sie glauben, dass Pioneer sich illegal Waffen und entsprechendes Zubehör beschafft hat. Dad hat vor einiger Zeit ein paar Tipps bekommen – deshalb haben wir euch neulich den Besuch abgestattet. Um die Lage schon mal zu sondieren. Aber bisher hatte Dad nichts weiter gegen Pioneer vorliegen. Gestern hat er dann von einem Kerl aus einem Nachbarstaat, der letzte Woche wegen des Verkaufs gestohlener Waffen verhaftet wurde, was gehört. Der Typ hat versucht, um die Anklage herumzukommen, indem er seine Kundenliste ausgeplaudert hat, und dabei wurdet auch ihr erwähnt. Ich habe den Anruf des Mannes entgegengenommen, der den Fall bearbeitet, und sozusagen … vergessen, wieder aufzulegen. Dad hat jetzt mehr als genug in der Hand, um eure Siedlung richtig auf den Kopf zu stellen.«

Ich lasse seine Worte auf mich wirken. Unsere schlimmsten Befürchtungen werden wahr. Sie wollen in Mandrodage Meadows einmarschieren. Und ich weiß, dass meine Familie und meine Freunde das nicht kampflos hinnehmen werden. Wir müssen nicht länger auf das Ende warten. Es ist bereits da. Wenn diese Leute ihren Willen bekommen, werden sie einen Kampf heraufbeschwören, bei dem wir vielleicht alle ums Leben kommen.

Wut steigt in mir auf. Ich bin wütend auf Pioneer, der mit dem

Kauf der Waffen mehr Aufmerksamkeit erregt hat, als der Rest von uns es jemals könnte. Wütend auf den Sheriff, der uns nachstellt, und sogar wütend auf Cody, der mich an Pioneer und der Gemeinde zweifeln lässt und mich zu überreden versucht, sie zu verlassen. Die drei haben mir alles genommen, was mir jemals Sicherheit gegeben hat. Jetzt habe ich das Gefühl, keinen festen Boden mehr unter den Füßen zu haben.

»Verstehst du, was ich sage, Lyla?«, flüstert Cody.

Ich schaue zu Pioneer und dem Sheriff hinüber. Sie sind in ein intensives Gespräch verwickelt. Ich kann nicht hören, was sie sagen, ich kann nicht einmal Codys Worte richtig verarbeiten. Ich verstehe gar nichts. Das Einzige, was ich mit Sicherheit weiß, ist, dass ich nicht hierbleiben kann. Meine ganze Welt ist in Mandrodage Meadows. Ich kann sie nicht für einen Jungen verraten, den ich kaum kenne, nur weil Pioneer ein paar Dinge behauptet hat, die nicht ganz der Wahrheit entsprechen. Ich muss zurück und die anderen vor dem warnen, was auf uns zukommt. Ich muss ihnen erzählen, was Pioneer getan hat und wer er ist, damit sie selbst entscheiden können, was wir als Nächstes tun sollen. Ich kann mich nicht in Sicherheit bringen, während alle anderen in Gefahr sind.

»Ich muss nach Hause«, sage ich.

Tief geduckt kommt Cody zu mir herübergehuscht. Er nimmt meine Hand. »Nein, das musst du nicht. Lyla, bitte. Das kann nicht gut gehen. Es wird nicht gut gehen.«

Ehe ich ihm antworten kann, steht plötzlich Pioneer neben uns, packt mich am Arm und zieht mich von Cody weg.

»Ich dachte, ich hätte dir gesagt, dass du dich von ihr fernhalten sollst«, sagt er mit gesenkter Stimme.

»Lassen Sie sie los«, knurrt Cody zurück, sein Blick ebenso drohend und unstet wie Pioneers.

»Ich bin okay, Cody. Bitte geh einfach, ja? Mir geht's gut.« Ich schaue Sheriff Crowley an. »Wirklich, es ist alles in Ordnung. Sie haben das alles missverstanden. Wir wollen einfach nur, dass man uns in Ruhe lässt. Wir tun niemandem etwas, also bitte, lassen Sie uns einfach nach Hause gehen.«

Pioneer wirkt zufrieden mit meinen Worten, Cody und Sheriff Crowley nicht. Ich muss sie dazu bringen, uns in Ruhe zu lassen – um unser aller willen. »Ich danke Ihnen beiden für Ihre Besorgnis, aber sie ist nicht notwendig. Ich bin genau dort, wo ich sein will.« Das stimmt nicht ganz, vielleicht bin ich auch nur dort, wo ich sein *muss*, aber das lasse ich ungesagt.

Ich schaue Cody an und versuche mich mit einem Blick von ihm zu verabschieden. Ich hoffe, dass er es erkennt und versteht. Er muss aufhören, mich retten zu wollen. Ich bin mir nicht einmal sicher, dass das noch möglich ist. Nicht mehr.

Wir haben gelebt wie kein anderes Volk,
gelebt und geliebt. Wir haben so viel
von dieser Welt bekommen, wie man bekommen kann.
Lasst es genug sein.

Jim Jones, Anführer des Peoples Temple

22

Pioneer fährt uns nach Hause. Ich liege auf dem Rücksitz, den Kopf in Moms Schoß gebettet. Mir ist schwindelig und übel, aber ich bin mir nicht sicher, ob es an der Gehirnerschütterung liegt, an den Auseinandersetzungen zwischen Sheriff Crowley und Pioneer oder an der Erkenntnis, dass ich Cody niemals wiedersehen werde.

Wir fahren ungewöhnlich schnell. Normalerweise halten wir uns streng an die Geschwindigkeitsbeschränkungen, um nicht von der Polizei angehalten zu werden und Aufmerksamkeit zu erregen. Aber nach dem, was im Krankenhaus passiert ist, kümmert es Pioneer nicht mehr. Seine Hände umklammern das Lenkrad so fest, dass sie ganz weiß um die Knöchel sind. Seit wir Culver Creek verlassen haben, hat er kein Wort mehr gesagt. Dad hat ein paarmal vergeblich versucht, ihn aus der Reserve zu locken, aber jetzt schweigen wir alle und es ist so unangenehm, dass ich es kaum ertrage.

Ich muss ihnen alles sagen, was ich von Cody erfahren habe. Ich muss sie warnen. Aber zuerst will ich es meinen Eltern erzählen, ohne dass Pioneer mithört. Sie werden hoffentlich wissen, was dann zu tun ist. Trotzdem belastet es mich, die Informationen mit mir herumzuschleppen. Ich bin froh, wenn mir die Verantwortung endlich abgenommen wird.

Als wir schließlich in Mandrodage Meadows vorfahren, springe ich praktisch aus dem Wagen und bereue es auf der Stelle, weil mein Kopf sofort mit Schmerzen reagiert.

Es sieht so aus, als wären sämtliche Bewohner der Siedlung auf der Straße, um ihre Golfcaddies mit Kisten voller Decken und Kleidung zu beladen.

»Wir bringen jetzt alle unsere Sachen ins Silo.« Pioneer schlägt die Autotür zu und tritt zu uns auf die Straße. »Morgen ist der letzte Tag, den wir über Tage verbringen.«

Hat er gerade ›morgen‹ gesagt? Ich wusste, dass er die Sache beschleunigen würde, aber das hier ist so viel schneller als erwartet!

Ich kann meiner Mutter ansehen, dass auch sie keine Ahnung davon hatte. Ich will schnell nach Hause, will ihr endlich erzählen, was ich erfahren habe. Also setze ich mich in Bewegung.

»Vergiss dein Zeug nicht, Kleine Eule«, sagt Pioneer und reißt mich aus meinen Gedanken. Er hält meinen Rucksack hoch. Ich muss mich zusammenreißen, um nicht zu Tode erschrocken auszusehen, weil er den Sachen so nahe ist, die ich hereingeschmuggelt habe. Ich hatte sie völlig verdrängt. Ich zwinge mich, ihn anzulächeln, und nehme den Rucksack entgegen. »Danke, den hätte ich fast vergessen.«

»Keine Sorge, es ist meine Aufgabe, dich zu erinnern«, sagt er.

Ich hänge mir den Rucksack um. Pioneer blickt mich prüfend an. Spürt er meine Zweifel in Bezug auf das Silo und das Ende? Ahnt er, was zwischen mir und Cody geschehen ist? Ich versuche langsam und gelassen davonzugehen, merke aber, dass mein steifer Gang meine innere Panik widerspiegelt und mich an ihn verrät.

»Wir müssen unter Tage, bevor Sheriff Crowley herkommt und weitere Nachforschungen anstellt«, erklärt Pioneer. Er stellt sich mir in den Weg. »Und wenn wir morgen sicher im Silo sind, wirst du mir alles erzählen, was sich im Krankenhaus abgespielt hat, verstanden?«

Mr Whitcomb kommt herbeigeeilt und flüstert Pioneer etwas ins Ohr. Es gibt noch furchtbar viel zu tun bis morgen, er muss es eilig haben, damit loszulegen. Er wendet sich ab und geht in Richtung Ställe davon. *Indy*. Ich war noch nie so lange ohne ihn. Angestrengt spähe ich zur Koppel hinüber, um zu sehen, ob ich ihn entdecken kann. Normalerweise ist er um diese Zeit zum Auslaufen draußen, aber die Koppel ist leer. Wahrscheinlich leiden die normalen Abläufe unter all den Ereignissen. Sobald ich mit meinen Eltern gesprochen habe, werde ich ihm eine Extraportion Möhren bringen, um ihn zu beruhigen. Ich will nicht daran denken, von ihm Abschied nehmen zu müssen. Aber vielleicht muss ich das nicht mehr, wenn ich mich erst meinen Eltern anvertraut habe. Ich bin ganz zapplig, während sie ihre Sachen zusammensuchen. Ich will nach Hause und ihnen erzählen, was Cody mir erzählt hat.

»Lyla!« Plötzlich kommt Will angerannt und hebt mich in einer zärtlichen Umarmung in die Höhe. »Ich habe mir solche Sorgen gemacht.« Er küsst mich leicht auf den Mund. Ich bin zu überrascht, um den Kuss zu erwidern … und vielleicht auch ein bisschen zu schuldbewusst.

»Alles in Ordnung?« Er schaut mir prüfend ins Gesicht.

»Mir geht's gut«, sage ich zum gefühlt hundertsten Mal seit dem Unfall. Ehrlich gesagt fühle ich mich immer schlechter, je häufiger mich die Leute das fragen. Außerdem kann ich ihm nicht gerade in die Augen schauen.

Mit einem merkwürdigen Blick setzt Will mich wieder ab.

»Ich fühle mich nur ein bisschen schlecht ... und hundemüde«, sage ich.

Er lächelt sanft. »Klar. Das verstehe ich. Dann lass ich dich jetzt in Ruhe, damit du dich erholen kannst. Ich schätze, ab morgen wirst du jede Menge Zeit haben, um mir genau zu erzählen, was passiert ist.«

Er gibt mir einen Kuss auf die Stirn. Ich weiche ihm nicht aus, obwohl ich es gern möchte. Ich schaue ihm nach, wie er sich umdreht und auf sein Elternhaus zutrottet. Dann drehe ich mich um und folge meinen Eltern nach Hause.

Sobald wir sicher im Haus sind, frage ich meine Eltern, ob wir reden können, und wir setzen uns an den Küchentisch. Nachdem ich eine Minute mit mir gerungen habe, wie ich es ihnen am besten erklären soll, platze ich einfach heraus damit. Es gibt keinen guten Weg.

»Ich hab im Krankenhaus erfahren, dass der Sheriff gegen uns ermittelt. Sie glauben, dass wir irgendwelche illegale Waffen haben oder so. Sie wollen morgen wiederkommen, um die Siedlung gründlich zu durchsuchen.«

Als ich die Waffen erwähne, zuckt mein Vater zusammen, als wisse er von ihnen und verstehe, warum wir in Schwierigkeiten stecken könnten. Mein Herz beginnt zu rasen. Ich hatte gehofft, sie würden über das, was ich ihnen erzähle, lachen und dann endlos auf mich einreden, um mir klarzumachen, dass ich mich irre, doch das tun sie nicht.

Ich berichte ihnen von den Fragen des Sheriff zum Unfallhergang und kann ihnen kaum in die Augen sehen, als ich erzähle, dass er davon ausgeht, Pioneer habe mich verletzt. Meine Mutter wirkt wütend, aber mein Dad tut etwas, womit ich nicht gerechnet habe: Er steht auf und geht zur Küchentür, wo er den Kopf an den Rahmen legt und die Augen schließt. Ich würde ihn am liebsten umarmen, so traurig sieht er aus. Von meinem Treffen mit Cody erzähle ich nichts, Ich schildere es so, als hätte der Sheriff mir von den Erdbeben und dem Hurrikan erzählt und dass sie sich zu völlig unterschiedlichen Zeitpunkten ereignet haben. Sie sollen von meinen Gefühlen für Cody nichts mitbekommen. Und ich traue mir nicht zu, von ihm zu sprechen, ohne dass es mir zu nahe geht.

»Ich bin sicher, Pioneer hatte gute Gründe für das, was er uns gesagt hat, und dafür, dass er uns die Nachrichtenausschnitte gebündelt gezeigt hat«, meint Mom. »Wahrscheinlich wollte er uns einfach beruhigen. Uns im Silo einzuschließen ist beängstigend. Für jeden von uns. Ich denke, er wollte, dass wir uns so zuversichtlich wie möglich fühlen.« Ihr Lächeln gerät kaum ins Wanken. Langsam beschleicht mich das Gefühl, dass sie wohl niemals etwas infrage stellen wird, was Pioneer tut. Ich frage mich, wie es sich anfühlen muss, sich seiner so sicher zu sein.

»Es war reine Freundlichkeit, glaube mir«, fügt sie hinzu.

»Wenn der Sheriff und die ATF tatsächlich herkommen, wird das ein gewaltiges Problem«, sagt Dad. »Sie werden uns zwingen wollen, von hier fortzugehen. Das ist mit Leuten wie uns schon früher passiert, damals in Waco, als die Branch Davidians belagert wurden. Genau deshalb haben wir uns so bemüht, möglichst unbemerkt zu bleiben.« Er schüttelt den Kopf. »Ich habe Pioneer davor gewarnt, die Waffen auf diesem Weg zu beschaffen. Das war ein viel zu großes Risiko.« Er steht auf, geht zum hinteren Fenster und starrt in den Garten hinaus.

»Aber jetzt werden wir im Silo sein, wenn sie kommen«, sagt Mom. »Davon wissen sie doch nichts, oder?«

Sie schaut mich an, um sich zu vergewissern, und ich versuche, ohne zu zögern, zu nicken. Ich will nicht eingestehen müssen, dass ich wesentlich mehr erzählt habe, als ich sollte. Ich brauche mehr

Zeit, um mir über alles klar zu werden. »Sie haben es mir gegenüber nie erwähnt.«

»Wenn wir den Eingang richtig gut verstecken, denken sie vielleicht, wir hätten das Weite gesucht.« Mom ist ungewöhnlich ruhig. Ich begreife das nicht. Vielleicht ist sie nicht wirklich überzeugt, dass die Polizei kommen wird, oder sie vertraut einfach fest darauf, dass uns das Silo genügend Schutz bieten wird. So oder so bin ich mir alles andere als sicher, ob sie der Realität tatsächlich ins Auge sieht.

»Dann ziehen wir morgen also wirklich ins Silo?« Ich weiß nicht, was ich mir erhofft hatte, das hier jedenfalls nicht.

Beide schauen mich an.

»Natürlich, warum denn nicht?«, fragt Mom zurück.

Und alles, was ich darauf erwidern kann, ist: »Keine Ahnung.« Vielleicht trübt meine Zuneigung zu Cody mein Urteilsvermögen mehr, als ich angenommen hatte. Meine Eltern wirken keineswegs erschüttert von dem, was ich ihnen erzählt habe. Ich versuche meine hartnäckigen Zweifel beiseitezuschieben, aber das ist nicht leicht. Immer wieder schnürt es mir förmlich die Brust ab. Ich wünschte, ich könnte mich einfach hinlegen und schlafen und die letzten beiden Tage ganz und gar vergessen.

Dad geht sofort los, um Pioneer zu berichten, was ich ihm erzählt habe. Dann trägt Mom mir auf, Kisten mit unseren Bildern, Kleidern und Wäsche zu füllen. Wir laden sie in einen Golfcaddie und fahren sie hinüber zum Silo. Es dauert nicht lange, alles zu verstauen. Wir haben nicht viel auszupacken. Ich schaue mich in den winzigen Räumen um und versuche sie mir als unser Zuhause vorzustellen. Es geht nicht. Alles, was ich will, ist, draußen an der frischen Luft und im Stall bei Indy zu sein. *Das* fühlt sich immer noch nach Zuhause an, nach Leben. Dieser Ort … auf merkwürdige Weise nach Tod.

Wir beenden die Vorbereitung unseres Quartiers und helfen dann den anderen beim Umzug der Sachen, die wir aus dem Klubhaus brauchen. Sobald ich kann, besuche ich die Ställe. Die Pferde sind unruhig und missgelaunt. Nicht eines von ihnen ist heute hinausgelassen worden.

Ich gehe in die Sattelkammer, um Indys Sattel zu holen. Wenigstens kann ich ihn bewegen, bevor ich beim Abendessen helfen muss. Doch als ich die Tür aufmache, sind sämtliche Sättel, Decken und Zaumzeuge verschwunden – genau wie die Gewehre, die wir dort aufbewahren. Ich muss ihn ungesattelt reiten.

Ich lege Indy die Hand auf den Hals und führe ihn nach draußen. Die anderen Pferde wiehern und treten gegen die Boxentüren. Sie wollen auch ins Freie, aber ich allein kann sie nicht alle mitnehmen. Allerdings nehme ich mir vor, meinen Dad daran zu erinnern, sie auf die Koppel zu lassen, ehe wir endgültig ins Silo umziehen. Sie können nicht in den Boxen eingepfercht bleiben, bis jemand hier auftaucht. Nach den Worten des Sheriffs zu schließen, kann es sich nur um ein, zwei Tage handeln, aber darauf will ich mich lieber nicht verlassen. Es wird mir so schon schwer genug fallen, mich von Indy zu verabschieden, auch ohne mich darum sorgen zu müssen, ob es ihm gut geht. Ich lasse ihn nur ungern hier, aber ich habe keine Wahl. Das Silo ist wirklich kein Ort für Tiere.

Ich greife in seine Mähne und ziehe mich auf seinen Rücken. Dann drücke ich ihm die Fersen in die Flanken und er prescht los. Wir streifen fast die Umzäunung der Koppel, als wir daran vorbeidonnern. Ich muss mich anstrengen, um ihn mit den Beinen zu dirigieren. Es ist fast so, als ahne er die Veränderungen, die wir gerade vornehmen, und sträube sich dagegen. Ich versuche nicht daran zu denken, was aus ihm und den anderen Pferden werden wird, sobald wir unter Tage sind. Der Sheriff wird sie in die Stadt mitnehmen. Aber ihnen bleiben ohnehin nur noch wenig Zeit. Ich will nicht, dass Indy stirbt.

Pioneer sagt, das Ende werde schnell kommen. Das leuchtet mir ein. Ich kann mir nicht vorstellen, dass die Brüder die Tiere leiden lassen werden. Wenn ich das glauben würde, wäre es mir unerträglich, Indy und die anderen zu verlassen. Das ist es auch so schon.

Ich weine. Ich wische mir die Tränen fort und beuge mich vor, um mein Gesicht in Indys Mähne zu vergraben. Er schnauft schwer und kommt langsam zum Stehen.

»Ich will dich nicht verlassen, mein Junge«, flüstere ich. Vielleicht muss ich das auch nicht. Wenn der Sheriff und Cody recht haben, ist es nicht das Ende. »Es ist kein Abschied«, sage ich zu ihm. »Es kann keiner sein.«

Sobald sich die Nachricht von der bevorstehenden Polizeiaktion herumgesprochen hat, gibt es Diskussionen darüber, ob wir uns sofort einschließen sollen, anstatt bis morgen zu warten. Aber wenn wir es so aussehen lassen wollen, als hätten wir Mandrodage Meadows verlassen und seien auf und davon, gibt es einfach noch zu viel zu tun. Wir müssen etwas mit unseren Anhängern und Transportern unternehmen, weil der Sheriff und seine Leute sonst wissen, dass wir gar nicht wirklich fort sind. Einige Männer bieten an, sie tiefer in die Prärie zu fahren und zu versuchen, sie in dem See zu versenken, der nicht weit entfernt liegt. Sie beschließen, ein paar Pferde mitzunehmen und auf ihnen zurückzureiten. Das müsste uns ein wenig Zeit verschaffen und uns dem Punkt näher bringen, an dem unser Aufenthaltsort das kleinste Problem des Sheriffs sein wird.

Dad bleibt für den Rest des Tages verschwunden. Mom und ich beschäftigen uns weiter damit, Bücher und Lebensmittel vom

Klubhaus in den Bibliotheksbereich und die Küche des Silos zu bringen. Schließlich hören wir auf, um ein spätes Abendessen einzunehmen. Es gibt nur frische Rohkost – Äpfel, Salat, Gurken, Tomaten und Mais. Ich versuche es zu genießen, schließlich werde ich Derartiges nicht mehr lange essen können. Vor allem dann nicht, wenn wir den hydroponischen Garten im Innern des Silos nicht sofort zum Gedeihen bringen. Trotzdem klebt mir das Essen im Mund und in der Kehle, als wäre es aus Stein. Wir stürzen uns kopfüber in unsere Zukunft, doch trotz der ungebrochenen Zuversicht meiner Eltern wächst in mir mehr und mehr die Befürchtung, dass wir einen Fehler machen.

Schmerz ist
nichts Schlechtes.
Er ist lehrreich.
Das habe ich verstanden.

Charles Manson, Anführer der Manson Family

23

Irgendjemand schreit.

Zumindest ist es das, was ich zu hören glaube, ehe ein mehrmaliges hartes Knallen ertönt. Das Schreien ist fast zu schrill und ich denke im ersten Moment an ein kleines Kind, aber es scheint unglaublich laut zu sein. Es klingt unheimlich, nicht menschlich, außerdem gibt es hier keine Kinder. Nicht mehr. Was es auch sein mag, es reißt mich aus tiefem Schlaf. Mein Herz klopft wild und eine dunkle Ahnung, wie sie einen manchmal beschleicht, wenn man mitten in der Nacht geweckt wird, lässt mich zittern. Irgendetwas ist ganz und gar nicht in Ordnung.

Die Polizeiaktion.

Können sie so schnell gekommen sein?

Ich schaue aus dem offenen Fenster. Das Schreien hat aufgehört. Jetzt ist nichts mehr zu hören als das Wispern der Bäume im Wind und das Singen der Zikaden. Der Mond ist so hell und flach, dass er unecht wirkt. Mein überdimensioniertes Nachthemd fühlt sich zu dünn an; es ist endlich kühler geworden.

Die Straße ist leer. Es ist immer noch tiefe Nacht. Ich bin sicher, dass alle anderen schlafen, und doch trägt der Wind eine unterschwellige Energie mit sich, die mir die Nackenhaare zu Berge stehen lässt. Ich spähe in die dunkelsten Schatten, überzeugt, dort Männer mit Gewehren und Uniformen zu entdecken, doch es ist alles still. Die Schatten sind leer.

Auf Zehenspitzen schleiche ich ins Schlafzimmer meiner Eltern. Meine Mutter ist da, mein Vater jedoch nicht. Ich wecke sie nicht auf, um zu fragen, wo er ist. Was immer mich aus dem Schlaf gerissen und in Alarmbereitschaft versetzt hat, ist dringend. Sie könnte mich bei sich behalten und daran hindern wollen, der Sache auf den Grund zu gehen.

Ich ziehe mir ein paar Klamotten über und schleiche nach unten. Um ganz sicherzugehen, schaue ich in sämtlichen Zimmern nach, aber Dad ist nicht im Haus. Ich öffne die Eingangstür. Die Schreie setzen kurz wieder ein und verstummen ebenso schnell wie die, die mich geweckt haben. Wieder ist das Knallen zu hören. Wie explodierende Feuerwerkskörper … oder Gewehrschüsse.

Ich laufe über die Veranda und springe hinunter in den Garten. Dann schlage ich die Richtung ein, aus der die Geräusche kommen. Wo sind die Nachtwachen? Die Straßen sind nicht einfach nur leer, sie sind regelrecht verlassen. Ich schaue zum Eingang der Siedlung. Das Tor ist nach wie vor geschlossen. Es gibt kein äußeres Anzeichen, dass etwas nicht stimmt, nur diese Schreie und das Krachen. Ich fasse mir an den Bauch und versuche das mulmige Gefühl dort zu beruhigen. Mir ist immer noch schwindlig; die Straße wölbt sich unter meinen Füßen und ich merke, dass ich seltsam stelzende Schritte mache, um nicht zu stolpern. Trotzdem muss ich weiter. Ich muss wissen, wer dort schreit und warum.

Ich gehe am Klubhaus vorbei und weiter zu den Stallungen. Die Stille hier ist überwältigend. Sämtliche Boxen sind leer. Wo sind die Tiere?

Ich jogge an den Schweinekoben, dem Hühnerstall und der Koppel vorbei, die ebenfalls leer sind und deren Türen weit offen stehen. Wenn ich nicht gerade vom Schwindel übermannt werde, renne ich weiter in Richtung Obstgärten und werde mit jedem Schritt schneller.

Auf der Rückseite der Mauer, die unser Gelände umgibt, kurz hinter dem Eingang zum Silo, glüht der Himmel. Ich kann Stimmen hören … und da ist noch etwas. Feuer. Ich rieche den Rauch sogar von dort, wo ich stehe.

Ohne ersichtlichen Grund fange ich an zu zittern. Ich schaffe es, auf den Apfelbaum zu klettern, der der Mauer am nächsten steht, und mich auf den höchsten Ast zu setzen, der mich noch trägt. Rings um mich herum hängen leuchtend rote Äpfel, reif für die Ernte, doch es ist zu spät, um sie noch mit in unsere Zuflucht zu nehmen. Ich schiebe die Äste beiseite und schaue hinaus in die Prärie.

Ich rechne damit, Polizeiautos und -transporter zu sehen, Scheinwerfer vielleicht und Männer mit kugelsicheren Westen, wie im Film, so überzeugt bin ich davon, dass der Sheriff bereits hierhergekommen ist. Stattdessen lodern dort mehrere große Feuer. Unsere eigenen Transporter parken in der Nähe und ich sehe Leute um sie herumstehen, auch wenn sie zu weit weg sind, um klar erkennen zu können, wer es ist.

Zuerst begreife ich nicht, was vor sich geht. Dann sehe ich die Tiere. Das Feuer, das ihnen am nächsten ist, wirft flackernde Schatten auf ihre Flanken, dennoch erkenne ich die vertrauten Umrisse ihrer Brustkörbe und Beine. Sie liegen so dicht beieinander, dass sie sich praktisch übereinander auftürmen. Und sie bewegen sich nicht.

Nichts von dem, was ich sehe, ergibt einen Sinn. Ich klammere mich so fest an die Äste, dass mir die Rinde in die Handflächen schneidet. Eine wabernde Übelkeit legt sich um meinen Magen und presst ihn zusammen.

Ich beobachte, wie zwei Männer anfangen, zwischen den Tieren und um sie herum Holz aufzutürmen, doch ich kann nicht genau ausmachen, wer es ist. Einer von ihnen könnte Mr Whitcomb sein. Er streicht ein Zündholz an – das erkenne ich an dem stecknadelgroßen Licht. Dann bückt er sich und entzündet ein Bündel … Heu vielleicht, oder Präriegras. Es lodert auf und ist in Sekundenschnelle von gelben und orangeroten Flammen eingeschlossen. Er schiebt das Bündel mitten in den Tierhaufen. Flammen lodern auf und züngeln in den Himmel, ehe sie die Tiere einschließen.

Mittlerweile kann ich Mr Whitcomb klar und deutlich erkennen. Er hat die Arme verschränkt und starrt grimmig ins Feuer. Der Mann neben ihm verzieht sich von dem fast kreisförmigen Rund, sobald er mit dem Auslegen des Holzes fertig ist. Er stolpert vom Feuer weg und beugt sich vornüber. Ich sehe eine vertraute blonde Mähne im Feuerschein aufleuchten und begreife, dass es Will ist. Er übergibt sich. Ein grauenhafter Schreck durchzuckt mich, denn plötzlich wird mir alles klar. Sie haben die Tiere getötet. Und jetzt verbrennen sie sie.

Eigentlich müsste es stinken, nach Schwefel und Verwesung, doch das tut es nicht. Es riecht nach gebratenem Fleisch, wie auf einem morbiden Festgelage, und irgendwie macht das alles, was gerade passiert, nur noch schlimmer. Ich beginne zu würgen und lehne mich auf dem Ast zur Seite. Dann verabschiede ich mich von meinem kargen Abendessen. Tränen brennen mir in den Augen und ich kann den Mund gar nicht mehr zumachen. Als ich alles erbrochen habe, kommen die Schreie – irgendwo tief aus meinem Innern, jenem Ort, den Indy vor so langer Zeit besetzt hat.

Ich bin mir nicht sicher, wie lange ich schreie, bis es mir endlich gelingt, damit aufzuhören. Jedenfalls hat Will mich gesehen und die anderen ebenfalls. Mein Dad rennt auf die Mauer zu, aber ich will ihn nicht in meiner Nähe haben. Ich will keinen von ihnen jemals wieder in meiner Nähe haben. Wacklig klettere ich vom Baum, verliere den Halt und falle das letzte Stück, sodass ich unsanft auf dem Hintern lande. Brennend heißer Schmerz schießt mir den Rücken hinauf und mir wird abermals kotzübel. Tiefe Schluchzer schütteln mich.

Indy ist tot.

Sie haben ihn umgebracht.

Sie haben alle umgebracht.

Es waren die Tiere, die geschrieen haben. Die Schreie gellen mir noch in den Ohren. Ich renne, ohne eine Ahnung zu haben, wohin. In den Häusern gehen jetzt Lichter an. Ich drehe mich im Kreis und falle auf die Knie.

»Indy! Indy!«, heule ich. Ich kauere mitten auf der Straße, aber das ist mir völlig egal. Mich kümmert überhaupt nichts mehr, nicht in diesem Moment.

Ich dachte, wir wären hierhergekommen, um dem Bösen auf der Welt zu entfliehen. Das hier sollte unsere Zuflucht sein. Hier sollte es besser sein. *Wir* wollten besser sein. Aber das hier ist das Schlimmste, was ich je im Leben gesehen habe. Und es gibt keine Zuflucht, die gut genug abgeschirmt wäre, um mich davor zu schützen.

Wir wurden schrecklich hereingelegt,
aber wir haben es versucht ...
und wenn das hier nur einen Tag lang funktioniert,
war es die Sache wert.

Jim Jones, Anführer des Peoples Temple

24

Ich bin nicht sicher, wie lange ich so auf dem Boden liege, doch als ich schließlich wieder mehr als nur meinen Kummer wahrnehmen kann, bin ich von Menschen umgeben. Meine Mutter hat die Arme um mich geschlungen und versucht mich abwechselnd zu streicheln und zu beschwichtigen. Ich schiebe sie weg, als ich mich aufrichte, und starre in die Menge.

»Sie haben Indy umgebracht. Die Tiere, sie haben sie alle verbrannt«, sage ich. Ich schaue von einem Gesicht zum anderen und suche nach irgendeinem Zeichen, dass sie die gleiche Empörung verspüren, wie ich es tue, aber sie starren mich einfach nur an.

»Beruhige dich, Lyla. Lass es mich erklären«, sagt Dad, der sich neben mich hockt.

»Ihr habt sie umgebracht! Sie wussten es und haben geschrien. Ihr habt sie erschossen und dann ... dann ... habt ihr sie verbrannt!«, schreie ich.

Dad schaut zu der Menge auf. »Wir mussten es tun, Lyla. Bitte versuch doch zu verstehen.«

»Ich will aber nicht verstehen! Ich hoffe, ich werde es nie verstehen. Wie konntest du nur?«

Dad hockt sich auf die Fersen, schließt die Augen und holt tief Luft. »Wir gehen heute ins Silo. Du hast immer gewusst, dass wir sie nicht mit hineinnehmen können. Wäre es dir lieber, wir ließen sie hier, damit sie langsam verhungern? Es war die humanste Lösung.«

Ich halte mir die Ohren zu. »Nein, nein, nein! Versuch nicht, es auch noch als gnädig darzustellen. *Sie haben geschrien!*«

Die Männer starren mich an. Alle sind bemüht, nicht schuldbewusst auszusehen, aber es nützt nichts. Will steht mit aschfahlem, kränklichem Gesicht direkt hinter meinem Dad. Er schaut mich nicht an. Ich muss daran denken, wie er sich ins Gras übergeben hat. Entsetzt ihn das, was gerade passiert ist, ebenso wie mich? Warum hat er dann nicht versucht, es aufzuhalten?

»Wie konntest du das zulassen, Will? Wie konntest du nur?«

Er sackt förmlich in sich zusammen. Man merkt ihm an, wie zuwider ihm die ganze Sache ist. Offensichtlich war es nicht seine Entscheidung, doch das spielt keine Rolle. Er war trotzdem Teil davon und im Moment hasse ich ihn, ich hasse sie alle.

»Lyla …«, stammelt er unglücklich.

»Ich will es nicht hören! Lass mich einfach in Ruhe, Will Richardson!«, schreie ich ihn an. »Ich kann dich nicht mal ansehen.«

»Das reicht, Lyla«, sagt Dad leise. »Er hat getan, was er tun musste, so wie wir alle. Du kannst dich hier nicht wie ein Kind aufführen.«

»Ich verstehe das nicht mehr. Was tun wir hier? Was für ein Leben ist das?«, frage ich.

Die Hand meiner Mutter zittert auf meinem Haar. »Du bist durcheinander, Süße. Und du hast allen Grund dazu, aber wenn wir erst mal im Silo sind, wenn du Zeit hattest, über alles nachzudenken, dann wird es dir einleuchten, das verspreche ich.«

»Nichts von alldem wird mir jemals einleuchten. Ich dachte, wir wären hergekommen, um vor dem Bösen draußen zu fliehen, aber das können wir nicht, stimmt's? Es ist auch hier. Wir tun, als wäre alles okay – dieser Ort, unsere Gewohnheiten und Abläufe –, aber das ist alles Lüge. Wie viele von euch wussten von den Tieren? Wie viele haben es vor dem Rest von uns geheim gehalten? Vor mir? Wie können wir uns gegenseitig vertrauen, wenn einige von uns den anderen solche Dinge verheimlichen?« Wieder fange ich an zu weinen. »Wie können wir besser sein als die Menschen in der Stadt, wenn wir am Ende genauso miteinander umgehen wie sie?«

»Süße, es ist wirklich furchtbar traurig, aber wenn du mit ins Haus kommst, können wir darüber reden, während wir unsere letzten Sachen einpacken«, fleht meine Mutter.

»Du hörst mir gar nicht zu! Es könnte alles gelogen sein, was Pioneer sagt. Draußen bereitet sich kein Mensch auf die Apokalypse vor. Wie kann er der Einzige sein, der darüber Bescheid weiß? Würden die Brüder wirklich jemanden zu ihrem Boten machen, der schon im Gefängnis gesessen hat?« Ich höre, wie ein paar Leute nach Luft schnappen. Andere werfen mir böse Blicke zu.

Ich schaue meine Eltern an. Meine Mutter wirkt so entsetzt, als hätte ich ihr gerade eine Ohrfeige versetzt. »Egal, welche Lügen er auch erzählt haben mag, ich bin sicher, es war zum Wohl der Gemeinde.« Sie schüttelt den Kopf. »Das ist nicht der richtige Zeitpunkt, Lyla Hamilton.«

»Es ist der *perfekte* Zeitpunkt. Warum siehst du nicht, was hier geschieht? Wir *müssen* heute nicht ins Silo gehen. Wir können abwarten und schauen, was passiert; wir können mit Außenstehenden reden und selbst entscheiden, was die Wahrheit ist. Wir müssen ihm nicht gehorchen und das, was er sagt, hinnehmen, ohne es zu hinterfragen. Versteht ihr das denn nicht?«

»Pioneer ist ein guter Mensch!«, schreit Mom, und weil sie so gut wie nie laut wird, verschlägt es mir die Sprache. »Er hat uns zehn Jahre lang beschützt. Er hat uns aus dieser Stadt rausgeholt, nachdem Karen«, sie holt tief Luft, »verschwunden ist. Er hat uns ein gutes Leben zurückgegeben. Das Ende der Welt wird kommen. Seit das mit deiner Schwester und den Türmen passiert ist, wusste ich, dass es bevorsteht. Wie kann so viel Böses ungestraft bleiben? Und weißt du was? Ich bin froh darüber, Lyla. Ich will es so. Schon lange. Wenn erst einmal alles andere verschwunden ist, muss ich nie wieder Angst haben, jemanden zu verlieren, den ich liebe. Wir werden im Silo geborgen sein, wo uns niemals wieder jemand wehtun kann.«

Mit offenem Mund starre ich meine Mutter an. Ihr Gesicht ist gerötet und ihre Augen sind wild und übergroß in ihrem verkniffenen Gesicht. Zum ersten Mal wird mir wirklich klar, wie versessen sie darauf ist, sämtliche Verbindungen zur Außenwelt zu kappen. Wenn wir schon vor zehn Jahren, bei unserem Umzug, hierher ins Silo hätten ziehen können, hätte sie es wahrscheinlich getan. Es ist das, was sie die ganze Zeit über wollte.

»Es ist leicht, jemanden anzuklagen, wenn die beklagte Person nicht da ist, um sich zu verteidigen, nicht wahr?«, dröhnt Pioneers Stimme über den offenen Platz und ich zucke unwillkürlich zusammen. *Wie viel hat er gehört?* Er steht mit meinem Rucksack in der Hand im Eingang meines Elternhauses. »Du hast gesagt, was du zu sagen hast. Ich glaube, jetzt bin ich an der Reihe.«

Die Augen der Menge schwenken von mir zu ihm. Sie glauben mir nicht. Das fühle ich.

»Bitte, Leute«, sage ich. »Fasst einfach die Möglichkeit ins Auge, dass er vielleicht im Irrtum ist. Warum können wir nicht warten, bis wir ganz sicher sind, ehe wir unter die Erde gehen? Warum beeilen wir uns so?«

Pioneer kommt auf die Straße gerannt und schlägt mir so fest ins Gesicht, dass ich rückwärtstaumele. Mein Kopf beginnt zu pochen und mein Gehirn fühlt sich an, als wäre es lädiert. Ich weiche vor Pioneer zurück und halte mir die brennende Wange. Niemand kommt mir zu Hilfe oder sieht mich auch nur an, nicht einmal meine Eltern.

»Unsere Lyla wurde leider verdorben. Natürlich habe ich mir das selbst anzukreiden. Hätte ich sie neulich nicht gebeten, den Sohn des Sheriffs durch unsere Siedlung zu führen, hätten wir das alles vielleicht verhindern können. Der Junge hat ihr den Kopf verdreht und sie gegen uns eingenommen. Das war vom Sheriff so geplant. Er hat seinen Sohn losgeschickt, um zu spionieren und sie auf Abwege zu führen. Ich hätte das sofort erkennen müssen. Er will uns aufhalten. Er will hier eindringen und uns unsere Zuflucht wegnehmen … das wurde gestern Morgen offenbar, als ich ins Krankenhaus fuhr, um Lyla abzuholen. Und er wird nicht aufgeben. Nicht, bis er uns vertrieben und alles, woran wir gearbeitet haben, für sich und seinesgleichen beansprucht hat. Allmählich glaube ich sogar, dass er Lylas kleinen Unfall arrangiert hat, um mehr Informationen aus ihr herauszuholen.«

»Er lügt! Nichts von dem, was ich sage, hat etwas mit dem Sheriff und seinem Sohn zu tun. Bitte glaubt mir«, flehe ich. Ich schaue meine Eltern an und ihre Blicke wandern zwischen mir und Pioneer hin und her.

Pioneer schenkt mir ein mitleidiges Lächeln und schüttelt den Kopf. Aufgebracht funkle ich ihn an. Dann öffnet er den Reißverschluss meines Rucksacks und kippt den Inhalt ins Gras. Er bückt sich und hebt eine der Zeitschriften und das Buch auf, das ich für Marie besorgt habe. »Seht ihr, was sie mitgebracht hat? Was sie gestohlen hat? Sie hat unsere Regeln gebrochen, hat Will und die anderen Kinder überredet, sich mitten in der Nacht davonzuschleichen, hat sich heimlich mit dem Sohn des Sheriffs getroffen und war ihm wahrscheinlich zu Willen, obwohl sie einem anderen versprochen ist.«

Meine Wangen glühen. »Ich war ihm *nicht* zu Willen. Und ich habe auch nichts gestohlen. Die Sachen hat mir jemand gegeben.«

»Dieser jemand?« Pioneer hält mein Skizzenbuch hoch, das auf der Seite mit Codys Porträt aufgeschlagen ist.

Will schaut auf das Blatt und dann zu mir. Die Sorgfalt, mit der ich Cody gezeichnet, der Ausdruck, den ich in seinem Gesicht eingefangen habe, verraten mehr als deutlich, was ich für ihn empfinde. Will blinzelt ein paarmal und in seinem Gesicht arbeitet es. Er sieht so verletzt, so wütend aus, dass ich nicht anders kann, als die Hand nach ihm auszustrecken. »Will, ich …«

Er wischt meine Hand beiseite, schiebt sich an der Menge vorbei und läuft zum Teich.

»Lyla?« Mom schaut mich an, als wäre ich eine Fremde für sie.

»Mom, es ist nicht so, wie er sagt. Ich habe nichts gestohlen. Das würde ich nie tun. Ich …«

»Aber der Junge?«, presst sie hervor. »Ich habe dich im Laden mit ihm gesehen und ich wusste … aber ich habe es abgetan. Und heute war er im Krankenhaus, nicht wahr? Das hatte ich fast vergessen. Oh, Lyla, was hast du getan?«

Sie sagt es so, als hätte ich Einfluss darauf, zu wem ich mich hingezogen fühle, als könnte ich meine Gefühle abstellen wie einen Wasserhahn. Wie kann sie mich dafür verantwortlich machen? Warum glaubt sie nicht mir statt Pioneer?

Ich schaue zu Boden und weiß nicht, was ich sagen soll. Pioneer hält jetzt das Geld in die Höhe, das Marie mir gegeben hat, und lässt es langsam durch die Finger rieseln. Ich höre, wie mehreren

Leuten der Atem stockt, und weiß, dass ich erledigt bin. Jetzt stehe *ich* als diejenige dar, die lügt, und nicht Pioneer. Das ist zu viel für meine Mutter. Sie wendet sich von mir ab und vergräbt den Kopf an der Brust meines Vaters.

»Dad …« Ich flehe ihn innerlich an, mich anzusehen, aber er starrt unentwegt auf das Geld. Und selbst wenn er mich ansähe, was kann ich schon sagen? Soll ich gestehen, dass es Maries Geld ist? Wer würde das jetzt noch glauben?

Ich hebe den Kopf und suche in der Menge nach Marie. Sie steht neben ihren Eltern. Unsere Blicke begegnen sich und ich kann ihre Angst fast fühlen. Sie wartet darauf, dass ich sie verrate und allen erzähle, sie sei es gewesen, die die Bücher und Zeitschriften haben wollte. Aber sie meldet sich nicht freiwillig. Und mir wird klar, dass ich sie nicht verraten kann. Ich bin so oder so geliefert. Die Sache mit dem Geld macht das Porträt von Cody auch nicht ungeschehen. Marie ins Spiel zu bringen würde alles nur noch schlimmer machen. Also schüttele ich nur leicht den Kopf in ihre Richtung und drehe mich zu Pioneer um.

»Ich werde nicht sagen, woher ich das Geld habe, aber ich habe es nicht gestohlen.« Dann wende ich mich an die Menge. »Ich weiß, wie das für euch aussehen muss, aber es ist nicht so, wie er sagt. Der Sheriff will uns das Silo nicht wegnehmen. Er hat Angst um uns. Erklärt mir, wie ein Mann, der jahrelang im Gefängnis gesessen hat, weil er einen anderen Mann fast totgeschlagen hat, zum Propheten der Brüder werden kann! Wenn die Brüder wirklich durch ihn sprächen, würden sie dann nicht auch zu uns sprechen und uns wissen lassen, dass er derjenige welcher ist? Warum haben wir ihm sämtliche Verantwortung übertragen? Wie könnt ihr jemandem vertrauen, der es uns unmöglich macht, ihn infrage zu stellen, und der lügen muss, damit ihr tut, was er will?«

Ich stelle ihnen die gleichen Fragen, die Cody und der Sheriff mir gestellt haben. Sie laut auszusprechen bestärkt mich in der Gewissheit, dass es die Fragen sind, die gestellt werden müssen. Ich weiß nicht genau, warum wir nicht von selbst darauf gekommen sind, warum es einen Außenstehenden brauchte, um mich die Löcher in Pioneers Fassade erkennen zu lassen. Wenn ich doch nur die anderen dazu bringen könnte, meine Absichten zu verstehen.

In Pioneers Augen lodert ein solches Feuer, dass ich sekundenlang befürchte, er könne mir wirklich ein Loch in die Brust sengen, aber dann schluckt er und zwingt sich zu einem Lächeln. »Ich muss mich weder dir noch sonst jemandem erklären. Die Brüder haben *mich* auserwählt. Sie sprechen zu *mir*. Wie kannst du es wagen, ihren Willen infrage zu stellen! Nicht ich bin es, der hier Dinge versteckt. Ich weiß, dass ich nicht vollkommen bin. Etwas anderes habe ich nie behauptet. Aber ich bin nicht derjenige, der wegen einer Teenagerschwärmerei die ganze Gemeinde in Gefahr bringt. Der Sheriff kommt nur wegen dir wieder hierher. Hast du dir schon mal Gedanken gemacht, was dann passiert? Wenn es ihm gelingt, wird er uns alle auseinanderreißen und uns zwingen, unsere Heimat zu verlassen. Glaubst du wirklich, irgendjemand hier will das? Außer dir selbst natürlich?«

Ich weiß nicht, was ich sagen soll. Ich spüre die Blicke der anderen, ihre Mienen sind hart und wütend. Egal, was ich sage, es spielt keine Rolle – sie glauben Pioneer. Ich bin die Lügnerin. Ich bin diejenige, derer sie sich nicht sicher sind. Pioneer hat gewonnen und das weiß er. Seine Mundwinkel verziehen sich kaum merklich nach oben, gerade so weit, dass ich seine Befriedigung erkennen kann.

»Es tut mir leid, Kleine Eule. Wirklich. Ich habe an dir versagt. Ich hätte dem Ganzen einen Riegel vorschieben sollen, sobald ich Verdacht geschöpft hatte. Ich war dir gegenüber schon immer zu nachgiebig, aber ich verspreche dir, es von nun an richtig zu machen und dich zu lehren, was ich dir schon vor langer Zeit hätte beibringen müssen.«

Er nickt, und ehe ich flüchten kann, werde ich von Mr Whitcomb und Mr Brown an den Armen gepackt.

»Wartet, tut das nicht. Mom, Dad, bitte! Helft mir!«, flehe ich, aber Pioneer hat beiden die Arme um die Schultern gelegt und dreht sie von mir weg, während er ihnen etwas ins Ohr flüstert.

»Lasst nicht zu, dass er das tut. Es tut mir leid! Wir müssen reden! Bitte, lasst nicht zu, dass sie mich einsperren!«

Dad!

Mom!

Will!

Bitte!

Ich warte darauf, dass jemand vortritt und mir hilft. Mein Vater dreht sich nach mir um und einen Moment lang bin ich sicher, dass er sich von Pioneer frei machen und mich holen wird, doch die anderen versperren ihm den Weg und bilden eine Mauer zwischen uns, bis ich ihn nicht mehr sehen kann. Sie werden nicht zulassen, dass er mir hilft. Ich habe das Undenkbare getan. Ich habe unsere ganze Existenz infrage gestellt. Und dafür muss ich bezahlen.

Es wird nicht wehtun, Kinder.
Wenn ihr –
wenn ihr still seid.
Wenn ihr still seid.

Jim Jones, Anführer des Peoples Temple

25

Mr Whitcomb und Mr Brown zerren mich durch die Menge und halten auf den rückwärtigen Teil des Geländes zu. Hinter uns stehen die Leute weiter herum, flüstern miteinander und beobachten, wie Pioneer mit meiner Familie spricht.

Bevor ich außer Sichtweite bin, versuche ich ein letztes Mal Blickkontakt mit meinen Eltern aufzunehmen, doch sie schauen genau in die entgegengesetzte Richtung, zum Eingang der Siedlung. Inzwischen blicken immer mehr Leute in diese Richtung. Das Eingangstor gleitet auf und Brian kommt mit hoch erhobenem Gewehr vom Wachhäuschen hereingestürmt.

»Sie kommen! Sie kommen!«, schreit er.

Alle Augen richten sich auf ihn, als er voller Panik auf Pioneer zuläuft. »Da kommen mindestens zehn Lastwagen und noch andere Autos. Uns bleiben vielleicht fünf Minuten.«

Sekundenlang herrscht völliges Schweigen, dann kann ich den Moment fast greifen, in dem sich Schock und Ungläubigkeit in blankes Entsetzen verwandeln.

Pioneer klatscht in die Hände, um die Aufmerksamkeit auf sich zu ziehen. »Leute, bitte, wir dürfen nicht in Panik geraten. Wir wussten, dass es dazu kommen würde. Es ist nicht genug Zeit, um alle ins Silo zu bringen, ohne sie direkt zu uns zu führen.« Er senkt den Kopf und stützt sich mit den Händen auf den Oberschenkeln ab, wie ich es schon bei Läufern nach langen Rennen gesehen habe. »Wir haben keine Wahl. Unsere einzige Chance ist zu kämpfen. Wenn wir in die Offensive gehen und das Feuer eröffnen, können wir ein bisschen Zeit gewinnen. Dann müssen sie sich zurückziehen, um sich neu zu ordnen, und in der Zwischenzeit gehen wir ins Silo.«

Die Menschen eilen zu ihren Häusern, um ihre Gewehre zu holen. Diejenigen, die bereits Waffen bei sich tragen, laufen zur Mauer und zum Eingangstor. Mit schussbereiten Gewehren und entschlossenen Mienen gehen sie in Position. Brian rennt zurück, um das Eingangstor zu schließen.

»Bringt sie hier weg!«, brüllt Pioneer, als er sieht, dass ich nach wie vor mit Mr Brown und Mr Whitcomb auf der Straße stehe. Mr Brown erwacht aus seiner Benommenheit und zerrt mich zum Pfad, der zum Silo führt.

Mir bleibt gerade noch genug Zeit, um zu sehen, wie mein Dad aus dem Haus kommt und meiner Mutter ihr Gewehr reicht. Sie drehen sich um und laufen zusammen zur Mauer. Mom schaut sich noch einmal nach mir um, nur für eine Sekunde, aber die Angst und die Enttäuschung in ihrem Gesicht sind nicht zu übersehen. Ich habe Tränen in den Augen und versuche nicht darüber nachzudenken, ob wir uns wiedersehen werden. Ich will nicht, dass ihnen etwas zustößt. Ich habe nie gewollt, dass überhaupt jemandem etwas zustößt.

Wir sind fast am Silo, als eine Salve von Schüssen durch die Siedlung hallt. Ich schrecke zusammen und die Männer schauen sich an. Bestrebt, zu den anderen zurückzukehren und zu helfen, beschleunigen sie ihre Schritte. Tränen laufen mir über das Gesicht und meine Handflächen werden feucht. Wie kann ich einfach im Silo hocken und warten, während alle anderen draußen sind und kämpfen, vielleicht sogar sterben?

Im Vorratsraum im untersten Stock des Silos befindet sich eine kleine Zelle. Pioneer war der Ansicht, wir bräuchten sie für den Fall, dass jemand gegen die Regeln verstoße, während wir unter der Erde sind. Dorthin bringen sie mich jetzt. Ich werde die Erste sein, die endgültig ins Silo zieht.

Anfangs versuche ich mich zu wehren und loszureißen, aber Mr Whitcombs Griff ist zu fest und Mr Brown hat ein Gewehr. Ich glaube zwar nicht, dass er es tatsächlich gegen mich einsetzen würde – er kennt mich schon ewig und ich bin mit seiner Tochter befreundet –, aber mir fehlt die Selbstgewissheit, es darauf ankommen zu lassen. Sein Blick ist merkwürdig, wild. Und es verstört mich, wie seine Augen hin und her huschen, ohne sich auf etwas zu fokussieren.

Sie stoßen mich in die Zelle und eilen wortlos davon. Die Tür des Vorratsraums knallt hinter ihnen zu, dann ist es still – ohrenbetäubend still.

Ich bin so allein wie noch nie in meinem Leben. Es macht mir Angst. Ich versuche mein rasendes Herz zu beruhigen. Ich kann gegen das, was geschieht, nicht ankämpfen. Ich weiß nicht, wie ich mir einbilden konnte, es zu können. Cody, Culver Creek und die ganze restliche Welt dort oben werden immer mehr zu einem Traum, zu etwas, das mir nie gehören wird. Ich bin Teil der Gemeinde und, ob es mir gefällt oder nicht, ich bin an sie gebunden.

Ich spitze die Ohren, um jedwede Geräusche aufzufangen, irgendetwas, das mir Anhaltspunkte geben könnte, was oben geschieht, aber ich bin zu tief unter der Erde. Ich habe keine Ahnung, ob der Kampf noch tobt oder schon vorüber ist. Ich presse meine Hände auf die Augen, um die Bilder zu verdrängen, die ich im Geiste immer wieder vor mir sehe, von meinen Eltern und Will und Marie, die blutend am Boden liegen.

Mein Magen rebelliert und ich habe einen sauren Geschmack im Mund. Das Warten und die Sorgen machen mich krank. *Wie viele Menschen werde ich heute verlieren? Werden sie bis zuletzt von mir denken, ich hätte sie hintergangen?*

Ich wandere auf und ab. Die Zelle engt mich immer mehr ein. Es gibt gerade genug Platz für eine schmale Pritsche – und einen Eimer mit einem Toilettenaufsatz, den ich so wenig wie möglich anschaue. Ich will mir nicht einmal vorstellen müssen, ihn zu benutzen. Ich wandere weiter, bis mir die Beine wehtun und mir vom häufigen Richtungswechsel schwindlig wird. Jedes Mal, wenn ich die Zelle der Länge nach durchschritten habe, scheint sie ein wenig zu schrumpfen. Ich will schreien, aber es gelingt mir nicht. Stattdessen beiße ich mir so fest auf die Lippe, dass sie blutet. Wenn ich anfange zu schreien, kann ich vielleicht nie mehr aufhören.

Was geht da oben vor? Warum kommt niemand? Es ist doch schon mindestens eine Stunde vergangen, oder nicht? Ich trete gegen die Wand. Es fühlt sich gut an, also tue ich es wieder und wieder. Ich trete und trete, bis ich außer Atem bin. Ich muss hier raus. Ich kann nicht hier unten festsitzen, während oben alle in Gefahr sind. Sie könnten inzwischen allesamt tot sein. Woher soll ich das wissen? Ich atme ein und aus und ein und aus und setze meine Wanderung fort. Mit jedem Atemzug zieht sich meine Brust ein kleines bisschen mehr zusammen, sie schrumpft, genau wie die Zellenwände. Ich brauche Luft. Ich kriege nicht genug Luft. Ich bin allein und alle, die ich liebe, könnten tot sein oder im Sterben liegen. Ich bin sozusagen lebendig begraben. Ich atme immer schneller, bis ich mich hinsetzen und den Kopf zwischen die Knie nehmen muss. Mit aller Kraft versuche ich mich zusammenzureißen.

Nach einer Weile habe ich jedes Gefühl dafür verloren, wie lange ich schon in der Zelle bin. Ich weiß nicht, ob es Stunden waren oder fast ein ganzer Tag, als Pioneer schließlich auftaucht. Er ist schmutzig und sieht erschöpft aus. Nur seine Augen leuchten hell. Pioneer kommt auf meine Zelle zu, eine Art manische Energie lauert in seinem Blick. Ich weiche instinktiv von den Gitterstäben zurück.

»Was ist los?«, krächze ich. Ich bringe die Worte kaum heraus. Jetzt, wo es so weit ist, bin ich mir nicht sicher, ob ich es überhaupt wissen will.

»Was los ist?« Er kichert. Sein Lachen klingt ein bisschen schrill und ich fange an zu zittern. »Die Wölfe sind an unsere Tür gekommen, das ist los. Aber wir haben sie zurückgeschlagen.« Er nickt, doch es gilt mehr ihm selbst als mir. »Wir haben sie auf Abstand gehalten. Sie sind natürlich immer noch da draußen ... schleichen und schleichen herum, jederzeit bereit, unser Haus umzublasen sobald wir müde werden.«

Er scheint völlig in Gedanken versunken zu sein und spricht in Metaphern, die ich nicht verstehe. Ein Schauer durchläuft mich und ich schlinge die Arme um den Leib.

»Ist jemand ... sind alle okay?«, zwinge ich mich zu fragen.

Pioneer sieht mich an. »Kümmert dich das noch, Kleine Eule? Sorgst du dich wirklich um deine Familie oder hast du Angst um die Wölfe?«

Jetzt macht er mir Angst. Die Art, wie er mich ansieht, und die merkwürdige Anspannung in seiner Stimme gefallen mir nicht.

»Was ist mit meinen Eltern? Mit Will? Und Marie?«, stoße ich hervor.

»Alle gesund und munter – aber das ist alles andere als dein

Verdienst. Dir ist sicher klar, dass ich nicht länger dafür sorgen kann, dass es so bleibt, Kleine Eule. Nicht mehr.« Er schüttelt traurig den Kopf und mein ganzer Körper fühlt sich an wie ein Eisklumpen.

»Was sagst du da?«

Pioneer presst die Stirn an die Gitterstäbe und späht zu mir hinein. »Ich sage, dass sich der Sheriff nicht zurückziehen wird. Uns im Silo einzuschließen wird sie nicht fernhalten. Irgendwann finden sie den Eingang, und wenn wir uns weigern, sie reinzulassen, werden sie blasen, blasen, blasen, bis unser Haus umfällt. Wir können uns nicht vor ihnen verstecken oder sie bekämpfen, nicht so, wie ich es gehofft hatte. Es sind viel zu viele.«

Ich lehne mich gegen die Wand und versuche nicht zu weinen. »Was sollen wir tun?«

»*Ich* werde tun, was nötig ist, um diese Wölfe davon abzuhalten, hier einzudringen und uns zu trennen und euch alle so lange zu bearbeiten, bis ihr nicht mehr wisst, was wahr ist. Ich lasse nicht zu, dass alles Gute in meiner Gemeinde beschmutzt wird.« Pioneer schaut zur Decke. Tränen laufen ihm über die Wangen.

»Ich habe nie etwas anderes getan, als euch zu lehren, was richtig ist. Ich wollte euch helfen, dem Letzten Gericht der Brüder zu entgehen. Sie haben uns allen diese eine Chance gegeben. Warum hast du den Wölfen geholfen, uns das zu nehmen?«

Ich sinke auf meine Pritsche. Wie ist das alles nur passiert? Ich habe nicht gewollt, dass es so kommt. Ich hatte doch keine Ahnung. Es schnürt mir die Kehle zu und treibt mir die Tränen in die Augen. Ich weiß nicht, was ich sagen soll. Ich starre auf den Boden, versuche zu schlucken, zu atmen, nachzudenken. »Ich weiß nicht … Ich wollte niemandem wehtun. Bitte, ich …« Ich bringe den Satz nicht zu Ende. Nichts, was ich sagen kann, wird irgendetwas verbessern.

Pioneer beugt sich vor und sieht mich an. Sein Gesicht ist immer noch tränennass, aber seine Augen huschen durch den Raum und fixieren nichts und alles zugleich. »Ich werde tun, was notwendig ist, um zu verhindern, dass sie uns wegnehmen, was uns gehört. Egal, wie. Selbst wenn es bedeutet, unseren Plan jetzt … anpassen zu müssen.«

Ich bin mir nicht sicher, was er damit meint, aber ich weiß, dass es mir nicht gefällt.

»Die Brüder sprechen zu mir, Kleine Eule. Jetzt und hier. Sie wollen, dass wir zur Erde zurückkehren, aus der wir entstanden sind, und wieder ein Teil von ihr werden.« Er stößt ein abruptes Lachen aus. Es klingt schrill und hohl. »Der Neuanfang, den wir suchen, wird nicht auf dieser Welt stattfinden. Nein … er wird im Jenseits für uns vorbereitet.« Er nickt vor sich hin. Es ist, als habe er für den Moment völlig vergessen, dass ich mich im gleichen Raum befinde. »Das Silo zu bauen war eine Prüfung unseres Gehorsams. Wir haben getan, was sie wollten, und jetzt wollen sie uns belohnen, aber vorher müssen wir bereit sein, zu ihnen zu kommen. Das ist die ultimative Prüfung.«

Er ist aufgesprungen und läuft hin und her. Der Raum fühlt sich aufgeladen an. Gefährlich.

»Was sagst du da?«, frage ich und halte Abstand zu den Gitterstäben. Ich will ihm nicht zu nahe kommen. »Es ist uns doch bestimmt zu überleben.«

»Nicht mehr«, sagt er einfach. »Nicht mehr.«

Ich laufe zu den Gitterstäben, packe sie und rüttle daran, auch wenn sie sich nicht bewegen lassen. »Das will niemand! Und das wird niemand tun. Dafür sind wir nicht hier!«, schreie ich. Ich würde ihn schlagen, wenn ich könnte. Das alles ist so falsch.

Pioneer schüttelt traurig den Kopf. »Du siehst nicht, was ich sehe, Kleine Eule. Aber das wirst du noch. Das werdet ihr alle. Sie haben mir gesagt, was ich jetzt tun soll. Und ich bin bereit. Ich werde tun, was getan werden muss – um unser aller willen.«

»Das ist verrückt! Bitte! Sie können nicht wollen, dass wir alle sterben. Du irrst dich. Es ist falsch!« Ich springe auf und ab. Ich muss hier raus. Ich zerre an der Zellentür, die zwar klappert, aber nicht nachgibt.

Pioneer scheint mich nicht zu hören. Seine plötzliche Ruhe ist furchterregend.

»Du wirst sehen, es wird wunderbar – viel schöner, als wir es uns je hätten vorstellen können. Ich kann den Übergang friedlich gestalten. Ja … niemand braucht Angst zu haben. Es wird sein wie … wie einzuschlafen und im süßesten Traum wieder aufzuwachen. Sie warten auf uns. Es ist Zeit, dass wir ihnen gegenübertreten.«

Ich weiß nicht mehr, was ich noch tun oder sagen soll. Ich sitze in der Falle. Ich kann nicht hinaus, egal, wie sehr ich an den Gitterstäben rüttele. Pioneer ist übergeschnappt. Er wird alle umbringen und ich kann dabei nur zusehen – genau wie bei Indy. Sie werden nicht einmal wissen, dass sie sich wehren müssen. Ich schreie laut und lang, zerre an den Gitterstäben, bis mir die Hände wehtun, und bearbeite sie dann mit den Füßen. Ich spüre, wie mir der Verstand entgleiten will, und muss meine ganze Willenskraft aufbieten, um es zu verhindern. Ich schaukle mit dem Kopf hin und her und lehne ihn dann an die Gitterstäbe.

Denk nach, Lyla, denk nach. Es muss eine Möglichkeit geben, hier rauszukommen.

Pioneer wartet, bis ich mit dem Toben aufhöre, dann kommt er ganz nah ans Gitter, so nah, dass ich seinen Atem im Gesicht spüren und seinen Schweiß riechen kann. »Dein Zweifel hat mir Klarheit gebracht, Kleine Eule. Ich danke dir dafür. Deinetwegen schlagen wir diese neue Richtung ein. Und ich glaube, ich werde das zum Anlass nehmen, um deinen Abschied von dieser Welt bis ganz zum Schluss aufzuheben.«

Er tätschelt mir die Finger und wendet sich zum Gehen.

»Warte!«, rufe ich. Ich muss ihn hier festhalten. Ich darf ihn nicht fortlassen. Aber ich habe keine Wahl. In meiner Verzweiflung nehme ich den Toilettensitz vom Eimer, schiebe ihn durch die Gitterstäbe und werfe damit nach ihm, doch Pioneer hält nur kurz an der Tür inne, als ihm der Deckel vor die Füße fällt. Ich habe danebengeworfen. Er schaut noch einmal zu mir herüber und wackelt mit den Fingern – ein verstörender Abschiedsgruß. Dann macht er das Licht aus und tritt in den dämmrigen Gang. Seine Silhouette zeichnet sich noch einen Moment im Türrahmen ab.

»Ich finde, du solltest jetzt ein wenig Dunkelheit genießen, damit du das kommende Licht auch wirklich zu schätzen weißt«, sagt er und verschwindet im Gang. Mit einem sanften Klicken fällt die Tür hinter ihm ins Schloss.

Es ist stockdunkel im Raum. Ich kann nicht das Geringste sehen, nicht einmal meinen eigenen Körper. Ich schreie wieder los, aber die Laute scheinen von der Dunkelheit verschluckt zu werden.

Ich bin gefangen und allein.

Begraben.

Das Silo war nie als Zuflucht gedacht. Das begreife ich jetzt. Es sollte von Anfang an ein Sarg werden.

Ich habe wirklich mein Bestes gegeben,
um euch ein gutes Leben zu bereiten.
Aber trotz all meiner Bemühungen hat eine Hand voll Leute
mit ihren Lügen unser Leben unmöglich gemacht.

Jim Jones, Anführer des Peoples Temple

26

Als Pioneer fort ist, sind die Dunkelheit und Stille vollkommen. Falls in den Räumen über mir irgendjemand sein sollte, kann ich ihn nicht hören. Es gibt nur die undurchdringliche Dunkelheit und das Stakkato meines Herzschlags.

Wieder vergeht einige Zeit. Ich bin mir nicht sicher, wie viel, es ist unmöglich, das festzustellen. Ich habe angefangen, laut mit dem leeren Raum zu sprechen, um mich abzulenken und meine Platzangst in Schach zu halten. Zuerst habe ich geschrien und geschrien, dass sie mich rauslassen sollen, aber wenn ich niemanden hören kann, hören sie mich wahrscheinlich auch nicht. Außerdem klingen die Schreie beängstigend, auch wenn sie aus meiner eigenen Brust kommen. Sie verstärken meine Panik, bis ich das Gefühl habe, in eine Million Einzelteile zu zerplatzen.

Ich gehe wieder dazu über, durch die kleine Zelle zu wandern.

»Es wird bald jemand kommen. Pioneer macht bestimmt nicht, was er androht. Das kann er nicht tun.« Immer wieder sage ich das laut vor mich hin, aber es hilft nicht wirklich. Die Dunkelheit um mich herum ist ein lebendiges Etwas, fließend und voller schemenhafter Gestalten, von denen ich weiß, dass sie wahrscheinlich nicht real sind, aber sie fangen trotzdem an mich zu ängstigen. Ich lege die Hände auf die Augen, weil ich nicht mehr weiß, ob sie offen oder geschlossen sind.

Ich wandere durch meine Zelle und zähle die Schritte, die ich brauche, um von einer Wand zur anderen zu kommen. Sieben vor, sieben nach links und sieben nach rechts. Ich lasse die Hände beim Gehen über die Gitterstäbe gleiten, dann über die Wand und wieder über die Stangen und bleibe erst stehen, als ich fünfhundert Schritte gezählt habe. Dann lege ich mich auf die Pritsche, ziehe die Beine an den Leib und versuche mich zu beruhigen. Ich schließe die Augen, weil ich es nicht länger ertrage, in die Dunkelheit zu starren. Und dann mein Kopf. Er fühlt sich schlimmer an als nach dem Aufprall auf dem Parkplatz. Ohne es zu wollen, schlafe ich ein.

Einige Zeit später werde ich von einem Lichtstreifen geweckt. Ich kneife abwehrend die Augen zusammen, sinke wieder auf die Pritsche und halte mir die Hand vor das Gesicht. Ich könnte weinen vor Erleichterung. Ich bin nicht ganz allein. Irgendjemand nähert sich. Doch dann fällt mir ein, dass Pioneer gesagt hat, er wolle mich bis zum Schluss aufheben. Also kommt er, um mich zu holen. Ich springe von der Pritsche, kippe sie auf die Seite und zerre sie als Barrikade vor mich. Ich weiß nicht, wie ich mich sonst verteidigen soll. Verstecken kann ich mich nicht.

»Pioneer?«, frage ich, als ich die Anspannung nicht länger ertrage. Meine Stimme klingt ganz rau, so ausgetrocknet ist meine Kehle vom Durst und dem langen Schweigen.

»Lyla?«

Es ist Will. Ich sacke zusammen und beginne krampfhaft zu schluchzen.

Er zieht die Tür zum Vorratsraum weiter auf und hält sie mit einer großen Dose Pfirsiche offen. Die Deckenbeleuchtung lässt er aus und ich bin froh darüber, weil meine Augen immer noch damit beschäftigt sind, sich an das indirekte Licht aus dem Treppenschacht zu gewöhnen. Es tut so weh, dass ich sie abschirmen muss.

»Pioneer hat gesagt, ich soll dir etwas Wasser bringen.« Will hält mir einen Becher hin und wartet.

Als meine Augen sich umgestellt haben, stehe ich auf und schlurfe zum Gitter. Ich nehme den Becher entgegen und trinke. Das Wasser ist warm, aber es schmeckt so gut, dass ich heulen könnte. »Danke. Wo ist Pioneer? Was ist los? Geht es allen gut? Du bist doch nicht verletzt, oder?«

Will zuckt die Achseln. Er sieht erschöpft und unglücklich aus. »Ich bin nicht verletzt. Aber ich weiß nicht, wie es im Augenblick um die anderen steht. Es ist ziemlich chaotisch zugegangen da draußen. Wir sind eingeschlossen. Der Sheriff hat sich vor einer Weile zurückgezogen und wir haben einfach alles stehen und liegen lassen und sind hierhergekommen. Pioneer sagt, dass sie bald versuchen werden hier einzudringen.«

Ich lasse den Kopf gegen die Gitterstäbe sinken. Ich hatte gehofft, die anderen wären noch draußen und ich könnte Will irgendwie überreden, ihnen von Pioneers neuen Plänen zu erzählen, damit sie aus Mandrodage Meadows weglaufen und ihr Glück beim Sheriff versuchen können. Damit sie weiterleben können.

»Du musst mich hier rausholen, Will. Pioneer verliert den Verstand. Er hat etwas Schreckliches vor. Wir müssen die anderen warnen.«

»Halt den Mund!«, schreit Will. Ich pralle zurück, als hätte er mich geschlagen. »Pioneer hat mich gewarnt, dass du das tun würdest. Du schreckst vor nichts zurück, was? Wann bist du nur so geworden, Lyla? Wie konntest du dich nur so leicht gegen ihn – gegen uns alle – einnehmen lassen?«

»Das habe ich nicht, Will, wirklich nicht, ehrlich. Bitte glaub mir. Er hat vor, uns alle umzubringen, damit wir nicht von hier fortgehen. Nie mehr. Wir müssen ihn aufhalten.« Ich habe Kopfschmerzen. Richtig üble. Und das Reden macht es nicht besser. Ich presse die Hände gegen die Schläfe, um sie abzustellen. Ich muss Will dazu bringen, mir zuzuhören. »Bitte, Will, wir haben keine Zeit.«

Meine Worte scheinen gar nicht bei ihm anzukommen. »Du hast zu mir gehört, Lyla. Es war uns bestimmt zu heiraten. Wie konntest du einen anderen auch nur ansehen?«

In diesem Moment begreife ich, wie sehr ich ihn verletzt habe. Er liebt mich wirklich. Nicht auf die freundschaftliche Art, mit der ich ihn liebe, sondern auf eine tiefer gehende, romantische Weise, die ich nicht teile. Ich habe immer gewusst, dass er mehr für mich empfindet als ich für ihn, aber es ist viel stärker, als ich angenommen hatte. Es schmerzt mich tief in der Brust. Will ist einer meiner besten Freunde und ich habe ihn verletzt, ihm so wehgetan, dass er mir vielleicht nie verzeihen wird. Trotzdem ist es nicht der richtige Zeitpunkt, um über all das zu sprechen. Ich muss ihn dazu bringen, sich auf Pioneer zu konzentrieren. Muss ihn überzeugen, mir hier rauszuhelfen, damit wir losziehen und die anderen warnen können.

»Das spielt im Moment alles keine Rolle, Will. Hör mir zu! Pioneer hat vor, uns umzubringen. Nicht der Sheriff und nicht die Männer da draußen. Pioneer.«

»Warum soll ich dir glauben? Du hast ihn als Lügner bezeichnet, dabei bist du die Lügnerin, Lyla.«

»Das mit Cody …«, setze ich an.

»Halt die Klappe! Und sprich seinen Namen nicht aus. Ich will ihn nicht hören!«, schreit Will. Er schaut mich an. In seinen Augen glänzen Tränen. Dann dreht er sich um, geht tiefer in den Vorratsraum hinein und sagt mit dem Rücken zu mir: »Du wirst mich nie so lieben wie ich dich, stimmt's?«

Seine Frage schockiert mich. Er dreht sich wieder um, seine Augen sind zornig, aber auch traurig. »Oder?«

Ich wünschte, wir hätten keine Gitterstäbe zwischen uns. Ich würde gern zu ihm gehen und seine Hand nehmen, um ihm zu zeigen, dass er mir immer etwas bedeuten wird. Deshalb bemühe ich mich, meine Antwort abzuschwächen. »Ich weiß es nicht, Will. Ich habe immer gehofft, dass es mir eines Tages gelingt.«

Er atmet ein paarmal tief durch, ehe er weiterredet. »Tja, ich bin mir nicht sicher, ob ich noch länger dein Trostpreis sein will. Ich habe etwas Besseres verdient als das, Lyla.«

»Ich weiß. Du hast recht, das hast du«, sage ich. Ich hatte immer noch gehofft, er würde von meinen wahren Gefühlen nichts ahnen, aber jetzt ist klar, dass er es immer gewusst hat. Ich kann mir nicht einmal vorstellen, wie sehr ihn das in den letzten Jahren verletzt haben muss. Ich bin grausam und selbstsüchtig und habe seine Treue nicht im Mindesten verdient. Ich habe ihn enttäuscht. Habe alle enttäuscht.

»Es tut mir unendlich leid«, sage ich, weil das alles ist, was ich sagen kann. »Was stimmt nicht mit mir, Will? Warum konnte ich nicht einfach der Mensch sein, den ihr in mir sehen wolltet?«

»Lass das«, faucht Will. »Verlange nicht von mir, dich auch noch zu bemitleiden. Denn das tue ich nicht. Du hast dir und dem ganzen Rest von uns diesen Schlamassel selbst eingebrockt. Und wofür? Damit du dir weismachen kannst, du wärst ein echter Teenager? Aber das bist du nicht. Keiner von uns ist das. Wir sind auserwählt. Und ja, das bedeutet, ein paar Dinge opfern zu müssen. Das mussten wir alle. Also tu nicht so, als wärst du die Einzige, die Schwierigkeiten hat mit dem, was Pioneer von uns verlangt. Es steht uns nicht zu, seinen Plan oder den der Brüder infrage zu stellen. Du hast es getan und jetzt siehst du, wohin uns das gebracht hat – wir müssen mehrere Monate früher ins Silo und haben die

Außenstehenden im Nacken. Wir müssen gegen sie kämpfen und sie zurückdrängen, um uns zu schützen. Das kapierst du doch, oder? Wir werden kämpfen bis ans Ende unserer Tage. Irgendwann finden sie einen Weg herein, es ist nur eine Frage der Zeit. Und das ist alles deine Schuld.«

Er ist immer noch überzeugt, dass Pioneer sich an den ursprünglichen Plan halten wird, und glaubt mir kein Wort. Er wird mich nicht herauslassen. Und er wird auch die anderen nicht warnen. Für das, was Pioneer vorhat, kann ich nur meine Worte in die Waagschale werfen und das ist angesichts seines Zorns und seines Schmerzes bedeutungslos.

Ich sinke auf die Pritsche. Wenn Will mir nicht glaubt, wird es niemand tun. Vielleicht hat er recht. Vielleicht bin ich wirklich an allem schuld. Hätte ich Pioneer nicht infrage gestellt oder Cody nicht eingeweiht und ihm nicht alles erzählt, wäre vielleicht alles in Ordnung gewesen. Dann würde Pioneer nicht planen, uns alle umzubringen, Will mich nicht hassen und meine Eltern würden nicht an mir zweifeln. Ich habe etwas in Gang gesetzt, das ich nicht mehr aufhalten kann. Egal was passiert, es wird nicht gut ausgehen – für keinen von uns.

Will schlägt mit der Faust gegen ein Regal. »Du hast alles kaputt gemacht.« Eilig geht er zur Tür und hält nur inne, um die Dose fortzuräumen. Dann ist er fort und ich bin allein in der Dunkelheit – genau dort, wo ich hingehöre.

Reue wofür?
Ihr habt mir alles angetan,
was nur irgendwie möglich war.
Gibt mir das nicht das gleiche Recht?

Charles Manson, Anführer der Manson Family

27

Erst als ich erschrocken aus dem Schlaf fahre, merke ich, dass ich erneut eingenickt bin. Es passiert mir immer wieder, dass ich einschlafe. Es macht mir Angst, aber ich kann es nicht verhindern.

Im Treppenschacht höre ich ein Geräusch. Ich fahre von der Pritsche hoch und horche. Da kommt jemand. Ich kauere mich in die Ecke und sehe die Tür des Vorratsraums aufschwingen. Ein schmaler Streifen trübes Licht ergießt sich in den offenen Raum und eine schemenhafte Gestalt gleitet hinter ihm herein und zieht die Tür wieder zu.

»Wow«, höre ich jemanden flüstern, ehe es klick macht und eine Taschenlampe aufleuchtet. Der Lichtstrahl hüpft sekundenlang über die Regale. Ich kann nicht erkennen, wer die Lampe festhält, aber ich weiß, dass es nicht Pioneer ist. Wer es auch sein mag, ist viel kleiner als er.

»Hier drüben«, flüstere ich und endlich fällt das Licht auf meine Zelle. Ich lege das Gesicht an die Gitterstäbe und spüre, wie Erleichterung mich überschwemmt. Noch hat Pioneer niemandem etwas getan. Noch habe ich Zeit, noch gibt es eine Chance.

»Hallo?«, rufe ich.

»Pssst!«, wispert eine Stimme. Der Lichtstrahl schwingt zurück und zeigt mir Maries Gesicht. »Wenn jemand rausfindet, dass ich hier unten bin, bin ich geliefert. Ich muss sicherheitshalber das Licht auslassen. Tut mir leid.«

Sie legt eine Hand auf meine. »Wie geht's dir?«

»Nicht gut«, sage ich und will noch mehr sagen, aber sie unterbricht mich.

»Tut mir leid wegen vorhin. Ich hätte mich vor dich stellen müssen. Hätte ihnen sagen müssen, dass es meine Bücher und Zeitschriften sind.«

»Nein, du hast genau das Richtige gemacht. Wir würden jetzt bloß beide hier drinsitzen.«

»Und es tut mir leid wegen Indy. Ich wusste nicht ... die meisten von uns hatten keine Ahnung. Mein Dad hat gesagt, Pioneer hätte es nur den Männern erzählt und das auch erst, kurz bevor sie ... sie umbringen mussten.«

»Mir tut es auch leid. Wo ist Pioneer, Marie?«

Sie zuckt die Achseln. »Hab ihn seit Stunden nicht mehr gesehen. Die Lage ist ziemlich außer Kontrolle, Lyla. Der Dad von deinem Cityboy ist vor ein paar Stunden hier aufgetaucht und er war nicht allein.«

»Ich weiß, ich habe gesehen, wie Brian aufs Gelände gekommen ist, kurz bevor sie mich hergebracht haben.«

»Es gab eine Schießerei. Alle haben geschossen. Es war ganz anders als im Schießtraining. Ich bin fast ausgeflippt. Ich konnte kaum zielen, so sehr habe ich gezittert. Will und Brian haben sich besser angestellt, aber ich glaube nicht, dass sie wirklich jemanden getroffen haben.« Ihre Augen sind groß und verängstigt, aber auch erregt. Sie erinnern mich ein bisschen an Pioneers Miene, als er vorhin unsere neue Mission beschrieb.

Dabei hat sie keine Ahnung davon, was Pioneer als Nächstes vorhat.

»Marie, hör mir zu«, sage ich, bevor sie weiterreden kann. »Wir müssen es alle aus dem Silo schaffen.«

Ich kann nur hoffen, dass sie mir besser zuhören wird als Will. Ich brauche jemanden, der mir glaubt. Ich will diesen Kampf nicht allein kämpfen. Und ich brauche sie, damit sie meine Zelle öffnet.

»Warum sollten wir das tun? Die Leute sind immer noch da draußen, Lyla.«

»Pioneer hatte eine neue Vision. Das hat er mir erzählt, als er das letzte Mal hier unten war. Die Brüder haben ihm verkündet, dass wir jetzt sterben müssen, damit wir bei ihnen sein können.«

Marie starrt mich an. »Ich weiß, dass du unbedingt hier rauswillst, Lyla, aber mal im Ernst, Pioneer so etwas vorzuwerfen ist einfach verrückt.«

Ich atme laut aus. Sie kapiert es nicht. »Es ist mein Ernst, Marie. Wir sind hier nicht sicher.«

Marie zieht eine Grimasse und fällt mir ins Wort. »Fang doch nicht wieder damit an. Pioneer tut, was er tun muss. Du magst diesen Knaben, das ist mir klar, und es ist großer Mist, dass du ihn nicht wiedersehen kannst. Aber so kannst du mit der Sache nicht umgehen. Du handelst dir nur immer mehr Ärger ein.«

Ich vergrabe das Gesicht in den Händen. Wie konnte ich mir nur einbilden, sie dazu zu bringen, mir zuzuhören? Ich stöhne frustriert in meine Hände.

Marie kommt näher. Ihre Taschenlampe tanzt über meine Pritsche. »Jetzt, wo wir hier unten sind, wird alles besser, Lyla, du wirst schon sehen. Wir beide können neu anfangen. Ich kann keine Zeitschriften und so mehr reinschmuggeln und du kannst diesen Jungen nicht wiedersehen. Von jetzt an wird es leichter. Es gibt keine Versuchungen mehr, stimmt's?« Sie blickt mich hoffnungsvoll an. »Alles wird gut.« Sie versucht sich ebenso zu überzeugen wie mich.

»Nein, wird es nicht! Wir sind schon seit Urzeiten befreundet, Marie. Schau mich an. Sehe ich aus, als würde ich dich anlügen?« Ich stelle mich ihr auf der anderen Seite der Gitterstäbe direkt gegenüber. Wir starren uns an.

Marie wird still und ihr Lächeln verblasst. »Du meinst es wirklich ernst, nicht?«

»Das versuche ich dir die ganze Zeit klarzumachen. Du musst mich hier rausholen. Wir müssen die anderen warnen.« Ich schöpfe wieder Hoffnung. Wenn ich Marie auf meiner Seite habe, müsste ich wenigstens einige unserer Freunde und Verwandten dazu bringen, mir zu glauben.

Marie starrt unverwandt auf die Gitterstäbe, ihr Gesicht ist ganz eingefallen vor Schreck.

»Marie?« Ich streichle ihre Hand, um sie in die Wirklichkeit zurückzuholen. »Marie! Ich glaube nicht, dass wir noch viel Zeit haben.«

Ihre Augen sind hell vor Angst, als sie zu mir aufschaut. »Was sollen wir nur machen? Wir sind hier eingesperrt. Es ist zu spät.« Sie packt die Stäbe und ihre Taschenlampe, die zwischen ihrer Hand und dem Eisen eingeklemmt ist, rutscht ein Stück nach oben. Ein Lichtkreis hüpft über die Decke. Ich kann Marie nicht mehr so deutlich sehen. Sie ist mehr Schatten als Person.

»Ich will nicht sterben, Lyla. Ich dachte, hier drin zu sein bedeutet, dass wir das nicht müssen.« Sie fängt an zu weinen.

Ich lege beide Hände auf ihre. »Wir müssen nicht sterben. Darum geht es doch. Nicht, wenn wir ihm alle zusammen sagen, dass wir das nicht wollen. Er kann uns nicht allen seinen Willen aufzwingen, nicht gleichzeitig, nicht er allein.«

»Aber müssen wir bald nicht sowieso sterben, wenn die Welt

untergeht? Dann können wir nicht mehr hierher zurück, um Schutz zu finden.«

»Ich bin mir nicht mehr sicher, ob das Ende wirklich kommt. Hältst du es nach allem, was passiert ist, nicht für möglich, dass er sich irrt? Ich glaube, deswegen kämpft er so verbissen darum, uns hierzubehalten.«

»Aber was ist, wenn er sich nicht irrt?«, drängt sie.

»Die Frage ist doch, ob du bereit bist, schon *heute* zu sterben oder nicht. Ich bin es nicht. Wenn die Welt untergeht, können wir nicht dagegen ankämpfen, aber gegen einen Mann schon. Wir können uns entscheiden, den heutigen Tag zu erleben und jeden weiteren, der uns noch bleibt. Außerdem ist es ohnehin die Frage, ob man das Eingeschlossensein hier drinnen überhaupt noch Leben nennen kann. Wir wissen nicht einmal, wie lange wir hier unten bleiben müssen. Werden wir denn das Gefühl haben, ein Leben gehabt zu haben, wenn wir hier für den Rest unseres Lebens festsitzen? Ich glaube nicht, dass diese Art zu überleben genug ist, Marie, für niemanden von uns.«

»Aber ich habe Angst«, sagt Marie mit zitternder Stimme.

»Ich auch. Ich habe Angst davor, ihm die Stirn zu bieten. Und ich habe Angst zu sterben. Aber es ist so, wie er neulich beim Schießtraining gesagt hat. Selbst Lämmer müssen manchmal Löwen sein. Wir müssen gegen die Angst ankämpfen. Wenn wir vor dem Rest der Welt nicht solche Angst gehabt hätten, hätten wir Pioneer vielleicht nie so viel Macht über uns zugestanden. Es ist Zeit, sie uns zurückzuholen.« Ich verstärke den Druck auf ihre Hand. »Wenn wir es zusammen tun, wird es nur halb so schlimm. Hilfst du mir, ihn aufzuhalten?«

Sie schnieft, nimmt ihre Hand aber nicht fort. Ich lächele ihr zu und hoffe, dass ich mutiger aussehe, als ich mich fühle.

»Okay, dann sind wir jetzt also Löwen … auf sie mit Gebrüll?«

Ihre Stimme schwankt und das letzte Wort klingt mehr nach einer Frage als nach einer Ansage. Wir schauen uns an und fangen an zu lachen, schrill und hysterisch, wie man es nur in einem Moment wie diesem tut, wenn man keine andere Wahl hat, als zu lachen oder zu schreien.

»Ich bin sowieso gekommen, um dich rauszuholen.« Sie lächelt unter Tränen. »Ich habe mir gedacht, bei dem ganzen Trubel wird es nicht gleich auffallen, und bis sie es merken, hättest du dich so still verhalten können, dass klar ist, dass du keinen Ärger mehr machen willst. Aber damit lag ich wohl mächtig daneben. Ich meine, ich hab dich noch nicht mal rausgeholt und schon hast du mich überredet, auf die dunkle Seite zu wechseln.«

Ich grinse sie an. »Ich liebe dich, Marie.«

»Ich liebe dich auch. Und jetzt mach Platz.« Sie greift in die Tasche und zieht einen Schlüssel heraus. »Wusstest du, dass es in Mandrodage Meadows für alles einen Zweitschlüssel gibt? Pioneer hat meinem Dad irgendwann aufgetragen, sie nachmachen zu lassen, als wir auf Besorgungsfahrt waren. Ich wusste, dass er sie irgendwo gehortet haben musste. Hab fast den ganzen Nachmittag gebraucht, um darauf zu kommen, wo. Wie sich rausgestellt hat, waren sie in der Waffenkammer. Ich habe sie dort entdeckt, als ich vorhin mein Gewehr zurückgebracht habe.«

»Du musstest dein Gewehr zurückbringen?« Er will, dass niemand mehr bewaffnet ist. Ich schaudere, als mir klar wird, wie gründlich er seinen nächsten Schritt geplant hat … fast so, als habe er ihn schon länger und nicht erst seit heute ins Auge gefasst.

»Das mussten alle. Es war Pioneers Idee. Er meint, wir würden sie heute nicht mehr brauchen. Aber vermutlich hat es eher mit dem zu tun, was du über seine Pläne gesagt hast.« Sie schafft es immer noch nicht, es laut auszusprechen.

Marie nähert sich dem Schloss. Sie leuchtet mit der Taschenlampe darauf und beugt sich vor. »Gleich bist du –«

Urplötzlich gerät die Dunkelheit hinter ihr in Bewegung und sie verstummt. Dann prallt sie mit der Brust vor mir gegen die Gitterstäbe und ihr Rücken biegt sich durch, als sei sie an Fäden aufgehängt. Die Taschenlampe fällt zu Boden und schlittert kreiselnd davon.

»Marie, was ist passiert? Was ist los?«, schreie ich. Mit den Augen folge ich dem Bogen, den die Taschenlampe beschreibt, während sie über den Boden rollt. Sekundenlang werden eine Hand und Pioneers vertrautes Karohemd sichtbar. In der Hand hält er ein Messer – mit Blut an den Rändern. Er war die ganze Zeit über hier, wahrscheinlich schon bevor Marie herunterkam. Warum habe ich ihn nicht hereinkommen hören? Ich muss geschlafen haben. Hat er hier unten gewartet, um zu erfahren, ob mir jemand helfen würde?

Und jetzt hat er Marie niedergestochen.

»Nein, nein, nein, nein, NEIN!«, schreie ich. »Lass sie in Ruhe!«

Die Taschenlampe rollt immer noch über den Boden und zeigt hier und da Bruchstücke von Marie und Pioneer. Marie gibt in der Dunkelheit einen kleinen Laut von sich. Ich presse mich gegen die Gitterstäbe und strecke den Arm aus, um Pioneer festzuhalten, wenn ich kann. Ich will ihn von ihr fernhalten, doch er springt tänzelnd beiseite.

Schließlich kommt der Lichtstrahl auf Marie zu ruhen. Ihr Mund steht offen und ihr Atem geht stoßweise. Pioneer tritt die Taschenlampe fort, die kreiselnd davonrutscht, und Marie wird wieder von der Dunkelheit verschluckt. Als das Licht das nächste Mal auf sie fällt, sackt sie auf dem Boden zusammen. Ich kauere mich ans Gitter und strecke die Hand nach ihr aus. »Marie!«

Die Taschenlampe bleibt neben ihrer zusammengesackten Gestalt liegen. Sie sieht mich an. Ihr Mund ist immer noch offen, als versuche sie ein Wort von sich zu geben oder einen Schrei oder beides. Ein dünner roter Blutfaden rinnt aus ihrem Mundwinkel und tropft von der Wange, die jetzt direkt vor meiner Zelle auf dem Boden liegt.

Pioneer hebt die Taschenlampe auf. Marie schafft es, den Kopf zu drehen, und ihre Augen weiten sich, als sie Pioneer dort stehen sieht. Er kniet sich neben sie und streicht ihr behutsam die Haare aus dem Gesicht. Er legt die Taschenlampe so ab, dass sie sie beide beleuchtet, und schaut mich an. Sein Blick ist entschlossen und leer.

»RÜHR SIE NICHT AN!«, schreie ich und zerre an den Stäben, versuche sie herauszureißen.

»Sie wollte dich rauslassen. Das hätte meinen neuen Plan ruiniert«, sagt er und schaut von mir zu ihr. »Aber das überrascht mich nicht. So nahe, wie ihr euch immer gestanden habt, war es bloß eine Frage der Zeit, wann sie deinem schlechten Beispiel folgen würde.«

Voller Zärtlichkeit blickt er auf Marie hinab. »Du bist die Erste von uns, die auf die Reise geht. Möge es dir ein Trost sein, dass wir dir bald folgen werden. Hab keine Angst. Du wirst nicht allein sein, während du wartest. Ich habe dir Drew letztes Jahr vorausgeschickt. Er wartet auf dich.«

Es verschlägt mir den Atem und Maries Körper bäumt sich auf. Wir hatten geglaubt, er wäre einfach fortgegangen … All die Zeitschriften, Maries Hoffnung, ihn in einer davon zu entdecken – und dabei war er bereits tot! Pioneer muss sich damals schon auf diesen Tag vorbereitet haben. Mir steigen die Tränen in die Augen und ich muss blinzeln.

Pioneer beugt sich vor und küsst Marie zärtlich auf die Wange.

Der Schmerz in ihrem Gesicht ist fast unerträglich. Sie versucht sich wegzudrehen, aber er hält ihr Gesicht in den Händen.

»LASS SIE IN RUHE!«, brülle ich, doch er hebt nicht einmal den Kopf.

Pioneer bewegt die Lippen, aber die Worte sind zu leise, als dass ich sie verstehen könnte. Marie versucht krampfhaft, sich zu bewegen und von ihm abzurücken, doch er setzt sich auf sie und drückt ihre Schultern herunter. Sie hebt die Arme und will wohl seine Hände wegziehen, aber ihre Finger zittern und gehorchen ihr nicht. Ihr Atem klingt gurgelnd und merkwürdig pfeifend.

Pioneers Lippen bewegen sich unaufhörlich weiter, stumm und andächtig. Dann legt er ihr die Hand auf die Augen und setzt ihr das Messer an die Kehle. Er räuspert sich. »So gehe nun in Frieden zu den Brüdern.« Die letzten Worte spricht er wie einen Segen und ich werfe mich gegen das Gitter. Mir wird schwindlig und meine Beine geben nach.

»*Marie!*«, schreie ich aus Leibeskräften.

Pioneer holt tief Luft, dann zieht er das Messer mit einer fließenden Bewegung von links nach rechts und öffnet Maries Kehle. Ihr Körper zuckt. Ich will schreien, aber ich kann nicht. Kann mich nicht bewegen, kann nicht denken. Es ist, als wäre ich aus Glas und alles in mir würde zerbrechen. Ich presse mich so fest ans Gitter, dass es wehtut, und lasse trotzdem nicht nach. *Marie.*

Als es vorbei ist, ist der Boden nass von Blut und Maries blassgrünes Shirt leuchtet rot. Pioneers Gesicht ist wild und voller Blutspritzer. Er hält das Messer immer noch umklammert, aber es zeigt nun nach unten. Er kauert über ihr und sucht ihren Brustkorb nach Lebenszeichen ab, doch es gibt keine.

Rasende, kochend heiße Wut schießt in mir hoch. Ich nehme die Pritsche und schmettere sie gegen das Gitter. Der Raum scheint sich zu drehen. Ich spüre, wie mir alles um mich herum zu entgleiten droht. Sie hat ihm vertraut und er hat sie verraten. Er ist das Böse, vor dem wir die ganze Zeit über hätten weglaufen sollen. Warum haben wir das nicht gesehen? Warum wussten wir das nicht? Dafür muss er büßen. Irgendwie muss er für all das büßen.

Pioneer starrt auf das Blut auf seinem Messer. Seine Hände zittern, Tränen laufen ihm über das Gesicht. Es ist, als würde er tatsächlich um sie trauern. Langsam bückt er sich nach der Taschenlampe, richtet sich wieder auf und geht in den hinteren Teil des Vorratsraums. Kurz darauf kommt er mit Mülltüten und einer Rolle Papiertücher zurück. Er wischt sich Hände und Gesicht ab und fängt an, eine Tüte nach der anderen aus der Schachtel zu ziehen und sie wie ein Leichentuch über Marie zu breiten.

Benommen schaue ich ihm zu. Ich begreife nicht, was gerade geschehen ist. Es kann nicht wahr sein.

»Das ist deine Schuld. Sie hätte mit dem Rest von uns einschlafen können. Wenn sie nicht heruntergekommen wäre, um dich freizulassen, wäre nichts von alldem passiert.« Seine Stimme bricht. »Aber ich wusste, dass sie es tun wird. Ich wusste es einfach, deshalb habe ich hier unten auf sie gewartet.« Er starrt mich so durchdringend an, dass ich ein Stück zurückweiche. »Was ist aus dir geworden, Mädchen? Ein Dämon? Mein eigener Judas, geschickt, um mich in meiner dunkelsten Stunde zu verraten?« Spucke fliegt ihm aus dem Mund und plötzlich macht er einen Satz auf die Zelle zu. Ich weiche noch weiter zurück. Er leuchtet mir mit der Taschenlampe direkt ins Gesicht, sodass ich ihn nicht mehr erkennen kann, und ich ziehe mich so weit wie möglich in die Ecke zurück.

»Aber das lasse ich nicht zu, Dämon, hörst du? Ich lass dich die Gemeinde nicht auseinanderreißen!«, schreit er.

Obwohl er mich von dort, wo er steht, nicht packen kann, höre ich nicht auf, zu zittern und zu weinen. Er hat Marie die Kehle durchgeschnitten, um ihre Seele zu retten, und jetzt ist er darauf aus, auch meine zu retten.

Plötzlich klopft es an die Tür des Vorratsraums.

»Pioneer? Wir müssen reden.«

Es ist Mr Whitcomb. Die Tür geht auf. Pioneer schaltet die Taschenlampe aus und der Raum wird wieder in völlige Schwärze getaucht. Eigentlich hatte ich schreien und Mr Whitcomb auf mich aufmerksam machen wollen, aber ich weiß nicht, wie Pioneer reagieren wird. Womöglich hat er das Messer wieder in der Hand. Wenn ich versuche Mr Whitcomb zu warnen, wird er ihn dann auch töten?

Ich spähe in die Dunkelheit, um zu sehen, wo Pioneer steckt, aber das ist unmöglich.

»Ich bin hier, Sonny«, sagt Pioneer, während er auf Mr Whitcombs Silhouette im Türrahmen zueilt. Er drängt ihn zurück in den Treppenschacht. Die Tür fällt hinter ihnen zu. Ich kann hören, wie sie die Treppe hinauflaufen.

Sie haben mich wieder in der Dunkelheit zurückgelassen – nur bin ich diesmal nicht allein.

Viele Menschen hier sind müde,
aber ich bin nicht sicher,
ob sie bereit sind, sich hinzulegen,
auszustrecken und einzuschlafen.

Jim Jones, Anführer des Peoples Temple

28

Ich will einfach nicht glauben, dass Marie tot ist. Lange Zeit sitze ich an die Gitterstäbe gelehnt da und rufe nach ihr in der Hoffnung, sie werde mir antworten. Ich versuche mir einzureden, dass sie bewusstlos ist. Aber sie wacht nicht auf. Es gibt nur noch die Stille. Einen ganzen Ozean davon. Und ich ertrinke darin.

Ich weine, bis ich keine Tränen mehr habe. Ich schaukle vor und zurück gegen die Gitterstäbe. Jetzt ist alles aus. Das hier ist das Ende.

Vielleicht ist es gut so.

Vielleicht soll es so sein.

Ich bin mir nicht sicher, ob ich das, was gerade passiert ist, ertragen kann. Ich will das Bild von Maries blutigem Körper oder Indys Schreie nicht ständig mit mir herumschleppen. Aber beides hat sich fest in mir eingebrannt und läuft in meinem Hirn als Dauerwiedergabe ab. Ich will einfach nur, dass das alles verschwindet.

Die Dunkelheit ist jetzt noch beängstigender. Ständig fürchte ich, Pioneer könne noch hier sein, obwohl ich ihn gerade habe davongehen sehen. Wie lange hat er in diesem Raum gesessen und mich weinen und mit mir selbst reden hören? Und die ganze Zeit über hatte er ein Messer bei sich. Wollte er es gegen mich richten, nachdem er Marie umgebracht hatte? Und was geschieht jetzt? Hat er es schon geschafft, Mr Whitcomb loszuwerden? Kommt er womöglich in diesem Moment die Treppe wieder herunter? Ich horche und warte, doch es ist nichts zu hören außer meinen eigenen schweren Atemzügen.

Ich nehme mir fest vor, dass ich kämpfen werde, sollte er unter irgendwelchen Umständen wieder hier mit mir im Raum sein. Ich werde alles daransetzen, um ihm wehzutun. Er muss bezahlen für das, was er Marie angetan hat, Indy, uns allen. Er hat uns glauben gemacht, es gäbe eine bessere Art zu leben, ein besseres Leben, dabei hat er in Wirklichkeit nichts anderes getan, als uns zum Tode zu verurteilen.

Als er weiterhin nicht vor meiner Zelle Gestalt annimmt und sein Messer durch die Gitterstäbe rammt, fange ich an, darüber nachzudenken, was als Nächstes zu tun ist. Ich muss aus dieser Zelle raus. Ich muss retten, wen ich retten kann, damit Maries Tod für irgendetwas gut war.

Der Schlüssel.

Marie hatte den Schlüssel. Ich sehe ihn noch vor mir. Pioneer hat ihn nicht mitgenommen. Er hat vergessen, ihn an sich zu nehmen, bevor Mr Whitcomb hereinkam. Sie muss ihn immer noch in der Tasche haben oder in der Hand halten. Wenn ich an sie herankomme, kann ich ihn mir holen und von hier verschwinden.

»Mir tut das alles so leid, Marie«, sage ich. In der Stille klingt meine Stimme überlaut. Hohl.

Ich lehne mich ans Gitter und strecke den Arm so weit wie möglich aus, um den Boden vor mir abzutasten. Meine Hand landet in etwas Klebrig-Feuchtem – Blut – und ich schrecke zurück. Ich muss mich zwingen, die Hand wieder auszustrecken. Ich presse mich an die Gitterstäbe und schreie, als ich nichts Festes ertasten kann, aber ich gebe nicht auf. Immer wieder taste ich über den Boden und strecke den Arm so weit nach vorn, wie es geht. Meine Schulter protestiert vehement, aber ich kann nicht aufgeben. Nicht jetzt. Nur noch ein kleines Stück weiter. Ich keuche und öffne den Mund gerade so weit, dass ich die Metallstange an meinem Gesicht schmecken kann. Ich stemme den Fuß gegen die Pritsche und zwänge mich fester in den schmalen Spalt zwischen zwei Stäben. Ich befürchte schon, mir das Jochbein zu brechen, als meine Finger endlich, endlich über Stoff gleiten. Er ist steif von Blut, gibt aber nach, als ich ihn packe und daran ziehe. Das Rascheln der Mülltüten, mit denen Pioneer Marie abgedeckt hat, lässt mich zusammenfahren. Zuerst tut sich gar nichts, deshalb ziehe ich mit beiden Händen immer fester, bis meine Finger verkrampfen. Ich spüre, wie sich Marie ein kleines Stückchen vorwärtsbewegt, gerade genug, um mit den Fingern besseren Halt zu finden. Nach und nach zerre ich sie so weit auf mich zu, dass ich an ihre Tasche heranreichen kann. Sie ist leer. Sie hatte den Schlüssel schon in der Hand. Ich fahre mit den Fingern an ihrem Arm entlang und lege meine Hand auf ihre. Ihre Fingerspitzen sind kalt, aber die Handflächen noch warm. Ich muss mich zwingen, nicht wieder loszuschluchzen. Der Schlüssel steckt in ihrer Faust. Ich schiebe ihn heraus und ziehe ihn zu mir heran.

Ich brauche eine ganze Weile, um den Schlüssel ins Schloss zu fummeln. Meine Hände zittern so sehr, dass ich mich an den Gitterstäben abstützen muss, doch dann geht die Tür auf und ich bin frei. Ich taste mich zur Tür vor und knipse die Deckenbeleuchtung an. Es dauert ein paar Minuten, bis ich die Augen aufmachen kann, und noch etwas länger, bis ich irgendetwas klar erkenne. Ich weiß nicht genau, wie lange ich im Dunkeln war. Stunden? Tage? Es fühlt sich an wie eine Ewigkeit.

Bei Licht ist der Anblick von Maries Leichnam fast mehr, als ich verkraften kann. Da ist so viel Blut auf dem Boden! Ich starre auf ihre Turnschuhe, die aus den Mülltüten herauslugen. Ich kann mich nicht entscheiden, ob ich sie zugedeckt lassen soll oder nicht. Immer wieder geht mir durch den Kopf, dass sie unter den Tüten nicht atmen kann, obwohl ich weiß, dass sie tot ist. Schließlich knie ich mich neben sie und decke sie mit den Tüten zu, lasse ihr Gesicht aber unbedeckt. Ihre Haut ist schneeweiß und aschfahl im Kontrast zu ihren dunklen Haaren, ihr normalerweise karamellfarbener Teint verschwunden. Ich streichle ihre Wange. Es erscheint mir immer noch unfassbar und unrecht, dass sie tot ist. Dass Pioneer ihr das angetan hat.

»Ich werde ihn aufhalten«, flüstere ich ihrem Gesicht zu. »Das verspreche ich dir.« Dann beuge ich mich hinab und küsse sie auf die Wange.

Ich starre Pioneers Messer an, das zwischen Marie und der Tür liegt. Ich sollte es mitnehmen, aber die Klinge ist so rot, rot von Maries Blut. Ich kann mich nicht überwinden, es aufzuheben. Ich will es nicht mitnehmen. Will es nie wiedersehen.

Ich stehe auf und öffne die Tür zum Treppenschacht. Das Licht brennt, wenn auch trübe. Die Luft ist stickig und verbraucht und die Drehungen und Windungen über mir liegen im Schatten. Langsam mache ich mich an den Aufstieg, trete behutsam nur mit den Fußballen auf, um so leise wie möglich zu sein. Hinter jeder Treppenbiegung vermute ich Pioneer, der auf der Lauer liegt, um mit seinem Messer auf mich loszugehen – obwohl es ja nach wie vor neben Marie auf dem Boden liegt. Jedes Mal, wenn ich um eine Ecke spähe, bleibt mir fast das Herz stehen. Pioneer ist nicht da. Jetzt, wo ich weiß, dass ich immer noch allein bin, bin ich mir plötzlich nicht sicher, wohin ich mich wenden soll.

Zu meinen Eltern. Zu ihnen sollte ich als Erstes. Sie sind im

Augenblick vielleicht meine einzige Hoffnung auf Verstärkung. Sie werden mir zuhören; sie müssen es tun. Wenn ich ihnen alles erkläre, werden sie wissen, dass ich nicht lüge. Wenn es sein muss, führe ich sie hinunter zum Vorratsraum und zeige ihnen Marie.

Unsere Wohnquartiere befinden sich zwei Stockwerke weiter oben. Sie steuere ich zuerst an in der Hoffnung, meine Eltern dort allein zu erwischen. Vor den anderen kann ich nicht mit ihnen reden, und wenn irgendjemand erfährt, dass ich frei bin, werden sie Pioneer verständigen. So schnell ich kann, steige ich die Treppe hinauf. Ich öffne die Tür, die zu unseren Zimmern führt. Es ist still und dunkel; niemand ist zu sehen. Trotzdem überprüfe ich den Gang und die Türen zu den Nachbarquartieren. Ich schalte kein Licht an, sondern schleiche auf Zehenspitzen über den burgunderroten Teppich, spitze bei jeder Tür, an der ich vorüberkomme, die Ohren. An mehreren hängen bereits Trockenblumenkränze; ein Zeichen dafür, dass die Leute eingezogen sind und versuchen, ihre Räume so wohnlich wie möglich zu gestalten. Unsere Tür ist immer noch schlicht und schmucklos. Die dunkelblaue Holzverschalung glänzt. Ich drehe den Türknauf und spähe hinein.

Meine Eltern sitzen an dem winzigen Küchentisch auf der rechten Seite, wo sich auch unsere kleine Küchenzeile befindet. Meine Mutter betupft die Stirn meines Vaters. Der Wattebausch in ihren Fingern ist nass und blutrot gefärbt. Als sie mich entdeckt, erstarrt sie. Mit offenem Mund, die blaugrünen Augen weit aufgerissen, sieht sie mich entsetzt an. Erst da wird mir klar, dass mein Shirt und meine Hände immer noch mit Maries Blut befleckt sind.

»Lyla! Bist du in Ordnung?«

Sie arbeitet sich aus ihrem Stuhl und kommt auf mich zugeeilt, weicht aber vor einer Umarmung zurück und tastet mit fliegenden Fingern über meine Arme und Taille. »Wo bist du verletzt?«

»Ich bin nicht verletzt«, sage ich. »Das ist nicht mein Blut.«

Dass es Maries ist, bringe ich nicht über die Lippen. Die Worte wollen einfach nicht heraus. Stattdessen fange ich hysterisch an zu weinen. Es erschreckt mich ein bisschen, dass ich überhaupt noch Tränen in mir habe. Ich hatte angenommen, sie im Vorratsraum restlos aufgebraucht zu haben. Meine Eltern stürzen sich auf mich und nehmen mich zwischen sich in die Arme.

»Was ist passiert?«, fragt mein Dad.

Ich schaue ihm ins Gesicht. Er hat einen langen, grellroten Striemen an der Schläfe, scheint ansonsten aber unverletzt zu sein. Die Erleichterung macht meinen Heulkrampf nur noch schlimmer. Er runzelt die Stirn und starrt mich an. »Was ist passiert, Lyla?«

»Er h-hat s-s-sie u-u-umgebracht«, presse ich endlich zwischen Schluchzern hervor.

»Wer hat wen umgebracht?«, fragt mein Dad etwas schroffer.

»Von wem redest du?«, fragt meine Mutter mit unnatürlich schriller Stimme.

Ich versuche mich zusammenzureißen. Es gibt zu vieles, was ich ihnen erzählen muss. Ich darf nicht noch mehr aus der Fassung geraten. »Pioneer hat Marie umgebracht.«

Meine Eltern schauen sich an. Ich kann die Zweifel in ihren Blicken sehen, also beeile ich mich, ihnen alles zu erzählen, bevor ich mir zu viele Sorgen darum machen kann, ob sie mir glauben oder nicht. Ich erzähle ihnen von der Zelle, von Pioneers und Wills Besuchen und von Marie. Die Worte kommen so schnell, dass sie sich regelrecht überschlagen. Ich höre nicht auf zu reden, bis ich dort anlange, wo ich jetzt bin – bei ihnen –, dann verstumme ich.

»Aber warum sollte Pioneer so etwas tun?« Mom sieht völlig verwirrt aus.

»Glaubst du, ich denke mir das aus?«

»Nein, es ist bloß … warum? Er will uns doch retten. Das ergibt keinen Sinn.«

»Er glaubt, dass wir keine Chance mehr haben, im Silo zu bleiben. Er denkt, der Sheriff und die anderen werden uns zwingen herauszukommen, und er ist überzeugt, dass wir so oder so sterben.«

Mein Dad schüttelt den Kopf. »Aber warum sollte er Marie so brutal umbringen, wie du behauptest?«

Seine Formulierung tut mir weh. Er kämpft mit meiner Version der Geschichte, was bedeutet, dass sie es beide für möglich halten, ich könnte lügen. »Er hat sie umgebracht, weil sie mich rauslassen wollte. Er hat unten im Dunkeln mit mir gewartet, als hätte er gewusst, dass sie kommt. Stundenlang. Sie ist immer noch da. Ich kann sie euch zeigen.«

Beide schauen gleichzeitig auf mein Shirt, als würde ihnen jetzt erst klar, dass ich wirklich voller Blut bin, und ich kann zusehen, wie das Entsetzen in ihre Gesichter kriecht.

Dad stößt einen zittrigen Seufzer aus. »Tja, dann müssen wir ihm entgegentreten. Ich bin jedenfalls nicht bereit, mein Leben herzugeben, nur weil nicht alles nach Plan läuft. Sollten wir das Silo verlassen müssen, wird sich zum gegebenen Zeitpunkt eine Lösung für alles andere finden.«

Dad streicht sich die Haare aus den Augen und zuckt zusammen, als er mit der Hand an seine Wunde kommt. Er schwitzt wie verrückt. Das tun wir alle. Plötzlich wird mir klar, dass die Luft nicht mehr zirkuliert. Deshalb war es im Treppenschacht so stickig. Pioneer hat die Luftzufuhr ausgeschaltet.

»Die Belüftung funktioniert nicht mehr, Dad«, sage ich.

Er hebt den Kopf und hält die Hand vor die Ventilatoren. Dann runzelt er die Stirn. »Keine Belüftung bedeutet kein Sauerstoff.

Wir werden hier drin ersticken. Was genau, sagtest du, hat er dir von seinen Plänen erzählt?«

»Er hat gesagt, es sei Zeit für uns, einzuschlafen und in die nächste Welt zu gehen, wo die Brüder auf uns warten.«

Dads Gesicht wirkt kränklich unter der fluoreszierenden Deckenbeleuchtung. »Kohlenmonoxid«, sagt er mehr zu sich selbst als zu uns. »Der Sauerstoffgehalt sinkt ab, und wenn er die Generatoren nicht weiterlaufen lässt … wird das Kohlenmonoxid nicht mehr ausgeleitet. Dann sterben wir innerhalb von Stunden.« Er lehnt sich an die Küchentheke. »Deshalb haben wir die Fluchttunnel abgesperrt. Nicht, damit der Sheriff sie nicht findet, sondern damit die Luftzirkulation noch schneller unterbunden wird. Uns bleibt nicht viel Zeit.«

»Fluchttunnel?«, frage ich.

Meine Mutter beugt sich ebenfalls vor. Anscheinend hat auch mein Dad ein paar Geheimnisse für sich behalten.

»Als wir diese Siedlung gebaut haben, wollten wir neben dem Haupteingang zwei Notausstiege haben. Für den Fall, dass es brennt oder, wie jetzt, die Luft nicht richtig zirkuliert. Einer davon befindet sich im Vorratsraum, der andere geht von der Krankenstation ab. Ich habe sie selbst in die Pläne gezeichnet. Pioneer wollte sie geheim halten, um sicherzugehen, dass sie während unseres Aufenthalts hier unten nicht unerlaubt geöffnet werden, sondern nur im absoluten Notfall – ihr wisst schon, falls jemand durchdreht, weil er so lange hier unten eingesperrt ist, und flüchten will. Für solche Fälle haben wir ursprünglich auch die Zelle einbauen lassen.«

»Aber jetzt können wir die Tunnel benutzen, um hier rauszukommen«, sage ich und sehe zum ersten Mal so etwas wie einen schwachen Hoffnungsfunken. Wenn wir den Rest der Gemeinde als Erste erreichen, müssen wir Pioneer vielleicht gar nicht entgegentreten. Wir können so viele Menschen wie möglich nach draußen schmuggeln und Pioneer dem Sheriff überlassen.

»An jeder Luke gibt es ein codiertes Schloss, aber ja, wenn wir den richtigen Code haben, können wir sie benutzen, um aus dem Silo herauszukommen. Obwohl ich mir nicht sicher bin, dass wir es schaffen werden, alle zum Mitkommen zu überreden, selbst wenn das, was du sagst, die Wahrheit ist.« Dad wirft einen Blick auf meine Mutter. Ich schaue von einem zum anderen.

»Warum nicht? Er hat vor, uns alle umzubringen. Warum sollte jemand einfach aufgeben und bleiben wollen, wenn sie erst Bescheid wissen? Er hat Marie ermordet. Das muss doch reichen, damit sie auf uns hören.«

»Weil es leichter ist aufzugeben, als wieder in diese Welt hinauszumüssen«, sagt Mom leise. Sie hat Tränen in den Augen und sieht verängstigt aus. »Weil die Welt böse ist und zu viel Schlimmerem fähig als zu dem, was Pioneer getan hat. Wenn der Sheriff uns von hier vertreibt, müssen wir wieder in ihr leben ... zumindest für einige Zeit, bis das Ende kommt, dann sterben wir sowieso. Vielleicht hat Pioneer recht, wenn er alldem einfach ein Ende machen will.« Sie geht zur Eingangstür, schnappt sich Karens Schuhe und drückt sie an sich. »Glaubt ihr, Karen wartet auf uns?«

Ich starre sie an. »Mom, Pioneer könnte sich geirrt haben, verstehst du das nicht? In allem. Vielleicht kommt die Apokalypse gar nicht. Sollten wir das nicht überprüfen, bevor wir sie als gegeben annehmen?«

»Aber er kann sich nicht irren!«, schreit Mom. »Keine Welt kann weiterexistieren, in der Kinder von der eigenen Türschwelle weggeholt werden, aus Familien, die sie lieben. Terroristen jagen Flugzeuge in Gebäude; Männer schlagen ihre Frauen; Kinder, Teenager erschießen ihre Klassenkameraden und Länder führen gegeneinander Krieg. Die Brüder werden das alles nicht einfach immer weiter geschehen lassen. Das können sie nicht, verstehst du?«

Moms Gesicht verzerrt sich und sie drückt die Schuhe an ihre Wange. Sie weint so heftig, wie ich es bei ihr schon lange nicht mehr gesehen habe; als hätte sie diesen ganzen Schmerz seit Jahren aufgestaut und könne ihn nicht länger zurückhalten. Ihr Weinen ist brüsk, zornig und schwer zu ertragen.

»Aber warum sollten die Brüder die Welt ausradieren und Pioneer verschonen? Er hat Marie getötet. Er hat sie erstochen und auf dem Boden liegen lassen. Wie kann das gut sein? Warum macht ihn das nicht genauso böse wie die Leute, die Karen mitgenommen haben? Wir sind hier gar nichts entkommen. Wir können vor schlimmen Dingen nicht davonlaufen, weil immer wieder welche geschehen werden. Wir müssen mit ihnen umgehen und weiterleben.«

»Und wenn ich das nicht kann? Wenn ich es nicht mehr will?«, sagt Mom mit den Händen vorm Gesicht. Sie vergräbt den Kopf an der Brust meines Vaters. Ich begegne seinem Blick. Der Schmerz darin ist ebenso roh wie der meiner Mutter, aber seine Augen sind trocken. Er glaubt mir, das kann ich ihm ansehen, und er will hier ebenso weg wie ich.

»Mom, bitte! Ich will hier drinnen nicht sterben. Kannst du es nicht für mich versuchen?!« Ich wünsche mir so sehr, sie würde mich in die Arme nehmen und wiegen, wie sie es früher getan hat, als ich noch klein war. Sie soll mir versprechen, dass alles gut wird. Ich brauche die Mutter, die sie einmal war und an die ich mich kaum noch erinnern kann, die gelacht und getanzt und Geschichten erzählt hat. Als wir hierherzogen, dachte ich, sie könnte wieder die Alte werden, aber sie hat sich nie richtig erholt und das wird sie auch nicht mehr.

»Mom!«, flehe ich wieder und mir versagt fast die Stimme.

»Ich kann nicht, Lyla. Tut mir leid.« Sie sieht mich nicht an. »Ich liebe dich, aber ich kann es einfach nicht.«

Ich gehe auf sie los und reiße ihr Karens Schuhe aus der Hand. »Diese blöden Schuhe! Warum schleppst du sie ständig mit dir herum? Karen ist tot! Sie kommt nie mehr zurück. Diese Schuhe sind kein Andenken an sie; sie sind eine Ausrede für dich, um aufzugeben. Und wage es ja nicht, mir zu sagen, du würdest mich lieben! Das tust du nicht wirklich, wenn du dich trotzdem für das hier entscheidest.«

Ich schleudere die Schuhe quer durch den Raum. Sie prallen gegen die Wand und landen unter dem kleinen Tisch neben der Küchenzeile. Mom wendet sich ab und läuft hinüber, um sie aufzuheben. Sorgfältig streicht sie das abgewetzte Wildleder glatt und drückt sie dann wieder an die Brust.

»Das war's also? Du ziehst deine tote Tochter derjenigen vor, die lebt und atmet und direkt vor dir steht? Mein *ganzes Leben* habe ich mich bemüht, dafür zu sorgen, dass du so etwas Schlimmes wie ihren Tod nie wieder durchmachen musst. Ich bin im Haus geblieben, nachdem sie verschwunden war; ich bin mit hierhergekommen und Pioneer gefolgt. Habe getan, was immer du von mir wolltest. Ich wäre sogar endgültig mit ins Silo gegangen, nur um dich glücklich zu machen, aber das hat dich nie interessiert, nicht? Du hast uns hergebracht, damit du aufhören kannst zu leben.«

Die Wahrheit dessen, was ich gerade ausgesprochen habe, zerreißt mich. Ich starre sie an in der Hoffnung, sie werde mir wenigstens widersprechen und einen Weg suchen, es wieder hinzubiegen, doch sie lässt einfach den Kopf hängen und reibt mit dem Daumen über diese blöden Schuhe.

Ohne mich anzuschauen, beginnt sie zu sprechen. »Du kannst das nicht verstehen. Du bist noch ein Kind. Ich habe ein Kind verloren. Darüber kommt man nicht hinweg.«

»Nein, *du* verstehst nicht! Du hast Karen verloren, aber mich hattest du noch.«

Sie will näher kommen, aber ich will sie im Augenblick nicht in meiner Nähe haben und weiche zurück.

»Ich liebe dich wirklich«, flüstert sie. »Finde einen Weg nach draußen, Lyla. Ich will, dass du es tust. Du hast mehr verdient, als ich dir jemals geben könnte.«

Ich schlinge die Arme um den Leib, um sie nicht nach ihr auszustrecken. Ich wünsche mir immer noch so sehr, dass sie sich besinnt, aber ich sehe, dass es nicht geschehen wird. Sie lässt die Arme hängen, geht an mir vorbei in den Schlafraum und schließt die Tür hinter sich. Karens Schuhe hat sie mitgenommen. Ich fange endlich an zu begreifen. Sie ist gestorben, als Karen starb, und wir haben all die Jahre nur mit ihrem Geist gelebt.

Dad starrt auf die Tür. »Ich rede mit ihr.«

»Es wird nichts nützen. Ich glaube, sie hat das immer gewollt«, sage ich und meine Stimme bebt dabei mehr, als es mir lieb ist. »Kommst du?«

Ich gehe zur Tür.

»Ich muss bei ihr bleiben, Lyla. Sie ist meine Frau«, sagt Dad leise.

»Und ich bin deine Tochter. Willst du damit sagen, dass keiner von euch mitkommt? Das ist verrückt! Wollt ihr lieber beide hierbleiben und sterben?«

»Nein, natürlich nicht. Du holst Hilfe … aber wenn du es aus irgendeinem Grund nicht schaffst, kann ich sie nicht einfach allein hier unten sterben lassen.«

Dad sieht gequält und schuldbewusst aus, aber das kümmert mich nicht. Ich würde ihn am liebsten schütteln oder schlagen. Ihn dazu bringen, mit mir zu kommen.

»Du willst, dass ich neben dem Tod von Karen, Marie und Indy auch noch euren Tod verkraften muss?« Mir bricht die Stimme weg. Ich kann nicht glauben, dass er mir das antut. Ich kann nicht an einem einzigen Tag meine ganze Familie verlieren. Das ist einfach zu viel.

»Du sollst gehen, *weil* du es überleben wirst. Du kannst es. Du warst die Einzige, die das nach Karen wirklich geschafft hat, und jetzt mit Pioneer ist es wieder so. Du wirst auch unseren Tod überstehen, wenn es sein muss.«

»Ich war noch nie völlig auf mich allein gestellt«, sage ich. »Dad … bitte.«

Mein Vater scheint zu schwanken, doch dann schüttelt er den Kopf. »Geh Hilfe holen. Und ich schwöre, dass ich tun werde, was ich kann, um uns solange am Leben zu halten. Ich kann mit den anderen reden und ihnen Marie zeigen. Du brauchst mich hier unten. Du kannst sowieso nicht alle gleichzeitig rausschaffen, dazu haben wir nicht genug Zeit. Du musst Hilfe holen. Und je schneller du weg bist, desto schneller wird das alles vorbei sein.«

»Daddy …« Meine Stimme kippt und ich sacke in mich zusammen.

Er zieht mich an sich. Es fällt ihm zunächst schwer zu sprechen und seine Stimme ist belegt. »Ich will, dass du gehst, Lyla. Finde den Ausgang und geh. Hole Hilfe. Du musst jetzt los, wir haben nicht mehr viel Zeit.«

Er hat recht. Ich merke, wie stickig es bereits ist. Vielleicht bilde ich mir das nur ein, aber jeder Atemzug, den ich mache, fühlt sich weniger … richtig an. Womöglich sinkt der Sauerstoffpegel bereits.

Dad geht zur gegenüberliegenden Wand und zieht eine der eingebauten Schubladen auf. Zusammengerollte Blätter, Taschenlampen, Stifte, Kerzen und Streichhölzer liegen darin. Er zieht eine der größten Papierrollen heraus und öffnet sie.

»Das hier ist der Bauplan des Silos. Wir sind hier.« Er zeigt mir, wo sich unser Trakt befindet. »Die nächstgelegene Ausstiegsluke ist an dieser Wand im Vorratsraum. Pioneer hat sie ziemlich gut hinter den Lagerregalen versteckt, du wirst einiges verschieben müssen, um an sie heranzukommen. Die Luke ist mit einem Kombinationsschloss versehen. Wenn Pioneer seit der ursprünglichen Einstellung nichts verändert hat, müsste es diese Nummernfolge sein.«

Dad zieht einen Stift heraus und schreibt eine Reihe von Zahlen auf den Rand des Plans. Ich erkenne sie wieder. Es ist das Datum, an dem die Welt untergehen soll.

»Wenn du an die Oberfläche kommst, gib dem Sheriff den Plan. Er wird wissen, was zu tun ist.« Dad gibt mir einen Kuss auf den Kopf. »Sei vorsichtig. Und egal, was passiert, halte nicht an, bevor du draußen bist.«

Ich nicke, nehme die Karte und falte sie so klein, dass sie in meine Jeanstasche passt.

»Ich liebe dich«, sagt Dad. »Und deine Mutter tut das auch – das meine ich ernst. Sie ist einfach schon seit langer Zeit innerlich gebrochen.«

»Wenn du meinst«, sage ich bitter.

»Menschen, die leiden, verhalten sich nicht immer so, wie man sich das wünscht. Gib sie nicht auf.«

»Warum nicht? Mich hat sie aufgegeben.« Ich schaue an ihm vorbei zur geschlossenen Schlafzimmertür. »Ich muss los.«

Ich kann nicht länger mit ihnen zusammen in diesem winzigen Raum bleiben, sonst verlässt mich am Ende der Mut. Ich darf ohnehin nicht daran denken, dass ich sie vielleicht nie wiedersehen werde. Es ist auch so schwer genug, die wenigen Schritte bis zur Tür zu gehen.

»Sei vorsichtig«, sagt mein Dad hinter mir. Das lastende Schweigen im Raum gibt mir das Gefühl, dass er noch etwas sagen will, aber er tut es nicht und ich öffne die Tür und schaue nach, ob jemand im Gang ist.

»Warte.« Dad zieht mich an sich und umarmt mich so fest, dass mir die Luft wegbleibt. »Ich liebe dich.«

»Ich dich auch«, sage ich und habe das Gefühl, an den Worten zu ersticken.

Ich trete in den Gang, in dem die Hitze steht und es dunkler ist, als mir lieb ist. Ich stürze zur Treppe und schaue nicht zurück. Ich kann es nicht. Das Einzige, was ich jetzt noch tun kann, ist davonlaufen.

Tut mir leid,
dass einige von euch erschossen wurden,
aber hey, das muss Gott in Ordnung bringen,
stimmt's?

David Koresh, Anführer der Branch Davidians

29

Als ich im Treppenschacht bin, fällt mir auf, dass es viel zu still ist im Silo. Warum sind meine Eltern die Einzigen, denen ich bisher begegnet bin? Ich halte einen Moment auf dem Absatz inne. Habe ich wirklich noch genug Zeit, den Sheriff zu holen, falls Pioneer die Dinge schon ins Rollen gebracht hat? Ich brauche jemanden, der mit mir kommt. Ich schaffe es nicht allein, egal, was mein Dad sagt.

Wenn ich nur kurz mit Will reden und ihm Marie zeigen könnte, würde er mir helfen. Selbst mit seiner Wut im Bauch wäre er nicht so irregeleitet, Pioneer auch dann noch zu folgen, wenn er … Wenigstens glaube ich das. Und Brian. Wenn er Bescheid weiß, hilft er mir bestimmt. Ich muss wenigstens diese beiden holen, damit sie mit mir hinaufkommen und Hilfe organisieren. Also laufe ich die Treppe hinauf, statt sie hinabzusteigen. Bevor ich zum Fluchttunnel gehe, werde ich erst in den anderen Stockwerken nachsehen. Bestimmt ist Will auf der Krankenstation, vor allem wenn es nach der Schießerei bereits Verwundete gibt. Mr Kincaid hat ihn seit Jahren medizinisch ausgebildet.

Ich öffne die Tür, die zur zweiten Etage der Privatquartiere führt. Auch hier sind sämtliche Eingangstüren fest verschlossen, auch hier ist es genauso unheimlich wie im anderen Stockwerk. Dann laufe ich hinauf zur nächsten Ebene, wo sich die Krankenstation befindet. Als ich die Tür vorsichtig einen Spalt weit öffne, sehe ich vor den Flügeltüren der Krankenstation endlich Menschen. Ich hatte nicht bedacht, dass sich die Familienangehörigen hier versammeln würden, um auf Neuigkeiten zu warten. Ich glaube nicht, dass ich wirklich hören will, wer verletzt wurde. Ich kann nicht noch mehr Menschen verlieren.

An Will heranzukommen wird nicht leicht sein, aber ich sehe Brian unter den anderen. Ich werde zuerst mit ihm reden – nur dass ich jetzt, wo ich ihn vor mir habe, nicht weiß, was ich sagen, wie ich ihm die Nachricht von Marie überbringen soll. Seine Mom kauert zwischen Mr Whitcomb und einigen anderen Frauen. Sie weint.

Pioneer ist nirgends zu sehen, also mische ich mich unter die Leute. Die Frauen entdecken mich mehr oder weniger gleichzeitig und machen alle das gleiche böse Gesicht.

»Du! Du bist an allem schuld! Wie kannst du dich in so einem Moment auch nur in unsere Nähe wagen? Deinetwegen ist er jetzt tot. Du hast meinen Mann umgebracht!«, schreit Brians Mom mir entgegen. Brian tritt neben sie und legt ihr die Hand auf die Schulter. Er sieht furchtbar aus. Ich atme tief durch. Dabei weiß er noch gar nichts von Marie. Er hat an einem Tag die beiden Menschen verloren, die er am meisten liebt.

»Dein Dad?«, frage ich Brian.

»Wurde draußen erschossen … bei dem Kampf.« Brians Gesicht wirkt eingefallen, gezeichnet.

»Du solltest nicht hier bei uns sein, sondern bei denen da draußen.« Brians Mom zeigt mit zitterndem Finger auf mich. Ich weiche langsam zurück.

»Sie hat es nicht verdient, errettet zu werden. *Sie* sollte tot sein, nicht mein Steven.« Sie bricht in lautes Wehklagen aus und die anderen scharen sich um sie und trösten sie.

Es war falsch von mir, mit jemandem reden zu wollen. Das hätte mir klar sein müssen. Sie werden mir nicht zuhören. Der einzige Weg, auch nur einem von ihnen zu helfen, besteht darin, zu fliehen. Ich habe keine andere Wahl, ich muss es allein tun.

Bevor sie auf mich losgehen können, drehe ich mich um, stürze zurück zum Treppenschacht und haste die Treppe hinunter. Ich schaffe es bis zur Tür des Vorratsraums, ehe ich ihre Stimmen auf der Treppe höre. Sie folgen mir. Ich renne hinein, knipse das Licht an und mache mich daran, das nächstbeste Regal vor die Tür zu schieben. Ich muss die Hälfte der Dosen hinunterwerfen, bevor ich einigermaßen vorankomme. Dann nehme ich zwei Kanthölzer von einem Holzstapel in der Ecke und verkeile sie zwischen der Tür und dem dicken Stahlträger am unteren Rand meiner Zelle. Das müsste mir ein bisschen Zeit verschaffen. Ich gehe weiter in den Raum hinein und stolpere über Marie. Ich hatte keine Zeit, Brian oder den anderen zu erklären, was ihr zugestoßen ist. Was ist, wenn sie es schaffen, hier einzudringen, und glauben, ich hätte sie umgebracht? Ich muss schnell hier weg.

Mit dem Plan meines Vaters in der Hand beginne ich die riesige hintere Wand abzusuchen. Ich zerre Mehltüten von den Regalen und stülpe Körbe voller Zwiebeln und Kartoffeln um. Hinter mir höre ich die Tür klappern.

»Sie hat sich eingeschlossen!«, ruft jemand.

»Die Tür ist verrammelt«, antwortet ein anderer. Ich glaube, es ist Mr Brown, aber sicher bin ich mir nicht. Seine Stimme klingt verzerrt, als wäre er unter Wasser. Entweder ist die Tür so dick oder meine Ohren rauschen vor lauter Panik. Ich mache schneller und ziehe Schachteln mit Reis und Nudeln vom Regal. Eine davon platzt auf und der Reis verteilt sich auf dem Zementboden. Ich balanciere über die rutschigen Körner und bahne mir den Weg zum nächsten Regal.

Die Tür fängt an im Rahmen zu erbeben. Sie versuchen sie einzutreten. Mir bleibt nicht viel Zeit. Ich klappere mit den Zähnen. Noch nie im Leben habe ich solche Angst empfunden. Merkwürdig … das, wovor ich mich im Augenblick am meisten fürchte, ist nicht die Außenwelt, sondern es sind meine eigenen Freunde und Nachbarn – Menschen, denen ich vertraut habe.

Als ich eine lange Reihe Dosen auf den Boden fege, kommt dahinter die Ausstiegsluke zum Vorschein. Sie ist rund und so groß wie ein Gullydeckel, mit einem Riegel und einem Schloss auf der Seite. Ich zerre, so fest ich kann, an dem Regal davor, ohne mir die Zeit zu nehmen, weitere Vorräte herunterzuwerfen. Es ist sehr schwer, aber es gelingt mir, es so weit vorzuziehen, dass ich mich dahinterschieben kann. Ich nehme das Zahlenschloss, drehe die Rädchen hin und her und stelle Pioneers Endzeitdatum ein. Dann ziehe ich daran, doch es passiert nichts. Die Kombination ist falsch. Wieder erbebt hinter mir die Tür des Vorratsraums, und zwar laut. Meine Zeit ist so gut wie abgelaufen und ich habe keine Ahnung, welche Zahlen ich als Nächstes probieren soll. Ich fahre mir über die Stirn. Mein Shirt ist feucht und klebt mir am Leib. Die Hitze wird langsam unerträglich, mein Atem flacher.

Denk nach. Mach schon, denk nach. DENK NACH!

Ich stelle eine andere Zahlenfolge ein, Pioneers Geburtstag. Wieder falsch.

Frustriert schlage ich mit der Hand gegen die Luke. Was nützt einem ein Notausstieg, wenn man im Notfall nicht aussteigen kann?

Eines der beiden Kanthölzer, die die Tür verbarrikadieren, macht einen Hüpfer und verschiebt sich. Das andere scheint kurz davor zu sein, das Gleiche zu tun. Ich wende mich wieder dem Schloss zu und versuche es mit sämtlichen Kombinationen, die mir einfallen. Keine davon funktioniert.

»Mach die Tür auf, Lyla!« Das ist Pioneer. Wenn ich das Schloss nicht bald aufbekomme, bin ich so gut wie tot.

Ich gebe keine Antwort, sondern durchforste mein Hirn nach einer Zahlenkombination, die irgendeine Bedeutung hat. Wenn er früher bedeutsame Zahlen verwendet hat, ist es höchstwahrscheinlich, dass er es auch diesmal getan hat. Vermutlich hat er die Kombination in den letzten Tagen geändert, als er wusste, dass wir bald für immer hier drinnen sein würden.

Plötzlich geht mir ein Licht auf.

Die erste Kombination war das Datum, an dem wir ursprünglich hier eingeschlossen werden sollten. Also vielleicht … Ich versuche es mit dem heutigen Datum. Es funktioniert nicht. Aber womöglich sind wir schon einen Tag hier drinnen. Es ist schwer zu sagen. Ich versuche es mit sämtlichen Daten dieser Woche. *Mach schon, mach schon, mach schon.* Bevor ich das letzte Datum eingebe, fange ich an zu zittern. Mehr fällt mir nicht ein. Meine Finger können die Zahlen kaum noch zum Pfeil schieben, doch als ich bei der letzten Ziffer ankomme, springt das Schloss auf. Es hat geklappt!

Ich lasse das Schloss genau in dem Moment zu Boden fallen, als auch das zweite Kantholz vor der Tür zur Seite rutscht. Das Einzige, was die Leute noch im Treppenschacht hält, ist das Regal, und da ich es allein vor die Tür rücken konnte, wird es nicht lange dauern, bis die Männer auf der anderen Seite es aus dem Weg geschoben haben werden.

Ich reiße die Ausstiegsluke auf, werfe die Taschenlampe und

Dads Plan voraus und tauche ein in die schwarze Öffnung hinter der Tür. Hier ist es feucht und es riecht nach Dreck und Würmern.

Ich knipse die Taschenlampe an. Ich befinde mich am unteren Ende eines langen Betonzylinders mit eisernen Trittsprossen auf der einen Seite. Sie bilden eine schmale Leiter nach oben. Ich kann nicht erkennen, wo der Zylinder endet, vermute aber, dass er so hoch ist wie das Silo selbst, was bedeutet, dass ich eine Zeit lang werde klettern müssen.

Ich klemme mir die Taschenlampe in den Hosenbund, stecke die Karte wieder ein und beginne hochzusteigen.

Ich versuche nicht darüber nachzudenken, wie hoch es bis nach oben ist oder dass offensichtlich irgendetwas den Ausstieg blockiert, sonst wäre es nicht so dunkel – etwas, das Dad versäumt hat zu erwähnen. Ich klettere einfach los.

Eine Hand nach der anderen.

Ein Fuß nach dem anderen.

Meine Hände sind verschwitzt. Sie rutschen immer wieder ab, während ich mich Stück für Stück hinaufschiebe. Die Luft hier drinnen ist schlimmer als im Silo. Ich ersticke förmlich. Und mir dröhnt wieder der Kopf. Er fühlt sich lädiert an und schmerzt. Außer mit den Folgen der Gehirnerschütterung und dem Mangel an Atemluft habe ich mit einem Schwarm schwarzer Punkte zu kämpfen, der direkt am Rand meines Sichtfeldes herumschwirrt und den ich nur mit Mühe davon abhalten kann, mir gänzlich die Sicht zu nehmen. Ich bin mir nicht sicher, ob die Luft reichen wird, um die Kletterpartie durchzustehen, aber mir bleibt keine Wahl. Ich muss nach oben.

Ich bin ein gutes Stück vorangekommen, als ich unter mir Leute rufen höre. Ich schaue hinab und werde im gleichen Moment von einem großen, runden Lichtstrahl geblendet. Erschrocken muss ich mich an einer Sprosse einhaken, um nicht hinunterzufallen. Ich sehe nichts als das Licht.

»Komm wieder runter, Lyla.« Pioneers Stimme hallt von den Wänden wider.

Ich antworte nicht. Stattdessen drehe ich mich wieder zur Wand um und konzentriere mich auf die Tritte über mir.

Eine Hand nach der anderen.

Ein Fuß nach dem anderen. Ich bin dicht vor dem Ausstieg. Ich *muss* es sein.

Hinter mir schiebt sich ein Schatten vor das Licht. Jemand fängt an zu klettern. Ich kann nicht erkennen, wer es ist, aber das spielt auch keine Rolle. Wer immer es ist, kommt schnell näher. Die Silhouette krabbelt die Betonröhre herauf wie eine riesige Spinne. Mein Magen zieht sich zusammen. Ich versuche schneller zu werden, aber meine Glieder sind steif vor Angst. Es fühlt sich an, als würde ich eher langsamer.

»Jetzt kommst du nicht mehr raus«, schreit Pioneer herauf. »Ich lasse nicht zu, dass du uns noch länger gefährdest.«

Meine Taschenlampe wirft unruhige Lichtstrahlen nach oben, während ich klettere. Weiter oben kann ich etwas erkennen – das Ende der Röhre. Aber es gibt dort keine Tür, nur eine Sperre aus einem recht dick aussehenden Material, das mich an Spinnweben erinnert. Es vermittelt mir das Gefühl, in der Falle zu sitzen. Und gleich kommt der Spinnenmensch, um mir den Rest zu geben … Ich fasse hinauf und berühre das Netzgewebe. Irgendetwas Schweres liegt darauf – ein Brett. Ich klopfe mit der Hand dagegen. Ein dumpfer Ton ist zu hören und das Brett gibt ein winziges bisschen nach. Ich teste das Netzgewebe, versuche es herunterzuziehen, aber es ist straff und sitzt sehr fest. Ich brauche etwas zum Schneiden.

»Deine Eltern warten auf dich, Kleine Eule«, ruft Pioneer von unten.

In seinem Ton schwingt eine Drohung mit, die mich zögern lässt, aber ich halte nicht inne. Das kann ich nicht. Ich ziehe am Netz, versuche mit den Fingern ein Loch hineinzureißen, doch es hält stand.

Unter mir wird der Spinnenmensch sichtbar. Es ist Mr Whitcomb. Seine Miene ist verbissen und sein Gesicht knallrot. Die Kletterpartie macht ihm allmählich zu schaffen, ich kann es ihm an den Augen ansehen, dennoch kommt er immer weiter auf mich zu.

Ich muss sofort durch das Gewebe. Also nehme ich das einzige Werkzeug, das ich habe: meine Taschenlampe. Sie ist von robuster Machart – groß und mit einem Stahlgehäuse. Ich schraube die Kappe ab und es wird dunkler in der Röhre. Dank des von unten heraufdringenden Lichts kann ich weiter sehen, aber es reicht nicht, um schnell zu arbeiten.

Ich streiche über den Rand des Gehäuses und hoffe, dass er scharf genug ist, um das Gewebe zu durchtrennen. Dann schlinge ich einen Arm um die Sprosse neben mir, spreize die Beine aus und stemme einen Fuß gegen die Leiter und den anderen an die gegenüberliegende Wand. Mit dem Rand des Taschenlampengehäuses fahre ich durch das Gewebe über mir.

Immer wieder schabe ich mit dem Gehäuse vor und zurück und versuche möglichst auf einer Stelle zu reiben. Ich spüre, wie einige Nylonfäden unter meiner Attacke nachgeben, und reibe schneller. Sobald der Riss groß genug ist, um ihn zu packen, schiebe ich die Hand hinein und ziehe daran. Der Riss wird größer und erstreckt sich schließlich über die gesamte Länge der Öffnung. Ich drücke gegen das darüberliegende Brett. Es bewegt sich wieder, aber nicht genug, um es zu verschieben.

Ich klettere so weit wie möglich hinauf, stemme den Rücken dagegen und drücke mich mit den Beinen hoch. Das Brett schabt auf Beton und an den Rändern rieseln Sand- und Schmutzpartikel herab.

»Zu spät«, sagt Mr Whitcomb unter mir. Er schnauft atemlos und greift nach mir. Seine ausgestreckte Hand streift meinen Schuh.

Ich verlagere mein Gewicht und trete seine Hand fort. Dann stemme ich noch einmal den Rücken gegen das Brett. Diesmal richtet es sich seitlich auf. Es ist nichts als eine dünne Sperrholzplatte, eine absurde Sperre gegen die Außenwelt, aber wenn sie dicker wäre, könnte man es vermutlich überhaupt nicht von innen aufstemmen.

Wieder regnen Sand und Dreck auf uns herab. Er fällt mir in die Augen und ich kann nichts mehr sehen.

Mr Whitcomb greift einmal mehr nach meinem Fuß und ich fahre in die Höhe. Das Brett gleitet erst nach oben und dann über meinen Rücken. Auf einmal ist überall Erde, auf meinem Kopf, dem Körper und sogar im Mund. Sie dringt mir unter das Shirt und bis in die Hose und die Schuhe.

Da gibt Mr Whitcomb einen überraschten Laut von sich und ich öffne die Augen. Er ist ein paar Sprossen hinabgerutscht. Seine Füße baumeln in der Luft und er versucht strampelnd auf einem der Tritte Halt zu fassen. Tageslicht strömt herein und erleuchtet den Tunnel bis auf den Boden. Pioneer und der Lichtstrahl sind nicht mehr unter uns zu sehen. Auf dem Tunnelboden hat sich Dreck angesammelt und die Luft wird allmählich sauberer.

Plötzlich steckt Pioneer den Kopf wieder durch die Luke und schaut zu mir herauf. »Ich lasse dich nicht gehen. Dein Platz ist hier unten.«

Noch ein paar Schritte und er hat nichts mehr zu sagen. Ich hab es fast geschafft.

Ich schaue ein letztes Mal hinab. Mr Whitcomb hat wieder

Halt gefunden. Er greift hinter sich und zieht eine Pistole aus dem Hosenbund. Er zielt auf mich!

Ich schreie auf und fange wieder an zu klettern, doch die Sprossen sind jetzt dreckverklebt und tückisch. Ich rutsche mit den Füßen ab und habe Mühe, mich festzuhalten.

Ich habe es fast geschafft.

Ich schließe die Augen und warte darauf, dass der Schuss fällt, dass mich die Kugel trifft, da setzt über mir allerhand Bewegung ein – Dutzende schwere Schritte sind zu hören, die draußen über den Boden trampeln. Blinzelnd öffne ich die Augen. Die Helligkeit über mir tut mir in den Augen weh und verstärkt meine Kopfschmerzen. Plötzlich wird das Rund aus strahlend blauem Himmel von einem Mann mit einem schwarzen Helm verdeckt. Dann ertönt hinter mir ein lauter Knall und das Gesicht des Mannes verschwindet.

Mr Whitcomb hat auf mich geschossen.

Ich warte auf den Schmerz, doch da ist nichts. Er muss mich verfehlt haben. Ich schaue zu ihm hinab, während er versucht, das Gleichgewicht wiederzuerlangen und erneut zu schießen.

»Hilfe!«, schreie ich zum Himmel hinauf, den Leuten zu, die ich nicht sehen kann.

Ich steige hinauf, so gut ich kann, rutsche mehr mit den Füßen, als dass ich klettere. In meinen Ohren schrillt es, als hätte ich einen Wecker im Kopf. Der Schuss hat mich vorübergehend taub gemacht.

Schließlich berühren meine Finger den grasbewachsenen Rand der Röhre, ich werde an den Händen gepackt und hinaufgezogen. Einen Moment lang baumele ich mit den Beinen über der Öffnung, als das rechte plötzlich Feuer zu fangen scheint. Ich schreie auf, kann mich aber nicht richtig hören, während ich über das Gras geschleift werde. Der Mann, der mich an den Händen hält, ruft mir irgendetwas zu, aber auch ihn kann ich nicht hören. Das Schrillen ist zu einem alles übertönenden Brüllen angewachsen.

Ich lasse mich auf den Rücken rollen und schlage dabei hart mit dem Kopf auf den Boden auf. Ich sehe, wie zwei weitere Männer ihre Gewehre in die Silоöffnung halten und abdrücken. Ein anderer kauert sich neben mein Bein und krempelt vorsichtig die Jeans hoch.

An meiner Wade fehlt ein ordentliches Stück Haut. Mr Whitcomb hat es also doch noch geschafft, mich zu treffen.

Ich würge, auch wenn bis auf einen dünnen Speichelfaden nichts herauskommt. Ein heißer, stechender Schmerz entflammt in meinem Bein und breitet sich aus und ich wälze mich reflexartig hin und her, als könne die Bewegung den Schmerz irgendwie lindern. Ich will ohnmächtig werden, will, dass die winzigen Punkte aus Dunkelheit, die schon die ganze Zeit mein Sichtfeld umrahmen, anwachsen und die Welt ausblenden. Doch zum ersten Mal seit langer Zeit bin ich glockenhellwach.

Ehe ich protestieren kann, nimmt mich der Mann, der meine Jeans hochgerollt hat, auf die Arme. Im Laufschritt eilt er zu den Stallungen. Mein Bein stößt im Takt seiner Schritte gegen seines und ich schreie auf.

»Fast … da«, sagt er und atmet nach jedem Wort aus. Sein Gesicht ist rot vor Anstrengung. »Tut mir leid … Ich weiß, das tut weh.« Sein Blick ist auf den Stall gerichtet. Er rennt, als wäre ich nach wie vor in Gefahr.

Ich blicke über seine Schulter zurück zum Tunnel. An seinem Rand sind immer noch Männer versammelt, aber sie haben jetzt aufgehört zu schießen. Überall stehen Polizisten, Autos und Mannschaftswagen herum – auf der Koppel und unten beim Klubhaus. Es ist, als wäre ich soeben mitten in einem Kampfgebiet gelandet, in einem von Pioneers Filmen. Ein Hubschrauber fliegt so dicht über uns hinweg, dass meine Haare zur Seite wehen, und ich muss das Gesicht an die Brust des Mannes drücken, damit mir die Strähnen nicht in die Augen peitschen.

Ich habe es geschafft.

Ich bin entkommen.

Aber der Rest meiner Familie ist immer noch dort unten und ihnen läuft die Zeit davon.

Habt
keine Angst
zu
sterben.

Jim Jones, Anführer des Peoples Temple

30

Im Stall herrscht ein Riesengedränge. Und Lärm. Rund um mich herum finden Dutzende aufgeregte Gespräche statt, alle verzerrt vom rhythmischen Rauschen der Funkgeräte, und in jeder Ecke drängen sich Männer mit grimmigen Mienen. Alle scheinen wichtigen Aufträgen nachzukommen, sie laufen rein und raus, stellen Kisten voller Ausrüstung ab und befestigen Karten und Bilder von der Koppel und den Obstgärten an den Wänden.

Vor der Sattelkammer am anderen Ende des Stalls hat man zwei Tische aufgestellt. Hinter einem von ihnen sehe ich den Sheriff. Eine Gruppe Männer in schwarzen Jacken steht um ihn herum. Ich starre auf die weißen Buchstaben: ATF. Ich weiß nicht genau, was sie bedeuten, aber ich erinnere mich, dass mein Dad – oder war es Cody? – sie erwähnt hat, und mein Magen beginnt zu flattern. Bisher habe ich solche Männer immer als Feinde betrachtet. Und nun soll ich darauf vertrauen, dass sie meine Familie und Freunde retten.

»Jetzt bist du in Sicherheit.« Ich schaue zu dem Mann auf, der mich in den Stall getragen hat, und versuche meinen Klammergriff um seinen Hals zu lockern, kann meine Hände aber nicht dazu bringen loszulassen. Trotzdem schaut er lächelnd zu mir herab, wohl, um mich aufzumuntern. Er keucht immer noch von unserem Lauf hierher und sein Atem riecht nach Zigaretten. Das trägt nicht gerade dazu bei, mein Unbehagen zu vermindern.

»Ich muss mit diesen Männern reden.« Ich zeige dorthin, wo der Sheriff und die anderen stehen. »Jetzt gleich!« Ich weiß, dass ich zu fordernd klinge, aber es ist nicht der Moment für Höflichkeiten.

Die Dringlichkeit in meiner Stimme lässt den Mann stutzen und er lehnt sich ein wenig zurück, um mich anzuschauen, ehe er seine Schritte wieder beschleunigt. Er setzt mich auf die Bank hinter den Tischen, auf der ich immer gesessen habe, um Indy und die anderen Pferde zu zeichnen.

Denk jetzt nicht daran. Du musst deine Sinne beieinanderhalten.

Die Zeit läuft uns davon. Das spüre ich. Ich kann immer noch nicht richtig durchatmen, aber ich weiß, dass unter uns, im Silo, das Atmen noch viel mühsamer ist.

»Sheriff!«, rufe ich, so laut ich kann, und er dreht sich um. Als er sieht, dass ich es bin, eilt er herüber. Er ist noch nicht bei mir, als ich auch schon auf ihn einrede. Ich muss sie zur Eile antreiben. »Pioneer hat unten die Luftzufuhr abgedreht. Er hat die Generatoren abgestellt. Die Leute kriegen keine Luft mehr.« Die Männer am Tisch hinter dem Sheriff verstummen und schauen mich an. Ich will aufstehen, doch sobald ich das Gewicht auf mein Bein verlagere, fängt es wieder an zu brennen und ich zucke zusammen. Also rolle ich mich auf die Seite und ziehe die Karte aus der Gesäßtasche, die Dad mir gegeben hat. Ich winke damit. »Ich habe eine Karte vom Silo mitgebracht. Hier. Bitte, Sie müssen sich beeilen!« Ich rede einfach weiter, während der Sheriff die Karte auffaltet und überfliegt. Ich erzähle ihm von den Pferden, dass Pioneer mich in die Zelle gesperrt hat und von Marie. Er ist nicht der Einzige, der mir zuhört. Als ich verstumme, starren mich alle Männer im Stall an.

Der Sheriff wechselt einen Blick mit einem von ihnen. »Wie lange ist es her, seit er das gemacht hat, Lyla?«

Ich versuche mich zu erinnern, finde aber keine Antwort. Ich war lange genug in der Zelle, um jedes Zeitgefühl zu verlieren. Ich weiß immer noch nicht genau, welcher Tag heute ist oder wie lange es her ist, seit die anderen ins Silo gegangen sind. »Ich … ich weiß es nicht. Aber man konnte schon schlecht atmen, als ich los bin.«

Der Sheriff tätschelt mir das Bein. »Das hast du gut gemacht. Es war sehr mutig von dir, uns das hier zu bringen. Und ich verspreche dir, dass wir alles tun werden, um deine Familie wohlbehalten dort rauszuholen. Hörst du, was ich sage? Wir holen sie dort raus.«

Ich möchte ihm glauben, ihm vertrauen, trotz allem, was mir Pioneer und meine Eltern über Menschen wie ihn erzählt haben, aber ich verstehe nicht, wie er sich so sicher sein kann. Bemüht, die Tränen zurückzuhalten, beiße ich mir auf die Lippe. »Bitte beeilen Sie sich!«, flehe ich ihn an.

Er tätschelt mich noch einmal und steht auf. »He, wo sind die Sanitäter? Das Mädchen hier muss versorgt werden. Sofort.«

Zwei Männer mit Erste-Hilfe-Taschen kommen in den Stall. Sie hocken sich vor mein Bein und untersuchen es. Nachdem sie es eine Weile gedreht und gewendet haben, hebt derjenige, der es in der Hand hat, den Kopf und lächelt mich an. »Wirklich ein Glückstreffer. Ging sauber am Knochen vorbei und glatt durchs Fleisch. Du bist in null Komma nichts wieder auf dem Damm.«

Ich starre mein Bein an. Wie kann man von Glück sprechen, wenn man angeschossen wurde, egal, wie die Wunde aussieht? Meine Wade ist nass und klebrig und pocht unaufhörlich. Ich sehe die offene Wunde, das fast kreisrunde rohe Fleisch. Es blutet immer noch. Meine weiße Socke ist blutrot und mein Schuh sieht aus wie eine schaurige Batikarbeit. Wieder wird mir flau im Magen und ich wende den Kopf ab.

»Wir werden das säubern und verbinden – fürs Erste –, und wenn wir dich gefahrlos verlegen können, schaffen wir dich ins Krankenhaus, damit es ordentlich genäht wird. Das wird schon wieder.«

»Ich fahre nirgendwohin«, erkläre ich den beiden, bemüht, mutig und selbstsicher zu klingen. »Erst wenn Sie meine Familie da rausgeholt haben.«

Die Männer wechseln einen Blick, der mich vermuten lässt, dass der Sheriff eben zu voreilig versprochen hat, alle rauszuholen. Ohne mich anzusehen, machen sie sich an meinem Bein zu schaffen. Ich umklammere die Seitenlehnen der Bank und versuche nicht auszuflippen. Wenn ich mich zu sehr aufrege, kann ich dem Sheriff nicht helfen, falls er mich braucht. Sie wollen mir Schmerzmittel verabreichen, aber das will ich nicht. Es hat mir nicht gefallen, wie ich mich im Krankenhaus damit gefühlt hatte, so dumpf und müde. Ich muss wach und bei Kräften bleiben. Ich wende mich dem Sheriff und den Männern am Tisch zu und versuche, Fetzen von dem aufzufangen, was sie sagen, aber ich habe Mühe, mich zu konzentrieren. Beim geringsten Druck auf mein Bein schreie ich auf.

»Du kannst meine Hand halten.«

Plötzlich ist Cody da, er steht direkt neben der Bank. Sein Anblick genügt, um mich komplett aus der Fassung zu bringen und in Tränen ausbrechen zu lassen. Ich fange an zu schluchzen. Lauthals. Er setzt sich neben mich und nimmt mich wortlos in den Arm und ich bin froh darüber. Das Letzte, was ich von ihm will, ist die Versicherung, dass alles gut wird. Wir wissen beide, dass das Gegenteil wahrscheinlicher ist. Von einer Lüge wird es mir auch nicht besser gehen.

»Was machst du denn hier?«, frage ich zwischen zwei Schluchzern.

»Ich musste einfach kommen. Ich habe es nicht ertragen, mir in den Nachrichten anzusehen, was hier los ist, und mich ständig zu fragen, ob es dir gut geht. Also hab ich mir, äh … den Streifenwagen meines Dads geliehen und da bin ich. Er hat noch nicht mitbekommen, dass ich hier bin, oder?«

Ich schaue ihm über die Schulter, kann den Sheriff aber nirgendwo sehen. »Ich glaube nicht.«

Cody streicht mir langsam übers Haar. »Alle andern sind immer noch unten, nicht?«

Ich nicke an seiner Brust. »Meine Eltern wollten nicht mitkommen. Meine Mom will überhaupt nicht weg und mein Dad wollte nicht ohne sie gehen. Und als ich versucht habe, die andern zu holen, haben sie … Sie geben mir an allem die Schuld.« Ich weine noch mehr.

»Das werden sie nicht mehr, wenn sie erst die Wahrheit erfahren«, sagt Cody leise.

»WAS HAST DU HIER VERLOREN?«

Plötzlich ragt der Sheriff vor uns auf. Ich spüre, wie Cody erstarrt.

»Hier ist es viel zu gefährlich für dich, Cody. Du drehst um und fährst sofort wieder nach Hause. Sofort!«

»Wenn sie hier ist, bleibe ich auch hier«, sagt Cody leise.

»Das hast du nicht zu entscheiden!«, brüllt der Sheriff. Er ist knallrot im Gesicht. Es ist das erste Mal, dass ich ihn so wütend sehe, und es macht mir Angst.

»Ich gehe hier nicht weg!« Cody hebt die Stimme. »Du hast im Augenblick ganz andere Probleme als mich. Lass mich bei ihr bleiben. Sie sollte nicht allein hier sitzen und warten. Wir bleiben hier im Stall, das schwöre ich dir. Wie gefährlich kann das schon sein? Deine Leute sind doch überall.«

Der Sheriff macht den Mund auf, um ihm zu widersprechen, doch bevor er auch nur einen Ton sagen kann, ertönt draußen ein lauter Knall. Der Boden unter unseren Füßen bebt, Staub quillt herein und verwandelt uns alle in schmutzige Schattenbilder. Instinktiv schließe ich die Augen. Cody zieht mich enger an sich. Als ich die Augen wieder aufmache, sieht es aus, als wäre ein brauner Schneesturm durch den Stall gefegt. Überall liegt Dreck.

»Sie haben den Tunnel zum Einsturz gebracht, Sir!«, brüllt ein Mann von draußen und plötzlich stürzen alle zur Koppel.

»Bleibt da!«, ruft der Sheriff mir und Cody zu, bevor er sich umdreht, um den anderen zu folgen.

Ich huste und halte mir mit dem Ärmel Mund und Nase zu, um nicht noch mehr Staub zu schlucken. »Meine Eltern!«, schreie ich durch den Stoff. Der Sheriff kann mich nicht hören, der Ärmel dämpft meine Worte. Ich versuche aufzustehen und ihm trotz seiner Anweisung zu folgen, aber Cody lässt mich nicht gehen – und mein Bein ebenso wenig.

»Dad hat recht, wir müssen bleiben, wo wir sind.« Er schreit, obwohl er direkt neben mir ist, und seine Stimme hallt durch den Stall, so still ist es plötzlich geworden. Draußen höre ich Geschrei und das Brummen eines Hubschraubers, der irgendwo kreist, aber sehen kann ich nichts als die leeren Boxen und die auf dem Tisch vor uns verstreuten Papiere, Funkgeräte und Kaffeebecher. Ich weiß nicht, wie ich es ertragen soll, hier einfach nur herumzusitzen und abzuwarten. Es muss doch etwas geben, was wir tun können, um zu helfen. Irgendetwas. Ich hole Luft und krümme mich in einem neuen Hustenanfall. Es fühlt sich an, als wäre meine Lunge mit einer Dreckschicht überzogen.

»Hier muss es doch irgendwo ein bisschen Wasser geben.« Cody steht auf und fängt an, sich umzuschauen, dabei hebt er heruntergefallene Blätter auf und legt sie zurück auf die Tische. Er schafft es, irgendwo ein halb volle Flasche Wasser aufzutreiben. Mit dem Ärmel wischt er den Staub ab und bringt sie mir. Ich trinke langsam. Meine Lunge verkrampft sich immer wieder und ich habe Mühe, mich nicht zu verschlucken.

Noch immer ist niemand zurückgekehrt. Es macht mich fast wahnsinnig. Wenn alles in Ordnung wäre, hätten doch wenigstens ein paar Männer zurückkommen müssen. Was ist, wenn die Schäden durch die Explosion größer sind, als Pioneer beabsichtigt hat? Was, wenn der größte Teil des Silos eingestürzt ist und unter einer Schicht aus Erde und Gestein begraben liegt? Meine Eltern. Will. Brian. Sie könnten alle tot sein. Ich schlinge die Arme um den Leib.

»Kalt?«, fragt Cody.

»Ein bisschen vielleicht«, schwindle ich. In Wirklichkeit ist mir eiskalt, meine Finger, Nase und Füße sind ganz taub. Falle ich in eine Art Schockzustand? Ein heftiges Zittern überkommt mich und Cody schaut sich auf den Tischen und in den Boxen nach einer Jacke oder etwas Ähnlichem um, wie ich vermute.

»In der Sattelkammer gibt es Pferdedecken. Da drüben.« Ich zeige auf die Wand am anderen Ende des Stalls. »Aber nimm nicht die mit den blauen Streifen.« Das war die Decke, die ich immer für Indy verwendet habe, die kann ich im Moment nicht ansehen. Auf keinen Fall. Es ist einfach zu viel. Das alles ist zu viel.

Cody geht an den vorderen Boxen vorbei zur Sattelkammer. Als er an Indys Box vorbeiläuft, schaue ich weg und konzentriere mich stattdessen auf den Tisch vor mir. Erst jetzt fällt mir auf, dass dort eine Pistole liegt. Einer der Männer muss ohne sie hinausgerannt sein. Ich betrachte den staubbedeckten schwarzen Griff und das Lederhalfter, in dem die Waffe steckt. Ich muss unwillkürlich an all die Pistolen denken, die die Männer nicht vergessen haben und die sie bei sich tragen werden, sobald sie herausgefunden haben, wie sie ins Silo eindringen können. Diese Pistolen werden sich bald auf meine Eltern und Freunde richten, sollten die sich nicht friedlich ergeben. Ich hatte keine Gelegenheit, jemand anderem als meinen Eltern von Pioneer zu erzählen, und sie glauben vermutlich, ich hätte Marie umgebracht. Sie werden den Sheriff und die anderen sicher nicht als Retter ansehen, sondern nach wie vor als Eindringlinge. Sie werden sich nicht ergeben.

Angewidert betrachte ich die Pistole. Ich hasse Waffen. Ich glaube, das habe ich schon immer getan. Am liebsten würde ich sie quer durch den Raum schleudern, fort von mir, aber ich komme nicht an sie heran. Ich stoße einen frustrierten Laut aus und muss aufpassen, dass er sich nicht in einen Schrei verwandelt. Ich habe das Gefühl, von alldem erdrückt zu werden. Ich hätte unten bleiben sollen, hätte versuchen sollen, die anderen zu überzeugen, Pioneer als das zu sehen, was er wirklich ist. Ich hätte sie dazu bringen sollen zuzuhören. Stattdessen bin ich weggerannt und habe meine eigene Haut gerettet. Ich bin nicht mutig oder heldenhaft. Ich bin ein Feigling, wie Pioneer es immer vermutet hat.

Ein dumpfer Schlag reißt mich aus meinen Gedanken. Ich schaue auf in der Erwartung, Cody mit einer Pferdedecke zurückkommen zu sehen, aber der Gang ist leer. Die Tür zur Sattelkammer steht weit offen. Cody kann ich nirgendwo entdecken.

»Cody?«, rufe ich. Keine Antwort. »Cody? Bist du da?«

Immer noch keine Antwort.

Ich blicke mich im Stall um. Warum antwortet er mir nicht? Ich rutsche über die Bank, bis ich die Sattelkammer etwas besser einsehen kann. Er ist definitiv nicht dort drinnen. Dafür liegt am

Ende des Laufgangs etwas auf dem Boden, ein kleines Bündel aus blau gestreiftem Stoff. Indys Decke. *Wo ist Cody?*

»Cody?«, versuche ich es wieder.

Irgendetwas stimmt nicht.

»Er kann dich nicht hören«, sagt jemand.

Und die Stimme gehört nicht Cody.

Sie gehört Pioneer.

Ich richte mich auf der Bank auf. Das Herz schlägt mir bis zum Hals. Ich suche den Stall nach ihm ab. Er ist nirgends zu sehen, aber jetzt schwingt die hinterste Boxentür langsam auf. *Wieso ist er hier drin? Wie ist er rausgekommen?* Das ergibt keinen Sinn. Doch dann geht mir ein Licht auf – der zweite Fluchttunnel! Laut Karte endet er im Stall. Mir bleibt die Luft weg. Jetzt hat er es endgültig auf mich abgesehen.

Pioneer zeigt sich weiterhin nicht, redet aber weiter. »Cody ruht sich aus«, sagt er und ich kann ihn förmlich grinsen sehen. »Wir brauchen ein bisschen Zeit für uns allein. Ich bin gekommen, um dich zu holen, Kleine Eule. Wir sollten alle zusammen sein, wenn wir diesen Ort verlassen. Die Brüder würden das so wollen. Trotz allem, was du getan hast, gehörst du immer noch zu mir.«

»Hilfe!«, schreie ich. »Sheriff! Hallo. Hilfe!«. Doch mein Schreien wird von einer zweiten Explosion in der Koppel übertönt. Wieder füllt sich der Stall mit Staub, aber diesmal halte ich mir nur kurz die Augen zu. Ich spüre Pioneer in der Dunkelheit lauern. Sich heranschleichen. Meine Augen brennen, aber ich muss nach ihm Ausschau halten. Draußen geht das Geschrei wieder los und der Hubschrauber wird einen Moment lang lauter, ehe das Dröhnen abflaut.

»Das dürfte uns etwas Zeit verschaffen«, erklärt Pioneer fröhlich. »Gute Vorbereitung macht sich bezahlt, wie du siehst. Ich dachte eigentlich, dass der Sprengstoff zu viel des Guten wäre, um es mal so auszudrücken, aber jetzt, na ja, bin ich ziemlich zufrieden über meine Voraussicht.«

Ich bin vor Angst wie gelähmt. Pioneer könnte in jeder der Boxen stecken und auf den richtigen Moment warten, um herauszukommen und mich zu überrumpeln.

Die Pistole.

Ich schaue zum Tisch hinüber, wo die Waffe knapp außerhalb meiner Reichweite liegt. Ich zögere nur einen Moment, ehe ich mich auf sie stürze. Mein Bein tobt vor Schmerzen und gibt nach, sobald ich es belaste, aber ich schaffe es trotzdem, mich an der Tischkante festzuhalten und nicht gänzlich umzufallen. Ich knalle mit den Knien so hart auf den Boden, dass es mir den Atem verschlägt. Dann fasse ich über den Tisch, ziehe die Pistole zu mir heran, hole sie aus dem Halfter und entsichere sie.

»Ich habe eine Waffe!«, schreie ich zu den Boxen hinüber. »Komm nicht näher … sonst schieße ich.«

»Ach komm, nun tu nicht so, Kleine Eule. Wir wissen doch beide, dass du für so was kein Talent hast.« Pioneer macht sich über mich lustig, er klingt eher amüsiert als ängstlich. Das macht mir schreckliche Angst.

Ich hebe die Pistole und richte sie auf die Boxen. Meine Hände zittern so sehr, dass sie auf- und abhüpfen. *Ruhig, Lyla, ganz ruhig.* Ich stoße zweimal kurz hintereinander die Luft aus und konzentriere mich darauf, die Arme stocksteif zu halten.

»Ich kriege dich, bevor du dich überhaupt aufraffen kannst zu schießen«, sagt Pioneer und klingt, als sei er ein wenig nähergekommen – oder bilde ich mir das nur ein? »Ich werde nämlich nicht zögern, dich zu erschießen und den Brüdern zu übergeben. Das wird mir sogar große Freude bereiten. Aber du? Du scheinst dir ganz und gar nicht sicher zu sein, wohin unsere Reise geht, und deshalb bist du dir auch nicht sicher, was es bedeutet, mir das Leben zu nehmen. Du glaubst vermutlich, die einzige Art jemanden zu retten, bestünde darin, *nicht* zu schießen. Du bist immer noch die kleine Eule, die du früher schon warst. Du kannst immer nur zuschauen, aber nicht handeln. Dir fehlt es an Überzeugung, um zu tun, was getan werden muss. Du hast sie nie gehabt und wirst sie auch nie haben … aber du weißt, dass *ich* sie habe.«

Er hat recht, ich bin für so etwas nicht gemacht. Vielleicht kann ich einfach nach draußen kriechen. Ich schaue zu dem breiten Eingang hinüber. Um dorthin zu gelangen, müsste ich an sämtlichen Boxen vorbei. Das würde ich nie schnell genug schaffen, nicht mit einem kaputten Bein. Außerdem ist Cody hier irgendwo. Ohne ihn kann ich nicht fort. Ich sitze fest. Mir bleibt keine andere Wahl, als mich zu verteidigen.

Ein lautes Poltern dringt aus der offen stehenden Box. Pioneer hat gegen eine Seitenwand getreten, um mich zu erschrecken. Es funktioniert. Ich schreie auf und gebe versehentlich einen Schuss ab. Pioneer lacht. Er will mich einschüchtern und ablenken, um im nächsten Moment auf mich loszugehen. Ich ziele auf die Box, aus der das Poltern kam. Fast hätte ich noch einmal abgedrückt, besinne mich aber eines Besseren. Ich weiß nicht, wie viele Kugeln noch übrig sind. Es ist besser zu warten, bis er sich zeigt. Also konzentriere ich mich wieder darauf, die Hände ruhig zu halten.

»Hast du immer noch vor, mich zu erschießen?« Pioneer klingt unbeschwert, fast scherzhaft. »Sieh zu, dass der nächste Schuss besser sitzt, denn mehr Chancen kriegst du nicht.«

Urplötzlich wirft er sich über die Zwischenwand und lässt sich in die nächste Box fallen. Ich hebe die Pistole und versuche zu zielen, aber er ist zu schnell. Der Moment ist vorüber und Pioneer hat den Abstand zwischen uns verkleinert.

Ich knie mich ein wenig breitbeiniger hin, um das Gleichgewicht nicht zu verlieren. Wenn ich schnell genug ziele, erwischt er mich vielleicht nicht. Auf jeden Fall muss er zuerst den Tisch aus dem Weg räumen und diese zusätzlichen Sekunden kann ich vielleicht nutzen, um noch einmal zu schießen, falls ich beim ersten Mal verfehle.

»Bleib, wo du bist!«, schreie ich, aber meine Stimme zittert.

Pioneer lacht. Überlaut. Selbstsicher.

Ich versuche mich selbst anzustacheln und meine Angst durch Wut abzuschwächen. Also zwinge ich mich, an Indy und Marie zu denken. Halte mir vor Augen, wie Marie Pioneer angesehen hat, bevor er ihr die Kehle durchschnitt. Und an Cody. Er liegt irgendwo verletzt in diesem Stall … sterbend womöglich. Ich muss ihn finden und ihm helfen.

Ich schaffe das.

Ich muss es tun.

»Lyyy-laaa«, singt Pioneer sanft und leise.

Ich zittere so sehr, dass ich fast die Pistole fallen lasse. Ich packe sie fester, bringe meine Arme auf Höhe des Gesichts und richte den Blick fest auf das Korn vorn auf dem Lauf. Ich beobachte den oberen Rand der Box und warte auf ein Anzeichen von Bewegung. Meine Finger am Abzug zucken.

Es wird still.

Ich verharre reglos … und warte.

Eine Minute vergeht, vielleicht zwei. Draußen höre ich Leute näher kommen, überlege, ob ich ihnen etwas zurufen soll, aber ich kann jetzt nicht sprechen. Pioneer wird nicht mehr lange warten. Ich darf mich nicht ablenken lassen. *Er will mich schnappen.*

Urplötzlich springt Pioneer aus der zweiten Box hervor, er hat eine Pistole auf meinen Kopf gerichtet. Ich sehe ihm nicht in die Augen. Stattdessen konzentriere ich mich auf seine Brust, so, wie er es mir auf dem Schießstand beigebracht hat. Wir drücken gleichzeitig ab. Holz splittert von den Wänden. Ich höre es wie

Regen auf den Boden prasseln. Bin ich getroffen? Ich glaube nicht … Er kommt immer noch auf mich zu. Ich muss ihn ebenfalls verfehlt haben. Ich ziele wieder, im selben Moment, in dem er die Tische erreicht. Unsere Blicke kreuzen sich. Er hebt die Pistole und zieht die Mundwinkel leicht nach oben.

Peng! Peng! Peng!

Zum zweiten Mal an diesem Tag kann ich plötzlich nichts mehr hören. Ich habe geschossen … mehr als einmal, glaube ich … und er? Ich schaue auf meine Brust und bin überrascht, als sich dort kein Blutfleck ausbreitet.

Er hat wieder verfehlt.

Ich bin okay.

Ich schaue dorthin, wo er gestanden hat. Die Boxentür mir gegenüber ist mit Blutspritzern bedeckt. Pioneer schleift sich langsam über den Boden und in die Box. Er ist verletzt, aber am Leben. Seine Pistole liegt auf dem Boden. Er hat sie fallen lassen, als mein Schuss ihn traf. Trotzdem halte ich die Pistole weiter auf ihn gerichtet, für alle Fälle.

Fast augenblicklich strömen Männer in den Stall. Sie müssen die Schüsse gehört haben. Da meine Zunge mir den Dienst verweigert, deute ich auf die Boxen. Sie finden Pioneer sofort.

Er rührt sich nicht mehr.

Einer der Männer, der mein Bein versorgt hat, tritt vor und knöpft Pioneer das Hemd auf. Dann tastet er an seinem Hals nach einem Pulsschlag. Er nickt. Pioneer ist noch am Leben. Aber aus der nun einsetzenden Hektik um mich herum schließe ich, dass er es vielleicht nicht mehr lange sein wird.

Wie aus dem Nichts taucht eine Trage auf. Sie betten Pioneer darauf und rollen ihn zur Tür. Als sie auf meiner Höhe sind, wendet Pioneer mir den Kopf zu. Er ist wach, aber seine Augen sind glasig, sein Gesicht ganz grau. Er schaut mich an und dieser Blick brennt sich in mich ein. Wieder hebe ich die Pistole, weil ich einen kurzen, hysterischen Moment lang überzeugt bin, dass er sich auf mich stürzen werde.

»Du gehörst mir«, sagt er. Ich kann ihn zwar nicht hören, sehe aber, wie sein Mund die Worte formt. Meine Finger zucken am Abzug, doch ich schieße nicht. Dann ist er fort.

Jemand nimmt mir die Pistole ab. Jemand anderes hilft mir wieder auf die Bank. Ich zittere am ganzen Leib, meine Zähne klappern so laut, dass ich Angst habe, mir ein Stück Zunge abzubeißen. Der Mann, der vor mir steht, versucht mit mir zu reden, aber ich kann ihm nicht antworten. Ich starre einfach nur geradeaus.

»Cody«, ist alles, was ich sagen kann, als es mir endlich gelingt, den Mund aufzumachen.

Der Sheriff reißt die Augen auf und wird kreidebleich. Codys Namen rufend, rennt er den Gang entlang. Sie finden ihn gleich neben der Sattelkammer. Er hat ein paar blaue Flecken am Hals, wo Pioneer ihn gepackt und ihm die Luft abgedrückt hat, bis er ohnmächtig wurde, ist aber bereits wieder zu sich gekommen. Sie setzen ihn neben mich auf die Bank und er reibt sich stöhnend den Hals.

»Du bist okay.« Er sagt es so, als hätte er mit dem Gegenteil gerechnet. Er lächelt ein ganz klein wenig und berührt meine Wange, ehe er den Kopf an die Wand lehnt und die Augen schließt. Ich starre auf die schnell dunkler werdenden Male an seinem Hals und versuche mit dem Zittern aufzuhören.

Meine Eltern sind immer noch unten im Silo, genau wie Will und alle anderen. Es ist noch nicht vorbei. Pioneer könnte sie eingeschlossen haben oder sie bereiten sich immer noch darauf vor zu kämpfen. Sie wissen nicht, dass Pioneer angeschossen wurde.

Die Polizei findet den zweiten Fluchttunnel, der ins Silo hinabführt, auch ohne meine Hilfe. Ich sehe, wie sie einander zunicken und dann in ihre Headsets sprechen, kann aber nicht hören, was sie sagen. Ich weiß nicht genau, ob es an den Schüssen liegt oder an meinen klappernden Zähnen oder ob mein Hirn einfach beschlossen hat, mich nichts mehr hören zu lassen. Alle drängen in die hinterste Box und schauen auf den Boden, wo sich der Tunneleingang befindet.

Nach ein paar Minuten angespannter Stille rufen sie in die Röhre hinab und wir warten, um zu hören, ob jemand antwortet. Alle halten die Luft an. Dann dringt die Stimme meines Vaters herauf und bricht den Bann.

»Wir sind okay und unbewaffnet.«

Tränen laufen mir über das Gesicht. Ich war mir nicht sicher, ob sie aufhören würden zu kämpfen. Eine Welle der Erleichterung überschwemmt mich und ich lehne den Kopf an die Wand und lächle. Niemand wird mehr sterben. Es ist vorbei. Es ist alles vorbei.

Einer nach dem anderen tauchen meine Freunde und deren Familien aus dem Silo auf. Blinzelnd und mit großen Augen klettern sie in die Box, wie Babys, die zum ersten Mal die Welt erblicken. Sobald sie draußen sind, drängen sie sich dicht zusammen. Ich sehe die Unsicherheit in ihren Gesichtern. Ich weiß, was sie denken. Was nun? Ich frage mich das Gleiche. Am liebsten würde ich mitten unter sie eilen und meine Eltern suchen, aber das lässt mein Bein nicht zu. Außerdem bin ich mir nicht sicher, was sie über mich denken werden, wenn sie erfahren, dass ich Pioneer angeschossen habe.

Meine Eltern gehören zu den Letzten, die das Silo verlassen. Dad muss meine Mutter praktisch herauszerren. Sie ist nicht ansprechbar. Karens Schuhe hält sie immer noch in der Hand. Als er mich sieht, zieht er mich von der Bank in seine Arme und drückt mich lange an sich. Wir weinen alle beide, als er mich schließlich loslässt. Meine Mutter steht regungslos daneben. Sie nimmt mich nicht in den Arm, sie sieht mich nicht einmal an, sie tut überhaupt nichts. Ich versuche nicht daran zu verzweifeln. Ich weiß, dass sie sich einen anderen Ausgang gewünscht hat, aber ich denke, fürs Erste reicht es, dass sie hier ist, dass wir alle hier sind.

In der Gemeinde erschien das Leben perfekt.
Ich dachte, das Böse lebe außerhalb unserer Mauern.
Ich habe mich geirrt.

Lyla Hamilton, Mitglied der Gemeinde

(Ausschnitt der Tonbandaufnahme ihres Interviews mit Sheriff Crowley, zehn Tage nach dem Polizeieinsatz in Mandrodage Meadows)

31

An dem Tag, an dem laut Pioneer die Welt untergehen würde, kehren wir nach Mandrodage Meadows zurück. Der Herbst klingt aus und die letzten warmen Tage sind lange vorbei. Die meisten Blätter sind herabgefallen. Sie rascheln beim Gehen unter unseren Füßen. Cody meint, in den Wetterberichten würden sie dieses Jahr einen frühen und ungewöhnlich langen Winter ankündigen. Wenn der heutige Tag ein Fingerzeig ist, werden sie recht behalten. Frost liegt in der Luft, ein Vorbote des Schnees, der im Laufe der Woche noch kommen soll. Ehrlich gesagt bin ich froh darüber, dass es kalt ist. Das Wetter passt zu diesem Anlass – als nähme die ganze Welt mit uns Abschied.

Ich wollte nicht zurückkommen. Ich war mir nicht sicher, ob ich es hier aushalten würde. Aber die Therapeuten fanden, es sei eine gute Idee, und jetzt sind wir hier. Sie meinten, es würde uns helfen, einen Schlussstrich zu ziehen. Wenn wir uns in einer Stunde den Sonnenuntergang anschauten und die Welt nicht unterginge, könnten wir der Wahrheit vielleicht endlich ins Auge sehen: Die Apokalypse wird nicht kommen. Danach könnten wir endlich nach vorn schauen und neu anfangen. Aber sie haben keine Ahnung, wovon sie reden. Es gibt keinen Neuanfang. Nur ein Weitermachen. Ich weiß nicht genau, warum sie das nicht verstehen. Vielleicht können das nur Leute wie wir, Leute, die darauf konditioniert sind, Dinge zu überstehen, nicht sie zu überwinden.

Ich folge den anderen auf dem Pfad zu den Obstgärten und zum Silo. Mandrodage Meadows sieht genauso aus wie vor unserem Weggang, der gerade mal zwei Monate zurückliegt. Das ist nicht lange genug, um zu verwahrlosen. Trotzdem fühlt es sich hier bereits unheimlich an, als würde es spuken. Es gibt hier Geister, die in der Dämmerung lauern und auf uns warten.

Meine Eltern gehen ganz vorn, aber ich mache keine Anstalten, sie einzuholen. Stattdessen halte ich sorgsam Abstand zwischen mir und den anderen. Es ist für uns alle besser so – oder zumindest für sie.

Am Tag der Polizeiaktion starben fünf Leute aus der Gemeinde. Drei von ihnen – Brians Dad; Julies Versprochener, Mark; und Mr Browns Sohn Luke – kamen an der Mauer um, als der Sheriff und seine Männer auftauchten. Marie verlor ihr Leben bei dem Versuch, mich zu befreien. Mr Whitcomb wurde im Tunnel erschossen, als die Männer des Sheriffs das Feuer eröffneten, nachdem sie mich herausgezogen hatten. Und ich habe Pioneer angeschossen … aber er ist noch am Leben. Ich habe ihn zweimal in die Brust getroffen, knapp neben dem Herzen – so knapp, dass er an Ort und Stelle gestorben wäre, wenn er im Moment des Schusses nur ein wenig tiefer eingeatmet hätte. Der Sheriff hat mir erzählt, dass er auf dem Weg ins Krankenhaus trotzdem zweimal einen Herzstillstand erlitten hat und mehrere Operationen sowie eine ziemlich ernste Infektion überstehen musste, aber er hat es geschafft. Der Sheriff meint, bei jedem anderen, der derartige Komplikationen erleidet und überlebt, würden die Ärzte von einem

Wunder sprechen. Aber bei Pioneers Genesung täten sie das nicht … und ich werde es auch nicht tun. Sein Überleben kann kein Wunder sein. Denn wenn das so wäre, könnte es bedeuten, dass er tatsächlich das ist, was er zu sein behauptet – ein Prophet oder Messias.

Aber nein.

Das kann und will ich nicht glauben.

Pioneer wird heute nicht hier sein. Er ist im Krankenhaus und andernfalls wäre er im Gefängnis. Trotzdem kann ich hier auch seine Gegenwart spüren. Ich ziehe die Jacke enger um den Körper.

Du gehörst mir.

Ich habe versucht, seine letzten Worte an mich aus meinem Kopf zu verdrängen, aber sie haben sich in meinem Hirn festgesetzt und gehen mir wieder und wieder durch den Sinn. Ich weiß, was das bedeutet. Er wird mich nicht loslassen. Nicht, solange er am Leben ist. Vielleicht niemals. Ich schließe die Augen und atme tief durch. Er wird ins Gefängnis kommen. Er kann mir nicht nachstellen – nicht mehr. Der Sheriff hat gesagt, er würde dafür sorgen, dass er es nie mehr kann … trotzdem kann ich nicht aufhören, bei jedem Laut zusammenzuschrecken, in jeder dunklen Ecke nach ihm zu suchen, und jedes Mal, wenn der Wind nachts durch die Bäume heult, glaube ich, er rufe meinen Namen. Ich wollte ihn nicht umbringen, als ich auf ihn geschossen habe. Ich wollte ihn nur davon abhalten, auf mich loszugehen, aber jetzt komme ich manchmal nicht umhin, mir zu wünschen, ich hätte es getan. Vielleicht hätte sich dann dieser Knoten aus Angst, der sich in meiner Brust festgesetzt zu haben scheint, längst aufgelöst und wäre verschwunden.

Als wir uns dem Silo nähern, halten sich die anderen aneinander fest. Niemand wartet auf mich oder kommt nach hinten, um mit mir zusammen zu gehen. Ich frage mich, ob sie enttäuscht sind, dass Pioneer nicht hier ist. Hätten sie lieber ihn hier als mich? Früher kannte ich sie gut genug, um einschätzen zu können, was sie ungefähr denken, aber der Sheriff hat mich lange genug von der Gemeinde ferngehalten, dass ich mich ihr nicht mehr wirklich zugehörig fühle. Er ist sich ziemlich sicher, dass die meisten immer noch mir die Schuld an dem geben, was während der Polizeiaktion passiert ist, und dass der einzige Weg, mich vor ihrem Zorn zu schützen, darin besteht, mich von ihnen zu trennen. Jedenfalls so lange, bis ihre Therapeuten Zeit hatten, sie die Wahrheit erkennen zu lassen. Er ist auch jetzt da – irgendwo außer Sichtweite der anderen –, beobachtet die Gruppe und löst das Versprechen ein, das er mir gegeben hat.

Cody ist heute in der Stadt geblieben. Sein Dad und meine Therapeutin, Mrs Rosen, haben ihm nicht erlaubt, uns zu begleiten, auch wenn er sich mächtig ins Zeug gelegt hat, um dabei sein zu dürfen. Ehrlich gesagt bin ich froh, dass er nicht mitgekommen ist, aber das habe ich ihm nicht gesagt. Ich muss hier allein sein. Muss mich verabschieden, ohne dass er um mich kreist. Ich will nicht, dass er sich sorgt, ich könnte am Ende zusammenbrechen. Er ist ein Teil meiner Zukunft und die muss ich strikt von diesem Ort fernhalten.

Die Gruppe bleibt stehen und verteilt sich rund um die Eingangstür des Silos. Ich lasse mich noch weiter zurückfallen und schaue zu, wie die Leute Aufstellung nehmen. Ich lehne mich an einen Baum und vergrabe den Kopf tief im Kragen meiner Jacke. Der kalte Zipper des Reißverschlusses drückt mir gegen die Lippe. Mrs Rosen kommt und stellt sich zu mir. Sie hat Heather und Julie herbegleitet, deren Therapeutin sie ebenfalls ist. Ich schätze, jetzt bin ich an der Reihe mit Händchenhalten.

»Wie hältst du dich, Lyla?« Sie schenkt mir ein herzliches Lächeln und stupst mich mit der Schulter an.

»Gut«, sage ich und gehe nicht näher darauf ein, obwohl sie mich ansieht, als warte sie darauf, dass ich noch mehr sage. Sie soll einfach zur Gruppe zurückgehen und mich in Ruhe lassen. Was sie dann auch tut. Sie wollte, dass ich über meine Gefühle rede, darüber, was dieser kleine Ausflug in mir auslöst. Die Wahrheit ist, dass ich es einfach nicht weiß. Ich empfinde zu vieles auf einmal, um es für sie in ein oder zwei ordentliche Sätze verpacken zu können. Ich will so abgestumpft sein wie möglich. Wenn ich den ganzen Schmerz an mich heranlasse, ertrage ich ihn womöglich nicht. Vielleicht versuche ich es eines Tages, aber nicht hier und jetzt.

Dr Freemann, der Leiter der Therapiegruppe, räuspert sich, um auf sich aufmerksam zu machen. Er lehnt sich an die Silotür und fängt an davon zu sprechen, welche Bedeutung dieser Tag seiner Meinung nach hat. Ich kann mich nicht auf seine Worte konzentrieren. Meine Gedanken driften immer wieder in die Vergangenheit – zurück zu jenem Tag, an dem ich in Mandrodage Meadows ankam; dem Tag, an dem ich zum ersten Mal auf Indy saß; jener Nacht, in der ich mit Will am Fluss getanzt habe. Und fast so, als würde ihn die Erinnerung heraufbeschwören, steht Will mit einem Mal neben mir.

»Es ist komisch, wieder hier zu sein, nicht?« Obwohl er mit mir redet, schaut Will stur geradeaus. Von dort, wo ich stehe, sehe ich nur sein Profil. Seinen Gesichtsausdruck kann ich nicht deuten. Mein Herz schlägt ein bisschen schneller. Seit wir zuletzt hier waren und er mich in der Zelle zurückgelassen hat, habe ich nicht mehr mit ihm gesprochen. Aber ich habe es mir jeden einzelnen Tag gewünscht.

Ich zucke die Achseln, weil ich nicht weiß, was ich erwidern soll. Ich habe Angst, das Falsche zu sagen. Ich will nicht, dass er weggeht. Es gibt so vieles, was ich ihm sagen möchte. Ich habe Marie verloren und furchtbare Angst, dass ich auch ihn verloren habe. Dass es bereits zu spät ist. Er war einmal mein bester Freund und etwas in mir hofft, er werde es wieder sein.

Will scheint gar nicht zu merken, dass ich ihm nicht geantwortet habe. Sein Blick ist auf die Silotür gerichtet. »Ich denke immer wieder, dass die letzten beiden Monate ein böser Traum gewesen sind. Dass ich aufwachen werde und wir draußen im Pool mit Brian und Marie Reiterspiele veranstalten. Du glaubst gar nicht, wie sehr ich mir das wünsche.« Seine Stimme schwankt ein wenig.

Ich atme tief durch und kämpfe mit den Tränen. Gleich wird er mir die Schuld geben, alles kaputt gemacht zu haben. Gleich wird er sagen, er hoffe, mich nie wiederzusehen.

Er holt tief Luft. »Ich will das einfach nur wiederhaben. Ich wünsche es mir so sehr. Ich bin nicht wie du, Lyla. Ich bin nicht stark. Ich wünschte, ich wäre es. Ohne dich wäre ich an diesem Tag da unten gestorben. Das wären wir alle.«

Damit habe ich nicht gerechnet.

»Verzeihst du mir, dass ich dir nicht geglaubt habe, als du mich warnen wolltest?« Ganz gebeugt steht er da, als rechne er damit, ich würde Nein sagen oder ihn anschreien und wegschicken. Plötzlich habe ich den überwältigenden Drang, ihn zu umarmen.

»Ich war dir nie böse, Will«, sage ich und dann umarme ich ihn wirklich. »Ich dachte, du gibst mir immer noch die Schuld an allem. Du hast mir gefehlt. Du hast mir so gefehlt.«

Er lehnt den Kopf an mein Haar und ich lächle in seine Jacke. »Du hast mir auch gefehlt«, sagt er leise.

»Gleich ist es so weit«, ruft jemand und wir lösen uns genau in dem Moment voneinander, als die Sonne den Saum der Bäume erreicht.

»Ich weiß, dass es nicht passieren wird, aber ich bin trotzdem nervös«, sagt Will.

Ich schaue zum Himmel auf. Von Westen ziehen Wolken heran, aber sie sind immer noch weit entfernt. Der Himmel ist tiefblau und der Horizont leuchtend orange, sodass die Bäume aussehen, als stünden sie in Flammen. Es ist wunderschön und voller Kraft und Leben.

Ich lasse mir das, was er über mein Starksein gesagt hat, noch einmal durch den Kopf gehen. Ich sehe mich selbst nicht so. Und ich glaube auch nicht, dass jemand anderes es je so gesehen hat. Ich war immer nur die Kleine Eule, die Beobachterin, das schwache Glied in der Kette, diejenige, um die sich alle Sorgen gemacht haben. Wie kommt es, dass sich das verändert hat? Habe *ich* mich verändert? Unsere ganze Kindheit hindurch habe ich Will, Brian und Marie für die Starken gehalten und jetzt stellt sich heraus, dass ich es bin? Ich habe das Gefühl, gerade erst herauszufinden, wer ich wirklich bin – oder wer ich vielleicht sein kann.

»Siehst du, es ist fast dunkel. Es wird nicht passieren«, sagt Will mehr zu sich selbst als zu mir.

Ich schaue auf die Tür des Silos und dann wieder zum Himmel.

Das Komische ist, dass es immer noch passieren könnte. Ich meine, es wird natürlich nicht passieren, aber es können jeden Tag alle möglichen Dinge geschehen. Das ist es, was das Leben hier – auf diesem Planeten – so beängstigend macht. Wir können nicht vorhersehen, was geschehen wird. Wir können nichts davon kontrollieren – weder Gutes noch Schlechtes. Wir können nur damit umgehen, wenn es so weit ist. Ich betrachte den Halbkreis aus Leuten vor uns und versuche meine Gedanken in Worte zu fassen, um sie Will zu schildern, aber der Moment zum Reden verstreicht und stattdessen lehne ich mich an ihn.

Die Sonne ist jetzt nur noch ein schmaler Streifen am Rand der Prärie. Ich sehe zu, wie sie den Tag loslässt und verschwindet. Die Welt wird ganz still – als warte sie ebenfalls, als überlege sie immer noch, wie es weitergehen soll. Niemand bewegt sich. Wir stehen einfach nur dicht beisammen und beobachten den Himmel.

Nach und nach kommen die Sterne heraus, einer nach dem anderen, bis es so viele sind, dass man sie nicht mehr zählen kann. Der Tag ist endgültig vorüber und wir sind immer noch da. Ich lächele ein wenig und Will ebenfalls, aber in der Gruppe herrscht kein Jubel, kein erleichtertes Aufseufzen, nur schweigende Akzeptanz.

Ich nehme Wills Hand. Zusammen schauen wir uns weiter die Sterne an. Der Himmel ist übersät davon. Ich hatte fast vergessen, wie klar sie hier draußen sein können, weitab von den Lichtern der Stadt.

Früher dachte ich immer, sie seien Pforten, durch die die Brüder uns beobachten. Jetzt denke ich, dass es wahrscheinlich gar keine Brüder gibt. Ich weiß nicht genau, ob mich das beruhigt oder nicht. Aber ich weiß, dass es mir Hoffnung macht, zu einem solchen Himmel aufzuschauen. Wenn ein Himmel, der so dunkel ist, so voller Licht sein kann, dann gilt das vielleicht auch für diese Welt.

Danksagung

Zunächst einmal möchte ich anmerken, dass ich es niemals gewagt hätte, diesen Pfad zu beschreiten, wenn mein Mann nicht gewesen wäre. Jay, du hattest nie den leisesten Zweifel an meinem Talent zu schreiben (oder hast zumindest den Anstand besessen, es mir nicht zu sagen), und du hast *jahrelang* in zwei Jobs gleichzeitig gearbeitet, damit ich mich auf meinen Traum konzentrieren konnte. Ich liebe dich für immer und ewig. Jetzt bist du an der Reihe, Süßer.

Ich bedanke mich bei:

Meinen Töchtern, Samantha und Riley, die mich tagtäglich daran erinnern, worum es im Leben geht, und mich selbst an den schwärzesten Tagen zum Lachen bringen. Ihr seid die beiden Hälften meines Herzens.

Meinen Eltern, Tom und Peggy Williams, dafür, dass ihr immer da wart, wenn ich euch brauchte, und dafür, dass ihr mich nach einer Romangestalt benannt habt, weil ihr schon immer geahnt habt, dass ich Geschichten lieben würde. Ich bin froh, dass ich endlich auf euch gehört und es mit der Schreiberei versucht habe.

Meinem Bruder, Tom Williams, und seiner Frau, Erika, die dieses und das Buch davor tapfer gelesen haben. Eure Unterstützung ist mir unendlich teuer.

Meinen Schwiegereltern, Alan und Trish Poe, die sich mit Vergnügen für Spielnachmittage mit meinen Töchtern zur Verfügung gestellt haben, während ich mich abrackerte, und die unzählige Gespräche über das Schreiben erduldeten.

Meiner Agentin, Lucienne Diver, die in meinen Augen immer die Verkörperung einer Wunschfee sein wird. Du bist großartig darin, Träume Wirklichkeit werden zu lassen.

Suzy Capozzi, die dieses Buch mehr liebte, als ich es jemals zu hoffen gewagt hätte.

Meiner Lektorin, Chelsea Eberly, die mich an Bord geholt hat und vom ersten Telefonat dafür sorgte, dass ich mich wohlfühlte. Ich schätze mich glücklich, dich zu haben.

Mallory Loehr für ihre Unterstützung und Anleitung.

Nicole de las Heras für ein Cover, das mir im positivsten Sinne den Atem verschlug, als ich es das erste Mal sah.

Dem Rest des Teams von Random House für die unermüdliche Arbeit an diesem Buch.

Meinen kritischen Partnerinnen: Stefanie Jones, die auf einer Kussszene bestand – Cody und Lylas »Date« im Krankenhaus ist für dich; Krystalyn Drown, die den Anstand hatte, mich auf jede

Schwachstelle anzusprechen und aufzufordern, daran zu arbeiten, und Jennifer Baker, die dieses Buch ungleich besser machte und mir sowohl Rezepte als auch Ermutigungen zukommen ließ. Ladys, ihr rockt!

Den *Gunning for Awesome Girls*, die nicht nur erfahrene Cheerleaderinnen, sondern auch Mutmacherinnen sind: Gemma Cooper, Corinne Duyvis, Lacey Edwards, Deborah Hewitt, Michelle Krys, Lori Lee, Ruth Stevens, Amy Tintera, Kim Welchons, Stephanie Winkelhake und, last but definitely not least, Natalie Parker, die mir herauszufinden halfen, wo dieses Buch wirklich anfängt, und die mich begeistert zum WEITERMACHEN anhielten.

Tessa Gratton, die mich unter ihre Fittiche nahm.

Der *Abbreviated Writers' Group of Wesley Chapel.* Alle, die schreiben, brauchen einen sicheren Ort, wo sie wachsen können. Dieser war meiner.

Meinen frühen Lesern: Andrea Mc Bride, Jane Juran, Cheryl Van Beek, Diana Geller, Vincent Sultenfuss und Nancy Haines. Eure Ratschläge und Begleitung haben mich getragen.

Kurt Wilt und Patrick Crerand, die mir beibrachten, zielgerichtet zu schreiben, und unerfahrenen Schreibenden *jahrelang* jeden zweiten Donnerstag auf die Sprünge halfen. UMSONST. Ihr macht der Professorenzunft alle Ehre, Gentlemen.

Zu guter Letzt Lob und Dank dem lieben Gott, weil er mich mit diesem wunderbaren und schönen Leben gesegnet hat. Es ist viel besser, als ich es mir jemals hätte vorstellen können.

GATED
SIE SIND ÜBERALL

Für Jay, auf ewig

Ein guter Hirte
legt sich nicht schlafen,
solange sich eines seiner Schafe
auf Abwegen befindet.

Pioneer, Gemeindeführer

1

Es ist einen Monat her, seit die Welt untergehen sollte. Eigentlich könnte man meinen, ich würde nicht mehr jeden Morgen voller Panik aufwachen, weil mir der Alarm der Gemeinde in den Ohren schrillt und ich so schnell atme, dass ich so gut wie keinen Sauerstoff mehr aufnehme.

Aber es ist so.

Vielleicht liegt es daran, dass ich tief im Innern nach wie vor nicht glauben kann, dass die Apokalypse nicht doch noch irgendwo hinter dem Horizont lauert. Schließlich haben mich meine Familie und unser Anführer Pioneer von morgens bis abends davor gewarnt, seit ich fünf Jahre alt war. Wie soll ich plötzlich den Schalter umlegen und glauben, es sei alles eine Lüge gewesen?

Ich wische das Kondenswasser vom Badezimmerspiegel und starre auf das, was im Wischstreifen von mir zu sehen ist. Ich habe geduscht, bis ich ruhiger atmen konnte und nicht mehr am ganzen Leib zitterte. Doch innerlich bebe ich immer noch vor einer Anspannung, die sich nicht besänftigen lässt – nicht mit hundert Duschbädern. Dass sich dieses Badezimmer nach wie vor fremd anfühlt, die Wohnung, in der ich lebe, nicht mein Zuhause ist und die Leute, mit denen ich hier zusammenwohne, kaum mehr als Fremde sind, macht die Sache nicht besser.

»Lyla, wir haben nicht viel Zeit. Mein Dad ist schon weg«, sagt Cody draußen vor der Tür mit gedämpfter Stimme.

Ich beginne mich rasch abzutrocknen. Codys Vater ist der Sheriff, der Mann, der in Mandrodage Meadows, die Siedlung meiner Gemeinde, eingedrungen ist, unmittelbar bevor Pioneer uns unter Tage eingeschlossen hat, um dort auf den Weltuntergang zu warten. Heute wird Pioneer vom Krankenhaus ins Bezirksgefängnis überstellt, und Cody und ich werden dabei zusehen.

»Komme gleich.« Ich lege den Mund ganz nahe an den Türspalt, damit ich nicht laut sprechen muss. Codys Mutter und Schwester schlafen noch. Wenn sie aufwachen, bevor wir aus dem Haus sind, werden wir nicht hingehen dürfen. Ich könnte es ihnen nicht verübeln, uns davon abzuhalten. Keiner von uns weiß, wie ich reagieren werde, wenn ich Pioneer das erste Mal wiedersehe, seit ich ihn angeschossen habe. Nicht einmal ich selbst.

»Im Ernst, Lyla, beeil dich«, sagt Cody und klopft nachdrücklich an die Tür.

»Okay!«

Ich ziehe eine von Codys Jeans an und sein weitestes Sweatshirt. Als ich mein Haar zu einem Knoten drehe und es unter einer Baseballkappe verstecke, schaue ich ein letztes Mal in den Spiegel und suche in meinem Gesicht nach einem Anflug von Unerschrockenheit, doch es ist blass vor Angst.

Kann ich das wirklich durchziehen?

Ich probiere ein jungentypisches, lässiges Schlurfen. Wenn Cody mir noch einen falschen Bart verpasst hat und ich meinen allzu kurvigen Körper verstecke, werde ich mit etwas Glück als Junge glaubwürdig genug wirken, um Pioneer, den Sheriff und wem wir sonst noch über den Weg laufen werden, hereinzulegen. Niemand außer Cody soll wissen, dass ich dort bin. Andernfalls weiß ich nicht, ob ich Pioneer begegnen kann.

Eilig verlasse ich das Badezimmer. Cody sieht mich an und lächelt. Und ich muss die Augen abwenden, weil ich auch so schon entnervt genug bin. Ich kann mich nicht mit dem Tumult befassen, der in meinem Bauch einsetzt, sobald er mich so anschaut.

»Nicht schlecht. Du siehst zwar noch nicht aus wie ein Kerl, aber das kriegen wir schon hin.« Er nimmt meine Hand und führt mich die Treppe hinab in den Keller. Auf Zehenspitzen schleichen wir bis in die hinterste Ecke, wo Cody seine Monstermodelle und Make-up-Ausstattung aufbewahrt. Er zieht einen metallenen Hocker heran und ich lasse mich darauf nieder. Meine Hände landen in meinem Schoß und ich fahre mit den Daumen über meine Jeans. Ich atme ein und aus.

»Bereit?« Cody hat leuchtende Augen vor Eifer. Ich habe ihm gerade eine Möglichkeit eröffnet, seiner liebsten Beschäftigung nachzugehen. Ich bin sein persönliches Special-Effects-Projekt an diesem Morgen. Ach, wem will ich etwas vormachen? Ich bin in vielerlei Hinsicht sein persönliches Projekt. Ihm scheint es nichts auszumachen, aber mich stört es immer mehr. Wer hat schon Lust, ständig der kaputteste Mensch im Raum zu sein? Deshalb fahre ich heute zum Krankenhaus. Um anzufangen, die Schäden zu beheben, die Pioneer mir zugefügt hat. Ihn wiederzusehen, ist der erste Schritt.

»Ja«, sage ich. Ich sehe zu, wie er etwas in die Hand nimmt, das wie ein Schlauch aus dunkelbraunen Haaren aussieht, und es auseinanderrollt. Er hält ihn mir ans Gesicht und vergleicht ihn mit meiner echten Haarfarbe.

»Kommt ungefähr hin«, sagt er mehr zu sich selbst als zu mir. Dann schneidet er vom Schlauch einige Zentimeter ab und fächert die Haare zwischen den Fingern auf, ehe er sie neben mich auf den Tisch legt. Ich schaue auf den Wolfman-Kopf hinab, an dem er gearbeitet hat, und auf die abgetrennten Gliedmaßen dahinter. Sie wirken so realistisch, dass die meisten Menschen wahrscheinlich vom bloßen Anblick angewidert wären, aber ich nicht. Wenn man erst einmal echtes Blut gesehen hat, wirkt das unechte Zeug einfach nicht mehr so glaubwürdig, egal, wie gut es ist.

Cody beugt sich vor und nimmt die Fernbedienung vom Tisch. »Es geht schneller, wenn du dir irgendwas ansiehst«, sagt er, während er den Fernseher einschaltet und mir die Fernbedienung in die Hand drückt. Ich bin mir ziemlich sicher, dass er sich keine Sorgen macht, ich könnte mich langweilen. Er will mich nur von Pioneer ablenken. Das Problem dabei ist, dass ich das einfach nicht schaffe, seit ich Mandrodage Meadows verlassen habe. Sobald ich die Augen schließe, ist Pioneer da. Ich bin wieder im Stall und durchlebe die Sekunden, nachdem ich auf ihn geschossen habe, sehe, wie sich das Blut auf seinem schmuddeligen weißen T-Shirt ausbreitet. Manchmal habe ich sogar das Gefühl, den metallenen Geruch seines Bluts riechen zu können. Und das Blut von Marie, meiner besten Freundin. Pioneer hat ihr die Kehle durchgeschnitten, *damit sie an einem besseren Ort bei den Brüdern sein kann*. Gegen diese Erinnerungen kommt keine Fernsehshow an. Trotzdem zappe ich durch die Sender.

Plötzlich, als hätten meine Gedanken ihn heraufbeschworen, ist Pioneers Gesicht auf dem Bildschirm. Mein Herz gefriert zu einem Eisklumpen. Er sieht mir direkt in die Augen. Ich stelle den Ton lauter.

»Alan Cross, der sich jetzt Pioneer nennt, hat die letzten zehn Jahre mit seinen Anhängern in völliger Isolation auf einem apokalyptischen Gelände gelebt.«

Cody reißt mir die Fernbedienung vom Schoß – ich muss sie fallen gelassen haben, auch wenn ich mich nicht daran erinnern kann. »Das ist genug von –«

»Nein, warte! Ich … muss das sehen«, sage ich, obwohl ein Teil von mir sich lieber Augen und Ohren zuhalten würde. Wenn ich es nicht ertrage, Pioneer im Fernsehen zu sehen, wie kann ich dann erwarten, es bei einer persönlichen Begegnung zu können?

Pioneers Gesicht verblasst und eine neue Aufnahme, diesmal vom Krankenhaus, wird eingeblendet. Auf dem Fußweg direkt vor dem Eingang sind meine Freunde versammelt. Sie sitzen dicht zusammengedrängt auf den Knien und strecken die Hände zum Himmel – alle in genau der gleichen Haltung. Sie lächeln in die Kamera. Der Ausdruck auf ihren Gesichtern … es ist unheimlich, wie glücklich sie wirken. Mein Magen rebelliert und ich muss schlucken, um nicht zu würgen.

»… seine Anhänger erklären, dass sie sich bis zu Pioneers Entlassung weiter vor dem Krankenhaus versammeln werden.«

Julies Gesicht füllt den Bildschirm aus. Sie grinst breit in die Kamera. »Er lebt! Pioneer hätte sterben müssen, aber er ist nicht gestorben.« Sie schaut zu Mr Brown hinüber, der in der Nähe steht und sie anstrahlt.

Der Mann mit dem Mikrofon deutet auf ihre Sitzhaltung. »Sie knien alle. Warum?«

Julie stößt ein schrilles, gackerndes Lachen aus, das nicht annähernd so klingt wie das, was sie von sich gibt, wenn sie etwas wirklich lustig findet. Ich hasse dieses Lachen. »Wir knien, um Pioneer unseren Gehorsam und unseren erstarkten Glauben zu zeigen.«

Der Interviewer hatte Mühe, ernst zu bleiben.

Julie schaut ihn an und ihr Mund zuckt. Ihr Lächeln wird zu einem höhnischen Grinsen. »Sie werden noch an diesen Moment zurückdenken, als Sie sich geweigert haben, das Wunder seines

Überlebens anzuerkennen. Wenn der letzte Tag dieser Welt anbricht, werden Sie sich nicht mehr über uns lustig machen. Sie werden wissen, dass er recht hatte – und Sie werden sterben.«

»Komplett durchgeknallt, die Irre.« Mit wütendem Kopfschütteln tupft Cody mir Haare ans Kinn. Ich schaue ihn nicht an, weil ich nicht weiß, was ich sagen soll. Ich habe auch einmal an Pioneer geglaubt … macht mich das auch zu einer Irren? Ich beiße mir auf die Lippe und versuche mich auf den Fernseher zu konzentrieren, um nicht loszuheulen.

»… mithilfe aufgenommener Predigten, die Pioneer in den letzten Jahren gehalten hat, haben sie begonnen, ihre Botschaft auf YouTube publik zu machen.«

Filmmaterial, das Pioneer vor unserem alten Klubhaus zeigt, wird eingeblendet. Mir stockt der Atem. Im Hintergrund kann ich mich selbst sehen. Dieses Mädchen lächelt Pioneer an, als er auf es zugeht und die Hand ausstreckt. Ich sehe, wie es die Wange in seine Handfläche schmiegt. Es schnürt mir das Herz ab. Ohne es zu wollen, vermisst ein Teil von mir dieses Mädchen und ihren Glauben. Seit ich die Gemeinde verlassen habe, war ich mir über nichts und niemanden mehr sicher. Ich habe einen sauren Geschmack im Mund und schaue zu Cody auf. Hat er mein altes Ich auch entdeckt?

»Das Ende ist nah, nicht?« Ich sehe meine Eltern, meine Freunde und mein früheres Ich nicken und klatschen.

Cody stößt ein entrüstetes Schnaufen aus und ich lange über den Tisch, um auf den Ausschaltknopf der Fernbedienung zu drücken, wobei ich mir Barthaare aufs T-Shirt schmiere. Dann sinke ich wieder auf den Hocker und nehme den Kopf in die Hände. Ich weiß nicht, was schlimmer ist, die Tatsache, dass mein früheres Ich zusammen mit allen anderen genickt hat … oder die Tatsache, dass mein gegenwärtiges Ich immer noch den unerklärlichen

Drang hat, das Gleiche zu tun. Es fühlt sich an, als habe sich mein Hirn zweigeteilt und mein früheres und mein gegenwärtiges Ich seien sich noch nicht einig, wer das Sagen hat. Vielleicht ist es ein Fehler, heute Pioneer zu begegnen. Vielleicht wird es die Waagschale zugunsten meines früheren Ichs ausschlagen lassen. Ich fange wieder an zu zittern, kann es einfach nicht verhindern. Meine Nerven gehen mit mir durch.

»Weißt du, wir müssen das nicht tun. Ich kann auch allein hingehen und dir hinterher alles erzählen.« Cody schaut mir prüfend ins Gesicht, berührt mit den Fingerspitzen meine Wangen. Sie sind warm. Fast reflexartig schrecke ich zurück. Es liegt nicht daran, dass ich nicht von ihm berührt werden will. Pioneer hat uns pausenlos eingeschärft, uns von Außenstehenden fernzuhalten, und mein Körper weiß immer noch nicht, wie er sich ihm dauerhaft widersetzen soll. Wahrscheinlich bedeutet es, dass mein früheres Ich nach wie vor die Oberhand hat. Am liebsten würde ich auf irgendetwas einschlagen.

Falls mein Zurückweichen Cody etwas ausgemacht hat, lässt er es sich nicht anmerken. Stattdessen nimmt er weitere Haare und macht sich daran, meinen Bart aufzufüllen.

Ich weiß nicht, ob ich mich entschuldigen oder einfach übergehen soll, was gerade geschehen ist. Nach kurzem Schweigen entscheide ich mich für Letzteres. »Ich muss ihn sehen. Sicher sein …« Ich spreche den Satz nicht zu Ende. Es würde einfach nur merkwürdig klingen. Nachdem ich zweimal auf ihn geschossen und – praktisch mitten ins Herz – getroffen habe, war ich sicher, dass er sterben würde. Aber das ist nicht geschehen – selbst nach vielen Komplikationen nicht. Anscheinend schaffe ich es nicht, die Frage zu verdrängen, ob er nicht doch das ist, was er zu sein behauptet. Wie hätte er das alles sonst überleben können? Wenn es mir nicht gelingt, Pioneer einfach nur als normalen Menschen zu sehen, statt als eine Art Messias, werde ich den Teil von mir, der immer noch an ihn glauben will, nie loswerden.

Cody tupft die letzten Bartreste an ihren Platz. Dann tritt er zurück und begutachtet mein Gesicht. »Nicht schlecht.«

Er dreht mich an den Schultern um und gibt mir einen Spiegel. Ich gefalle mir überhaupt nicht. Auf seltsame Art und Weise sehe ich aus wie eine jüngere Version meines Vaters. Ich habe noch nie etwas von ihm in meinem Gesicht entdeckt.

Dad.

Die meiste Zeit vermisse ich meine Eltern nicht, weil ich mich bemühe, nicht an sie zu denken. Ich brauche den Abstand zu ihnen, um mir über bestimmte Dinge klar zu werden, aber dann geschieht so etwas wie das hier und ich spüre, wie sich in meiner Brust ein Loch auftut und sich mein Magen zusammenzieht. Ich lege den Spiegel fort. Für heute Morgen habe ich mich genug angestarrt.

Cody macht sich daran, sich selbst Hautkleber aufs Kinn zu tupfen. Er arbeitet jetzt schneller. Wir haben zwei Stunden Zeit einkalkuliert, bevor wir gehen müssen, doch allmählich wird es knapp. Pioneers Verlegung soll in weniger als einer Stunde stattfinden. Ich sehe zu, wie Cody sich einen Satz hellerer Haare ans Kinn drückt. Sein Bart ist länger – wilder als der, den er mir verpasst hat. Zehn Minuten später ist er fertig.

Cody geht zu einer Liege hinüber und streift sich ein dickes Sweatshirt über, ehe er sich die Kappe mit *Mel's Trucking Company* aufsetzt, die er aus dem Secondhandladen mitgebracht hat. Er schnappt sich zwei tarnfarbene Parkas, die wir anziehen, während wir durch die Seitentür nach hinten in den Garten schlüpfen.

Los geht's.

Cody lotst mich zu seinem Auto, das neben dem Briefkasten am Straßenrand parkt. Beim Einsteigen gibt die rostige Fahrertür ein lautes Knarzen von sich, das in den Bäumen neben dem Haus einige Vögel aufschreckt und uns zusammenzucken lässt. Es fühlt sich an, als würden uns das Haus, die Bäume und sogar die Vögel beobachten, um zu sehen, ob ich die Sache wirklich durchziehe. Ehe ich es mir anders überlegen kann, setze ich mich auf den Beifahrersitz und Cody löst die Parksperre und lässt den Wagen den kleinen Hügel bis zum Ende der Straße hinunterrollen, ehe er noch einmal stehen bleibt, um ihn anzulassen.

Es ist kurz vor sechs Uhr morgens. Die Straßen sind fast menschenleer, was die Stadt verlassen wirken lässt. Ich zittere jetzt so erbärmlich, dass auch Cody es bemerkt. Seine Augen wandern immer wieder zwischen der Straße und mir hin und her. Mit jeder Minute, die vergeht, fällt es mir schwerer, ihn nicht zu bitten umzudrehen.

Schließlich drosselt Cody die Geschwindigkeit und biegt in die Straße zum Krankenhaus ein. Ich kann den Parkplatz erkennen und den größten Teil des Gebäudes, das vor uns aufragt. Wohin ich auch schaue, stehen Fernsehwagen und Menschen. Der Plan des Sheriffs, Pioneers Verlegung unauffällig abzuwickeln, ist fehlgeschlagen. Wie es aussieht, ist ein Gutteil der Stadt auf dem Weg zu dem breiten Streifen aus Fußweg und Rasen, der sich vor dem Seiteneingang des Krankenhauses erstreckt. Die Gemeinde ist immer noch dort. Ich kann Mr Brown vom Beifahrersitz aus sehen.

»Sie werden nicht wissen, dass du es bist, Lyla. Im Grunde ist es fast besser, dass so viele Leute da sind.« Cody parkt den Wagen ein und nimmt mich in den Arm.

Ich bin stocksteif. Wie erstarrt.

Codys Mund ist an meinem Ohr. »Du brauchst das nicht zu tun.«

Ich will, dass er aufhört, davon zu reden. Ich *muss* es tun. Ich winde mich aus seinen Armen und öffne die Wagentür. Der Wind fährt herein und brennt mir in den Augen.

»Los, komm«, sage ich. Wir steigen aus und gehen auf das Krankenhaus zu. Die Menge vibriert förmlich vor Geplapper und gespannter Erregung. Ich kann das Knistern, das in der Luft liegt, spüren.

In wenigen Minuten werden die meisten dieser Menschen zum ersten Mal einen Blick auf jemanden werfen, den sie für ein Monster in Menschengestalt halten. Davon sind sie hundertprozentig überzeugt.

Das will ich jetzt auch sein.

Ich bin ein Wunder. Ich bin der Messias.
Wie könnt ihr noch etwas anderes glauben,
nachdem ihr Zeuge dessen geworden seid,
was ich überlebt habe?

Pioneer, Gemeindeführer

2

Meine Eltern sind da.

Ich versuche nicht zurückzuschrecken, als ich sie entdecke, und vergesse für einen Sekundenbruchteil, dass ich verkleidet bin. Ich lege die Arme um mich – eine alles andere als männliche Haltung. Während unserer Therapiesitzungen habe ich sie jede Woche getroffen; es sollte mich nicht erschrecken, sie heute hier zu sehen. Allerdings war bei unseren Treffen der Rest der Gemeinde nicht dabei, daher hatte ich dummerweise gehofft, sie würden anfangen, ihre Zugehörigkeit zu überdenken. Ich hatte nicht damit gerechnet, sie ebenfalls auf den Knien vorzufinden.

Als ich die Gemeinde das letzte Mal getroffen habe, waren wir nach Mandrodage Meadows zurückgekehrt, hatten um das Silo herumgestanden und dem Sonnenuntergang zugesehen, am Tag, der eigentlich der letzte sein sollte. Die Therapeutin meiner Familie, Mrs Rosen, meinte, ich brauche eine Pause von ihnen – und sie bräuchten eine Pause von mir –, während wir alle zu begreifen versuchten, was Pioneer mit uns gemacht hatte. Deshalb wohne ich jetzt bei Cody und seiner Familie. Es ist zwar nur vorübergebend hend, aber ich bin dankbar, dass sie mich überhaupt aufgenommen haben. Mrs Rosen hatte recht – ich brauche Abstand von der Gemeinde. Mein Kopf fühlt sich klarer an ohne sie. Ich wünschte nur, meine Eltern wären der Gemeinde ebenfalls eine Weile ferngeblieben.

Ich starre meine Mutter an. Sie kniet direkt hinter einer Reihe Deputies. Ihr Gesicht ist auf die Eingangstür des Krankenhauses gerichtet, aus der Pioneer herauskommen wird. Selbst wenn ich nicht verkleidet wäre, bezweifle ich, dass sie mich bemerken würde. Ihre ganze Aufmerksamkeit gilt Pioneer.

Immer noch.

Unglaublich.

Neben meiner Mom wirkt mein Dad fast ein wenig verloren. In ihrer Miene liegt eine Gewissheit, die ihm fehlt, auch wenn er ebenfalls die Augen auf die Eingangstür gerichtet hat. Hinter den beiden sehe ich meinen Versprochenen, Will, und meine alten Freunde Brian, Heather und Julie. Wills Blick gleitet ohne zu stocken über mich hinweg. Ich atme aus, als hätte ich die ganze Zeit über die Luft angehalten. Wenn mein bester Freund – der Junge, den ich eigentlich heiraten sollte – nicht erkennt, dass ich es bin, dann wird es auch sonst niemand tun. Brian starrt zornig in meine Richtung und mein Herz verkrampft sich ein wenig, doch dann wird mir klar, dass sein Blick nicht nur mir gilt. Er hat von uns allen am meisten verloren. Marie, seine Versprochene, im Silo und seinen Vater draußen, bei der Verteidigung der Mauer um unsere Siedlung. Brian macht nicht Pioneer für ihren Tod verantwortlich, sondern mich und den Sheriff und alle anderen Außenstehenden, die an der Polizeiaktion beteiligt waren.

Jetzt richtet er die Augen auf die Leute, die vor ihm stehen. Ich folge seinem Blick zu der Gruppe, die er vor sich hat. Die Leute haben die Hände vor den Mund gelegt und können das höhnische

Grinsen, mit dem sie ihn und die anderen anstarren, kaum verbergen. Ich sehe, wie Brian von den Knien hochkommt und den Brustkorb bläht. Ich dränge mich nach vorn, um besser sehen zu können. Er sagt etwas und der Deputy, der ihm am nächsten steht, dreht sich um und schüttelt den Kopf. Die Grinser fangen an zu lachen und ich sehe einen weiteren Deputy herankommen, der die Gruppe flankiert. Brian reckt das Kinn und seine Augen werden noch schmaler. Er war schon immer ein Hitzkopf, aber jetzt sieht er aus, als würde er gleich explodieren. Was ist, wenn er durchdreht und irgendetwas anstellt? Wenn ihn der Deputy aus dem Verkehr ziehen muss, wird der Rest der Gemeinde Brian beistehen. Das könnte schnell eskalieren. Ich räuspere mich und will etwas rufen, doch dann weiß ich nicht, wen ich warnen soll, den Deputy, die Grinser oder Brian.

Ehe ich auch nur einen Ton von mir geben kann, tritt ein etwas älterer Mann hinter Brian und legt ihm die Hand auf die Schulter. Brian weist ihn nicht ab, obwohl er nicht zur Gemeinde gehört. Ich sehe mir den Mann genauer an. Er scheint Brian und die anderen zu kennen. Keiner von ihnen stört sich daran, dass er bei ihnen steht. Ich verstehe das nicht. Sie haben alle Außenstehenden, so gut es ging, gemieden, selbst die Therapeuten. Wer ist das?

Der Mann trägt Tarnhosen und eine dicke, schwarze Jacke. Seine Haare sind kurz geschoren. Alles an ihm strahlt für mich etwas Militärisches aus. Gehört er zu den Deputies? Doch dann fällt mir auf, wie er sie anschaut, mit abwehrbereiter Haltung, als rechne er ebenfalls damit, dass sie Brian angreifen. Er mag die Deputies ebenso wenig.

Cody folgt meinem Blick, starrt den Kerl neben Brian an und die fünf oder sechs anderen, die jetzt, ebenfalls mit Tarnklamotten, neben ihm stehen. »Diese Freedom Rangers sehen ganz schön heftig aus, was?«

Ich nicke. Auf jeden Fall wirken sie deutlich rabiater, als ich sie mir vorgestellt habe.

Der Sheriff hatte diese Miliztruppe mehrere Male erwähnt und dabei jedes Mal ausgesehen, als hätte er auf etwas Bitteres gebissen. Sie bezeichnen sich als Bürgerrechtsgruppe, aber der Sheriff meinte, die meisten von ihnen seien »nichts als ein Haufen Möchtegern-Cowboys«, mit einer Vorliebe für Waffen und dafür, ihre eigenen Regeln aufzustellen. Ich bin mir nicht sicher, ob er recht hat. Ich habe auch gehört, dass sie, nachdem die Polizeiaktion gegen unsere Siedlung im ganzen Land für Schlagzeilen gesorgt hatte, nicht nur mit Waffen, sondern auch mit Laptops ausgerüstet dort aufgetaucht waren. Die ersten Tage hatten sie damit verbracht, für die Gemeinde eine Webseite und einen Blog einzurichten, auf denen sie die Menschen aufriefen, zu spenden, soviel sie konnten, um den Leuten wieder auf die Beine zu helfen. Innerhalb der ersten vier Wochen, nachdem die Aktion durch die Medien gegangen war, gelang es ihnen, genug Geld aufzutreiben, um am Rand der Stadt ein großes Stück Farmland zu pachten und dort einige gebrauchte Wohnwagen aufzustellen, in denen alle unterkamen; sie heuerten einen Anwalt an, der helfen sollte, Brian, Julie, Will und die anderen aus den Pflegefamilien zu holen, in die sie der Staat verfrachtet hatte, und sammelten etwas Geld für Pioneers Verteidigung.

Es überrascht mich, dass Pioneer und die anderen sich von Außenstehenden unterstützen lassen. Man hatte uns immer gelehrt, Außenstehende um jeden Preis zu meiden. Und jetzt stehen meine Freunde und meine Familie mit einigen von ihnen Seite an Seite.

»Ich frage mich, wie deine, äh, Gruppe damit klarkommt, dass sie draußen mit ihnen auf dem Grundstück kampieren … wo es doch Außenstehende sind und überhaupt.« Die Augen vor der aufgehenden Sonne zusammengekniffen, mustert Cody die Männer. Es ist seltsam, wie sehr seine Gedanken meine eigenen widerspiegeln.

Im Gegensatz zu allen anderen Außenstehenden, denen ich begegnet bin, hat Cody kein einziges Mal das Wort »Sekte« benutzt, um die Gemeinde zu beschreiben. Ich habe ihm nie gesagt, dass ich den Begriff nicht mag, dass es mir die Kehle abschnürt, wenn ich ihn ausspreche, aber er scheint es trotzdem zu ahnen. Ich könnte ihn jedes Mal küssen, wenn ich merke, dass er auf seine Wortwahl achtet. Er schafft es nicht immer – so wie vorhin, als er Julie eine Irre nannte, aber er versucht es und das genügt. Ich lehne mich an ihn, doch dann fällt mir meine männliche Verkleidung wieder ein und ich begnüge mich mit einem Lächeln, auch wenn ich nicht sicher bin, dass er es durch den Bart erkennen kann.

Ich schaue mir die Ranger noch einmal genauer an. Wenn ich diese Woche meine Eltern besuchen fahre, werde ich sie aus nächster Nähe sehen. Mrs Rosen hat unsere nächste Sitzung in ihrem neuen »Heim« angesetzt, um herauszufinden, ob ich mich dort wohlfühlen kann. Ihr Ziel ist, dass ich noch vor dem Sommer wieder bei meinen Eltern einziehe. Nachdem die Ranger den Anwalt angeheuert hatten und der Pflegekinderdienst feststellte, dass Pioneer die einzige akute Bedrohung für sie darstellt, wurden Will und die anderen Kinder der Gemeinde ihren Eltern sofort zurückgegeben. Ich bin die Einzige, die nicht zurückkehren wollte. Das will ich immer noch nicht.

Ich trete von einem Fuß auf den anderen. Cody schaut auf die Uhr. »Sie sind spät dran. Wahrscheinlich wegen des Menschenauflaufs«, sagt er. Ich hauche mir auf die kalten Finger und nicke.

Zwischen der Gemeinde und der Stelle, an der Cody und ich stehen, befindet sich eine Schar Presseleute. Bis jetzt sind die meisten von ihnen herumspaziert, haben telefoniert und Kaffee aus Styroporbechern getrunken, doch mit einem Mal geraten sie in Bewegung. Die Reporter hieven sich Kameras auf die Schultern.

Die Deputies heben die Hände. »Bleiben Sie hinter der Absperrung!«, rufen sie fast gleichzeitig.

Hinter den Reportern heult die Sirene eines Krankenwagens auf, der am Bürgersteig anhält. Pioneer muss direkt an den Presseleuten und uns vorbei, um zu ihm zu gelangen. Es wird fast nahe genug sein, dass ich die Hand ausstrecken und ihn berühren könnte, wenn ich es wollte. Ich bekomme Herzklopfen und beiße die Zähne zusammen, damit sie nicht klappern. Man wird ihn jeden Moment herausbringen.

Gegenüber stehen meine Freunde und Familie zusammen und stimmen den Sprechgesang an, den wir vor jeder Mahlzeit und jeder Zusammenkunft in Mandrodage Meadows gesungen haben.

Die Brüder werden uns retten.
Pioneer lenkt und beschützt uns.
Auf sie allein wollen wir bauen,
bei allem, was wir tun,
allem, was wir sagen,
allem, was wir glauben.

Ihre Gesichter sind dem Krankenhauseingang zugewandt, genau wie meins, merke ich. Und wie sie formen meine Lippen die Worte. Cody starrt mich an. Ich habe, ohne es zu merken, mitgesungen. Ich senke das Kinn und vergewissere mich, dass mich niemand sonst gesehen hat, aber alle Augen sind auf die Gemeinde gerichtet. Einige Leute schütteln den Kopf und lassen viel Platz zwischen sich und der Gemeinde, als hätten sie Angst, sich anzustecken und ebenfalls in den Singsang einzustimmen; andere lachen. Irgendwo in der Nähe höre ich, wie sich zwei Frauen unterhalten.

»Die sind unzurechnungsfähig. Hab ich es dir nicht gesagt? Und wir sollen unseren Kinder erlauben, sich dem auszusetzen?« Die eine gibt einen empörten Laut von sich. »Die kommen nicht mal in die Nähe meiner Jungen, wenn ich es verhindern kann.«

Ich drehe mich um, um zu sehen, wer dort spricht. Es ist eine Frau in einem braunen Steppmantel, mit einem eng um den Hals geschlungenen weißen Schal. Ihr Gesicht ist rot vor Kälte, Wut oder Luftmangel oder allem zusammen. Die Frau neben ihr nickt geistesabwesend, den Blick immer noch starr auf die Gemeinde gerichtet. Sie wirkt zu Tode erschrocken.

Ich verziehe das Gesicht. Alle Kinder der Gemeinde – ich inbegriffen – werden ab morgen die Schule der Außenstehenden, die Culver Creek Highschool, besuchen. Ich hatte mich bereits gefragt, warum man uns nicht schon früher dazu gezwungen hat. Ich glaube, jetzt weiß ich es. Die Außenstehenden mögen uns auch nicht. *Interessant*.

Sobald die Gemeindemitglieder bei der letzten Zeile angelangt sind, fangen sie von vorn an. Die Presseleute richten die Kameras auf sie und mehrere Reporter sprechen mit gedämpfter Stimme in ihre Mikrofone, sodass ich sie nicht richtig verstehen kann. Als der Sprechgesang das dritte Mal wiederholt wird, ist die Luft geladen wie vor einem schlimmen Gewitter.

Die Krankenhaustüren gleiten auf und Codys Dad, Sheriff Crowley, kommt heraus, flankiert von fünf Deputies. Sie bleiben einen Moment im Eingang stehen und betrachten die Menge. Schließlich traben zwei von ihnen los, um sich zu jenen zu gesellen, die die Presseleute und alle anderen in Schach halten. Die Menge drängt ihnen entgegen. Die Freedom Rangers fangen an zu rufen.

»Keine grundlosen Polizeiaktionen!«

»Waffenbesitz ist amerikanisches Recht, Polizeibrutalität ist es nicht!«

Sie scheinen ihre eigenen Sprechgesänge zu haben.

»Irre – die ganze Bande«, sagt Cody leise. »Dad hat das Feuer nicht eröffnet, das waren die sogenannten Opfer.«

Ich weiß nicht, was ich darauf erwidern soll. Ein Teil von mir hat immer noch diesen reflexartigen Drang, meine Gemeinde zu verteidigen. Wir wollten niemandem wehtun. Wir haben nur versucht, uns zu verteidigen. Doch dann denke ich an unser Schießtraining, an die Männer, die, bevor wir ins Silo gingen, alle unsere Tiere getötet haben – auch mein Pferd Indy –, an Pioneer, der mich im Silo in die Zelle gesperrt und Marie ermordet hat, und ich wünschte, sie wären früher bei uns eingedrungen. Wie lange wird es dauern, bis ich mir das nicht mehr vor Augen halten muss? Wie lange wird es dauern, bis ich frei bin?

Am Eingang des Krankenhauses tut sich etwas. Hinter den Scheiben kann ich die Silhouetten einer Gruppe von Leuten ausmachen.

Es ist so weit.

Die Türen gleiten abermals auseinander und eine Reihe von Deputies kommt heraus. Der Sheriff lässt sie an sich vorübergehen und reiht sich dann hinter ihnen ein. Als sie näher kommen, kann ich einen ersten Blick auf Pioneer werfen. Er sitzt in einem Rollstuhl. Sein grau meliertes Haar ist innerhalb kürzester Zeit fast völlig weiß geworden. Er ist dünner als früher, fast skelettartig mager. Es müsste ihn zerbrechlich wirken lassen, stattdessen wirkt er finster. Seine Augen scheinen Funken zu sprühen vor dem Kontrast seiner grauen Haut, die sich so straff über Gesicht und Hals spannt, dass es ihm einen übermäßig wachsamen Ausdruck verleiht. Er lächelt, als er Will und die anderen erblickt.

Ich mustere Pioneers Brust. Die Verbände sind unter den Decken, die um ihn geschlungen sind, nicht zu sehen. Ich wünschte, sie wären es. Ich habe ihn zweimal getroffen. In die Brust. Aus nächster Nähe. Die Kugeln haben sein Herz nur um Millimeter verpasst. Er müsste tot sein. Er hätte sterben müssen, noch bevor er im Krankenhaus ankam. Alle Ärzte und Schwestern hatten das gesagt. Sie hatten es nicht offen aussprechen und als Wunder bezeichnen wollen, aber ich glaube, manchmal fragten auch sie sich, ob es das nicht war. Ich will die Wunde sehen, sie mit dem Finger berühren, die zusammengezogene Haut und die Stiche spüren. Ich muss mich davon überzeugen, dass er ebenso menschlich ist wie ich. Also versuche ich mir die Wunden vorzustellen und den gewandartigen Effekt der Decken auszublenden, die ihn genauso aussehen lassen, wie ein Prophet aussehen sollte.

»Pioneer!«, rufen die Journalisten im Chor. Ich wünschte, sie würden ihn nicht auch so nennen.

Pioneer schaut direkt in die Kameras. Er lächelte sanft, fast schüchtern. Mit einem Nicken faltet er die Hände im Schoß, als gebe er ihnen sein Einverständnis, ihm Fragen zu stellen. Seine Hände sind gefesselt. Das war mir zuerst nicht aufgefallen. Pioneer befingert die Metallbänder um seine Handgelenke.

Ich sehe, wie Codys Dad Pioneers Rollstuhl möglichst schnell voranzubringen versucht. Einer der Reifen ist irgendwo hängen geblieben und sie müssen den Stuhl ein wenig kippen, um ihn vorwärtszubewegen. Ich kann dem Sheriff ansehen, dass er diese Verlegung schnell hinter sich bringen will.

»Pioneer!«, ruft eine Frau in einem langen schwarzen Mantel hinter den Reihen der Kameraleute und Deputies. »Ihr Stichtag für den Weltuntergang ist seit über einem Monat abgelaufen. Was ist passiert?« In der Menge setzen Gelächter und spöttisches Grinsen ein.

Pioneers Lächeln gerät nur eine Winzigkeit ins Stocken. Die Veränderung ist so minimal, dass ich mir nicht sicher bin, ob sie sonst noch jemand bemerkt hat. Er starrt die Frau an, bis es ihr – oder auch anderen – unangenehm wird, ehe er das Wort ergreift. »Genau das, was passieren sollte.«

Das ist nicht die Antwort, mit der die Leute gerechnet haben, denke ich, denn plötzlich ist es still.

»Das Ende hat begonnen. Der Verrat durch eine von uns, der Überfall, die Todesfälle, die folgten, all das war Teil des Plans der Brüder.« Pioneer kichert ein wenig, als könne er ihre Dummheit nicht fassen. »Meiner Familie steht eine Zeit strenger Verfolgung bevor und mich werden sie in ihr Gefängnis werfen. Sie haben uns alle für verrückt erklärt.« Er dreht sich um und schaut meine Eltern und die anderen an. »Damit sie die Wahrheit unter ihren Lügen begraben können. Sie versuchen mich euch wegzunehmen, weil sie glauben, euch damit zu schwächen. Sie denken, dann wärt ihr leichter zu verderben. Die Brüder lassen das geschehen. Sie wollen sehen, wie ihr euch verhaltet. Aber ich sehe, dass ihr immer noch glaubt. Ich bin praktisch von den Toten wiederauferstanden, nicht wahr? Ich bin ein Wunder des Glaubens.«

Der Sheriff will ihn weiterschieben, doch Pioneer stemmt beide Füße auf den Boden und stoppt den Rollstuhl. »Bewahrt euren Glauben an mich, meine Familie! Haltet an der Wahrheit fest. Lasst euch nicht von ihnen täuschen wie unsere Kleine Eule.«

Der Sheriff und zwei Deputies weisen Pioneer wütend zurecht und brüllen ihn an, er solle die Füße hochnehmen. Die Gemeinde drängt auf die Deputies zu, die sich bemühen, sie und Pioneer auf Abstand zu halten. Sie können sich behaupten, wenn auch nur knapp. Die meisten Gemeindemitglieder weinen und strecken die Arme nach Pioneer aus. Ich sehe mehr als einen Deputy zu seiner Waffe greifen.

Cody legt mir die Hand auf den Rücken. Um uns herum beginnen die Menschen nach links zu drängen, in Pioneers Richtung, um ihn sich genauer anzusehen. Irgendwo hinter mir ertönt der laute Protest einer Frau: »He! Hört auf zu drängeln. Bleibt zurück!«

»Hört nicht auf die Lügen, die über mich erzählt werden, Brüder und Schwestern! Bleibt stark in eurem Glauben. Stützt euch gegenseitig.« Dann lehnt sich Pioneer im Rollstuhl zurück, als sei er derjenige, der entschieden habe, dass es an der Zeit sei weiterzufahren.

Ich bin jetzt näher an ihm dran und werde gegen den vor mir stehenden Deputy gepresst, mein Kinn ragt knapp über seinen ausgestreckten Arm. Ich wollte nicht so dicht heran, aber die Leute hinter mir schieben mich immer weiter nach vorn. Wieder brüllt sie der Deputy an zurückzutreten.

Ohne jede Vorwarnung fährt Pioneers Kopf zu mir herum. Er starrt mir direkt in die Augen und ich vergesse zu atmen. Ich kann mich nicht bewegen. Die ganze Welt verschwindet, es gibt nur noch sein Gesicht, seine Augen, die mich anstarren.

»Kleine Eule«, sagt er.

Oh, bitte nicht.

»Machen Sie den Weg frei. Auf der Stelle!«, brüllt der Sheriff, ohne zu ahnen, was sich zwischen mir und Pioneer abspielt. Ich beiße mir auf die Lippe und versuchte dem Arm des Deputy zu entkommen, einen Weg zu finden, wieder in die Masse einzutauchen, ehe Pioneer irgendetwas unternehmen kann.

»Ich sehe dich, Lyla Hamilton! Glaubst du, ich würde dich nicht wiedererkennen? Ich erkenne dich überall, Kind«, ruft Pioneer und ich erstarre. »Ich vergebe dir, was du mir angetan hast. Du wirst deinen Fehler bald erkennen und ich werde dich wieder in die Arme schließen. Du gehörst mir, Kleine Eule. Es ist nicht zu spät, mich um Vergebung zu bitten. Deine Familie gibt dich nicht auf. Ich gebe dich nicht auf. Wir lieben dich und Liebe gibt niemals auf.« Sein Rollstuhl bewegt sich jetzt wieder vorwärts, aber er hat sich leicht zur Seite gewandt, damit er mich weiter ansehen kann.

Die Kameraleute schwenken die Geräte über die Menge in dem Versuch, mich ausfindig zu machen. Bis jetzt ist es dem Sheriff gelungen, meinen Namen aus der Presse herauszuhalten. Ich schaue zu ihm hinüber. Blass vor Wut und mit fest zusammengepresstem Mund sucht er ebenfalls die Menge ab.

Es war ein Fehler. Ich muss verschwinden. Sofort.

Pioneer streckt die Arme nach mir aus und öffnet die gefesselten Hände. Er krümmt die Finger und winkt mich zu sich, das Versprechen der Vergebung im strahlenden Gesicht.

Die Blicke der Leute um mich herum folgen seinen ausgestreckten Armen und fallen auf mich.

»Ist sie das? Das Mädchen, das ihn angeschossen hat?«

»Das ist gar kein Junge.«

»Er hat ›Kleine Eule‹ gesagt. So hat er sie doch genannt, oder?«

Die Leute murmeln rings um mich herum.

Vielleicht wäre ich nicht erkannt worden, nachdem Pioneer mich angesprochen hat, hätte ich nicht irgendwann zwischen dem Moment, in dem er meinen Namen rief, und seiner Rede angefangen zu wimmern.

»Lyla …«, ruft jemand über den Weg. Ich schaue nicht hinüber zu meiner Familie und meinen Freunden, aber ich kann ihre Blicke spüren.

Der Sheriff wirft einen grimmigen Blick in meine Richtung, ehe er Pioneer weiterschiebt und auf die Fahrzeugkolonne zueilt, die darauf wartet, Pioneer ins Gefängnis zu eskortieren. Die Menge um mich herum rückt immer dichter heran. Ich lehne mich an

Cody, um nicht umzufallen, der mich am Ellbogen packt und vor sich zieht, sodass er zwischen mir und einem Großteil der Menge steht. Ich sehe, wie einige Kameramänner und Reporter versuchen, sich von den Rändern zu mir durchzukämpfen. Der Deputy vor mir legt den Kopf in den Nacken und lauscht einer Stimme, die aus dem schwarzen Ding kommt, das an seiner Schulter befestigt ist. Er ergreift meine Hand. »Hier entlang. Schnell!«

Er zieht mich auf den Weg, auf dem sich gerade noch Pioneer befunden hat. Wir eilen im Laufschritt zum Krankenhaus. Cody folgt uns. Ich höre, wie hinter mir mein Name gerufen wird, wie eine Anklage kommen die Rufe aus allen Richtungen.

Glaubt an mich und lebt.
Wer es nicht tut,
ist mit Sicherheit verloren und
zum Tode verdammt.

Pioneer, Gemeindeführer

3

Sobald wir sicher im Krankenhaus sind, nimmt Cody mich in den Arm. Ich vergrabe das Gesicht an seiner Brust. Erst als mehrere Leute mit erstaunten Gesichtern an uns vorübergehen und einer von ihnen uns den gereckten Daumen zeigt, fällt mir ein, dass ich immer noch wie ein Kerl aussehe. Ich trete einen Schritt zurück und ziehe mir den Bart vom Kinn. Cody wird knallrot, als er mir hilft.

»Was habt ihr euch nur dabei gedacht?«, fragt der Deputy, der uns hergebracht hat, an Cody gewandt. Er atmet schwer.

»Lass es gut sein, Chad«, erwidert Cody, doch er sieht ebenfalls mitgenommen aus.

»Tja, dein Dad wird an die Decke gehen.« Chad schüttelt den Kopf. Er stemmt die Hände in die Hüften und geht zur Eingangstür, um einen Blick auf die Menge draußen zu werfen. Das Fahrzeug, das Pioneer zum Gefängnis bringen sollte, ist fort. Es muss abgefahren sein, als wir ins Krankenhaus gestürmt sind. Allerdings scheint sich die Menschenmenge überhaupt nicht verlaufen zu wollen. Es ist, als warteten sie auf etwas. Dann begreife ich. Sie wollen sehen, ob ich wieder herauskomme. Will oder meine Eltern kann ich nicht entdecken, aber ich spüre, dass sie mich suchen, dass sie das Gebäude beobachten.

Die Eingangstür gleitet auf und lässt einen weiteren Deputy herein. Gesang dringt mit ihm durch die Tür. Es ist eine kindliche Melodie, die Lagerfeuerfröhlichkeit verströmt, doch mich macht sie schaudern. Alle verstummen gleichzeitig und hören zu.

Komm zurück in die Herde, zurück in die Herde.
Dein Leib muss schon bald entseelt in die Erde.
Das Ende ist nah, er ruft die Schafe zu sich,
Eine andere Weide hast du hier nicht.
Komm zurück in die Herde, zurück in die Herde.
Dein Leib muss schon bald entseelt in die Erde.

Ich kenne das Lied nicht, aber ich weiß, dass sie es für mich singen. *Dieser Text.* Er scheint zu besagen, dass ich jetzt ebenso verdammt bin wie Cody und die anderen, weil ich außerhalb der Gemeinde stehe, aber ein Teil von mir fragt sich, ob er nicht noch etwas anderes bedeutet, etwas noch Dunkleres. Die Deputies schauen sich an und dann mich.

Endlich schließt sich die Tür, aber nicht, ehe ich gehört habe, wie das Lied von Neuem beginnt. Ich fange an, am ganzen Leib zu zittern. Ich laufe fort von der Tür und lasse mich am anderen Ende des Flurs an der Wand hinabgleiten, bis ich zusammengekauert auf dem Boden sitze. Mir schwirrt der Kopf. Pioneers Worte – *»Du gehörst mir, Kleine Eule«* – vermischen sich mit dem Text des Liedes – *»bald muss dein Leib entseelt in die Erde«*, bis ich an nichts anderes mehr denken kann. Ich hatte gerade angefangen, mich besser zu fühlen. Der Aufenthalt in Codys Haus, weg von meinen Eltern, Pioneer und den anderen, hatte mich fälschlicherweise glauben lassen, ich sei gestärkt und würde endlich anfangen, die Dinge zu begreifen. Doch das Einzige, was ich jetzt begreife, ist, dass weder Pioneer noch die Gemeinde mit mir fertig sind.

Cody setzt sich neben mich. »Bist du okay?«

»Nicht wirklich«, sage ich, lege den Kopf auf die Knie und die Arme um die Schienbeine. Ich tappe mit den Füßen auf den Linoleumboden und versuche mich auf das gedämpfte Geräusch meiner Schuhe zu konzentrieren. »Ich dachte, wenn ich ihn sehe … ich … ach, was spielt es für eine Rolle, was ich gedacht habe? Es war blöd. Es wäre klüger gewesen, ihn nicht wiederzusehen. Nie mehr.«

»Nein, es wäre klüger gewesen, ihn vom anderen Ende des Parkplatzes mit einem Fernglas und Ohrstöpseln zu beobachten.« Cody atmete aus. »Ich hätte dich nicht herbringen dürfen. Das ist alles meine Schuld.« Er zupft sich selbst ein wenig Bart ab und rollte ihn zwischen den Fingern zusammen.

»Also schön, Steve wird euch nach Hause fahren.« Chad geht neben mir in die Hocke. »Er parkt drüben vor der Notaufnahme. Zwei von uns sind auf dem Weg dorthin postiert, also ist die Luft rein. Wir bringen dich sicher hier raus, Lyla.« Er sieht mich mitfühlend an. Ich würde am liebsten losheulen.

»Was ist mit meinem Wagen?«, fragt Cody.

Chad lacht so laut, dass ich zusammenfahre. »Dein Vater hat gesagt, du wirst ihn eine Weile nicht brauchen.«

Wir werden bestraft. Mein Magen schlägt einen Purzelbaum.

»Es tut mir leid. Ich hätte dich nicht darum bitten sollen«, sage ich.

Cody steht auf und hält mir die Hand hin. »Es war mein Angebot, weißt du noch?« Er lächelt, doch es liegt eine Spur Anspannung in seinem Gesicht. Ich kann nicht sagen, ob es Wut oder

Furcht ist. Was wird sein Vater mit uns machen, wenn wir nach Hause kommen? Ich weiß, was meine Eltern und Pioneer tun würden … zumindest habe ich eine ziemlich klare Vorstellung.

Ich fasse mir in den Nacken, ertaste die unregelmäßige Narbe an meinem Haaransatz. »Ich werde deinem Dad sagen, dass es meine Idee war.«

Cody lacht leise. »Das kauft er dir niemals ab. Dafür kennt er mich zu gut.«

Wir gehen zusammen durch die Krankenhausflure. Jedes Mal, wenn eine Tür aufgleitet oder ich hinter uns auf dem Linoleumboden Schuhe klacken höre, schrecke ich zusammen. Nach allem, was sich gerade abgespielt hat, rechne ich ständig damit, dass Pioneer irgendwo auftaucht, um mich zu holen. Obwohl es verrückt ist werde ich das Gefühl nicht los, dass er mich immer noch sehen kann. Als wir die letzte Doppeltür erreichen, habe ich feuchte Hände und Herzklopfen.

»Seid ihr beiden aber … hübsch«, begrüßt uns ein älterer Mann in Uniform und mit einem gewaltigen Bauch, sobald wir in die Kälte hinaustreten. Der Parkplatz ist voller Autos, aber nirgendwo sind Menschen. Wahrscheinlich sind sie alle im Wartezimmer der Notaufnahme und mit ihren eigenen Nöten beschäftigt. Es ist schwer zu glauben, dass sich außer Pioneers Verlegung an diesem Morgen noch andere Dinge abgespielt haben. Es fühlt sich an, als hätte das Leben für alle stehen bleiben müssen – vielleicht, weil mein Leben es getan hatte.

»Halt die Klappe, Steve.« Cody hilft mir in den Fond des Einsatzwagens und schaut dann Steve an. Ich sehe, wie sich seine Mundwinkel zu einem Lächeln verziehen. »Äh, du hast Schokolade auf der Hose, Mann.«

Steve wird rot und schaut auf seine Hose: Gleich links neben der Tasche ist ein brauner Fleck. Ich sehe eine blauweiße Einwickelfolie aus der Hosentasche lugen, die er schnell mit der Hand zerknüllt.

»Milky Ways vor sieben Uhr morgens? Ob das für deine Ernährung das Richtige ist?«, sagt Cody, als er zu mir in den Wagen steigt.

Steve knallt wortlos die Tür zu und geht um den Wagen herum. Ich höre, wie er dabei vor sich hin murmelt. Auf halbem Weg um den Wagen gerät er ins Stolpern und wäre fast gefallen. Ein Wortschwall, den ich niemals hätte von mir geben dürfen, ergießt sich aus seinem Mund. Cody schaut mich an und wir beginnen schallend zu lachen. Dass ich nach allem, was sich heute Morgen abgespielt hat, noch lachen kann, überrascht mich und ich muss noch lauter lachen. Als Steve die Tür öffnet, versuchen wir uns zu beruhigen, doch es geht einfach nicht. Ohne sich umzudrehen oder uns auch nur zur Kenntnis zu nehmen, startet Steve den Wagen und fährt mit quietschenden Reifen an, was uns nur noch mehr anfeuert.

Ich werde schneller wieder ernst als Cody. Je näher wir seinem Haus kommen, desto bedrohlicher erscheint mir die Aussicht auf unsere Strafe und darauf, wie sie wohl aussehen wird. Meine Hände zucken. Ich schaue Cody an und rechne damit, dass er ebenfalls besorgt aussieht, doch das tut er nicht. Er hat den Arm über die Rückenlehne der Sitzbank gelegt und die Augen geschlossen.

Schläft er?

Wie kann er schlafen, wenn er weiß, dass sein Vater wütend auf ihn ist? Ich kann es nicht begreifen. Derartig ungehorsam zu sein, hätte in Mandrodage Meadows eine schwere Bestrafung zur Folge – von der Sorte, die Narben hinterlässt. Wieder taste ich nach der gekräuselten Haut in meinem Nacken. Ich muss es wissen.

Als der Wagen langsamer wird und in Codys Einfahrt biegt, muss ich ihn anstupsen, damit er aufwacht. Er reibt sich die Augen und grinst mich an. Am liebsten würde ich ihn schütteln. *Wie kann er das alles nur so auf die leichte Schulter nehmen?*

Steve wuchtet sich aus dem Auto und reißt Codys Tür auf. Als wir aussteigen, sagt Cody zu ihm: »Im Ernst, Steve, lass die Finger von Schokolade. Du weißt, dass Meg ausflippen würde, wenn sie es wüsste.« Er klopft ihm direkt über dem Herzen auf die Brust. »Okay, Großer?« Steve wirft ihm einen bösen Blick zu, doch um seine Mundwinkel zuckt es, als müsse er wider Willen lächeln.

»Ach ja? Na, du solltest besser aufhören, den Ritter zu spielen«, sagt er, als wir an ihm vorübergehen. »Das würde dir auch einigen Ärger ersparen.« Er wirft mir einen vielsagenden Blick zu und ich spüre, wie ich rot werde.

Ich gehe zur Haustür, zögere aber, als ich davorstehe. Ich weiß nie, ob ich einfach eintreten oder lieber anklopfen soll.

»Mach sie auf«, sagt Cody von hinten. Ich ziehe die Fliegengittertür auf, die nie abgeschlossen ist.

»He, du zitterst ja.« Cody tritt einen Schritt vor und fängt die Tür mit dem Rücken auf, sodass wir beide aneinandergedrängt werden. »Hast du Angst?«

»Du … wir sind in Schwierigkeiten. Deine Eltern …« Ich schlucke und versuche mir die Worte genau zurechtzulegen, mit denen ich ihn fragen will, was seine Eltern unter Strafe verstehen. Ich habe weder ihm noch dem Sheriff erzählt, wie unsere Strafen zu Hause aussahen. Ich bin mir nicht sicher, ob ich es tun soll. Ich weiß, dass der Sheriff Will und die anderen wieder aus der Gemeinde holen könnte, wenn ich es täte. Die Außenstehenden würden unsere Strafen grausam finden. Nicht, dass ich nicht der gleichen Meinung wäre, aber ich weiß, dass es sich für meine Freunde noch grausamer anfühlen würde, von ihren Familien getrennt zu werden. »Hm, was glaubst du, wie wütend sie sind, auf einer Skala von eins bis zehn?«, frage ich.

Codys Augen weiten sich, dann wirft er mir diesen Blick zu, den ich absolut hasse. Es ist der Blick, der mir sagt, dass er mich bemitleidet. Ich wende mich ab, um ihn nicht sehen zu müssen.

»Meine Eltern werden sauer sein, aber sie werden dir nichts tun. Im schlimmsten Fall brüllt mein Vater ein bisschen herum und Mom ist ›enttäuscht‹. Wahrscheinlich kriege ich eine Extraarbeit aufgebrummt und muss eine Weile ohne Auto auskommen. Aber dir passiert gar nichts. Dich werden sie überhaupt nicht bestrafen. Wirklich.«

Ich bin erleichtert, aber es geht mir nicht besser, was keinen Sinn ergibt. Ich habe Angst, bestraft zu werden, und bin enttäuscht, wenn ich nicht ebenso behandelt werde wie Cody? Was soll das? Vielleicht liegt es daran, dass meine Sonderbehandlung meinen Projektstatus betont. Ich bin nicht Teil der Familie. Ich gehöre nicht dazu. Nicht richtig.

Cody holt seinen Schlüssel heraus, um die Haustür aufzuschließen, und lächelt mir ein letztes Mal zu, ehe er uns einlässt. Wir laufen seiner Mutter praktisch in die Arme. Sie hat das Telefon am Ohr. Ihr Gesicht ist noch verquollen vom Schlaf und ihre Haare stehen an einer Seite ab. Kopfschüttelnd sieht sie erst Cody an, dann mich. »Kommt rein.«

Cody und ich gehen in die Küche. Wir setzen uns an den Tisch und warten darauf, dass seine Mutter uns folgt. Sie telefoniert noch ein oder zwei Minuten, ehe sie hereinkommt, sich gegen die Anrichte lehnt und sich die Schläfen massiert. »Habt ihr beiden die geringste Vorstellung davon, wie dämlich es war, heute Morgen dorthin zu gehen?« Sie schaut mich an und ihr Blick wird trotz ihrer Verärgerung ein wenig weicher.

Cody nimmt sich eine Banane aus der Obstschüssel, die mitten auf dem Tisch steht. Er dreht sie in den Händen, schält sie aber nicht. »Ich weiß, es tut mir leid.«

»Die ganze Presse und Libby Dickerson mit ihrer Elterngruppe. Ganz zu schweigen von Lylas Leuten. Ihr könnt froh sein, dass es kein Handgemenge gab. Ihr hättet verletzt werden können. Dein Vater hatte da draußen auch so genug Sorgen. Es war wirklich nicht der Tag, um so eine Nummer abzuziehen.« Sie redet hauptsächlich mit Cody.

Cody seufzt und schält endlich seine Banane, die er sich mit einem Bissen halb in den Mund schiebt. Ich sehe ihm beim Kauen zu. Ich glaube nicht, dass er weiß, was er sagen soll.

»Es tut mir leid. Es war meine Idee. Ich musste es einfach … mit eigenen Augen sehen …« Ich verstumme. Sie würde es nie verstehen. Für sie ist Pioneer nicht einmal Pioneer. Er ist Alan Cross, bloß ein Mann mit einem Vorstrafenregister und kein Messias.

»Ob du es glaubst oder nicht, Lyla, aber ich verstehe das.« Codys Mutter kommt herüber, um sich zu uns zu setzen, und legt mir die Hand auf den Arm. »Aber selbst im günstigsten Fall hätte der heutige Tag für dich nichts abgeschlossen. So etwas braucht Zeit. Du musst Geduld haben. Irgendwann ist es so weit, Liebes. Du bist so ein starkes Mädchen. Du kommst darüber hinweg, da habe ich keinen Zweifel.« Ihr Lächeln ist so warm, so … mütterlich, dass es wehtut. Meine eigene Mutter hätte nie so reagiert. Niemals.

Ich könnte heulen, aber ich beiße die Zähne zusammen und halte es zurück. Wenn ich damit anfange, nimmt sie mich in den Arm und streicht mir übers Haar, und das würde alles noch viel schlimmer machen. Meine Familie wird nie wie Codys Familie sein. Obwohl ich dankbar bin, dass ich in den letzten beiden Monaten so tun durfte, als gehörte ich dazu, ist es nicht so. Irgendwann wird man mich meinen eigenen Eltern zurückgeben. Ich kann es mir nicht leisten, mich daran zu gewöhnen, so behandelt zu werden.

»Also gut, hört zu. Lyla hatte einen anstrengenden Morgen, deshalb will ich nicht länger auf der Sache herumreiten« – sie verstummt, um uns streng anzusehen –, »*einstweilen*. Aber ihr schleicht mir nicht wieder einfach so aus dem Haus, verstanden? Wenn ich das Gefühl habe, dass ich euch nicht mehr vertrauen kann, muss ich diese Übereinkunft überdenken.« Sie legt die Karten zwar nicht offen auf den Tisch und sagt, dass sie meinen Aufenthalt bei ihnen meint, doch das macht keinen Unterschied. Ich verstehe es auch so.

»Das war's dann also?«, fragt Cody hoffnungsvoll.

Sie lacht laut auf. »Äh, nein. Dein Dad wird dir ein paar Einsätze auf der Wache aufhalsen und ich *rekrutiere* euch beide als Aushilfen beim Winterfest. Ich brauche noch Leute, die an der Eislaufbahn helfen.«

Codys Mutter organisiert in der Stadt eine riesige Wohltätigkeitsveranstaltung, bei der Geld für die Polizei- und die Feuerwache gesammelt wird. Seit ich hier eingezogen bin, ist sie damit beschäftigt. Bisher hat Cody ihre Andeutungen, dass wir doch aushelfen könnten, überhört. Er hat nicht einmal zugelassen, dass ich mich freiwillig melde. Ich begreife nur nicht ganz, was daran eine Strafe sein soll. Seit ich davon gehört habe, bin ich ganz wild darauf, zum diesem Fest zu gehen. Es hört sich an wie etwas aus einem Film. Ich sehe immer wieder riesige Stofftiere als Losgewinne und Jahrmarktspiele vor mir. Ein- oder zweimal habe ich mir sogar ausgemalt, wie Cody und ich mit einem Riesenrad fahren und genau an der Spitze stecken bleiben, wie Fern und Henry in *Schweinchen Wilbur und seine Freunde* – bis mir einfiel, dass es fast Weihnachten und für solche Dinge viel zu kalt sein würde.

Cody stöhnt laut auf. »Das kann nicht dein Ernst sein.« Er sieht mich an. »Dann müssen wir den ganzen Tag eklige Kinderfüße in Schlittschuhe stecken.«

Ich pruste los. Ich kann nicht anders. Cody hat einen Horror vor Füßen. Der Knabe kann eine Schüssel mit unechter Kotze anrühren, aber Fußzehen erträgt er nicht. Eigentlich soll er nicht wissen, dass ich das weiß. Seine Schwester hat es mir am ersten Abend verraten, an dem ich bei ihnen war. Cody sieht mich an, dann wendet er das Gesicht zur Decke und brüllt: »Taylor! Du bist echt zum Kotzen.«

»Guten Morgen, kleiner Bruder, du auch. Schlechte Laune, oder was?«, ruft sie die Treppe herunter. Taylor hält sich streng an die Devise: »Zeig dich nie anders als top gestylt.« Sie kommt immer erst herunter, wenn sie für den Tag perfekt hergerichtet ist.

»Du kommst noch leicht davon, mein Sohn. Ich möchte nicht noch einmal aufwachen und feststellen, dass du verschwunden bist, verstanden? Ich habe jetzt schon zu viele graue Haare«, sagt seine Mutter, als sie aufsteht. Sie gibt ihm im Weggehen einen leichten Klaps auf Rücken. »Jetzt sorge dafür, dass Lyla ein Frühstück bekommt. Ich glaube, es ist noch Eierauflauf im Kühlschrank … falls dein Vater ihn nicht restlos aufgegessen hat.« Sie geht durch den Flur zur Treppe.

Cody lächelt mich an. »Siehst du? Kein Grund, Angst zu haben.«

Hier vielleicht nicht, aber wenn ich an die Ereignisse des heutigen Morgens denke, beschleicht mich das Gefühl, dass dies der einzige Ort ist, für den das gilt.

Außenseiter haben nichts anderes zu bieten
als Schikanen und Enttäuschung.
Welcher vernünftige Mensch
würde das wollen?

Julie Sturdges, Gemeindemitglied

4

Ich tausche eine Verkleidung gegen die nächste. Gestern war es ein Bart, jetzt ist es ein Pfund Make-up und eine gekonnt lässige Frisur. Wenn ich beide Tage auf die gleiche Weise beginne, wie groß ist wohl die Wahrscheinlichkeit, dass sie ähnlich schrecklich enden?

Ich schaue auf die Uhr auf dem Schminktisch. Sechs Uhr fünfundvierzig. In weniger als einer Stunde fängt die Schule an. Mein erster Tag. Uuh. *Wie konnte ich bloß glauben, dass ich das schaffe?* Kopfschüttelnd versuche ich mich zu beruhigen.

Du kannst normal sein. Pass dich an, sage ich mir. *Verstell dich einfach, bis es so weit ist.*

Ich fahre mit den Händen über die Jeans, um meine Handflächen abzutrocknen.

»Zappel nicht rum, Lyla«, sagt Taylor. Es hört sich eher an wie »Abbl nich um, Ei-a«, weil sie ein Dutzend Haarklammern zwischen den Lippen hat.

Sie schnappt sich einen Teil meiner Haare und fängt an, sie zu flechten. Ich sehe ihr im Spiegel des Schminktisches zu, ehe ich begutachte, was sie an meinem Gesicht bereits vollbracht hat. Ich sehe mir selbst nicht mehr ähnlich. Meine Lippen schimmern pink und meine Augen sind mit einem dieser gekonnt verwischten braunen Striche umrandet. Es ist, als würde ich eine Fremde anstarren, jemanden aus der geschmuggelten Zeitschriftenkollektion meiner besten Freundin Marie.

Marie.

Der Gedanke an sie lässt meinen Magen rebellieren. *Sie* sollte diese Verwandlung durchmachen, weil sie sie viel mehr zu schätzen gewusst hätte. Sie sollte heute ebenfalls zur Schule gehen. Sie sollte noch am Leben sein. Der Gedanke, dass sie die Chance, diesen Tag zu erleben, niemals haben würde, überwältigt mich einen Moment lang und raubt mir den Atem.

»Okay, ich würde sagen, du bist so weit. Und du siehst ziemlich heiß aus, wenn ich das mal sagen darf.« Taylor tritt einen Schritt zurück, um ihr Werk zu begutachten. Ein Grinsen breitet sich langsam auf ihrem Gesicht aus.

Ich starre mein Spiegelbild an und zerre an dem eng anliegenden Sweater, den sie mir aufgedrängt hat. *Bin ich so weit?* Ich habe noch nie einen ersten Schultag erlebt. Zumindest keinen, an den ich mich erinnern kann. Pioneer hat uns in sämtlichen Fächern im Klubhaus unterrichtet. Die Highschool ist riesig im Vergleich zu dem winzigen Raum dort. *Schaffe ich es, mich in einem Labyrinth aus Korridoren und Schülern zurechtzufinden, denen ich noch nie begegnet bin?*

»In einer halben Stunde fängt die Schule an!«, ruft Codys Mutter mit gezwungener Fröhlichkeit die Treppe herauf. Ich sehe sie förmlich am unteren Ende stehen und die Hände ringen, wie sie es jeden Morgen tut. Sie legt großen Wert auf Pünktlichkeit. Es muss sie wahnsinnig machen, dass noch niemand unten ist, doch sie schimpft nicht – wahrscheinlich ahnt sie, wie nervös ich bin.

Taylor stöhnt und rennt nach unten. Ich laufe zu meinem Bett und schnappe mir die abgewetzte Lederumhängetasche, die früher meinem Dad gehört hat, als er noch als Bauingenieur in New York arbeitete, damals, bevor meine Schwester verschwand und wir mit Pioneer hierherzogen. Ich nutze sie als Büchertasche. Er hat sie mir auf unserer letzten Therapiesitzung gegeben. Es ist das erste Geschenk, das ich von ihm allein bekommen habe … jemals. Er hat eine kleine Karte hineingelegt. *»Bleib stark. Verliere dich nicht!«* Ich bin mir immer noch nicht sicher, was er damit meint, vor allem seit ich ihn bei Pioneers Verlegung gesehen habe. Ich wünschte, es würde bedeuten, ich solle im Hinblick auf Pioneer stark bleiben, aber wahrscheinlicher ist, dass ich mich gegen die Außenstehenden behaupten soll.

Im Korridor klickt es, dann folgt ein kurzer Lichtblitz. Cody steht mit seinem Handy vor dem Gesicht im Türrahmen. Sein Grinsen ist so breit, dass man das Handy darauf hätte abstellen können.

»Du siehst … wow.« Er nimmt mich in den Arm. Ich ermahne mich, locker zu bleiben und mich nicht zu versteifen. *Er darf mich umarmen. Ich will es so. Pioneer sieht nicht zu.*

»Wo befindest du dich gerade auf der Nervositätsskala?«, fragt er mit dem Mund an meinem Haar. Ich schließe die Augen und lehne mich an seine Brust, damit ich sein Herz hören und die Wärme spüren kann, die er verströmt.

»Ähm, ungefähr bei zehn Komma fünf.«

»Das dachte ich mir.« Er runzelt kurz die Stirn, ehe sich sein Gesicht wieder aufhellt. »Würde es dir helfen, wenn du das hier trägst?«

Cody tritt zurück und zeigt auf sein T-Shirt – er hat es getragen, als wir uns das erste Mal begegnet sind. Es erinnert mich mehr als alles andere an ihn.

»Das würdest du mir geben?«

»Sonst hätte ich es dir nicht angeboten«, sagt er. Als ich nicke, zieht er es über den Kopf und reicht es mir. Sein Brustkorb ist flach und fest und genau im richtigen Maß trainiert, und auf seiner linken Schulter befindet sich eine kleine Stelle mit Sommersprossen. Jedes Mal, wenn ich sie sehe, verspüre ich den Drang, sie mit dem Finger nachzuzeichnen. Ich bin ziemlich sicher, dass sie einen perfekten Kleinen Wagen ergäben. Er sieht, wie ich ihn anstarre, und ich werde rot, wende mich aber nicht ab. Cody grinst und reicht mir das T-Shirt.

»Danke.« Ich nehme das Shirt und warte, aber er macht keine Anstalten zu gehen. Nach einer betretenen Schweigesekunde beginnen seine Lippen zu zucken und er hebt die Augenbrauen.

»Und? Willst du es nicht anziehen?« Er lehnt sich an den Schminktisch seiner Schwester und verschränkt die Arme vor der Brust, als wolle er dableiben und zuschauen.

»Das kannst du abhaken!« Lachend schiebe ich ihn aus der Tür. Ich bin rot bis über beide Ohren und spüre, wie sie anfangen zu glühen.

»Du siehst sogar krebsrot süß aus«, sagt Cody, beugt sich herab und gibt mir einen Kuss auf die Stirn, ehe er sich umdreht und geht.

Ich ziehe den unangenehm engen Sweater aus und streife Codys T-Shirt über den Kopf. Eine Mischung aus frischem Deoduft und dem Kleber, den er verwendet, wenn er an seinen Special-Effects-Projekten arbeitet, umgibt mich. Ich atme tief ein und beginne mich zu entspannen. Jetzt, wo ich kein Zuhause mehr habe, das den Namen verdient, sind Cody und dieser Geruch das, was einem solchen am nächsten kommt.

»Lyla!«, ruft Codys Mutter.

»Gleich fertig!«, rufe ich, während ich die Büchertasche über die Schulter werfe. Und selbst, wenn ich es nicht wäre, ist es Zeit.

Eine Viertelstunde später biegen wir in die lang gezogene Straße zur Culver Creek Highschool ein. Ich erblicke eine große Ansammlung von Menschen, Autos und Fernsehübertragungswagen – fast so groß wie die gestrige Menge vor dem Krankenhaus. Kameraleute hocken vor dem Zaun, der die Schule umgibt, die Kameras auf die Straße gerichtet, auf uns. Anscheinend war Cody nicht der Einzige, der Bilder von meinem ersten Schultag einfangen wollte.

Taylor drosselt die Geschwindigkeit, aber sie kann nicht einfach stehen bleiben oder umdrehen. Eine lange Schlange mit Fahrzeugen befindet sich hinter uns. Sie klappt ihre Sonnenblende herunter und überprüft in dem kleinen Spiegel ihr Gesicht. »Sieht aus, als kämen wir gleich ins Fernsehen, Leute.«

»Mist«, knurrt Cody von hinten. Er tippt mir auf die Schulter. »He … duck dich, ja?«

Ich verkrieche mich augenblicklich im Fußraum. So habe ich mir meine Ankunft am ersten Schultag nicht gerade vorgestellt. Ich lehne den Kopf an den Sitzbezug und halte mir die Augen zu. Ich kann jetzt zwar nichts mehr sehen, aber ich höre die Leute draußen immer noch. Ich bewege mich nicht, bis der Wagen auf den Parkplatz hinter dem Maschendrahtzaun einbiegt, der das Schulgelände umgibt.

Ich hebe den Kopf und schaue aus dem Fenster. Der Sheriff und mehrere Deputies stehen in der Nähe des offenen Eingangstors am Zaun und sorgen dafür, dass die Medienvertreter draußen bleiben. Sie müssen es so leid sein, sich um all das zu kümmern. Taylor bremst und kurbelt die Fensterscheibe herunter, als ihr Vater zu uns herüberkommt und gebückt in den Wagen späht.

»Was soll das Ganze?«, fragte Cody. Er weist mit dem Kopf auf die Schar der Presseleute, die sich am Zaun drängt.

»Sie haben rausgefunden, dass die Sektenkinder – sorry, Lyla, die *Meadows*-Kinder – heute anfangen.« Der Sheriff zögert. »Durch Pioneers Verlegung und den bevorstehenden Prozess sind sie wieder richtig heiß auf die Geschichte. Parkt einfach so dicht wie möglich am Schulgebäude und versucht sie nicht zu beachten. Sie werden sich einen Tag lang hier herumdrücken und dann weiterziehen, wenn sie nicht kriegen, was sie wollen. Cody – ich lasse nachher deinen Wagen herbringen. Es geht nicht, dass du und Lyla bei diesem Zirkus hier festsitzt. Taylor muss nach der Schule arbeiten.« Er lehnt sich dichter an den Wagen und zeigt auf Cody. »Trotzdem hast du nach wie vor Hausarrest. Wenn du Lyla heute Nachmittag zu Hause abgesetzt hast, kommst du sofort auf die Wache zum Telefondienst, verstanden?«

Cody nickt in gespieltem Ernst und einen Moment lang ist mir fast zum Lachen zumute. Er liebt sein Auto. Der Sheriff hat ihm gerade den Tag gerettet – jedenfalls fast. Wenn er nach der Schule nicht auf die Wache müsste, um zu arbeiten, *dann* wäre er gerettet.

Ich kann die Reporter hinter dem Zaun nach uns rufen hören. Sie sind neugierig geworden, weil der Sheriff sich an unserem Wagen aufhält.

»Wer ist das, da im Wagen, Sheriff?«

»Ist sie da drin?«

»Lyla!«

»He, Kleine Eule!« Bei diesem Ruf erklingt gedämpftes Lachen in der Menge. Ich hasse Reporter.

»Schließt das Fenster und geht rein«, sagt der Sheriff, der den Kameraleuten absichtlich den Rücken zuwendet, damit sie weder auf den Wagen noch auf uns einen guten Blick haben. Sobald Tylor das Fenster geschlossen hat, werden die Fragen der Reporter erstickt. Ich komme vom Wagenboden hoch und kauere mich auf den Sitz. Auf der Innenseite des Zauns stehen jetzt Schülerhorden, die für die Kameras posieren. Es ist mir schleierhaft, warum sie diese Aufmerksamkeit wollen. Einige von ihnen haben mich bemerkt und deuten auf den Wagen; der Maschendrahtzaun hinter ihnen wölbt sich ein wenig nach innen, als sich mehrere Reporter dagegen lehnen, um besser sehen zu können.

Taylor fährt langsam weiter. Schüler gehen links und rechts vorbei; einige klopfen auf die Motorhaube und lachen, andere beugen sich herunter und starren uns an. Taylor winkt. Sie scheint die ganze Aufmerksamkeit zu genießen. Ich will nur, dass das alles aufhört. Der Tag hat noch nicht einmal richtig angefangen und ich bin schon eine Publikumsattraktion. Ist es zu spät, um kehrtzumachen?

Ein Van kommt die Straße entlang und bahnt sich seinen Weg zur Schule. Er ist weiß und hat lange Schrammen an den Seiten. Noch vor dem Eingang muss er anhalten, weil sich eine Gruppe Menschen über der Straße verteilt hat, die Schilder hochhalten. Ich kann nicht sehen, was darauf geschrieben steht, aber das ist auch nicht nötig. Die Leute schreien so laut, dass sie selbst bei geschlossenen Fenstern im Auto zu hören sind. »Keine Sekten in unseren Schulen!«

Ich sehe, wie mehrere Deputies sie von der Straße drängen. Ein Mann wehrt sich dagegen und wird in Handschellen abgeführt. Die Rufe schwellen einen Moment lang an, dann gelingt es den Deputies, die Menge zu bändigen und den Van durch die Schultore zu lotsen. Ich starre ihn an, als er langsam an uns vorüberfährt. Die Zeit reicht, um den Fahrer genau zu mustern. Es ist der gleiche Mann, der mit Brian vor dem Krankenhaus gestanden hat. Ich erkenne ihn an den kurz geschorenen schwarzen Haaren, die aussehen, als hätte ihm jemand Pfeffer auf den Kopf gestreut. Hinter ihm sitzen jede Menge andere Leute, die die Gesichter an die Scheiben drücken. Es sind Will, Brian und die anderen. Sie starren mich an. Julie winkt. Ohne nachzudenken, winke ich zurück.

Es ist schwer, in ihr etwas anderes zu sehen als eine Freundin … aber wie sie gestern mit diesem Reporter geredet hat … Ich bin mir nicht sicher, dass ich diese neue Julie kenne. Vielleicht ist das gerecht. Schließlich kennt sie die neue Lyla auch nicht.

Mit einem Mal setzt hinter uns gewaltiger Lärm ein. Die Nachrichtenleute haben zu fest gegen den Zaun gedrückt, der nun bedenklich schräg steht. Alle schreien und rangeln um einen besseren Aussichtspunkt. Sie wissen, dass der Van die Kinder der Gemeinde transportiert.

»Zurücktreten!«, höre ich mehrere Deputies brüllen. Mit der Hand an der Waffe rennen sie zum Zaun. Eine Kolonne Polizeiwagen kommt mit heulenden Sirenen herangefegt.

»Sie haben die Staatspolizei angefordert«, sagt Cody. Er schüttelt den Kopf. »Was für ein Chaos.«

Ich folge dem Van mit den Augen, als dieser neben den Schulbussen zum Stehen kommt. In gewisser Hinsicht wünschte ich fast, ich säße ebenfalls darin. Ich vermisse Will und Julie und die anderen immer noch. Sie waren meine engsten Freunde. Cody und seine Familie sind wirklich nett und verständnisvoll, aber sie können sich einfach nicht vorstellen, wie sich dieser Tag für mich anfühlt, für uns alle. Sie haben keine Ahnung von dem abgrundtiefen Misstrauen, das wir überwinden müssen, um auch nur durch die Schultüren zu treten.

Ich drehe mich wieder um. Ein Deputy zieht das Schultor zu. Wahrscheinlich werden sie es den ganzen Vormittag über öffnen und schließen müssen, bis alle Schüler da sind. *Seltsam, dass wir ein bewachtes Anwesen verlassen haben, nur um es gegen ein anderes einzutauschen.* Warum braucht die Schule überhaupt einen Zaun und ein solches Tor? Wen versuchen sie draußen zu halten?

»Bis dann. Viel Glück heute, Lyla«, sagt Taylor, als sie ihre Sachen zusammensucht und über den Parkplatz eilt. Sie trägt eine dünne, kurze Lederjacke – ihr Lieblingsstück – und weigert sich selbst an Frosttagen etwas Wärmeres anzuziehen, deshalb sprintet sie jedes Mal davon, wenn wir irgendwo hinfahren. Ich sehe, wie sie sich um die Autos schlängelt und mit ihren Highheels über den Asphalt klackert.

Cody reicht mir meine Tasche, nimmt meine Hand und wir gehen zusammen auf die große Glastür zu, die in die Schule führt. Mit all dem Glas und Beton erinnert mich das Gebäude stark an das Krankenhaus. Es hat nicht Warmes oder Einladendes an sich, nicht wie unser Klubhaus zu Hause mit seinen astigen Kiefernholzwänden und der großen Veranda voller Kübel mit leuchtend bunten Blumen. Dutzende Schüler strömen an uns vorbei dem Eingang zu. Einige von ihnen winken Cody. Sie starren mich an und geben sich nicht die geringste Mühe, es unauffällig zu tun. Anfangs lächle ich ihnen zu, doch das ermutigt sie nur noch mehr zu glotzen, also konzentriere ich mich wieder auf das Schulgebäude.

Wir müssen an sämtlichen Schulbussen und dem Van vorbeigehen, um hineinzukommen. Ich sehe Will herausschauen und hebe die Hand, um ihm zuzuwinken, weil ich hoffe, dass, trotz allem, was sich gestern abgespielt hat, zwischen uns noch alles in Ordnung ist. Er sieht mich und seine Mundwinkel gehen nach oben. Ich strahle zurück. Ich habe Cody und Will, auf die ich mich heute verlassen kann. Ich kann es schaffen. Aber dann wandert Wills Blick weiter zu Cody … und dessen Hand, die meine immer noch umfasst hält. Sein Lächeln fällt in sich zusammen. Es ist, als würde man einer Blume dabei zusehen, wie sie vertrocknet und sich zusammenrollt. Ich muss mich beherrschen, um die Hand nicht fortzuziehen. Jetzt ist es ohnehin zu spät. Vielleicht hat Will mir die Sache mit Pioneer tatsächlich vergeben, aber das bedeutet nicht, dass er sich jemals mit Cody abfinden wird. Ich war seine

Versprochene. Er war überzeugt, dass wir heiraten würden – wahrscheinlich habe ich das selbst eine Weile geglaubt, aber das war, bevor ich Cody begegnet bin. Jetzt weiß ich, dass Will und ich niemals mehr sein werden als Freunde. Ich hoffe nur, dass es in nicht allzu ferner Zeit auch für ihn genug sein wird.

Hintereinander steigen Will und die anderen aus dem Bus und versammeln sich neben einem Mann in Khakihosen, die um die Mitte etwas eng und um die Knöchel zu kurz sind. Das Hemd klafft zwischen den Knöpfen auf. Alles an ihm ist zu klein und zu kurz, selbst die Haare auf seinem Kopf. Er steckt mitten in einer lebhaften Diskussion mit einer kleinen Gruppe von Frauen. Worum es auch gehen mag, es scheint kein gutes Gespräch zu sein. Der Mann wirkt erregt.

Ich betrachte die Frauen. Sie kommen mir bekannt vor. Besonders die Wortführerin. Der weiße Schal und der braune Mantel – es ist diese Dickerson Lady. *O nein.*

»Es ist zu gefährlich, unsere Kinder in ihrer Nähe zu belassen.« Die Frau verschränkt die Arme vor der Brust und tappt mit dem Fuß auf den Asphalt. »Man hat ihnen eine Gehirnwäsche verpasst, verdammt noch mal! Sie könnten darauf programmiert sein, jeden anzugreifen. Es bringt nichts als Ärger, sie in der Schule – oder auch nur in der Stadt zu haben. Lassen Sie sich das gesagt sein.«

Die Damen, die bei ihr stehen, nicken zustimmend.

»Wir nehmen unsere Kinder von der Schule, Ned. Ich kann mein Kind nicht hierlassen, wenn ich weiß, dass diese *Leute* jeden Moment beschließen könnten, das Ende der Welt selbst in die Hand zu nehmen.« Jetzt, wo das Nicken der anderen heftiger wird, gewinnt auch ihre Stimme an Nachdruck.

»Bitte, meine Damen, versuchen Sie sich doch zu beruhigen. Ich habe mit den Psychologen gesprochen und mich umfassend erkundigt. Sie sind keine Bedrohung. Dafür haben wir die letzten beiden Monate gesorgt. Der Schulausschuss hat ihnen für den Schulbesuch grünes Licht gegeben. Ihr Anführer war die Gefahr und er sitzt hinter Gittern. Aber zur allgemeinen Beruhigung habe ich mit dem Sheriff gesprochen, der sich bereit erklärt hat, uns heute ein paar Deputies dazulassen, beziehungsweise so lange, wie es dauert, bis sich die Meadow-Kinder eingewöhnt haben. Ihre Kinder sind absolut sicher.«

Ein entrüsteter Laut dringt aus Mrs Dickersons Kehle. »Wir sind nicht die einzigen Eltern, die das nicht wollen.« Sie weist mit einer Armbewegung auf die Leute, die draußen vor dem Zaun Schilder hochhalten. »Wir werden das Thema bei der nächsten Ausschusssitzung ansprechen und bei der übernächsten wieder. Wir lehnen uns nicht einfach zurück und lassen es geschehen. Sie können sich auf eine Schlacht gefasst machen, Ned. Wir wollen diese Leute hier nicht. Und Sie sollten das auch nicht wollen, wenn Sie wissen, was für Ihre Karriere gut ist.«

Der Mann runzelt die Brauen, lässt sich aber nicht beirren. »Es tut mir leid, dass Sie es so sehen, meine Damen. Wenn Sie mich jetzt entschuldigen würden. Es läutet gleich.« Er geht davon. Seine Lippen sind weiß, so fest presst er sie zusammen.

Die Köpfe der Frauen fahren zu uns herum. Der finstere Blick, mit dem sie mich anstarren, gefällt mir nicht. In ihren Gesichtern ist so viel Hass. Am liebsten würde ich mich hinter Cody verstecken. Wie aus dem Nichts höre ich im Geiste plötzlich wieder dieses Lied.

Komm zurück in die Herde …
Dein Leib muss schon bald entseelt in die Erde …
Eine andere Weide hast du hier nicht …

Ist es das, was sie meinen? Werden mir diese Damen und die Leute draußen am Zaun auf den Leib rücken? Oder uns allen?

Ich sehe, wie die Frauen sich mit entrüstetem Kopfschütteln abwenden, drücke meine Tasche an die Brust und umklammere Codys Hand ein wenig fester.

»Direktor Geddy«, sagt Cody und weist mit dem Kopf in Richtung des Mannes. »Hat meistens keinen Plan, aber er meint es gut. Und die Frau – Mrs Dickerson – ist die Elternbeiratsvorsitzende der Schule. Die anderen sind ihre handverlesenen Lakaien.« Cody verdreht die Augen. »Sie regt sich ständig über irgendetwas auf. Vor ein paar Monaten waren es die Snacks in den Verkaufsautomaten. Und in ein paar Wochen sucht sie sich wieder etwas Neues, über das sie sich aufregen kann, verlass dich drauf.« Ich nicke, habe aber das unbestimmte Gefühl, dass er selbst nicht glaubt, was er sagt.

Die Schüler beginnen sich zusammenzuscharen. Ich sehe, wie Will und der Rest meiner Freunde aus Mandrodage Meadows sich mit gesenkten Augen aneinanderdrängen. Sie scheinen sich Mühe zu geben, die anwachsende Menge zu ignorieren, doch das ist unmöglich. Es sind einfach zu viele. Brian hat die herabhängenden Hände zu Fäusten geballt – genau wie Will. Heather und Julie haben sich untergehakt. Ich gehe auf sie zu und will sie ansprechen – vielleicht Hallo sagen? Doch sobald ich den Mund aufmache, hebt Brian den Kopf und sein Gesicht ist so voller Wut, dass ich wie angewurzelt stehen bleibe. Julie sieht seinen Blick und ihr Lächeln stockt ein wenig, während sie von ihm zu mir blickt, ehe sie es wieder an seinen Platz zwingt.

»Lyla. Wir haben dich im Bus vermisst«, sagt sie strahlend.

Ihr Blick gefällt mir nicht. Ihre Augen sind so leer. Es ist unheimlich.

Direktor Geddy räuspert sich vernehmlich. Er fährt mit der

Hand über seinen runden Bauch und rückt die Krawatte zurecht. »Also, wenn ich Sie alle um Aufmerksamkeit bitten dürfte. Ich bin Direktor Geddy und möchte Sie an der Culver Creek Highschool willkommen heißen. Mir ist klar, dass das alles am Anfang etwas überwältigend wirkt, aber wir tun unser Bestes, um Ihnen den Übergang so einfach wie möglich zu machen. Also. Wollen wir anfangen?«

Mit einem herzlichen Lächeln blickt er uns nacheinander an. Es erinnert mich ein bisschen an die Art, wie Pioneer uns manchmal angesehen hat. Ich würde am liebsten vor ihm zurückweichen.

»Folgen Sie mir bitte ins Gebäude, dann bringe ich Sie in unser Medienzentrum. Es ist viel zu kalt, um länger hier draußen zu bleiben.« Er lächelt so breit, dass seine Zähne aufblitzen. Er trägt keinen Mantel, wie der Rest von uns, nur ein wollenes Jackett. Als er es in der Mitte zusammenziehen will, reicht es nicht ganz um seinen Bauch.

Niemand rührt sich. Die Schüler und Eltern um uns herum schweigen. Glotzen. Direktor Geddys Lächeln gerät ein wenig ins Stocken und er räuspert sich abermals. Er schaut sich um, bis sein Blick auf mich fällt.

»Lyla Hamilton? So heißen Sie doch, oder?«

»Ja, Sir«, antworte ich und unterdrücke den Impuls, mich hinter Cody zu verstecken.

»Schön, Sie bei uns zu haben. Was Sie getan haben, sich gegen Ihren … Pioneer aufzulehnen …«

Ich zucke zusammen.

»Zeigt, dass Sie echtes Führungspotenzial haben. Ich würde Sie das gerne ausbauen sehen, während Sie hier sind. Vielleicht helfen Sie den anderen, sich einzugewöhnen«, fuhr Direktor Geddy fort. Er nickt unwillkürlich dorthin, wo die anderen Kinder der Gemeinde stehen.

Fast hätte ich laut aufgelacht. *Ich* soll *ihnen* helfen, sich einzugewöhnen? Ich bin nicht einmal sicher, dass ich das schaffen werde.

Direktor Geddy scheint meine Abneigung nicht zu bemerken. Er ist zu sehr davon in Anspruch genommen, in Richtung Eingangstür und ins Warme zu streben. Er hält uns allen die Tür auf und klopft mehreren im Vorbeigehen auf den Rücken. Alle schrecken zusammen und eilen davon. Sie wirken so verloren, ohne ihre Eltern und Pioneer.

Sobald wir drinnen sind, zieht Direktor Geddy die Tür zu und wendet sich an Cody. »Okay, mein Freund, es wird gleich läuten. Sie können jetzt in Ihren Unterricht gehen. Lyla kommt schon klar.« Als Cody ihm widersprechen will, schneidet er ihm das Wort ab. »Lassen Sie Lyla jetzt bei mir. Ich passe gut auf sie auf. Gehen Sie, bevor Mrs Abbott Sie wegen Zuspätkommens einträgt.«

Ich will nicht, dass er geht, aber ich will auch nicht, dass er Schwierigkeiten bekommt, also zucke ich nur mit den Schultern und versuche ein unbekümmertes Gesicht zu machen. »Wir sehen uns später, ja?«

Cody nickt und wendet sich zum Gehen, dreht sich aber noch einmal um, ehe er auch nur zwei Schritte getan hat. »Ich hole dich nach Schulschluss wieder ab. Versprochen.«

Direktor Geddy legt mir die Hand auf den Rücken und ich zucke zusammen. Cody winkt kurz, dann macht er langsam kehrt und verschwindet in einer Horde Schüler, die alle vor dem Glockenschlag zum Unterricht eilen. Die restlichen »Meadowskinder« drehen sich um und folgen mir und dem Direktor zu einer weiteren Glastür am Ende der Eingangshalle. Ich spüre ihre Blicke im Rücken. Meine Haut kribbelt und mein Gesicht wird heiß. Ich will mich nicht umdrehen und ihren Blicken begegnen, weil ich

Angst habe, dass sie mich ebenso wuterfüllt anschauen wie Brian oder, noch schlimmer, sie mich ebenso leer angrinsen wie Julie. Bevor ich heute Morgen aus dem Haus ging, hatte ich mich in erster Linie davor gefürchtet, mit den Kindern der Außenstehenden zusammenzutreffen. Jetzt macht es mir mehr Sorgen, mit denen zusammen zu sein, die ich schon mein Leben lang kenne.

Das Böse
ist leicht zu entdecken,
wenn man es
sucht.

Heather Lewis, Gemeindemitglied

5

Das Medienzentrum entpuppt sich als Bibliothek mit endlosen Reihen von Büchern. In der Mitte stehen etwa ein Dutzend rechteckige Tische, an denen Direktor Geddy uns Platz nehmen lässt. Dieser Raum erinnert mich tatsächlich in gewisser Weise an unseren Unterrichtsraum im Klubhaus. Es ist der gleiche staubige Papiergeruch vermischt mit einem Hauch Teppichboden, Leinen und Leder. Ich habe ihn immer gemocht. Selbst jetzt vermag er mich zu beruhigen, auch wenn ich nicht glaube, dass es bei irgendjemand sonst funktioniert. Die Anspannung ist mit den Händen zu greifen. Die Stille ist vollkommen und praktisch lebendig.

»Bitte, nehmen Sie Platz«, sagt Direktor Geddy.

Ich weiß nicht, wohin ich mich setzen soll. Ich suche Heathers Blick, doch die Art, wie sie mich ansieht, gefällt mir nicht. Sie hat das gleiche leere Roboterlächeln aufgesetzt wie Julie. Beide winken mich zu sich, aber ich schaue weg. Ich kann nicht neben ihnen sitzen, wenn sie diesen Blick haben. Ich zögere und weiß nicht, zu welchem Tisch ich gehen oder ob ich mich nicht einfach neben den Regalen auf dem Boden niederlassen soll. Schließlich schüttelt Will seufzend den Kopf und schiebt mit dem Fuß den leeren Stuhl neben sich fort. Auf seiner anderen Seite sitzt Brian, der mir einen genervten Blick zuwirft, ehe er aufsteht und zu Heather und Julie hinübergeht. Trotz Wills Einladung bin ich kurz davor, mich ans andere Ende des Raums zu setzen. Ich will nicht, dass Brian auch noch auf ihn wütend wird, doch dann räuspert sich Direktor Geddy und richtet den Blick auf den Stuhl neben Will. Trotz seines Lächelns kann ich sehen, wie ungeduldig er darauf wartet, dass ich mich setze, damit er anfangen kann. Ich zwänge mich auf den Stuhl. Will sagt gar nichts. Er sieht mich auch nicht an. Offensichtlich ist er immer noch sauer wegen Cody. Ich würde gern mit ihm darüber reden, habe aber keine Ahnung, wie ich die Sache wieder richten soll.

Wir verbringen die nächste Stunde damit, uns Geddys langatmige Ausführungen über die Schule anzuhören. Dabei gleitet sein Blick immer wieder über uns hinweg. Wir machen ihn nervös, geht es mir durch den Kopf. Ich versuche ihm zuzuhören, doch die Bücherreihen lenken mich immer wieder ab. Es sind so viele! Mehr als ich jemals an einem Ort gesehen habe. Hinten an der Wand gibt es Dutzende Zeitschriften und Computer. So viele Dinge, die früher für uns unerreichbar waren, befinden sich jetzt nur wenige Schritte von mir entfernt.

Als Geddy mit seiner Rede fertig ist, nimmt eine Frau seinen Platz ein. Sie war mir bis zu diesem Moment gar nicht aufgefallen. Es strömt einfach zu vieles auf mich ein.

»Ich bin Mrs Ward, eine der Schulpsychologinnen hier an der Culver Creek.«

Will verdreht die Augen. »Die hat uns gerade noch gefehlt. Ich glaube, ich muss kotzen, wenn mir noch mal jemand anbietet, meine Gefühle zu analysieren.« Er unterstreicht die letzten Worte mit in die Luft gemalten Anführungszeichen und ich lache leise, allerdings weniger über das, was er gesagt hat, als vor Erleichterung. Ein Glück, er spricht noch mit mir. Ich brauche ihn. Ich will nicht, dass er mich genauso ignoriert, wie es die anderen tun. Ich glaube nicht, dass ich das aushalten kann.

Mrs Ward geht zum nächstbesten Tisch und setzt sich darauf. Sie stellt die Füße vor sich auf den Stuhl und lehnt sich auf den Händen zurück. Die Haltung lässt sie jünger aussehen. Sie trägt Kampfstiefel und ihre Haare sind kurz und stachelig. Ich bin mir nicht sicher, ob ich es cool oder einfach nur seltsam finde. Sie lächelt uns an. Es ist ein langsames, bedächtiges Lächeln. Ich beschließe, dass ich sie mag, jedenfalls mehr als Direktor Geddy.

»Der heutige Tag ist ein großer Schritt. Und es ist nicht der erste, den ihr in den letzten Monaten gehen musstet. Eure Welt ist größer geworden, das kann beängstigend und verwirrend sein. Aber ihr seid nicht allein. Wir sind für euch da, um euch zuzuhören und euch Unterstützung anzubieten, falls ihr sie braucht. Ich hoffe, ihr findet den Mut, auf mich zuzukommen, wenn wir uns ein wenig besser kennengelernt haben. Ich will euch helfen, den Übergang in diese Schule so reibungslos wie möglich zu gestalten.« Sie zögert und schaut uns nacheinander an. »Ihr könnt euch hier sicher fühlen. Ihr *seid* hier sicher.«

Der letzte Satz lässt mich frösteln. Er erinnert mich an etwas, das Pioneer sagen würde, und ich blicke mich um, um zu sehen, ob es sonst noch jemandem aufgefallen ist. Aber die anderen schauen nicht einmal in ihre Richtung. Alle starren ausnahmslos auf ihren Tisch. Selbst die Haltung ihrer Hände ist identisch, die verschränkt im Schoß liegen. Es ist, als hätte ihnen jemand befohlen, exakt die gleiche Körperhaltung einzunehmen. Sogar Will. *Vielleicht ist es ja so*. Ich versuche ihn anzusprechen.

»Was macht ihr …«, flüstere ich ihm zu, breche aber ab, als Mrs Ward zu mir hersieht. Wills Blick gleitet kurz zu mir herüber, ehe er sich wieder auf die Tischplatte konzentriert.

Mrs Ward verstummt. Als sie merkt, dass keiner sie anschauen will, presst sie die Lippen zusammen. Es wird totenstill im Raum, aber nach wie vor sieht keiner auf. Mrs Wards Blick begegnet meinem und ich zucke die Achseln.

Schließlich tritt Direktor Geddy vor und räuspert sich. »Also gut …«, sagt er, doch weiter kommt er nicht, weil plötzlich ein lauter Summton die Luft zerreißt und kleine rechteckige Lichter an der Wand über der Tür aufblinken. Das Geräusch ist schrecklich laut und drängend. Es fühlt sich an, als schneide es mir mitten durch die Brust. Und es hat große Ähnlichkeit mit der Alarmsirene in Mandrodage Meadows.

Viel zu große.

Sekundenlang rührt sich niemand, dann bricht das Chaos aus. Die Schüler schreien los und die Lehrer rufen alles Mögliche dazwischen, was in dem Lärm keiner richtig versteht. Heather und Julie und die meisten anderen Mädchen sind von ihren Stühlen aufgesprungen und drängen sich auf engstem Raum zusammen. Sie halten sich die Ohren zu und haben den Mund weit aufgerissen. Ihre Schreie sind fast so laut wie der Alarm. Brian und einige andere Jungen sind zu ihnen hinübergelaufen und haben dabei ihre Stühle umgeworfen.

»Bitte beruhigt euch alle miteinander!«, ruft Mrs Ward durch ihre zu einem Trichter geformten Hände, aber niemand achtet auf sie. Sie wechselt einen Blick mit Direktor Geddy, der schweratmend und mit hochrotem Gesicht in den Gang hinausläuft.

Wieder fällt Mrs Wards Blick auf mich. Ich bin die Einzige, die nicht schreit oder sich mit den anderen zusammendrängt. Trotzdem schlägt mir das Herz bis zum Hals. Ich will mich bewegen, doch ich kann es nicht. Plötzlich steht Mrs Ward neben mir, packt mich an den Schultern und versucht meinen Blick auf sich zu ziehen.

»Es besteht kein Grund zur Panik. Das ist nur der Feueralarm. Er ist sicher aus Versehen losgegangen.« Sie zieht mich mit sich und nimmt unterwegs auch andere Mädchen mit. Dann lotst sie uns alle zum Ausgang.

Mit schweißbedecktem Gesicht kommt Direktor Geddy wieder zur Tür herein. »Der Feueralarm wurde ausgelöst, aber es brennt nicht. Bitte, Sie müssen sich wieder beruhigen!« Er wedelt ein paarmal mit den Armen wie ein dicker Vogel in Khakiklamotten. Ein Lachen steigt in mir auf und findet den Weg nach draußen, was nicht nur mich, sondern auch Mrs Ward erschreckt. Ich habe immer noch Herzklopfen, aber das Lachen hat meine Starre gelöst und mich wieder ich selbst werden lassen. Schon wieder ein falscher Alarm. Wir sind nicht in Gefahr. Doch davon werden sie die anderen nicht überzeugen können. *Ich* muss es tun, sonst rennen sie über kurz oder lang schreiend aus der Schule. Ich schüttele Mrs Wards Hand ab, und ehe ich es mir anders überlegen kann, steige ich auf den nächstbesten Tisch.

»Haltet die Klappe, Leute, und hört zu!«, schreie ich, so laut ich kann. Es wird fast augenblicklich still im Raum. Ich hole tief Luft und rede gegen meine Nervosität an. »Es war ein Fehlalarm. Eine Übung, versteht ihr, wie wir sie auch schon durchgeführt haben.« In diesem Moment überkommt mich das seltsame Gefühl, wieder in Mandrodage Meadows zu sein, einmal mehr draußen vor der Silotür zu stehen.

Der Alarm plärrt rhythmisch weiter, während ich die anderen anstarre und sie mich. Schließlich lassen einige der Mädchen einander los. Ihre Gesichter sind aschfahl, aber sie sind nicht mehr in Panik.

Als Direktor Geddy merkt, dass ich nicht mehr sagen werde, übernimmt er das Komando. »Zur Sicherheit müssen wir trotzdem das Gebäude räumen. Aber es gibt kein Feuer. Das hier ist kein Notfall. Wenn Sie sich also bitte hinter Mrs Ward aufstellen würden, gehen wir hinaus zu den anderen Schülern und Lehrern. Sobald wir alles gründlich überprüft haben, können Sie wieder hinein.«

Durch die Doppeltüren, durch die wir vor einer Stunde erst hereingekommen sind, marschieren wir in die Kälte hinaus. Da wir unsere Mäntel drinnen gelassen haben, fangen wir auf der Stelle an zu frieren und drängen uns bibbernd zusammen. Direktor Geddy führt uns zu einem großen Feld direkt hinter dem Parkplatz, auf dem sich bereits eine Riesenschar anderer Schüler tummelt. Als wir hintereinander aufgereiht und so dicht zusammen, dass wir uns nur mit Mühe nicht gegenseitig auf die Füße treten, um das Gebäude biegen, starrt uns ein Großteil von ihnen entgegen.

»Das ist die Apokalypse. Rette sich, wer kann!«, brüllt ein Junge theatralisch, ehe er sich in gespielter Panik hinter seinem Vordermann versteckt. Die Schüler um ihn herum brechen in wildes Gelächter aus.

»Habt ihr in eurem Bunker noch Platz für uns?«, ruft jemand anderes. Weiteres Gelächter.

Will erstarrt vor mir. Ich kann sehen, wie er die Fäuste ballt.

Meine Wangen brennen und ich suche auf dem Feld nach Cody, kann ihn aber nirgends finden. Es sind so viele Schüler. Hunderte stehen dort in losen Reihen versammelt. Ich habe noch nie so viele Kinder auf einem Fleck gesehen.

Auf halbem Weg über das Feld entdecke ich Taylor. Unsere Blicke begegnen sich, doch gerade, als ich ihr zuwinken will, wendet sie sich ab. Ich bin sicher, sie hat mich gesehen, aber es scheint, als wolle sie, dass ich etwas anderes denke. *Ich bin ihr peinlich.* Von da an schaue ich nicht mehr auf. Ich habe Angst, als Nächstes zu sehen, dass Cody das Gleiche tut.

»Spinner!«, schreit jemand von irgendwoher. Es ist, als müssten sie uns ständig daran erinnern, dass wir nicht willkommen sind, für den Fall, dass wir es zwischendurch vergessen sollten.

»Das reicht!«, brüllt ein Mann mit einer Pfeife um den Hals, der in einem Sweatshirt vor sich hin bibbert.

Die Menge kommt ein wenig zur Ruhe. Nur hier und da wird noch hinter vorgehaltener Hand gemurmelt. Plötzlich ist über uns ein Geräusch zu hören, ein Flugzeug fliegt direkt über uns hinweg. Ich lege den Kopf in den Nacken, um ihm nachzuschauen; Will und ein paar der anderen tun das Gleiche. Es ist besser, als die Schüler anzusehen.

»Das ist ein Fluuugzeug«, sagt gegenüber ein Junge laut und sehr gedehnt. Lachend schaut er sich unter den anderen Jungen um. »Ha! Wahrscheinlich haben sie gedacht, ihre Außerirdischen würden kommen und sie holen.«

Er redet von den Brüdern, unseren Schöpfern, jenen, die Pioneer gesagt haben, dass das Ende der Welt bevorsteht. Es macht mich rasend, dass diese Typen uns wegen unseres Glaubens an die Brüder für dumm halten. Es stört mich gewaltig. Und ich bin nicht die Einzige. Brian löst sich aus unserer Gruppe und marschiert direkt auf den Kerl zu. Der Junge und seine Freunde lachen noch lauter. Brian ist auf Prügel aus, das kann ich sehen. Wenn wir zu Hause wären, hätte er garantiert schon sein Gewehr herausgeholt.

»Schluss jetzt!«, brüllt Direktor Geddy. Der Mann mit der Pfeife tritt zwischen Brian und die anderen. Er zieht den Jungen mit sich fort, schleppt ihn praktisch vor Direktor Geddy. Der Junge schiebt die Hände in die Hosentaschen und zwinkert in die Menge. Als Will neben mir einen Schritt nach vorn macht, lege ich ihm die Hand auf den Arm, um ihn davon abzuhalten, ebenfalls einen Angriff zu starten.

»Brent Dickerson. Sie haben sich soeben für heute Nachmittag eine Runde Nachsitzen eingehandelt.« Direktor Geddy starrt den Jungen so lange an, bis dieser die Augen abwendet.

»Wollen Sie das im Moment wirklich riskieren, wo meine Mutter ohnehin schon auf hundertachtzig ist?«, fragt Brent mit einem Grinsen.

Direktor Geddy sieht aus, als würde er ihn am liebsten erwürgen. Er beißt die Zähne so fest zusammen, dass die Sehnen an seinem Hals hervortreten. Ein kurzes, unangenehmes Schweigen entsteht. Brent legt den Kopf von einer Seite auf die andere und dehnt seine Halsmuskeln, ich kann es knacken hören.

»Bringen Sie Brent ins Büro, sobald das Gebäude freigegeben ist, Mr Stevenson«, brüllt Direktor Geddy. Sein Gesicht ist so rot, dass ich fürchte, er könnte platzen.

Mr Stevenson zerrt Brent mit sich fort. Die anderen Jungen aus seiner Gruppe gaffen uns an. Einer sticht mir besonders ins Auge. Er steht in der Mitte und fixiert Brian, als wolle er ihn geradezu herausfordern auszuflippen.

»Und? Wie läuft es so an deinem ersten Tag?«, fragt er Brian gerade so laut, dass die meisten von uns ihn hören können, aber nicht Direktor Geddy oder einer der anderen Erwachsenen, die zusammengeschart auf dem Weg stehen und sich leise unterhalten.

Ich spüre übermächtigen Zorn in mir aufsteigen. Er hat den Alarm ausgelöst. Ich kann es nicht beweisen, aber das Grinsen in seinem Gesicht … ich *spüre*, dass es so ist. Ich weiß es einfach. Am liebsten würde ich ihm in seine kantige Visage schlagen, mitten in sein dämliches Grinsen. *Wie kann er es lustig finden, uns solche Angst einzujagen?*

Pioneers Worte beginnen mir durch den Kopf zu schwirren. *»Die Welt ist ein böser Ort, voller Menschen, die nichts lieber tun, als euch Schmerz zuzufügen. Daher frage ich euch, Leute, welchen Zweck hat es wohl, mit ihnen zusammenzukommen? Gar keinen. Sie dringen in eure Köpfe ein und verdrehen alles, was richtig ist, bis ihr genauso seid wie sie. Es ist besser, auf Abstand zu bleiben. Ihr müsst euch schützen.«*

Ich fange an zu zittern und weiß nicht genau, ob es an meiner Wut liegt oder an der Kälte und dem fehlenden Mantel, auf jeden Fall kann ich nicht mehr aufhören. Will legt mir die Hände auf die Schultern. Er zittert ebenfalls.

Ich will, dass dieser Tag aufhört. Ich verschränke die Arme vor der Brust gegen die bitterkalte Luft, die mir in Gesicht und Hände beißt. Um mich abzulenken, schaue in die Menge, dann über sie hinweg zum Wald jenseits des Zauns. Ich werde nicht die Kontrolle verlieren und losheulen. Weder jetzt noch irgendwann. In der Hoffnung, der Schmerz werde die Tränen in meinen Augen davon abhalten überzulaufen, beiße ich mir fest auf die Unterlippe. *Reiß dich zusammen, Lyla.*

Während ich mit aller Macht versuche ruhig zu bleiben, fällt mir im Wald eine Bewegung auf. Eine dunkle Gestalt geht zwischen den Bäumen und nähert sich dem Zaun. Dann noch eine und noch eine. Zuerst bin ich überzeugt, dass es sich um ein Rudel Rehe handelt, doch dann kommen sie näher und ich sehe, dass es keineswegs Rehe, sondern Menschen sind. Mr Brown und einige andere Männer aus der Gemeinde betreten das offene Gelände zwischen dem Zaun und den Bäumen. Sie schauen in unsere Richtung. In meine Richtung. Instinktiv weiche ich zurück. Die Männer legen die Hände an den Zaun und umklammern den Draht. Mr Brown nickt mir zu. Vielleicht sind sie da, um nach den anderen zu schauen. Ich wünsche es mir im Stillen, doch mein klopfendes Herz und mein intuitives Erschrecken lassen mich daran zweifeln. Ich schaue zu den Lehrern und den anderen Schülern, um zu sehen, ob sie sonst noch jemand bemerkt hat, doch die meisten sind zu sehr damit beschäftigt, sich zu unterhalten und immer wieder in unsere Richtung zu blicken. Ich drehe mich zu Will um, aber er hat sich vor Brian gestellt und versucht ihn davon abzuhalten, auf die Jungs gegenüber loszugehen.

Doch hinter Will und Brian starren Heather und Julie zu mir herüber. Betont langsam wenden sie sich ab, schauen zu Mr Brown und den anderen und dann wieder zu mir. Das Grinsen der Mädchen wird breiter und ihre Augen leuchten. Sie pressen die Lippen aufeinander und beginnen zu summen. Die Melodie ist unverkennbar. Es ist dieselbe, die die ganze Gemeinde vor dem Krankenhaus gesungen hat. Mein Kopf spult den Text ab, obwohl er gar nicht gesungen wird.

Komm zurück in die Herde, zurück in die Herde.
Dein Leib muss schon bald entseelt in die Erde.
Das Ende ist nah, er ruft die Schafe zu sich,
Eine andere Weide hast du hier nicht.
Komm zurück in die Herde, zurück in die Herde.
Dein Leib muss schon bald entseelt in die Erde.

Ich will schreien, um Direktor Geddy oder einen der anderen Lehrer auf mich aufmerksam zu machen, doch solange sie mir dabei zusehen, bringe ich das nicht fertig. Also beuge ich mich stattdessen vor und wende dem Zaun den Rücken zu. Trotzdem kann ich ihre bohrenden Blicke spüren.

Als ich heute Morgen aufgewacht war, hatte ich gedacht, dieser Tag würde ein Neuanfang werden, die Chance, ein neues Leben zu beginnen. Ich würde herausfinden, was normal ist, und die Gemeinde und Pioneer hinter mir lassen. Und ich hatte mir eingebildet, Heather und die anderen würden das zulassen. Ich hatte gewagt, zu glauben, die Leute hier wären wie Cody und seine Familie und würden versuchen uns kennenzulernen. Wie es scheint, war das ein gewaltiger Irrtum.

Kein Mensch
kann sich
auf einen Schlag
verändern.

Stephen King, Das letzte Gefecht

6

Als wir endlich wieder ins Schulgebäude dürfen, brauche ich fast eine halbe Stunde, um aufzutauen. Mrs Ward hält uns weiter getrennt von den anderen in der Bibliothek. Ich bin mir nicht sicher, ob sie es von Anfang an so beabsichtigt hatte oder es erst beschloss, als wir ins Gebäude zurückkehrten. Auf jeden Fall sitzen wir hier fest. Ich kann das Dröhnen der an- und ausspringenden Heizung hören, das durch die Lüftungsrohre hallt. Trotzdem ist es kalt im Raum.

Ich blase mir gerade in die Hände, als Mrs Ward sich in der hintersten Ecke auf den Boden hockt und uns Zeichen gibt, uns zu ihr zu setzen. Die anderen starren sie mit vor der Brust verschränkten Armen an. Sie macht so ein enttäuschtes Gesicht, dass ich weich werde und mich nur wenige Schritte von ihr entfernt hinsetze. Will stöhnt, wirft den anderen einen Blick zu und kommt zu mir herüber. Ich lächle, als er sich hinter uns ans Bücherregal lehnt.

»Glaubst du, sie schnappt mich, wenn ich weglaufe?«, fragt er mit geschlossenen Augen.

»He, du darfst mich hier nicht allein lassen«, sage ich und drücke seinen Arm.

Will öffnet die Augen und sieht mich an, das Gesicht ernster, als ich es erwartet habe. »Ich würde dich nie irgendwo allein lassen.«

Das tröstet mich nicht, schon gar nicht, nachdem ich Mr Brown und die anderen am Zaun gesehen habe.

»Ihr müsst euch nicht zu mir setzen, wenn ihr nicht wollt, aber wir werden eine Weile hier drinnen bleiben …«, unternimmt Mrs Ward einen weiteren Versuch und lächelt den anderen aufmunternd zu. Ich konzentriere mich auf sie statt auf Will. Ehrlich gesagt, bin ich dankbar für die Unterbrechung.

Heather und Julie schauen sich an und setzen sich dann zögernd uns gegenüber. Brian und einige der anderen Jungen bleiben stehen. Der ganze Rest kommt herübergeschlurft und setzt sich in die Nähe von Julie und Heather, mit möglichst viel Platz zwischen sich und Mrs Ward. Diese fingert an ihren Schnürsenkeln herum und zieht dann die Beine an den Leib. Ich weiß nicht genau, ob sie es mit Absicht tut, aber in dieser Haltung wirkt sie klein und ungefährlich. Es ist schwer, sie für böse zu halten – was wir, nach Pioneers Willen, von allen Außenstehenden annehmen sollen. Vielleicht ist genau das ihr Ziel.

»Es tut mir leid, dass wir so einen holprigen Start hatten heute Morgen. Ich würde euch gern versprechen, dass das, was draußen geschehen ist, sich nicht wiederholen wird, aber das kann ich nicht. Ich wünschte, ich könnte behaupten, alles, was euer Pioneer euch über die Grausamkeit der Menschen gesagt hat, sei falsch. Aber auch das kann ich nicht. Die Wahrheit ist, dass jeder das Potenzial hat, gut oder böse zu sein.«

»Wir sind nicht hier, um uns von Ihnen Vorträge über Gut und Böse anzuhören. Wir haben mit eigenen Augen gesehen, was Außenstehende fertigbringen«, fällt Brian ihr ins Wort. Seine Stimme ist voller Schärfe. »Nichts, was Sie sagen, ändert für uns etwas daran. Sie sind alle böse. Und das, was sich dort draußen abgespielt hat, ist nur der Beweis dafür.«

Der Blick, mit dem Mrs Ward ihn ansieht, ist voller Mitleid und Verständnis und ich sehe, wie sich Brian unter ihm windet. Sie streckt nicht die Hand nach ihm aus, aber es ist ihr anzumerken, dass sie es gern tun würde. Stattdessen setzt sie sich in den Schneidersitz. »Ich versuche nicht, euch euren Glauben zu nehmen. Wirklich nicht. Ich bitte euch nur darum, darüber nachzudenken, *warum* ihr glaubt, was ihr glaubt.« Ihr Blick ruht auf mir. »Fragen sind nichts Schlechtes. Im Gegenteil. Wenn man herausfinden will, für was man steht, sind sie unentbehrlich.«

Brian schüttelt den Kopf, Heather und Julie fassen sich an den Händen und halten sich fest. Und die Geste ist ansteckend. Keine Minute später halten sich alle an den Händen, bilden eine Kette des Widerstands. Als Will mir seine Hand anbietet, weiß ich nicht, was ich tun soll. Mrs Ward lässt mich nicht aus den Augen. Ich habe das Gefühl, was immer ich tue, hat eine Riesenbedeutung – zu viel Bedeutung. Das Problem ist, dass ich wahrscheinlich mit Mrs Ward übereinstimme, mich aber ohnehin schon stark von der Gemeinde isoliert habe. Nützt es etwas, es jetzt wieder zu tun, besonders nach dem, was sich draußen abgespielt hat?

Ich greife nach Wills Hand. Mrs Ward seufzt und will etwas sagen, kommt aber nicht dazu, weil plötzlich die Tür aufgeht und eine ältere Frau mit einem Klemmbrett hereinkommt.

»Mittagessen«, verkündet sie. Die Frau ist kräftig, hat raue Hände und eine gesunde Gesichtsfarbe. Ihre Haare sind unter einem Haarnetz verborgen.

»Direktor Geddy meinte, es wäre besser, wenn die Kinder hier drinnen essen.« Sie beäugt uns. »Aber nur dieses eine Mal. Ich kann schließlich nicht jeden Tag für die Korona hier ein extra Mittagessen zusammenstellen und auch noch den Rest der Schule abfertigen.« Selbst nach allem, was geschehen ist, erschrecken mich die Verärgerung und die unverhohlene Empörung in ihrer Stimme. Sie wirft Mrs Ward einen strengen Blick zu. »Wenn es hier eine Schweinerei gibt, liegt das nicht in meiner Verantwortung. In einer halben Stunde schicke ich eine der Frauen her, um abzuholen, was übrig ist.«

»Vielen Dank, Marianne, wir werden uns bemühen, nichts schmutzig zu machen.« Mrs Ward lächelt sie geduldig an. Doch ihr nettes Lächeln und der sanfte Gesichtsausdruck vermögen Marianne nicht milder zu stimmen. Ich frage mich, ob es Mrs Ward nicht langsam auf den Zeiger geht, dass niemand so reagiert, wie sie es möchte.

Eine weitere missmutig aussehende Frau mit einem Haarnetz schiebt einen Servierwagen herein. In Plastikfolie eingewickelte Sandwiches, Wasserflaschen und Äpfel türmen sich darauf. Mrs Ward bittet Julie und Will, die Sachen zu verteilen, und kurz darauf sitzen wir wieder an die Regale gelehnt auf dem Boden, unser Essen im Schoß. Ich weiß nicht genau, warum wir nicht an den Tischen sitzen. Wahrscheinlich ist Mrs Ward der Fußboden einfach lieber. Sie streckt die Beine über den Gang, bis ihre Stiefel gleich neben meinen Turnschuhen liegen. Sie beobachtet mich und kaut gemächlich an ihrem Sandwich. Sie wird rot, als sie merkt, dass ich ihren prüfenden Blick mitbekommen habe. Jede einzelne meiner Bewegungen wird jetzt analysiert, nicht nur von ihr, sondern von allen, sogar von mir selbst. Es verdirbt mir den Appetit, deshalb lege ich das Sandwich beiseite, stehe auf und beginne die Bücherregale entlangzuwandern.

Ich lande in einer Reihe, die nur mit Literatur bestückt zu sein scheint. Im Klubhaus gab es nur einige wenige Bücherborde und ich hatte sämtliche Werke so oft gelesen, dass ich ganze Kapitel auswendig konnte. Ich lege den Finger auf ein Buch und ziehe es langsam heraus. Vorder- und Rückseite sind ein wenig klebrig, als wäre es durch viele Hände gegangen. Trotzdem schlage ich es auf und schaue mir die ersten beiden Seiten an. Es stammt von jemandem, der Stephen King heißt. Auf der Rückseite prangt ein Bild von ihm. Er sieht aus wie Mr Brown aus unserer Gemeinde. Die Ähnlichkeit ist fast unheimlich.

»Liest du gern?« Mrs Ward steht neben mir.

»Ja«, sage ich leise. Ich blättere einfach drauflos, zwinge mich, gleichgültig zu wirken.

»Warum nimmst du es dann nicht mit nach Hause?« Mit einem Lächeln nimmt Mrs Ward mir das Buch ab, ehe ich mich dafür oder dagegen entscheiden kann; sie geht nach vorn und tritt hinter den langen Tisch, der dort steht. Dann reicht sie das Buch der Frau, die dahinter sitzt.

»Sind die Schüler schon im System, Mrs Connors? Lyla würde gern dieses Buch ausleihen.«

Ich will ihr widersprechen. Es war eine Sache, darüber nachzudenken, während es im Regal stand, aber jetzt spüre ich die Blicke der anderen im Rücken und die Aussicht, es zu lesen, ist längst nicht mehr so verlockend wie vorher.

Mrs Connors schüttelt den Kopf. »Bis morgen ist es so weit.« Sie starrt auf ihren Computer und tippt etwas ein. »Einstweilen kann sie es unter meinem Namen ausleihen.«

Sie tippt wieder etwas und gibt mir dann das Buch zurück. Dabei wirft sie mir einen dieser mitleidigen Blicke zu, die ich so hasse. »Du kannst es behalten, solange du willst. Es ist auf meinen Namen ausgeliehen, deshalb musst du es nicht nach den üblichen zwei Wochen zurückgeben. Aber pass gut darauf auf. Lies nicht in der Badewanne.«

Ich nehme das Buch und drücke es an die Brust. Mein Gesicht glüht. »Äh, danke. Ich passe gut darauf auf. Versprochen.«

Ihr Gesicht hellt sich auf. »Ich hoffe, es gefällt dir.«

Mrs Ward grinst uns beide an. Vermutlich habe ich ihr gerade das erste Erfolgserlebnis des Tages beschert. Hinter mir hustet jemand und ich presse das Buch noch fester an mich. Am liebsten würde ich sofort zu meiner Büchertasche laufen und es hineinstopfen, verkneife es mir aber. Obwohl ich nicht mehr zur Gemeinde gehöre, fühlt es sich trotzdem an, als würde ich ständig auf einem superschmalen Balken balancieren und versuchen, mich weder zu sehr in die eine noch in die andere Richtung zu lehnen: Mrs Wards oder ihre.

Als ich zu meinem Platz zurückgehe, drehe ich das Buch um, damit ich den Titel lesen kann: *Das letzte Gefecht*. Ich habe keine Ahnung, was er bedeutet, aber plötzlich kann ich es kaum abwarten, es herauszufinden. Es ist, als könnte dieses Buch Geheimnisse darüber enthalten, was ich versäumt habe und Pioneer uns vorenthalten hat. Es ergibt keinen Sinn, trotzdem empfinde ich es so. Ich möchte durch die Reihen gehen und Buch für Buch auf das erste Exemplar stapeln, mich dann hinsetzen und sie alle lesen. Es gibt so vieles zu entdecken. Und das hier ist nur ein winziger Zipfel einer riesigen Welt.

Wir sind gerade dabei, die Reste unseres Mittagsessens in große Papierkörbe zu werfen, als Direktor Geddy wieder ins Medienzentrum kommt. Er lässt die Augen über den Boden wandern, bückt sich kurz darauf, um einen Krümel aufzuheben, und seufzt. Einige Kinder kauern immer noch vor den Bücherregalen, die Sandwiches unangetastet neben sich. Direktor Geddys Miene spannt sich an, er macht den Mund auf und wieder zu, doch am Ende sagt er gar nichts. Vielleicht hat er Angst, Angst davor, einige von uns könnten auf seine Rüge ebenso reagieren wie auf den Feueralarm.

Es schafft eine merkwürdige Spannung zwischen ihm und uns. Ich wünschte, jemand würde einen hysterischen Anfall vortäuschen, damit wir die Sache hinter uns bringen und er endlich aufhören kann, sich zu fragen, wann es passieren wird und was er dann tun soll.

Mrs Ward verteilt eine Reihe von Tests. Wir sollen alle Fragen so gut wie möglich beantworten. Sie wollen feststellen, was wir bereits wissen, damit sie uns den richtigen Kursen zuweisen können. Ich lese die Fragen durch. Der Englischteil ist einfach. Ich lächle, als ich damit durch bin, aber die Geschichtsfragen sind … verwirrend. Ich erkenne zwar einige historische Daten wieder, aber die möglichen Antworten, die wir zur Auswahl haben, ergeben keinen Sinn. Sie sind alle schlicht und einfach falsch. Und der Mathetest ist, als hätte ich es mit einer ganz anderen Sprache zu tun. Nachdem ich mich durch einige Aufgaben gequält habe, kreuze ich einfach willkürlich irgendwelche Lösungen an und hoffe das Beste. Pioneer hat für uns entschieden, was wir lernen sollten. Einige haben sich auf die sprachlichen Fächer konzentriert, andere auf Mathematik und die Naturwissenschaften. Anscheinend hat sich sein Unterricht gravierend von dem unterschieden, was die Außenstehenden lernen. Ich frage mich, ob es noch jemandem auffällt, und schaue zu den anderen hinüber, doch sie sind ganz und gar in ihre Blätter vertieft. Will klopft sich mit dem Bleistift an die Schläfe, als könne er die richtigen Antworten hineinhämmern. Ich sehe nur kaum einen Bleistift tatsächlich Papier berühren.

Als wir sämtliche Tests beendet – oder zumindest so getan – haben, ist der Schultag vorüber und mir dröhnt der Kopf. Sobald es das letzte Mal läutet, füllt sich der Korridor vor der Bibliothek mit Schülern. Einige von ihnen klopfen im Vorübergehen an die Glasscheiben und schneiden Grimassen. Andere gehen vorbei, ohne auch nur einen Blick hereinzuwerfen. Einige wenige lächeln schüchtern. Laut Direktor Geddy werden wir morgen dort draußen sein. Mitten unter ihnen.

Ich will zu Cody nach Hause, mich im Zimmer seiner Schwester einschließen und versuchen, aus diesem Tag schlau zu werden, doch das geht nicht. In weniger als einer Stunde habe ich eine Therapiesitzung mit meinen Eltern. Meine Kopfschmerzen steigern sich von schlimm zu fast unerträglich.

Mrs Ward sammelt unsere letzten Testbogen ein und wir holen unsere Mäntel und stellen uns an der Tür auf.

»Was hältst du von dieser Schule? Und von diesem Tag?«, fragt Will, als er sich neben mich stellt. Er hat seinen Mantel angezogen und die Hände in die Taschen gesteckt, als wären sie bereits kalt.

»Keine Ahnung«, sage ich wahrheitsgemäß und er zeigt den Ansatz eines Lächelns.

»Ich fand es ätzend … ehrlich.« Er verzieht das Gesicht und ich kann nicht anders, als ihn anzulächeln.

Heather und Julie beobachten uns vom Kopf der Schlange. Heather hebt die Augenbrauen und zieht einen Mundwinkel hoch. Sie flüstert Julie etwas ins Ohr und die beiden betrachten uns mit unverhohlenem Wohlwollen. Julie fängt wieder an, das unheimliche Lied zu summen, laut genug, dass ich es hören kann; die Melodie klingt diesmal besonders fröhlich. Ein unausgesprochenes »Ich wusste, es war nur eine Frage der Zeit« schwingt darin mit.

»Wie ist deine Unterkunft so?«, frage ich Will laut genug, um das Summen zu übertönen.

»Nicht wie zu Hause«, erwidert er.

Will und ich zwängen uns gleichzeitig durch den offenen Flügel der Doppeltür. So nahe sind wir uns nicht mehr gewesen, seit wir uns in jener Nacht aus der Siedlung geschlichen und unten am Fluss zusammen getanzt hatten. Ich stoße mit der Nase an seine Brust, direkt über seinem Herzen. Ich atme tief ein. Es dauert nur eine Sekunde, bis mir klar wird, dass Will nicht mehr nach Sommer oder den Feldern hinter Mandrodage Meadows riecht, so wie früher. Er riecht einfach nur nach Seife und Junge. Der vertraute Geruch ist verschwunden – wie so viele andere Dinge. Urplötzlich steigen mir die Tränen in die Augen. So unerwartet und schnell, dass ich sie nicht zurückhalten kann und sie mir über das Gesicht laufen.

Das war's dann wohl mit Taylors sorgfältig appliziertem Make-up und meinem Schwur, hier nicht zu heulen, ist alles, was ich denken kann, während mir die Tränen auf das T-Shirt tropfen. Meine Nase läuft, mir ist ganz weh in der Brust und plötzlich bricht alles – dieser Tag, dieser Moment, alles, was ich verloren habe – über mich herein. Ich kann mich nicht bewegen.

Will ist bereits durch die Tür, doch als ich nicht mit ihm Schritt halte, dreht er sich um. Er sieht auf den ersten Blick, was los ist. Ich will es ihm erklären, aber er hält mich davon ab. »Ist schon gut. Ich verstehe das. Mann, und wie ich das verstehe«, sagt er leise und berührt meine Wange. Seine Augen sind rot umrandet und er schluckt schwer. »Das hier … ist kein Zuckerschlecken.«

Ich nicke. Er wird mich immer auf eine Weise anrühren, wie es niemand sonst kann. Das ist traurig und tröstlich zugleich.

Will lässt seine Hand einen Moment an meiner Wange liegen.

»Lyla?« Das ist Cody. Er kommt durch den Gang, den Blick auf Wills Hand und meine Wange gerichtet, die immer noch tränennass ist. »Was ist passiert?«

Will lässt die Hand sinken. Sein Blick wird kühl. »Keine Ahnung, vielleicht war es die komische Art, mit der uns deine Freunde begrüßt haben«, fährt er Cody an, »oder es liegt daran, dass sie ihr ganzes Leben von vorn anfangen muss. Was hast du denn erwartet? Dass sie sich einfach so anpasst?«

Ich will nicht, dass Will für mich spricht, schon gar nicht Cody gegenüber. »Mir geht's gut, es ist einfach so über mich gekommen«, sage ich und stelle mich zwischen sie. Keiner von beiden wirkt überzeugt. Ich wische mir das Gesicht ab. »Mir geht's wirklich gut, der Tag war einfach ... merkwürdig.«

Ich möchte es ihm erklären, möchte Cody helfen, es zu verstehen, doch das geht nicht. Ich kann nur hoffen, dass er genug begreift, um mir nicht zu verübeln, dass Will mir eben so nah war. Wie soll ich ihm auch erklären, dass sich Wills fehlender Sommerduft angefühlt hat wie einer von vielen kleinen Toden und es einfach mehr war, als ich ertragen konnte? Cody will, dass ich hier bei ihm glücklich bin. Und das will ich auch. Es *muss* mir gelingen. Andernfalls war alles, was geschehen ist, umsonst.

Cody tritt dichter an mich heran. Er hat die Hände in den Taschen vergraben und seinen Rucksack über die Schulter geworfen. Er starrt Will an. Ich kann die Spannung spüren, die sich zwischen den beiden aufbaut. Als ich mich räuspere, schauen sie mich an. Es ist, als erwarteten beide, dass ich irgendetwas tue. Mich vielleicht zwischen ihnen entscheide? Aber das will ich nicht. Das heißt, streng genommen, habe ich es schon getan. Ich habe Cody gewählt ... und würde es wieder tun, aber das bedeutet nicht, dass ich mit Will nichts mehr zu tun haben will.

Einen Moment lang winde ich mich innerlich, ehe ich am Ende des Korridors meine Rettung erspähe. Die Mädchentoilette. *Meine rettende Zuflucht*. »Ähm, dauert nicht lange«, murmele ich, ohne auch nur einen von beiden anzusehen. Ich gehe mit gesenktem Kopf an ihnen vorbei und halte direkt auf die Tür mit der Silhouette eines Mädchens zu. Ich versuche nicht an die Pappfiguren zu denken, die wir für die Schießübungen in Mandrodage Meadows benutzt haben. Langsam kommt es mir vor, als würde an jedem Ort, an dem ich bin, etwas aus meiner Vergangenheit auf mich warten, um sich auf mich zu stürzen. Es ist anstrengend. Ich springe in die nächstbeste Kabine und lehne mich an die Wand. Büchertasche und Mantel lasse ich zu Boden fallen.

Beim Hineingehen standen zwei Mädchen vor dem Spiegel. Jetzt höre ich sie kichern.

»Okaaaay«, sagt die eine und zieht das Wort in die Länge. Das andere Mädchen kichert wieder, dann ein kurzes Schweigen. Am liebsten würde ich über den Rand der Kabine spähen, um zu sehen, was sie da draußen tun. Stattdessen versuche ich durch den schmalen Spalt zwischen Tür und Kabinenwand zu linsen. Ich glaube, sie schminken sich.

»Das Winterfest wird bestimmt der Hammer. Kevin hat gefragt, ob ich hinterher mit ihm zu Teds Party gehe. Er macht ein Lagerfeuer hinter seinem Haus. Du kommst doch auch, oder?« Das andere Mädchen wirft einen Blick zu meiner Kabine und ich zucke zurück, befürchte aber, dass sie mich trotzdem gesehen hat. Sie müssen mich für eine Verrückte halten, ihnen so nachzuspionieren.

»He … alles in Ordnung da drin?« Die Stimme des Mädchens ertönt direkt vor meiner Kabine.

Ich lege den Kopf in den Nacken und starre an die Decke, betrachte den braunen Wasserfleck, folge seinem Umriss mit den Augen und versuche mich zu entspannen. »Ja, mir geht's gut.«

»Hör mal, was die Jungs heute mit dem Feueralarm gemacht haben … war nicht in Ordnung. Tut mir leid, wenn es dir den ersten Tag verdorben hat«, sagt sie draußen. Meint sie es ehrlich oder nimmt sie mich auf den Arm? Ich weiß es nicht zu sagen.

Die Mädchen flüstern miteinander. Ich kann nicht verstehen, worum es geht, doch dann hebt eine von ihnen die Stimme. »Äh, ich muss noch meine Biohausaufgaben abholen, bevor wir gehen. Ich warte vor dem Trophäenschrank auf dich … aber beeil dich.«

Ich höre die Schuhe des Mädchens über den Fußboden klackern, ein kurzes Aufwallen des Lärms aus dem Korridor, dann wird es wieder still in der Toilette. Eines der Mädchen ist immer noch mit mir hier drinnen.

»Also, äh, du pinkelst gar nicht da drinnen, stimmt's? Wenn doch, lasse ich dich in Ruhe, bis du, äh, fertig bist. Aber falls du doch nicht pinkelst, warum kommst du dann nicht raus? Ich will dir einfach nur Hallo sagen.«

Ich entriegele die Tür und öffne sie, auch wenn ich mir wegen meines Versteckspiels ein bisschen albern vorkomme.

Das Mädchen streckt mir die Hand entgegen. »Ich heiße Jaclyn, aber die meisten nennen mich einfach Jack.«

Sie hat diese kunterbunten Zöpfe rund ums Gesicht, wie die Schlangen der Medusa. Außerdem glitzern sie. Irgendwie hat sie es geschafft, sämtliche Zöpfe mit einer ordentlichen Dosis Glitzer zu versehen, aber nichts davon ins Gesicht oder auf die Klamotten zu bekommen. Sie ist elfenhaft zart, bis auf ihren riesigen Busen, der aus der schwarzen Sweatshirt-Tanktop-Combo herausragt wie ein, nun ja, wahnsinnig überdimensionierter Busen. Mir fällt nicht mal eine taktvolle Beschreibung dafür ein, ich kann einfach nicht aufhören, sie anzustarren. Ihr Busen ist größer als meiner. Und das macht mich seltsam glücklich. Ich bin noch nie einem Mädchen meines Alters begegnet, das in dieser Hinsicht besser bestückt war als ich. Ich muss an mich halten, um nicht laut loszulachen.

»Lyla«, sage ich, als ich meinen Busenschock überwunden habe, und wir geben uns die Hand. Es kommt mir so lächerlich vor, mitten in einer Toilette, dass ich grinsen muss.

»Du bist das Mädchen, das mit Cody zusammenlebt. Warte, das hat sich nicht gut angehört. Das bei den *Crowleys* wohnt.« Sie lächelt. »Ich würde dich ja fragen, wie dein erster Tag war, aber so, wie du hier reingestürmt bist, kann ich es mir denken. Ich will nicht behaupten, dass es besser wird, aber das weißt du wahrscheinlich schon. Trotzdem lässt es sich aushalten. Ich bin Anfang letzten Jahres hergezogen.« Den letzten Satz sagt sie, als würde es ihre Situation mit meiner gleich setzen, was ziemlich sicher nicht der Fall ist. Trotzdem ist es nett, sich mit jemandem zu unterhalten, der nicht aus Codys Familie stammt oder zur Gemeinde gehört.

»Und dir gefällt es hier?«, frage ich.

»Nein, mir gefällt es zu Hause in Boston. Das hier ertrage ich. Meine Mom hat wieder geheiratet und ich verstehe mich nicht besonders gut mit ihrem Neuen, deshalb hat sie mich hergeschickt, damit ich eine Zeit lang bei meinem Dad lebe, aber der ist auch nicht viel besser. Er ist Direktor Geddy«, sagt sie und verdreht die Augen.

Der Direktor ist ihr Vater. *Wie seltsam*. Ich nicke und lächele wieder. Wahrscheinlich wirke ich wie eine Idiotin, aber ich weiß nicht, was ich sagen soll.

»Und wie war es in deiner alten … Umgebung so? Ich meine, du musst ganz schön Angst gehabt haben während der Polizeiaktion, oder?« Ihre Frage ist so direkt, dass mir der Mund offen stehen bleibt.

Ich schüttele den Kopf. »Ja, schon.« Ich gehe um sie herum, wasche mir die Hände und schaue in den Spiegel. Sie steht hinter mir, beobachtet mich.

»Tut mir leid, ich wollte dir nicht zu nahe treten, aber ihr macht im Augenblick echt Schlagzeilen. Als ich davon gehört habe, konnte ich mir nicht einmal vorstellen, wie es sich angefühlt haben muss, dabei zu sein.« Sie schaut mich erwartungsvoll an.

Einen Moment lang erwäge ich, alle Vorsicht fahren zu lassen und es ihr zu erzählen, überlege es mir im letzten Moment aber anders. Ich bin mir nicht sicher, ob ich nach dem Feueralarm an dieser Schule überhaupt jemandem vertrauen kann.

»Ich habe mich gefragt ... ob wir vielleicht ein bisschen zusammen abhängen können? Ich könnte dich herumführen und so«, schlägt Jack vor.

Das war es, was ich mir beim Aufwachen und Anziehen erhofft hatte: neue Freunde zu finden. Mein Herz macht einen kleinen Sprung. Ich gebe mir zwar Mühe, locker zu wirken, aber wahrscheinlich versage ich kläglich. Es ist mir egal. »Gern.«

Sie nickt. »Gut, dann halte ich morgen nach dir Ausschau. Jetzt muss ich los. Aubrey wartet auf mich.«

Ich nicke, während ich mir die Hände abtrockne, und sie winkt mir zu, ehe sie aus der Toilette huscht. Der Lärm im Korridor draußen hat nachgelassen. Wahrscheinlich sind inzwischen alle nach Hause gegangen. Ich bin mir ziemlich sicher, dass Will mit den anderen weggefahren ist. Wahrscheinlich kann ich unbesorgt wieder hinausgehen.

Ich ziehe meinen Mantel an, knöpfe ihn zu und schnappe mir meine Büchertasche. Als ich den Reißverschluss schließen will, bleibe ich mit der Hand an einem dicken Stück Papier hängen. Das Kärtchen meines Vaters steckt immer noch in der Vordertasche.

Bleib stark. Verliere Dich nicht!

Ich ziehe es heraus und lese seine Botschaft noch einmal, ehe ich die Karte zerknülle und in den Mülleimer werfe. Mich zu verlieren, ist *genau* das, was ich jetzt tun muss.

Ich glaube, dass er auf alles
eine Antwort hat.
Natürlich glaube ich das.
Das muss ich doch.

Will Richardson, Gemeindemitglied

7

Als ich aus der Toilette komme, sind die Korridore menschenleer und Cody ist allein. Er sitzt auf dem Boden, hat den Rücken an die Wand gelehnt und die Beine vor sich übereinandergeschlagen. Auf seinen Oberschenkeln liegt ein aufgeschlagener Zeichenblock. Er ist so in seine Skizze vertieft, dass er mich zuerst gar nicht bemerkt.

Als ich näher komme, recke ich den Hals, um sie zu betrachten. Was er gezeichnet hat, sieht aus wie ein kleiner Dämon, über dessen Kopf sich ein Streifen mit einem Dutzend Stacheln zieht, wie eine tödliche Irokesenfrisur. Die Augen sind eng beieinander und tiefschwarz. Er ist hässlich und schrecklich anzusehen, aber er gefällt mir. Ich mag alle Monster von Cody – die auf Papier und die, die er zu Hause modelliert. Ich finde sie auf merkwürdige Art und Weise tröstlich. Wenigstens ist ihre Bösartigkeit offensichtlich. Wenn man Pioneer hätte ansehen können, wie es tief im Innern um ihn bestellt ist, wäre ihm keiner von uns je gefolgt.

Ich gehe in die Hocke, um mir die Skizze genauer anzusehen.

»He, was hältst du davon?« Er neigt den Block ein wenig in meine Richtung.

»Er gefällt mir, aber ich würde hier vielleicht noch ein bisschen Kreuzschraffur einfügen.« Ich deute auf die geschwungene Unterseite des Halses. »Das gibt dem Ganzen mehr Textur. Und er braucht mehr Stacheln auf dem Kopf.«

»Findest du?«

»Ganz sicher.«

Zeichnen ist eine Leidenschaft, die wir beide teilen. Zugegeben, ich beschäftige mich meistens mit Tieren, Menschen und Landschaften, er dagegen mit Ghulen, Dämonen und Werwölfen; trotzdem versetzt es uns beide in Hochspannung, etwas auf einem Blatt entstehen zu lassen.

Es ist schön, jemanden zu haben, der ebenfalls zeichnet. In Mandrodage Meadows hatten wir alle etwas, worin wir gut waren, aber wenn wir es einmal entdeckt hatten, probierten wir nichts Neues mehr aus – es sei denn, jemand anderes besaß das gleiche Talent und war besser darin. Dann drängte uns Pioneer, etwas Neues zu wählen, selbst wenn wir es nicht wollten. Er fand, unsere Gemeinde sollte so vielseitig wie möglich sein, wenn wir mit den Brüdern die neue Erde begründen würden. Manchmal frage ich mich, ob ich mich wohl für etwas anderes begeistert hätte, wenn sich mir die Chance dazu geboten hätte, Klavierspielen zum Beispiel oder Gesang. Es ist merkwürdig, mir vorzustellen, dass es jetzt möglich wäre, wenn ich es wollte. Aber was probiere ich zuerst aus? Statt zu wenig Auswahl habe ich jetzt zu viel.

Cody malt den unteren Teil des Mauls aus, folgt meinem Vorschlag und fügt weitere Stacheln hinzu. Ich lächele; es sieht jetzt schon besser aus. Codys Bleistift fährt geschickt über das Blatt. »Bist du bereit, von hier zu verschwinden?«

Ich nicke. »Mehr als bereit.«

»Wegen vorhin … Hat Will irgendwas gesagt, das dich traurig gemacht hat?« Seine Stimme klingt bewusst neutral, aber ich spüre die Wut dahinter. Er hat Will noch nie gemocht. Angesichts unserer Geschichte ist das wahrscheinlich gar nicht möglich.

»Nein. Ehrlich gesagt, war er der Einzige, der heute nett zu mir war«, erwidere ich langsam.

Cody klappt seinen Zeichenblock zu und schiebt seine Utensilien in den ramponierten blauen Rucksack, der neben ihm liegt. Wir gehen hinaus. Der Parkplatz ist fast leer. Obwohl ich nicht sonderlich lange in der Toilette war, ist sein Wagen einer der letzten. Sie mussten es alle furchtbar eilig gehabt haben fortzukommen. Was mich auf die Frage bringt, wie gut eine Schule sein kann, wenn alle vor ihr davonlaufen, als stünde das Gebäude in Flammen. Ha! Flammen. Den Feueralarm hatte ich fast vergessen.

»Warst du während der Feuerübung vorhin draußen auf dem Feld?«, frage ich Cody.

»Ja.« Er wirkt mit einem Mal verlegen.

»Hast du gesehen, was passiert ist?«, dringe ich in ihn, unsicher, ob ich es wirklich wissen will, aber auch unfähig, mich zurückzuhalten.

»Mit Brent? Der Typ ist wirklich ein Loser.« Er schüttelt den Kopf.

Ich hatte gehofft, er hätte es nicht mitbekommen. Hätte vielleicht gar nichts davon gewusst. Schließlich war er nicht gerade mit fliegenden Fahnen herbeigeeilt, um für uns einzutreten.

»Ich habe dich da draußen gar nicht gesehen«, sage ich und kann die Enttäuschung, den Schmerz in meiner Stimme nicht verleugnen.

»Ich wollte kommen und mich zu dir stellen, aber Mr Goodwin hat es nicht erlaubt. Und bevor ich es ausdiskutieren konnte, war die Sache schon vorbei.«

Ich nicke, aber es fällt mir schwer, ihm zu glauben.

Cody scheint es zu ahnen, denn er bleibt stehen und schaut mich an. »Wenn ich rechtzeitig bei euch gewesen wäre, hätte ich dafür gesorgt, dass Brent die Klappe hält. Das schwöre ich dir. Ich weiß, dass es jetzt so aussieht, als wäre alle Welt darauf aus, dich wie eine Ausgestoßene zu behandeln, genau wie die anderen Meadows-Schüler, aber wenn sie dich erst mal kennenlernen und merken, dass du nicht so bist wie sie, kriegen sie sich schon ein.«

Ich weiß, dass er mich damit zu trösten meint, doch dem ist nicht so. Warum kann er nicht verstehen, dass ich in vielerlei Hinsicht immer so sein werde wie die anderen? Die Gemeinde zu verlassen, verändert mich nicht, jedenfalls nicht völlig. Ich war eine ebenso begeisterte Anhängerin von Pioneer wie sie. Hätte ich nicht mit angesehen, wie Marie starb … wäre ich es vielleicht immer noch. Würde es seine Gefühle für mich verändern, wenn ich ihm das sage?

Wir gehen schweigend weiter. Auf halbem Weg über den Parkplatz nimmt Cody meine Hand. Ich liebe es, wenn sie völlig in seiner Hand verschwindet. Er sieht mich von der Seite an.

»Schon gut, lass das. Hör auf, mich anzusehen, als wäre ich aus Glas. Mir geht es gut, wirklich«, sage ich, als er immer wieder zu mir herüberschaut.

Cody verzieht einen Mundwinkel und hebt die Augenbrauen. »Ach, wirklich? Deine Augen sind nämlich ganz verquollen und du hast den Mantel falsch zugeknöpft.«

Ich schaue an mir herab. Irgendwo in der Mitte habe ich einen Knopf übersehen. Ich knöpfe den Mantel auf und wieder zu. Gegen meine verquollenen Augen kann ich nichts tun.

Während Cody die Tür aufschließt, stehe ich neben dem Auto und mustere mich im Außenspiegel. Ich muss alle zwiespältigen Gefühle, die von diesem Tag noch übrig sind, abschütteln. So mitgenommen in der Therapiesitzung mit meinen Eltern und Mrs Rosen aufzutauchen, ist keine gute Idee. Sie würden kein Ende finden, wenn einer von ihnen wüsste, dass mir der heutige Tag schwergefallen ist.

Etwas im Auto erregt meine Aufmerksamkeit. Auf meinem Sitz liegt ein kleines, dickes Päckchen, das in braunes Papier eingeschlagen und mit einer roten Kordel zugebunden ist. Ein Geschenk? Cody hat mir zu meinem ersten Schultag etwas besorgt. Ich schaue ihn über das Wagendach an und grinse. Er spürt meinen Blick und hebt er den Kopf. »Was?«

»Wann hast du das gemacht?«, frage ich, als ich die Tür öffne. Ich werfe meine Tasche nach hinten, steige ein und nehme das Päckchen auf den Schoß.

»Was gemacht?«, Cody spielt den Verwirrten, während er die hintere Tür öffnet und Tasche und Mantel auf den Rücksitz legt. Lächelnd entferne ich die Kordel und wickle das Papier vorsichtig ab. Ich nehme mir vor, es mit der Kordel aufzuheben – schließlich ist es mein erstes Geschenk von ihm.

Im Papier liegt eine kleine, aus Holz geschnitzte Eule. Mein Magen schlägt einen Purzelbaum. Das hier stammt nicht von Cody. Es kommt von der Gemeinde – oder schlimmer noch – vielleicht von Pioneer?

»Was gemacht?«, fragt Cody wieder, als er auf seinen Sitz gleitet und die Tür zuzieht.

Ich stoße die Luft aus, die vor meinem Gesicht sogleich eine Wolke bildet. Es ist eisig im Wagen, was die Kälte, die mir der Anblick der Eule einflößt, noch verstärkt.

»Du gehörst mir, Kleine Eule.« Pioneers Worte hallen so klar und deutlich durch meinen Kopf, als würde er sie laut aussprechen. Es überrascht mich, dass Cody sie nicht hört.

Als ich keine Antwort gebe, beugt Cody sich herüber. Er nimmt die Eule aus dem Papier und starrt sie an. Ich muss ihm nicht erst sagen, woher sie stammt. Ich habe ihm von meinem Spitznamen erzählt. Er begreift sofort.

»Sie sind in meinen Wagen eingebrochen?«, sagt er verblüfft. Er schweigt einen Moment und schaut durch die Windschutzscheibe über den Parkplatz, seine Augen gleiten über die Autos und Fußwege.

Meine Zähne klappern so sehr, dass ich kaum antworten kann. »Pioneer hat allen beigebracht, wie man in verschlossene Wagen einbricht. Er fand, dass wir es vielleicht wissen müssen ... wenn das Ende kommt.« Ich hätte nie gedacht, dass sie diese Fertigkeit bei Cody und mir anwenden würden.

Ich schaue auf das Einschlagpapier, an dem ein sauber gefalteter, linierter Notizzettel haftet. Eine Nachricht.

»Lies sie nicht«, sagt Cody. »Gib sie mir.« Er rollt seine Fensterscheibe herunter und die Luft im Auto wird noch kälter. »Komm, wir werfen sie raus.«

Seine Worte reißen mich aus meiner Betäubung.

Aber ich kann nicht anders. Ich muss die Nachricht lesen. Ich muss wissen, wer sie hinterlassen hat. Deshalb falte ich den Zettel auf. Es ist Wills Handschrift. Er hat die Eule in den Wagen gelegt.

Ich atme auf und fühle mich augenblicklich besser.

Obwohl ich den Spitznamen nicht mag, war Pioneer nicht der Einzige, der mich Kleine Eule genannt hat. Auch Will hat es manchmal getan. Er wollte mir nur ein Geschenk hinterlassen und wusste nicht, wie er es mir geben sollte.

»Es ist okay, es kommt von Will«, erkläre ich Cody.

»Okay? Was soll daran okay sein? Er ist in mein Auto eingebrochen. Er hat dir Angst eingejagt.« Cody schaut mich an, als hätte ich den Verstand verloren.

Ich antworte nicht gleich. Ich will zuerst den Zettel lesen, um zu sehen, ob er irgendetwas erklärt. Es sind nur sechs kurze Sätze, die auf das Papier gekritzelt wurden.

Du gehörst nicht zu ihnen. Sie haben Dir den Kopf verdreht.
Du kannst es vielleicht noch nicht erkennen, aber das wirst Du.
Komm zurück, Lyla, bitte. Bevor es zu spät ist.
Das Ende ist immer noch nah.
In Liebe, Will

Ich spüre, wie sich meine Erleichterung in Luft auflöst. Ich hatte geglaubt, Will sei im Begriff, sich zu verändern, aber jetzt stellt sich heraus, dass er sich wieder voll und ganz Pioneer und dessen Apokalypse verschrieben hat, genau wie alle anderen. Wie kann das nur sein? Wie kann er das tun, wenn er doch weiß, was Pioneer mir angetan hat? Was er Marie angetan hat? Ich knülle den Zettel zusammen.

Cody nimmt ihn, streicht ihn glatt und liest. Ich sehe, wie sich sein Unterkiefer anspannt. Im nächsten Augenblick wirft er Zettel und Eule aus dem Fenster. »Er und ich müssen uns mal unterhalten«, sagt er, als er den Wagen anlässt. Seine Hände umklammern das Lenkrad, dass die Knöchel weiß werden. Er setzt mit Schwung zurück und überfährt die Eule, als er vom Parkplatz fegt. Wir rasen an einigen Fernsehwagen und ihren Crews vorbei, die zurückgeblieben sind und nun zusammenpacken. Leute spähen in den Wagen, aber ihnen bleibt keine Zeit, herauszufinden, ob wir nachrichtenwürdig sind oder nicht. Dafür fährt Cody zu schnell.

Wir rasen durch die Stadt und auf die Straße, über die wir dorthin gelangen, wo die Gemeinde jetzt lebt. Schweigend hängt jeder seinen Gedanken nach. Es gefällt mir nicht, dass Cody so wütend aussieht.

»Er ist einfach völlig durcheinander von allem«, sage ich.

»Wie kannst du ihn nur verteidigen? Was er getan hat, ist echt unheimlich. Einfach in mein Auto einzubrechen. Dir ein komisches Geschenk dazulassen, von dem er genau weiß, dass es dir Angst einjagen wird, und dir dann auch noch zu drohen? Das kannst du doch nicht in Ordnung finden.« Cody wendet den Blick von der Straße ab und starrt mich an. »Sag, dass das für dich nicht in Ordnung ist.«

Ich beiße mir auf die Unterlippe. Ich finde es nicht in Ordnung, aber das kann ich ihm nicht sagen – nicht, wenn es dann für ihn in Ordnung ist, deswegen mit Will Streit anzufangen. Wenn der Rest der Gemeinde mit hineingezogen würde, könnte es für Cody schlimm ausgehen. Ich will einfach nicht, dass ihm etwas passiert. Als er mich das letzte Mal verteidigen wollte, in den Ställen von Mandrodage Meadows, ist er dabei fast ums Leben gekommen. Auch wenn Pioneer jetzt sicher hinter Gittern sitzt, gibt es immer noch Mr Brown … und Brian … und die anderen Männer. Sie würden Will sofort beistehen. Cody zu verletzen, wäre in ihren Augen kein Unrecht, sondern Selbstverteidigung. Ich zucke die Achseln.

Cody schüttelt den Kopf. »Das ist echt verdreht, Lyla.«

Ich starre aus dem Wagen, weil ich nicht weiß, was ich sagen soll. Codys Seitenfenster ist immer noch offen und es wird immer kälter im Wagen. Ich ziehe die Beine an den Leib und kämpfe mit aller Macht gegen die Tränen. Egal, wie viel Mühe ich mir gebe, ich scheine immer die falschen Entscheidungen zu treffen. Herauszufinden, wie man sich normal verhält, ist viel schwieriger, als ich dachte.

Außerhalb
der Gemeinde
gibt es keine
Sicherheit.

Allison Hamilton, Lylas Mutter und Gemeindemitglied

8

Die Straße, die zum neuen Heim meiner Eltern führt, ist eine holprige, festgefahrene Staubpiste – der Straße nach Mandrodage Meadows so ähnlich, dass ich ständig damit rechne, weiter vorn das Wachhäuschen auftauchen zu sehen. Codys Wagen rumpelt über jede Bodenunebenheit, während wir auf die Gruppe der Wohnwagen und die große, baufällige Scheune dahinter zufahren.

Der Sheriff sagt, die ganze Gemeinde würde jetzt hier draußen leben, selbst Maries Eltern. Ich war felsenfest davon ausgegangen, dass sie, nach allem, was im Silo geschehen ist – was, wie ich ihnen erzählt habe, mit Marie und ihrem Bruder Drew geschehen ist –, die Gemeinde für immer verlassen würden, aber selbst sie glauben eher Pioneer als mir. Ihre erneute Hinwendung zu Pioneer verletzt mich mehr als die der meisten anderen, so sehr, dass ich bei unserer letzten Einzelsitzung Mrs Rosen danach gefragt habe. Sie erklärte mir, dass Maries Eltern, wenn sie die Wahrheit akzeptieren, auch akzeptieren müssen, dass sie eine Mitschuld tragen an dem, was Marie zugestoßen ist. Schließlich waren sie es, die Drew und

Marie nach Mandrodage Meadows gebracht hatten. Vielleicht geht es Will mit dem, was geschehen ist, ebenso? Eigentlich müsste es die Sache mit der Eule weniger verstörend machen, doch das tut es nicht. Es macht mich einfach nur traurig.

Es ist mein erster Besuch hier draußen. Vorher haben wir uns im Krankenhaus getroffen. Anfangs lag es daran, dass meine Mutter dort war, weil sie nach der Polizeiaktion einfach nicht mehr auf die Beine kam, und später hatten wir uns so daran gewöhnt, dass niemand etwas dagegen einwandte oder vorschlug, es zu ändern. Das heißt, bis letzte Woche, als mein Dad erklärte, er wolle, dass ich komme und mir ihr neues Zuhause anschaue.

Es gibt keine Tore oder Mauern. Nur eine Scheune, die auf der einer Seite von Wald umgeben ist und auf der anderen von endlosen toten Grasflächen und halb gefrorener Erde. Ich betrachte die wie aluminiumverkleidete Dominosteine aufgereihten Wohnwagen und versuche mir vorzustellen, was meine Familie und Freunde dabei empfinden, hier zu leben, an einem so ausgesetzten Ort.

Am Ende spielt es keine Rolle. Denn in Wirklichkeit haben sie keine andere Wahl. Mandrodage Meadows ist auf Pioneers Namen eingetragen, was bedeutet, dass ihm das Land und sämtliche Häuser und Gebäude gehören. Die Gemeinde hatte alle ihre Mittel zusammengelegt, jedes noch so kleine Einkommen, das wir erzielt haben, wanderte auf ein Konto, das ebenfalls auf Pioneers Namen läuft, sodass nach der Polizeiaktion alles beschlagnahmt wurde und wir mit wenig mehr als den Kleidern, die wir auf dem Leib trugen, zurückblieben. Hätten es sich die Freedom Ranger nicht zur Aufgabe gemacht, über das Internet Geld für die Gemeinde zu beschaffen, wären meine Eltern und alle anderen praktisch obdachlos. Selbst diese Siedlung steht nur eine Stufe darüber. Als ich mir vorstelle, dass Will und Heather, Brian, Julie und die anderen heute nach der Schule hierher zurückkommen mussten, bekomme ich Bauchschmerzen. Nichts an ihrem Leben scheint mehr gut zu sein. Ich habe Cody und seine Familie, aber was haben sie?

Je näher wir den Wohnwagen kommen, desto größer wird mein Drang, mich aus dem Staub zu machen. Ich bin mir nicht sicher, warum. Vielleicht liegt es daran, dass dieser Ort, trotz aller offensichtlicher Unterschiede, Mandrodage Meadows in vielerlei Hinsicht verblüffend ähnlich ist. An jedem Wohnwagen prangt neben der Außenlampe ein Holzschild mit dem eingravierten Namen der Familie, die dort lebt, genau wie an unseren alten Häusern. Und die Scheune befindet sich hinter den Wohnwagen, genau wie unser Klubhaus jenseits unserer Häuser stand. Vielleicht liegt es auch daran, dass die Wohnwagen alle gleich aussehen. Die einzige Möglichkeit herauszufinden, wer in welchem Wagen wohnt, besteht darin, die Schilder zu lesen. Wie sich zeigt, ist der Wagen meiner Eltern der vierte auf der linken Seite, genau zwischen Heathers und Wills Wohnwagen. Cody hält neben ihm an.

Ich schaue zu ihm hin. Er erwidert meinen Blick und wirkt mit einem Mal sehr besorgt und unsicher. Glaubt er, ich würde meinen Entschluss, die Gemeinde zu verlassen, ändern? Dass er Will deswegen nicht konfrontieren soll? Hat er Grund, sich Sorgen zu machen? Gewinnt der ältere, schwächere Teil in mir, ohne dass es mir bewusst ist? In meinem Kopf beginnt es zu pochen. Am liebsten würde ich ihn bitten, umzudrehen und uns von hier fortzubringen. Aber das kann ich nicht. Die Therapiesitzungen sind mir nicht freigestellt. Die Leute von der Fürsorge, die mit dem Fall der Gemeinde betraut wurden, haben sie vorgeschrieben. Wenn ich eine Sitzung verpasse, könnten sie mich aus Codys Familie herausnehmen.

»Hör mal, es tut mir leid wegen vorhin«, sagt Cody, der immer noch angespannt klingt. »Ich mag es einfach nicht, wenn die so mit dir umspringen.«

Er betont das Wort »die«, aber er meint Will. Ich höre darüber hinweg. Ich will mich nicht mit ihm streiten. Es ist das erste Mal, dass wir auch nur in die Nähe eines Streits geraten sind.

»Willst du, dass ich bleibe? Und mit dir reingehe?«, fragt er.

Er klingt weiter angespannt, aber er versucht, die Luft zwischen uns zu bereinigen. »Ich denke, das sollte ich. Es gefällt mir nicht, dass du hier allein bist.« Er macht Anstalten, den Motor abzustellen.

Ich schüttle den Kopf. »Nein, Mrs Rosen ist auch hier.« Ich zeige auf ihr Auto. »Ich komme schon klar. Wirklich«, sage ich.

Trotzdem hoffe ich in gewisser Weise, dass er weiter darauf besteht, hierzubleiben, auch wenn ich mir Sorgen mache, er könnte Will über den Weg laufen. Doch das tut er nicht. Jungs sind nicht gerade die besten Gedankenleser.

»Dad will, dass ich auf der Wache den Telefondienst übernehme, während du hier bist. Ich komme zurück, sobald ich kann. Sorg dafür, dass Mrs Rosen solange mit dir wartet, ja?«

»Ja«, sage ich und suche etwas umständlich meine Sachen zusammen, um noch ein wenig Zeit zu schinden.

»Bis später«, verabschiede ich mich, als ich es nicht länger hinauszögern kann.

»He, es tut mir leid wegen … vorhin. Du weißt, dass es mir nur darum geht, dich zu schützen, nicht?«

Ich nicke. Genau das war auch meine Absicht gewesen. Ihn zu schützen.

Mit einem beklommenen Lächeln steige ich aus, ehe er sich herüberbeugen kann, um mir zum Abschied einen Kuss zu geben. Ich will nicht, dass uns hier jemand sieht. Außerdem glaube ich nicht, dass ich seinen Kuss erwidern könnte, wenn ich wüsste, dass einer von ihnen uns dabei beobachtet. Ich drücke hastig die Autotür zu. Das Klacken, mit dem sie ins Schloss fällt, ist überlaut. Ich erschrecke. Es ist so still. Ich schaue die beiden Reihen der Wohnwagen entlang. Es ist niemand draußen – so viel kann ich sehen. Die meisten Wagen sind dunkel.

Ich gehe ans hintere Ende des Wohnwagens meiner Eltern und schaue um die Ecke zur Scheune. Drinnen brennt Licht. Es ist dunkel genug, um den sanften gelben Schimmer durch die Risse und Spalten der Holzbretter dringen zu sehen. Ich blicke mich in alle Richtungen um. Ein leises Murmeln schallt herüber. Es ist kaum zu hören, aber Rhythmus und Klang sind mir nur allzu vertraut. Die Leute singen und beten dort. Fast wäre ich näher herangegangen, um mich zu vergewissern, als ich höre, wie hinter mir die Wohnwagentür mit einem Quietschen aufgeht, und meine Mutter im Türrahmen auftaucht. Ihr Gesicht ist fröhlich, offen und warm, wie es früher manchmal ausgesehen hat, als die Welt noch untergehen sollte. Für sie ist das vermutlich immer noch der Fall, also leuchtet es völlig ein.

Als ich an Codys Wagen vorbeigehe, beuge ich mich vor und winke. Er winkt ebenfalls und setzt den Wagen dann langsam zurück. Flüchtig stelle ich mir vor, ihm nachzulaufen, fort von meinen Eltern, doch dann tritt mein Vater neben meine Mutter an die Tür und ruft meinen Namen. Ich drehe mich wieder zum Wohnwagen um und versuche nicht darüber nachzudenken, was der plötzliche Stimmungsumschwung meiner Mutter und der Singsang in der Scheune zu bedeuten haben.

»Ach, Süße, wir haben dich ja so vermisst«, sagt meine Mutter, als sie mich sanft in die Arme schließt, wobei sie einen gewissen Abstand einhält, als fürchte sie, ich könne mich wehren, wenn sie noch näher käme. Das leichte Kitzeln, mit dem ihre Haare meine Wange streifen, ruft tausend verschiedene Erinnerungsfetzen in mir wach. An die Nächte, in denen ich Albträume hatte oder mich vor Stürmen fürchtete, und sie sich wie eine Muschel um mich herumlegte und mir Lieder ins Ohr wisperte, bis ich wieder einschlief; an die Tage, an denen sie mir einen Zettel in die Tasche steckte, auf dem stand, wie sehr sie mich liebt; an die kühlen Tücher, die sie mir in den Nacken legte, wenn ich draußen in der Sommerhitze im Gemeindegarten arbeiten musste. Doch all das wird von jüngeren Erinnerungen überlagert, wie jene an die Nacht des Fehlalarms, als sie ohne mich ins Silo gegangen war; an den Tag, an dem ich ihr erklärte, dass wir Mandrodage Meadows verlassen müssten; den Moment, in dem ich sie anflehte, mit mir zu kommen, und sie sich stattdessen entschied, bei Pioneer zu bleiben – und zu sterben. Ich sehe immer noch den Gesichtsausdruck vor mir, mit dem sie an jenem letzten Tag aus dem Silo kam, so entrückt und enttäuscht. An diesem Bild halte ich fest. Es hilft mir, wachsam zu bleiben.

Ich löse mich aus ihrer Umarmung und zwänge mich an ihr vorbei in den Wohnwagen. Mrs Rosen ist nicht da.

»Wo ist Mrs Rosen?«, frage ich. »Ihr Wagen steht draußen.« Es fühlt sich merkwürdig an, mit meinen Eltern allein zu sein.

Dad schließt die Tür. »Brrr, draußen wird es wirklich bitterkalt. Unsere Sitzung fängt erst in ein paar Minuten an, deshalb ist Mrs Rosen zu den Rangern rübergegangen, um zu sehen, ob der Handyempfang dort besser ist. Sie musste ein Gespräch aus ihrem Büro annehmen. Soll ich dich herumführen, während wir auf sie warten?«

Ich schaue mich um. Der Wohnwagen ist lang und schmal, ein riesiges, in Räume zerteiltes Rechteck. Der Hauptwohnbereich mit der angrenzenden Kochnische beginnt gleich hinter der Eingangstür. Es riecht seltsam, nach Staub und Schimmel und noch etwas, einer Art Plastik. Es gefällt mir nicht. An der gegenüberliegenden Wand steht ein altes Sofa mit klumpigen Kissen und Armlehnen, die bis auf die Füllung abgewetzt sind, und davor ein Beistelltischchen aus Kiefernholz. In der Kochnische steht ein Campingtisch mit drei Klappstühlen. Ein Steinkrug mit einem Tannenzweig ist der einzige Versuch meiner Eltern, den Ort ein wenig wohnlicher zu gestalten. Direkt über dem Campingtisch hängt Pioneers Bild, das gleiche, das früher über unserem alten Küchentisch in Mandrodage Meadows hing. Ich wende hastig die Augen ab. Es fühlt sich an, als wäre das Bild lebendig. *»Ich wache unentwegt über jeden von euch, damit ihr auf dem rechten Weg bleibt.«* Die Worte, die Pioneer jeden Morgen nach dem Weckläuten und jeden Abend, bevor wir ins Bett gingen, über die Lautsprecheranlage verkündete, hallen mir in den Ohren. Am liebsten würde ich hingegen, das Bild von der Wand reißen und in tausend Stücke zertreten. Meine Hände schwitzen, obwohl sie noch kalt sind. Ich balle sie zu Fäusten, wende mich ab und schaue den Gang entlang.

Meine Eltern nehmen mich in ihre Mitte. »Da hinten sind die Schlafzimmer. Schau dir das erste auf der linken Seite an. Das haben wir für dich eingerichtet.«

Direkt vor dem ersten Schlafzimmer gibt es ein kleines Bad. Ich schaue nur lange genug zur Tür hinein, um im Spiegel mein blasses Gesicht zu sehen. Die Augen sind zu groß, der Mund fest zusammengepresst.

Dann spähe ich in mein Zimmer. Am anderen Ende steht ein schmales Bett, auf dem mein alter Quilt liegt, und darüber hängen Dutzende Zeichnungen von mir an der Wand. Ich gehe hin und fahre mit dem Finger über die Stoffquadrate des Quilts, während ich die Zeichnungen betrachte, die sie aufgehängt haben. Eine davon zeigt meine Eltern auf einer Picknickdecke am Fluss. Es gibt auch ein Bild von Will, der auf dem Zaun der Koppel sitzt, die blonden Haare fallen ihm über ein Auge. Ich weiß noch, wann ich es gezeichnet habe. Es war der Abend, an dem er mich zum ersten Mal geküsst hat. Die einzige andere Zeichnung von einer Person ist die Skizze, die ich von meiner Schwester Karen angefertigt habe, als ich etwa zehn war und furchtbare Angst hatte, weil ich anfing, ihr Gesicht zu vergessen. Es zeigt sie beim Seilspringen. Ich habe ihre braunen Schuhe hinzugefügt – diejenigen, die meine Mutter nach wie vor aufhebt –, obwohl sie sie beim Spielen nie getragen hat. Sie sieht sich nicht sehr ähnlich. Ihr Körper ist ein wenig schief und die Beine sind zu lang, dennoch kann ich mich ein bisschen besser an sie erinnern, wenn ich es anschaue, selbst jetzt noch.

Alles andere sind Zeichnungen, die ich in und um Mandrodage Meadows angefertigt habe. Vom Klubhaus, vom Obstgarten, in dem sich der Eingang des Silos befand, und vom Maisfeld kurz vor der Ernte, mit Kolben voller gelber Körner. Aber es gibt keine Zeichnungen von Marie oder meinem Pferd Indy, obwohl ich beide viele Male gezeichnet habe.

Ich trete an den kleinen Schreibtisch, das einzige andere Möbelstück im Raum. Die Wand dahinter ist von zahllosen weißen Papierkreisen übersät, als hätte dort eine Schneeballschlacht stattgefunden. Alle sind beschriftet. Auf einem davon erkenne ich Wills Handschrift. Ich beuge mich näher heran. Er hat *Mein Herz gehört immer noch Dir* darauf geschrieben. Ich betrachte einen weiteren Papierkreis. Er trägt nicht Wills Handschrift. Keiner der anderen Kreise tut das. Auf jedem steht eine andere, in einer anderen Handschrift verfasste Botschaft.

Du wirst immer zu uns gehören.

Wir geben Dich nicht auf.

Du bist auserwählt. Das ändert sich nicht.

Vor allem eine lässt mich innehalten. Sie ist in akkurater Druckschrift verfasst und stammt von Pioneer.

DU KANNST NICHT GEHEN, ES SEI DENN, ICH ERLAUBE ES DIR.
UND DAS WIRD NIE GESCHEHEN, KLEINE EULE.
DU GEHÖRST MIR UND ICH WERDE EINEN WEG FINDEN,
DICH NACH HAUSE ZU HOLEN.

Mir stockt das Herz. Es ist, als habe er einen Weg gefunden, sich in dieses Zimmer zu befördern.

»Sind sie nicht wunderbar?«, fragt Mom strahlend. »Die ganze Gemeinde vermisst dich, Lyla. Sie wollten dir zeigen, wie viel du ihnen immer noch bedeutest. Sie geben dir nicht die Schuld an der Polizeiaktion, Liebes. Keiner von uns tut das. Wir verstehen jetzt, warum geschehen musste, was geschehen ist. Jemand musste das Ende einleiten. Es war dein Schicksal – im Grunde genommen ist es eine Ehre. Wir wollen dir einfach zu verstehen geben, dass du dich nicht mehr allein fühlen musst. Wir verzeihen dir und sind bereit, dich wieder aufzunehmen.« Im schwachen Schein der Zimmerlampe wirkt ihr Gesicht mädchenhaft weich.

Ich weiß nicht, was ich sagen soll. Ich weiß nur, dass ich mich mit diesen Kreisen alles andere als besser fühle.

»Was ist, wenn ich gar nicht zurückkommen will?«, frage ich, ohne einen von ihnen anzusehen. »Zumindest nicht zu Pioneer und den Brüdern?«

»Das ist nicht dein Ernst«, sagt meine Mutter und ihre muntere Stimme wird scharf. »Du bist im Moment durcheinander. Das ist kein Wunder bei den vielen Außenstehenden, die dir ins Ohr flüstern und die Wahrheit verdrehen. Aber in deinem Herzen weißt du, was richtig ist. Deshalb bist du gekommen, um zu sehen, wie Pioneer das Krankenhaus verlässt, und hast es nicht gewagt, dich ihm oder uns ohne Verkleidung zu zeigen. Du schämst dich für das, was du tust. Auch wenn du die Wahrheit im Augenblick nicht sehen kannst, ich kann es. Ich bin deine Mutter. Es ist meine Pflicht, dich besser zu kennen als du dich selbst. Pioneers Prophezeiungen machen dir Angst. Das verstehe ich. Wenn eine Veränderung bevorsteht, die so groß und endgültig und wunderbar ist, kann einem das Angst einjagen …« Sie redet so schnell, dass mein Verstand kaum hinterherkommt. Ich wusste, dass sie beschlossen hatten, Pioneers Geschichte zu glauben: Marie habe sich selbst umgebracht und ich würde ihm die Schuld daran geben und hätte ihn im Stall angeschossen, weil ich eine Gehirnerschütterung erlitten hatte, verwirrt oder traumatisiert war oder unter der Kontrolle von Sheriff Crowley und Cody stand und einfach nicht klarkam. Aber es mir von ihr buchstäblich ins Gesicht sagen zu lassen, machte alles viel realer. Ich glaube, bis zu diesem Moment hatte ich gehofft, wenn Pioneer erst eingesperrt und weit fort wäre, würden sie sich doch noch entschließen, mir zu glauben. Ich hatte angenommen, Mrs Rosen würde ihnen helfen, die Dinge anders zu sehen, aber jetzt wird mir klar, dass das nie geschehen wird.

Mein Dad kommt ein wenig näher und ich weiche einen Schritt zurück. Ich will nicht, dass er mich anfasst. Eine Zeit lang hatte ich angenommen, er glaube meine Version der Ereignisse, aber offensichtlich war das ein Irrtum. Ich gehe wieder zum Bett hinüber und setzte mich auf die Kante. Neben dem Bett steht ein Nachttisch mit einem Fotoalbum darauf. In der Erwartung, weitere Bilder von Mandrodage Meadows vorzufinden, die mich an all das erinnern sollen, was ich verloren habe, schlage ich es auf, damit ich meine Eltern nicht mehr ansehen muss. Stattdessen sehe ich Bilder von mir selbst – wie ich mit Codys Familie im Hintergrund Blätter harke, im Fenster von Taylors Zimmer stehe oder mit Cody im Wohnzimmer fernsehe. Sie haben mich draußen vor Codys Haus beobachtet. Ein kalter Schauer läuft mir über den Rücken und ich lasse das Album fallen.

»Wer hat die gemacht?«, schreie ich und starre auf das Album, als könne es zum Leben erwachen und mich angreifen.

»Es spielt keine Rolle, wer sie gemacht, Liebes. Worauf es ankommt, ist, dass wir dich nicht aus den Augen lassen. Wenn du nicht nach Hause kommen willst, bleibt uns nichts anderes übrig, als über dich zu wachen. Es ist nicht sicher dort draußen«, sagt meine Mutter sanft.

Ich halte es mit ihr in diesem Zimmer keine Sekunde länger aus.

Ich wusste, dass sie mich zurückhaben wollen, aber das hier ... ist einfach zu viel.

Ich dränge mich an ihnen vorbei in den Gang, ich muss so schnell wie möglich hier raus. Doch als ich ins Wohnzimmer komme, klopft es an die Tür. Mrs Rosen ist endlich da.

Dad kommt aus meinem Zimmer und zieht die Tür hinter sich zu. Blitzschnell ist er an der Eingangstür und öffnet sie, ehe ich auch nur daran denken kann, von hier zu verschwinden. Mrs Rosen lächelt ihm entgegen.

»Guten Abend, wie geht es Ihnen, Mr Hamilton?« Während sie auf seine Antwort wartet, wirft Sie einen schnellen Blick in die Runde. »Sieht aus, als würden sie sich hier gut einleben.«

»Viel auszupacken hatten wir ja nicht«, erwidert Dad mit einem kurzen Lachen, das viel munterer klingt als sonst. Er gibt mir mit einem Blick zu verstehen, mich zusammenzureißen. Er will, dass ich so tue, als ginge es mir gut, als hätte ich nicht gerade in meinem Zimmer diese merkwürdigen kleinen Papierkreise und das unheimliche Fotoalbum gesehen. Aber das kann ich nicht. Und das werde ich auch nicht.

»Sie sollten sich die anderen Räume ansehen, Mrs Rosen. Am besten fangen wir mit meinem an«, sage ich und lotse sie durch den Gang. Ich rechne damit, dass mein Vater uns aufzuhalten versucht, doch das tut er nicht.

Als wir gerade das Badezimmer passieren, stürzt meine Mutter aus dem Zimmer und stößt praktisch mit uns zusammen. Sie sieht nervös aus, ihre Augen huschen zwischen Mrs Rosen und mir hin und her. »Oh, hallo!«, sagt sie im gleichen Ton, den mein Vater auch gerade benutzt hat.

»Das hier ist mein Zimmer«, sage ich, ehe meine Mutter versuchen kann, uns wieder ins Wohnzimmer zurückzudrängen. Ich schiebe Mrs Rosen förmlich hinein. »Ich will Ihnen was zeigen.« Ich deute auf die Wand, an der die ganzen Papierkreise kleben … aber sie ist leer und auch das Fotoalbum liegt nicht mehr auf dem Nachttisch. Es ist alles fort. Meine Mutter muss die Sachen versteckt haben, als sie Mrs Rosen hereinkommen hörte. Ich hätte mir denken können, dass sie Mrs Rosen die Sachen nicht sehen lassen würden.

»Was willst du mir zeigen?«, fragt Mrs Rosen lächelnd, ehe sie an der gegenüberliegenden Wand meine Zeichnungen entdeckt. »Oh, die sind aber schön. Du hast wirklich Talent. Haben Sie dich in der Highschool einem Kunstkurs zugeteilt?«

Ich will ihr von den Zetteln und dem Fotoalbum erzählen, von der Verlegung und wie verbunden meine Eltern Pioneer immer noch sind, aber ohne echte Beweise bin ich mir nicht sicher, ob sie mir glauben wird. Würde sie wirklich das Haus meiner Eltern durchsuchen, wenn ich sie darum bäte?

»Lyla?«, hakt Mrs Rosen nach.

»Was? Ach … Ich habe noch keinen Stundenplan.«

»Wie war es eigentlich heute in der Schule?«, erkundigt sich mein Vater vom Türrahmen aus. Er sieht mich dabei nicht an, schaut lediglich in meine Richtung. Er weiß, was meine Mutter gerade getan hat, auch wenn er es nie zugeben würde.

Ich kann unmöglich hier sitzen und diese kleine Show mitansehen, die meine Eltern für Mrs Rosen abziehen, aber ich weiß nicht, wie ich sie entlarven soll. Es ist frustrierend und beängstigend und gibt mir das Gefühl, nichts mehr steuern zu können. Das Einzige, was ich noch steuern kann, ist meine Entscheidung zu gehen.

Ohne ein weiteres Wort laufe ich an allen vorbei, wobei ich meine Mutter praktisch gegen die Wand stoße. Als ich ins Wohnzimmer komme, sehe ich, dass das Bild von Pioneer über dem kleinen Küchentisch ebenfalls verschwunden ist. Irgendwie hat sie es geschafft, auch das Bild abzunehmen.

»Lyla? Dein Vater hat dich gerade etwas gefragt«, sagt meine Mutter hinter mir.

Ich drehe mich um. Mrs Rosen, meine Mutter und mein Vater stehen da und schauen mich erwartungsvoll an.

Ehe sie mich aufhalten können, klaube ich meine Tasche und meinen Mantel vom Boden und drücke mit Schwung die Tür auf. Mit einem Satz springe ich die Stufen hinunter und laufe den Pfad zwischen den Wohnwagen entlang, bevor ich mich seitlich in die Büsche schlage. Ich renne ein ganzes Stück, ehe ich stehen bleibe und mich zum Verschnaufen an den erstbesten Baum lehne. Ich weiß nicht, wo ich jetzt hin soll. Die Stadt ist meilenweit weg und Cody wird frühestens in vierzig Minuten zurückkommen. Ich schaue in die Richtung, aus der ich gekommen bin, um zu sehen, ob mir jemand folgt, kann aber nur Wohnwagen und die wuchtige Silhouette der Scheune erkennen.

Obwohl ich allein bin, habe ich das Gefühl, beobachtet zu werden. Irgendjemand könnte in diesem Moment hier draußen sein, im Schatten lauern und weitere Fotos machen. Jeder knackende Zweig, jeder Windhauch bestärken mich in dieser Überzeugung.

Wir haben auf dieser Erde kein Leben. Keine Zukunft. Also warum sollte es uns dann kümmern?

Brian Wallace, Gemeindemitglied

9

»Lyla!« Die Stimme meines Vaters hallt über den freien Platz zwischen den Wohnwagen. Sie suchen mich.

Es gibt hier draußen nicht viele Verstecke, außer unter den Wohnwagen und im Wald. Nur die Bäume hier und der Wald hinter der Scheune. Es wird nicht lange dauern, bis sie herausfinden, wohin ich gelaufen bin. Ich ziehe meinen Mantel an und hänge mir die Büchertasche um. Die Scheune ist nicht weit von hier. Ich sehe die Schatten, die das Licht von drinnen auf den Boden wirft. Am hinteren Ende ist es am dunkelsten, dort, wo kein Licht durch die Spalten der Holzverkleidung dringt.

Als ich mich umschaue, sehe ich zwischen den Wohnwagen, die den Bäumen am nächsten stehen, die Umrisse meiner Eltern näher kommen. Ich haste zur Scheune hinüber. An der Wand ist eine wacklige Leiter befestigt – vielleicht führt sie zu einem Heuboden? Er wäre dunkel und so hoch, dass man mich von unten nicht sehen kann. Ich schwenke nach links, packe die Leiter und ehe ich es mir anders überlagen kann, klettere ich so schnell wie möglich hinauf. Alle paar Sekunden drehe ich mich um und rechne damit, Mrs Rosen und meine Eltern um die Ecke biegen zu sehen, aber ich schaffe es, ohne Schwierigkeiten auf den Heuboden zu gelangen.

Das Licht, das ich von draußen gesehen habe, kommt aus dem Hauptteil der Scheune direkt unter mir. Ich bleibe auf allen vieren. Im Moment wird weder gebetet noch gesungen, stattdessen höre ich Mr Browns Stimme. Während ich altes Heu aus dem Weg schiebe, arbeite ich mich langsam voran. Es riecht schrecklich – als wäre es mehrere Male nass und schimmelig geworden und nie wieder getrocknet. Mit einer Hand halte ich mir Mund und Nase zu. Das andere Ende des Heubodens ist nach unten hin offen. Niemand darf wissen, dass ich hier bin. Es hat mir gereicht, mit meinen Eltern fertig werden zu müssen, außerdem haben mich die Zettel und das Fotoalbum erschreckt. Was werden sie tun, wenn sie herausfinden, dass ich hier oben bin und sie beobachte? Ich kauere mich ins Heu und muss mich beherrschen, um nicht zurückzuschrecken, als meine Hand auf einem der feuchten Klumpen landet. Die Bodenbretter sind ungleichmäßig angeordnet und weisen mitunter beachtliche Spalten auf. Durch einen von ihnen spähe ich hinab und sehe Mr Brown. Er steht neben einem Fernsehgerät, das auf einem schwarzen Karren thront. Ich sehe auch Brian, Will, Heather, Julie und ihre Eltern. Sie sitzen in Mänteln und mit übergeschlagenen Beinen auf Decken, die sie auf dem Scheunenboden ausgebreitet haben. Es ist alles andere als warm in der Scheune. Rings herum stehen Dutzende brennende Kerzen auf alten Fässern und Kisten. An einigen Trägerbalken sind Campinglampen aufgehängt. Ihre Flammen werfen tanzende Schatten auf die Wände und die Silhouetten der Menschen unter mir.

Ich lege mich auf den Bauch und krieche näher an das vordere Ende des Heubodens heran. Ich muss durch den Mund atmen. Irgendetwas riecht faulig – nach Aas. Vielleicht ist ein Tier im Heu verendet. Ich schüttle den Kopf. Ich muss den Gedanken verdrängen, sonst fange ich an zu würgen.

Es ist still geworden. Ich erstarre. Plötzlich bin ich sicher, hinter mir ein Knarren zu hören, doch als ich schließlich den Mut habe, mich umzusehen, ist niemand da.

»Bis die Brüder uns holen kommen …«, ertönt plötzlich Mr Browns Stimme, dass ich vor Schreck etwas Heu aufwirbele. Ich sehe, wie der Heustaub über die Kante driftet und kreiselnd auf die Menge hinunterfällt.

»Wir müssen Kurs halten und zusammenbleiben. Und wir dürfen unter keinen Umständen vergessen, wer wir sind«, sagt Mr Brown.

Wie sie es früher bei Pioneer gemacht haben, antworten ihm alle im Chor. »Wir sind auserwählt.«

»Uns stehen große Prüfungen bevor. Pioneer sagt, die Brüder würden uns auf die Probe stellen, um zu sehen, ob wir ihrer Gunst würdig sind. Wir dürfen nicht straucheln. Unsere Überzeugungen sind unerschütterlich! Wir müssen unserem Weg treu bleiben.«

»Sag es gerade heraus, Bruder!«, entfährt es jemandem; ich kann nicht erkennen, wer es war, aber es fühlt sich an, als liege das Einverständnis aller in diesen Worten.

»Das habe ich vor, Bruder.« Mr Brown blickt über die Menge zu demjenigen, der gesprochen hat. »Denn ich mache mir Sorgen. Und Pioneer ebenfalls. Das hat er mir heute, während unseres Besuchs gesagt. Er will wissen, wie wir es vermeiden wollen zu straucheln. Schließlich ist es einer von uns bereits widerfahren. Lyla ist in den Bann der Außenstehenden geraten, nicht wahr?«

Beim Klang meines Namens atme ich vor Schreck Heu und Staub ein. Ein Krümel setzt sich in meiner Kehle fest, dass mir das Wasser in die Augen schießt und meine Lunge sich zusammenzieht. Ich stopfe mir den Mantelärmel in den Mund, um die wilde Hustenattacke zu ersticken, die nun folgt. Unten ist es still. Ich weiß nicht genau, ob es an mir oder an Mr Browns Fragen liegt.

Brian steht auf. »Sie hat versagt, weil sie schwach ist. Das war sie schon immer. Sie gehört nicht zu uns. Wir können uns wehren, wo immer es nötig ist, auch ohne dass sie versucht, uns den Außenstehenden und ihren Lügen in die Arme zu treiben.«

Mr Brown schüttelt den Kopf. »Nein. Sie gehört zu uns. Natürlich wurde sie in die Irre geführt, aber Pioneer hat in seinen Visionen gesehen, dass sie gerettet werden kann. Das wisst ihr. Aber vielleicht müsst ihr daran erinnert werden.« Seine Stimme wird scharf und ich weiß, dass er, auch ohne es laut auszusprechen, Brian warnt, sich ihm nicht zu widersetzen. »Pioneers heutige Botschaft an uns wird euch den Kopf zurechtrücken. Und wenn jemand hinterher noch Fragen hat, klären wir das unter vier Augen.«

Brians Wut gerät ein wenig ins Wanken, er bläst die Luft aus. Mr Brown starrt ihn an, bis er den Blick abwendet. »*Setz dich*, mein Sohn.«

Jemand, der hinter Brian auf der Decke sitzt, nimmt seine Hand und zieht ihn wieder auf seinen Platz. Es ist der Bürstenschnitt – der Mann mit den Militärklamotten, der den Van gefahren hat. Ein Außenstehender bei einem Treffen der Gemeinde? Merkwürdig. Ich suche nach weiteren Freedom Rangern in der Menge, doch er scheint der einzige zu sein. Mr Brown nähert sich Brians Decke. Er steht direkt vor dem Ranger. »Wer bereit ist, sich zu ändern, der erhält auch die Chance dazu. Seht euch nur unseren neuen Bruder Jonathan an. Noch vor einem Monat war er nicht anders als alle anderen Außenstehenden. Doch jetzt haben Pioneer und die Brüder beschlossen, dass er es wert ist, erlöst zu werden. Er ist bereit, alles zu tun, was nötig ist, um sich würdig zu erweisen. Haltet ihr es nicht auch für möglich, dass Lyla ihre Fehler erkennt und bereut? Jene, die bereuen, sind immer willkommen.«

Ich starre Jonathan an. Er gehört zur Gemeinde? Wie kann das sein? Pioneer hat immer gesagt, es gäbe nur uns, nur unsere Familien. Das ergibt keinen Sinn. Warum begreift das sonst niemand?

Jonathan schaut lächelnd zu Mr Brown auf. Sein Gesicht besteht nur aus Kanten und harten Linien, sein Lächeln scheint nicht recht zu ihm zu passen. Mr Brown tätschelt ihm die Schulter, geht dann zum Fernseher und schaltet ihn an. Der Bildschirm flimmert und das plötzlich einsetzende Rauschen lässt alle zusammenzucken. Schallendes Gelächter setzt ein. Mr Brown schaut grinsend in die Runde und dreht an der Lautstärke.

»Brian ist nicht der Einzige, der unsere Lyla infrage stellt. Ich weiß, dass sich auch andere unter euch fragen, warum wir sie wieder aufnehmen sollen. Pioneer wusste, dass das passieren würde – schon bevor wir das Silo verlassen haben –, daher hat er an unserem letzten Tag dort diese Botschaft für euch aufgenommen.«

Mit angehaltenem Atem rutschte ich so dicht an den Rand wie möglich. Pioneer hat eine Botschaft über mich hinterlassen? An unserem letzten Tag in Mandrodage Meadows? Aber damals war ich in der Zelle eingesperrt und die Silotüren waren fest verriegelt. Wie hätte er ahnen sollen, dass ich entkommen würde? Hatten die Brüder ihm eine Vision geschickt? Ich schaue hinaus zum Sternenhimmel. Sind die Brüder womöglich doch dort?

Der Bildschirm wird blau, dann erscheint Pioneer auf dem Fernsehmonitor. Er trägt die Kleider, in denen ich ihn zuletzt gesehen habe – Jeans und sein weißes Hemd –, und sitzt mit übergeschlagenen Beinen auf einem Stuhl im Versammlungsraum des Silos. Sein Gesicht glänzt vor Schweiß und seine Haare sind wild durcheinander, als wäre er gerade aus dem Bett gefallen. Sein Gesichtsausdruck hingegen ist die Ruhe selbst.

»Mein Familie. Wenn ihr dieses Video seht, dann deshalb, weil die Außenstehenden unsere Zuflucht unter ihre Kontrolle gebracht haben, wie es mir von den Brüdern angekündigt wurde. Ich weiß, dass ich dieses Wissen nicht mit euch geteilt habe und dass ihr vielleicht verwirrt seid. Das tut mir leid. Aber es gab keine andere Möglichkeit, eure Hingabe an mich und die Brüder unter Beweis zu stellen. Sie wollten, dass ihr euren Glauben auf diese Art beweist, es war ihre Prüfung, um zu sehen, ob ihr auch im Angesicht von Angst und Zweifeln an eurem Glauben festhaltet.« Sein Lächeln wird breit und warm und die anderen lächeln zurück, obwohl sie wissen, dass er sie nicht sehen kann.

»Die Tatsache, dass ihr versammelt seid und mich nun seht, beweist, wie stark euer Glaube geblieben ist. Ihr müsst wissen, dass ich nie an eurer Entschlossenheit gezweifelt habe und die Brüder ebenso wenig. Die Prüfung eures Glaubens, die ihr derzeit durchmacht, soll euch stark genug machen, um die Entbehrungen, die das *echte* Ende mit sich bringen wird, zu ertragen. Was ich euch bisher nicht sagen konnte, ist, dass der Tag des Untergangs, den ich vorhergesagt habe, nur der Vorreiter der Apokalypse war. Der Todeskampf der Welt wird erst einsetzen, wenn die Außenstehenden eine letzte Chance erhalten haben, von ihrem sündigen Tun abzulassen. Die Brüder sind trotz allem gnädig. Sie wollen jenen, die wirklich danach streben, die Chance geben, ihre Sündhaftigkeit aufzugeben und sich uns anzuschließen, bevor sie vernichtet werden. Es wird in jenen letzten Tagen Zeichen und Wunder geben, über die die Außenstehenden nicht hinwegsehen können. Und die ersten werden sich schon sehr bald ereignen.«

Pioneers Gesicht wird ernst, fast traurig. »Sie werden mich euch fortnehmen. Sie glauben, ihr könntet ohne mich nicht zusammenhalten. Aber habt keine Angst. Dass ich euch für eine Weile verlasse, ist Teil der Prüfung. Beweist den Brüdern und mir, dass ihr nicht versagen werdet, dann sind wir bald wieder zusammen.« Pioneer schaut direkt in die Kamera.

Einige Leute weinen unverhohlen, während er spricht. Ich sehe, wie sie sich aneinanderdrängen und gegenseitig trösten.

»Es gibt noch jemanden unter uns, der für eine Weile fortgehen wird«, fährt Pioneer fort. »Unsere Lyla spielt in diesen letzten Tagen eine wichtige Rolle. Wie es dem Judas der Außenstehenden zufiel, ist es auch ihr Schicksal, mich – uns zu verraten. Das haben mir die Brüder heute gezeigt, und ihr werdet es auch bald sehen. Doch das bedeutet nicht, dass sie für immer verloren ist. Sie wird mit der Zeit bereuen, aber nur, wenn ihr euch weigert, sie fallen zu lassen. Wir sind eine Familie und erst dann vollständig, wenn alle Mitglieder beisammen sind. Das wird nicht leicht werden. Sie wurde sehr gründlich auf Abwege geführt. Aber gebt die Hoffnung nicht auf. Wenn die Welt draußen um sie herum zusammenzubrechen beginnt und sie die Wahrheit nicht länger verleugnen kann, wird sie zurückkommen. Breitet die Arme aus, wenn es so weit ist. Das wird für einige von euch nicht einfach werden. Über Verrat kann man nur schwer hinwegkommen, das weiß ich. Trotzdem bitte ich euch, mir zu vertrauen. Lyla gehört zu uns.«

Ich will und kann nicht mehr ertragen. Wie konnte er wissen, was passieren wird? Pioneer redet weiter, aber mein Herz klopft so laut, dass ich den Rest nicht mehr höre. Warum ist er so erpicht darauf, dass ich zurückkomme?

Ich schaue ein letztes Mal zu Brian hinunter. Jonathan flüstert ihm ins Ohr. Beide starren auf den Fernsehbildschirm und nicken fast gleichzeitig. Was immer Jonathan zu ihm gesagt hat, besänftigt Brians Zorn. Ich kann sehen, wie sich seine Kiefermuskeln entspannen.

Plötzlich stehen alle auf, die Augen unverwandt auf Pioneer gerichtet, und stimmen im Chor einen Sprechgesang an.

Als Ganzes sind wir stark.
Wir sind ein Kopf.
Ein Körper.
Ein Geist.
Immer.

Ich schaue zu Will und wünschte, er würde unsicher wirken, doch je öfter sie den Singsang wiederholen, desto zuversichtlicher wird seine Miene. Unsere Psalme sind mächtig. Das habe ich immer gewusst. Auch jetzt spüre ich die Kraft, die aus der Mitte der Gruppe aufsteigt und alle einhüllt.

Als der Sprechgesang endet, geht Mr Brown zu Will hinüber und schließt ihn fest in die Arme. Mr Browns Gesicht kann ich nicht sehen, nur den Kranz aus lichter werdendem schwarzem Haar auf seinem Oberkopf. »Ich weiß, dass es für dich am schwersten sein muss, mein Sohn. Sei getrost! Du wirst deine Versprochene bald zurückbekommen.« Er wendet sich an den Rest der Gemeinde.

»Wir müssen stärker sein, als wir es uns vorstellen können. Folgt dem Pfad, den Pioneer uns bereitet hat, auch wenn er nicht da ist, um uns den Weg zu weisen.«

Mir stehen die Haare zu Berge. Ich habe das Gefühl, mich gleich übergeben zu müssen. Ich mag die Gemeinde verlassen haben, aber ich bin sie nicht los. Ich werde sie niemals los sein. Sie werden nie aufhören, mich zu drängen, nach Hause zu kommen.

Pioneer beginnt wieder zu sprechen, doch mehr kann ich mir nicht mehr anhören. Plötzlich schwingt das große Scheunentor auf und meine Eltern stürzen herein.

»Lyla ist aus unserer Therapiesitzung verschwunden. Wir können sie nicht finden. Sie kann überall sein.« Meine Mutter wirft Mr Brown einen bedeutungsvollen Blick zu und beide beginnen sich im Raum umzuschauen. Alle reden durcheinander und stehen von ihren Decken auf. Ich muss hier raus. Sofort. In ein paar Minuten werden sie das ganze Gelände nach mir absuchen. Pioneers Botschaft war nicht für meine Ohren bestimmt – das ist klar. Was werden sie tun, wenn sie mich finden? So schnell ich kann, krieche ich über den Heuboden zur Leiter. Noch ist niemand draußen, aber das wird sich bald ändern. Als ich unten ankomme, sacken mir fast die Beine weg. Ich fühle mich ganz weich und wacklig. Sobald ich das Gleichgewicht wiedererlangt habe, renne ich los und halte direkt auf die Bäume zu. Ich bleibe erst stehen, als ich die Wohnwagen weit hinter mir gelassen habe und fast an der Hauptstraße bin.

Ich schaue auf die Uhr. Es ist fast zwei Stunden her, seit Cody mich hier abgesetzt hat. Er müsste inzwischen unterwegs sein. Ich muss ihm entgegengehen, ihn aufhalten, bevor er in die Wohnwagensiedlung fährt. Nach allem, was ich gerade gehört und gesehen habe, will ich ihn von diesem Ort so weit wie möglich fort wissen. Ich renne schneller, versuche Geschwindigkeit aufzunehmen.

Der Boden unter meinen trommelnden Füßen ist hart und fest, doch im Kopf wird er zu Treibsand aus grapschenden Händen. Denen meiner Mutter und meines Vaters, von Pioneer, Mr Brown, Will, Brian. Wenn ich nicht schnell genug von hier fortkomme, schaffe ich es vielleicht nie.

Ich laufe etwa zwei Kilometer die Straße entlang, als ich plötzlich von hinten angeleuchtet werde und mein Schatten vor mir auf die Straße fällt. Ich drehe mich um. Von der Wohnwagensiedlung her nähert sich ein Auto. Noch ist es zu weit entfernt, um erkennen zu können, ob es ein Wagen ist, den ich kenne, einer von ihren. Zwischen mir und der Stadt gibt es nichts als Felder und Bäume. Selbst wenn ich weiterrenne, habe ich keine Chance zu entkommen. Das

Auto kommt immer näher und wird langsamer. Ich starre ins Scheinwerferlicht, dann mit zusammengekniffenen Augen in die Bäume zu meiner Linken und erwäge, dorthin zu flüchten, solange ich noch kann. Gerade als ich von der Straße ins Gras treten will, geht die Autotür auf. Wills Kopf erscheint über dem Wagen.

»Ich bin's nur, Lyla«, sagt er.

Nach allem, was ich in der Scheune gesehen habe, beruhigt mich das nicht.

»Lass mich in Ruhe, Will.« Ich ziehe mich weiter ins Gras zurück.

Er schaut die Straße entlang und kickt einen Stein davon. »Ich will nichts von dir, Lyla. Aber du bist vor deinen Eltern davongerannt. Sie machen sich Sorgen. Wir wollen nur sichergehen, dass alles in Ordnung ist.«

»Mir geht's gut«, fauche ich. »Du kannst wieder umdrehen.«

Er hebt jäh den Kopf und ich merke, dass ich ihn verletzt habe.

»Warum bist du sauer auf mich? Ich wollte doch nur sichergehen, dass mit dir alles in Ordnung ist.«

»Du bist in Codys Wagen eingebrochen«, werfe ich ihm vor, weil er nicht wissen soll, dass ich ihn und die anderen gerade in der Scheune belauscht habe. »Warum gibst du mir so etwas?« Ich meine die Eule, bringe das Wort aber nicht über die Lippen. Schon beim Gedanken daran höre ich Pioneers Stimme im Kopf.

Will schaut zu den Bäumen hinüber, dorthin, wo ich hatte hinlaufen wollen, als er anhielt. »Ich wusste, dass es dir nicht gefallen würde, aber Mr Brown dachte … ich wollte dich einfach daran erinnern, wer du bist und woher du kommst. Du bist dabei, es zu vergessen, Lyla, du wirst zu jemand anderem, wenn du mit ihnen zusammen bist.« Er atmet tief aus, als versuche er, die Beherrschung zu bewahren. »Ich will dich nicht verlieren. Ist es denn wirklich so, dass du mich … dass du uns gar nicht vermisst?«

Doch das tue ich, aber nicht so, wie er uns vermisst.

»Du musst mich loslassen, Will«, sage ich stattdessen. »Ich komme nicht in die Gemeinde zurück. Nie mehr.« Hoffentlich kehrt er zurück und sagt ihnen das. Sie sollen es endlich kapieren und mich in Ruhe lassen.

Will starrt mich an. »Das ist nicht dein Ernst.«

»Doch, ist es«, sage ich.

Will macht einen Schritt vom Wagen fort und auf mich zu. »Nein, ist es nicht. Er macht dir nur etwas vor. Das tun sie alle …« Ich weiche zurück. »Warum siehst du das nicht, Lyla?« Er wird schneller, kommt direkt auf mich zu und ich gerate leicht ins Stolpern. Mein Herz überschlägt sich fast. Ich hatte noch nie Angst vor Will, aber jetzt …

Scheinwerferstrahlen schießen über die Straße und leuchten Will ins Gesicht. Er sieht wild und verzweifelt aus im gleißenden Licht.

Ich drehe mich um und renne mit hoch erhobenen Armen auf den Wagen zu. »Anhalten, bitte!«, rufe ich.

Ich erkenne das Auto erst, als es neben mir stehen bleibt. Keuchend stütze ich mich mit der Hand am Wagendach ab und ringe um Atem, als Cody aussteigt.

»Lyla?« Er schaut von mir zu Will und seine Gesichtszüge verhärten sich. Ohne zu zögern, geht er auf Will los.

»Was hast du jetzt wieder angestellt?«

Will weicht nicht zurück. »Gar nichts. Sie ist aus ihrer Therapiesitzung weggelaufen. Ich wollte nur nach ihr schauen.« Er wirft mir einen Blick zu und wartet, ob ich noch etwas hinzufügen will.

»Sie braucht deine Fürsorge nicht.« Cody ist stinksauer. »Sie hat mich. Also lass sie in Ruhe. Und wenn du noch mal in mein Auto einbrichst …«

»Was? Was dann?«, fordert Will ihn heraus. Sie werden sich

prügeln, wenn ich nichts unternehme. Auf der Straße hinter Will taucht ein weiteres Scheinwerferpaar auf. Mehr Leute aus der Gemeinde, die nach mir suchen.

»Cody, komm, lass uns einfach fahren. Wir müssen hier weg.« Ich ziehe ihn am Arm. Er weigert sich zuerst, doch dann trete ich zwischen ihn und Will. »Bitte, tu das nicht.«

Er sieht enttäuscht aus, als hätte ich eine Entscheidung getroffen und die falsche Seite gewählt. Will verzieht den Mund zu einem schiefen Lächeln. Auch er glaubt, ich würde ihn verteidigen. Ich werfe ihm einen bösen Blick zu, dann ziehe ich Cody fort.

Der weiße Van, mit dem Will und die anderen zur Schule gebracht wurden, kommt neben Will zum Stehen. Niemand steigt aus, aber hinter dem Steuer sind die Umrisse des Fahrers zu erkennen. Will hebt die Hand, um das grelle Scheinwerferlicht abzuwehren, schaut den Fahrer an und schüttelt den Kopf, ehe er in seinen eigenen Wagen steigt. Ich flüchte mich in Codys Auto und warte darauf, dass er ebenfalls einsteigt. Er lässt sich auf den Sitz fallen und prescht zurück in Richtung Stadt. Ich schaue mich nach den anderen beiden Fahrzeugen um. Sie stehen immer noch abwartend mitten auf der Straße.

»Da gehst du nie wieder hin«, sagt Cody, die Augen auf die Straße gerichtet, die Hände ans Lenkrad geklammert.

Ich lehne mich im Sitz zurück und schaue durch das Fenster zum Mond hinauf. Sogar er scheint uns zu beobachten.

»Einverstanden«, sage ich, obwohl mich das bange Gefühl beschleicht, dass ich vielleicht keine Wahl haben werde.

Ich habe mein Leben für sie
geopfert. Ist es zu viel verlangt,
von ihnen das Gleiche
zu erwarten?

Pioneer, Gemeindeführer

10

Pioneer sitzt auf meiner Brust. Ich kann kaum atmen. Kann mich nicht bewegen. Meine Arme sind neben mir festgeklemmt. Mit dem gleichen sanften Lächeln wie bei unserer ersten Begegnung schaut er lächelnd auf mich herab, was im Widerspruch steht zum frenetischen Heulen des Alarms in unserer Siedlung. Er hält ein Messer mit einem schwarzen Griff in der Hand. Licht fährt über die Klinge und blendet mich.

Ich träume. Auf irgendeiner Bewusstseinsebene weiß ich das, trotzdem kann ich nicht aufwachen und es beenden. *Wach auf!*

»Kleine Eule«, sagt Pioneer mit einer Stimme, in der etwas Gieriges, Begehrliches liegt.

Pioneers Messer wandert über meine Kehle. Ich kann mein eigenes Blut schmecken. Es ist, als würde ich ertrinken. Ich mache den Mund auf, aber ich kann nicht atmen, wegen des Bluts, das in meiner Kehle blubbert. Ich kann es hören, das schreckliche Gurgeln, das mir in den Ohren dröhnt. Mein Hals und meine Brust sind warm und nass, aber meine Finger und Zehen sind kalt, sie kribbeln und werden schnell taub.

Ich sterbe.

Genau wie Marie.

»Alles wird gut«, sagt Pioneer mit verträumter Stimme. Er setzt das Messer an seinen eigenen Hals. Zieht es sich über die Kehle. Ein langer roter Strich bleibt hinter ihm zurück. Er lässt mich keine Sekunde aus den Augen. Nicht einmal, als ihm die Farbe aus dem Gesicht weicht.

Ich schreie. Der Laut fährt durch meine zerstörte Kehle, als käme er aus meinem tiefsten Inneren und keineswegs aus meinem Mund. Er klingt, als schrien tausend Menschen auf einmal.

Und ich bin wach in Taylors Zimmer – liege keuchend und mit dem Gesicht nach unten auf dem Boden. Ich muss aus dem Bett gefallen sein. Ich greife mir an den Hals, der sich wund anfühlt, auch wenn nichts von dem, was sich gerade ereignet hat, real war. Die Haut ist warm und trocken und wunderbar heil. Ich wusste, dass es so sein würde, musste es aber trotzdem überprüfen. Pioneer ist im Gefängnis. Ich bin in Sicherheit.

»Himmel noch mal, Lyla!« Taylor setzt sich im Bett auf. Ihre Augen sind vom Schlaf verquollen und ihre Haare zerzaust. »Diesmal hab ich mir fast in die Hosen gemacht. Musst du denn *jede Nacht* so schreien?«

Cody platzt zur Tür herein, gefolgt von seinen Eltern. Seine Mutter reibt sich krampfhaft den Oberschenkel. »Gezerrt«, sagt sie, als Cody sie fragend ansieht. »Bin zu schnell aus dem Bett gesprungen.«

Ich drücke die Stirn in den Teppich. Jetzt gibt es schon Verletzte wegen meiner Verrücktheit. »Tut mir leid!«, murmele ich, ohne sie anzusehen. Ich weine, auch wenn ich es nicht will. Ich hasse es, sie jede Nacht aufzuschrecken. Es hinterlässt seine Spuren. Sie alle haben dunkle Ringe unter den Augen und das ist meine Schuld.

Ich stütze mich am Bett ab, als ich aufstehe, wische mir dabei so schnell es geht die Tränen ab und bete, dass sie es nicht bemerken.

»Wieder der gleiche Traum?«, fragt Cody.

»Ja.«

»Was denn sonst?«, stöhnt Taylor. Sie nimmt ihren Wecker in die Hand. »Super. Drei Uhr früh. Ich kann froh sein, wenn ich wieder einschlafe, bevor ich aufstehen muss.« Sie rollt sich aus dem Bett und schnappt sich ihr Kopfkissen. »Ich penne auf dem Sofa«, grummelt sie. Ihre Mutter gähnt, wirft mir einen mitleidigen Blick zu und folgt ihr humpelnd.

Der Sheriff kratzt sich am Hinterkopf und streicht mit der Hand über seinen Schädel. Das macht er immer, wenn er frustriert ist. Und er hat es jedes Mal, wenn er mitten in der Nacht nach mir geschaut hat, getan. »Was hat Mrs Rosen zu den Träumen gesagt? Du hast ihr doch erzählt, dass sie nicht aufhören, oder?«

Ich schüttle den Kopf. Ich hatte es bei unserem gestrigen Treffen ansprechen wollen, aber jetzt …

»Es tut mir schrecklich leid«, sage ich.

Der Sheriff tätschelt mir den Arm. Es ist seine Art einer Umarmung. Dann räuspert er sich. »Willst du, dass wir hierbleiben, bis du dich beruhigt hast?«

Wieder schüttle ich den Kopf. Es geht mir nicht gut, aber ich bezweifle, dass sich das heute Nacht noch ändern wird. »Es geht mir gut. Ich werde einfach versuchen, wieder einzuschlafen.« Ich hebe mein Kissen vom Boden auf und täusche ein Gähnen vor.

»Okay, Zeit sich wieder aufs Ohr zu legen. Gehen wir, Cody.« Der Sheriff winkt ihn zur Tür.

Bevor er geht, kommt Cody noch einmal zu mir, nimmt mich kurz in den Arm und küsst mich auf den Kopf. Der Sheriff wendet sich räuspernd ab. Ich bin mir nicht sicher, wem dieser kleine Liebesbeweis peinlicher ist – mir oder dem Sheriff. Ich habe mich immer noch nicht daran gewöhnt, von Cody vor seiner Familie auf die eine oder andere Art geküsst zu werden, vor allem nicht vor seinem Dad.

»Okay, mein Sohn«, sagt der Sheriff und trommelt mit den Fingern vielsagend gegen den Türrahmen. »Du siehst sie morgen früh.«

Cody grinst mich an und verdreht die Augen.

»Glaubst du, du kannst wieder einschlafen?«, fragt er von der Tür aus.

»Irgendwann bestimmt.«

Der Sheriff zieht ihn in den Flur hinaus. Er mag es nicht, wenn wir in einem der Schlafzimmer allein sind, besonders nicht mitten in der Nacht. Ich bin ihm mehr als einmal auf einem Kontrollgang begegnet, wenn ich nachts aus dem Badezimmer kam. Ich glaube nicht, dass ihm unsere Beziehung richtig behagt, schon gar nicht, seit wir unter einem Dach leben. Die Tatsache, dass ich der Gemeinde entstamme, macht die Sache wahrscheinlich nicht besser. Ich weiß, dass er mich mag, aber als Freundin für Cody bin ich wahrscheinlich nicht seine erste Wahl.

Cody schließt die Tür und ich steige wieder ins Bett und ziehe die Laken über mich. Ich starre an die Zimmerdecke. Als mein Herzklopfen wenig später nachlässt, schließe ich die Augen und gebe mir alle Mühe einzuschlafen, doch es hat keinen Zweck. Ich bin hellwach. Ich schalte die kleine Lampe neben dem Bett an und fische das frisch entliehene Buch aus der Bibliothek aus meinem Rucksack. Es ist dick und die Seiten sind vollgestopft mit Worten. *Perfekt*. Ich brauche eine schöne, lange Abwechslung.

Als ich eben in die Geschichte eintauche, geht die Tür einen Spalt weit auf. Für einen flüchtigen Moment ist Codys Gesicht zu sehen. Er zwinkert mir zu und schiebt ein schwarzes quadratisches Etwas über den Boden, ehe er die Tür wieder zuzieht. Ich starre einen Moment lang hinüber, ehe ich aufstehe und es hole. An der Seite klebt ein Stück Kreppband, auf dem mit schwarzem Stift »Schalt mich an« geschrieben steht – ein Walkie-Talkie, ganz ähnlich wie jene, die wir in der Siedlung benutzt haben. Ich schlüpfe wieder ins Bett und schalte es ein. Es knackt und reagiert sofort. Das Geräusch löst in meinem Magen seltsame Dinge aus. Das Déjà-vu-Gefühl ist überwältigend. Fast rechne ich damit, mich im Wachhäuschen wiederzufinden und zuzusehen, wie Brian seine Spielkarten sortiert.

Ich drehe gerade die Lautstärke herunter, als Codys Stimme aus dem Lautsprecher dringt. »Wuscheliger Krauskopf, bist du auf Empfang? Kommen.« Ich schaue kurz zum Spiegel hinüber und muss lachen. Wie ein wilder Heiligenschein ringeln sich meine Haare um den Kopf. Kraus ist genau der richtige Ausdruck dafür.

Ich drücke auf den Sprechknopf. »Ja. Hier Krauskopf. Was gibt's …?« Ich zögere und suche nach einem ebenso witzigen Decknamen für ihn, doch mir fällt keiner ein. »Cody? Kommen«, sage ich lahm.

»Cody? Ist das dein Ernst? Mehr kriegst du nicht hin? Nur meinen Namen?« *Klick*.

»Alles andere passt nicht.« *Klick*.

»Komm schon, ich muss dich doch an irgendwas erinnern.« *Klick*.

»Ähm …« Ich nage an der Unterlippe und denke nach. »Ferris vielleicht …?« *Klick*.

»Zu einfach«, erwidert er. »Streng dich mehr an.« *Klick*.

Ich lehne mich ins Kissen. »Ich bin wirklich ganz schlecht in so was.« *Klick*.

»Du schaffst das«, drängt er.

Ich versuche es, aber mein Gehirn ist wie leer gefegt. »Mir fällt wirklich nichts ein«, sage ich, grüble aber weiter, als er nicht antwortet, und versuche es erneut. »Ich hab's: FX«, sage ich dann.

»Was?«, fragt Cody zurück und ich muss lachen.

»FX – wie in ›Special Ef-eks‹. Clever, was?« Jetzt, wo ich es laut ausgesprochen habe, komme ich mir ein bisschen albern vor.

»FX …«, sagt er gedehnt. Ich sehe sein Gesicht förmlich vor mir, während er darüber nachdenkt. »Das geht – fürs Erste. Aber dein Deckname ist absolut perfekt.«

»In jeder Hinsicht«, sage ich trocken und obwohl ich ihn nicht sehen kann, weiß ich, dass er lächelt. Wir reden, bis ich fast lalle vor Müdigkeit. Mit dem knackenden Walkie-Talkie neben mir auf dem Kissen schlafe ich ein. Ich will Cody weiter bei mir wissen, für den Fall, dass Pioneer wieder in meinen Träumen auftaucht.

Wie weit würdest du gehen, um deine Lieben
davon abzuhalten, sich selbst zu zerstören?
Aufgeben kommt nicht in Frage.
Das lasse ich nicht zu.

Pioneer, Gemeindeführer

11

Ich stehe nicht auf, als Taylors Radiowecker losplärrt. Stattdessen ziehe ich mir die Decke über den Kopf und kneife die Augen zu. Das Schulleben ist nicht so, wie ich es mir vorgestellt habe, und heute erscheint es mir noch unberechenbarer als gestern. Werden wir wieder den ganzen Tag abgeschottet in der Bibliothek zubringen? Ich glaube nicht, dass ich es ertragen kann, mit Brian, Will und den anderen eingesperrt zu sein, nicht nach gestern Abend.

»Beeil dich, Schlafmütze, du hast nur noch eine halbe Stunde Zeit.«

Taylor ist bereits auf den Beinen. Ich ziehe langsam die Decke vom Kopf.

»Heute helfe ich dir nicht beim Frisieren. Bin zu müde. Also viel Glück.« Ich schlage die Decke zurück und sehe zu, wie sie durchs Zimmer stürmt und ihre nassen Haare auf den Schminktisch und den Teppich tropfen, während sie sich in ein paar zerknitterte Jeans zwängt. »Ich hab verschlafen wegen heute Nacht.« Sie wirft mir einen vielsagenden Blick zu, doch sie ist nicht sauer, nicht wirklich. Sie sieht mich genauso an wie Cody, wenn er sie stresst – zärtlich und genervt zugleich. Für einen winzigen Moment erinnert sie mich an Marie, ohne dass es mich traurig macht. Es ist irgendwie schön.

»Ich kann froh sein, wenn ich *selbst* fertig werde.« Sie übertreibt; sie ist sogar klatschnass noch wunderschön, aber das würde sie nie zugeben.

Als ich mich recke, fallen mein Buch und das Walkie-Talkie aus dem Bett. Ich hebe beides sofort auf und stopfe sie in meine Büchertasche. Das hier ist Taylors Zimmer. Der einzige Bereich, den ich mir in Besitz zu nehmen gestatte, ist die Ecke, in der mein Bett steht. Taylor sagt, es mache ihr nichts aus, das Zimmer mit mir zu teilen, aber ich habe permanent Angst, sie könnte es sich anders überlegen, deshalb bewahre ich meine gesamte Kleidung und alle persönlichen Dinge unter dem Bett oder in meinem Rucksack auf.

»Das mit gestern Nacht tut mir leid«, sage ich.

Sie hört auf, sich die Haare trocken zu rubbeln, und zuckt die Achseln. »Ich verstehe ja, dass du nichts dafür kannst. Ich hoffe bloß, es hält nicht ewig an. Ich bin einfach kaputt.«

Ihr Verständnis überrascht mich jedes Mal. Ich rechne ständig damit, dass sie irgendwann wütend wird, mich anschreit, weil ich sie wach halte und ihr die Privatsphäre raube, aber das tut sie nicht. Es ist wunderbar und beunruhigend zugleich – völlig anders, als die Außenstehenden nach Pioneers Beschreibung sein sollten.

»Danke, Taylor«, sage ich und verziehe das Gesicht.

Sie schaut zu mir und meinem albernen Grinsen auf und verdreht die Augen. »Mach dich fertig. Du kommst zu spät.«

Seufzend ziehe ich los, um zu duschen. Ganz egal, wie viele Tage ich hier schon verbracht habe, ich fühle mich immer noch seltsam dabei, in ihrem Badezimmer zu duschen oder im Pyjama durch den Flur zu laufen.

Ich brauche nur eine Viertelstunde, um mich fertig zu machen.

Im letzten Moment beschließe ich, ein wenig Rouge und Lipgloss aufzulegen. Irgendwie habe ich das Gefühl, ich sollte es tun, jetzt, wo es mir keiner mehr verbietet. Außerdem würde Marie es wollen und, um ehrlich zu sein, finde ich langsam Gefallen an Make-up.

Ich ziehe Jeans und ein Sweatshirt an. Als ich die Gemeinde verließ, dachte ich, ich würde losrennen und alle möglichen Klamotten kaufen – Dinge, die ich noch nie getragen hatte –, alles was nicht der Jeans-und-T-Shirt/Sweatshirt-Kombo entsprach, die ich bis dahin hatte tragen müssen. Aber jedes Mal, wenn Taylor oder Codys Mutter mit mir in einen Klamottenladen gehen, laufe ich am Ende nur planlos herum. Taylor hat ein paar Sachen für mich ausgesucht, aber sie sind alle zu eng, knapp an Stellen, für die ich mich geniere, sodass ich wieder bei meinen alten Klamotten gelandet bin.

Taylors Zimmer ist leer, als ich zurückkomme. Ich gehe zum Fenster. Die Jalousien sind noch geschlossen. Taylor denkt nie daran, sie hochzuziehen, also tue ich es. Ich kann es nicht ausstehen, wenn es den ganzen Tag über dunkel ist im Zimmer. Es gibt mir das Gefühl, unter Tage zu sein. Und ich kann mich nicht mehr an Orten aufhalten, die sich so anfühlen … nie mehr.

Auf der Fensterbank steht etwas. Eine Eule. *Wills hölzerne Eule*, wie mir mit wachsendem Entsetzen klar wird, die fein säuberlich wieder zusammengeklebt wurde.

Plötzlich wird mir eiskalt. Ich starre auf die Eule, fasse sie aber nicht an. Sie steht auf der Innenseite des Fensters. Will ist draußen auf den Baum geklettert und war in diesem Zimmer. Während ich geschlafen habe. Ich habe das Gefühl, mich gleich übergeben zu müssen. Wie kann er das nur tun, mich so erschrecken? Was ist aus dem Jungen geworden, mit dem ich in jener Nacht am Fluss getanzt habe?

Ich presse die Lippen zusammen, um nicht laut loszuschreien, und drücke den Fensterriegel fest zu. Voller Angst, Will oder einer der anderen könnte mir vom Baum, der direkt neben dem Haus steht, entgegenstarren, schaue ich hinaus, ehe ich die Jalousie wieder herunterlasse. Dann schnappe ich mir die Eule. Ich hasse die Art, wie sie sich anfühlt, mit ihrem merkwürdig schweren Gewicht. Ich schiebe sie in die Vordertasche meines Rucksacks und laufe hinunter. Ich muss mit dem Sheriff reden, ihm die Eule zeigen und erzählen, was sich gestern Abend in der Scheune abgespielt hat. Ich gehe zu seinem Büro, doch er ist nicht da.

»Er ist schon auf der Wache«, sagt Cody hinter mir. »Was ist los?«

Offenbar sehe ich ebenso erschüttert aus, wie ich mich fühle. Ich schaue auf meinen Rucksack. Ich kann ihm nichts von der Eule erzählen, nicht bevor ich mit dem Sheriff gesprochen habe. Cody würde auf Will losgehen, sobald wir in der Schule sind, und dieses Mal wäre ich nicht in der Lage, ihn aufzuhalten. Wer weiß, auf welche Art Mr Brown und die anderen Rache nehmen würden, wenn Cody Will etwas antäte. Wenn Will in dieses Haus eindringen konnte, werden auch die anderen einen Weg finden. Ich will nicht, dass Cody meinetwegen etwas zustößt. Außerdem ist es mein Problem. Wenn sich irgendjemand um diese Sache kümmern muss, sollte ich das sein.

»Nichts. Ich … ich will ihn bloß nach Pioneer fragen, mich vergewissern, dass er immer noch im Gefängnis ist. Nach meinem Albtraum …« Ihn anzulügen, gefällt mir nicht, aber ich tröste mich damit, dass es nur eine vorübergehende Lüge ist. Bei der nächsten Gelegenheit werde ich mit dem Sheriff reden und sobald wir uns um die Sache gekümmert haben, können wir beide mit Cody sprechen.

»Er kommt nicht frei«, sagt Cody und legt den Arm um mich. »Du bist bei uns völlig sicher.«

Was gäbe ich dafür, wenn es wahr wäre.

»Ihr solltet euch besser beeilen, sonst kommt ihr zu spät«, ruft Codys Mutter.

Ich folge ihm in die Küche. Seine Mutter lächelt uns an, ehe sie an ihrem Kaffee nippt. »Ich muss mich wieder mit den Damen treffen wegen des Winterfests. Die Anmietung der Toiletten bestätigen. Ich bin so froh, wenn ich dieses Fest hinter mir habe.« Sie winkt uns zu, während sie Tasche und Mantel zusammenrafft. Dann öffnet sie die Tür zur Garage und ist verschwunden. Einen Moment lang frage ich mich, ob ich ihr nachgehen und erzählen soll, was passiert ist, immerhin könnte sie den Sheriff anrufen, doch es ist zu spät. Ich höre, wie das Garagentor rumpelnd aufgeht.

»Ich habe mit Dad über gestern Abend geredet«, sagt Cody und für einen kurzen Moment bin ich sicher, dass er weiß, was ich gefunden habe, doch dann wird mir klar, dass er von den Ereignissen in der Wohnwagensiedlung spricht.

»Er sagt, er will mit Mrs Rosen darüber reden, die Sitzungen mit deiner Familie für eine Weile zu unterbrechen, besonders jetzt, wo Pioneers erste Gerichtsverhandlung ansteht. Er glaubt, sie wollen dich einschüchtern, um dich von einer Aussage abzuhalten.«

Ich schlucke. Den Prozess hatte ich fast vergessen. Er, die Eule, die Schule, Will und die anderen – das alles ist fast mehr, als ich ertragen kann. Ich reibe mir die Schläfen.

»He, wir schaffen das«, sagt Cody. »Du bist nicht allein. Du hast uns.«

Es sollte mir helfen, doch das tut es nicht. Stattdessen verstärkt es das unterschwellige Grauen, das ich verspüre, seit ich die Eule gefunden habe. Wie lange wird es dauern, bis Mr Brown und die anderen versuchen werden, mir auch Cody und seine Familie wegzunehmen?

Die Straße zur Schule ist fast leer. Die Fernsehwagen und Reporter von gestern sind deutlich dezimiert. Da Pioneers erster Verhandlungstag heranrückt, bietet unsere Geschichte noch viele andere Blickwinkel und die Zeit reicht nicht aus, um sich mit jedem Einzelnen länger aufzuhalten. Direktor Geddy und Mrs Ward warten am Vordereingang auf Will und die anderen, als wir herankommen. Beim Anblick des Direktors muss ich mir das Lachen verkneifen. Seine Hosen sind heute noch enger, falls das überhaupt möglich ist, sie schneiden seine dicke Körpermitte ein, dass es aussieht, als habe sein Bauch Lippen.

»Ms Lyla, wie geht es Ihnen?« Direktor Geddy wirkt angespannt, als hinge der Verlauf des Tages von meinem vorhandenen oder nicht vorhandenen Wohlbefinden ab.

»Nicht schlecht«, lüge ich.

Mrs Ward tritt zu uns. Sie trägt einen leuchtend orangefarbenen Mantel und einen Rock, der ihr kaum bis zu den Knien reicht. Ich starre ihre gemusterte Strumpfhose an und die schwarzen Stiefel, die sie bereits gestern getragen hat. Von Cody weiß ich, dass sie an den Wochenenden in der Stadt als Sängerin einer 90er Jahre Coverband auftritt. Das passt zu ihr. Dass sie in einer Schule Kinder berät und betreut – nicht. Ich lächele sie an.

»Was macht das Buch? Hattest du schon Gelegenheit, einen Blick hineinzuwerfen?«, erkundigt sie sich.

»Äh, ja. Es ist … nicht wirklich mein Geschmack.«

Ich habe gestern Nacht, als ich nicht schlafen konnte, die ersten Kapitel gelesen. Es war interessant, aber nicht gerade die leichteste Lektüre. Die handelnden Personen gingen entweder an einer schrecklichen Seuche zugrunde oder versuchten sie zu überleben, während sie gleichzeitig gegen einen Mann mit übernatürlichen Kräften kämpften, der Randall Flagg hieß und in Las Vegas eine Schar Anhänger um sich versammelt hatte. Das kam meiner eigenen Geschichte ein wenig zu nah. Ich habe das Buch wieder mitgebracht, um es zurückzugeben. Mein Bedarf an Apokalypsen ist gedeckt. Ich will für den Rest meines Lebens nur noch Regenbogen, Einhörner und Happy Ends.

»Welches Buch denn?« Cody sieht mich an. Ich öffne meinen Rucksack und gebe es ihm.

»*Das letzte Gefecht* von Stephen King? Tolles Buch, aber für dich so ziemlich die schlechteste Wahl überhaupt.«

Mrs Ward setzt eine abwehrende Miene auf. Sie hatte den Titel gestern laut vorgelesen, also wusste sie, auf was ich mich einlasse. »Ich dachte, es könnte eine interessante Parallele für sie sein, zu erfahren, wie andere sich gegen eine böse Übermacht zur Wehr setzen und ihren Weg freikämpfen.«

»Das hat Lyla schon hinter sich.« Cody lächelt mich stolz an. Ich spüre, wie ich erröte.

Mrs Ward räuspert sich. »Tut mir leid, wenn das Buch nichts für dich war, Lyla.« Sie sieht verlegen aus und tut mir ein bisschen leid. Ich glaube tatsächlich, dass sie mir helfen wollte … sie hat nur einfach keine Ahnung, wie sie es anstellen soll. »Also, warum geht ihr beiden nicht in die Bibliothek und sucht etwas Neues aus? Wir treffen uns dort, sobald die anderen kommen. Und Sie, Cody, denken daran, deutlich vor dem Läuten zu Ihrem Unterricht zu gehen.« Sie lächelt flüchtig, ehe sie sich abwendet, um mit Geddy zu reden.

»Okay«, sagt Cody, sobald wir in der Schulbibliothek stehen. »Also, was soll im Buch vorkommen? Fantasy? Viel Action? Küssen?« Er schaut mich mit hochgezogenen Brauen an. »Kann ich über die Schulter mitlesen, wenn es ums Küssen geht?«

»Irgendwie bezweifle ich, dass es dir dabei ums Lesen geht«, sage ich und stoße ihm den Ellbogen in die Rippen. Manchmal erinnern mich seine Späße an Will, doch statt mir unangenehm zu sein, verursachen sie mir Herzklopfen. Ich kann ihm nie richtig in die Augen sehen, wenn er so redet.

»Ich weiß nicht, was ich will«, sage ich dann. Ich will es nicht kompliziert machen. Aber ich weiß nicht einmal, wo ich anfangen soll.

»Wir haben ungefähr zehn Minuten, bevor Mrs Ward hier aufkreuzt und mich vor die Tür setzt. Warum suchst du dir nicht irgendwas aus und nimmst es mit nach Hause, liest heute Abend ein bisschen darin und wenn es dir nicht gefällt, versuchst du es morgen mit einem anderen. Wir müssen nur entscheiden, welche Art von Buch es sein soll – Roman oder Sachbuch?« Er wartet darauf, dass ich eine Entscheidung treffe.

Ich trete von einem Fuß auf den anderen. »Auf jeden Fall ein Roman.« Wo sonst soll ich die Regenbogen, Einhörner und Happy Ends finden?

»Schön, dann sind wir in der richtigen Abteilung. Also such dir ein Buch aus, irgendeines.« Er weist auf die Regale.

Ich entscheide mich für das Fach vor meinen Füßen. Warum nicht unten anfangen und mich nach oben arbeiten? Ich ziehe ein Buch heraus, betrachte den Umschlag und lese Cody den Titel vor: *»Der Herr der Fliegen.«*

Er stöhnt. »Du ziehst die falschen Bücher wirklich magisch an. Nimm ein anderes.«

Ich stelle das Buch zurück, gehe ein paar Schritte weiter und wähle eines aus dem mittleren Regal. *»Der Wald der tausend Augen.«* Ich drehe das Buch um und lese den Rückseitentext vor.

Cody reißt es mir aus der Hand. »Im Ernst? Bei dem bist du gelandet?«

Ich muss kichern. »Soll ich noch eines aussuchen?«

»Auf keinen Fall«, sagt Cody und lacht ebenfalls. Er geht dorthin zurück, wo ich *Der Herr der Fliegen* gefunden habe, und zieht ein anders Buch aus dem Regal. *»Die Brautprinzessin«*, sagt er und zieht beim Vorlesen einen Mundwinkel in die Höhe. »Perfekt. Du wirst begeistert sein.« Er dreht es um. »*Ich* habe es zwar nicht gelesen, aber der Film ist legendär. Es ist ein Märchen.«

»Das klingt nach einem Volltreffer«, sage ich. Dann bringen wir das Buch zum Schalter und leihen es aus.

Als die anderen hereinkommen, sitze ich allein mit meinem Buch an einem Tisch und Cody ist auf dem Weg zu seinem Unterricht. Ich habe aufgehört, an die Eule und alles andere zu denken, und bin ganz in Buttercups Geschichte vertieft … das heißt, bis zu dem Moment, als Will hereinkommt. Das Herz rutscht mir in die Hose. Ich habe den übermächtigen Drang, ihm entweder eine runterzuhauen oder mich zu verstecken.

Er lässt sich auf den Stuhl neben mich fallen, legt den Kopf auf den Tisch und schaut mich aus roten, blutunterlaufenden Augen an. Er sieht grauenhaft aus.

Gut. Das will ich auch hoffen. Nach dem, was er gestern Nacht getan hat, sollte er sich schlecht fühlen. Es war verstörend, beängstigend und durchgeknallt.

»Tut mir leid wegen gestern Abend«, sagte er mit leiser Stimme. »Ich bin dir nur gefolgt, weil ich sichergehen wollte, dass es dir gut geht, das schwöre ich. Ich hätte mich von ihm nicht provozieren lassen dürfen.«

»Was?« Redet er von dem, was sich auf der Straße abgespielt hat? Das war nicht schön, aber die Eule … war viel, viel schlimmer. Ich öffne meine Tasche und stelle den Vogel wortlos mitten auf den Tisch. »Und warum hast du das gemacht?« Meine Stimme kippt und mir steigen die Tränen in die Augen.

Will sieht die Eule an und dann mich. Er hebt sie auf und betrachtet sie. »Ist sie kaputtgegangen?«

»Hör auf damit!«, schreie ich, dass alle zu mir hinschauen. Bis dahin hatte ich gar nicht zur Kenntnis genommen, dass die anderen auch da waren. Ich senke die Stimme. »Tu nicht so, als wüsstest du nicht, was los ist. Ich hätte nie von dir gedacht … Ich hätte nie gedacht, dass du versuchen würdest, mich zurückzuholen, indem du mir Angst einjagst. Nicht du.«

Will schüttelt den Kopf. Er sieht völlig verwirrt aus. »Das tue ich auch nicht. Ich schwöre es.«

»Cody hat die Eule gestern aus dem Auto geworfen, nachdem wir sie gefunden haben. Du bist in die Schule zurückgekommen und hast sie geholt. Dann hast du sie wieder zusammengeklebt und sie gestern Nacht als eine Art Warnung in meinem Zimmer deponiert. Gib's zu.«

Will reißt die Augen auf. Zuerst sagt er gar nichts, dann dreht er sich auf dem Stuhl um und sieht die anderen an. »Wer war das?«

Sie lassen mich nicht aus den Augen. Wenn es nicht Will war, wer dann? Brian? Julie? Mr Brown? Meine Mutter? Mir wird klar, dass es jeder aus der Gemeinde gewesen sein könnte. Einer von ihnen hat mich immer im Auge, fotografiert mich. Das Fotoalbum im Wohnwagen meiner Eltern ist der schlagende Beweis.

»Ich komme nicht zurück. Egal, was ihr tut.«

Brian lehnt sich feixend auf seinem Stuhl zurück. »Da sagt Pioneer aber etwas anderes.«

Julie steht auf und kommt zu mir herüber. »Wir wollen dir keine Angst einjagen, Lyla. Aber was sollen wir machen? Die Außenstehenden sind ständig um dich herum, halten uns von dir fern und drohen uns, uns wieder aus unseren Familien zu holen, wenn wir mit dir zu reden versuchen. Es bleibt uns gar nichts anderes übrig, als dir nachzuspionieren. Wir wollen dich nur daran erinnern, wer du bist. Und wohin du gehörst. Ich weiß, dass dir das, was du glaubst, im Silo gesehen zu haben, Angst einjagt, aber das war nicht real. Du hattest eine Gehirnerschütterung und hast halluziniert, als du unten im Dunkeln in der Zelle gesessen hast …«

»Pioneer hat Marie umgebracht! Ich habe es gesehen. Wie soll sie sich sonst die Kehle durchgeschnitten haben?«

Julie schüttelt den Kopf. »Sie hat sich umgebracht, Lyla. Du hast ihr eingeredet, dass der Sheriff und die anderen bei uns eindringen würden, dass du ihnen helfen willst und sie ins Gefängnis kommt. Sie hat draußen an der Mauer einen der Deputies angeschossen. Wusstest du das nicht?«

Blinzelnd versuche ich mich zu konzentrieren. »Was? Nein, das ist gelogen.«

»Ich war mit ihr draußen. Ich habe es gesehen.«

»Nein, das glaube ich dir nicht. Das … das hätte sie mir gesagt.«

»Sie wusste, dass du dabei warst, dich in Cody zu verlieben. Sie hatte Angst, du würdest sie dafür hassen, dass sie einen seiner Freunde, deiner kostbaren Außenstehenden, verletzt hat.«

Ich schaue zu Brian hinüber. Er wendet den Kopf ab und ballt die Fäuste.

Ich denke zurück an unsere letzten Momente im Silo und daran, wie ich Marie angefleht hatte, mich freizulassen. Ich kann mich nicht mehr genau erinnern, es sind nur Erinnerungsfetzen, die mir durch den Kopf schwirren. Ich war so sicher, dass Pioneer Marie getötet hat. Er hat sie umgebracht. Ich habe es gesehen. Das hätte ich mir nicht ausdenken können und doch …

»Will?« In der Hoffnung, er würde Julie widersprechen und mir helfen, schaue ich ihn an. Wenn er die Eule nicht in meinem Zimmer deponiert hat, besteht die Chance …

Will wendet die Augen ab.

»Du hattest eine Gehirnerschütterung, Lyla, und du warst tagelang isoliert …«, sagt er sanft. »Jonathan, einer der Freedom Ranger, ist ehemaliger Soldat. Er sagt, jeder fängt an zu halluzinieren, wenn man ihn lange genug im Dunkeln hält …«

»SIE HAT SICH NICHT UMGEBRACHT!« Ich schlage mit der Faust auf den Tisch. »PIONEER HAT SIE UMGEBRACHT! ICH WEISS ES!« Ich höre auf zu brüllen und schlucke. Es war niemand im Raum außer Pioneer, Marie und mir. Ihr Obduktionsbericht ist der Öffentlichkeit noch nicht zugänglich gemacht worden. Ich kann ihnen nicht beweisen, dass es so war, wie ich es gesagt habe. Ich will nicht an mir selbst zweifeln … aber ich war ziemlich durcheinander und bin immer wieder weggekippt. Kann es sein, dass sie recht haben?

Nein. NEIN, ausgeschlossen! Sie versuchen mich verrückt zu machen. Ich muss hier raus. Muss einen klaren Kopf bekommen. Ich muss … ich muss …

Ich rapple mich von meinem Stuhl auf, der dabei umkippt, und erreiche die Tür genau in dem Moment, als Direktor Geddy sie von außen aufmacht. Er schaut bestürzt zu mir auf, doch ich bleibe nicht stehen, laufe einfach an ihm vorbei, zur Tür hinaus und geradewegs gegen Mrs Ward.

»Lyla!« Geddy kommt in den Korridor zurück und lässt die Tür hinter sich zufallen. Er und Mrs Ward starren mich an.

»Ich halte es mit denen da drinnen nicht länger aus«, sage ich laut. Meine Stimme hallt durch den leeren Gang. »Können wir nicht einfach gleich in unsere Kurse gehen? Bitte!« Mein Tonfall ist hart, fast unhöflich – so sehr, dass ich zusammenzucke. Ich hätte gerade fast an mir gezweifelt. Ein Teil von mir glaubt immer noch an Mandrodage Meadows, glaubt immer noch, dass Pioneer recht hat und ich mich irre.

»Du gehörst mir, Kleine Eule.«

Aber das will ich nicht.

Siehe, seinen Dienern traut er nicht, und seinen Boten wirft er Torheit vor: wie viel mehr denen, die in Lehmhäusern wohnen und auf Staub gegründet sind und wie Motten zerdrückt werden!

Hiob 4,18–19

12

Ich habe keine andere Wahl, als mit Direktor Geddy und Mrs Ward in die Schulbibliothek zurückzukehren. Sie haben mir beteuert, dass sie im Begriff seien, uns in unsere Kurse zu schicken. Ich muss die anderen nur noch wenige Minuten ertragen.

Das kann ich schaffen. *Reiß dich zusammen, Lyla.*

Ich folge ihnen in die Bibliothek und gehe zu einem Tisch ganz hinten im Raum, weit weg von Will und allen anderen. Ich kann ihre Blicke spüren, schaue aber nicht auf. Ich kann nicht. Ich fühle mich von Kopf bis Fuß heiß und unbehaglich. Direktor Geddy redet. Ich versuche mich darauf zu konzentrieren und alles andere auszublenden, starre jedoch die meiste Zeit auf die falsche Holzmaserung der Tischplatte und zeichne ihr Muster mit dem Finger nach.

Kurz darauf kommen fünf Schüler zur Tür herein. Sie stieren uns an. Einige von ihnen scheinen den Mund gar nicht wieder zuzukriegen. Ein oder zwei lächeln. Es sind vor allem die lächelnden Schüler, die mich nervös machen.

Jack, das Mädchen, das ich gestern in der Toilette getroffen habe, ist eine der fünf. Sie winkt und lächelt mir zu, als sie mich sieht. Ich winke zurück. Als Will sich umdreht und mir einen finsteren Blick zuwirft, winke ich noch lebhafter und täusche ein Lächeln vor. Ab jetzt freunde ich mich an, mit wem ich will.

Es sind drei Mädchen und zwei Jungen. Letztere schauen alles andere als freundlich drein, andererseits sind die Jungen aus der Gemeinde auch nicht gerade die Freundlichkeit in Person.

Direktor Geddy tritt vor und klatscht in die Hände, um die Aufmerksamkeit auf sich zu ziehen. Es ist, als wäre er sich nie sicher, ob ihm wirklich jemand zuhört.

»Ich habe veranlasst, dass einige unserer Schüler euch die Schließfächer zeigen und euch heute zu euren Unterrichtsräumen begleiten. Ich möchte, dass ihr euch so schnell wie möglich an den normalen Schulalltag gewöhnt, damit ihr eure Mitschüler kennenlernen und den Unterrichtsstoff aufholen könnt.« Er hält einen Stapel Blätter in die Höhe. »Mrs Ward und ich haben uns gestern Abend mehrere Stunden mit euren Tests befasst und euch den entsprechenden Kursen zugeteilt. Ihr werdet feststellen, dass euer Unterricht … große Niveauunterschiede aufweist, aber damit dürften sämtliche Lücken in eurer Ausbildung geschlossen werden.«

Brian wirft Heather und Julie einen Blick zu, die drei verschränken die Arme und machen finstere Mienen. Ich weiß, was sie denken: *Welche Lücken?*

»Neben mir stehen Jack, Sam, Phoebe, Alex und Alicia. Wir haben einige unserer Schülervertreter hergebeten und ein paar Sportler, damit ihr ein Gefühl dafür bekommt, wie sich unsere Schülerschaft zusammensetzt.« Die Schüler nicken oder winken uns zu. Jack tut, als würde sie salutieren. Ich glaube, die meisten von uns stieren sie einfach nur an. Es ist schwer, es nicht zu tun, angesichts ihrer glitzernden Haare und ihres Busens.

»Also, die Leute am Tisch vor mir nehmen ihre Sachen und gehen mit Alex. Dieser Tisch geht mit Phoebe. Tisch Nummer drei – mit Alicia. Tisch vier – mit Sam. Und Tisch fünf geht mit Jack – Sie auch, Ms Hamilton. Viel Spaß auf Ihrem Rundgang. Mrs Ward und ich werden im Laufe des Tages wieder nach Ihnen sehen.« Alle setzen sich gleichzeitig in Bewegung. Niemand scheint sonderlich begeistert darüber zu sein, die Bibliothek zu verlassen.

»Und wenn Sie zwischendurch etwas brauchen, kommen Sie bitte zu mir ins Büro. Wir werden tun, was wir können, um Ihnen behilflich zu sein.« Unwillkürlich geht mir durch den Kopf, dass Direktor Geddy die letzte Bemerkung erst gemacht hat, als wir schon aufgestanden waren, um unseren Fremdenführern zu folgen, weil er hoffte, wir würden sie überhören und sein Angebot nicht in Anspruch nehmen. Je schneller er uns ruhig und unbemerkt in die Schule integriert, desto schneller kann er wieder durchatmen. Ich gehe hinter Will auf Jack zu, halte aber genügend Abstand, um nicht von ihm angesprochen zu werden.

»Was geht, ihr Frischlinge?« Jack mustert uns von Kopf bis Fuß. »Stimmt ihr eure Klamotten eigentlich vorher ab, oder was?«, fragt sie mit hochgezogenen Brauen. Ich schaue die anderen an. Sie tragen alle mehr oder weniger das Gleiche – Jeans und T-Shirts. Ich nehme mir fest vor, Taylor zu bitten, heute mit mir einkaufen zu gehen. Am Nachmittag. Brian funkelt Jack an. Als niemand antwortet, zuckt sie die Achseln und setzt sich rückwärts in Bewegung, damit sie uns weiter ansehen kann. »Okaaaay. Seid ihr bereit, euch in die Gänge zu stürzen und eure Schließfächer zu suchen?« Sie geht zur Tür und wir folgen ihr.

»Also. Das hier ist die Eingangshalle. Rechts von euch ist das Sekretariat und links sind die Büros der Schulpädagogen und Vertrauenslehrer. Wir fangen bei euren Schließfächern an und klappern dann sämtliche Räume ab, in denen ihr Unterricht habt.« Sie zieht mehrere zusammengefaltete Blätter aus der Tasche. »Ich habe hier eure Stundenpläne, ihr seid mehr oder weniger in den gleichen Kursen, also wird es nicht allzu lange dauern.« Sie verteilt die Stundenpläne, in die auch die Zeiten und Klassenräume eingetragen sind. Sie erinnern mich an das Aufgabenbrett am Klubhaus in Mandrodage Meadows.

»Ich bin in der Oberstufe, wie die meisten von euch«, fährt Jack fort. Wir starren sie an. »Ihr wisst schon, ich gehe in die Elfte.« Als wir sie weiter mit Blicken fixieren, zuckt sie die Achseln. »Grob gesagt, besuche ich die gleichen Kurse wie ihr. Und treibe mich in den gleichen Gängen herum. Wenn ihr irgendwelche Fragen habt, ist es mein Job, euch zu Diensten zu sein.« Sie macht im Gehen einen kleinen Knicks. Eigentlich hatte ich angenommen, sie müsse graziös und leichtfüßig sein, vielleicht wegen des Glitzers in ihren Haaren und ihres zarten Elfengesichts, aber ihr Gang hat etwas Resolutes und Entschlossenes.

»He, ich bin froh, dass sie dich in meine Gruppe gesteckt haben. Ich hatte gehofft, wieder mit dir reden zu können«, sagt sie mit gesenkter Stimme, den Kopf in meine Richtung geneigt. Ich lächle. Es scheint, als wolle sie wirklich mit mir befreundet sein. Ich schaue mich nach Will um. Ich könnte jetzt wirklich eine neue Freundin gebrauchen, vor allem seit Cody mir gesagt hat, er werde wahrscheinlich in kaum einem meiner Kurse sein. Er besucht den Unterricht für Fortgeschrittene und so. Als Direktor Geddy von unseren »Lücken« gesprochen hat, war ich sicher, dass ich dort nicht sitzen werde.

»Sieht aus, als wärst du die Einzige, die auch nur im Geringsten daran interessiert ist, hier zu sein, habe ich recht?«

Ich nicke. »Sie müssen die Schule besuchen. Ihre Betreuer haben es zur Auflage gemacht, damit sie zu ihren Eltern zurückkonnten. Ich meine, ich muss es auch, aber ich würde auch so kommen.«

»Ihr sollt eigentlich nicht mit Leuten zusammen sein, die nicht so sind wie ihr, stimmt's?« Jack neigt sich wieder ein wenig zu mir hin. Hinter mir räuspert sich Will. Ich weiß, auch ohne mich umzudrehen, dass er mir signalisieren will, nicht länger mit ihr zu reden. »So in etwa, ja«, sage ich laut genug, dass er es hören kann. Ich werde nie wieder das tun, was er will.

Jack schaut von Will zu mir. »Du verkehrst mit dem Feind. Gut gemacht.« Sie wirft mir einen bewundernden Blick zu. »Du Rebellin.«

Ich kichere leise. Hoffentlich machen sie sich Sorgen hinter mir. Sie haben es verdient. Jetzt, wo Jack hier ist und ich mit ihnen nicht mehr allein bin, bin ich mir hundertprozentig sicher, dass es nicht stimmt, was sie mir über Marie einreden wollen. Ich verstehe selbst nicht, warum ich sie vorhin so an mich herangelassen habe.

»Okay, ich halte es nicht länger aus – ich muss dich das jetzt fragen. Sag mir einfach, dass ich die Klappe halten und dich in Ruhe lassen soll, wenn ich mich zu weit vorwage. Stimmt es, dass du diesen Pioneer angeschossen hast … während der Polizeiaktion, meine ich?«

Ich zögere und höre, wie es Will den Atem verschlägt. Brian befindet sich ganz hinten in der Gruppe, was ein Glück ist, weil er höchstwahrscheinlich sofort auf sie losgegangen wäre, hätte er sich in Hörweite befunden.

»Ja, ich habe ihn angeschossen«, sage ich leise, stecke die Hände in die Taschen und unterdrücke den Impuls, mich umzudrehen und zu sehen, wie sie reagieren.

»Das ist so stark! Aus dem Bunker zu fliehen und den Typ anzuschießen, der dich dort eingesperrt hat. Deine Geschichte ist wirklich der Hammer.« Sie sieht mich grinsend an. »Das klingt total nach *Resident Evil* … nur ohne Zombies … und Firmenverschwörung.«

Als ich mit den Achseln zucke, lacht sie. »Du hast keine Ahnung, wovon ich rede, oder?«

Ich nicke. »Du meinst den Film mit der Umbrella Corporation und dem unheimlichen kleinen Mädchen.« Dann zitiere ich mit affektiertem britischen Akzent: »Ihr werdet hier unten alle sterben.«

Jack macht große Augen. »Wow, dann wart ihr doch nicht so abgeschottet, wie ich gehört habe«, sagt sie mit einem kurzen Nicken, das mir das Gefühl gibt, sie damit beeindruckt zu haben.

»Äh, nein, ich war genauso abgeschottet, wie du gehört hast … Aber Cody zeigt mir jeden Abend ein paar Filme, um mich auf Stand zu bringen – vor allem solche mit Monstern und Spezialeffekten. Ich habe mich in seinem Haus verschanzt, um den Reportern zu entgehen und denen.« Mit einer leichten Kopfbewegung weise ich auf die anderen hinter mir. »Was Horror- und Science-Fiction-Filme angeht, stehen die Chancen recht gut, dass ich sie inzwischen gesehen habe. Aber frag mich nichts Reales, da kenne ich mich überhaupt nicht aus.«

»Wohin gehen wir eigentlich?«, fragt Will Jack laut. Sein Ton ist scharf. Er mag sie nicht.

»Dahin, wo was los ist, Schätzchen. Schließfächer, Klassenräume, Cafeterias, o weh.« Diese Anspielung auf den *Zauberer von Oz* macht sie mir noch sympathischer. Sie wird schneller und wir müssen uns beeilen, um Schritt zu halten.

Die nächste Stunde verbringen wir damit, sämtliche Schließfächer abzuklappern und die Schlösserkombinationen auszuprobieren (2-9-5 und ziehen), die Unterrichtsräume aufzusuchen, in denen wir sitzen werden, und herauszufinden, wo die Sporthalle und die Cafeteria sind. Die Cafeteria ist die größte Überraschung. Am einen Ende stehen Verkaufsautomaten mit sämtlichen Arten von Junkfood. Cola und Cheetos! Ich lächle in mich hinein. Jack erklärt uns haarklein, wie man sich ein Tablett nimmt und wie viel ein Mittagessen kostet, doch außer mir hat niemand einen Sinn dafür. Alle anderen haben ihr Mittagessen mitgebracht, weil Pioneer meint, das Essen der Außenstehenden sei voller Konservierungsmittel und widerlich. Ich frage mich, wie sie sich jetzt ernähren, wo sie unsere Gärten und Tiere nicht mehr haben.

Während unseres Rundgangs läutet es zum Unterrichtsende und die Schüler strömen in die Halle. Ich hasse es, wie sie uns anglotzen, sich gegenseitig anstoßen und miteinander flüstern. Ihr Lachen ist verletzend. Für sie sind wir eine Art Witz. Die meisten von ihnen wirken alles andere als sympathisch. Ich schwöre, dass ich sie einen Moment lang genauso sehe, wie ich es als Kind getan habe, als ich überzeugt war, jeder Außenstehende, der mir über den Weg lief, trage eine Maske mit Menschengesicht, hinter der sich spitze Zähne und grüne Haut verbergen.

»Eigentlich ist unsere Tour damit vorbei, aber ich glaube, es gibt noch etwas, das ihr vielleicht gerne sehen würdet.« Jack biegt in einen düsteren Gang ein, der so dicht neben der Sporthalle liegt, dass ich das Quietschen der Turnschuhe hören kann. Er scheint lediglich zu einem Notausgang zu führen, doch fast am Ende befindet sich eine schmale Doppeltür. Eine schwere Metallkette ist um die Türgriffe gewunden und mit einem Vorhängeschloss gesichert. Jack schaut sich kurz um, dann schiebt sie die Finger in einen Spalt zwischen Tür und Rahmen. Einer der beiden Türflügel sitzt nicht richtig, fällt mir jetzt auf. Er ist ein wenig verzogen und Angeln gibt es keine. Jack stemmt sie auf, zwängt sich in den dahinterliegenden Raum und gibt uns ein Zeichen, ihr zu folgen. Ich schaue Will an, der den Kopf schüttelt. Heather und Julie sehen mich ebenfalls an und verschränken die Arme vor der Brust. Ich habe die Wahl: Entweder bleibe ich hier bei ihnen und warte, bis Jack zurückkommt, oder ich folge ihr. Mich zu entscheiden, ist nicht schwer. Ich trete einen Schritt vor und zwänge mich durch die Öffnung, hinter der Jack verschwunden ist. Direkt hinter der Tür führt eine Treppe nach unten.

»Den Ort hier kennt kaum jemand. Nur mein Dad und ein paar handverlesene andere, aber keine Schüler, verstehst du? Ich dachte, dass ihr vielleicht hin und wieder einen Notausstieg braucht, wenn der Tag zu … du weißt schon, zu heftig wird.« Sie grinst mich an. »Es kann einen wirklich fertigmachen, im Mittelpunkt der Aufmerksamkeit zu stehen, glaub mir. Bevor ihr aufgetaucht seid, war ich diejenige, der man besser aus dem Weg ging.«

Sie springt von der drittletzten Stufe in den dunklen Raum. Ich erkenne die Umrisse von mindestens hundert aufeinandergestapelten Tischen, fahrbare alte Schultafeln und auch Bücherstapel. Es riecht muffig, ganz ähnlich wie im Vorratsraum des Silos, was mich unruhig macht. Weil ich nicht will, dass Jack es bemerkt, steige ich die letzten Stufen hinab und lehne mich an die Wand. Meine Kehle schnürt sich zu. Ich kriege schlecht Luft. Mein Herz rast. *Dreh nicht durch. Es ist nur ein Raum.*

Jack geht weiter und schaltet am anderen Ende das Licht an. Über uns hängt eine schwache Glühbirne in einem Drahtkäfig. Sie verstärkt das Gefühl, unter Tage zu sein. Ein donnerndes Geräusch von oben lässt mich zur Decke blicken. Ich kann fast spüren, wie die Wände näher kommen, und beginne kurz und flach zu atmen. Es reicht nicht, mir gut zuzureden, ich muss hier schleunigst wieder raus.

Jack hat nicht mitbekommen, dass ich im Begriff bin auszuflippen. Jetzt tut es mir leid, ihr gefolgt zu sein. Sie setzt sich auf einen Tisch, der nicht auf die anderen gestapelt wurde, und lehnt sich an die gemauerte Wand dahinter. Drei große Pinnwände stehen um sie herum, zwei auf der einen und eine auf der anderen Seite, die mit Fotos, Post-its und Karteikarten gespickt sind. Von dort, wo ich stehe, kann ich sie nicht richtig erkennen. Auf einem weiteren Tisch neben Jack befinden sich eine alte Schreibmaschine, ein Stapel Notizblöcke und ein Packen sauberes weißes Papier und daneben einen Laptop. Über uns hört man das leise Quietschen von Schuhen. Wir müssen uns direkt unter der Sporthalle befinden.

»Ich habe den Raum sozusagen in Beschlag genommen. Das ganze Zeug hier gehört mir. Die Schreibmaschine ist der Wahnsinn, nicht? Hab sie hier unten gefunden. Ich schreibe manchmal und ich liebe das Geräusch, das sie macht, wenn man auf die Tasten drückt. Total altmodisch, aber genial!« Jack lässt die Beine baumeln. »Ich bin letztes Jahr hergezogen, als meine Mutter wieder geheiratet hat. Dass mein Dad nicht gerade der Coolste ist, muss ich wohl nicht erwähnen. Und die Tochter des Direx zu sein, katapultiert einen auf der Beliebtheitsskala auch nicht gerade nach oben. Wenn man dann noch bedenkt, dass diese Schule in den letzten sechs Jahren vielleicht drei neue Schüler zu Gesicht bekommen hat und ich mich nicht gerade als Mitglied der Landjugend anbiete, kannst du dir wahrscheinlich vorstellen, für wie durchgeknallt sie mich halten. Das heißt, bis ihr aufgetaucht seid.« Sie grinst. »Das hier ist ein guter Ort, um vor alldem zu flüchten und nachzudenken.«

Ich starre auf ihre ungewöhnlich spitzen Schuhe, die an den Knöcheln mit Stacheln besetzt sind. Jack hält mir einen davon vors Gesicht. »Gefallen sie dir? Habe sie bei eBay gekauft. Hier coole Schuhe zu finden, ist so gut wie unmöglich.« Sie lacht über mein erstauntes Gesicht und mustert meine Aufmachung. »Wenn du willst, helfe ich dir, ein Paar zu bestellen. Denn, mal ehrlich, du hast meine Hilfe wirklich bitter nötig.«

Ich ertappe mich dabei, wie ich nicke. Ich hätte nichts gegen ein Paar solcher Schuhe. Vielleicht wäre es ein bisschen so, wie eine Rüstung zu tragen, sozusagen eine akzeptable Alternative dazu, mich hinter einer von Codys Monstermasken zu verstecken. Bei Jack scheint es zu funktionieren.

»Jedenfalls ist das hier der Schulkeller. Wie du siehst, werden hier sämtliche nicht benötigten Tische und Sachen aufbewahrt. Aber das Wichtigste ist, dass niemand regelmäßig herunterkommt und man von hier aus wunderbar belauschen kann, was oben vorgeht.« Sie deutet auf ein Entlüftungsrohr an der Decke, wenn ich genau hinhöre, kann ich Leute reden hören. »Allerdings siehst du aus, als hättest du gerade ein Gespenst gesehen, deshalb nehme ich nicht an, dass du daran interessiert bist, hier mit mir abzuhängen … stimmt's?«

Ich nicke.

»Ist es wegen dem, was passiert ist?« Sie mustert mich eingehend. Ich komme nicht umhin, mich zu fragen, warum sie es für eine gute Idee gehalten hat, mich hier herzubringen, wenn sie meine Geschichte so gut kennt.

»Ich bin eine ziemlich gute Zuhörerin, falls du mal mit jemandem reden willst.« Sie sagt es leichthin, aber ich habe langsam das Gefühl, dass sie über nichts anderes reden will als darüber, was im Silo passiert ist. Sie spricht es immer wieder an. Eigentlich hatte ich gehofft, endlich über andere Dinge zu reden.

»Ich bin nicht sehr gesprächig«, sage ich daher auf dem Weg zur Treppe.

»Das merke ich gerade. Aber, he, dir muss doch klar sein, dass es so gut wie unmöglich ist, dich nicht nach deiner Vergangenheit zu fragen, oder? Ich meine, abgesehen von euch ist die wichtigste Neuigkeit derzeit die Frage, ob es auf dem Winterfest eine Rodelbahn geben wird oder nicht. Du kannst es einem Mädchen doch nicht verübeln, neugierig zu sein.« Sie steht auf und fährt mit den Händen über ihren Hintern, ehe sie den Hals reckt, um nachzusehen, ob er noch staubig ist. »Wenn du deine Geschichte nicht selbst öffentlich machst, erfindet vielleicht jemand eine für dich; eine, die der Wahrheit nicht mal nahe kommt. Ich meine bloß.«

Sie kommt näher. »Hör mal, ich schreibe für die Schülerzeitung. Ich könnte dir helfen, die anderen wissen zu lassen, wie ihr wirklich seid …«

Ich lasse sie gar nicht erst ausreden. Ich dränge mich an ihr vorbei, um einen Blick auf die Pinnwände zu werfen. Die Notizen und Bilder … drehen sich allesamt um uns. Es ist wie ein Schlag ins Gesicht! Sie will überhaupt nicht mit mir befreundet sein. Sie will mich nur überreden, ihr meine Geschichte zu erzählen, damit sie das Reporterheer draußen ausstechen kann. Wortlos drehe ich mich um, renne die Treppe hinauf und zwänge mich durch die kaputte Tür.

Will und die anderen sitzen immer noch draußen auf dem Boden, lehnen mit dem Rücken an der Wand und warten auf unsere Rückkehr. Als ich durch die Tür komme, steht Will auf und öffnet den Mund, um etwas zu sagen, doch ich stürme geradewegs an ihm vorbei in den vollgestopften Korridor. Er wird ohnehin nur sagen, dass es mir recht geschieht, dass ich den Außenstehenden nicht trauen soll. Aber ihm kann ich schließlich genauso wenig trauen. Was bleibt mir also noch?

Die Außenstehenden behaupten,
sie hätten uns gerettet. Lügner!
Sie haben uns zu einem Leben in der
Hölle verurteilt. So sieht die Wahrheit aus.

Mr Brown, Gemeindemitglied

13

Fünf Minuten später beginnt unser Unterricht. Jack bringt uns hin. Sie entschuldigt sich immer wieder und versucht ein Gespräch mit mir in Gang zu bringen, doch ich weigere mich standhaft, sie auch nur anzusehen. Den ersten Kurs habe ich zusammen mit Will, Heather, Julie und Brian. *So viel zum Thema Getrennte-Wege-gehen.*

Die anderen Schüler beobachten uns, als wir hereinkommen. Ich kann ihre Blicke spüren, während ich vor den anderen auf die letzten freien Tische zusteuere. Es ist anstrengend, den Rucksäcken und Beinen auszuweichen, die in den Gang hinausragen; wir stolpern mehr als wir laufen, weil sich keiner bemüht, uns Platz zu machen. Ich höre Kichern hinter mir und mein Gesicht glüht, als ich endlich hinten ankomme.

Brian erreicht die Plätze als Letzter. Der einzige freie Stuhl steht direkt neben mir. *Super.* Ich hocke fast seitlich auf der Stuhlkante bei dem Versuch, möglichst viel Platz zwischen ihm und mir zu lassen. Ich kann seine wütenden Blicke spüren. Und ich habe es satt, so zu tun, als würde ich es nicht bemerken.

»Was?«, fauche ich ihn an. »Wenn du mir irgendwas zu sagen hast, dann raus mit der Sprache.«

Er schüttelt den Kopf. »Jetzt wirst du also eine von ihnen, hm?«

»Das versuche ich gerade rauszufinden«, sage ich mit gedämpfter Stimme.

»Du *versuchst* es? Entweder bist du es oder du bist es nicht. Wenn du für den Rest von uns schon alles kaputt machen musst, solltest du dir dann nicht wenigstens sicher sein?«

Seine Worte verletzen mich. Ich wende mich von ihm und den anderen ab und hole Block und Stift heraus, um etwas zu tun zu haben. Das ist nicht fair. Alle wollen etwas von mir. Will möchte, dass ich wieder seine Versprochene werde, Jack will meine Geschichte, Pioneer meine Seele, meine Eltern meinen Gehorsam und Brian meine Reue. Alle erwarten, dass ich weiß, was ich zu tun habe, aber das tue ich nicht. Ich wünschte, es wäre so.

Der Junge vor mir dreht sich um und streckt mir die Hand entgegen. Er ist süß auf eine verstrubbelte Art und Weise. »Hallo, ich bin Vince, ein Freund von Cody.«

Ich strecke die Hand aus, damit er sie schütteln kann. »Hi.«

Er grinst und setzt sich so hin, dass er fast verkehrt herum auf seinem Stuhl sitzt. Ich sehe, wie sich Will und Brian in meiner Peripherie versteifen, und fürchte einen Moment lang, sie könnten etwas unternehmen, um meine Unterhaltung mit Vince zu unterbinden – etwas gegen *ihn* unternehmen, um genau zu sein.

»Und, wie läuft es so die ersten beiden Tage?«, fragt er und lacht, als ich das Gesicht verziehe. Er beugt sich über meinen Tisch und ich lehne mich im Stuhl zurück, um den Abstand zwischen uns zu wahren. Ich will mich gern mit ihm unterhalten, aber in diesem Moment, vor den anderen, ist es keine gute Idee.

»Nach dem Unterricht stelle ich dich meiner Freundin Michelle vor. Vielleicht könnt ihr euch ein bisschen zusammentun.« Er klopft mit den Fingern auf meine Tischplatte und wirft einen kurzen Seitenblick auf Will. »Die Typen hassen mich gerade, habe ich recht?«

Ich nicke fast unmerklich.

»Weil ich mit dir rede?«

Ich nicke wieder.

»Wow, die sind wirklich … echte Beschützer.«

»Das ist eine glatte Untertreibung«, murmele ich und versuche mir vorzustellen, wie Will und Brian in seinen Augen wirken müssen. Das erste Wort, das mir einfällt, ist »verrückt«. *Denkt er das auch von mir?* Das will ich nicht. Ich verdrehe die Augen und zucke die Achseln, in der Hoffnung, damit anzudeuten, dass ich sie ebenfalls für verrückt halte, habe aber sofort ein schlechtes Gewissen.

»Guten Tag, Leute, setzt euch bitte hin, wir wollen gleich anfangen.« Eine sehr beleibte Frau mit drahtigen schwarzen Haaren erscheint im Türrahmen und Vince zwinkert mir zu, ehe er sich wegdreht. Die Frau hat einen Stapel Bücher unter dem Arm und lässt den Blick über die Klasse schweifen, besonders über uns in der hintersten Reihe. Sie geht zu ihrem Tisch, setzt die Bücher ab und nimmt einen riesigen Kaffeebecher in die Hand, auf dem steht: »Geschichte ist die Version von vergangenen Ereignissen, auf die sich die Leute geeinigt haben«. Sie nimmt einen kleinen Schluck und lehnt sich an den Tisch. Sie ist noch außer Atem vom Bücherschleppen, deshalb dauert es einen Moment, ehe sie weiterredet.

»Schön. Wie ihr seht, haben wir heute einige neue Mitschüler.« Sie weist auf uns. Köpfe drehen sich in unsere Richtung. Ich rutsche unruhig auf dem Stuhl hin und her. Aus den Augenwinkeln sehe ich, wie Heather nach Wills Hand greift. Julie macht es auf der anderen Seite genauso. Auch der Rest der Klasse sieht es. Ich höre gedämpftes Lachen. Nach meiner Hand greift Heather nicht und Brian auch nicht. Dadurch, dass ich in der Mitte sitze, habe ich ihre Unterstützungskette erfolgreich unterbrochen. *Gut so.*

»Ich gehe davon aus, dass ihr euren neuen Mitschülern freundlich und respektvoll begegnet, besonders in Anbetracht der Torturen, die sie hinter sich haben. Zumindest bei einigen von euch kann ich mich bestimmt darauf verlassen, dass ihr ihnen in den nächsten Wochen helfen werdet, den Anschluss zu finden.« Sie nimmt ein Blatt von ihrem Tisch und zieht eine Brille aus ihrem Haarwust, setzt sie auf und fängt an vorzulesen: »Will Richardson, Heather Miller, Julie Sturdges, Lyla Hamilton und Brian Wallace, richtig?«

Ich nickte, die anderen starren sie nur ausdruckslos an. Das Starren scheint bislang ihre Standardreaktion zu sein. Es fängt an, mir auf die Nerven zu gehen.

»Also schön, ich bin Mrs Cykes, eure Lehrerin für Amerikanische Geschichte. Wir beschäftigen uns diese Woche mit der Kubakrise. Falls ihr mit diesem Ereignis nicht vertraut seid, empfehle ich euch, heute Abend zu Hause das zehnte Kapitel in eurem Buch zu lesen, um euch auf Stand zu bringen, und dann die Fragen auf den Seiten 272 und 273 zu beantworten.« Sie schaut uns über ihre Brillengläser an. »Das solltet ihr euch ins Heft schreiben.«

Ich beuge mich über den Tisch und beginne zu schreiben. Seiten 272–273. *Notiert.* Sie wartet darauf, dass die anderen es ebenso machen; als nichts passiert, macht die Strenge in ihrem Gesicht einer leichten Beunruhigung Platz. Sie schaut Brian noch einmal prüfend an und nimmt einen Schluck aus ihrem Becher. Dann hält sie eine Fernbedienung hoch, die sie auf einen Fernseher an der Wand über dem Whiteboard richtet. Die Klasse applaudiert.

Als der Bildschirm blau wird, bevor der eigentliche Film anläuft, zieht sich mir der Magen zusammen. Es ist wie damals, als Pioneer uns die zusammengestückelten Nachrichtenbeiträge über verschiedene Katastrophen zeigte, um uns davon zu überzeugen, dass wir endgültig ins Silo ziehen müssten. Ich kann den kühlen, leicht muffigen Geruch unseres Versammlungsraums in Mandrodage Meadows fast riechen.

»Okay, beruhigt euch, beruhigt euch. Ich möchte, dass ihr euch während der Präsentation Notizen macht. Wir schreiben anschließend eine Unterrichtskontrolle.« Sie drückt auf den Lichtschalter und taucht den Raum in Dunkelheit. Der Fernsehbildschirm füllt sich mit Schwarz-Weiß-Nachrichten über die Kubakrise. Ich habe noch nie davon gehört. Mrs Cykes dreht den Ton lauter und alle rutschen auf ihren Stühlen nach unten. Vince wirft seinen Rucksack auf den Tisch, holt ein Handy heraus und fängt an, mit den Fingern darüberzufahren. Er spielt irgendetwas, vermute ich. Cody macht das auf seinem Handy auch manchmal.

Ungefähr nach der Hälfte der Stunde hüpft ein zusammengeknülltes Stück Papier über meine Tischplatte und landet auf Heathers Tisch. Sie streicht es glatt, liest und wird knallrot. Sie gibt den Zettel an Brian weiter. Ich recke den Hals, um zu sehen, was dort steht. Es ist nur ein einziges Wort, groß genug, dass alle es lesen können.

Freaks.

Ich schaue mich um. Der Großteil der Klasse hat sich umgedreht und beobachtet uns feixend. Brian will aufstehen, aber Will hält ihn zurück. Er schüttelt den Kopf, dann beugt er sich über einen Block, schreibt etwas, reißt das Blatt heraus und gibt es Brian. Es arbeitet in seinem Gesicht, während er liest, aber er macht keine Anstalten mehr aufzustehen. Ich wende mich wieder ab, stütze das Kinn in die Hände und versuche mich auf den Fernseher zu konzentrieren. Die Stunde dauert ewig.

Irgendwann packt mich die Geschichte, die sich auf dem Bildschirm entspinnt und davon handelt, wie kurz Amerika vor einem möglichen Atomkrieg stand. Ich sehe, wie sich Schüler in Schulen wie dieser unter den Tischen verkriechen und die Hände über den Kopf halten, während im Hintergrund eine Sirene heult. Eine, die ganz ähnlich klingt wie bei uns in Mandrodage Meadows. Ich erkenne die Angst in ihren Gesichtern – es ist die gleiche Angst, die ich während unserer Übungen empfunden habe. Das alles ähnelt dem Leben, das ich in den letzten zehn Jahren geführt habe, so sehr, dass mir die Tränen kommen. Und doch ist es mehr als fünfzig Jahre her. Und es gab weder eine Atomexplosion noch ging die Welt unter. Ich frage mich, wo diese Menschen heute sind und wie lange sie gebraucht haben, um zu begreifen, dass ihnen nichts geschehen würde. *Wie lange werden wir brauchen?*

Es läutet. Mrs Cykes schaut von dem Buch auf, das auf ihrem Tisch liegt, hievt ihre Körpermassen mühsam vom Stuhl und geht zum Lichtschalter. Die Schüler brechen sofort auf. Vince erhebt sich und macht Anstalten, auf mich zu warten, doch als Will ihn böse anfunkelt, überlegt er es sich anders.

Draußen vor der Tür wartet Cody auf mich. Ich packe ihn am Arm und ziehe ihn durch den Gang. Ich bin mir nicht sicher, ob wir in die richtige Richtung gehen, aber ich will verschwinden, bevor Will sich wieder mit ihm anlegen kann. Ich kann gar nicht schnell genug wegkommen.

»Bereit für das Mittagessen?«, fragt Cody. Ich war so damit beschäftigt, mich in der Schule zurechtzufinden, meinen Mitschülern aus der Gemeinde aus dem Weg zu gehen und mit den anderen Schülern und dem Unterricht klarzukommen, dass ich gar nicht an Essen gedacht habe.

»Ich denke schon«, sage ich und er nimmt meine Hand.

Will geht an uns vorbei, sagt aber weder zu mir noch zu Cody ein Wort. Er schaut sich nur einmal kurz um und der Ausdruck auf seinem Gesicht ist … keineswegs wütend, nur traurig. Mit seinen Stimmungsumschwüngen kann ich heute einfach nicht Schritt halten. Noch vor fünf Minuten sah er aus, als wollte er mich über die Schulter werfen und verschleppen. Jetzt geht er mit Heather, Julie und Brian im Schlepptau an uns vorbei. Brian raunt ihm leise etwas zu, dass Will sich zu ihm hinüberlehnen muss. Sie haben ihre Stundenpläne in der Hand und halten auf den Eingang der Cafeteria zu. Wie sie nebeneinander herlaufen – Seite an Seite –, erinnert mich daran, wie Will, Marie, Brian und ich durch Mandrodage Meadows gelaufen sind, einer neben dem anderen wie Perlen auf einer Schnur. Trotz meiner Wut auf sie tut es ein bisschen weh. Ich vermisse das.

»Ist es sehr schlimm bisher?«, fragt Cody sanft.

Ich zucke die Achseln und will den Kopf schütteln, überlege es mir dann aber anders. »Ja, ziemlich, aber es wird langsam besser.«

Wir folgen den anderen in die Cafeteria. Dort ist es so voll und so laut, dass ich im ersten Moment vollkommen überwältigt bin. Ich halte Codys Hand umklammert und lasse mich von ihm durch die verschiedenen Schlangen lotsen. Er schiebt unsere Tabletts voran und ich nehme mir halbherzig irgendwelche Sachen. Ich weiß nicht, ob ich überhaupt etwas essen kann. Mein Magen ist viel zu verkrampft, um hungrig zu sein. Um mich zu beruhigen, lasse ich den Blick durch die restliche Cafeteria schweifen. An den Wänden hängen überall Plakate, die das Fest ankündigen, das Codys Mutter vorbereitet. Ich habe ihr am Thanksgiving-Wochenende geholfen, sie zu entwerfen. Sie sehen gut aus und ziehen viel Aufmerksamkeit auf sich. Wenigstens etwas, das mir in letzter Zeit gelungen ist.

»Da bist du ja! Ich hab dich überall gesucht.« Jack schlängelt sich neben mich und nimmt mich am Arm. Ich funkle sie an, was sie nicht zu bemerken scheint, oder sie ist entschlossen, trotzdem mit mir zu reden.

»Ich will mir deine Liebste nur kurz ausleihen, dauert nicht lange«, sagt sie zu Cody, bevor sie mich aus der Schlange und durch die Seitentür aus der Cafeteria zieht. Ich bin zu geschockt, dass sie mich einfach wegholt – und mich als Codys Liebste bezeichnet hat –, um Widerstand zu leisten. Hier draußen ist es leiser, aber nur eine Spur. Ich mache mich von ihr frei und verschränke die Arme vor der Brust. Eigentlich will ich nicht mit ihr reden. Ich habe Angst, sie könnte alles, was aus meinem Mund kommt, in Artikeln für die Schülerzeitung verwursten.

»Hör mal, ich weiß, dass du mich für eine blöde Kuh hältst, weil ich dich in den Lagerraum geschleppt und praktisch zu einem Interview gezwungen habe. Das verstehe ich und es tut mir leid. Ich habe nicht sonderlich viel Fingerspitzengefühl. Es hat damit zu tun, dass ich manchmal wie ein Laser auf eine Sache fokussiert bin, verstehst du?«

Ich schüttle den Kopf. So einfach werde ich es ihr nicht machen. Ich habe mein tief sitzendes Misstrauen gegen Außenstehende überwunden, um ihr eine Chance zu geben, und sie hat dafür gesorgt, dass ich mir dumm vorkam.

»Also. So gerne ich dich auch interviewen möchte, werde ich dich nicht mehr bedrängen. Ich habe bis jetzt nur an meine Collegebewerbungen gedacht und wie cool sich ein Exklusivinterview mit dir darin machen würde. Du weißt schon – na, wohl eher nicht –, jedenfalls ist es ziemlich schwer, an einer guten Schule zu landen, wenn man in seinen Bewerbungsunterlagen nicht irgendeinen Megaknüller vorweisen kann, der einen hervorstechen lässt. Und diese Art von Interview wäre natürlich genau das Richtige für mich …«

Ich unterbreche sie. »Das verstehst du unter nicht mehr bedrängen?«

Sie windet sich. »Richtig. Tut mir leid. Hab ich schon erwähnt, dass ich an Sprechdurchfall leide? Besonders wenn ich versuche, mich zu entschuldigen?«

Wider Willen muss ich lächeln. Sie wird sofort ein wenig lockerer.

»Es ist okay. Ich bin nicht sauer, nicht wirklich, jedenfalls nicht, wenn es dir ernst ist damit, mich nicht mehr bedrängen zu wollen«, sage ich. Und meine es auch so – größtenteil jedenfalls. Ich bin hergekommen in der Hoffnung, hier meinen neuen Platz zu finden, Freundschaften zu schließen. Es würde wirklich keinen Sinn ergeben, die Erste abzuweisen, die sich darum bemüht … auch wenn sie die Sache zunächst einmal völlig falsch angepackt hat.

»Gut.« Sie atmet erleichtert auf. »Dann sollte ich dich besser wieder reingehen lassen.« Sie wendet sich ab und will in die entgegengesetzte Richtung davongehen. Aus ihrer Büchertasche schauen ein Apfel und eine Flasche Wasser heraus, die mir vorher nicht aufgefallen sind.

»Warte, wo willst du hin? Hast du jetzt keine Mittagpause?«, rufe ich ihr nach.

Sie dreht sich um. »Doch, aber ich esse nie da drinnen. Ich muss noch einen Artikel für die Ausgabe von dieser Woche fertig schreiben und dafür ist es viel zu laut. Ich kann mich nicht denken hören. Außerdem ist mein Vater um diese Uhrzeit immer dort. Und den sehe ich zu Hause schon oft genug.« Sie grinst mich an und läuft ein paar Schritte rückwärts, ehe sie auf dem Absatz kehrtmacht und davonspringt, dass ihre Stiefel knarzen. Sie biegt in den Gang zum Lagerraum ab und verschwindet. *Isst sie etwa dort unten zu Mittag?*

»He, was war denn das?« Cody lehnt an der Tür zur Cafeteria und balanciert in jeder Hand ein Tablett.

»Da bin ich mir nicht ganz sicher«, sage ich, »aber ich glaube, sie versucht nett zu mir zu sein.«

Cody grinst mich an. »Schön zu sehen, wie du Kontakte knüpfst.« Er wartet, bis ich in die Cafeteria zurückkomme, dann gehen wir beide zu einem Tisch in der Ecke, an dem Vince sitzt und den Arm um ein hellhaariges Mädchen gelegt hat, das, wie ich vermute, nur Michelle sein kann. Ich halte nach Will und den anderen Ausschau, kann sie aber nirgends entdecken. Wahrscheinlich drängen sie sich irgendwo zusammen, möglichst weit weg von allen anderen. Gut. Ich kann eine Pause von ihrer unentwegten Gafferei gut gebrauchen. Ich setze mich an den Tisch und winke Michelle zu, als Vince uns einander vorstellt. Dann erzählt er uns die Geschichte, wie er und Cody als Kinder versucht hatten, das Auto des Sheriffs von innen zu waschen … und zwar mit Bleichmittel. Es dauert nicht lang, bis die Jungen ein Erlebnis nach dem anderen zum Besten geben und dabei versuchen, sich gegenseitig in Verlegenheit zu bringen. Die nächste halbe Stunde bin ich fast nur damit beschäftigt, zu lachen, bis mir der Bauch wehtut. Es scheint endlich, endlich aufwärts zu gehen.

»Ich habe nach der Schule eine kleine Überraschung für dich«, sagt Cody, als wir uns beruhigt haben und Vince und Michelle aufstehen, um ihre Abfälle zu entsorgen.

»Was denn?«, frage ich, während ich eine Selleriestange in Salatsoße tauche. Der Sellerie ist an den Enden vertrocknet und viel zu weich. Ich verziehe das Gesicht und Cody lacht.

»Das Essen hier kann nichts taugen, wenn sie nicht einmal den Sellerie hinkriegen«, sagt er. »Wir hängen schon viel zu lange bei mir zu Hause herum. Ich dachte, es wäre Zeit, dass ich mit dir ausgehe. Dass wir ein echtes Date haben.«

Den schlappen Sellerie in der Hand schaue ich ihn an. Salatsoße tropft auf den Tisch. Ein Date? Ich grinse, breit, albern, völlig übertrieben. Es geht wirklich aufwärts.

»Ja, bitte!«, sage ich begeistert. Eigentlich sollte ich die Coole spielen, geht es mir durch den Kopf … aber das kann ich einfach nicht. »Und wann? Heute?«

Cody lacht. »Ja, heute. Heute Abend, meine ich.«

Eigentlich muss ich heute Abend Hausaufgaben machen – nach nur einer Unterrichtsstunde – und es werden höchstwahrscheinlich noch mehr werden, bis der Tag vorüber ist. Sie sind sicher nicht einfach und ich werde lange aufbleiben müssen, um sie zu erledigen, doch das ist mir egal. Selbst das kommt mir aufregend vor. Es hat solche Ähnlichkeit mit dem, was ich über das Leben der Außenstehenden gehört habe, dass ich vor Freude auf und ab hüpfen könnte. »Okay! Abgemacht«, sage ich zu Cody. Ich lasse den Sellerie auf mein Tablett fallen und gebe das Essen auf. Ich habe das Gefühl, auf der Stelle davonschweben zu können.

Cody atmet auf. »Ich war gerade total nervös«, gesteht er und ich lege die Hand auf seine und drücke sie. Er beugt sich vor und gibt mir vor allen Leuten einen Kuss auf die Wange. Ich unterdrücke den Impuls, mich nach Will und den anderen umzuschauen. Es würde ihnen ähnlich sehen, in diesem Moment die Cafeteria zu betreten, und bringt mich fast dazu, ein wenig von Cody fortzurücken, wie ich es sonst immer tue. Aber nein, ich lasse mir das hier von der Gemeinde oder Pioneer nicht kaputt machen. Jetzt, in diesem Moment, beschließe ich, ein normales Mädchen zu sein – eines mit Freundinnen, einem Date und vielleicht sogar einem richtigen Freund. Sie können mich nicht davon abhalten, nicht mehr. Ich beuge mich vor und erwidere Codys Kuss.

Die Lust wird ihr
den Kopf verdrehen,
aber die Angst
bringt sie zurück.

Pioneer, Gemeindeführer

14

Ich habe keine Ahnung, wie ein Date abläuft. Mein einziger Bezugsrahmen sind die Dates in den Filmen, die Pioneer uns gezeigt hat. Ich frage mich, was Cody und ich unternehmen werden, wie ich aussehen soll und über was wir reden werden. Man könnte meinen, es sei keine große Sache mehr, weil ich schon seit zwei Monaten bei ihm lebe, aber die Förmlichkeit des Anlasses, die feste Verabredung haben etwas an sich, das mich kribbelig macht.

Ich sitze im Wohnzimmer der Crowleys auf der Sofakante, frisch geduscht und zurechtgemacht, und trage das, was Taylor sich unter einer perfekten Aufmachung für ein Date vorstellt: Röhrenjeans, hochhackige Stiefel und ein Top mit V-Ausschnitt, das, wie sie meint, meine »Vorzüge zur Geltung bringt«. Cody ist noch in seinem Zimmer und macht sich fertig. Taylor ist vor einer Weile zu ihm hinaufgegangen, um ihm zu helfen. Als ich mir vorstelle, welche Art von Hilfe sie ihm wohl angedeihen lässt, muss ich lachen, komme mir aber gleich darauf albern vor, weil niemand da ist, der mit mir lacht. Im Nebenraum höre ich Codys Mutter mit den Damen aus ihrem Festkomitee plaudern. Sie sind dabei, Kränze zu binden, mit denen in der Innenstadt sämtliche Straßenlaternen geschmückt werden sollen. Die Warterei macht mich verrückt. Wenn ich noch nervöser werde, platze ich womöglich, bis Cody endlich die Treppe herunterkommt, deshalb gehe ich ins Esszimmer, um mich zu ihnen zu gesellen.

»Lyla, Liebes, was siehst du hübsch aus!«, sagt Codys Mutter, als ich hereinkomme. Die anderen Damen schauen auf.

Ich lächle ihnen zu und die meisten lächeln zurück, nur eine schürzt die Lippen und wendet demonstrativ die Augen ab, um den Berg von Schleifen durchzusehen, der mitten auf dem Tisch liegt. Ich brauche einen Moment, um sie zu erkennen. Sie gehört zu den Eltern, die an meinem ersten Schultag mit Mrs Dickerson in der Schule waren. Ich wusste nicht, dass Codys Mutter mit ihr befreundet ist, aber da man Culver Creek nicht gerade als Großstadt bezeichnen kann, ist es vielleicht gar nicht so ungewöhnlich. Weiß sie, wie diese Frau über mich denkt?

Ich will den Rückzug antreten, doch Codys Mutter legt den Arm um mich. »Willst du uns helfen, während du wartest? Wir könnten ein weiteres Paar Hände gut gebrauchen. Wie ich Taylor kenne, kann Cody oben noch für eine Weile festsitzen.«

Ich will ablehnen, habe aber keine Chance. Eine der Damen drückt mir einen Kranz in die Hand und eine andere schiebt einen Haufen Dekor und Draht über den Tisch, bis er direkt vor mir liegt. Ich schaue ihnen einen Moment lang zu, dann nehme ich ein Ornament und mache mich daran, es mit Draht am Kranz zu befestigen. Es riecht nach Zimtstangen und künstlichen Tannenzweigen, fühlt sich aber dennoch festlich an und kurz darauf habe ich meine Aufregung über das bevorstehende Date fast vergessen. Ich fange an, die Weihnachtslieder mitzusummen.

»Du kennst das Lied?«, fragt eine der Damen. Sie klingt überrascht.

»*White Christmas?* Ja, das hören wir jedes Jahr.« Erst als ich es ausgesprochen habe, geht mir auf, dass es dieses Jahr nicht der Fall sein wird. Dieses Jahr werde ich Weihnachten außerhalb der Gemeinde verbringen. Mir wird ein wenig flau im Magen. »Weihnachten ist meine liebste Zeit im Jahr. Pioneer …« Ich verstumme, als mir sein Name entschlüpft, doch als Codys Mutter mir einen aufmunternden Blick zuwirft, fahre ich fort. »Jeder von uns bekam ein besonderes Geschenk und wir haben am Kamin gesessen, Weihnachtslieder gesungen und Marshmallows gebraten.« Einen Moment lang ist die Erinnerung so stark, dass ich mir einbilden könnte, dort zu sein, wenn ich die Augen schließe. Jeder in der Gemeinde hatte im Klubhaus einen Strumpf aufgehängt und wir verbrachten den ganzen Dezember damit, dafür zu sorgen, dass an Weihnachten alle gefüllt waren. Das meiste fertigten wir selbst an – Sachen wie handgestrickte Schals und geschnitzte Sammelkästchen. Ich war immer ganz gespannt darauf, was Will oder Marie oder meine Eltern mir in den Strumpf gesteckt hatten. So gern ich die Gemeinde hinter mir lassen will, gibt es viele kleine Dinge, die mir immer dann in den Sinn kommen, wenn ich am wenigsten mit ihnen rechne, und die mich an all das erinnern, was ich aufgebe. So schlimm die letzten Monate gewesen sein mögen, war der größte Teil meiner Zeit in Mandrodage Meadows schön.

»Ich dachte, ihr glaubt an Außerirdische und nicht an Jesus«, sagt die Dame mit den geschürzten Lippen. »Weihnachten ist ein christliches Fest.«

»Also wirklich, Kate, das muss doch nicht sein«, sagt eine der anderen Dame leise.

Kate ignoriert sie und sieht mich an. »Und? Glaubst du nun an Außerirdische oder nicht?«

Ich bin so erschrocken über die Wut, mit der sie auf die Vorstellung reagiert, ich beziehungsweise wir würden Weihnachten feiern, dass ich nicht weiß, was ich sagen soll. Vermutlich glaube ich nicht an die Brüder, aber wenn ich versuche es auszusprechen, hört es sich falsch an. Ich habe Pioneer verlassen und damit auch die Brüder, aber das bedeutet nicht, dass ich mir schon im Klaren darüber bin, wie ich zu ihnen stehe. Wie hört man von einem Tag auf den anderen auf, an etwas zu glauben, an das man sein ganzes Leben geglaubt hat?

Als ich nicht antworte, sieht Kate Codys Mutter an. »Siehst du, sie ist immer noch eine von ihnen. Ich begreife nicht, wie du sie in dein Haus aufnehmen konntest, Nora. Woher wollt ihr wissen, dass sie dich und Stan nicht ausspioniert? Informationen sammelt für diesen Pioneer und seinen Prozess … oder noch Schlimmeres. Solche Leute beschließen nicht einfach zu gehen. Ich habe mal einen Bericht darüber gesehen. Sie brauchen jahrelang Therapie, um freizukommen, und selbst dann kehren die meisten zu ihrer Sekte zurück. Man hat sie einer Gehirnwäsche unterzogen, das sage ich euch, und du gefährdest deine ganze Familie, indem du sie aufnimmst.«

»Das reicht!«, faucht Codys Mutter. »Wenn du diesen Unsinn nicht für dich behalten kannst, Kate, bist *du* diejenige, die ich vor die Tür setze.«

Kate fährt zurück, als habe Codys Mutter sie geschlagen. »Nun, ich hatte gehofft, dich zur Einsicht zu bringen, aber wie es aussieht, bist du genauso dumm wie dein Sohn, was dieses Mädchen angeht. Wusstest du, dass er nicht mal mehr mit Brent und meinem Nathan zusammen sein will? Sie sind befreundet, seit sie vier Jahre alt waren, aber dann kommt dieses Mädchen daher und ihr beiden lasst euch auf sie ein, ohne Fragen zu stellen. Was soll der Rest von uns tun? Einfach mitmachen?«

Cody war mit Brent befreundet, dem Jungen, der den Feueralarm ausgelöst hatte? Er hat es nie erwähnt, wenn wir uns über seine Freunde unterhalten haben. Es dreht mir den Magen um. Ich war so damit beschäftigt, was ich durchgemacht und verloren hatte, um hier bei Cody zu sein, dass ich nie darüber nachgedacht habe, was unsere Beziehung *ihn* gekostet hat.

»Die Jungen erzählen, sie würden summen und sich an den Händen halten, wenn sie durch die Schule laufen. Einer von ihnen ist während der Brandschutzübung fast auf Brent losgegangen.«

»Nein, das ist nicht wahr«, werfe ich ein. Doch sie übertönt mich einfach.

»Sie sind gefährlich. Alle miteinander. Hast du vergessen, dass Robert und Lyle fast umgekommen sind, als ihre Leute während der Polizeiaktion auf sie geschossen haben? Wie kannst du sie aufnehmen, wenn du weißt, dass sie dazugehört hat?« Kate wartet die Antwort nicht ab, ehe sie ihren Mantel und ihre Tasche an sich rafft. Dann geht sie zur Tür, hält aber noch einmal inne, um sich umzudrehen und mit dem Finger auf mich zu zeigen.

»Mir machst du nichts vor, Mädchen. Wenn es nach mir und vielen anderen Leuten ginge, würde man dich und deinesgleichen aus der Stadt jagen.«

»Was ist hier los?« Der Sheriff lehnt im Türrahmen und mustert Kate mit finsterer Miene. Ohne zu antworten, fegt sie an ihm vorbei und reißt die Haustür auf, durch die ein kalter Luftschwall hereinweht. Schleifen und Dekor rutschen über den Tisch und fallen zu Boden.

»Wir haben euch im Auge«, ruft Kate mir zu. »Das kannst du deinen Leuten ausrichten. Wir lassen nicht zu, dass einer von euch in dieser Stadt Schaden anrichtet.«

Trotz ihrer bestürzenden Rede bin ich kurz davor, hysterisch loszulachen. Die ganze Zeit über haben wir uns vor ihnen gefürchtet und jetzt sieht es so aus, als hätten sie genauso viel Angst vor uns!

Der Sheriff schließt die Tür hinter Kate und die anderen Damen fangen an, die heruntergefallenen Schleifen und Dekomaterialien einzusammeln.

»Nimm dir das nicht zu Herzen, Liebes«, sagt die Dame neben mir, als sie sich wieder hinsetzt. »Sie spricht nicht für uns alle. *Wir* sind froh, dass du hier bist. Wir wissen, dass du nicht mehr zu dieser Gruppe gehörst.«

Ich lächle sie an, trotzdem komme ich nicht umhin, mich zu fragen, für wie viele andere sie spricht und ob ihr Verständnis allein mir gilt und nicht der Gemeinde.

»Ähem.« Taylor räuspert sich theatralisch. »Lyla? Bereit für dein Date?«

Cody schiebt sich ins Zimmer und bleibt neben Taylor stehen. Er hat die Hände auf dem Rücken und ist knallrot im Gesicht.

»Was versteckst du da?«, frage ich.

Mit einem tiefen Seufzer streckt Cody die Hand aus, in der er das seltsamste Bukett hält, das ich je gesehen habe. Es besteht aus Socken. Sie sind zusammengerollt und zu Rosetten geformt, die mit grünen Pfeifenreinigern befestigt sind. Eine riesige rote Samtschleife hält alles zusammen. Cody drückt mir das Bukett in die Hand und macht ein Gesicht, als wolle er jeden Moment aus dem Zimmer stürmen.

»Taylors Idee«, murmelt er.

»Himmel, ja, es war meine Idee! Ich habe für dich sogar gegoogelt, wie man es macht.« Taylor kommt herein, hält ihr Handy hoch und macht ein Foto. »Ha! Sie sind besser geworden, als ich gedacht habe.«

Ich schaue von ihr zu Cody auf das Sockenbukett. Ich verstehe es nicht und den anderen Damen geht es offensichtlich genauso. Wir starren alle mit offenem Mund vor uns hin.

»Die Socken sind ein Hinweis, was mein kleiner Bruder mit dir unternehmen will«, erklärt Taylor ungeduldig. »Ach, zum – ihr geht zum Bowling.« Sie tritt einen Schritt zurück, holt mit dem Arm aus und lässt ihn nach vorne schwingen.

Ich nicke und tue, als wüsste ich, was sie da macht, dabei ist mir die Sache immer noch schleierhaft. Die anderen Frauen grinsen so breit, dass ich mir das Lachen verkneifen muss.

»Man muss sich dafür spezielle Schuhe ausleihen, deshalb braucht ihr Socken.« Taylor schüttelt traurig den Kopf. »Ich verschwende meine besten Ideen immer an Leute, die sie nicht zu schätzen wissen. Ich würde *sterben* vor Glück, wenn ein Typ sich so etwas Kreatives für mich einfallen lassen würde.«

»Im Ernst? Du würdest für einen Strauß Socken sterben?«, fragt der Sheriff mit hochgezogenen Augenbrauen.

»Vielleicht«, erwidert Taylor und wird dann ebenso rot wie Cody. Gleich darauf bricht sie in Lachen aus. »Okay, das ist vielleicht wirklich ein bisschen schräg.«

Ich lächele erst sie und dann Cody an. »Das ist wirklich eine tolle Idee, Leute, vielen Dank.«

Wie lange planen sie das schon? Cody hatte es beim Mittagessen ganz lässig aussehen lassen, wie eine spontane Eingebung. Aber die Socken musste er schon vorher gehabt haben. Ich bin ein bisschen überrascht, dass Taylor ihm geholfen hat, andererseits hat sie etwas ganz Ähnliches getan, als Cody und ich uns das erste Mal getroffen haben. Als ich vor der Polizeiaktion im Krankenhaus lag, hat sie für uns ein Treffen arrangiert. Genau genommen könnte man diese Begegnung als unser erstes Date betrachten, was das heutige zu unserem zweiten machen würde, doch für mich ist es trotzdem unser erstes. Damals gehörte ich noch zur Gemeinde.

Inzwischen haben alle, Taylor, ihre Mutter und die anderen Damen, ihre Handys gezückt. Sie halten sie fast synchron in die Luft und beginnen zu fotografieren und trotz allem, was sich wenige

Minuten zuvor mit Kate abgespielt hat, werde ich wieder nervös und aufgeregt.

Gleich habe ich mein erstes echtes Date.

»Bereit?«, fragt Cody, legt mir die Hand auf den Rücken und schiebt mich zur Tür.

»Und wie«, sage ich.

Das Bowling Center ist ein zusammengestückelter, einstöckiger Bau, der komplett mit Neonschildern bedeckt ist. Das größte davon trägt die Aufschrift KUGEL & KEGEL und leuchtet fahlgrün über dem Eingang. Drinnen ist es laut und dunkel, es riecht nach Bratfett und Bier. Cody besorgt uns diese absolut grauenhaften Schuhe und zeigt mir dann, wie man eine schwere Kugel über eine lange Bahn rollen lässt, um einen Haufen Pins umzuwerfen. Ich brauche ein paar Versuche, bis ich den Bogen raushabe, doch als es so weit ist, gefällt es mir. Sehr sogar. Außerdem bin ich gut, was mich völlig überrascht.

»Wie kannst du nach einer knappen halben Stunde besser sein als ich?« Kopfschüttelnd schaut Cody auf die Anzeigetafel über uns. Im Hintergrund plärrt Musik. Er muss schreien, damit ich ihn hören kann.

»Weil ich der Hammer bin. Aber das wusstest du ja schon«, scherze ich, als ich die Bowlingkugel vors Gesicht halte und die drei Schritte Anlauf nehme. Ich lasse die Kugel los, die über die Bahn schießt und mitten ins Zentrum trifft. Bis auf zwei Pins fallen alle um. Grinsend schaue ich über die Schulter zu Cody. Ich fühle mich mit einem Mal ganz merkwürdig.

Unbeschwert.

Selbstbewusst.

Im siebten Himmel.

Ich kann mich nicht erinnern, mich schon einmal so gefühlt zu haben, auch nicht in Mandrodage Meadows. Mein Glücksgefühl von dort kommt mir dumpf vor im Vergleich zu diesem. Das hier ist glücklich hoch zehn. Pioneer sieht mich nicht. Und die Gemeinde auch nicht. Ich fühle mich frei.

»Du bist auf jeden Fall der Hammer.« Cody tritt hinter mich, legt die Arme um mich und gibt mir einen Kuss auf den Kopf, ehe er sich zur Seite lehnt und seine Kugel nimmt. »Aber das Spiel ist noch nicht vorbei.«

Er macht seinen Wurf. Die Kugel rollt über die Bahn, driftet auf halber Strecke nach links und plumpst kurz vor den Pins in die Rinne. Er lässt den Kopf hängen und stöhnt.

»Ha! Aber jetzt könnte es so weit sein«, sage ich und kichere. Ich mach ein albernes kleines Tänzchen, das mir gar nicht ähnlich sieht, aber das gilt auch für den Umstand, dass ich besser bin als mein Gegenspieler.

Cody nimmt seine Kugel und schaut ein letztes Mal über die Bahn. Er hat keine Chance mehr zu gewinnen. Ich habe noch einen Wurf, er nicht. Als er an den Rand der Bahn tritt, sieht er mich an. »Gewinnen kann ich nicht mehr, aber wie wär's, wenn wir auf den letzten Wurf wetten?«

»Was ist der Einsatz?«, frage ich grinsend.

»Wenn ich ein Spare schaffe, gehst du mit mir aufs Winterfest.«

»Und wenn nicht?«

»Gehst du auch mit mir aufs Winterfest«, sagt er und zieht auf absolut anbetungswürdige Weise einen Mundwinkel in die Höhe.

»Hm, hört sich an, als würdest du auf jeden Fall gewinnen.« Dass ich diejenige bin, die gewinnt, lasse ich unerwähnt. Seit seine Mutter das Fest zum ersten Mal erwähnt hat, wünsche ich mir, von ihm eingeladen zu werden. Dass wir zusammen die Eisbahn betreuen sollen, zählt nicht. Es soll ein richtiges Date sein, so wie heute Abend. Und jetzt wird es eines.

Cody lacht. »He, irgendwas *muss* ich heute Abend doch gewinnen.«

»Okay, die Wette gilt.«

Cody schafft das Spare nicht. Ich absolviere meinen letzten Wurf und die Kugel landet zweimal in der Rinne, weil Cody mich von hinten ablenkt, indem er ständig auf und ab springt und mich kitzelt.

»Hunger?«, fragt er, als das Spiel zu Ende ist. Er legt mir den Arm um die Schulter und führt mich von der Bahn fort. »Sag Ja, ich bin nämlich am Verhungern.«

»Ich könnte schon was essen«, sage ich beiläufig und genau in dem Moment, als mein Magen ein gewaltiges Knurren von sich gibt.

»Hört sich ganz so an.« Cody lacht und ich tue es auch. Dates sind etwas Tolles, finde ich.

Am anderen Ende der Bowlinganlage befindet sich ein angeschlossenes Restaurant. Wir geben unsere Schuhe zurück und gehen dann hinüber. Cody hat immer noch den Arm um mich gelegt und mein Kopf liegt an seiner Schulter. Der Schultag und Kates Unfreundlichkeit scheinen weit weg zu sein, als sei das alles schon vor Wochen geschehen. Es sind noch andere Schüler hier, manche erkenne ich aus den Korridoren wieder, andere aus meinen Kursen, aber es ist, als würden sie mich nicht erkennen, jetzt, wo ich nicht mit den anderen zusammen bin.

»Das hier – Bo – ist mein absolutes Lieblingsrestaurant.« Cody blickt auf die Eingangstür vor uns. Hineinsehen kann ich nicht, weil die Tür mit Vorhängen verhängt ist – sie sind blau und haben ein Muster aus Schlüsselloch-Silhouetten. »Letzten Sommer habe ich hier gejobbt … das heißt, bis mein Dad beschlossen hat, dass ich lieber auf der Wache arbeiten soll.« Er klingt nicht unbedingt wütend, nur frustriert. »Noch ein paar Jahre, dann spielt das alles keine Rolle mehr; dann bin ich in Kalifornien und muss mich um seine Telefone nicht mehr kümmern.«

Cody hat immer gesagt, dass er nach Kalifornien gehen will, sobald er mit der Highschool fertig ist. Es ist noch lange hin, aber jedes Mal, wenn er davon spricht, frage ich mich, wo ich sein werde, wenn es soweit ist. Werde ich auch nach Kalifornien gehen – an eine dortige Kunstschule vielleicht? Oder werde ich weiter in Culver Creek leben? Ich scheine immer noch nicht in der Lage zu sein, weiter als ein paar Wochen in die Zukunft zu denken, weil ich mich nach wie vor nicht an die Vorstellung gewöhnt habe, dass mir mehr Zeit bleibt als diese Spanne.

Sobald wir durch die Tür treten, verstehe ich, warum Cody das Restaurant so mag. Es ist von oben bis unten mit alten Kinoandenken vollgestopft. Die Nischen sind riesengroß, von seltsamem Zuschnitt und haben ein Blockstreifenmuster.

»Bo ist ein großer Fan von Tim Burton«, sagt Cody, als würde das etwas erklären. Das Restaurant ist wie aus einem Traum oder Albtraum, vielleicht auch beidem. Ich versuche mir den Rest der Gemeinde hier vorzustellen, schaffe es aber nicht. Etwas, das so anders ist, würden sie mit Sicherheit für böse halten.

»Interessant«, gelingt es mir zu sagen. Wir rutschen in eine Nische am Fenster, mit Blick auf den Parkplatz. Cody reicht mir eine Speisekarte. Ich habe noch nie in einem Restaurant gegessen, jedenfalls nicht, seit ich ein kleines Kind war. Seit meinem Einzug bei Cody bin kaum aus dem Haus gegangen, ich war praktisch untergetaucht. Der Sheriff ist zur Abendessenszeit häufig nicht zu Hause und der Rest der Familie gibt sich an den Abenden, an denen Codys Mutter nicht kocht, mit bestelltem Essen oder Fertiggerichten zufrieden. Bis jetzt habe ich Pizza, gebratenen Reis mit Schweinefleisch und Sandwiches probiert, aber noch nie etwas selbst bestellt. Das haben Codys Mutter oder Cody für mich übernommen. Hier gibt es viel zu viele Auswahlmöglichkeiten und alle haben seltsame Namen. Am Ende schließe ich die Augen und lege den Finger mitten auf die Seite mit den Hauptgerichten. Ich bestelle das, was meinem Finger am nächsten ist, und Cody bestellt lachend das Gleiche: ein *Big Fish*-Sandwich mit einer Extraportion *Oompa Loompa*-Zwiebelringen.

»Bo, der Typ, dem das Restaurant gehört, war der Erste, der wirklich verstanden hat, was ich mit meinem Leben anfangen will.« Nachdem wir gegessen haben, beugt sich Cody über den Tisch und nimmt meine Hand. »Bevor meine Mutter meinen Vater überredet hat, mich den Keller benutzen zu lassen, durfte ich hier in den letzten Jahren viele Wochenenden verbringen, um hinten an meinen Monstersachen zu basteln. Siehst du die Figur da drüben? Die ist von mir.« Es ist das lebensgroße Modell eines bleichen Kerls mit wirren schwarzen Haaren und Fingern aus Messern, doch statt beängstigend auszusehen, wirkt er eher traurig … einsam. Er sieht aus, wie ich mich zuletzt in Mandrodage Meadows gefühlt habe und mich auch jetzt noch manchmal fühle.

»Das ist Edward mit den Scherenhänden, eine von Tim Burtons besten Figuren. Ehrlich gesagt, erinnert er mich ein bisschen an dich«, sagt Cody, als könne er meine Gedanken lesen. »Ich meine, du siehst natürlich nicht aus wie er.« Seine Wangen färben sich rot. »Ich will damit sagen, dass er ebenfalls lange vor der Welt versteckt gelebt hat. Und als er schließlich rauskommt und sie entdeckt, hat er manchmal diesen erstaunten, seligen Blick, wenn er etwas findet, das er liebt … und du hast diesen Blick auch, so wie eben beim Bowlen.«

»Wirklich?« Es ist merkwürdig, ihn so über mich sprechen zu hören. Die Art, wie er mich ansieht, macht mich ganz kribbelig. »Und gewöhnt er sich irgendwann an alles?«, frage ich, um die

Unterhaltung in Gang zu halten und nicht vor lauter Verlegenheit loszukichern. »Edward, meine ich?«

»So ziemlich. Ich weiß nicht, ob ich es dir verraten soll – falls wir uns den Film mal ansehen. Dann würde ich alles verderben.«

»Nein, sag's mir ruhig, du wirst es nicht verderben, versprochen. Ich bin neugierig«, bitte ich ihn. Ich schaue zu der Edward-Figur hinüber und auf ihre Hände. So wie er aussieht, war sein Weg deutlich beschwerlicher als meiner.

»Also, zuerst schlägt er sich ganz gut und fängt an, den Leuten mit seinen Händen die Hecken zu trimmen und die Haare zu schneiden. Aber dann macht er unabsichtlich ein paar Fehler und verletzt jemanden und die Leute vertreiben ihn aus der Stadt und am Ende …« Er verstummt. »Vielleicht solltest du dir den Film doch lieber nicht ansehen.«

Der leichte, fröhliche Moment wird ernst.

»Stimmt es, dass du früher mit Brent befreundet warst? Bevor ich kam, meine ich?«, frage ich ihn.

Cody macht große Augen. »Wo hast du das denn gehört?«

»Eine Frau aus dem Festkomitee deiner Mutter hat gesagt, du, Brent und ihr Sohn Nathan wärt Freunde gewesen, bevor ich aufgetaucht bin. Stimmt das?«

Cody seufzt. »Wir haben zusammen rumgehangen, aber hauptsächlich während der Baseballsaison. Wir sind seit der Grundschulzeit in der gleichen Mannschaft. Aber meine besten Freunde würde ich sie nicht nennen. Sie können manchmal ganz schöne Vollpfosten sein. Aber das wusste ich schon, bevor du aufgetaucht bist … du hast mir bloß eine gute Ausrede gegeben, auf Abstand zu gehen.«

Ich zupfe an meiner Serviette und reiße winzige Stücke aus einem Zipfel. »Trotzdem will ich nicht, dass du wegen mir Probleme bekommst.«

Cody rutscht von seiner Seite der Nische zu mir herüber und nimmt mein Gesicht in die Hände. »Lass das meine Sorge sein, ja? Mir gefällt, dass du da bist.«

»Kann sein, aber was passiert, wenn mehr Leute anfangen, so zu denken wie Brent und seine Mom und die anderen? Willst du wirklich eine Freundin, die ständig Albträume hat und einmal in der Woche zur Therapie muss? Manchmal vermisse ich sie – die Gemeinde. Weil ich immer noch nicht hierher gehöre, Cody. Noch nicht, nicht ganz … vielleicht auch nie wirklich. Was ist, wenn ich nicht normal sein kann?«

Ganz sanft legt Cody mir die Hand unter das Kinn und hebt es an, bis ich ihm in die Augen schaue. »Zufällig finde ich, dass Normalsein völlig überschätzt wird.« Er streicht mit dem Daumen über meine Unterlippe, ehe er sich vorbeugt und mich küsst – mitten im Restaurant, vor allen anderen Gästen, als wolle er den Beweis dafür liefern, was er gerade gesagt hatte.

Wir haben uns schon früher geküsst – schon oft, um ehrlich zu sein –, aber es spielt keine Rolle, wie oft wir es tun, mein Magen schlägt jedes Mal Purzelbäume und sämtliche Nerven in meinem Körper spielen verrückt. Ich nehme sein Gesicht in die Hände und ziehe ihn an mich.

»Okay, ihr beiden, hier ist die Rechnung.« Vor uns steht der Kellner. Er lässt die Rechnung auf den Tisch fallen und gibt uns mit Blicken zu verstehen, dass es Zeit ist zu gehen.

Cody lässt mich los und der Keller verdreht die Augen, ehe er zum Nachbartisch weitergeht. Ich schaue aus dem Fenster, während Cody sein Geld herausholt und bezahlt. Abgesehen von den ersten paar Wagen, die direkt unter den Neonanzeigen stehen, liegt der größte Teil des Parkplatzes im Dunkeln. Ich lehne mich dichter an die Scheibe und plötzlich bleibt mir fast das Herz stehen. In der Parklücke direkt vor dem Restaurant steht ein weißer

Van. Zwei Leute sitzen darin. Sehen, dass ich sie sehe. Waren sie die ganze Zeit über da? Haben Sie Fotos geschossen für das gruselige Fotoalbum meiner Eltern? Gerade eben haben sie mitangesehen, wie wir uns geküsst haben. Ich rutsche zu Cody auf, schubse ihn förmlich aus der Nische.

Der Van rollt aus der Parklücke und fährt langsam am Fenster vorbei, so dicht, dass ich Mr Brown auf dem Beifahrersitz erkennen kann. Jonathan fährt. Mit hartem, vorwurfsvollem Blick starren mich die beiden Männer an.

»Die Brüder erwarten, dass du rein bleibst. Sie wachen immer über dich.« Pioneers Worte drängen in meinen Kopf, als hätten es die beiden Männer geschafft, sie mir durch bloßes Anstarren einzuflößen. Es sollte für mich keine Rolle mehr spielen, ich gehöre nicht mehr zur Gemeinde, aber irgendwie tut es das doch, irgendwie zerstören die Worte den Moment und lassen ihn als Fehler erscheinen.

Und mir nichts, dir nichts ist mein erstes Date offiziell vorbei.

Ich wurde in eurer Welt
großgezogen.
Ich weiß sehr wohl,
wie lasterhaft sie ist.

Pioneer, Gemeindeführer

15

Als wir die Haustür öffnen, höre ich als Erstes Pioneers Stimme – diesmal real. Der Sheriff und Codys Mutter sitzen auf dem Sofa und auf dem Fernsehbildschirm ist Pioneer zu sehen. Mir stockt der Atem. Er ist komplett kahl geschoren. Sein glänzender Schädel ist blass – und glatt. Er wirkt älter und härter als vorher. Er sitzt an einem Tisch, trägt Handschellen an den Händen und hat die Arme von sich gestreckt. Ich komme nicht umhin zu bemerken, dass er die Handflächen zusammenpresst, als sei er im Begriff zu beten. Ihm gegenüber sitzt ein Mann in einem Anzug. Ich erkenne ihn. Es ist der gleiche Mann, der Julie vor dem Krankenhaus interviewt hat.

»Lyla, Cody.« Codys Mutter will aufstehen. Der Kranz, an dem sie gearbeitet hat, rutscht ihr von den Knien und sie muss sich wieder hinsetzen, damit er nicht herunterfällt. »Schalt aus, Stan.«

»Nein, ist schon okay, lassen Sie es an«, sage ich. Wir schauen wieder auf den Bildschirm und verstummen, um zu hören, was Pioneer als Nächstes sagt.

»Mr Cross. Danke, dass Sie sich bereit erklärt haben, heute mit uns zu sprechen«, beginnt der Interviewer.

Pioneer setzt sein wärmstes Lächeln auf, das jetzt, wo er so dünn ist, nicht halb so gewinnend aussieht wie früher. Die Haut spannt sich über seinen Jochbeinen, seine Wangen sind eingefallen und die Zähne wirken viel zu groß für seinen Mund. »Es wäre mir lieber, wenn sie mich Pioneer nennen. Ich führe den anderen Namen nicht mehr.«

»Okay, also *Pioneer*.« Der Interviewer schenkt ihm ein nachsichtiges Lächeln. »Wenn es möglich ist, würde ich gern damit anfangen, dass Sie uns erzählen, was es mit der Gemeinde überhaupt auf sich hat.« Er beugt sich vor, bis seine Ellbogen auf dem Tisch ruhen, legt die Finger unter dem Kinn aneinander und starrt Pioneer an. Es verleiht ihm einen besorgten Ausdruck. Ich frage mich, ob es ihn wirklich kümmert oder ob er auf die Uhr schaut, während Pioneer redet. *Sind Außenstehende auf eine Art immun gegen Pioneer, wie es in der Gemeinde niemand ist?*

»Nun, lassen Sie mich als Erstes sagen, wie dankbar ich bin, dass Sie mir Gelegenheit geben, meine Sicht der Dinge darzulegen. Bis jetzt haben die Polizei und die Regierung das Reden übernommen und ich glaube, die Menschen habe völlig falsche Vorstellungen von mir und meiner Familie«, sagt Pioneer mit einem deutlich ländlicheren Akzent als sonst … als je zuvor.

»Wir haben Mandrodage Meadows direkt nach dem elften September erbaut. Damals begegnete ich einigen feinen Menschen, die über die Richtung, in die diese Welt zu driften schien, ebenso verängstigt waren wie ich. Jeder Einzelne von uns sorgte sich darum, unsere Kinder in einer Welt großzuziehen, die so von Gewalt und Zerstörung beherrscht wird. Wir wollten uns wieder sicher fühlen. Es dauerte nicht lange, bis wir merkten, dass wir unsere Träume wahr werden lassen könnten, wenn wir unsere Mittel zusammenlegen. Wir würden einen Ort schaffen, an dem wir uns aufeinander verlassen, unsere eigene Nahrung anbauen und unsere Kinder in einer gesunden Atmosphäre aufwachsen lassen können, die damals nicht existierte – ebenso wenig wie heute. So einfach ist das. Ich glaube, die meisten Leute träumen von etwas Ähnlichem, setzen es aber aus irgendwelchen Gründen nie um. Ich hatte einfach das Glück, Leute zu finden, die sich der Sache mit der gleichen Leidenschaft widmeten wie ich. Ich habe mich immer glücklich geschätzt, sie zu haben.«

»Aber ist es nicht so, dass Sie selbst gar keine Familie haben? Sie waren ein Einzelkind.« Der Interviewer späht auf einen Stapel Karten, der vor ihm liegt. »Geboren von Annabelle Cross, die sie derartig vernachlässigte, dass man zahllose Male die Behörden einschaltete. Eine Tänzerin in einem Herrenklub, die Sie nachts allein ließ? Ein Vater war nicht vorhanden?« Der freundlich-interessierte Ton, mit dem er diese Fragen stellt, steht in krassem Widerspruch zu ihrer Direktheit.

Ich wusste nicht, dass Pioneers Mutter so gewesen war. Merkwürdigerweise hatte ich nie darüber nachgedacht, dass auch er Eltern gehabt hatte. Er hatte sie nie erwähnt, was mir aber nicht merkwürdig erschienen war, weil keiner von uns von den Leuten sprach, die wir zurückgelassen hatten, als wir nach Mandrodage Meadows gezogen waren. Wer nicht zur Gemeinde gehörte, existierte nicht.

Pioneer legt den Kopf ein wenig schief. Ohne zu antworten, starrt er den Mann eine geschlagene Minute lang an. Er lächelt, doch es wirkt gezwungen. Ich kenne diesen Blick. So schaute er immer dann, wenn jemand von uns aus der Reihe getanzt war und bestraft werden musste. Mit angehaltenem Atem beuge ich mich vor.

»Ich habe keine Blutsverwandten in der Gemeinde, das stimmt, aber mit der Zeit können auch Freunde zur Familie werden, nicht wahr? Die Menschen von Mandrodage Meadows sind meine Familie, Blutsbande hin oder her. Wir sind durch unser gemeinsames Schicksal verbunden.« Auf seine Mutter geht er nicht ein.

»Und wusste Ihre *Familie* von Ihrem Vorstrafenregister, als sie mit Ihnen in den Westen zog?«

Pioneers Lächeln gefriert. Er muss sich doch darüber im Klaren gewesen sein, dass der Interviewer dieses Thema ansprechen würde. War es nicht die Aufgabe eines Journalisten, die ganze Geschichte abzudecken? Aber es hat nicht den Anschein, als hätte Pioneer es geahnt. Anscheinend hatte er erwartet, dass das Interview in eine gänzlich andere Richtung führen würde.

»Mein Vorstrafenregister spielt keine Rolle. Die Wahrheit ist, dass wir allein sein wollten. Wir waren *zufrieden* damit, allein zu sein. Wir haben die umliegenden Städte so wenig wie möglich mit unserer Gegenwart behelligt. In all den Jahren in Mandrodage Meadows haben wir nicht einmal die Unterstützung der Regierung in Anspruch genommen oder jemandem auf der Tasche gelegen. Dass die Regierung – und, was das angeht, auch alle anderen – uns auf diese Weise ins Visier nehmen, ist einfach … furchterregend.« Er lässt den Kopf ein wenig hängen, seine Mundwinkel sacken herab. Als er wieder aufblickt, glänzen Tränen in seinen Augen.

»Aber wenn Sie so friedlich sind, warum dann die vielen Waffen? Laut Polizeibericht wurden nach der Aktion mehr als achtzig Gewehre und die erforderlichen Teile gefunden, um mindestens ein Drittel davon in vollautomatische Waffen umzurüsten.«

Pioneers trauriger Blick wird ein winziges bisschen unstet. »Die Gewehre wurden hauptsächlich zur Jagd verwendet. Wir hatten nie vor, sie zu vollautomatischen Waffen umzurüsten. Und wir waren im Besitz der erforderlichen Genehmigungen. Sie müssen verstehen, dass dort draußen zwanzig Familien gelebt haben. Die meisten davon bestanden aus mindestens vier Personen. Wir wollten ein Minimum von einer Waffe pro Person. Sodass jeder lernen konnte, sich vor wilden Tieren und Ähnlichem zu schützen … und füreinander einzustehen. Die Fähigkeit, mit Waffen umzugehen, kann einem Menschen ein gewisses Maß an Sicherheit vermitteln.«

»Und mit den vielen Waffen haben Sie sich alle sicherer gefühlt?«, fordert ihn der Interviewer heraus.

Pioneer funkelt ihn an. »Jede Familie dort draußen hat irgendeine Tragödie hinter sich. Eine von anderen verursachte Tragödie, die vermeidbar gewesen wäre, hätten sie gewusst, wie man sich selbst verteidigt. Ja, es war durchaus ihr Anliegen, sich sicherer zu fühlen. Und nach dem, was die Polizei und die ATF angerichtet haben – die zeitweise Wegnahme der Kinder und der Überfall auf ihre Häuser –, sollte offensichtlich sein, dass die Angst um ihre Sicherheit nicht unbegründet war.«

»Und von einem Mann mit einem Vorstrafenregister angeführt zu werden, hat ihnen geholfen, sich sicherer zu fühlen?«, fragt der Interviewer.

»Das ist lange her. Dieser Mann bin ich nicht mehr. Ich habe meine Aufgabe darin gefunden, mich um diese Menschen zu kümmern, und das hat mich verändert.« Pioneer beugt sich vor und ich höre, wie seine Handschellen über den kleinen Tisch kratzen.

»Und die Teile für die vollautomatischen Waffen? Wie passen die dazu?«

»Einige Männer aus unserer Gemeinde haben hin und wieder an Waffenausstellungen teilgenommen. Außerdem bestand eine unserer Einkunftsarten darin, gebrauchte Waffenteile aufzukaufen, sie zu reparieren und im Internet wieder zu verkaufen.« Er rückt näher an die Kamera heran, bis sein Gesicht den Großteil des Bildschirms ausfüllt. »Wir hatten nichts zu verbergen. Das haben wir bis heute nicht. Viele Menschen verdienen auf diese Weise ihr Geld.«

»Aber das ist nicht der einzige Anklagepunkt gegen Sie. Die Rede ist von Kindeswohlgefährdung und -misshandlung. Können Sie dazu etwas sagen?«

Der Sheriff schaut zu mir herüber, doch ich lasse den Bildschirm nicht aus den Augen. Ich will nichts verpassen, nur um dem Sheriff zu versichern, dass ich damit klarkomme.

Pioneer rutscht auf seinem Stuhl zurück und legt die Hände aufs Herz. »Es gab keine Kindeswohlgefährdung.«

»Tatsächlich nicht?«

»Nein. Es gab nur ein äußerst verwirrtes Mädchen und einen völlig unfähigen Sheriff, der uns nicht mochte und dem jede Ausrede recht war, um uns loszuwerden. Wussten Sie, dass er unserer Siedlung mehrere Besuche abgestattet hat, bevor der Überfall stattfand? Bevor der jetzige Sheriff ins Amt gewählt wurde, in den ersten sieben Jahren, die wir dort draußen gelebt haben, gab es nur zwei Besuche von Deputies. Zwei! Nach seiner Wahl gab es mindestens einen pro Jahr. Die letzten beiden fanden innerhalb eines Jahres statt. Beim letzten Mal brachte er seinen Sohn mit, den er dazu erzogen hat, selbst Deputy zu werden und der im gleichen Alter ist wie die Kinder in unserer Gemeinde. Merkwürdigerweise begann eines unserer Mädchen nach seinem Besuch unsere Lebensweise in Zweifel zu ziehen. Wenn der Sheriff uns wirklich für so gefährlich hielt, warum, um Himmels willen, hat er dann seinen Sohn auch nur in unsere Nähe gebracht? Hört sich das nach einem verantwortungsvollen Vater an?«

Ich schaue zum Sheriff hinüber. Seine Kinnbacken arbeiten und die Muskeln an seinem Hals treten hervor. Wenn er den Fernseher angreifen und Pioneer verletzen könnte, würde er es vermutlich tun.

»Und dann taucht ausgerechnet in dem Moment, als unser Mädchen in die Stadt fährt, der Sohn des Sheriffs wieder auf und folgt ihr, und – jetzt wird es wirklich dubios – kurz nachdem er sie gefunden hat, wird sie von einem Auto angefahren und muss über Nacht im Krankenhaus bleiben, wo sie der Sheriff und sein Sohn mehrmals besuchen. Meiner Ansicht nach haben sie den Moment ausgenutzt, in dem das Mädchen eingeschüchtert, verletzlich und fern von zu Hause war, um ihr einzureden, dass ihre eigene Familie ihr schaden will. Ich habe meine Leute ein paar Nachforschungen anstellen lassen und festgestellt, dass die Frau, die unser Mädchen angefahren hat, die Großmutter eines der treuesten Mitarbeiter des Sheriffs ist. Ist das nicht ein unglaublicher Zufall?«

Der Sheriff springt förmlich vom Sofa. »Du mieses Stück –« Codys Mutter legt ihm die Hand auf den Arm und er besinnt sich. »So ein Dreck. Hier ist jeder mit jedem verwandt. Das lässt sich in einer kleinen Stadt gar nicht vermeiden«, endet er irritiert und Codys Mutter beruhigt sich wieder. Sie legt großen Wert darauf, den rauen Umgangston zu dämpfen, weil sie weiß, dass ich nicht daran gewöhnt bin. Für Codys Vater ist das oft die größte Herausforderung.

Die Frau, die mich angefahren hat, ist mit einem seiner Deputies verwandt? Das hat mir niemand erzählt. Lügt Pioneer?

»Stimmt es, was er über die Frau gesagt hat, die mich angefahren hat?«, frage ich. Sie drehen sich mit schuldbewussten Mienen zu mir um, und ich bereue es, sie gefragt zu haben, denn Pioneer sagt offensichtlich die Wahrheit. Warum haben sie mir das nicht erzählt? Ich dachte, mehr als eine rüde Ausdrucksweise würden sie nicht vor mir verstecken, aber jetzt bin ich mir nicht mehr sicher.

»Er verhört das arme Mädchen, trotz seiner Gehirnerschütterung«, fährt Pioneer fort. »Dann bittet er die Mutter hinauszugehen, damit er allein mit ihr reden kann. Man muss kein Genie sein, um sich auszurechnen, was er im Schilde geführt hat.«

»Verstehe. Und warum hat er beschlossen, Sie ins Visier zu nehmen, was denken Sie?«

»Weil er uns und unsere Art zu leben nicht versteht, und wie viele Menschen in diesem Land will er das, was er nicht versteht, kontrollieren. Meinungs- und Religionsfreiheit sind in Ordnung, solange es sich um eine allgemein akzeptierte Meinung oder Religion handelt. Wir wissen, dass der Lebensweg, den wir gewählt haben, nicht der ist, dem sich die meisten von euch verschreiben würden. Wir bitten euch auch nicht um euren Segen, nur um eure Toleranz. Geht es in diesem Land nicht genau darum? Eine Vielfalt von Ideen und Ansichten zu tolerieren? Ich halte euch doch auch nicht davon ab, eure Kinder auf öffentliche Schulen zu schicken oder die Kirche eurer Wahl zu besuchen. Aber ich soll einfach stillhalten und den Sheriff und Leute wie ihn beschließen lassen, dass ich eine Bedrohung bin? Auf der Grundlage von Beweisen, die so fadenscheinig sind, dass niemand, der noch alle Tassen im Schrank hat, sie glauben würde? Ich soll zusehen, wie diese Männer mit Gewehren in der Hand auf mein Zuhause und meine Familie losgehen, ohne den Drang zu verspüren, sie zu verteidigen? Ich soll glauben, dass meine Familie in ihrer Obhut sicher ist, wenn schon der *Akt der Inobhutnahme* bedeutet, dass wir von Menschen auseinandergerissen werden, denen wir keinerlei Autorität über uns zugestehen?«

Auf dem Bildschirm taucht neben Pioneer die Hand eines Mannes auf und tippt ihm auf die Schulter. Pioneer schaut mit wildem Blick zu ihm auf. Ich höre den Mann etwas murmeln, kann aber nicht verstehen, was er sagt. Pioneer atmet tief durch.

»Mehr werde ich dazu nicht sagen.« Ich finde, er sieht aus, als würde er liebend gern mehr dazu sagen, viel mehr. Er presst die Lippen so fest aufeinander, dass sie weiß werden.

Der Interviewer wirft wieder einen Blick auf seine Notizen. »Sie haben gerade von Ihrem Glauben gesprochen. Stimmt es, dass Sie und Ihre Familie, wie Sie sie nennen, das Gefühl hatten, das Ende der Welt stehe bevor? Und dass Sie sich etwa zu dem Zeitpunkt, als die Polizeiaktion erfolgte, unter Tage einschließen wollten, in der Hoffnung, Außerirdische, die Sie »die Brüder« nennen, würden kommen, um Ihnen zu helfen, die Erde nach ihrer Zerstörung wieder aufzubauen?«

Pioneer schaut einen Moment lang nicht in die Kamera, ehe er antwortet: »Ja, zusammen mit vielen, vielen Menschen auf der Erde hatten und haben wir das Gefühl, dass das Ende der Welt bevorsteht.«

»Aber das Datum, das Sie Ihren Leuten genannt haben, war nicht richtig?«

»Im Gegenteil, es kennzeichnete für uns das Ende der friedlichen Zeiten und den Beginn einer Periode strenger Verfolgung, die dem allgemeinen Ende vorausgeht. Und wie Sie sehen, passiert genau das.«

»Sehr praktisch, finden Sie nicht?«, fragt der Interviewer leise.

Pioneer wirft ihm einen mörderischen Blick zu. »Nein, das finde ich nicht. Ich glaube, dass unsere Version der Zeit eine völlig andere ist als die Zeit, in der die Brüder leben.«

»Und, haben die Brüder Ihnen ein neues Datum genannt?«

Pioneers Lächeln wird breit wie das eines Alligators, der kurz davor ist, die Zähne in seine Beute zu schlagen. »Es spielt keine Rolle, ob Sie das Datum kennen. Sie werden nicht überleben. Nicht, wenn Sie nicht bereuen und mir glauben.«

»Aber Sie glauben, dass die Gemeinde überleben wird?«

»Natürlich.«

»Sie haben seit der Polizeiaktion ein Mitglied verloren, nicht? Das Mädchen, das zu Ihrer Verhaftung beigetragen hat. Was ist mit ihr? Ist sie immer noch auserwählt oder ebenso in Gefahr wie der Rest von uns?«

»Sie ist in Gefahr«, sagt Pioneer direkt in die Kamera an mich gerichtet. »Ich möchte es nicht, aber sie hat ihren Schutz verwirkt, als sie ging. Die Brüder werden nur Gläubige verschonen. Ehrlich gesagt, hoffe ich, dass sie dieses Interview sieht. Es ist der einzige Grund, warum ich mich entschieden habe, es zu geben. Sie soll wissen, dass sie immer noch nach Hause kommen kann. Ich will, dass sie nach Hause kommt.« Seine Augen scheinen sich in meine zu bohren. Ich bekomme eine Gänsehaut. »Ehe es zu spät ist.« Er summt das Lied, das die anderen vor dem Krankenhaus für mich gesungen haben. Ich kann es förmlich hören. Mein Herz schlägt schneller. Und mein Hirn liefert den Text, den Julie mit fröhlich-lebloser Stimme gesungen hatte.

Komm zurück in die Herde, zurück in die Herde.
Dein Leib muss schon bald entseelt in die Erde.

Der Interviewer schweigt einen Moment, das Summen scheint ihn zu überraschen. »Und wie erklären Sie Ihrer Gemeinde den Mord, den man Ihnen zur Last legt? An dem Mädchen, das tot im Bunker gefunden wurde?«

Pioneer ignoriert die Frage. »Diese Zeit ist meiner Familie als Periode der Reinigung bestimmt.« Er beugt sich ganz nah vor die Kamera, sodass sein Gesicht wieder in Großaufnahme erscheint. »Seid stark, Brüder und Schwestern. Lasst nicht zu, dass sie uns gegeneinander aufhetzen. Haltet euch aneinander fest. Dies ist eure Chance, euch im Angesicht des Kommenden würdig zu erweisen. Ihr habt den Fall eurer Schwester miterlebt. Seht ihr, wie leicht es ist, vom Glauben abzufallen? Die Kleine Eule hat ihn innerhalb kürzester Zeit verloren. Bildet euch nicht ein, ihr wärt nicht ebenfalls in Gefahr. Ihr lebt jetzt unter ihnen. Eure Kinder besuchen ihre Schulen. Euer Glaube wird in den kommenden Monaten ständigen Anfeindungen ausgesetzt sein. Wenn ihr auch nur ein klein wenig strauchelt, werdet ihr fallen. Noch steht ihr unter dem Schutz der Brüder, doch es ist an der Zeit, euch zu erkennen zu geben, damit die ganze Welt begreift, dass ihr euch nicht in die Irre führen lasst. Die Brüder verlangen es und ich tue es auch.«

Er hebt die Hände und fährt sich dann langsam und vielsagend über den Schädel. »Zeigt den Außenstehenden, wem eure Treue gilt. Zeigt ihnen, dass wir vor ihrem Sheriff, ihrer Regierung, ihren Gesetzen und ihren Lügen keine Angst haben. Wir stehen außerhalb ihrer Regeln. Sie herrschen nicht über uns; *ich* tue es. Gebt ihnen ein sichtbares Zeichen.«

Er will, dass sie sich die Köpfe scheren, so wie er. Ich fasse mir an die Haare. *Die Frauen auch?* Das kann ich mir nicht vorstellen. Vielleicht bin ich eitel, aber bei der Vorstellung, meine Haare abzuschneiden, wird mir speiübel. Ich frage mich, ob die Gemeinde dieses Interview ebenfalls sieht. Er scheint davon auszugehen. Werden Sie es tun? Meine Eltern? Will? Heather und Julie, die in der Siedlung nie ohne Bürste herumgelaufen waren, damit ihre Haare immer seidig aussahen? Werden sie für ihn darauf verzichten?

Pioneers Stimme wird lauter, sie unterbricht meine Gedanken und holt mich zurück zu dem Interview.

»Ihr müsst deutlich machen, wem eure Treue gilt, denn es wird Schlimmes geschehen. Bleibt rein, meine Familie! Vergesst nicht, wer ihr seid! Beweist es ihnen. Beweist mir euren Glauben.«

»Das werden sie nicht tun. Das können sie nicht«, sagt Cody sanft.

»Könnt ihr sie euch in der Stadt vorstellen? Es wäre eine Sternstunde für Kate und die anderen. Und der Prozess ...«, sagt Codys Mutter und verstummt.

»Wird ein Riesentheater«, knurrt der Sheriff. Er steht auf. »Uns bleibt nur noch ein Tag, um uns auf diesen Schlamassel vorzubereiten, danach muss ich weitere Leute anfordern, um uns zu unterstützen.« Er macht Anstalten, das Zimmer zu verlassen, zögert jedoch, als er in meine Nähe kommt. »Wir haben dir nicht erzählt, dass die Frau, die dich angefahren hat, Verbindungen zum Sheriffbüro hat, weil es uns damals nicht wichtig erschien. Das hier ist eine kleine Stadt. Hier ist praktisch jeder mit jedem verwandt. Es gab nie einen Plan, dich anzufahren. Das ist nicht unsere Art, Lyla. Ich hoffe, du weißt das.« Dann tut er etwas Unerwartetes. Er umarmt mich. »Das alles wird noch schlimmer werden, bevor es besser wird. Aber du bist nicht allein. Lass dich von ihm nicht nervös machen. Du weißt, was er für ein Mensch ist, und wenn du ausgesagt hast, werden es alle anderen auch wissen.«

Alle außer der Gemeinde, will ich hinzufügen. Sie werden mir nicht ein Wort glauben. Und nach der Szene mit Kate vorhin bin ich mir nicht sicher, ob es die Außenstehenden tun werden. Trotzdem erwidere ich seine Umarmung und nicke, weil ich weiß, dass er es sich wünscht. Er sieht so müde aus. Das Letzte, was er gebrauchen kann, ist, sich neben allem anderen auch noch um mich Sorgen zu machen.

Das normale Leben, das ich schon so sicher geglaubt hatte, scheint mir durch die Finger zu rinnen. Es ist, als sei ich immer noch über eine unsichtbare Kette mit Pioneer und der Gemeinde verbunden. Wenn ich ihr nicht bald entkomme, schaffe ich es vielleicht nie.

Wenn ihr etwas tun wollt,
tut es richtig.
Und lasst
etwas Teuflisches zurück.

Charles Manson, Anführer der Manson Family

16

Als ich am nächsten Morgen aufwache, liegt Codys Walkie-Talkie auf meinem Kopfkissen. Ich kann mich nicht erinnern, es unter dem Bett herausgefischt zu haben, aber ich erinnere mich, wieder von Pioneer geträumt und gerade laut genug ins Kissen geschrien zu haben, dass Taylor aufgewacht war, aber nicht die anderen. Ich schaue zu ihrem leeren Bett hinüber. Sie hat sich ohne ein Wort wieder nach unten aufs Sofa verzogen. Ich bin mir nicht einmal sicher, ob sie völlig wach war, als sie ging. Ich recke mich und nehme das Walkie-Talkie in die Hand. Cody ist wahrscheinlich noch nicht auf – es ist noch zu früh –, trotzdem schalte ich das Gerät ein, in der Hoffnung, mich zu irren.

Das statische Rauschen ist immer noch irritierend. Ich drücke auf den Knopf.

»FX? Bist du da?« Ich halte das Walkie-Talkie ans Ohr. Warte. Nach einer Minute versuche ich es erneut. »Cody?« Als ich den Knopf loslasse, wird das Rauschen leiser und verstummt. Ich lächle. Er ist wach.

Jemand beginnt zu singen. Aber es ist nicht Cody.

Komm zurück in die Herde, zurück in die Herde.
Dein Leib muss schon bald entseelt in die Erde.
Das Ende ist nah, er ruft die Schafe zu sich,
Eine andere Weide hast du hier nicht …

Ein Wimmern entfährt mir, ehe ich die Lippen zusammenpressen kann. Pioneer ist am anderen Gerät, aber wie ist das möglich? Er kann es nicht sein, es sei denn, er wäre … irgendwie entkommen.

Hastig steige ich aus dem Bett. Wenn er das Walkie-Talkie benutzt, muss er irgendwo in der Nähe sein. Die anderen sind schon einmal ins Haus eingedrungen, als sie die Eule hinterlassen haben. Sie könnten Pioneer dabei helfen, es wieder zu tun. Jemand hat dafür gesorgt, dass das Walkie-Talkie auf meinem Kissen liegt. Ich gehe zur Tür und spähe in den Flur. Draußen ist es dunkel und still. Ob es daran liegt, dass alle anderen noch schlafen oder Pioneer bereits im Haus ist, kann ich nicht sagen. Ich renne zum Fenster, ziehe vorsichtig die Jalousien nach oben und schaue hinaus. Fast hätte ich aufgeschrien, als mir jemand entgegenstarrt, doch dann wird mir klar, dass es nur mein Spiegelbild ist. Ich presse das Gesicht an die Scheibe. Es ist noch dunkel, aber nicht so sehr, dass ich unten den Garten nicht erkennen könnte. Dort ist niemand.

Plötzlich bemerke ich im Baum vor dem Fenster eine abrupte Bewegung. Jemand kauert dort in der Dunkelheit, so gut versteckt, dass ich ihn zuerst gar nicht wahrgenommen habe. Wer es ist, kann ich nicht genau sagen, denn er trägt eine Skimütze, die tief in die Stirn gezogen ist, und er hat einen Schal um das Gesicht gewickelt, aus dem nur die Augen herausschauen. Aber sie sind blau und durchdringend wie die von Pioneer. Das Walkie-Talkie klemmt neben ihm in einer Astgabel. Ich kann das Rauschen durch das geschlossene Fenster hören. Er starrt mich an und legt den Finger auf den Mund. Ich stehe wie angewurzelt da, kann mich nicht bewegen, nicht richtig atmen. Ich kann nur hinstarren. Es ist so weit. Er ist gekommen, um mich zu holen!

Er dreht sich um und holt hinter sich eine Art Sack hervor. Etwas bewegt sich darin. Er greift mit einer dickbehandschuhten Hand hinein und zieht heraus, was drinnen ist: eine braun gefleckte Eule mit einem weißen, herzförmigen Gesicht. Verzweifelt versucht sie sich loszureißen, zuckt von einer Seite zur anderen, hackt mit dem Schnabel nach der behandschuhten Hand, die sie festhält. Plötzlich packt Pioneer sie an den Füßen und schlägt sie gegen den Ast neben sich. Dann holt er aus und tut es wieder und wieder, bis sich die Eule nicht mehr rührt. Aber da schreie ich bereits und rufe nach Cody und dem Sheriff. Ich weiche vom Fenster zurück, während Pioneer das Walkie-Talkie vor den umwickelten Mund hält. Wieder singt er das Lied, doch diesmal klingt seine Stimme nicht richtig. Sie ist zu tief, zu rau. Vielleicht, weil sie vom Schal gedämpft wird. Draußen im Flur höre ich Cody meinen Namen rufen. Ich lasse Pioneer nicht aus den Augen. Jetzt klettert er vom Baum. Kommt er herein, um mir das anzutun, was er der Eule angetan hat? Ich drehe mich um und renne in den Flur, wo ich mit Cody zusammenstoße.

»Was ist los?«

Ich ziehe ihn an der Hand mit mir. »Pioneer ist hier. Er ist draußen. Wir müssen sofort deinen Dad holen!« Ich will zum Schlafzimmer seiner Eltern, als seine Mutter herauskommt.

»Wieder ein Traum …?«, fragt sie, doch ich falle ihr ins Wort.

»Er ist hier. Pioneer ist hier!«, schreie ich und schon ist sie hellwach.

»Dein Vater ist auf der Wache«, sagt sie zu Cody. Sie läuft in ihr Schlafzimmer zurück und schnappt sich das Telefon. Während sie die Nummer wählt, ruft sie uns Anweisungen zu. »Weck deine Schwester auf. Sofort!«

»Er wird reinkommen«, sage ich verzweifelt, doch dann fällt mir das Walkie-Talkie wieder ein. »Er war schon im Haus!« Taylor ist unten auf dem Sofa. Er könnte sie haben.

Cody läuft zur Treppe. »Bleib hier oben bei Mom und schließt euch ein«, sagt er.

»Nein!« Als wir uns das letzte Mal getrennt haben, während Pioneer in der Nähe war, wurde Cody verletzt. »Ich komme mit.«

Er sieht aus, als wolle er mir widersprechen, doch bevor er dazu kommt, eile ich schon an ihm vorbei die Treppe hinunter. Ich kann das Wohnzimmer von hier aus sehen. Es wirkt leer. Mein Herz ist wie ein Hammer, der gegen meine Rippen schlägt. Auf Zehenspitzen schleiche ich in die Diele hinunter und schaue zur Haustür. Sie ist verschlossen. Die kleine Sicherheitskette liegt noch davor. Gegenüber befindet sich der kleine Flur, der zur Garage führt. Dort könnte Pioneer sich verstecken. Und warten.

Ich bleibe stehen.

Lausche.

Ich kann jemanden atmen hören. Leise und gleichmäßig. Schläft Taylor noch auf der Couch? Von dort, wo ich stehe, kann ich nicht über die Kissen schauen, um mich zu vergewissern. Ich mache kehrt, gehe in die Küche und ziehe ein Messer aus dem Messerblock auf der Anrichte. Cody ist jetzt neben mir. Ohne ein Wort packt auch er ein Messer.

Wir gehen zusammen ins Wohnzimmer. Es ist niemand zu sehen.

»Was macht ihr da?«, fragt Taylor, die Stimme noch heiser vom Schlaf und kaum zu hören. Wir fahren herum und sie reißt die Augen auf, als sie die Messer in unseren Händen sieht.

Draußen höre ich das schwache Heulen einer Polizeisirene.

Wir gehen durchs ganze Haus, drängen uns zu dritt so dicht aneinander, dass wir kaum laufen können. Sekunden später gesellt sich Codys Mutter zu uns, das Telefon immer noch in der Hand. Sämtliche Fenster und Türen sind verschlossen. Pioneer ist nicht im Haus. Draußen ist die Sonne fast aufgegangen und lässt den frostbedeckten Garten glitzern. Der hintere Garten ist offen einsehbar, doch dahinter erstreckt sich ein Waldstreifen kilometerweit in beide Richtungen. Dort könnte Pioneer jetzt sein, sich verstecken und uns zusammen mit den anderen beobachten.

Der Sheriff erreicht das Haus als Erster. Er kommt nicht sofort herein, sondern nimmt sich viel Zeit, um den Garten abzugehen und in den Baum neben Taylors Fenster hinaufzuschauen. Als er hereinkommt, hat er Codys Walkie-Talkie in der Hand. Es ist nass vom Frost. Ich will nie wieder in seine Nähe kommen.

»Es ist niemand da, aber unter dem Baum sind Fußspuren und … ein bisschen Blut«, berichtet der Sheriff. »Jemand war im Baum, aber es war nicht Pioneer. Der sitzt in seiner Zelle.«

»Aber es war seine Stimme, die gesungen hat«, beteuere ich. »Ich bin ganz sicher.«

»Sie können eine Aufnahme benutzt haben, um dich glauben zu machen, dass er es ist. Er hat das Lied in Interviews ein paarmal vor der Kamera gesungen. Es braucht nicht viel, um es aus einem Fernsehbeitrag herauszuschneiden und dir vorzuspielen. Sie versuchen dir Angst einzujagen.« Er reibt sich das Kinn. »Von jetzt an lasse ich das Haus von ein paar Leuten bewachen. Ich möchte, dass du heute von der Schule zu Hause bleibst, und ich finde, du solltest auch morgen nicht ins Gericht gehen.«

Doch das ist das Letzte, was ich will. Gestern Abend habe ich mit Cody eine Ahnung davon bekommen, was es heißt, ein ganz normaler Teenager zu sein, und es war schöner, als ich es je für möglich gehalten hätte. Wenn ich nicht zur Schule gehe, hat die Gemeinde gewonnen. Dann bin ich im Haus gefangen, statt im Silo. »Nein. Dann glauben Sie, ihre Taktik würde funktionieren.

Ich will nicht, dass sie glauben, ich hätte Angst. Bitte. Lassen Sie nicht zu, dass sie mir das auch noch nehmen.«

Der Sheriff sieht mich nachdenklich an. »Schön, aber ich fahre euch drei zur Schule … und hole euch auch wieder ab. Niemand geht allein weg, außer ich sage etwas anderes. Und ich stelle mehr Deputies für die Schule ab.«

Nach dem heutigen Morgen fühlt sich die Schule zu voll und zu laut an. Jedes Schlagen der Schließfächer lässt mich zusammenfahren. Immer wieder suche ich die Gänge ab und rechne damit, den maskierten Mann zu sehen, der die Eule an den Füßen gepackt hält und mich anstarrt.

Wenn es nicht Pioneer war, wer dann? Ich zermartere mir das Hirn. Die einzigen Männer in der Gemeinde, von denen ich mit Sicherheit weiß, dass sie blaue Augen haben, sind Will, mein Vater und Mr Brown. Aber keiner von ihnen hat die richtige Größe. Und wenn ich jetzt darüber nachdenke, hat Pioneer sie auch nicht. Wer immer es war, war stämmig und muskulös. Will ist viel zu schlaksig und Pioneer ebenfalls. Mein Dad und Mr Brown passen, was die Größe angeht, besser, aber keiner von ihnen ist so stämmig. Wenn ich jemanden benennen sollte, der in körperlicher Hinsicht passen würde, wäre es Brian, aber er kann es auch nicht gewesen sein. Seine Augen sind braun.

Ich hole meine Bücher aus dem Schließfach. Wenn selbst *ich* mir nicht sicher bin, wer es gewesen sein könnte, wie soll der Sheriff den Kreis einengen? Ich werfe mein Schließfach zu. Und selbst wenn ich es könnte, was kann er schon tun? Ohne echte Beweise darf er niemanden verhaften. Der Mann hat Handschuhe getragen und die Eule mitgenommen, als er flüchtete. Sicher gibt es ein bisschen Blut, aber das reicht nicht, wenn wir uns nur auf meine Aussage stützen können. Ich lebe lange genug in Codys Familie und habe den Sheriff oft genug von Fällen sprechen hören, um das zu wissen.

Ich folge Cody und Taylor durch das Gebäude. Als mich jemand versehentlich anrempelt, schreie ich auf. Trotz meiner Entschlossenheit, heute zur Schule zu gehen, werde ich das Gefühl nicht los, unentwegt beobachtet zu werden. Wahrscheinlich ist es so. Pioneer mag im Gefängnis sitzen, aber die Einzige, die unfrei ist, bin ich. Egal was ich tue und wie sehr ich dagegen ankämpfe.

»Und, glaubst du, sie ziehen es durch?«, fragt Taylor Cody so leise, dass ich sie kaum hören kann.

Cody schaut sich über die Schulter nach mir um und wirft seiner Schwester dann einen finsteren Blick zu. »Musstest du das ansprechen? Nach heute Morgen?«

»Sie wird sie ohnehin gleich sehen. Was spielt es da für eine Rolle, ob ich darüber rede?«, schnauft Taylor. »He, Chad, halt ein bisschen Abstand. Du trittst mir praktisch auf die Hacken.«

Chad, der Deputy, den uns der Sheriff für heute und die kommenden Tage zugewiesen hat, bleibt ein wenig zurück, aber nicht weit genug für Taylor, die aufseufzt.

Anfangs bin ich noch zu sehr damit beschäftigt, darüber nachzudenken, wer heute Morgen vor dem Haus war, um zu begreifen, was sie Cody gefragt hat … doch dann fällt mir Pioneers Interview von gestern Abend wieder ein. Seine Haare. Er wollte, dass sich alle die Köpfe rasieren. Die anderen könnten tatsächlich kahlköpfig zur Schule kommen.

Die Angst, die ich seit heute Morgen unterdrückt habe, verwandelt sich in Entsetzen. Ich bin mir nicht sicher, wie viel ich noch aushalten kann, aber ich scheine keine Wahl zu haben. Alles ist so kompliziert und ich bin es leid, mir einen Reim darauf zu machen. Ich dachte, das Leben außerhalb des Silos wäre einfacher. Und ich habe das Gefühl, alles, was ich über meine Familie und meine Freunde zu wissen geglaubt und wozu ich sie für fähig gehalten hatte, ist falsch. Es überrascht mich immer wieder, wie weit sie zu gehen bereit sind, um Pioneer die Treue zu halten.

Cody bleibt vor meinem ersten Unterrichtsraum stehen und gibt mir einen Kuss auf die Stirn. »Egal, was passiert und was sie sich angetan haben oder auch nicht … es hat nichts mehr mit dir zu tun.« Aber selbst er wirkt heute ziemlich verstört.

»Kommst du nach der Stunde wieder her?«, frage ich ihn. Am liebsten würde ich seine Hand nehmen und dafür sorgen, dass er im Unterricht neben mir sitzt, aber ich weiß, dass das nicht geht. Trotzdem will ich nicht ohne ihn sein, wenn ich Will und die anderen wiedersehe.

»Auf jeden Fall. Und Chad bleibt bei dir.« Er wirft Chad einen vielsagenden Blick zu und der Deputy nickt. Ich umarme Cody und gestatte mir für einen kurzen Moment, den Kopf an seine Brust zu legen. Ich schließe die Augen und versuche uns im Geiste wieder in die Bowlinganlage zurückzuversetzen, statt im Schulkorridor auf das Eintreffen meiner Freunde aus der Gemeinde zu warten.

»Tschüss«, sage ich und husche mit dem ersten Klingelzeichen in den Unterrichtsraum. Chad folgt mir. Er setzt sich vorn auf einen leeren Platz. Er trägt keine Uniform, aber er ist viel älter als der Rest der Klasse. Und wie der Sheriff gestern gesagt hat, leben wir in einer kleinen Stadt. Die meisten wissen, wer er ist. Sie beginnen zu tuscheln und Blicke in meine Richtung zu werfen.

»Was machst du hier drinnen?« Brent, der Sohn von Mrs Dickerson, tippt Chad mit dem Bleistift auf den Rücken. Fast hätte ich laut aufgestöhnt. Seine Mutter wird uns alle von der Schule werfen, wenn er ihr erzählt, dass Chad hier war, und falls Will und die anderen so auftauchen, wie ich es befürchte.

Ich setzte mich hinten auf meinen Platz. Während ich darauf warte, dass Will und die anderen auftauchen, schaue ich aus dem

Fenster und beobachte einen kleinen grauen Vogel in einem Baum, der ständig hin und her fliegt. Er erinnert mich an die Eule und wieder meldet sich mein Magen. Ich werde die Erinnerung an den sterbenden Vogel nie wieder loswerden.

Mein Magen scheint sich mit jeder Minute mehr zu verkrampfen. Ich winde mich auf meinem Stuhl. *Werden sie heute schwänzen?*

Plötzlich setzt im Korridor Tumult ein. Aus den anderen Klassenräumen höre ich Rufe, Pfiffe und Gelächter, und noch bevor ich sie sehe, weiß ich, dass sie es getan haben. *Bitte nicht.* Doch es ist sinnlos, auf etwas anderes zu hoffen. Es ist zu spät.

Brian taucht als Erster auf, gefolgt von Heather, Julie und schließlich Will. Brian ist der Einzige, der nicht zu Boden sieht und den großen Augen der anderen mit zusammengebissenen Zähnen und funkelndem Blick begegnet. Die fehlenden Haare stören ihn vermutlich nicht halb so sehr wie die anderen. Er hat sie erst vor ein paar Tagen gestutzt, um sich Jonathan anzupassen. Was kümmern ihn da ein paar Zentimeter mehr? Er kommt herein und die anderen folgen ihm, allerdings wesentlich langsamer.

Alle haben kahl geschorene Köpfe, so bleich und glatt, dass sie im Schein der Oberlichter glänzen. Sie versuchen erst gar nicht, sie zu verstecken. Als Will den Kopf hebt und unsere Blicke sich begegnen, sackt er ein wenig in sich zusammen. Es dauert einen Moment, bis mir klar wird, dass er gehofft hatte, ich wäre ebenfalls kahlköpfig. Heather und Julie schauen mich überhaupt nicht an, sondern sehen stur zu Boden. Sie halten sich an den Händen, ihre Schultern berühren sich. Ich könnte heulen bei ihrem Anblick. Rund um mich herum höre ich, wie Schülern der Atem stockt, wie sie lachen und gestikulieren. Einige wirken verstört, aber die meisten sehen belustigt aus, als wäre das Ganze eine Art Witz.

»Boah, was habt ihr Freaks denn jetzt angestellt?«, ruft Brent.

»Lass das«, sagt Chad und funkelt ihn an. Er holt sein Funkgerät heraus und spricht hinein. Ich muss unweigerlich an das Walkie-Talkie denken. Ich will ihnen böse sein, will sie wegen heute Morgen zur Rede stellen, doch dann fällt mir ein, wie durcheinander Will war, nachdem Pioneer und die anderen Männer unsere Pferde getötet hatten, kurz bevor wir ins Silo gingen. Er ist nicht der Typ für so etwas – und wenn er noch so wütend auf mich ist, wäre das, was man der Eule angetan hat, für ihn nie in Ordnung.

Die Schüler brechen in gackerndes Gelächter aus, das Will und die anderen zusammenzucken lässt. Sie wollen sich nicht unbedingt lustig machen, es ist eher so, dass die Kahlheit sie nervös macht. Ich verstehe sie – mich macht sie ebenfalls nervös.

Julie hebt das Kinn und lächelt. Es ist ein wackliges, unsicheres Lächeln, doch sobald Heather es ihr gleichtut, wird es stärker, sicherer. Sie stehen Schulter an Schulter und schauen in die Klasse. Es ist fast so, als gehe hinter ihren Augen ein Vorhang herab. Sie scheinen förmlich durch uns hindurchzusehen. Will rückt dichter an sie heran und Brian ebenfalls. Dann beginnen sie zu psalmodieren.

Die Brüder werden uns retten.
Pioneer lenkt und beschützt uns.
Auf sie allein wollen wir bauen,
bei allem, was wir tun,
allem, was wir sagen,
allem, was wir glauben.

Es zerreißt mir das Herz, ihnen dabei zuzusehen. Ich weiß nicht, ob sie wirklich noch glauben, was sie da singen, oder ob sie, nach allem was passiert ist und was sie selbst getan haben, einfach die Möglichkeit nicht ertragen, dass sie im Irrtum sein könnten.

Als sie ihren Singsang von vorn beginnen, verstummt selbst

Brent. Das Ganze ist so verstörend mit anzusehen, dass nicht einmal er noch etwas Komisches daran finden kann.

Chad geht auf Will und die anderen zu. »Okay, okay, das reicht. Zeit zu gehen.« Er legt Brian die Hand auf den Arm, aber der reißt sich los und singt noch lauter, Chad mitten ins Gesicht. Die Tür geht auf und Mr Geddy und die anderen Deputies, die an die Schule abgeordnet wurden, eilen herein.

Will und Brian halten die Mädchen fest und psalmodieren immer lauter. Sie schreien jetzt förmlich. Heathers und Julies Ängstlichkeit weicht einer wachsenden Erregung. Man kann ihre Inbrunst spüren. Die Luft ist aufgeladen. Will schaut auf mich herab. Ich sehe das unausgesprochene Flehen in seinen Augen, es ist von kläglicher Verzweiflung. Er weiß, dass ich nicht mitmachen werde und wünscht es sich trotzdem.

Die Deputies kreisen sie ein und drängen sie zur Tür. Sie wehren sich nicht, hören aber auch nicht auf zu singen. Die ganze Klasse sieht zu, wie sie hintereinander zur Tür hinausmarschieren. Zuerst sagt niemand ein Wort, alle lauschen ihrem Singsang, der allmählich leiser wird und schließlich verstummt.

Sobald es still geworden ist, dreht sich die ganze Klasse um und starrt mich an. Obwohl ich nicht aufgestanden bin, um mich den anderen anzuschließen, bin ich für sie nach wie vor eine von ihnen. Ich fühle mich verletzt, dünnhäutig und bin kurz davor zusammenzubrechen. Ich weiß nicht, wie ich mich verhalten soll, nach dem, was sich hier gerade abgespielt hat.

Ehe ich weiß, was ich tue, drehe ich mich um und laufe zur Tür hinaus, durch die beiden Gänge, die ich am besten kenne, zu dem Lagerraum, den Jack mir gezeigt hat, dem einzigen Ort an der ganzen Schule, wo ich einen kurzen Moment durchatmen kann. Es kümmert mich nicht einmal, dass er mich ans Silo erinnert. Alles was ich will, sind fünf Minuten Ruhe.

Ich zwänge mich durch die Tür und stürze hinunter in den muffigen Raum. Es ist dunkel, ruhig und still, was zur Folge hat, dass ich den Sturm, der in mir tobt, nur noch deutlicher spüre. In meiner Hast renne ich gegen einen der Tische und stoße mir dabei das Schienbein an. Ich schreie auf und trete mit wütendem Knurren gegen das Tischbein, was sich so gut anfühlt, dass ich gar nicht mehr aufhören kann und immer wieder zutrete. Bei jedem Tritt rutscht der Tisch ein kleines Stück zurück und kratzt über den schmutzigen Linoleumboden. Das Geräusch ist schrecklich, aber befriedigend.

»Schlimmer Tag?«, ruft jemand aus der hintersten Ecke des Raums. Ich spähe in die Dunkelheit und kann gerade so die abgestoßenen Spitzen von Jacks Stiefeln erkennen. Sie beugt sich vor, damit ich ihr Gesicht sehen kann. Sie grinst und zieht die Mundwinkel so weit nach oben, dass die Lücke zwischen ihren beiden Schneidezähnen sichtbar wird. »Ich habe gerade das Treffen der Konrektorin mit den Damen der Elternvertretung belauscht. Dem Ton nach zu urteilen, versuchen sie immer noch, euch von der Schule zu werfen.« Sie zeigt auf das Lüftungsrohr. Die Stimmen, die herausdringen, klingen laut und wütend.

Ich bin so außer Atem, dass ich einen Moment brauche, ehe ich antworten kann. »Ich dachte, ich wäre allein.« Ich hoffe, sie hört die Schärfe in meiner Stimme und versteht die Bemerkung als Wink, sich aus dem Staub zu machen, aber sie scheint nicht das Geringste zu kapieren.

»Was ist passiert?« Jack schaut mich an, als könne sie mir die Antwort vom Gesicht ablesen.

»Warum willst du das wissen? Damit du es in deine Zeitung setzen kannst?« Ich weiß, dass sie sich für den Versuch, mich zu interviewen, entschuldigt hat. Ich übertreibe, aber ich kann nicht anders. Ich muss es an jemandem auslassen. Und sie ist zufällig die Einzige hier unten.

Sie rutscht vom Tisch, auf dem sie gesessen hat, und kommt auf mich zu. »Ich schwöre, dass ich nur dann darüber schreibe, wenn du damit einverstanden bist – was für mich zugegebenermaßen ziemlich ungewöhnlich ist, aber einmal ist immer das erste Mal. Wenn du reden willst, rede. Ich kann gut zuhören.«

»Also gut«, sage ich mit vor der Brust verschränkten Armen. »Bitte enttäusch mich nicht.« Den letzten Teil hatte ich gar nicht laut aussprechen wollen, aber nun ist es geschehen und lässt sich nicht mehr zurücknehmen. Dabei brauche ich wirklich jemanden, mit dem ich reden kann, jemand, der nicht Cody ist, der einfach ein Freund sein kann. Cody ist ein toller Zuhörer und ich habe das Gefühl, ihm vieles erzählen zu können, aber er ist ein Junge und ich mag ihn und manchmal verwirrt mich das mehr, als dass es Dinge klären hilft.

Jacks Miene wird ernst. »Das werde ich nicht. Ich meine, das tue ich nicht.« Sie sagt es feierlich, wie einen Eid, und ich spüre, wie sich der Knoten in meinem Magen zu lösen beginnt. Sie streckt die Hand aus und ich schüttle sie.

»Also gut«, sage ich wieder und schaue mich nach etwas um, auf dem ich mich niederlassen kann. Ich fürchte, wenn ich einmal anfange, kann ich nicht wieder aufhören.

»Hör mal, wir müssen das nicht hier tun. Ich weiß, dass du dich hier nicht wohlfühlst. Wir könnten abhauen … einen Kaffee trinken vielleicht?« Jack zieht mich zu den Stufen. »Du siehst aus, als würdest du einiges mit dir rumschleppen.« Sie schaut auf meinen Busen. »Das war nicht zweideutig gemeint.« Ich bin selbst überrascht, als ich auflache.

»Kriegen wir keinen Ärger, wenn wir schwänzen?«, frage ich, als sie mich die Treppe hinaufzieht.

»Nur, wenn wir erwischt werden.« Jack führt mich so schnell durch ein Labyrinth von Korridoren, dass mir keine Zeit bleibt, mir einzuprägen, wie ich zurückfinde; plötzlich stehen wir im Freien, der Wind peitscht uns die Haare ins Gesicht und die Schultaschen schlagen uns gegen die Schenkel, während wir zu Jacks Wagen trotten. Ich bin mir nicht sicher, ob es an der frischen Luft liegt oder an der Bestimmtheit, mit der Jack mich mit sich zieht, auf jeden Fall fühle ich mich besser, obwohl ich ihr noch gar nichts erzählt habe. Vielleicht ist das falsch, nach den Ereignissen des heutigen Morgens und dem, was mit Will und den anderen passiert ist. Wenn Cody merkt, dass ich fort bin, wird er sich Sorgen machen und der Sheriff ... wird aus der Haut fahren. Mich davonzuschleichen, ist alles andere als typisch für mich. Es ist impulsiv, leichtsinnig, völlig gedankenlos und irgendwie das Einzige, was meinen inneren Drang abstellt, auf irgendetwas einzutreten. So beängstigend dieser Morgen auch war, will ich Jack nicht sagen, dass ich nicht mitkommen kann. Außerdem werden wir uns mitten in der Stadt aufhalten, umgeben von vielen Menschen. Bisher haben sie sehr darauf geachtet, dass ich die Einzige bin, die ihre Drohungen sieht. Möglicherweise ist das die beste Art, dafür zu sorgen, dass mir nichts passiert.

Es kann nichts Gutes dabei herauskommen, wenn man sich
mit Außenstehenden einlässt. Wie kann man
mit dem Tod verkehren und sich einbilden,
er würde nicht auf einen abfärben?

Mr Brown, Gemeindemitglied

17

Jack nimmt Kurs auf die Stadt, auf die Hauptstraße, um genau zu sein. Sie hat das Radio superlaut gestellt und der Wagen vibriert von Musik, die ich noch nie gehört habe. Sie trommelt beim Fahren mit den Fingern aufs Lenkrad und singt aus vollem Halse mit, schrill, klar und … nun ja, schlecht. Doch das scheint ihr völlig egal zu sein.

»Das ist der Grund, warum ich schreibe und nicht singe«, erklärt sie mit einem Grinsen.

Ich lächle und sie macht eine Geste, als wolle sie mich auffordern, ebenfalls mitzusingen.

»Ich habe den Song noch nie gehört.«

Ich habe mich zwar ein bisschen mit Codys und Taylors Musik beschäftigt, habe aber dennoch nicht das Gefühl, mehr als eine Handvoll Stücke zu kennen. Und selbst wenn, wäre ich mir nicht sicher, ob ich einfach loslassen und sie ebenso ungeniert mitschmettern könnte, wie Jack es gerade tut. Zu Hause habe ich den Text fast immer stumm mitgesprochen, statt laut mitzusingen. Keine Ahnung warum. Ich glaube nicht einmal, dass ich eine allzu schlechte Sängerin bin ... wahrscheinlich bin ich einfach nur ein sehr zurückhaltender Mensch. Ich lehne mich im Sitz zurück und schaue aus dem Fenster. Versuche den Wunsch in mir aufkeimen zu lassen, ebenfalls mitzusingen, doch es geht nicht, also höre ich Jack einfach nur zu, klopfte mit den Fingern den Takt auf mein Bein. Komme mir vor wie eine Idiotin.

Jack parkt vor dem Diner in der Main Street, mitten in der Innenstadt. Sie führt mich hinein und auf meine Bitte hin suchen wir uns eine Nische in der hintersten Ecke, weit fort von der Eingangstür. Falls sie mich immer noch beobachten, will ich es ihnen wenigstens nicht leicht machen.

»Wir können zum Kaffee auch gleich etwas essen, wir werden mit Sicherheit nicht rechtzeitig zurück sein, um noch zu Mittag zu essen ... falls wir überhaupt zurückkommen.« Jack sieht mich verschmitzt an.

Ich will nicht zurück, aber ich weiß auch, dass es nur eine Frage der Zeit ist, bis man mein Verschwinden bemerkt. Wenn Chad in den Unterricht zurückkehrt, wird er den Braten riechen und dem Sheriff Bescheid sagen.

»Ich kann nicht wegbleiben. Cody und seine Familie werden bald nach mir suchen, besonders nach dem, was heute Morgen passiert ist«, erkläre ich ihr.

Jack legt die Speisekarte hin, ohne sie zu öffnen. »Und was genau war das?«

Ich fange mit Pioneers Interview vom Vorabend an. Wie sich herausstellt, hat sie es ebenfalls gesehen – das haben wahrscheinlich die meisten in der Stadt – und sie errät, worauf meine Geschichte hinausläuft, noch bevor ich dort anlange. Die Ereignisse von heute Morgen lasse ich absichtlich weg, weil ich sicher bin, dass es sie verschrecken würde.

»Wow. Glaubst du, sie haben sich freiwillig die Haare geschoren oder haben ihre Eltern sie dazu gezwungen?«, fragt Jack. Ihr Ton ist verhalten – vorsichtig –, als wolle sie mich nicht verstimmen, indem sie etwas Falsches sagt.

»Das war ihre Entscheidung«, bin ich mir sicher … bis ich es laut ausspreche. »Glaube ich jedenfalls. Vielleicht auch nicht. Ich … ich weiß es nicht.« Ich versuche mir vorzustellen, wie Heather anbietet, sich die Haare abzuschneiden, doch es gelingt mir nicht, nicht einmal, nachdem ich ihren Singsang vorhin gehört habe. Könnten ihre Eltern sie dazu gezwungen haben?

»Solltet ihr beiden nicht in der Schule sein?« Mrs Rosen steht plötzlich vor uns. Mir rutscht das Herz bis in die Kniekehlen. Ich beginne zu stammeln und kann nicht antworten.

»Die anderen Sektenkinder haben sich die Köpfe kahl geschoren«, sagt Jack, als würde das für Mrs Rosen irgendeinen Sinn ergeben.

Mrs Rosen bedeutet Jack, zur Seite zu rutschen, und setzt sich neben sie. Sie scheinen sich zu kennen. Ich schaue Jack an, die ein wenig rot wird.

»Ich gehe hin und wieder zu Mrs Rosen.«

In diesem Moment begreife ich, warum sie sich weiter bemüht, mit mir befreundet zu sein. Wir sind uns in gewisser Weise tatsächlich ähnlich.

»Egal, was passiert ist, Mädchen, es ist nie in Ordnung, unerlaubt die Schule zu verlassen.« Das ist weniger eine Zurechtweisung als eine Feststellung. Seufzend zieht Mrs Rosen ihr Handy heraus. »Ich rufe jetzt in der Schule an und sage Bescheid, dass ihr bei mir seid. Lyla, wir beide müssen uns ohnehin unterhalten über das, was neulich in deiner Sitzung passiert ist. Deine Eltern haben sich schreckliche Sorgen gemacht und ich ebenfalls. Ich hatte gehofft, du würdest mich anrufen, um die Sache zu erklären, aber da du das nicht getan hast, können wir ebenso gut jetzt darüber reden.«

Ich weiß gar nicht, wo ich anfangen soll. Es ist so vieles passiert seitdem.

Mrs Rosen erledigt ihren Anruf in der Schule und faltet dann abwartend die Hände. Sie schickt Jack an den langen Verkaufstresen neben der Kasse, um einen Kaffee zu bestellen und zu warten, bis sie ihr das Okay gibt zurückzukommen.

Ich erzähle Mrs Rosen alles. Der Sheriff würde sie ohnehin ins Bild setzen, wenn ich es nicht täte. Außerdem fühlt es sich gut an, mir die Dinge von der Seele zu reden. Ich fange mit dem Tag an, an dem ich von Will die Eule bekommen habe und zur Therapiesitzung in die Wohnwagensiedlung gefahren war. Ich beschreibe die Kreise und das Fotoalbum in meinem Zimmer und dass ich die zerbrochene Eule einen Tag später vollständig zusammengeklebt auf Taylors Fensterbank wiedergefunden hatte. Irgendwann nimmt sie ihr Handy und fragt, ob sie das, was ich ihr erzähle, aufnehmen darf, und ich willige ein. Ich habe das Gefühl, es tun zu müssen, nachdem ich Will und die anderen gesehen habe. Bis jetzt hatte ich Angst, sie könnten wütend auf mich werden, weil ich weiß, wie unbedingt sie in der Gemeinde bleiben wollen, aber langsam wird mir klar, dass das, was mit ihnen geschieht, falsch ist und irgendjemand aufstehen und es aussprechen muss.

Mrs Rosen sieht regelrecht krank aus, als ich zum Ende komme. Sie ist ganz blass und hat Tränen in den Augen. Sie fasst über den Tisch und nimmt meine Hand. »Du bist ein sehr mutiges Mädchen.«

Ich ziehe meine Hand zurück, nehme den Salzstreuer und beschäftige mich intensiv damit, die Flecken von dem silbernen Rand zu wischen. »Äh, danke«, sage ich.

»Ich weiß, dass es nicht einfach war, mir das zu erzählen, Lyla, aber du musst verstehen, dass es kein Verrat an deinen Freunden und deiner Familie ist. Sie brauchen Hilfe und dank deiner Ehrlichkeit werden wir dafür sorgen, dass sie sie bekommen. Ich fange heute noch damit an. Sofort, um genau zu sein.« Sie steht vom Tisch auf und winkt Jack herüber.

»Kann ich mich darauf verlassen, dass ihr beiden unverzüglich in die Schule zurückfahrt?« Bei diesen Worten schaut sie Jack durchdringend an.

»Ja, ja. Aber dürfen wir zuerst etwas essen? Wir haben das Mittagessen verpasst.« Jack setzt einen traurigen Dackelblick auf und Mrs Rosen muss wider Willen lachen.

»Ihr habt eine halbe Stunde Zeit, um zurückzufahren. Wenn ihr jetzt bestellt, habt ihr genug Zeit, um zu essen und zurückzukehren, bevor ich in der Schule nachhake.«

»Abgemacht, danke, Mrs R.«, Jack lächelt sie an und winkt der Kellnerin.

Zwanzig Minuten später sind wir wieder draußen und auf dem Weg zu Jacks Auto. Wir sind so in Eile, dass ich nicht aufpasse, wo ich hintrete, und an einer unebenen Stelle ins Stolpern gerate.

Meine Arme schießen vor und ich packe die nächstbeste Person auf dem Bürgersteig – doch es ist nicht Jack. Mit beiden Händen klammere ich mich fest, damit ich nicht hinfalle. Zu spät bemerke ich den aufgerollten Ärmel und den dicken weißen Verband, mit dem der linke Unterarm und die Hand des Mannes verbunden sind. Er saugt zischend die Luft ein.

»Pass doch auf!«, brüllt er und ich lasse auf der Stelle los, aber es ist zu spät. Ich kann sehen, dass ich ihm wehgetan habe. Schaudernd drückt er den Arm an die Brust.

»Das tut mir leid«, sage ich. »Ich wollte das nicht. Sind Sie okay?« Ich hebe den Kopf – und schaue geradewegs in das Gesicht von Jonathan. Er ist es. Der Freedom Ranger.

Er bückt sich, um die Tüten aufzuheben, die er in der Hand gehalten und fallen gelassen hat, als ich mich auf ihn stürzte. Ich knie mich hin, um ihm zu helfen und mich vorzustellen. »Ich habe Sie drüben gesehen, äh, bei meiner Familie … bei den Wohnwagen. Sie sind Jonathan, nicht?«

Er starrt mich an. »Du hast mich nicht bei den Wohnwagen gesehen, sondern in der Scheune.«

Hastig stehe ich auf und trete näher zu Jack. Hat er mich in jener Nacht gesehen? Aber den anderen hat er nie davon erzählt. Warum? Dass er mich beschützen wollte, kann nicht der Grund gewesen sein. Er kennt mich nicht einmal. Doch dann fällt mir Pioneers Video ein und Mr Browns Rede und ich begreife, dass er mich wahrscheinlich ziemlich gut kennt – zumindest ihre Version von mir.

»Äh, ja«, sage ich, weil ich keinen Sinn darin sehe, es zu leugnen.

»Ich bin Jonathan.« Er nickt mir zu. Ich komme nicht umhin, zu bemerken, dass er noch Haare hat. Das überrascht mich ein wenig. Ich dachte, er sei der Gemeinde beigetreten.

»Was ist passiert?«, frage ich, den Blick auf die rosafarbene Haut gerichtet, die unter dem Verband hervorschaut.

Er zögert so lange, dass ich ihn fast ein zweites Mal gefragt hätte. »Ich bin mit einem Topf heißem Wasser gegen die Arbeitsplatte gestoßen. Dann ist mir der Topflappen weggerutscht und ich habe den Topf mit bloßen Händen gepackt, damit er nicht runterfällt. In den blöden Wohnwagenküchen ist nicht genug Platz, um sich zu bewegen.« Er schaut mich finster an, als missfalle es ihm, dass ich Fragen stelle.

Jack verzieht das Gesicht. »Das hört sich nicht gut an.«

Jonanthan murmelt: »Nein, war es nicht.«

»Haben Sie sich Brandsalbe gekauft?«, frage ich und deute auf die Tüte, die er ein wenig fester an die Brust drückt. »Das lindert das Brennen.« Damit kenne ich mich aus. In Mandrodage Meadows habe ich mindestens einmal in der Woche in der Ambulanz gearbeitet. Man würde nicht glauben, wie oft sich Menschen verbrühen; und wenn es nichts richtig Ernsthaftes war, gestattete es Pioneer uns nicht, ins Krankenhaus zu gehen.

Ich weiß nicht, warum ich ihm helfen will. Wahrscheinlich hoffe ich, dass er ein wenig zugänglicher wird und ich ihn fragen kann, warum er sich der Gemeinde angeschlossen und beschlossen hat, an Pioneer zu glauben.

Jonathan blickt erst auf die Tüte und dann auf mich. »Ja, hab gerade welche besorgt.«

Ich schaue in die Tüte, die aufklafft, weil er sie nur an einem Griff gepackt hat. Sie enthält ein paar Beutel mit Nägeln, Schrauben und Schraubenmuttern sowie mehrere Rollen Isolierband, aber keine Salbe.

Als er meinen Blick sieht, rafft er die Tüte zusammen.

Ich zucke die Achseln und tue, als würde mir sein Verhalten nichts ausmachen, doch das tut es, vor allem die Art, wie er meinen Fragen ausweicht. Ich will mich abwenden.

»Und, bist du jetzt glücklich?«, fragt er.

Die Frage ist fast ein Vorwurf und da ich immer noch mit seiner verletzten Hand beschäftigt bin, kommt sie für mich überraschend. »Was?«

»Ob du glücklich bist? Jetzt, wo du beim Sheriff und seiner Familie lebst?«

Ich weiß nicht, was ich sagen soll.

Er rückt ein wenig näher und ich weiche zurück. »Du vertraust Leuten, die das nicht verdienen«, sagt er.

Geht das schon wieder los.

Er kommt noch näher, bis er direkt vor mir aufragt und mich von oben herab anstarrt, die leuchtend blauen Augen wie Laserstrahlen auf mich gerichtet. »Deine Familie hat dir jede Gelegenheit gegeben, wieder nach Hause zu kommen. Das sollten sie sich schenken. Du bist eine Närrin.«

Er hat blaue Augen.

Mit offenem Mund sehe ich zu, wie er sich an uns vorbeidrängt, eilig das Diner passiert und auf dem Bürgersteig davongeht. War *er* der Mann mit der Eule heute Morgen? Hat er sich dabei die Hand verletzt? Hat ihn die Eule gekratzt und er versucht, es mit der Heißwassergeschichte zu vertuschen? Das Blut scheint mir aus dem Kopf in die Füße zu sacken und mir wird ein wenig schwindelig. Aber er kennt mich doch gar nicht. Warum sollte er so etwas tun? Es würde mehr Sinn ergeben, wenn es Mr Brown gewesen wäre … aber sein Körperbau, die Größe und die Statur … er könnte es gewesen sein.

Ich bin kurz davor, ihn an Ort und Stelle zu fragen, nur um seinen Gesichtsausdruck zu sehen, doch er ist bereits zu weit weg und ich bin mir nicht sicher, ob ich die ganze Stadt wissen lassen will, dass ich an Dingen interessiert bin, die auch nur im Entferntesten mit der Gemeinde zu tun haben.

Neben mir hat sich Jack vornübergebeugt und kritzelt fieberhaft etwas auf einen kleinen Notizblock, den sie auf den Knien balanciert.

»Was machst du da?«

»Ich muss das aufschreiben, bevor ich vergesse, was mir gerade durch den Kopf geht. Das wird ein Wahnsinnsartikel.«

Ich bleibe stehen. »Ich dachte, du willst nicht über mich schreiben.«

»Das werde ich auch nicht, ich schreibe über *ihn*.« Sie weist mit dem Bleistift auf Jonathan, der die Straße schon zur Hälfte hinter sich hat und auf den Van zusteuert, mit dem er Will und die anderen von der Schule abholt. »Das ist ein Blickwinkel, den ich ausloten muss. Was war mit diesen Einkäufen? Ziemlich wahllos, nicht? Hat sich ganz schön unheimlich angestellt deswegen.«

»Du kennst ihn?«, frage ich.

Jack lächelt leicht. »Äh, nicht wirklich. Hab nur die gröbsten Fakten ausgegraben, aber bis jetzt ist es noch nicht viel. Nur dass er ein ehemaliger Soldat und vor Kurzem zur Gemeinde konvertiert ist. Lass mich noch ein paar Tage weitergraben, dann kenne ich ihn.«

»Sagst du mir, was du herausfindest?«, frage ich.

»Absolut. Was immer du wissen willst.«

Jack und ich kommen rechtzeitig zu den letzten beiden Unterrichtsstunden in die Schule zurück. Will und die anderen sollten eigentlich im gleichen Unterricht sein, aber ihre Stühle sind leer. Immer wieder driften meine Augen zu ihren Plätzen hinüber und es fällt mir schwer, mich auf den Lehrer zu konzentrieren, der ohne Ende über Beweise und Postulate palavert. Ich frage mich, wie lange es dauern wird, bis Mrs Rosen bei den Wohnwagen auftaucht, um sie in Pflegefamilien zu bringen. Etwa nach der Hälfte des Unterrichts zupft ein Mädchen, das in der Nähe sitzt, an meinem T-Shirt und lehnt sich vor, um mir ins Ohr zu flüstern.

»Man hat sie nach Hause geschickt. Sie haben den Schulrat kommen lassen, wegen dem, was sie mit ihren Haaren gemacht haben. Und er hat sie vom Unterricht suspendiert.« Mit einem Mal scheint alles so schnell aus den Fugen zu geraten.

Sobald es zum Schulschluss läutet, bin ich auf den Beinen und draußen im Flur, wo ich nach Cody Ausschau halte. Ich brauche nicht lange, um ihn zu finden.

»Ich weiß Bescheid«, sagt er, ehe ich den Mund aufmachen kann. Er nimmt mir die Tasche ab und legt die Hand auf meinen Rücken. »Dad hat gesagt, dass es schlimmer werden wird, je näher der Prozess kommt. Bist du immer noch sicher, dass du morgen dorthin willst?«

»Ich muss«, erwidere ich. Ich will hören, was Pioneer sagt, wenn der Richter ihn fragt, ob er sich zu den Anklagepunkten schuldig bekennt. Wenn er den Mund aufmacht, um zu lügen, will ich, dass er mich in der Menge sieht und weiß, dass derjenige, den er heute Morgen hergeschickt hat, es nicht geschafft hat, mich einzuschüchtern.

Ich empfinde große Erleichterung und, äh,
Freude darüber, dass die Welt
weiter auf ihr Ende zusteuert.
Das tun wir alle.

Julie Sturdges, Gemeindemitglied

18

Als wir vor dem Gerichtsgebäude vorfahren, sehe ich, warum mich der Sheriff überreden wollte, zu Hause zu bleiben. Die Menschenmenge, die draußen herumsteht, ist riesig; noch größer und noch beängstigender als diejenige, die sich bei Pioneers Verlegung um das Krankenhaus versammelt hatte. Meine Handflächen werden ganz feucht, während wir nach einem Parkplatz suchen. Ich sitze zwischen Taylor und Cody, deshalb kann ich nicht genau erkennen, wie viele Menschen draußen stehen, aber ich kann sie hören – Leute rufen und drängen eilig am Wagen vorbei auf das Gerichtsgebäude zu.

Wir müssen mehrere Häuserblocks entfernt parken. Auf dem Weg zum Gericht hat der Sheriff die Hand auf meinem Arm und der Rest der Familie geht entweder vor oder hinter mir. Es ist, als bildeten sie eine menschliche Mauer um mich herum.

Der Bürgersteig ist vollgepackt mit Menschen. Alle Augen sind auf die Leute neben den Treppenstufen gerichtet, die zum Gericht hinaufführen. Meine Gemeinde! Jeder Einzelne von ihnen hat eine Glatze, ihre Köpfe leuchten im schwachen Sonnenlicht, ihre

Gesichter sind blass, aber sie lächeln. Es ist beängstigend und gleichzeitig auf unheimliche Weise komisch. Zuerst kann ich meine Eltern in der Gruppe nicht entdecken. Die fehlenden Haare lassen alle gleich aussehen. Sie haben sich in einer Reihe aufgestellt, halten sich an den Händen und psalmodieren. Eine Woge der Unruhe geht durch die Menge. Als die Gemeinde immer lauter wird, die Stimmen sicherer, klarer und fester, verstummen die Leute. Ich zittere innerlich so sehr, dass es sich anfühlt, als könnte ich zerbrechen.

Schließlich entdecke ich meine Eltern. Sie stehen genau in der Mitte, zwischen Mr und Mrs Brown. Will und seine Eltern stehen neben meinem Vater. Keiner von ihnen sieht mich; ehrlich gesagt, bin ich mir nicht sicher, ob sie überhaupt jemand sehen. Ihre Augen haben diesen merkwürdig entrückten Ausdruck, was, wie mir jetzt klar wird, ihre Art ist, sich von den Außenstehenden abzuschotten. Der Sheriff verstärkt seinen Griff um meinen Arm und lotst mich von dem Spektakel fort.

Seitlich neben der Gemeinde stehen die Ranger. Sie singen nicht mit. Stehen einfach mit verschränkten Armen da. Sie starren in die Menge und als ich nachschaue, wem ihre Aufmerksamkeit gilt, entdecke ich Mrs Dickerson und eine größere Anzahl weiterer Stadtbewohner. Sie wirkt noch wütender als beim letzten Mal; die gestrigen Ereignisse in der Schule haben sie aufgestachelt. Jetzt, wo Will und die anderen suspendiert sind, wird sie sich wahrscheinlich dafür einsetzen, die ganze Gemeinde aus der Stadt zu werfen.

Der Sheriff und ich arbeiten uns zu den Stufen vor, die zum Gericht hinaufführen.

»Lyla! Lyla!« Ich drehe mich um und sehe, dass meine Eltern zu mir herüberschauen, nach mir rufen und die Arme ausstrecken. Auch Will ruft nach mir. Und Heather. Und Julie. Alle flehen mich an, kehrtzumachen und zu ihnen zu kommen. Ihre Augen sind nicht mehr leer, sondern voller Not und Verzweiflung. Einen Moment lang bin ich unfähig, mich zu bewegen. Es ist, als würden sie einen Teil von mir festhalten und Cody und der Sheriff den anderen, und keiner lässt los.

Ein paar Reporter kommen heran. Aus den Augenwinkeln sehe ich, wie Taylor sich ein wenig aufrechter hinstellt und die Pose einnimmt, die sie stundenlang vor dem Spiegel übt, die gleiche, die Stars auf dem roten Teppich einsetzen. Stirnrunzelnd schiebt der Sheriff sie vorwärts.

Wir schlüpfen ins Gerichtsgebäude, ehe die Reporter uns einholen können. Ein paar Minuten später haben wir die Sicherheitskontrolle hinter uns, gehen einen langen Korridor entlang und treten durch eine Doppeltür in einen großen Saal mit hölzernen Bänken, die alle zum Platz des Richters hin ausgerichtet sind. Es erinnert mich an eine Kirche oder an den Versammlungsraum im Klubhaus in Mandrodage Meadows. Wir setzen uns auf die Bank hinter der Staatsanwaltschaft, wie Cody mir erklärt. Die Anwälte sitzen bereits an dem für sie reservierten langen Tisch, flüstern miteinander und blättern in ihren dicken Papierstapeln. Auf der anderen Seite des Raums stellt Pioneers Verteidiger gerade seine Aktentasche auf den Tisch. Ich beobachte seine Bewegungen, seine Hände, sein Gesicht. Er wirkt ruhig und selbstgewiss. Ich frage mich, ob er an Pioneers Unschuld glaubt oder sich einfach nur seiner Fähigkeit gewiss ist, Leute davon überzeugen zu können.

Immer mehr Zuschauer kommen herein und die Plätze um uns herum beginnen sich zu füllen. Es ist fast noch eine halbe Stunde Zeit, bis Pioneer erscheinen soll. Verzweifelt bemüht, mich vom Kommenden abzulenken, unterziehe ich jeden Eintretenden einer genauen Musterung. Cody sitzt neben mir, seine Mutter auf der anderen Seite, mit Taylor neben sich. Der Sheriff ist nicht bei uns.

Er ist hinausgegangen, um im Gang mit einigen Anzugträgern zu sprechen, die alle sehr wichtig aussehen. Codys Mutter hält ihm einen Platz frei. Ich glaube, ich werde besser atmen können, wenn er erst dort sitzt.

Codys Hand in meiner ist kühl. Meine Handflächen sind klamm. Es ist peinlich, aber ich lasse ihn nicht los. Wir reden nicht miteinander. Ich wüsste nicht, was ich sagen sollte, und selbst wenn, bin ich nicht sicher, irgendetwas über die Lippen zu bringen.

»Hey.« Jack tippt mir auf die Schulter und rutscht auf den Platz hinter mir. »Hab ein bisschen was über unseren Freund ausgegraben. Unser Mr Jonathan hat zwei Jahre im Irak gedient und wurde vor ein paar Jahren ehrenhaft entlassen. Danach hat er eine Zeit lang bei seinen Eltern gelebt und keinen Job länger als drei Monate behalten. Ich habe seine Facebookseite aufgetan, wo er jede Menge Bilder von sich und den Rangern eingestellt hat und ein paar Artikel über Pioneer. Außerdem hat er über Religionsfreiheit geschrieben und dass die Polizeiaktion gegen die Gemeinde gegen die Verfassung verstößt. Er ist ein schwerer Verfechter des Rechts auf Waffenbesitz und geht ziemlich regelmäßig auf Demos.«

»Himmel, und das hast du alles am Computer herausgefunden?«

»Yep, beängstigend, was man alles über Menschen rausfinden kann, nicht? He, hast du zufällig mit Mrs R. gesprochen, seit wir im Diner waren?«

»Nein, warum?«

»Sie hat gestern Abend unseren Termin platzen lassen.« Jack setzt sich wieder auf ihren Platz. »Normalerweise macht sie mir wegen meiner Vergesslichkeit die Hölle heiß, aber diesmal war ich da und sie nicht.«

Mein Magen schlägt einen Purzelbaum. *Ist sie bereits damit beschäftigt, Will und die anderen aus der Gemeinde zu holen?*

Wenige Minuten später tauchen meine Eltern und die anderen

auf, zusammen mit Jonathan und zwei weiteren Rangern. Sie belegen die komplette letzte Reihe – auf beiden Seiten. Trotzdem sind nicht alle Gemeindemitglieder da. Ich sehe weder Brian noch seine Mutter oder Maries Eltern und einige andere. Ich frage mich, ob sie lieber weggeblieben sind oder ob Mr Brown es ihnen befohlen hat, weil er nicht will, dass sie die Anklagepunkte hören und wie Maries Name genannt wird.

Vorn im Saal geht eine Tür auf und eine Frau eilt herein und setzt sich an einen niedrigen Tisch, gleich neben dem Stuhl des Richters. Im gleichen Moment kommt Pioneer durch die Tür, die Hände in Handschellen vor dem Körper. Er trägt schwarze Hosen und ein weißes Hemd mit einem dick geknoteten blauen Schlips, der zu seiner Augenfarbe passt und sie noch eisiger und durchdringender wirken lässt. Ein feiner Flaum überzieht seinen Oberkopf. Anscheinend ist es ihm nicht möglich, ihn ständig zu rasieren. Er schlurft mit langsamen Schritten vorwärts und lässt die Augen durch den Saal schweifen. Als er unsere Gemeinde entdeckt, beginnen sie zu leuchten und ihr Glanz vertieft sich noch, als er mich sieht.

Er wendet die Augen nicht ab und zwinkert mir zu. Er versucht mich zu verunsichern. Ich zwinge mich, seinem Blick standzuhalten, auch wenn ich furchtbar gern wegschauen würde.

»Hat dir mein Geschenk von gestern gefallen, *Kleine Eule?*«, fragt er, ehe ihn sein Anwalt anstupst, weil er schweigen soll. Cody drückt meine Hand fester. Pioneer wendet sich kurz ab, um seinen Stuhl zu suchen und sich hinzusetzen, ehe er wieder zu mir herumfährt.

»Ich will, dass du weißt, wie viel du mir immer noch bedeutest«, sagt er.

Ich will keine Angst haben, doch es ist so. In meinen Ohren hallt das Echo der Schüsse, die ich am Tag der Polizeiaktion im

Stall auf ihn abgegeben habe. Einen Moment lang bin ich fast überzeugt, den Geruch verbrannten Pulvers zu riechen – eine Mischung aus Erde, Metall und einem ausgeblasenen Streichholz.

Er neigt sich in meine Richtung, schiebt sich förmlich über die Holzabtrennung, die ihn von den Zuschauerbänken trennt. Er wartet einen halben Herzschlag, ehe er mit einem Grinsen das Lied zu summen beginnt, das ich ihn durch das Walkie-Talkie habe singen hören. Sein Anwalt lehnt sich zur Seite und zieht ihn an der Schulter, damit er aufhört.

»Du gehörst immer noch mir, Kleine Eule«, sagt er, ohne sich umzudrehen.

Mir ist, als würden diese sieben Worte eine Verbindung schaffen, als wären sie Finger, die sich direkt über meinem Herzen in die Brust graben und zudrücken. Sie sind mächtig genug, um mich am Atmen zu hindern. Ich schaue mich nach meinen Eltern um. Mit einem kleinen, fast zärtlichen Lächeln in den Gesichtern starren sie zu mir herüber. Sie scheinen nicht zu bemerken, was Pioneer tut. Ich sehe die anderen an. Der Einzige, der auch nur ansatzweise zu begreifen scheint, ist Mr Brown, der erfreut wirkt über das, was vor sich geht. Er mag die Eule nicht umgebracht haben, aber ich wette, er weiß, wer es war.

Mir ist, als würde der Raum schrumpfen, als kämen die Wände auf mich zu. Ich atme schnell und flach und meine Lunge verkrampft sich. Ich umklammere Codys Hand so fest, dass ich höre, wie er die Luft durch die Zähne zieht. Trotzdem kann ich nicht aufhören, seine Hand zu drücken. Er versucht nicht, sie fortzuziehen, obwohl ich weiß, dass es ihm unangenehm ist. Stattdessen legt er seine andere Hand auf meine und streichelt sie sanft. Langsam beginnen sich meine Finger zu entspannen.

»Bitte erheben Sie sich …«, sagt ein Mann in Uniform und der ganze Saal steht auf, als eine Frau in einer langen schwarzen Robe nach vorn schreitet und auf dem Richterstuhl Platz nimmt. Sie spricht zuerst, dann die Anwälte, aber ich kann mich auf nichts konzentrieren. Irgendwann wird Pioneer aufgefordert aufzustehen und die Richterin verliest eine Liste von Anklagepunkten. *Mord … versuchter Mord mit bedingtem Vorsatz …* Die Worte kommen bruchstückhaft und wie von weit her bei mir an, als würde ich ihnen unter Wasser lauschen.

Die Richterin schaut Pioneer an. »Verstehen Sie die Ihnen zur Last gelegten Vergehen?«

»Ich verstehe, dass ich heute hier bin, weil niemand von Ihnen der Wahrheit ins Gesicht sehen möchte. Ihre eigene Verruchtheit –«

»Mr Cross! Antworten Sie nur mit Ja oder Nein«, unterbricht ihn die Richterin laut.

»Die Wahrheit wird aus meinem Mund fließen, bis ich zu schwach bin, um zu sprechen, oder tot. Euch alle wird die Strafe ereilen –«

»Mr Cross!« Die Richterin brüllt förmlich und die Gerichtsdiener bewegen sich mit den Händen an der Waffe auf Pioneer zu. Er wendet sich an den Rest von uns.

»Betet und fastet mit mir, Brüder und Schwestern! Vergiftet euch nicht mit ihrem Essen, ihren Getränken, ihren Lügen! Das Ende ist nah. Zeichen und Wunder werden kommen. Haltet euren Geist und euren Körper rein.«

»Schaffen Sie ihn aus meinem Gerichtssaal. Auf der Stelle!«, brüllt die Richterin.

Die Gerichtsdiener ergreifen Pioneer. Er wehrt sich, als sie ihn davonzerren, und schreit der Richterin zu: »Sie hatten Ihre Chance, den Weg zu erkennen. Jetzt werden Konsequenzen folgen. Für euch alle. Wartet nur!« Wahnsinn steht in seinem Gesicht, das vor Anstrengung knallrot angelaufen ist. Die Gerichtsdiener schleifen ihn zur Tür. Er wirft mir einen letzten Blick zu, dann ist er verschwunden.

Um mich herum beginnen die Leute zu tuscheln. Pioneers Ausbruch hat ihnen mehr Spannung geboten, als sie zu hoffen gewagt hatten, und jetzt feiern sie es, indem sie alles noch einmal durchhecheln. Ich schaue zur letzten Reihe, wo meine Eltern und die anderen die Köpfe zusammenstecken. Ihre Münder bewegen sich, aber so leise, dass ich nichts verstehen kann. Trotzdem weiß ich, was sie tun. Sie beten. Ist ihr Gebet an Pioneer gerichtet oder an die Brüder?

Die Richterin fordert die Anwälte auf, in ihr Büro zu kommen, und mir nichts, dir nichts, ist es vorbei und wir verlassen einer nach dem anderen den Verhandlungssaal. Das Ganze hat weniger als eine Viertelstunde gedauert. Während mir Pioneers Worte weiter in den Ohren hallen, folge ich den anderen hinaus. Er hat gesagt, es würden schlimme Dinge geschehen. Ich weiß, dass ich ihm nicht glauben sollte. Dass er das nicht wissen kann … und doch habe ich das Gefühl, er werde schon dafür sorgen, dass sich seine Worte bewahrheiten. Aber er ist nur ein Mensch. Noch dazu ein inhaftierter Mensch. *Was kann er schon tun?*

Euer Gefängnis wird ihn nicht halten.
Er wird freikommen.
Dann werdet ihr erkennen, wer er ist,
und es bereuen.

Mr Brown, Gemeindemitglied

19

Wie benommen verlasse ich das Gerichtsgebäude, stolpere die Stufen hinab, den Blick auf die Menge gerichtet, die draußen versammelt ist – Brian und seine Mutter, Maries Eltern und die Ranger, aber auch Mrs Dickerson und ihre Leute, die jetzt Protestschilder in die Höhe halten, auf denen VERLASST CULVER CREEK geschrieben steht. Sie halten die Gemeinde für böse. Die Gemeinde hält sie für böse. Beide Seiten sind überzeugt, die Guten zu sein. *Nur warum sehe ich dann auf beiden Seiten so viel Hass und Wut?*

»Lyla!« Hell und klar ertönt hinter mir die Stimme meiner Mutter. Es ist schwer, angesichts ihrer Erscheinung nicht zu schaudern. Sie eilt die Stufen hinab, die Hand meines Vaters auf dem Arm, der kaum in der Lage ist, sie zurückzuhalten, und wirft sich mir ungestüm an den Hals. Ich habe sie seit unserer Therapiesitzung nicht mehr gesehen. Ihre Umarmung ist zu fest. Ich wehre mich dagegen, verspüre den fast brutalen Drang wegzulaufen. Ich spüre, wie mir ihre Tränen über den Hals ins T-Shirt laufen. »Ich habe mir solche Sorgen um dich gemacht. Du bist einfach davongerannt und dann hast du meine Anrufe nicht entgegengenommen.« Dieser Gefühlsausbruch ist so heftig … und so ungewöhnlich für sie. Die dunkle Ahnung einer drohenden Katastrophe verstärkt sich in mir.

Ich weiß nicht, was ich dazu sagen soll. Ich kann mir keinen Reim machen auf diese Frau, die mich liebt und doch nichts mit mir zu tun haben will, wenn ich nicht das Gleiche glaube wie sie, die mich für den Tod meiner Schwester verantwortlich macht und sich dennoch an mich klammert, als habe sie Angst, ich könnte ebenfalls verschwinden.

Cody und Taylor stehen stumm neben mir. Ich schaue sie über die Schulter meiner Mutter an, was leichter ist, als es sein sollte, weil ihre Haare nicht im Weg sind. Sie machen keine Anstalten, mir zu Hilfe zu kommen. Sie sind ebenso erstarrt wie ich. Langsam glaube ich, dass die Mitglieder der Gemeinde ohne Haare eine seltsame Art von Macht verströmen. Niemand will ihnen zu nahe kommen. Es ist, als wären sie ansteckend. Fast ohne es zu wollen, lege ich die Hand auf den Hinterkopf meiner Mutter und lasse sie langsam herabgleiten. Die Haut ist glatt und nackt – verletzlich.

»Komm nach Hause, Lyla. Zum Rebellieren ist keine Zeit mehr. Du gehörst zu deiner Familie und zu den Menschen, die dich lieben. Bald werden schlimme Dinge geschehen. Du hast Pioneer gehört. Ich will nicht, dass du mit ihnen bestraft wirst. Bitte, Liebes!«

Meine Mutter löst sich ein wenig von mir, damit wir uns ansehen können. Auge in Auge. Ihr gerötetes Gesicht ist tränenüberströmt und voller Panik. Ihre Hände umklammern meine Arme immer noch so fest, dass es wehtut. »Du gehörst nicht zu ihnen. Tief im Innern kennst du deinen Platz.«

Ich versuche hinter die haarlose Kuppel ihres Schädels, hinter die eingefallenen Wangen und ihre wilde Angst zu blicken. Doch da ist nichts mehr. Die Frau, die vor mir steht, ist nicht die Mutter, die ich will – die Mutter, die ich mir so sehr wünsche, dass meine ganze Welt manchmal nur aus diesem Verlangen besteht. Sie ist gestört, verzweifelt und viel zu verängstigt, um jemals erkennen zu können, wer Pioneer wirklich ist. Meine Mutter ist nicht mehr als eine Fremde und ich will, dass sie aufhört, mich anzufassen.

Sofort.

Ich mache mich so heftig von ihr frei, dass ich fast das Gleichgewicht verliere. Ihr Gesicht verzerrt sich für einen Moment, ihre Hände sacken herab, als wären sie zu schwer geworden. »Ich kann nicht zusehen, wie du zerstört wirst. Begreifst du das denn nicht, Liebes? Wenn du nicht bei uns bist, setzt du dich der Bestrafung aus, die kommen wird.« Ihr Blick wandert weiter zu Cody und ihre Hände, die gerade noch schlaff waren, ballen sich zu Fäusten. »Warum lässt du meine Tochter nicht in Ruhe? *Sie* hast du täuschen können, aber bilde dir nicht ein, dass dir das bei mir auch nur für eine Sekunde gelingt, Außenstehender! Du wirst für das bezahlen, was du meiner Familie angetan hast. Und es wird nicht mehr lange dauern.« Ihre Miene verdüstert sich ein wenig, ehe ein entschlossenes Lächeln sie langsam wieder aufhellt. »Gar nicht mehr lange.«

»Hör auf damit!«, schreie ich, doch sie beachtet mich nicht. Ihre Augen bohren sich in Codys und sie stößt ein harsches, zorniges Lachen aus, dass mitten durch mich hindurchfährt. Ich schaue zu meinem Dad, in der Hoffnung, er werde sie fortziehen, weil er immer ein Puffer zwischen uns beiden war, doch er steht einfach nur da, wirkt alt und müde und reibt sich mit ausdruckslosem Gesicht die Schläfen. Er will mich nicht einmal ansehen.

Taylor tritt vor Cody, als wolle sie die Worte meiner Mutter abwehren. Hinter ihnen wächst die Schar der Reporter. Ich habe sie bislang gar nicht bemerkt, aber nun sind sie nur noch Zentimeter entfernt, strecken die Mikrofone aus, damit ihnen kein Wort entgeht. Sie haben noch keine Fragen gestellt. Vermutlich scheuen sie sich, meine Mutter zu unterbrechen, die eine Art Irrsinnsanfall zu haben scheint.

Mom schaut in die Reporterschar. »Ihr werdet alle bestraft werden. Nicht nur er. Denkt an meine Worte. Dunkle Tage stehen bevor. Keine Welt, die Männer Kinder von der Türschwelle rauben und ermorden lässt, die Töchter gegen ihre Mütter aufhetzt und Vergewaltigungen, Schläge, Armut und Ignoranz duldet, darf sich ewig weiterdrehen. Der Tag der Abrechnung naht. Ihr werdet noch an mich denken, wenn es so weit ist. Dann werdet ihr sehen, dass unser Pioneer wirklich ein Prophet ist, aber es wird zu spät sein. Ihr hattet eure Chance zu bereuen und habt sie vergeudet.«

Gegen Ende schaut sie mir tief in die Augen – immer noch in der Hoffnung, ich würde mit ihr kommen –, und ich muss gegen die Angst ankämpfen, die mir den Rücken hinabkriecht. *Pioneer benutzt sie und die anderen, um irgendwie etwas Schlimmes geschehen zu lassen. Ich kann es spüren. Aber wie stellt er es an?*

Der Rest der Gemeinde beginnt sich hinter ihr zu versammeln. Ich kann mich nicht bewegen. Nichts sehen. Die Welt verengt sich zu einem schmalen Tunnel, mit dem Gesicht meiner Mutter am Ende. Als ich mich schließlich zurückziehe, geschieht es nicht aus eigener Kraft: Der Sheriff hat uns gefunden und zerrt uns vom Mob fort zu seinem Wagen. Meine Mutter wird hinter mir immer kleiner, trotzdem sehe ich, dass sie mir weiter nachstarrt, die Hand meines Vaters in ihrer. Hinter ihnen überziehen dunkle Wolken den Himmel. Urplötzlich beginnt es zu regnen.

Der Sheriff führt uns an seinem geparkten Wagen vorbei einen Häuserblock weiter zu einem Restaurant. Keiner von uns hat irgendetwas gesagt, seit wir den Gerichtssaal verlassen haben. Und ich weiß, dass ich nicht diejenige sein werde, die das Schweigen bricht. Es ist unmöglich, meine Mutter, Pioneer oder den Rest der Gemeinde zu erklären, nicht einmal vor mir selbst. Dieses ganze Erlebnis war ein einziger Horrortrip.

Das Restaurant ist alt und grenzt direkt an eines der höheren Gebäude der Innenstadt. Es gehört zu den wenigen Lokalen, die halbwegs in der Nähe des Gerichts liegen. Wir setzen uns an einen Tisch mit einer frisch gestärkten rotweiß karierten Decke. Speisekarten gibt es nicht. Stattdessen befindet sich mitten im Restaurant ein ausladendes Büfett. Rund um uns herum füllen sich die Tische mit Leuten, die ich im Gerichtssaal gesehen habe. Kurz darauf ist das ganze Lokal rappelvoll. Der Sheriff winkt den mit Pioneers Fall befassten Anklagevertretern zu, die an uns vorübergehen – jeder mit einem Handy am Ohr. Weiter drüben erkenne ich mehrere Reporter, die uns beäugen, während sie sich die Teller mit Salaten füllen.

»Schön, holen wir uns was zu essen.« Der Sheriff macht sich auf den Weg zum Büfett und wir folgen ihm, aber ich habe keinen Hunger. Ich bleibe hinter den anderen zurück und nehme mir schließlich einen Teller vom Stapel am Büfett. Es gibt Dutzende hausgemachte Gerichte, die meisten davon Aufläufe – die mich an die gemeinsamen Mahlzeiten der Gemeinde erinnern. Ich überrede mich zu einem Brötchen und einigen Päckchen Salzcrackern. Schon der Geruch der anderen Gerichte dreht mir den Magen um. Cody und der Sheriff hingegen beladen ihre Teller mit grimmiger Entschlossenheit, als wäre es ihre Pflicht, sich vollzustopfen, da sie nun einmal da sind. Taylor und ihre Mutter folgen meinem Beispiel, laden sich jede ein Häufchen Cracker auf ihre Teller und fügen, quasi im Nachhinein, noch ein paar Äpfel hinzu.

»Deine Mutter ist ziemlich … heftig«, sagt Taylor, als wir zum Tisch zurückgehen. »Sie glaubt das ganze Zeug wirklich, nicht?«

Ich nicke. »Das ist wahrscheinlich die Untertreibung des Jahrhunderts. Ja, das tut sie. Von ganzem Herzen.« Die Bitterkeit in meiner Stimme lässt uns beide erschrocken verstummen.

Kaum haben wir uns hingesetzt und mit dem Essen begonnen, als eine Handvoll Gemeindemitglieder und die Ranger hereinkommen. Sie belegen drei Tische am entgegengesetzten Ende des Restaurants, weit weg von den Anklagevertretern und den verschiedenen Deputies, die sie nicht aus den Augen lassen. Meine Eltern sind auch darunter. Ich lasse mich auf meinem Stuhl tiefer sinken und hoffe, dass sie mich nicht entdecken.

»Ich dachte, Pioneer hätte ihnen befohlen zu fasten und zu beten«, sagt Cody zwischen zwei Bissen, den Blick auf meine Eltern gerichtet.

Ich schaue verstohlen zu ihnen hinüber. Anfangs sieht keiner zu uns her; sie scheinen sich intensiv zu unterhalten. In ihrer Mitte entdecke ich Pioneers Anwalt und mir wird klar, dass er sie hergebracht hat, um zu besprechen, was sich ereignet hat, nachdem Pioneer aus dem Saal gezerrt wurde. Nach ihren Gesichtern zu urteilen, war es nichts Gutes. Sie sitzen steif auf ihren Stühlen. An einem Ende des Tisches entdecke ich Mr Brown und Brian. Beide starren zu mir herüber – bis sich unsere Blicke kreuzen und sie die Augen abwenden. Ich schaue auch die anderen an, aber keiner beachtet mich. Sie ignorieren unseren Tisch völlig, so als wäre er gar nicht da. Wollen sie mich schneiden, als Strafe dafür, dass ich es mir nicht anders überlegt habe, als meine Mutter mich darum bat? Bedeutet es, dass sie aufhören werden zu versuchen, mich mit Drohungen zur Heimkehr zu bewegen? Ich versuche mir nicht allzu große Hoffnungen zu machen. Was der Eule gestern zugestoßen ist, fühlt sich eher nach einem Anfang von etwas an als nach einem Ende.

Brian, Jonathan und Mr Brown stehen auf und gehen zum Büfett. Wollen sie wirklich etwas essen? Ist Pioneers Ausbruch vorhin nach hinten losgegangen?

Der Sheriff lässt sie nicht aus den Augen, während sie an uns vorübergehen; die Luft zwischen den Männern ist ebenso dick wie der Dampf, der von den Essenstabletts aufsteigt. Er legt die Gabel hin und dreht sich ein wenig auf seinem Stuhl, um sie weiter beobachten zu können. Sie nehmen ihn gar nicht zur Kenntnis und auch er sagt kein Wort, doch ich kann ihm ansehen, dass er es sehr gerne tun würde. Er mag nicht genug Beweise haben, um sie wegen der Eule zur Rede zu stellen, aber er ist überzeugt, dass sie dahinterstecken.

Unser ganzer Tisch lässt die drei nicht aus den Augen, während sie am Büfett entlanggehen. Jonathan steht an der Salattheke, in der Nähe der Salatsoßen, und ignoriert uns demonstrativ. Trotzdem bin ich sicher, dass er unsere Blicke spürt, denn er hantiert nervös herum, hebt Soßenkellen an und legt sie wieder ab. Einmal lässt er eine Kelle fallen, dass die Salatsoße über die ganze Theke spritzt. Er schaut zu uns herüber, dann geht er auf die andere Seite, wo wir ihn nicht mehr richtig sehen können. Ich habe fast Mitleid mit ihm. Er wirkt so nervös und fehl am Platz. Ich frage mich, ob er es allmählich bereut, zur Gemeinde zu gehören. Er ist nicht in ihr aufgewachsen wie ich. Kann er sich ihr in so kurzer Zeit wirklich ganz und gar verschreiben?

Die Teller mit allen möglichen Speisen beladen, gehen Brian und Mr Brown an ihren Platz zurück und setzen sich. Jonathan folgt ihnen kurz darauf. Auch der Anwalt hat einen Teller mit Essen, der Rest des Tisches hat gar nichts. Meine Eltern sitzen mit Julies und Heathers Eltern zusammen, trinken Eistee und lauschen dem, was Pioneers Anwalt ihnen zwischen einzelnen Bissen erzählt. Ich frage mich unwillkürlich, ob der Geruch von gebratenem Hühnchen und Zwiebeln für sie nicht schwer zu ertragen sein muss. Falls ja, zeigen sie es nicht. Ich sehe sie die vollen Teller von Mr Brown und Brian anstarren – und nichts tun. Niemand scheint verstimmt darüber, dass sie essen. Verblüfft über ihren Ungehorsam, starre ich die Männer an. Sie schieben ihr Essen mit der Gabel über den Teller, aber keinen von ihnen sehe ich wirklich einen Bissen zu sich nehmen. Vielleicht essen sie gar nicht? Aber warum dann dieses ganze Theater um die Essenholerei?

Cody und der Sheriff gehen mehrmals zum Büfett und haben am Ende jeder drei Teller voll verspeist. Der Rest von uns knabbert halbherzig an den Crackern und Früchten. Ich brenne darauf, zu gehen. Mich im gleichen Raum aufzuhalten wie die anderen, mit ihren kahl geschorenen Köpfen, ist einfach zu viel. Irgendwann bemerkt der Sheriff meine Unruhe und hält nach dem Kellner Ausschau, um die Rechnung anzufordern.

Die Gemeinde geht noch vor uns. Ich sehe, wie sie sich vor der Eingangstür drängen und ihre Mäntel anziehen. Jonathan geht zur Kasse hinüber und nimmt ein Pfefferminzbonbon aus der Schüssel daneben. Seine Hand ist immer noch dick bandagiert. Der Verband ist an manchen Stellen braun, an anderen feucht. Ob es sich um Speiseflecken handelt oder um durchgesickerte Wundflüssigkeit, kann ich nicht sagen. Beides ist ekelhaft. Falls ihn die Eule gekratzt oder gebissen hat und es keine Verbrennung ist, ist die Wunde vielleicht entzündet. Ich wünschte, es gäbe eine Möglichkeit, nahe genug an ihn herankommen, um den Verband fortzuziehen und die darunterliegende Haut zu betrachten. Doch dann sehe ich ihn wieder am Büfett stehen, mit seiner verletzten Hand Löffel und Essen berühren und Bakterien verbreiten, und muss fast würgen.

»Sie sollten den Verband wechseln«, rufe ich ihm zu, als er zur Tür geht. Ich lasse ihn nicht aus den Augen, weil ich sehen will, ob es ihn irgendwie aus der Fassung bringt, dass ich ihn wieder auf seine Verletzung anspreche. Ich muss wissen, ob er der Mann war, der die Eule getötet hat. Vielleicht lindert es meine Angst, wenn ich mir sicher sein kann, wenn ich nicht mehr ständig das Gefühl haben muss, es könnte doch Pioneer gewesen sein.

Jonathan sieht mich mit hochgezogen Brauen an. Er schwitzt. Stark. Er hat Schweißperlen auf der Stirn und auf der Oberlippe. Entweder ist er krank oder nervös oder beides.

Auch der Sheriff mustert Jonathan, der sichtlich zittert. »Sie sollten das nachsehen lassen, mein Junge.« Sein Gesichtsausdruck ist der gleiche wie an jenem Tag, als er mich im Krankenhaus befragt hat. Jonathan hat soeben einen größeren Platz auf seinem Radar eingenommen.

Mr Brown legt Jonathan die Hand auf die Schulter und funkelt den Sheriff an. »Sie wollen, dass er sich in eines Ihrer Krankenhäuser legt, damit Sie Informationen aus ihm rausholen können, so wie Sie es mit ihr gemacht haben? Daraus wird nichts. Diesmal können Sie das, was kommt, nicht aufhalten.« Er schiebt Jonathan zur Tür.

Der Sheriff spannt die Kinnbacken an, bleibt aber gelassen. Ich habe noch nie gesehen, dass er die Fassung verliert, erst recht nicht, wenn er sich über etwas oder jemanden Gedanken macht, doch in seinen Augen kann ich es sehen: Er hat die gleiche Befürchtung wie ich. Irgendetwas Schlimmes kommt auf uns zu.

Wenige Stunden später bestätigen sich unsere Befürchtungen, als Cody ernsthaft krank wird.

Das ist es, was die Menschen bezaubert. Er ist ganz und gar glücklich. Sanft. Er tanzt, er singt, er ist wunderschön … das zieht viele Menschen an, genau wie Menschen von kleinen Babys angezogen werden.

Sandra Good, Mitglied der Manson Family über Charles Manson

20

Die Geräusche von Cody und seinem Vater, die sich übergeben, sind schrecklich. Es klingt fast so, als würden sie in die Toilette schreien. Ich habe jedes Mal das Gefühl, als würde das ganze Haus erbeben. Sie sind in zwei verschiedenen Badezimmern, liegen mit auf den Bauch gepressten Händen und vor Schmerzen zusammengekrümmt auf den Vorlegern.

Codys Mutter, Taylor und ich rennen hin und her und reichen ihnen feuchte Waschlappen, mit denen sie sich den Mund abwischen können. Ich halte mir die Nase zu und kämpfe gegen den Würgreiz an, der Geruch ist grauenvoll. Das hier ist zehnmal schlimmer als die schlimmste Grippe, die ich je erlebt habe. Sie stöhnen und winden sich mit glasigen Augen. Das Schlimmste war, als Cody es nicht rechtzeitig ins Badezimmer schaffte, und wir sein Erbrochenes aufwischen mussten, während er mich anschrie, ich solle nicht hinsehen. Wenigstens sind sie jetzt für sich und in der Nähe einer Toilette.

Es dauert Stunden, bis Cody und der Sheriff schließlich nichts mehr herauswürgen als reine Gallenflüssigkeit. Ihre Augen sind tief eingesunken und sie rennen immer wieder zum Waschbecken, um das Wasser direkt aus dem Hahn zu trinken, nur um gleich darauf zur Toilette zurückzuhechten und es wieder zu erbrechen. Verzweiflung liegt jetzt in ihrem Blick und ihre Haut ... ist unglaublich blass. Ich bin in Panik, mindestens so sehr, wenn nicht mehr als in der Nacht des Fehlalarms in Mandrodage Meadows.

»Sie dehydrieren – wir müssen sie ins Krankenhaus bringen.« Codys Mutter wirft uns Decken zu. »Legt sie ihnen um, ich hole ein paar Eimer, die wir in den Wagen mitnehmen.«

Die Fahrt zum Krankenhaus ist ein Albtraum. Ich kann Codys Anblick kaum ertragen. Sein Gesicht ist ganz grau und mit einer dünnen Schweißschicht bedeckt. Jedes Mal, wenn ich ihn anschaue, muss ich mir auf die Lippen beißen, um nicht loszuheulen. Ich zwinge mich, geradeaus zu schauen, auf das Dreieck der Straße, das von den Scheinwerfern erhellt wird, und den Eimer festzuhalten, damit er weiter hineinwürgen kann. Jedes Mal, wenn er nach einem weiteren Anfall geschwächt hineinspuckt, zucke ich zusammen. Taylor sitzt zwischen ihren Eltern und macht das Gleiche für ihren Vater, nur dass sie die ganze Zeit über laut vor sich hin weint.

»Was ist los mit ihnen?«, klagt sie.

Ihre Mutter bewegt den Kopf hin und her. »Ich ... ich bin mir nicht sicher«, sagt sie mit belegter Stimme. Sie drückt das Gaspedal fester durch und wir schießen trotz der nassen Straßen und des wirbelnden Schneeflocken im Scheinwerferlicht davon.

Ich sitze regungslos auf dem Rücksitz, umklammere mit der einen Hand Codys Eimer und halte mir mit der anderen den Mund zu, um nicht laut auszusprechen, was ich denke, um nicht die Worte meiner Mutter zu wiederholen. *Bald werden schlimme Dinge geschehen. Ihr werdet alle bestraft werden.* Ich habe Angst, dass sie sich bewahrheiten werden, wenn ich sie laut ausspreche. Wenn es so wäre, kann ich niemanden als mich selbst dafür verantwortlich machen. Sollte Pioneer im Recht und ich die ganze Zeit über im Irrtum gewesen sein, ist das hier erst der Anfang des Übels, das uns noch bevorsteht; und die Tatsache, dass Cody und der Sheriff ganz besonders betroffen sind, ist allein meine Schuld.

Als wir ins Krankenhaus kommen, ist die Notaufnahme zum Bersten voll. Das Unheimlichste daran? So gut wie alle waren gestern früh im Gerichtssaal. Sie sind kreidebleich und umklammern ihre Bäuche. Viele von ihnen haben Eimer oder mit Mülltüten ausgekleidete Abfallbehälter auf dem Schoß. Ich fürchte schon, dass es Stunden dauern wird, bis Cody oder der Sheriff an die Reihe kommen, doch dann wird Cody ohnmächtig. Er sackt so leise und schnell nach vorn, dass wir kaum Zeit haben, ihn an den Schultern zu packen und auf den Stuhl zurückzudrücken, damit er nicht mit dem Kopf voran auf den Boden knallt.

Dann geht alles sehr schnell. Krankenschwestern kommen mit einer Tragbahre angerannt und hieven ihn so schnell darauf, dass ich nur dastehen und entsetzt zusehen kann. Sie beraten sich untereinander und mit dem Arzt, der ins Wartezimmer gestürmt ist, um ihnen zu helfen.

»Die Mutter hat bestätigt, dass er gestern im Restaurant war. Alle waren dort«, sagt eine der Schwestern mit geschürzten Lippen. »Dr Harris hat sich die ersten Patienten angesehen. Er scheint von einer Salmonelleninfektion auszugehen. In großem Ausmaß. Ist kurz nach der Anklageverlesung gegen diesen Pioneer passiert.«

Sie wirft dem Arzt einen vielsagenden Blick zu. Er schüttelt den Kopf und bedeutet ihr, den Mund zu halten, wobei er mit den Augen auf Taylor und mich weist. Die Schwester verstummt. Sie schieben Cody im Eiltempo durch die Tür, durch die sie eben hereingekommen sind.

»Worüber haben sie geredet?«, frage ich laut.

Ein Mann, der in unserer Nähe sitzt, beugt sich auf seinem Stuhl vor, verzieht das Gesicht und legt die Hand auf den Bauch, als wollte er ihn an Ort und Stelle halten. »Überall in der Stadt werden die Leute krank. Du hast die Schwester ja gehört. Sie sind ziemlich sicher, dass es eine Salmonellenvergiftung ist. Jemand hat das Essen im Restaurant beim Gericht damit vergiftet. Wir haben dort alle gegessen.«

Die Schiebetüren, die zum Parkplatz hinausführen, gleiten auf und eine der Reporterinnen, die gestern an unserem Nebentisch gesessen hat, kommt hereingeschlurft. Bis auf einen schwarzen Maskarastreifen unter einem Auge trägt sie keinerlei Make-up mehr. Sie geht direkt zum Schalter, um sich anzumelden, und lässt sich dann in der Nähe auf einen Stuhl fallen. Der Mann, der vorhin geredet hat, versucht sie mit einem Winken auf sich aufmerksam zu machen. »He, haben Sie irgendwas gehört, was hier vor sich geht?«

Die Reporterin lehnt sich auf ihrem Stuhl ein wenig zur Seite, als sei ihr das Geradesitzen unerträglich. »Nichts Konkretes. Bis jetzt. Aber ich würde wetten, dass es eine Art bioterroristischer Anschlag war. Wenn jemand felsenfest an das Armageddon glaubt, helfen sie in neun von zehn Fällen selbst nach, wenn Sie verstehen, was ich meine.«

Die Haare auf meinen Armen richten sich auf und ich spüre, wie meine Kopfhaut zu kribbeln beginnt. Pioneer kann es nicht getan haben. Er sitzt hinter Gitter … es wäre unmöglich … aber die Gemeinde … schon. Meine Eltern, Brian, Mr Brown und Jonathan waren alle da. Und keiner hat einen Bissen gegessen.

Deshalb sind Mr Brown, Brian und Jonathan zum Büfett gegangen. Deshalb wirkte Jonathan so nervös. Sie haben etwas ins Essen gemischt. Und die anderen wussten Bescheid. Deshalb haben sie mich nicht angesehen. Meine eigenen Eltern haben dagesessen, uns beim Essen zugesehen und mich mit keinem Wort gewarnt. Sie haben in Kauf genommen, dass ich erkranke. Hätte ich nicht nur Cracker gegessen … und Taylor und ihre Mutter ebenso … wären wir dann vielleicht alle noch im Haus und zu geschwächt, um ins Krankenhaus zu fahren? Mir wird ganz kalt, als ich daran denke, wie viel schlimmer der heutige Abend hätte ausgehen können und wie wenig ich noch über die Gemeinde weiß beziehungsweise, zu was sie fähig ist.

Während ich noch nach den richtigen Worten suche, gehe ich zu Taylor hinüber, um ihr zu sagen, wie leid mir tut, was geschehen ist, doch sie streckt abwehrend die Hand aus und blockiert den Sichtkontakt zwischen uns. Die Wut, die in dieser Geste liegt, überrascht mich.

»Hör auf, ja? Lass es einfach!« Sie verzieht das Gesicht und Tränen laufen ihr über die Wangen. »Deinetwegen sind Dad und Cody schon wieder in Gefahr. Es mag für sie in Ordnung sein, deiner Sicherheit ständig Vorrang einzuräumen, aber für mich ist es das nicht mehr. Ich will sie nicht verlieren. Ich will einfach … Ich wünschte, du wärst nie bei uns eingezogen.« Die Art, wie sie die Worte herausschleudert, in einem einzigen Schwall, als hätten sie sich schon lange in ihr angestaut, trifft mich wie ein Schlag. Ich schwanke, als hätten sie tatsächlich die Kraft, mich von den Füßen zu werfen.

Ich hatte geglaubt, Taylor und ich würden uns näherkommen, so nahe wie es bei Marie und mir war. Tränen steigen mir in die Augen.

Die Eingangstür der Notaufnahme gleitet abermals auf und Taylor verstummt. Wir wenden beide den Kopf, um zu sehen, wer noch erkrankt ist. Doch statt eines weiteren Opfers erscheint Mrs Dickerson mit einer Anzahl weiterer Stadtbewohner im Schlepptau. Mit wildem Blick marschiert sie mitten ins Wartezimmer. »Seht ihr? Ich habe euch gesagt, dass so etwas passieren wird. Ich habe es gewusst, aber niemand hat auf mich gehört. Jetzt liegt Melodys und Brads Sohn oben auf der Intensivstation. Und das alles nur wegen ihnen.« Sie spricht alle an, ihre Stimme ist laut und wütend und klingt genau wie Taylor vor ein paar Minuten, nur stärker.

Ich versuche von Taylor und ihrer Mutter abzurücken und mich hinter einer der Säulen zu verstecken, aber ich bin nicht schnell genug und sie entdeckt mich. »Du. *Du* siehst nicht krank aus. Warum nicht? Warum bist du nicht krank? Wenn du nicht zu ihnen gehörst, wie konntest du dann dort sein und trotzdem nicht krank werden? Warum ist sie nicht krank?« Ihre Frage ist nicht mehr an mich gerichtet, sondern an die Menge. »Sie gehört immer noch zu ihnen. So muss es sein. Sie wusste, was sie vorhatten.«

Ohne Vorwarnung geht sie auf mich los und versucht mich am Ärmel zu packen. Die Leute hinter ihr bilden einen Kreis um mich. Ich schaue Hilfe suchend zu Codys Mutter hinüber, doch sie hat sich abgewandt und hält den Sheriff an den Schultern fest, während er in den Eimer würgt, den er auf dem Schoß hat. Mrs Dickersons Hände gleiten über meinen Mantel und erwischen mich fast am Arm. Was wird sie tun, wenn sie mich hat? Ich warte nicht, bis ich es herausfinde, sondern weiche zurück, schlüpfe durch den schmalen Spalt zwischen Wand und Säule und flüchte durch den Krankenhauskorridor.

Mit knapper Not gelingt es mir, einen Zusammenstoß mit einem Arzt zu vermeiden, während ich durch die Gänge renne, bis ich schließlich einen Ausgang finde. Ich stürme auf den Parkplatz und weiter zur Straße, die vom Krankenhaus fortführt.

Mein Atem strömt in die kalte Nachtluft. Ich muss hier weg. Sie glauben, ich gehöre immer noch zur Gemeinde, und ich habe keine Ahnung, wie ich sie vom Gegenteil überzeugen soll. Ich habe Angst vor dem, was sie mit mir machen werden, wenn sie mich erwischen.

Ich weiß nicht genau, wohin ich laufe, renne einfach weiter, bis ich nicht mehr kann. Sie glauben, ich sei schuld an dem, was passiert ist. Selbst Taylor. Und wenn Cody und der Sheriff jetzt beschließen, mir ebenfalls die Schuld zu geben? Wenn nicht für die Vergiftung, dann dafür, sie in Gefahr gebracht zu haben? Sie haben in den letzten Monaten ständig versucht mir zu helfen und deswegen liegen sie jetzt im Krankenhaus. Immer wieder sehe ich vor meinem geistigen Auge, wie der Arzt Cody davonrollt, der ganz grau ist im Gesicht. *Und wenn er stirbt? Wenn alle diese kranken Menschen sterben?*

Ein paar Autos fahren die Straße entlang und wirbeln im Vorüberfahren Matsch und Schnee auf. Nach dem heutigen Abend kann ich nicht mehr zu Codys Familie zurückkehren. Ich kann Taylor und ihrer Mutter nicht mehr gegenübertreten, wenn sie nach Hause kommen. Ich darf sie nicht länger in Gefahr bringen. Außerdem will Taylor, dass ich gehe. Sie soll es mir kein zweites Mal sagen müssen. Einmal war genug.

Ich starre in den Himmel, der immer noch Schnee auf mich herabspuckt, ehe ich die Hände tief in den Manteltaschen vergrabe und weitergehe. Ich bin auf der Main Street, direkt neben dem Diner, in das Jack vor ein paar Tagen mit mir gegangen ist. Der Bürgersteig ist leer und die Lichter im Restaurant erloschen, das GESCHLOSSEN-Schild hängt im Fenster.

Ich schaue mir die vielen dunklen Läden an. Trotz all der Weihnachtsdekorationen und weißen Lichter wirken die Gebäude der Innenstadt unheimlich, verlassen. Es sind so gut wie keine Autos unterwegs. Was ist, wenn Mrs Dickerson und die anderen hier nach mir suchen? Es gibt niemanden, der mir helfen würde. Ich spüre Panik in mir aufsteigen und gehe weiter … doch je weiter ich komme, desto klarer wird mir, dass ich auf immer dunklere Straßen zulaufe, raus aus den dicht besiedelten Gebieten. *Was soll ich jetzt tun?* Selbst wenn ich die nächsten Stunden ohne Probleme überstehe, wird es morgen wieder Abend werden und am Tag danach und dem danach. Ich kann nicht ewig hier bleiben.

Es gibt nur einen Ort, zu dem ich gehen kann.

Zurück zur Gemeinde.

Pioneer hat ihnen befohlen, mich auf jeden Fall wiederaufzunehmen. Sie wollen, dass ich nach Hause komme. Wenn ich zurückkehre, müssen sie nicht mehr in Codys Haus einbrechen, um mich einzuschüchtern. Sie werden Cody und seine Familie in Ruhe lassen. Und wenn ich erst einmal da bin, finde ich vielleicht den Beweis dafür, dass sie das Essen im Restaurant vergiftet haben, bevor sie ihn vernichten können. Je mehr ich darüber nachdenke, desto sicherer bin ich mir, dass es das ist, was ich tun muss. Außerdem hat Pioneer gesagt, es würde mehr als nur ein Unglück geschehen. Er hat von Zeichen und Wundern gesprochen. Im Plural. Was immer im Restaurant passiert ist, war erst der Anfang. Ich muss herausfinden, was als Nächstes kommt, und es aufhalten, wenn ich kann, bevor es zu spät ist. Jetzt, wo der Sheriff und die meisten seiner Deputies krank sind, bin ich vielleicht die Einzige, die dazu in der Lage ist. Ich kann mich nicht länger bei Cody verstecken und hoffen, dass alles verschwindet. Ich kann vor Pioneer, der Gemeinde und meiner Vergangenheit nicht davonrennen – nicht mehr.

Bis zur Wohnwagensiedlung sind es einige Meilen Fußmarsch. Wenn ich joggen würde, könnte ich in weniger als einer Stunde dort sein. Ich schaue die Straße entlang. Sie ist dunkler als die meisten anderen. Die Strecke besteht fast nur aus Feldern, Farmhäusern und Bäumen. Kopfschüttelnd versuche ich meinen Mut zusammenzuraffen. Ich mache einen Schritt und dann noch einen, laufe aus der gut beleuchteten Stadt in die Dunkelheit.

Wenn das hier ein Horrorfilm wäre und ich die Hauptdarstellerin, würde in diesem Moment die unheilvolle Musik einsetzen, die Zuschauer wahrscheinlich zusammenzucken und mir zurufen, es bleiben zu lassen. Doch obwohl ich genau wie sie der Ansicht bin, dass dies die schlechteste Idee ist, die ich je gehabt habe, bleibt mir nichts anderes übrig, als weiterzugehen.

Wir sind alle unser eigenes Gefängnis, alle unsere
eigenen Wächter, sitzen alle unsere eigene Zeit ab.
Das Gefängnis ist in euren Köpfen.
Seht ihr denn nicht, dass ich frei bin?

Charles Manson, Anführer der Manson Family

21

Kurz vor der Wohnwagensiedlung bleibe ich stehen. Anscheinend habe ich das Krankenhaus später verlassen, als ich dachte, denn die ersten Finger des Tageslichts tasten sich bereits über die Felder. Soll ich geradewegs zur Tür meiner Eltern gehen und um diese Uhrzeit anklopfen oder ein bisschen warten, bis ich weiß, dass sie aufgestanden sind?

Es dauert mindestens noch eine Stunde, ehe die Leute aus ihrem Wohnwagen kommen. Mir ist so kalt, dass ich meine Füße und Finger nicht mehr spüre. Ich starre zur Scheune hinüber. Ich könnte hineingehen, um dort zu warten. Drinnen müsste es wenigstens ein bisschen wärmer sein als draußen. Nichts an diesem Plan fühlt sich gut an, doch ich folge ihm trotzdem. Wenn ich noch länger hier draußen bleibe, bekomme ich Erfrierungen.

Ich schleiche zum vorderen Scheunentor. Es hat kein Schloss, nur einen rostigen Schnappriegel. Ich schlüpfe hinein. Es ist dunkel, dunkler als draußen, obwohl ich durch die Löcher im Dach Fetzen des Himmels sehen kann und es hell genug ist, um voranzukommen, ohne über die wenigen Klappstühle zu stolpern, die im

Raum verteilt herumstehen. Es liegt Schnee auf dem Boden, ganze Haufen davon türmen sich unter den Löchern. Der hintere Teil der Scheune, direkt unter dem Heuboden, ist in Schatten gehüllt, aber ich halte trotzdem darauf zu, weil es der einzige Bereich ist, der völlig intakt wirkt und in dem es nicht zu ziehen scheint.

Ich strecke die Arme aus, taste mich zur hinteren Wand vor und dann hinüber auf die linke Seite. Als ich mir am rauen Holz einen Splitter in den Finger ziehe, lehne ich die Schulter an die Wand und schiebe mich auf diese Weise weiter vorwärts.

Es gibt einige Pferdeverschläge hier hinten; ich kann sie zwar nicht sehen, aber spüren, wo die Wand über Brusthöhe aufhört. Jedes Mal, wenn das passiert, gerate ich in Panik. Ich habe das schreckliche Gefühl, Pioneer halte sich in einer von ihnen versteckt, wie am Tag der Polizeiaktion, um grinsend die Hände nach mir auszustrecken, wenn ich vorbeigehe. Ich bewege mich, so schnell ich kann, und falle dabei zweimal fast hin.

Meine Nerven vibrieren wie stromführende Drähte, die durch meinen ganzen Körper verlaufen. Als ich schließlich an einer Tür anlange, bin ich so zermürbt, dass ich es kaum schaffe, sie zu öffnen. Im Raum dahinter ist es heller, weil in der Rückwand mehrere Bretter fehlen. Irgendetwas huscht aus dem Heu, das vor mir auf dem Boden liegt, etwas Pelziges, Kleines. Es zwängt sich durch einen Spalt in der Wand und ich muss mir den Mund zuhalten, um einen Schrei zu ersticken. Ich sinke gegen die Wand und keuche so sehr, dass mir die Brust wehtut.

Der Raum ist so gut wie leer. Er enthält nichts als eine alte Werkbank mit Rohrstücken, Nägeln, Isolierband, Schrauben und einer Heizplatte, deren Kordel sich wie eine Schlange über den Boden schlängelt. Ich sehe einige rostige Werkzeuge an der gegenüberliegenden Wand, die geschwärzte Stellen aufweist, als habe es gebrannt – kürzlich erst, denn es riecht immer noch ein wenig nach Lagerfeuer. Jonathans bandagierte Hand taucht vor meinem geistigen Auge auf. Hat er versucht ein Feuer zu löschen? Wurde seine Hand dabei verletzt und nicht durch die Eule? Aber wozu dienen die ganzen Materialien auf der Werkbank? Was hat er hier drinnen mit diesem Sammelsurium gemacht? Ich muss eine Möglichkeit finden, meine Eltern zu diesem Raum zu befragen und dem, was sich hier drinnen abgespielt hat ... unauffällig, damit niemand merkt, dass ich herumgeschnüffelt habe. Ich schaudere, als ich daran denke, wie glücklich meine Mutter der Gedanke machen wird, ich sei endgültig zurückgekehrt.

Ich gehe zu der versengten Wand und den Werkzeugen hinüber – und fahre mit dem Finger über eines davon – ein langes, scherenartiges Instrument. Eine Schafsschere vielleicht? Sie ist rostig, aber sauber. Aus irgendeinem Grund muss ich bei der Berührung an Codys Monstermodell aus Bos Restaurant in der Bowlinganlage denken – die Finger der Figur bestanden aus ganz ähnlichen Instrumenten.

»Edward mit den Scherenhänden«, sage ich laut vor mich hin. Der Gedanke an den Film und das Date mit Cody ist beruhigend. Ich hole die Schere vom Nagel, an dem sie hängt, und nehme sie mit aus dem Raum, zurück in die Dunkelheit. Ich stelle mir vor, sie wäre eine Verlängerung meines Arms. Ich will sie nicht einsetzen, aber es fühlt sich gut an, sie bei mir zu haben.

Es gibt nur noch eine weitere Tür an dieser Wand, aber sie ist verschlossen, der Riegel mit einem großen Vorhängeschloss gesichert. Ich zerre daran, doch es gibt nicht nach. Sie verstecken etwas da drinnen. In Mandrodage Meadows befanden sich die einzigen Schlösser, die wir hatten, an der Waffenkammer, am Silo und an der Tür zu Pioneers Privaträumen. Wenn die Gemeinde irgendein Gift besaß, das sie im Restaurant unter das Essen hatte mischen können, würde man es hier aufbewahren.

Ich drücke das Gesicht an den Spalt zwischen Türblatt- und rahmen und versuche hineinzuspähen. Mit knapper Not kann ich die Ränder eines Tisches und einige lose Drähte erkennen, die darüber hinausragen, das ist alles. Allerdings höre ich einen Generator brummen. Ich muss einen Weg in diesen Raum finden, aber nicht jetzt, nicht so kurz vor Tagesanbruch. Wenn sie mich dabei erwischen, wie ich versuche das Schloss aufzubrechen, wissen sie sofort, dass ich keinen Sinneswandel hatte, und bestrafen mich. Ich packe die Schere ein wenig fester.

Draußen setzt Lärm ein, ein Motor heult auf. Jemand lässt einen der Vans an, mit denen die Ranger die Leute in die Stadt bringen. Es ist fast hell. Ich kehre in den Raum zurück, in dem ich die rostige Schere gefunden habe, und überlege, ob ich sie mitnehmen soll oder nicht. Am Ende hänge ich sie wieder an die Wand. Je heller es wird, desto lächerlicher komme ich mir damit vor. Dreißig Zentimeter lange Scheren sind nicht gerade leicht zu verbergen, es sei denn, ich ziehe meinen Mantel nie mehr aus. Trotzdem fällt es mir schwer, sie zurückzulassen.

Ich zwänge mich durch einen der größeren Spalte in der Rückwand und gehe hinten um die Scheune herum. Wenn ich Glück habe, kann ich ungesehen zum Wohnwagen meiner Eltern gelangen. Ich überlege, was ich der Gemeinde sagen soll. Welche Worte werden sie davon überzeugen, dass ich es mir anders überlegt habe? Als ich den Wagen meiner Eltern erreiche, habe ich mir immer noch nichts zurechtgelegt. Wie sich herausstellt, muss ich das auch nicht. Gerade als ich anklopfen will, setzt im Van ein langer, nicht enden wollender Hupton ein, der die Leute aus ihren Wohnwagen auf den dazwischen verlaufenden Weg holt.

Die Tür meiner Eltern geht auf und mein Vater rennt mich praktisch über den Haufen, ehe ihm klar wird, dass ich dort stehe. Wir starren einander an und mir fällt plötzlich ein, dass das Hupen womöglich eine Warnung ist, eine temporärer Alarm … meinetwegen. Jemand hat mich aus der Scheune kommen sehen. Sie haben bereits herausgefunden, warum ich hier bin.

Oh, Gott.

Ich weiche zurück, versuche es zumindest, aber mein Vater schließt mich fest in die Arme. »Lyla, du bist da! Du bist nach Hause gekommen.«

»Ich wusste es, oh, danke, ihr Brüder, ich wusste es!«, ruft meine Mutter, die aus dem Wohnwagen kommt und die Arme um uns legt. Ich muss gegen den Drang ankämpfen, mich loszureißen und wegzulaufen. Ich höre Stimmen um uns herum, Leute laufen über den Pfad. Hier und da höre ich meinen Namen und als ich mich umdrehe, lächeln uns Wills Eltern zu, als sei mein Anblick ein Grund zum Feiern. Es bringt mich immer noch aus der Fassung, sie mit Glatze zu sehen.

»Irgendetwas stimmt nicht«, sagt Dad über meinem Kopf zu meiner Mutter und sie lockern ihre Umarmung. Auch sie scheinen zu begreifen, dass das Hupen eine Warnung sein könnte, denn mein Dad beugt sich zu mir herab und schaut mir tief in die Augen. »Hast du damit zu tun?«

Er schaut an mir vorbei zur Straße, als erwarte er, hinter mir den Sheriff oder Cody zu sehen. Ich schlucke. »Nein, Sir. Ich meine, ich glaube nicht.«

Den Arm um mich gelegt, führt er uns die Stufen hinab. Meine Mutter eilt auf meine andere Seite. Leuchtend vor Glück starrt sie mich an und drückt meinen Arm. Ich muss den Blick abwenden aus Angst, sie könnte merken, wie sehr sie mir zuwider ist. Ich muss sie in der Überzeugung belassen, ich sei weiter gläubig. Ich versuche mein früheres Ich heraufzubeschwören, jenes Mädchen, das ich am Tag von Pioneers Verlegung mit Cody im Fernsehen gesehen habe, doch das ist nicht leicht.

Wir folgen den Leuten den Pfad entlang zur Scheune. Mein Magen verkrampft sich immer wieder und einen Moment lang bin ich fast sicher, dass ich mich gleich übergeben muss, genau wie Cody, dass ich doch auf irgendeine Art vergiftet wurde. Das Scheunentor steht sperrangelweit offen. Drinnen kann ich Mr Brown erkennen, der zusieht, wie wir uns schweigend versammeln. Er wirkt erregt, aufgewühlt und klopft sich mit der Hand seitlich auf die Hose. Als er mich sieht, hebt er eine Augenbraue, greift mich aber nicht heraus. Ich atme unwillkürlich auf. Es ist mir gar nicht bewusst gewesen, wie sehr ich mich gefürchtet habe, diese Versammlung könnte einberufen worden sein, weil sie bereits dahintergekommen sind, dass ich hier bin, um herauszufinden, wie sie Cody und die anderen vergiftet haben.

Meine Eltern ziehen mich mit und im Nu schart sich die Gemeinde um mich. Dutzende Hände werden ausgestreckt, um mir den Arm zu drücken. Dutzende Finger greifen nach meinen.

»Willkommen zu Hause, Lyla«, sagt Heather herzlich.

Dann ist plötzlich Will da und schaut mit sanftem Grinsen und voller Hoffnung auf mich herab. »Lyla.« Er sagt meinen Namen mit einem langen, erleichterten Seufzen, als hätte er seit meinem Weggang die Luft angehalten.

Jetzt, wo er keine Haare mehr hat, wirken seine Augen blauer als zuvor. »Du bist da«, sagt er mit einer Stimme, die so froh klingt, dass es mich schmerzt.

»Könnt ihr bitte alle herankommen. Ich habe einige Neuigkeiten«, verkündet Mr Brown mit schneidender Stimme, die unsere zusammengedrängte Gruppe auseinandertreibt. »In der Stadt geht etwas vor sich.«

Es wird still und alle schauen ihn erwartungsvoll an. Es ist merkwürdig, die einzige Person zu sein, die noch Haare hat. Es kommt mir vor, als würden sie mir immer wieder auf den Kopf schauen.

»Pioneers Visionen werden wahr. Die Außenstehenden wurden bestraft.«

Alle reden durcheinander und mehrere Leute klatschen. Sie sehen begeistert aus. Es dreht mir den Magen um. Ich beiße mir auf die Zunge und versuche mir nicht anmerken zu lassen, wie wütend mich ihr Jubel macht. *Wie können sie sich über das Leiden anderer freuen?*

Mr Brown verzieht den Mund zu einem kleinen Lächeln. »Mindestens fünfzig von ihnen sind gestern Nacht mit einer mysteriösen Krankheit im Krankenhaus gelandet.« Die Art, wie er »mysteriös« sagt, bestätigt, was ich bereits weiß. Er hat es getan und Brian und Jonathan haben ihm dabei geholfen. Ich weiß es, kann es aber nicht belegen. Ich muss einen Beweis dafür finden.

Ich suche in den Gesichtern um mich herum nach Zeichen, dass auch andere oder alle mit ihnen gemeinsame Sache gemacht haben. Meine Mutter mustere ich besonders genau, aber alle wirken gleichermaßen überrascht. Sie könnten sich verstellen. Sicher kann ich mir nicht sein, noch nicht.

»Unter ihnen waren einige derjenigen, die unsere Tore gestürmt und uns aus unseren Häusern vertrieben haben«, sagt Mr Brown.

Nun brandet Jubel auf, laut und klar und überzeugt. Es tut mir weh – jeder aggressive Ruf ist wie ein winziger Dolchstich in die Haut.

»Unsere Verfolgung war nicht leicht zu ertragen, aber unser Glaube war nicht umsonst! Das ist der Beweis. Die Brüder haben die Dinge ins Rollen gebracht. Jetzt wird es nicht mehr lange dauern!« Mr Browns Stimme wird immer lauter, die letzten Worte schreit er. Meine Mutter legt die Hände wie zum Gebet ans Gesicht. Ihre Augen leuchten und sind voller Tränen.

»Das Ende ist nah und nun leiden die Außenstehenden, genau wie es Pioneer vorausgesagt hat. Seid ihr nicht froh darüber, stark geblieben zu sein? Seid ihr nicht froh, fest zusammen und zu unserem Anführer gestanden zu haben?« Seine Stimme klingt warm und mild, sie ist emotionsgeladen und voller Stolz.

»Ja, o ja!«

Die Leute nicken wild. Manche schaukeln auf ihren Plätzen weinend vor und zurück. Ich drehe mich im Kreis und nehme alles auf. Es ist seltsam, hier zu sein, nachdem ich so lange fort war. Ich sehe sie nicht mehr so wie früher. Was sie tun, ist nicht mehr tröstlich oder inspirierend. Es ist unheimlich.

»Und unsere Lyla ist nach Hause gekommen! Genau wie es Pioneer vorausgesagt hat«, ruft meine Mutter, als sich die Aufregung ein wenig legt und es still genug wird, dass die Leute sie hören können. Sie stürzt sich weinend auf mich und ich habe Mühe, sie aufrecht zu halten. Am liebsten würde ich sie fallen lassen.

Genau wie Pioneer es vorausgesagt hat. Ich schaudere.

Du gehörst mir, Kleine Eule.

Ich will sie anschreien, damit aufzuhören, dass sie aufwachen und erkennen sollen, wie verrückt das alles ist. Stattdessen tue ich das, was ich früher viel spontaner konnte. Ich lächle – mit dem gleichen leeren Blick, der mich an ihnen jedes Mal so aus der Fassung bringt.

Mr Brown kommt auf uns, auf mich zu. Ich versuche nicht zu zittern. »Stimmt das, Lyla? Bist du gekommen, weil du bei uns bleiben willst?« Er schaut mir eindringlich in die Augen.

Ich nicke. »Ja, Bruder.« Meine Stimme schwankt zu sehr. Ich versuche es noch einmal. »Ja, Bruder!« Beim zweiten Mal klingt es besser und das Klatschen beginnt erneut.

Mr Brown zögert fast eine geschlagene Minute, ehe er antwortet – lange genug, um Angst zu haben, er könnte mir meine wahren Absichten von der Stirn ablesen. Außerdem hat er selbst die Stirn leicht gerunzelt, was meine Unsicherheit noch verstärkt.

Doch dann wird seine Miene mit einem Mal wieder glatt und er zieht mich an die Brust. »Willkommen zurück, Schwester. Den Brüdern sei Dank, dass du deine Fehler endlich eingesehen hast.«

Seine Umarmung ist ein wenig zu fest. Ich habe es mir nicht eingebildet – er ist wirklich skeptisch. Das sind sie wahrscheinlich alle. Wenn ich bleiben will, werde ich beweisen müssen, dass ich wieder voller Überzeugung dabei bin. Sie werden mich nicht einfach aufnehmen, ohne sicherzustellen, dass ich wieder aus tiefstem Herzen glaube.

»Willkommen daheim!«, rufen alle.

»Nein!«, schreit jemand vom anderen Ende des Raums. Ich schaue auf und versuche über die Köpfe der anderen zu sehen, doch sie stehen zu dicht um mich herum. »Sie hat es nicht verdient, hier zu sein. Es sollte ihr nicht erlaubt sein zurückzukommen.«

Brian. Jetzt erkenne ich seine Stimme.

»Warum sollen wir sie zurückkommen lassen? Sie mit offenen Armen begrüßen? *Sie* war es, die den Außenstehenden geholfen hat, uns unser Zuhause wegzunehmen. *Sie* war es, die uns alle in Gefahr gebracht hat. *Sie* ist für meinen Vater und Marie verantwortlich. Wie könnt ihr ihr das einfach vergeben? Ich kann es jedenfalls nicht. Und ich *werde* es auch nicht!«

Jetzt kann ich ihn sehen, er drängt sich durch die Menge. Der Hass, den er verströmt, lässt mich schaudern. Ich habe das untrügliche Gefühl, dass er mich schlagen wird. Doch dann tritt Will zwischen uns und mehrere Männer im Umfeld halten Brian fest.

»Sie gehört nicht zu uns. Sie hat *nie* zu uns gehört. Seht ihr das denn nicht? Wenn ihr sie bleiben lasst, wird sie wieder alles zerstören. Wartet es nur ab. Sie sollte auch krank sein, zusammen mit dem Rest von ihnen. Sie hat es verdient, krank zu sein. Sie hat es verdient, *tot* zu sein!«

Die Männer drängen ihn zurück, doch es ist ein Kampf. Brian tritt mit den Füßen in meine Richtung, mit dem ganzen Körper drängt er zu mir hin. Wenn sie ihn loslassen, bringt er mich womöglich um, geht es mir durch den Kopf. Ich wusste, dass er wütend war, trotzdem überrascht mich seine Vehemenz.

Mr Brown tritt zu meinem Vater und flüstert ihm etwas ins Ohr. Sie schauen mich an. Ich versuche, eine ruhige Miene zu bewahren, doch das ist schwer. Ich habe das Gefühl, dass Brians Worte die anderen aufgerüttelt haben und sie meine Wiederaufnahme jetzt vielleicht überdenken. Meine Mutter bleibt dicht neben mir. Sie scheint es ebenfalls zu spüren. Endlich beschützt sie mich, aber nur, wenn es ihren eigenen Bedürfnissen entspricht. Sie will mich wieder in der Gemeinde haben.

Es kostet mich ungeheure Mühe, mich nicht loszureißen.

»Lyla, du hast sicher Nachrichten aus erster Hand, was bei den Außenstehenden vorgeht. Außerdem würden wir gern wissen, wie du entkommen und zu uns zurückkehren konntest.«

Sein Ton ist warm und freundlich, sein Blick dagegen stechend. Was immer ich ihnen jetzt erzähle, wird entscheiden, ob sie mir glauben, dass ich wirklich aus den richtigen Gründen zurückgekehrt bin und keinen Ärger mehr machen werde. Es ist der Grund, warum ich die letzten Stunden damit verbracht habe, mir genau zurechtzulegen, was ich sagen werde.

Ich räuspere mich und falte die Hände vor dem Körper, wie ich es bei Pioneer gesehen habe, wann immer er uns eine wichtige Mitteilung zu machen hatte. Es ließ ihn demütig wirken und ich hoffe, dass es bei mir nun auch der Fall ist.

»Ich weiß, dass ich Mist gebaut habe«, sage ich. »Ich war verwirrt. Der Sheriff und Cody …« Ich verstumme, weil es sich gefährlich anfühlt, ihre Namen auszusprechen. *Können sie aus meiner Stimme, meiner Miene oder meinen Bewegungen entnehmen, was ich für Cody empfinde?* »… sie waren am Anfang so nett und ich war so neugierig auf die Welt. Ich denke, ich wollte einfach nicht glauben, dass das Ende wirklich bevorsteht. Ich war … ich habe Angst, mich dem zu stellen, was kommt. Aber als dann alle krank wurden … hat es mir die Augen geöffnet. Die Außenstehenden haben sich gegen mich gewandt. Sie haben mir die Schuld an ihre Bestrafung gegeben und wollten mir wehtun.« Ich klinge aufgewühlt, kann es nicht verhindern, weil mir Taylors letzte Worte immer noch nachgehen. Aber das ist gut so. Es wird helfen, sie zu überzeugen.

Meine Mutter hält den Atem an.

»Ich habe aus völlig falschen Gründen Angst gehabt. Ich hätte mich davor fürchten sollen, die Brüder und Pioneer und euch zu verraten. Ich war selbstsüchtig. Verwirrt. Und das begreife ich jetzt«, sage ich, während mir die Tränen über das Gesicht laufen, denn sosehr ich auch zu schauspielern versuche, kommen die Worte viel zu leicht. Es ist, als wäre ein Teil von mir erleichtert darüber, sie auszusprechen. Kann es sein, dass dieser Teil immer noch glauben will? Dass es immer so sein wird? Ich hasse den Gedanken, hasse mich selbst dafür, dass es so sein könnte. Wenn ich mir nicht hundertprozentig sicher sein kann, wo ich stehe, wie soll ich dann wissen, ob ich überhaupt bestehen kann?

»Nachdem ich gestern Nacht weggelaufen bin, habe ich mich auf die Knie geworfen und die Brüder um Vergebung angefleht. Und ich hatte das Gefühl, dass sie mich erhört haben. Es war, als würden sie mich hierherführen, nach Hause.«

Ich wage es nicht, auch nur einmal die Augen niederzuschlagen, nachdem ich geendet habe, so sehr fürchte ich, meine Worte könnten keinen Sinn ergeben, ganz zu schweigen davon, dass ich sie überzeugt hätte. Trotzdem halte ich mein Lächeln weiter aufrecht und die Augen auf Mr Brown gerichtet.

Er wartet, sieht mir forschend in die Augen. Keiner von uns blinzelt, bis ich sicher bin, dass er mich gleich eine Lügnerin nennen wird, doch dann legt er den Arm um mich und küsst mich auf den Kopf. »Pioneer wusste immer, dass du zurückkehren wirst. Du gehörst zu uns. Wir wussten, dass du es am Ende einsehen wirst. Wir mussten nur daran glauben. Und jetzt, wo du weißt, was dich da draußen erwartet, wirst du sicher nie wieder auf die Idee kommen, uns zu verlassen. Dieses Mal hast du großes Glück gehabt. Hättest du nicht unter dem Schutz der Brüder gestanden, wärst du jetzt auch krank. Eine Pflanze, die man aus ihrer Erde zieht, kann nicht überleben. Sie muss im Boden bleiben, im Sonnenlicht baden und gepflegt werden. Ohne diese Dinge wird sie verdorren und sterben.«

Ich nicke, als ich zu Mr Brown aufschaue. Er klingt inzwischen so sehr nach Pioneer. Es ist, als würde dieser ihn ständig anleiten. Einen schrecklichen Moment lang frage ich mich, ob das vielleicht tatsächlich der Fall ist? Ob Pioneer mich irgendwie durch Mr Browns Augen beobachtet?

Die ganze Zeit über habe ich vor den anderen gestanden und es war relativ still im Raum, doch jetzt beginnen sich die Leute zu äußern.

»Du wirst geliebt.«

»Du gehörst uns.«

»Du bist auserwählt.«

Einer nach dem anderen kommen sie zu mir und heißen mich ein weiteres Mal willkommen. All die Leute, mit denen ich in den letzten zehn Jahren gespielt, gearbeitet, gesungen und geweint habe, flüstern mir nacheinander eine Botschaft ins Ohr, nehmen mich nacheinander in den Arm. Und so beängstigend das alles ist, fühlt es sich auch gut an – als werde einem nach einem bösen Fieber ein kühler Lappen auf die Stirn gelegt oder man in ein frisch aus dem Wäschetrockner geholtes Handtuch gewickelt. Sie haben mir trotz allem gefehlt. Verrückt oder nicht. Ich kann es nicht ändern.

Als ich durch fast alle Arme gewandert bin und mir häufiger, als ich zählen kann, bekundet wurde, dass ich geliebt werde, beginnt sich die Versammlung aufzulösen. Ich habe vergessen, wie warmherzig sie alle sein können. Es ist ihnen wirklich ernst mit dem, was sie sagen, wenn sie es sagen. Sie haben mich vermisst und wollen, dass ich nach Hause komme.

Sie muss nur ein bisschen
daran erinnert werden,
wer sie ist und
wohin sie gehört.

Allison Hamilton

22

Nach dem Treffen begleitet Will mich und meine Eltern zurück zum Trailer. Sobald wir drinnen sind, strahlen meine Eltern um die Wette, während sie sich in der beengten Kochnische gegenseitig Konkurrenz machen, mir eine Tasse heißen Tee zuzubereiten, die mich nach der Nacht im Freien aufwärmen soll. Meine Mutter summt vor sich hin und mein Vater hat noch nie so erleichtert ausgesehen. Ich bin zurückgekommen; jetzt muss er nicht mehr zwischen mir und meiner Mutter wählen. Er kann mit uns beiden zusammen sein.

Ich nippe an meinem Tee. Ich habe nicht die leiseste Ahnung, worüber ich mit meinen Eltern reden soll, also gehe ich mit Will lieber in mein Zimmer, damit wir allein sind und von ihren glücklichen Blicken verschont werden. Meine Eltern scheinen nichts dagegen zu haben, bitten uns aber, die Tür offen zu lassen.

»Dann ist es dir also wirklich ernst mit dem, was du dort hinten gesagt hast?« Den Rücken an die Wand gelehnt, sitzt Will auf meinem Bett.

»Ja, ist es.« Jetzt ist es schwieriger, vorzugeben, dass es mir ernst ist. Ich belüge Will nicht gern. Vor allem nicht, wenn er sich so verzweifelt wünscht, dass ich die Wahrheit sage.

»Als du fortgegangen bist, hatte ich schreckliche Angst, du hättest es aus gutem Grund getan. Ich hatte Angst, dass das, was du zu sehen geglaubt hast … mit Marie, du weißt schon … wahr ist. Ich hatte das Gefühl, alles, woran ich je geglaubt habe, wird mir unter den Füßen weggezogen. Aber als dann die Ranger kamen und wir zusammenbleiben konnten und Pioneer uns erklärt hat, was wirklich passiert ist, erschien mir das völlig einleuchtend. Das geht dir jetzt genauso, nicht? Ich meine, deshalb bist du doch wieder da, oder?«

Dieses Täuschungsmanöver ist so viel schwieriger, als ich es mir vorgestellt habe. Ich will ihm nicht sagen, was er hören will. Ich kann Maries Gegenwart förmlich spüren, sie lastet auf mir, wartet darauf, dass ich den Mord an ihr in etwas anderes verwandele, etwas noch Schlimmeres: ihr eigenes Verschulden. Meine Lippen sind wie ausgetrocknet und ich kaue auf den rissigen Stellen herum. »Ich bin wieder da, weil ich jetzt weiß, wohin ich gehöre – und zwar nicht zu Cody oder seiner Familie«, erwidere ich in dem Versuch, zu antworten, ohne wirklich etwas zu sagen. Doch es reicht, um Will zum Lächeln zu bringen.

»Nein, zu ihnen nicht«, sagt er und seine Stimme nimmt einen zärtlichen Ton an. »Hör mal, ich weiß, dass du in mir einen Freund siehst … mehr als irgendetwas sonst. Das habe ich immer gewusst, Lyla. Und es ist okay. Ich bin zufrieden damit. Ich denke, es reicht, um daraus irgendwann mehr werden zu lassen, wenn du mich nur versuchen lässt, dich glücklich zu machen.« Er zieht etwas aus seiner Gesäßtasche, eine kleinere Version der Eule, die er in Codys Auto hinterlassen hat. Es dreht mir den Magen um. Ich schaue ihm ins Gesicht, sehe den wehmütigen Ausdruck darin und bin mir ganz sicher, dass er keine Ahnung hat, dass einer der anderen in den Baum vor Codys Haus geklettert ist und vor meinen Augen eine Eule getötet hat. Er hätte diese kleine Eule niemals behalten, wenn er es wüsste. Will mag tiefgläubig sein, aber zu etwas so Bösem ist er nicht fähig.

»Ich habe sie die ganze Zeit über bei mir gehabt, während du weg warst. Ich habe dich nie aufgegeben, weißt du. Schon bevor Pioneer gesagt hat, wir sollten dich nicht fallen lassen. Und das werde ich auch nie.«

Allmählich wird mir klar, dass Will für Pioneer hier ist, doch das ist nicht sein einziger Grund – wahrscheinlich ist es nicht einmal der Hauptgrund. Er will sein altes Leben zurückhaben, weil es die einzige Möglichkeit ist, um wieder mit mir zusammen zu sein. Das, woran er am meisten glaubt, sind *wir* – als Paar.

»Will, ich …« Ich verstumme. Die Hoffnung, die er hegt, schmerzt mich, aber wie soll ich ihm klarmachen, dass wir niemals so zusammen sein werden, wie er es sich wünscht, und trotzdem dafür sorgen, dass die anderen weiterhin davon überzeugt sind, ich sei wieder Teil der Gemeinde? Ich kann es ihm noch nicht sagen. Bis ich herausfinde, was dem Sheriff und Cody zugestoßen ist und wie viele Mitglieder der Gemeinde dafür verantwortlich sind, muss ich weiter so tun, als wollte ich wieder seine Versprochene sein. So verhasst es mir auch ist.

Will steht vom Bett auf und kommt auf mich zu, doch ich weiche zurück – es ist wie ein Reflex. Er hatte die Hände erhoben, als wolle er mich umarmen. Er senkt den Kopf und ich bekomme Panik. Ich habe zu viel von meinen wahren Gefühlen verraten und alles vermasselt, aber er nickt nur vor sich hin und geht zur Tür. »Wahrscheinlich musst du erst den Kopf freibekommen und … ihn loslassen.« Selbst jetzt spricht er Codys Namen nicht aus. »Ich schaffe das. Ich werde alles tun, was nötig ist, damit es wieder so wird, wie es war. Ich gebe unsere Zukunft nicht auf, Lyla. Es ist mir bestimmt, mit dir zusammen zu sein.«

Er geht hinaus und ich bin allein.

Ich lasse mich aufs Bett fallen und lege den Arm über die Augen. Ich bin plötzlich so müde. Der Schlafmangel und all das, was sich in den letzten vierundzwanzig Stunden ereignet hat, holen mich nun ein. Ich bin zu müde, um mich zu bewegen und unter die Decke zu legen, daher ziehe ich sie auf einer Seite einfach nur über mich und starre an die Wand. Es dauert nicht lange, bis ich spüre, wie ich davongleite.

Ich schrecke aus dem Schlaf. Die Hand meines Vaters liegt auf mir und rüttelt mich behutsam wach. Ich habe Herzklopfen und unbeschreibliche Kopfschmerzen. Was ich wirklich brauche, ist eine ganze Nacht ungestörten Schlaf – vielleicht auch einen ganzen Tag. Ich rolle mich wieder zusammen und hoffe, dass er fortgehen wird und ich wieder wegsacken kann, doch er schüttelt mich einfach weiter und sagt immer wieder meinen Namen. Das einfallende Licht ist nach wie vor sehr hell, was bedeutet, dass ich nicht lange geschlafen haben kann.

»Dein Mittagstee ist fertig. Wir haben dich eine Stunde schlafen lassen, aber wir sollten uns ein wenig unterhalten, meinst du nicht?«, sagt Dad sanft. »Komm, Liebes, wach auf.«

»Nein danke«, murmele ich. Ich habe die letzte Tasse, die sie mir gekocht hatten, nicht ausgetrunken. Wenn man bedenkt, was gestern passiert ist, bin ich mir, ehrlich gesagt, nicht sicher, ob es so klug ist, egal wer gerade in der Nähe ist, überhaupt etwas zu trinken, aber das kann ich ihm schlecht sagen.

»Du musst genügend Flüssigkeit zu dir nehmen. Fasten belastet den Körper. Wenn du nicht genug trinkst, wirst du krank werden.«

Schon schlage ich die Augen auf. Fasten? Dann fällt mir ein, dass Pioneer sie gestern aufgefordert hat, zu fasten und zu beten.

»Wie lange denn?«, frage ich. Da Cody und die anderen bereits vergiftet sind, ist mir nicht klar, warum sie es weiter tun.

»Bis Pioneer uns sagt, dass wir aufhören sollen, oder die Außenstehenden ihn aus dem Gefängnis entlassen«, erwidert Dad trocken. »Komm jetzt, sonst wird er kalt.«

Ich rolle mich aus dem Bett und stolpere hinter ihm her. Ich bin immer noch so müde, dass der Raum zu schwanken scheint und ich mich ständig links und rechts abstützen muss. Es riecht nach Zimt und Nelken.

»Da bist du ja, Schlafmütze.« Mom schiebt sich an mir vorbei und zerzaust mir die Haare. Diese zwanglose Berührung ist merkwürdig. Es ist, als habe sie sich entschieden, alles auszulöschen, was in den letzten Monaten geschehen ist. Sie geht zu dem kleinen Tisch neben der Kochnische, setzt sich und klopft einladend auf den Stuhl neben sich. Sie hält eine Tasse heißes Wasser mit Zitrone in der Hand.

Vor meinem Platz steht ein großer Becher Gewürztee auf dem Tisch. Mehr als alles andere erinnert mich der Geruch dieses Tees an meine Mutter, bevor und nachdem wir New York verließen, um mit Pioneer zu leben. Schon bevor wir nach Mandrodage Meadows zogen, hat sie mir an kalten Tagen diesen Tee gekocht. Urplötzlich sehe ich meine Schwester Karen und mich mit unseren Puppen am Tisch sitzen, uns mit den Teetassen zuprosten und kichern. Wie wäre unser Leben verlaufen, wenn sie nie verschwunden wäre? Würden wir immer noch in unserem alten New Yorker Brownstone-Haus am Tisch sitzen? Wäre Pioneer je in unser Leben getreten? Wäre mein Mom mehr wie Codys Mutter? Bei diesen Gedanken wird mir die Kehle so eng, dass ich nicht sicher bin, auch nur einen Schluck trinken zu können, doch meine Eltern lassen mich nicht aus den Augen und suchen nach Zeichen dafür, dass ich wieder so bin wie früher. Ich darf ihnen keinen Grund geben, daran zu zweifeln, also hebe ich den Becher an die Lippen und trinke.

Meine Eltern lächeln sich an und meine Mutter nippt an ihrem Wasser.

»Schmeckt es?«, fragt sie.

»Mm-hmm«, sage ich und zwinge mich zu einem strahlenden Lächeln.

Sie lacht entzückt und streicht mir über den Arm. »Wir sind so froh, dass du zurückgekommen bist. Ich kann dir gar nicht sagen, wie sehr ich mich um dich gesorgt habe. Für die Außenstehenden wird es noch viel schlimmer kommen, bevor es wieder besser wird.«

»Woher weißt du das?«, frage ich in einem Ton, der hoffentlich nur neugierig klingt und nicht vorwurfsvoll.

»Weil Pioneer es gesagt hat. Du hast ihn gestern gehört. Er wusste, was passieren wird. Deshalb hat er uns geraten zu fasten und zu beten. Wir müssen einfach noch eine Weile stark sein. Aber kannst du dir vorstellen, welche Belohnung am Ende auf uns wartet? Ein paar Jahre im Silo, während die Brüder sie auslöschen, dann haben wir unsere neue Welt. Pioneer hat versprochen, dass deine Schwester mit den Brüdern zu uns zurückkommt. Was für ein Leben sie dort oben mit ihnen führen muss. Ich kann es kaum erwarten, es zu teilen.«

Ich schaue meinen Vater an, der keine von uns ansehen mag. In seiner Miene spiegelt sich der gleiche Zweifel an Pioneer wie an jenem letzten Tag im Silo, als ich ihn bat, mit mir fortzugehen; immer wieder schleicht er sich in sein Gesicht und verschwindet wieder.

Es klopft an die Tür, die aufgeht, ehe einer von uns aufstehen kann. So war es auch in Mandrodage Meadows. Wir durften die Haustür nicht abschließen und es wurde erwartet, dass andere Gemeindemitglieder jederzeit ohne Erlaubnis eintreten durften. Privatsphäre gab es nicht. Es kommt mir seltsam vor, dass ich das früher für normal gehalten habe. Wie es aussieht, haben sie diese Gewohnheit mitgenommen. Was gut ist, wenn ich mich umsehen will, und schlecht, weil ich mich nirgends sicher fühlen kann.

Mr Brown kommt mit vor Kälte gerötetem Gesicht in unseren Wohnwagen. Er nimmt eine Serviette vom Tisch und putzt sich lautstark die Nase, dann lehnt er sich an die Wand und beäugt unseren Tee. »Sieht gut aus, kann ich auch eine Tasse haben?«

»Wir wollten Lyla zu Hause willkommen heißen«, sagt meine Mutter, als sie aufsteht, um ihm eine Tasse einzuschenken.

»Wunderbar.« Mr Brown schaut mich augenzwinkernd an. »Es ist schön, dich hier bei deinen Eltern zu sehen. Du hast ihnen gefehlt. Die letzten Monate waren schwer für sie. Für uns alle. Du bist auch für uns ein Teil der Familie.«

»Ich weiß, es tut mir leid«, sage ich.

»Du warst eine ganze Weile fort, Lyla. Wahrscheinlich hast du eine Menge schlechter Gewohnheiten angenommen, dich vielleicht daran gewöhnt, die Dinge aus der falschen Perspektive zu betrachten.«

Übersetzung: Er glaubt, dass ich mit den Ansichten der Außenstehenden infiziert bin. Damit habe ich gerechnet. Jetzt muss ich ihn überzeugen, dass ich wirklich und wahrhaftig das Licht gesehen habe. Er wird schwieriger zu überzeugen sein als alle anderen. Mein Magen zittert.

»Zurückzukommen heißt, dass du sämtliche falschen neuen Vorstellungen, die du in dein Leben gelassen hast, wieder fallen lassen musst. Wenn du ganz und gar wieder dazugehören willst, musst du sie freiwillig und restlos fallen lassen.«

Ich lege unter dem Tisch die Hände auf die Knie und umklammere sie. Mir war klar, dass ich sie, nach allem, was geschehen ist, von meiner Aufrichtigkeit überzeugen muss. Aber ich bin mir nicht sicher, was ich tun kann. *Was werden sie von mir verlangen?*

Er schaut meine Eltern an. »Ich werde mich ein bisschen mit ihr unterhalten und ihr den Kopf zurechtrücken, um sie wieder in die Spur zu bringen. Pioneer hat mir gesagt, was im Fall ihrer Rückkehr erforderlich sein wird. Er hat mir genaue Instruktionen hinterlassen, wie wir sie … läutern sollen. Das würde ich gern in der Scheune tun.«

Als Pioneers Name fällt, erstarre ich. *Pioneer hat ihm Instruktionen hinterlassen?* Für was? Ich kann es mir nicht vorstellen. Ich schaue an Mr Brown vorbei zur Tür und ziehe kurz in Betracht, aufzuspringen und hinauszustürzen. Vielleicht war das alles doch keine so gute Idee.

»Unbedingt, sie soll einfach ihren Tee austrinken, dann bringe ich sie rüber«, sagt Dad. Er tätschelt mir den Arm und meine Angst lässt einen Moment lang nach. Er wirkt vollkommen ruhig. *Vielleicht bin ich einfach nur paranoid*.

»Ich glaube, es wäre besser, wenn ich sie gleich mitnehme und ihr beide wartet hier. Ich bringe sie euch bald zurück.« Mr Brown bedeutet mir aufzustehen. »Sie macht den Eindruck, als wäre sie bereit, zu tun, was nötig ist, um wieder zu uns zu gehören. Nicht wahr, Lyla?« Mr Browns Tonfall ist wärmer als ein dickes Paar Handschuhe, ganz tief und weich und freundlich. Das hat Pioneer auch immer getan – kurz bevor wir bestraft wurden.

Ich stehe auf. Ich weiß, dass meine Eltern ihm nicht widersprechen werden, um mich dazubehalten. Das haben sie noch nie getan und ich bin mir sicher, dass sie auch jetzt nicht damit anfangen werden.

Ich gehe mit Mr Brown hinaus und folge ihm langsam zur

Scheune. Unterwegs kommen wir an mehreren Rangern vorbei. Sie stehen dicht gedrängt vor der Scheune, einen aufgeklappten Laptop auf einem Brett zwischen sich. Eine Stimme dringt aus dem Computer. Es hört sich an wie ein Nachrichtenbeitrag.

»Nach unseren Quellen sind zwei Restaurants betroffen, die häufig von Besuchern des Gerichts aufgesucht werden. Man vermutet eine Salmonelleninfektion, allerdings gibt es vonseiten der Polizei noch keine Stellungnahme dazu, ob die Vergiftung absichtlich herbeigeführt wurde.« Einer der Männer schaut auf, während er zuhört, und seine Miene verfinstert sich. Die Art, wie er Mr Brown ansieht, als dieser vorübergeht, macht deutlich, dass er die Gemeinde im Verdacht hat und darüber nicht glücklich ist.

Ich verspüre plötzlich den Drang, sie anzusprechen, ihnen zu bestätigen, was sie bereits vermuten, doch ich sage nichts. Solange ich nicht weiß, wie sie die Sache sehen, ist das Risiko zu groß. Ich zwinge mich, mit Mr Brown weiterzugehen – in die Scheune und zu dem, was mich dort erwartet.

Ich bin der Teufel
und hier, um
das Werk des Teufels
zu vollbringen.

Charles »Tex« Watson, Mitglied der Manson Family

23

Die Scheune ist leer. Mr Brown durchquert sie und wir betreten einen der beiden Räume, die ich heute Morgen entdeckt habe; es ist derjenige, in dem die rostige Schere hängt. Für einen kurzen Moment bin ich versucht, sie von der Wand zu reißen und auf Mr Brown zu richten, tue es aber nicht. Es ist meine Entscheidung, hier zu sein … gewissermaßen.

Drinnen steht ein Klappstuhl aus Metall, sonst nichts – die Werkbank und alles, was darauf lag, ist verschwunden. Ich bleibe dicht bei der Tür, doch Mr Brown schiebt mich tiefer in den Raum. In der gegenüberliegenden Ecke steht seine Frau und winkt mich zu sich. Sie trägt die Schürze, die sie immer beim Küchendienst im Klubhaus getragen hat, die mit den vielen kleinen Kirschen darauf. Sie wirkt merkwürdig fröhlich im Kontrast zum übrigen Raum.

»Setz dich, Lyla, es gibt keinen Grund, dich im Türrahmen herumzudrücken«, sagt sie.

Ich will mich nicht hinsetzen, während die beiden vor mir aufragen.

»Ich würde lieber stehen bleiben, wenn das geht?« Ich lasse es wie eine Frage klingen, in der Hoffnung, sie würden es nicht als Widerstand auffassen. Was nicht funktioniert.

»Siehst du, genau darum müssen wir uns kümmern, bevor du wirklich wieder zu uns gehören kannst«, sagt Mr Brown. »Früher wusstest du, wie man, ohne Fragen zu stellen, Folge leistet.«

Ich wappne mich, so gut ich kann, senke scheinbar reumütig den Kopf und setze mich hastig. Ich bin schon früher bestraft worden. Ich schaffe das … sage ich mir.

Mr Brown geht neben meinem Stuhl in die Hocke und Mrs Brown tritt hinter mich und rafft meine Haare zusammen. Ich kann mich gerade noch davon abhalten aufzuspringen, so sicher bin ich, dass sie mir die Haare abschneiden und mich kahl scheren wird. Ich umklammere die Stuhlkanten, um nicht davonzulaufen. Stattdessen beginnt sie mir die Haare zu flechten, wie meine Mutter es früher getan hat. Als wir klein waren, trugen alle Mädchen der Gemeinde die Haare als Zopf. Vielleicht will sie mir das Gefühl geben, wieder klein und hilflos zu sein.

»Sie haben dir eingeredet, dass du dich irrst. Dir eingeredet, Pioneer wäre ein schlechter Mensch. Ein verrückter Krimineller.« Mr Brown lächelt traurig. »Aber haben sie dir je von ihrer eigenen Vergangenheit erzählt? Haben sie dir alles aufgezählt, was *sie* falsch gemacht haben? Oder wie sie herausgefunden haben, was für ein Mensch Pioneer war, bevor er zu uns kam?«

»Sie haben mir im Internet Artikel über seine erste Verhaftung gezeigt«, erwidere ich vorsichtig. Ich bin nicht sicher, was er von mir hören oder worauf er hinauswill. Hinter mir ist Mrs Brown weiter mit meinen Haaren beschäftigt, die sie beim Flechten fest anzieht. Zu fest. Ich zucke ein wenig zusammen.

»Im Internet.« Mr Brown spricht es wie »Enternet« aus. »Dort können die Leute Sachen veröffentlichen und behaupten, es sei die Wahrheit, obwohl sie genau wissen, dass es gelogen ist. Dafür bekommen sie nicht mal Schwierigkeiten. Deshalb hat Pioneer uns verboten, es überhaupt anzuschaffen.«

Es klopft an der Tür und Jonathan tritt ein. Er hat den Kopf ein wenig zur Seite geneigt und seine blauen Augen leuchten, als er einen Laptop hereinbringt. »Brian hat gesagt, dass du ihn brauchst?« Er wirkt froh darüber, helfen zu können. Ich mustere ihn misstrauisch. Er war definitiv an der Vergiftung beteiligt, das spüre ich, doch im Gegensatz zu Mr Brown und den anderen bin ich mir über seine Motive nicht im Klaren.

»Oh, gut, danke, mein Sohn.« Mr Brown steht auf und nimmt ihm den Laptop ab. »Ich bringe ihn dir in ein paar Minuten zurück.«

»Wie geht es Ihrer Hand?«, frage ich Jonathan, um ihn festzuhalten und Zeit zu gewinnen. Ich schaue vielsagend zur Wand mit den versengten Brettern.

Er hebt die Hand. Der Verband ist weiß und frisch, aber die Haut an seinen Fingern wirkt ebenso wund wie zuvor. »Besser.« Er ist die Ruhe selbst. Beachtet die Wand mit keinem Blick. Eigentlich sollte mich das zweifeln lassen, doch das tut es nicht; es bestärkt mich nur darin, dass ich auf der richtigen Fährte bin. Irgendetwas hat er in diesem Raum gemacht, es gab ein Feuer und dabei hat er sich die Hände verbrannt.

»Ich bin froh, das zu hören. Ich habe mir gestern Sorgen um Sie gemacht.«

Mein Tonfall ist zuckersüß und ich lächle, obwohl ich ihn und Mr Brown am liebsten schütteln würde, bis sie gestehen, was sie getan haben und als Nächstes planen.

Seine Mundwinkel heben sich. »Mir geht es gut. Mach dir lieber Gedanken um den Sheriff und seinen Sohn. Die hat es erwischt. Du kannst von Glück sagen, dass du verschont geblieben bist.« Er sieht fast enttäuscht aus und mir läuft es eiskalt über den Rücken.

»Wann sind Sie einer von uns geworden?«, frage ich ihn, weil ich einfach nicht begreifen kann, warum er sich einem Mann und einer Sache verschrieben hat, über die er kaum etwas weiß.

»Ich habe mich noch nicht endgültig für die Brüder entschieden«, erklärt Jonathan und mir verschlägt es unwillkürlich den Atem. Warum ist er dann involviert? »Pioneer redet von ihnen, seit wir uns vor ein paar Jahren bei einer Waffenausstellung kennengelernt haben. Ich bin vielleicht kein echter Gläubiger, aber in einem sind wir uns einig. Dieses Land geht komplett den Bach runter und nur eine richtige Katastrophe kann das ändern.« Er reibt sich die Hände, als würden ihn die Verletzungen irgendwie daran erinnern.

In Mr Browns Gesicht arbeitet es, er sieht aus, als wolle er irgendetwas sagen, überlegt es sich dann aber anders und konzentriert sich stattdessen auf den Laptop. »Wenn es dir nichts ausmacht, mein Junge, wären wir hier gern ein bisschen für uns.«

Jonathan scheint nur ungern zu gehen, tut es aber einen Moment später.

»Hier, ich will, dass du dir das ansiehst, Lyla«, sagt Mr Brown, als er mir den Laptop auf den Schoß stellt.

»Ist er jetzt einer von uns?«, frage ich ihn.

Mr Brown hebt den Kopf. »Fast. Pioneer sieht Potenzial in ihm, aber er muss sich seinen Platz bei uns verdienen. Er muss aufrichtig glauben und nicht nur die Außenstehenden hassen.«

»Was ist mit den anderen Rangern? Haben die auch Potenzial?«

Mr Brown schnaubt. »Nein, haben sie nicht.«

»Warum sind sie dann hier bei uns?«, frage ich. Ich will ganz sicher sein, dass der Eindruck, den ich draußen hatte, stimmt, dass sie nichts mit dem zu tun haben, was gestern Abend passiert ist.

Vielleicht kann ich sie dann bitten, mir dabei zu helfen, herauszufinden, was vor sich geht.

»Weil wir sie gebraucht haben, um wieder auf die Füße zu kommen, nachdem die Regierung unser Land beschlagnahmt hat. Außerdem brauchte Pioneer einen Anwalt, den sie uns bereitwillig vermittelt haben, als wir ihnen erlaubten, Pioneers Fall für ihre eigene Sache zu nutzen. Stell sie dir als Spinnen vor – nützlich, um andere Insekten fernzuhalten, aber trotzdem widerlich. Letzten Endes sind sie auch nicht besser als alle anderen außerhalb unserer Gemeinde. Dass sie sich entschieden haben, uns zu helfen, ändert daran nichts. Sie glauben weder an Pioneer noch an die Brüder. Wir haben versucht, mit ihnen zu reden, aber sie wollen die Wahrheit nicht sehen. Sie benutzen uns, um gegen die Regierung Front zu machen, also haben wir beschlossen, sie zu benutzen, um Pioneer aus dem Gefängnis zu holen und die Gemeinde beisammenzuhalten. Ist das nicht der Gipfel der Ironie? Dass wir es schaffen, mithilfe von Bösem Gutes zu bewahren?« Er lehnt sich auf den Hacken zurück. »Und jetzt sieh dir an, was ich gerade im Internet gefunden habe.«

Ich schaue zum Laptop. Auf dem Monitor ist eine Webseite namens »Wahre Nachrichten« geöffnet. Ein Artikel nimmt fast die komplette Seite ein. Ich sehe mir die Überschrift an. »Wahl des Sheriffs von Pickens County unter Manipulationsverdacht«. Dann beginne ich richtig zu lesen. Im Wesentlichen steht dort, dass mindestens zwei Wahllokale im County mit Freiwilligen besetzt gewesen seien, die in irgendeiner Weise mit Sheriff Crowley in Verbindung stünden, und den Freiwilligen werde vorgeworfen, gegnerische Stimmen vernichtet zu haben. An beiden Standorten hätten Geräte nicht funktioniert und die Stimmen von Hand ausgezählt werden müssen. Ich spüre, wie Mr Brown mich beim Lesen beobachtet. Der Artikel wird durch Fotos ergänzt, auf denen Leute

Schlange stehen, um zu wählen, und ganz am Schluss befindet sich eine Aufnahme des Sheriffs, der sich die Hand vor das Gesicht hält, als wolle er sich vor der Kamera verstecken. Er sieht wütend aus – und schuldbewusst.

»Weißt du, Lyla, wenn du nur lange und tief genug gräbst, findest du in neun von zehn Fällen immer etwas, das du von einer Person nicht weißt oder magst.« Mr Brown rückt näher und drückt auf die Pfeiltaste, um weiterzuscrollen. »Und wenn du nicht ganz, ganz vorsichtig bist, wirst du niemals merken, dass es wahrscheinlich gar nicht stimmt.« Ganz unten auf der Seite steht der Name des Autors. Es ist der von Mr Brown.

»Ich habe mir das heute Morgen ausgedacht – habe die Bilder einer hiesigen Wahl verwendet und das Foto des Sheriffs mit der Hand vor dem Gesicht, das neulich vor dem Gericht entstanden ist. Wenn du nicht ganz tief weitergräbst, würdest du das nie erfahren, nicht? Und der Sheriff wüsste vielleicht lange Zeit gar nicht, dass es im Netz steht, was bedeutet, dass jeder, der auf dieser Seite landet, einen Eindruck gewinnen könnte, der überhaupt nicht stimmt. Und wenn ich das hier und jetzt mit ihm machen kann, glaubst du nicht, dass er das Gleiche auch mit Pioneer tun könnte? Du hast deinen Eltern erzählt, Cody hätte dir etwas im Netz gezeigt, das Pioneer wie einen Verbrecher aussehen ließ, stimmt's? Woher willst du wissen, dass er es nicht einfach erfunden hat? Woher willst du wissen, dass er und sein Vater dich das nicht absichtlich glauben gemacht haben, damit du ihnen hilfst, wenn es so weit ist und sie unseren Grund und Boden erstürmen. Es dauert nicht mal eine Stunde, solches Zeug zu verfassen, und jetzt sieh dir an, welchen Schaden es anrichten kann.«

Ich starre den Bildschirm und das Bild des Sheriffs an. Der Artikel wirkt glaubhaft, obwohl Mr Brown ihn einfach nur erfunden hat. Ich versuche mich an den Tag zu erinnern, als Cody mir im

Krankenhaus die Dinge über Pioneer und die Naturkatastrophen zeigte. Doch von den eigentlichen Webseiten weiß ich nicht mehr viel – wahrscheinlich lag es an der Gehirnerschütterung, die ich damals hatte. Plötzlich überfällt mich ein Zweifel. *Hat er sie mir damals vielleicht gerade deshalb gezeigt? Weil ich nicht klar denken oder Fragen stellen konnte?* Nein. Moment. Mr Brown kann unmöglich recht haben. Ich kenne Cody. Er würde mich nicht belügen. Es erklärt auch nicht, was *ich* über Pioneer weiß, was ich ihn mit Marie haben machen sehen. Und es erklärt nicht die Fragen, die die Presse Pioneer zu seiner Vergangenheit gestellt hat.

»Nimm nur die Krankheit, die sich dort draußen verbreitet. Verstehe mich nicht falsch, ich glaube nicht, dass es der Wille der Brüder war und unbedingt geschehen musste, aber was glaubst du, wie lange es dauern wird, bis sie uns beschuldigen? Als hätten wir einen Weg gefunden, sie zu vergiften. Nur damit wir schlecht dastehen. Denk darüber nach. Wir wissen, dass es eine Antwort auf die Prophezeiung ist, aber sie werden einen gezielten Anschlag daraus machen. Es wird nicht schwer sein, es so darzustellen, als hätte Pioneer es irgendwie arrangiert, nicht? Was glaubst du, wie lange es dauern wird, bis die Deputies des Sheriffs hier auftauchen, um uns wieder zu überfallen, obwohl wir keine Waffen mehr haben und keine Möglichkeiten, die Salmonellen zu züchten, von denen sie ständig reden. Glaubst du etwa, sie könnten keine Gegenbeweise verstecken, wenn sie die Scheune und die Wohnwagen auf den Kopf stellen? Verstehst du es denn nicht, Lyla? Sie wollen nicht, dass es die Brüder gibt. Sie wollen keinen Propheten wie Pioneer. Wenn sie die Wahrheit anerkennen würden, müssten sie auch zugeben, gesündigt zu haben. Sie wollen nicht verdammt sein, also was tun sie? Sie spinnen ein Netz aus Lügen. Und die anderen Außenstehenden glauben ihnen. Sie sehen unsere rasierten Köpfe, unser Fasten und unsere Gebete nicht als Akte des

Glaubens, sondern als Beweise dafür, dass wir verrückt sind. Sie verstehen nicht, dass Pioneer unsere Familie ist und wir die Unseren in Zeiten der Not unterstützen. Von den Familien Krebskranker weiß man, dass sie sich aus Solidarität die Köpfe scheren, wenn ihren Lieben während der Chemotherapie die Haare ausfallen. Niemand würde sie deshalb als verrückt, gedankenlos oder gefährlich bezeichnen. Nur weil wir damit symbolisch gegen Pioneers Inhaftierung protestieren, sind wir noch lange nicht irre.«

Mrs Brown gibt einen zustimmenden Laut von sich. Sie hat meine Haare fertig geflochten und das Zopfende abgebunden. Es fällt mir wie ein Senkblei über den Rücken. Ich hatte ganz vergessen, wie es sich anfühlt, so frisiert zu sein. Es hat etwas merkwürdig Tröstliches an sich, ist vertraut und beruhigend.

»Sie sorgen lieber dafür, dass wir verschwinden, und zerstören, was wir aufgebaut haben. Sie wollen uns auseinandertreiben und schwächen. Wenn ihnen das gelingt, ist es für sie ein Leichtes, sich einzureden, ihr Weg sei in Ordnung. Ah, und außerdem können sie den ganzen Schaden, den sie einander tagtäglich zufügen, damit rechtfertigen, dass sie uns als noch schlimmer erscheinen lassen. Du bist in ihre Schule gegangen. Hast sie erlebt. Haben sie dich und die anderen freundlich und respektvoll behandelt? Oder suchen sie permanent nach Wegen, um dich mit Worten zu verletzen? Ich glaube, wenn du unter die Oberfläche schaust, wirst du sehen, dass hinter jeder Freundlichkeit, die sie dir erwiesen haben, eine Absicht stand.« Jacks Gesicht taucht vor mir auf. »Als der Sheriff und die anderen krank wurden, hast du dich da wirklich aus freien Stücken entschlossen zurückzukehren oder haben sie dich fortgejagt?«

Taylor. Er kann unmöglich davon wissen oder etwas erraten haben, was selbst ich nicht hatte kommen sehen. Sie wünschte, ich wäre nie bei ihrer Familie eingezogen, hatte sie gesagt. Und ihre Mutter hatte nicht auf sie eingewirkt, es zurückzunehmen, oder mich verteidigt, als Mrs Dickerson direkt danach auf mich losgegangen war. *Waren sie nur nett zu mir gewesen, weil der Sheriff es so gewollt hatte, damit er mich im Auge behalten konnte? Und was war mit der Nahrungsmittelvergiftung? Konnte ein Außenstehender sie verursacht haben, um uns in ein schlechtes Licht zu rücken, wie Mr Brown behauptet? Mrs Dickerson und ihre Gruppe hassen die Gemeinde und wollen uns aus der Stadt haben. Auch von ihnen hatten einige Leute das Restaurant besucht. Ich kann mich nicht erinnern, ob sie alle erkrankt waren. Könnte es jemand von ihnen getan haben?* Plötzlich erscheint mir das möglich.

»Siehst du. Jetzt begreifst du, nicht?« Mr Brown strahlt mich an und Mrs Brown drückt mir die Schultern und gibt mir einen Kuss auf den Kopf. »Das ist ziemlich viel auf einmal, nicht? Sie haben dir viele Fragen eingeimpft und viele Zweifel, aber ich verspreche dir, dass du wieder ganz zu uns gehören wirst, wenn wir diese Scheune verlassen.«

Rückbesinnung nennen wir die Zeit, die wir damit verbringen, uns auf die Brüder und das, was sie für uns wollen, zu konzentrieren. Pioneer war immer der Ansicht, wir könnten uns unseres Wegs nur dann sicher sein, wenn wir für eine gewisse Zeit unseren Geist reinigen, damit er von all den irdischen Dingen befreit ist, die unsere Konzentration stören und verhindern, dass wir die Gedanken der Brüder hören, die Millionen oder mehr Meilen durch den Weltraum geschickt werden. Normalerweise tun wir das alle zusammen, die ganze Gemeinde versammelt sich, um wie eine Antenne zu empfangen, was die Brüder aussenden. Pioneer hat uns dabei oft angeleitet, aber auch Mr Brown und Mr Whitcomb haben es hin und wieder getan. Aber ich wurde noch nie gebeten, es in diesem Rahmen, nur mit ihm und seiner Frau zu tun.

Mr Brown nimmt den Laptop und stellt ihn vor die Tür. Dann

befiehlt er mir aufzustehen. Mrs Brown nimmt den Stuhl, klappt ihn zusammen und lehnt ihn an die hintere Wand. Sie legt ihre Hand um meine und Mr Brown macht es auf der anderen Seite genauso. Wir stehen nebeneinander. Ihre Augen sind geschlossen. Ich kann mich nicht ganz dazu durchringen, meine ebenfalls zu schließen.

Mrs Brown linst zu mir herüber. »Mach die Augen zu.« Das ist keine Bitte. Ich kneife sie augenblicklich zusammen. *Ich schaffe das. Zu tun, was sie sagen, heißt noch lange nicht, es auch glauben zu müssen.*

»Atme ein und aus. Ruhig und langsam. So ist's recht. So ist's recht.« Mr Browns Stimme klingt tief, rhythmisch und sicher. Neben mir holt Mrs Brown tief Luft und atmet langsam wieder aus. Es pfeift ein bisschen, als die Luft aus ihrer Nase entweicht. Ich unterdrücke den Drang zu lachen. Es würde ihnen nicht gefallen, das weiß ich. Außerdem will ich nicht, dass sie von vorn anfangen. Die Rückbesinnung hat sich für mich schon immer ein wenig angefühlt, als bleibe man im Schlaf stecken und könne nicht ganz daraus erwachen. Man verliert jedes Zeitgefühl und alles verschwimmt, als wäre man unter Wasser. Es ist nicht schmerzhaft, aber richtig gefallen hat es mir auch nicht.

Wir stehen da und atmen so lange, dass mir allmählich die Beine wehtun und ich von einem Fuß auf den anderen trete. Einatmen. Ausatmen. Wieder einatmen. Ausatmen. In einem endlosen Singsang intoniert Mr Brown die Worte, die Pioneer bei unseren Rückbesinnungen immer verwendet hat.

Wir reinigen unseren Geist.
Wir öffnen unsere Herzen.
Wir warten auf eure Botschaft.
Ein leeres Blatt, das ihr beschreibt.

Was ihr uns sagt, ist wahr.
Was ihr befehlt, befolgen wir.
Zeigt uns den Weg.

Mr Brown stupst mich an und ich beginne die Worte mit ihm zu sprechen. Immer und immer wieder. Es dauert nicht lange, bis unsere Stimmen verschmelzen, bis der Anfang des Verses vom mittleren Teil und dem Ende nicht mehr zu unterscheiden ist, eine ununterbrochene Kette von Worten, die durch meinen Kopf läuft. Ich kann mich auf nichts anderes konzentrieren als darauf, diese Worte zu sprechen.

So geht es endlos weiter. Ich habe keine Ahnung, wie lange wir psalmodieren, irgendwann wird meine Stimme rau. Einmal hebe ich den Kopf und sehe, dass Mrs Brown von Mrs Sturdges abgelöst wurde, Julies Mutter. Ich habe nicht einmal gespürt, als Mrs Browns Hand mich losließ.

Wir reinigen unseren Geist.
Wir öffnen unsere Herzen.
Wir warten auf eure Botschaft.
Ein leeres Blatt, das ihr beschreibt.
Was ihr uns sagt, ist wahr.
Was ihr befehlt, befolgen wir.
Zeigt uns den Weg.

Irgendwann bringt Julies Vater einen Heizstrahler herein und dreht ihn voll auf. Bald ist es brütend heiß in dem winzigen Raum. Die Hitze scheint die Luft nach unten zu drücken, es wird immer schwieriger zu atmen, ohne zu husten oder zu keuchen. Ich will aufhören, aber sobald ich mich bewege oder verhasple, fassen mich die anderen am Ellbogen und verstärken den Singsang.

Sie fangen an, mich im Kreis durch den Raum zu führen, in engen Runden, von denen mir schwindlig und übel wird. Wir beten und gehen, beten und gehen. Ich kann die Augen gar nicht mehr aufmachen, so schwindlig ist mir. Irgendwann spüre ich, wie Mr Brown seine schwielige Hand fortzieht und diese von einer anderen ersetzt wird. Der Tag muss vorangeschritten sein. Schatten und sporadische Sonnenstrahlen huschen über die Innenseiten meiner Lider und verstärken die Benommenheit. Ich sacke gegen die Person, die mich gerade hält, stolpere alle paar Meter, während wir weiter unsere Runden drehen. Ich muss aufhören. Ich habe solchen Durst und will mich hinlegen. Ich brauche einen Moment, um nachzudenken, aber sie treiben mich einfach weiter durch den Raum.

Wir reinigen unseren Geist.
Wir öffnen unsere Herzen.
Wir warten auf eure Botschaft.
Ein leeres Blatt, das ihr beschreibt.
Was ihr uns sagt, ist wahr.
Was ihr befehlt, befolgen wir.
Zeigt uns den Weg.

Inzwischen ist es dunkel. Als ich die Augen aufmache, sehe ich nichts als Kerzenlicht. Vom Raum ist so gut wie nichts zu erkennen. »Glaube an die Worte, die du sprichst, Lyla. Sag sie nicht einfach nur auf. Lass dich gehen, lass dich gehen.« Mr Brown ist wieder da. *Vielleicht war er gar nicht fort, wie ich gedacht habe?* Ich bin verwirrt. In meinem Kopf hämmert es.

Ich fange wieder an zu beten, aber mein Hals tut so weh. Ich muss aufhören. Ich will aufhören. Aber sie lassen mich nicht. Ich beginne sie anzuflehen. »Bitte, nicht weiter, nicht weiter. Ich muss mich hinsetzen. Es geht mir nicht gut.«

»Es wird dir besser gehen, sobald du loslässt. Diese Übelkeit und Verwirrung sind die Lügen der Außenstehenden, die deinen Körper vergiften. Wir müssen ihn reinigen.«

Ich bin so müde. Es scheint eine Ewigkeit her zu sein, seit ich geschlafen habe. Ich lecke mir die Lippen, aber selbst meine Zunge ist trocken. Ich habe solchen Durst. Ich würde alles geben für etwas Flüssigkeit. Ich krächze die Worte, die brüchig und flüsterleise klingen. Mit vor Anstrengung verzerrtem Gesicht versuche ich es wieder. Die Hände, die mich aufrecht halten, packen meine Ellbogen fester und meine Arme pochen. »Ich bin ein leeres Blatt …« Meine Kehle zieht sich zu und heiße Tränen laufen mir über die Wangen. »Was ihr uns sagt, ist wahr. Was ihr befehlt, befolgen wir. Zeigt uns den Weg.« Ich fange an zu weinen.

»Gut. Das ist es, das ist es!«, ruft einer meiner Helfer aufgeregt und in mir regt sich ein winziger Hoffnungsfunken, bald aufhören zu dürfen. Ich weiß nicht genau, womit ich sie überzeugt habe, dass ich mich jetzt auf die richtige Art und Weise besinne, also gebe ich einfach alles, was ich habe, verwende das letzte bisschen Kraft und schreie die Worte tränenüberströmt heraus. »Zeigt mir den Weg!«

»Noch mal«, fordern sie wie aus einem Mund und wieder stimme ich mit ihnen den Singsang an.

Wir reinigen unseren Geist.
Wir öffnen unsere Herzen.
Wir warten auf eure Botschaft.
Ein leeres Blatt, das ihr beschreibt.
Was ihr uns sagt, ist wahr.
Was ihr befehlt, befolgen wir.
Zeigt uns den Weg.

Ich spüre Verzweiflung in mir aufsteigen. Ich habe solchen Durst.

»Braves Mädchen«, sagt Mr Brown beruhigend. »Spürst du, wie dein Geist klar wird?«

Mehr als alles andere will ich einfach aufhören und die einzige Möglichkeit, das zu erreichen, besteht darin, allem zuzustimmen, was er sagt. »Ja. Ja!«

»Ich denke, dann bist du bereit, die Wahrheit zu hören und sie zu akzeptieren«, sagt Mr Brown.

Ich habe keine Ahnung, was er meint, aber ich bin so glücklich, endlich das Psalmodieren und Im-Kreis-Gehen einstellen zu dürfen, dass es mich nicht kümmert. Ich will mich einfach nur ausruhen.

Sie helfen mir auf den Boden, damit ich den Rücken an die Scheunenwand lehnen kann. Als ich die Beine überkreuze und den Kopf gegen die rauen, versengten Bretter lege, schlägt links von mir die rostige Schere an die Wand.

Mr Brown reicht mir einen Becher kaltes Wasser. Ich schütte ihn hinab und bitte um einen weiteren.

»Noch nicht«, sagt er, nicht unfreundlich. »Lassen wir es einen Moment seine Wirkung tun.«

Zusammen mit den anderen geht er aus dem Raum. Ich bin zum ersten Mal seit Stunden – vielleicht auch einem ganzen Tag – allein. Ich lehne den Kopf an die Wand. Mir ist immer noch schwindlig. Es scheint schlechter zu werden statt besser. Und meine Augen! Jedes Mal, wenn ich mich auf etwas konzentriere, sehe ich rundherum einen Strahlenkranz. Der Raum scheint unter mir zu schwanken, es fühlt sich an, als triebe ich im Meer. Es ist unangenehm, aber ich weiß nicht, wie ich es abstellen kann. Soll ich mich hinlegen? Mein Verstand ist träge. Irgendetwas stimmt nicht mit mir. Es liegt nicht nur am Psalmodieren, es ist noch etwas anderes. Müdigkeit vielleicht?

Mr Brown kommt wieder herein und geht neben mir in die

Hocke. Ich spüre, wie er mir die Daumen auf die Lider legt und sie hochschiebt. Er schaut mir in die Augen. »Es wirkt«, sagt er.

»Was wirkt?«, versuche ich zu sagen, bin mir aber nicht sicher, ob ich es wirklich tue. Ich fange an zu lachen. Nichts an alldem ist lustig, trotzdem kann ich nicht aufhören zu kichern.

»Fühlst du dich besser, Lyla?« Mr Brown lächelt.

»Hast du ihr auch nicht zu viel gegeben?« Mrs Brown ragt über mir auf. Ihr Kinn wackelt beim Reden und ich lache noch mehr. Mir ist noch nie aufgefallen, wie lustig sie aussieht.

Ich drifte davon. Es ist, als hätte mein Verstand eine Pause eingelegt; ich kann hören und sehen, aber nichts davon ergibt einen Sinn. Ich weiß nicht, was vor sich geht. Sie reden immer noch auf mich ein, lassen mich wieder herumgehen. Dann ist Pioneer da – oder im Fernsehen – ich weiß es nicht genau.

Ich höre seine Stimme. Er sagt immer wieder das Gleiche. Er redet von Marie und wie sie gestorben ist. Immer und immer wieder. Zuerst hört es sich nicht richtig an, nicht so, wie ich es in Erinnerung habe, aber je öfter er mir erzählt, was passiert ist, desto deutlicher habe ich das, was er sagt, vor Augen. Ich dachte, er hätte sie umgebracht, aber wenn ich mich jetzt daran zu erinnern versuche, sehe ich, wie sie sich das Messer selbst über den Hals zieht. Ich sehe, wie Pioneer über ihr weint und versucht, die Blutung mit der Hand zu stoppen. Ich fange an zu weinen.

Ich war überzeugt gewesen, Pioneer wäre ein Verbrecher, der Marie umgebracht hatte, und der Sheriff sei der Gute und Cody würde mich wirklich lieben. Aber jetzt habe ich keine Ahnung, was ich noch glauben soll. Außerdem bin ich es leid, so schrecklich leid, alles verstehen zu wollen. Ich spüre, dass ich einfach nur loslassen will.

»Du willst mir glauben, weil du tief im Innern weißt, dass es die Wahrheit ist. Ganz egal, wem du begegnest oder wo du herumstreichst, du bist eine von uns. Woanders wird es sich niemals richtig anfühlen. Du gehörst mir, Kleine Eule. Du wirst immer mir gehören«, sagt Pioneer wieder und wieder und wieder.

Die Dinge um mich herum verschwinden, sie werden schwarz, doch ich kann ihn immer noch hören. »Mir, du gehörst mir …«

Als mich jemand mit einem Schuh anstupst, komme ich zu mir. Mein Kopf tut weh. In der Ecke steht ein Fernseher, in dem Pioneer zu sehen ist. Er predigt über die Brüder. Ich reibe mir die Augen.

»Komm«, sagt Mr Brown.

Ich stehe auf, meine Beine sind wie aus Gummi. Ich habe Schluckauf und schluchze jedes Mal. Ich habe so viel geweint, dass meine Augen ganz wund und gereizt sind. Mr Brown hält mich am Arm, damit ich nicht umfalle. Ich bin so hungrig, elend und durstig. Ich schaue mich um, versuche herauszufinden, wie spät es ist, wie lange ich schon in der Scheune bin, aber meine Augen sehen immer noch verschwommen und schmerzen, wenn ich mich bemühe, scharf zu sehen. Mr Brown führt mich in einen anderen Raum, denjenigen, der beim letzten Mal verschlossen war. Es ist nichts darin. Das kommt mir nicht richtig vor, aber mir fällt nicht ein, warum. In der Ecke steht Jonathan. Er hält eine Pistole in seiner gesunden Hand. Ich will mich von Mr Brown losreißen, doch er hält mich fest. Ich verstehe nicht, was hier passiert. Wollen sie mich erschießen?

Mr Brown befiehlt mir, mich auf den Boden zu legen. Immer wieder schaue ich zu Jonathan und der Pistole hinüber. Der Boden ist kalt und hart und kratzig vom Heu. Mrs Brown kommt mit zwei großen orangefarbenen Eimern herein, setzt sie ab und geht hinaus, um zwei weitere zu holen. Immer wieder geht sie rein und raus und die ganze Zeit über bleibt Jonathan in der Ecke, sichert und entsichert seine Pistole.

»W-w-was soll das?«, flüstere ich.

Mr Brown tritt neben die Eimer, hebt einen auf und stellt sich damit über mich. Wassertropfen fallen mir auf Brust und Hals, gleiten über mein Kinn.

»Du warst böse, Lyla. Du hast uns hintergangen. Du bist es nicht wert, länger zur Gemeinde zu gehören.«

Ich bin verwirrt. Ich dachte, er glaubt mir. Ich dachte, Pioneer hätte ihm aufgetragen, mich wieder aufzunehmen.

»Aber du kannst wieder dazugehören. Wenn du beweist, dass du es wert bist.«

»W-w-wie denn?«, frage ich.

»Indem du deine Strafe annimmst und dich wieder Pioneer zuwendest.«

Jonathan verlässt seine Ecke und fällt neben mir auf die Knie. Er drückt mir die Waffe an den Kopf, schiebt die Mündung an meine Schläfe, bis sie in der Senke über meinem Wangenknochen liegt. Ich fange unwillkürlich an zu wimmern. Ich will nicht sterben. Er drückt ab und ein hohles Klicken ist zu hören. Ich schluchze und bebe am ganzen Körper.

»Es sind Kugeln im Lauf, Lyla. Du bist nur deshalb nicht auf der Stelle gestorben, weil die Brüder ihn blockiert haben. Sie wollen, dass du wieder an sie glaubst. Kannst du das? Kannst du glauben?«

Ich weine so sehr, dass ich nicht antworten kann. Wieder hält mir Jonathan die Pistole an die Schläfe. Ich heule auf. »Ich glaube. Ich glaube. Bitte, ich glaube.«

»Das reicht nicht. Du musst deine Strafe akzeptieren, um zu verstehen, warum sie notwendig ist, Lyla.« Mr Brown ragt immer noch über mir auf, der Eimer in seiner Hand schwankt ein wenig.

Das war es nicht? Ich beginne krampfhaft zu zittern, schlottere am ganzen Leib. »Akzeptiere sie, Lyla.« Mr Brown nickt Jonathan zu, der abermals die Waffe entsichert.

Ich hole tief Luft. »Ich war im Irrtum und habe Strafe verdient.« Ich will um Hilfe schreien, doch es würde nichts nützen. Es wird niemand kommen, um mich zu retten, diesmal nicht.

Jonathan legt die Waffe hin und packt meinen Kopf. Ich spüre seinen Verband an der Wange, er ist weich und riecht nach Arznei. Er hält meinen Kopf gerade, damit er mir in die Augen sehen kann. »Hm, Kleine Eule? Ich frage mich, ob dein Genick genauso leicht bricht wie das der Schleiereule.« Irgendwo tief in meinem Kopf schreit etwas auf bei seinem Geständnis. Er war der Mann im Baum vor Taylors Zimmer! Jedenfalls glaube ich, dass er das gesagt hat. Ich blinzele heftig und starre ihm in die Augen, die so blau sind wie die von Pioneer und Will. Er war es. Er hat die Eule umgebracht und jetzt wird er mich umbringen.

»Das reicht«, ruft Mr Brown. »Halte sie fest.« Er kippt den Eimer aus. Wasser strömt mir über Mund, Nase und Augen. Ich spucke und atme versehentlich ein. Mit aller Kraft versuche ich mich aufzurichten, um dem Strahl zu entkommen, doch Jonathan hält meinen Kopf umklammert und drückt mich zu Boden. Wasser dringt mir in die Lunge und als ich huste, atme ich nur noch mehr davon ein. Immer weiter prasselt es auf mich herab. Ich kriege keine Luft mehr. Sie ertränken mich mit einem Eimer Wasser! Ich versuche nicht zu husten, die Luft anzuhalten, doch das ist schwer, weil mein Körper nichts anderes will, als das Wasser aus meiner Lunge zu befördern. Dann ist der Eimer plötzlich leer. Ich huste, keuche und würge. Wasser läuft mir aus dem Mund auf den Boden.

Mr Brown wartet, bis ich aufhöre, dann packt er den nächsten Eimer. Immer wieder muss ich ihm versichern, dass ich Strafe verdiene, dass es der einzige Weg ist, mich von meinen Sünden zu reinigen. Ich hatte gedacht, ich könnte es schaffen, könnte vortäuschen, in die Gemeinde zurückzukehren, doch das war ein Irrtum. Ich spüre den rationalen Teil meines Verstandes auf einer Woge aus Brunnenwasser, das nach Dreck und Eisen schmeckt, davontreiben.

Nach dem fünften Eimer Wasser bin ich nicht nur überzeugt davon, sterben zu müssen, sondern beginne es mir herbeizuwünschen.

Mr Brown setzt sich auf den Boden neben mich, zieht ein Handy aus der Tasche und hält es mir ans Ohr.

»Kleine Eule«, sagt Pioneeer sanft.

Ich kann vor Weinen nicht antworten.

»Soll ich ihnen sagen, dass sie aufhören sollen?«, fragt er.

»Ja.«

»Du musst nur die Worte sagen.«

Ich muss ihn nicht erst fragen, welche Worte das sind. Ich weiß es.

»Ich gehöre dir«, sage ich und meine es auch so. Ich komme nicht gegen ihn an, nicht so. Es ist zu schwer. Ich bin nicht stark genug – womöglich war ich es nie.

»Ja, das tust du. Vergiss das nie wieder.«

Mr Brown nimmt das Handy von meinem Ohr. Ich schließe die Augen. Erleichterung überkommt mich. »Danke, danke, danke«, sage ich immer wieder. Ich kann gar nicht mehr aufhören, stammele praktisch vor Schwäche und Erschöpfung.

»Willkommen zurück, Schwester«, sagt Mr Brown. Er nimmt mich auf die Arme und trägt mich in den anderen Raum. Der Heizstrahler ist immer noch voll aufgedreht, aber jetzt fühlt es sich gut an, weil ich nass bin und zittere. Auf dem metallenen Klappstuhl liegt ordentlich zusammengefaltet saubere Kleidung und daneben wartet Mrs Brown. Sie hilft mir auf den Stuhl und gibt mir einen Becher heißen Tee zu trinken, an dem ich nippe, während sie mir mit einem Handtuch Gesicht und Hals trocken reibt. Sie küsst mich auf die Stirn und streicht mir nasse Haarsträhnen aus dem Gesicht. Sie hilft mir mit den Kleidern, weil ich zu schwach bin, um mich selbst umzuziehen, dann kehren wir zusammen in die Scheune zurück, wo sich zum zweiten Mal, seit ich wieder aufgetaucht bin, sämtliche Mitglieder der Gemeinde versammelt haben. Sie klatschen und jubeln, als sie mich sehen. Ich weiß nicht, was ich davon halten soll. Hilfe suchend schaue ich Mr Brown an und erhoffe mir einen Hinweis darauf, was ich empfinden soll. Ich will keinen Fehler begehen und wieder mit ihm und Jonathan in diesem Raum landen. Er lächelt, also lächle ich auch. Meine Eltern eilen als Erste nach vorn, ziehen mich an sich und tragen mich praktisch den restlichen Weg. Ich weine immer noch. Man könnte meinen, es wären keine Tränen mehr übrig, doch sie strömen mir unablässig über die Wangen. Von hinten wird der Klappstuhl gebracht und vor der Gruppe aufgestellt. Meine Eltern führen mich zu ihm. Will, Heather und Julie stellen sich um mich herum. Sie lächeln, als ich darauf niedersinke. Mein Magen flattert ein wenig. *Was passiert jetzt?* Der Kopf sinkt mir auf die Brust. *Aufhören. Ich kann nicht mehr.*

Mr Brown kommt und stellt sich neben mich. Er hält die rostige Schafsschere in der Hand.

»Du musst es tun«, flüstert Will mir ins Ohr. Er stellt sich so hin, dass ich sein Gesicht sehen kann, berührt mit den Fingern die Spitze meines Kinns.

»Ich verstehe nicht«, sage ich, bis Mr Brown mir die Schere reicht und ich schlagartig begreife.

Sie wollen, dass ich mir die Haare abschneide. Eine letzte Prüfung, dann lassen sie mich in Ruhe. Ich will es nicht tun, aber mehr als alles andere will ich aus dieser Scheune heraus, fort von Mr Brown und den hinteren Räumen. Ich weiß ohnehin kaum noch, warum es so wichtig ist, mich ihnen zu widersetzen. Ich lege die Finger um die Schere.

Will zieht meinen Zopf nach hinten und hält ihn fest. Er führt meine Hand mit der Schere zu ihm. Ich schneide den Zopf ab. Ich spüre eine schreckliche Leichtigkeit, als er fällt, und der Rest meiner Haare auf Kinnlänge nach vorn schwingt. Ich lasse die Schere fallen und fasse mir an den Kopf. Ich betaste den fransigen Pony. Ein Brummen setzt ein und kurz darauf rasiert Mr Brown mir die restlichen Haare ab, Reihe um Reihe schert er mich mit einem Elektrorasierer kahl. Ich schließe die Augen. Es tut nicht weh. Es fühlt sich fast angenehm an. Mein Kopf ist so leicht, dass er an einen Ballon erinnert, leer und alles andere als mein eigen.

»Die Kleine Eule ist wieder bei uns«, verkündet Mr Brown laut und der Raum bricht in Jubel aus.

Meine Haare sind fort, aber mir ist nicht nach Weinen zumute. Ich spüre gar nichts mehr. Ich bin wie betäubt und das ist gut so. Ich will nichts spüren. Was ich wirklich will, ist schlafen. Vielleicht für immer.

Die anderen begehen diesen Moment wie eine Feier. Immer wieder berühren sie mich mit den Händen, klopfen mir auf die Schulter, streichen über meine jetzt glatte Kopfhaut. Ich sehe, wie Wills Eltern aufgeregt meine eigenen umarmen. So glücklich hat meine Mutter nicht mehr ausgesehen, seit Will vor Jahren mein Versprochener wurde.

Meine Haare sind fort. Ich versuche mich auf diesen Gedanken zu konzentrieren, doch es gelingt mir nicht. Anscheinend kann ich nur noch vor mich hin starren.

»Du gewöhnst dich daran«, sagt Heather. Sie und Julie knien sich hin, um mich zu umarmen. Ich lege den Kopf an Julies Schulter. Ich kann ihn nicht mehr oben halten.

»Am Anfang habe ich auch geweint. *Sehr sogar*«, erklärt Julie sanft, als sie mich loslässt und sich auf den Boden setzt. Sie zupft mit den Fingern geistesabwesend am Stroh zu ihren Füßen. »Aber dann habe ich an Pioneer gedacht und daran, wie stolz er auf mich wäre, da wusste ich, dass ich es tun muss. Und ich bin froh darüber. Ich fühle mich Pioneer jetzt näher, obwohl er nicht bei uns sein kann. Wahrscheinlich ist das komisch, aber ich habe das Gefühl, er hat sofort gemerkt, dass ich es getan habe. So, als hätte er mir zugelächelt.«

»Genauso geht es mir auch«, sagt Heather.

»Du bist sicher müde, hm?« Will legt mir die Hand auf den Rücken.

Ich blinzele, kann mich aber nicht aufraffen, ihm zu antworten.

»Komm, ich bringe dich nach Hause. Morgen fühlt sich alles nur noch halb so wild an, das verspreche ich dir.« Will nimmt mich am Arm und ich lasse mich von ihm zur Tür führen.

»Mr Hamilton, ich dachte, ich bringe Lyla nach Hause. Sie ist ziemlich müde von der Rückbesinnung. Ist Ihnen das recht, Sir?« Er schiebt mich zu meinem Vater hinüber.

»Das ist nett von dir, mein Junge«, sagt Dad mit einem Nicken und wie in einem Nachgedanken bückt er sich und küsst mich mitten auf meinen kahlen Kopf. »Ich bin so stolz auf dich, mein Schatz.«

Ich zwinge mich zu nicken. Es scheint mir das Richtige zu sein. Sicher bin ich mir allerdings nicht. Ich fühle mich nicht gut. Ich brauche jemanden, der mir sagt, was ich tun soll. Ich halte Ausschau nach Mr Brown, aber dann scheine ich aus der Zeit zu fallen und bin plötzlich draußen mit Will, die kalte Luft peitscht mir um den kahlen Schädel, dass ich anfange mit den Zähnen zu klappern.

Wir gehen zurück zu den Wohnwagen. Irgendwo in der Ferne höre ich in der Dunkelheit einen Zug pfeifen. Es ist ein langer, trauriger Ton. Er gibt einem das Gefühl, die Wohnwagensiedlung sei meilenweit weg von der Stadt. Isoliert.

»Ich finde es schrecklich, dass du das durchmachen musstest«, sagt Will, sobald wir allein sind. Ich stolpere über etwas, achte nicht darauf, wo ich hintrete, und wäre fast gestürzt, aber Will fängt mich auf und legt mir den Arm um die Taille, um mich beim Gehen zu stützen. Er gibt ein merkwürdiges Geräusch von sich und als ich zu ihm aufschaue, hat er Tränen in den Augen. »Alles wird gut. Ich passe auf dich auf«, sagt er.

Ich bin mir nicht sicher, was als Nächstes passiert. Im einen Moment gehen wir noch auf die Wohnwagen zu und im Nächsten liege ich im Bett und Will deckt mich zu. Er löscht das Licht aus und ich schließe die Augen und versuche wegzuhören, als er anfängt zu weinen.

Sie glauben, wenn sie kommen und
drohen, uns die Kinder wegzunehmen,
bekommen wir Angst und ziehen den Kopf ein.
Sie irren sich gewaltig.

Mr Brown, Gemeindemitglied

24

Als ich aufwache, ist Will fort. Das entmutigt mich. Ich will nicht allein sein. Ich weiß nicht, was ich tun und wie ich mich fühlen soll. Ich stehe nicht gleich auf, es fällt mir schwer, mich zu bewegen. Ich bin wund, schwach und entkräftet. Ich starre an die Decke, beobachte die Schatten, die darüberwandern. Was geschieht mit mir?

Ich kann mich zwar an die Rückbesinnung erinnern, aber nur bruchstückhaft. Pioneers Stimme ist wie ein roter Faden, der sich durch sämtliche Erinnerungsfetzen zieht, das Psalmodieren mit dem Wasser und … der Waffe verbindet. Er geht mir einfach nicht aus dem Kopf. Immer wieder kehren meine Gedanken zu seinen Worten zurück, wiederholen sie ein ums andere Mal. Ich halte mich an ihnen fest, sage sie im Geiste immer wieder auf. Die Angst sitzt hart und kalt in meinem Bauch. Ich darf nichts vergessen. Wenn ich es tue, lande ich wieder in der Scheune.

»Lyla?« Mein Vater steht im Türrahmen und starrt mich an. Er hat eine Schüssel in der Hand. »Möchtest du etwas essen?«

Essen? Mir knurrt der Magen, wenn ich nur daran denke, doch

dann steigt die Furcht in mir auf, bis sie stärker ist als mein Hunger. Pioneer hat gesagt, wir sollen nichts essen. Ist das eine Prüfung, um zu sehen, ob die Rückbesinnung gegriffen hat? Ich weiß es nicht und habe Angst, nicht stark genug zu sein, um sie zu bestehen. Es ist, als wäre mein Verstand entzweigerissen. Ein Teil von mir möchte nichts lieber, als das Tablett fortstoßen und zur Tür hinausrennen, die Straße entlang und geradewegs zurück in die Stadt. Doch es ist ein kleiner, schwacher Teil von mir, den das Wasser fast fortgespült, das Klicken der Pistole fast ausgemerzt hat.

Nein. Pioneer. Ich muss tun, was er will. Ich gehöre ihm, ihm, ihm, schreit der andere Teil meines Verstandes, so laut, dass er alles andere ausblendet. Ich werde nichts essen; ich darf nicht versagen und wieder mit Mr Brown in diesen Raum gesperrt werden. Ich ziehe mir die Decke bis ans Kinn.

»Nein! Kein Essen. Nicht, bevor Pioneer es erlaubt«, sage ich, ohne ihn anzusehen. Ich will, dass die Schüssel verschwindet, damit ich sie nicht anschauen muss.

»Es ist bloß Brühe, Liebes«, sagt Dad mit sanfter, belegter Stimme.

Ich schüttle den Kopf. Ich darf nicht versagen. Sie müssen sehen, dass ich jetzt folgsam bin. Wie eine Welle steigt die Panik in mir auf. Ich ertrinke darin.

Dad streicht mir über den Kopf. Die Haut ist empfindlich, ohne die schützenden Haare. Ich mag das Gefühl, doch das spielt keine Rolle. Nichts spielt eine Rolle, außer nicht wieder in die Scheune zu müssen.

Ich lasse mir von Dad aus dem Bett helfen und mich nach nebenan zum Sofa führen. Er legt mir eine Decke um die Schultern und reicht mir eine Tasse heißes Wasser. Ich nippe daran, während mein Blick zur Wand mit Pioneers Bild hinüberwandert. Wasser darf ich trinken – das weiß ich, dennoch habe ich das Bedürfnis, mich nochmals bei ihm zu vergewissern, um ganz sicher zu sein. Leider kann das Bild mir nicht sagen, was ich tun soll. Ich schaffe nur die Hälfte des Wassers, dann und stelle ich den Becher vor mir auf den Tisch.

Als die Tür des Wohnwagens aufgerissen wird, werfe ich mich vor Schreck fast auf die Knie und schreie los, so sicher bin ich, dass Mr Brown mich zu einer weiteren Sitzung holen will. Aber er ist es nicht, sondern Will und seine Mutter.

»Außenstehende! Sie kommen mit vier Mannschaftswagen«, erklärt Wills Mutter. Sie ist ganz außer Atem vom Rennen. Ich sehe, wie sie die Hand hebt. Sie trägt eine Waffe. Ich kauere mich auf dem Sofa zusammen. Meine Schläfe fängt an zu brennen. Ich will sie nicht in meiner Nähe haben mit diesem Ding. Sie steckt die Pistole in ihre Jeans und zieht ihr Hemd darüber.

»Verliere nicht die Nerven«, raunzt mein Vater und ich bin mir zunächst nicht sicher, ob er mich meint oder sie. »Wir wussten, dass das passieren wird. Du machst alles nur noch schlimmer, wenn du durchdrehst.«

Wills Mutter nickt. Sie wartet, während Dad nach hinten läuft.

»Wie geht es dir heute Morgen?«, fragt Will. Er klingt steif und seltsam, überhaupt nicht wie er selbst.

»Ich weiß es nicht«, sage ich, was stimmt.

»Ich wusste nicht, dass es so schlimm wird, Lyla, das schwöre ich dir. Ich wollte nie, dass du auf die Art zurückkommst –«

Er verstummt, als mein Dad mit meiner Mutter zurückkehrt. Sie haben ebenfalls Waffen bei sich. Sie sind überall. Ich halte mir den Kopf. Es ist, als wiederhole sich der Tag der Polizeiaktion. Ich fange an zu wimmern.

»Reiß dich zusammen, Lyla!« Mr Brown steht in unserem Eingang. Ich erstarre und mache den Mund zu.

»Wir brauchen dich jetzt. Du musst sie dazu bringen zu verschwinden. Zeig uns, dass du ganz und gar zurückgekehrt bist.« Er sieht mir tief in die Augen, eine unausgesprochene Drohung liegt in seinem Blick. Ich schaue auf seine Hände. Auch er hat eine Waffe, sie liegt auf seinem Knie, der Lauf zeigt auf mich. Ich suche nach meinen Eltern, die mit Wills Mutter jedoch bereits auf dem Weg nach draußen sind. Will wartet an der Tür, er beobachtet uns.

Wieder sieht Mr Brown mich an. »Bist du zurückgekehrt, Lyla? Oder haben wir unsere Sitzung gestern zu früh beendet?«

Es schnürt mir die Kehle ab. Ich schaue auf die Waffe und dann wieder zu ihm.

Er rückt näher, bringt sein Gesicht ganz nahe an meines, bis wir uns fast an der Stirn berühren. »Sie können dich uns nicht wegnehmen. Dieses Mal nehmen wir es nicht hin.« Er lässt die Finger über den Auslöser wandern. »Ich habe hier überall Leute postiert, die heimlich zusehen. Wenn sie dich zwingen mitzukommen, sind sie tot, bevor sie die Hauptstraße erreichen. Aber das entspricht nicht dem Willen der Brüder – zumindest noch nicht. Du musst sie dazu bringen, ohne dich abzurücken, Lyla, sonst schicke ich Jonathan in die Stadt, damit er dem Haus der Crowleys einen weiteren Besuch abstattet. Und dieses Mal geschieht es nicht in der Absicht, eine Eule zu töten.«

Wieder schaue ich auf die Waffe hinab. Er lässt mich seit Wochen beobachten. Ich weiß, dass er die Wahrheit sagt. Er wird die Deputies erschießen und die Brüder werden mir zürnen, weil ich versagt habe. Womöglich beschließen sie, dass ich noch einmal in die Scheune muss, und Jonathan wird zu den Crowleys gehen und Taylor oder ihrer Mutter etwas antun. Ich nicke. »Okay. Bitte, ich tue, was Sie wollen.«

Kopfschüttelnd legt Will die Hand an den Türrahmen, als müsse er sich abstützen. Er atmet tief durch und geht hinaus.

»Gut.« Mr Brown steht auf und verstaut die Pistole in seiner

Manteltasche, ehe er mir meinen Mantel reicht. Wir steigen zusammen aus dem Wohnwagen.

Die Gemeinde hat sich an der Straße versammelt und die Ranger ebenfalls. Alle sind unruhig und stehen viel zu dicht beisammen. Weiter vorn warten die Deputies bei ihren Wagen. Auch sie wirken ein wenig unruhig. Ich suche nach dem Sheriff. Er ist nicht dabei. Aber um ihn muss ich mir keine Sorgen mehr machen. Er ist ein Außenstehender. Außenstehende sind böse, man darf ihnen nicht vertrauen. In meinem Kopf überlagert Pioneers Stimme meine eigene. Ich kann meine eigenen Gedanken nicht mehr hören. Ich muss mich auf das konzentrieren, was Mr Brown sagt. Als ich für einen flüchtigen Moment Codys Gesicht vor mir sehe, bleibe ich fast stehen. Mein Kopf ist immer noch nicht in Ordnung. Meine Gedanken sind so durcheinander. Nein, ich kann jetzt nicht an ihn denken. Ich gehöre nicht zu ihm. Ich gehöre hierher. *Hier ist mein Zuhause. Hier ist mein Zuhause.* Immer wieder bleibt mein Hirn an diesem Satz hängen. Wahrscheinlich weil ich ihn in der Scheune sagen musste. Mit jeder Wiederholung bin ich mir sicherer, dass er stimmt.

»Guten Morgen«, sagt einer der Deputies laut. Ich kenne ihn aus dem Krankenhaus. Es ist der Mann, der Schokoriegel mag … Steve. Ihn zu sehen, ist wie ein Schlag in die Magengrube. Der kleine Teil von mir, der gestern Abend nicht weggespült wurde, drängt mich, zu ihm zu laufen, ihn anzuflehen, mich mitzunehmen, aber Mr Brown schiebt sich dicht hinter mich, die Hand in der Manteltasche, der Tasche mit der Waffe, und die kleine Stimme hat keine Chance gegen die Angst, die jäh und übermächtig in mir hochschießt. Ich bin erleichtert, als sie verstummt.

»Wir sind hier, um mit Lyla Hamilton zu sprechen.« Steve beäugt die Menge. Sein Blick gleitet geradewegs über mich hinweg – wahrscheinlich rechnet er damit, dass ich noch Haare habe.

Wills Vater tritt vor. »Darf ich fragen, warum Sie mit ihr sprechen wollen?«

»Es dauert nur ein paar Minuten. Wenn Sie sie einfach holen würden?«, erwidert der Deputy, ohne die Frage zu beantworten.

Es folgt ein Moment, in dem sich keiner von der Stelle rührt und Wills Vater und die Deputies einander nur anstarren. Ich bin mir nicht sicher, was jetzt geschehen wird, aber ich halte die aufgeladene Atmosphäre nicht mehr aus, das Gefühl, die Männer könnten jeden Augenblick aufeinander losgehen. Ich sehe, wie Wills Vater und einige andere beiläufig in ihre Manteltaschen greifen. Es sind nur eine Handvoll Deputies gegen mehr als dreißig bewaffnete Männer, wenn man die Ranger mitzählt. Ich soll nicht dafür sorgen, dass den Deputies etwas geschieht, sondern veranlassen, dass sie abziehen.

»Ich bin hier«, sage ich und trete so weit vor, dass sie mich sehen können. Mr Brown folgt mir. Falls Steve und die anderen überrascht sind, dass ich jetzt ebenso kahl bin wie die anderen, lassen sie es sich nicht anmerken. Ich gehe auf sie zu und achte darauf, mich nicht zu schnell zu bewegen. Wenn ich zu übereifrig wirke, wird es Mr Brown nervös machen und ich will gehorsam sein. Ich will genau das tun, was er sagt. Ich habe Herzklopfen. Ich darf nicht versagen.

Als wir nahe genug heran sind, tritt Steve zwischen Mr Brown und mich. »Ich möchte mit ihr allein sprechen.«

Ich drehe mich zu Mr Brown um. Er grinst, als würde ihm die Forderung nicht das Geringste ausmachen, obwohl das Gegenteil der Fall ist, wie ich weiß. Er will nicht, dass ich irgendwo bin, wo er nicht hören kann, was ich sage. Ich mache mir ebenfalls Sorgen. Ich traue mir selbst nicht über den Weg.

Der Deputy führt mich zu den Wagen hinüber, die wie Dominosteine hintereinander aufgereiht sind, und stellt sich so hin, dass ich der Gruppe den Rücken zuwende und er die Leute im Auge behalten kann. »Was ist los, Lyla? Was haben sie mit deinen Haaren gemacht?«, fragt er so leise, dass ich ihn selbst kaum verstehen kann.

»Ich wollte nach Hause und alle anderen haben keine Haare mehr. Also dachte ich, ich sollte sie mir auch abschneiden«, sage ich und bin mir nicht sicher, vermute aber, dass es die Wahrheit sein könnte. »Wie geht es Cody?«, entfährt es mir plötzlich, ohne dass ich etwas dagegen tun kann. Ich zucke zusammen. Ich versage. Sie werden mich bestrafen, wenn ich mir nicht mehr Mühe gebe.

»Er war ziemlich krank. Er und sein Dad. Aber sie werden heute aus dem Krankenhaus entlassen.«

Ich bin unruhig, trete von einem Fuß auf den anderen. Mein ganzer Körper ist angespannt. Ich kann einfach nicht lockerlassen. Kann er das sehen? Und Mr Brown? Ich darf nicht versagen.

»Hör mal, Lyla, heute Morgen ist bei der *Culver Creek Tribune* ein anonymer Brief eingegangen. Wer immer ihn geschrieben hat, bekennt sich darin zu der Lebensmittelvergiftung. Ich kann dir nichts Genaues sagen, aber er warnt davor, dass es bald einen weiteren Anschlag geben wird. Und als Urheber kommen in erster Linie diese Leute hier in Betracht.« Er schaut über meine Schulter. »Das hier ist im Augenblick kein guter Ort für dich. Also hole deine Sachen, dann bringe ich dich zum Haus des Sheriffs zurück, ja? Die Crowleys möchten, dass du zurückkommst. Sie machen sich Sorgen um dich.«

Jetzt weiß ich, dass er lügt. Was ich von gestern Abend – oder war es der Abend davor? – noch gut in Erinnerung habe, ist, dass ich von Außenstehenden aus dem Krankenhaus vertrieben wurde und Codys Mutter und Taylor es zugelassen haben.

»Ich bleibe hier«, sage ich. »Ich gehöre hierher.«

»Du irrst dich. Hör mal, ich glaube, du verstehst mich nicht. Hier ist es nicht mehr sicher. Also geh jetzt und hole deine Sachen.«

»Ich gehe nicht weg von hier«, sage ich lauter. »Das hier ist meine Familie. Ich gehöre zu ihnen. Und jetzt lassen Sie mich in Ruhe, Außenstehender!« Letzteres schreie ich, so laut ich kann, damit die anderen es hören. Ich gehe ein paar Schritte zurück, stelle mich wieder neben Mr Brown und vergewissere mich mit einem Blick, dass ich alles richtig gemacht habe.

Steve mustert mich. »Das glaubst du doch selbst nicht.« Doch er wirkt nervös, als sei er jetzt selbst verunsichert.

»Haben Sie einen Durchsuchungsbefehl, Officer?«, schreit jemand irgendwo zu unserer Linken. Wir schauen auf. Sämtliche Ranger stehen jetzt zwischen den Wohnwagen. Sie werfen den Deputies finstere Blicke zu. Jonathan steht ganz vorn und führt die Meute an, zusammen mit Brian.

Steve sieht aus, als würde er sie am liebsten erwürgen. »Warum sollte ich den brauchen? Haben Sie hier irgendetwas zu verbergen?«

Die Ranger nehmen eine drohende Haltung an. Wären sie ein Rudel Hunde, hätten sie jetzt alle das Fell gesträubt.

»Nein, aber wir kennen unsere Rechte und die dieser Leute. Wenn Sie keinen Durchsuchungsbefehl vorweisen können, müssen wir Sie bitten, das Grundstück zu verlassen. Sofort«, sagt Jonathan. Er strafft die Schultern und verschränkt die Arme vor der Brust.

»Komm mit, Lyla«, sagt Steve leise. Offensichtlich will er keine offene Auseinandersetzung riskieren, die wie die Polizeiaktion endet, doch er scheint auch nicht bereit zu sein zu gehen – um meinetwillen. Ich würde ihn am liebsten schütteln. Ich darf nicht versagen und er macht es mir nahezu unmöglich.

»Warum sollte ich mit Ihnen kommen? Ich bin zu Hause. Können Sie also bitte einfach gehen und uns in Ruhe lassen?«, sage ich so ruhig und friedlich, wie ich kann. Innerlich schreie ich – schreit alles in mir, selbst jener kleine Teil, der trotz allem mit ihm gehen möchte. Ich bin mir nicht sicher, wie lange ich das noch aushalte. Mein Kopf tut so weh. Ich brauche Ruhe im Kopf, ich verzehre mich danach.

»Nein, das kann ich nicht«, sagt Steve. Er sieht besorgt aus. Kopfschüttelnd versuche ich ein empörtes Gesicht zu machen, dann spreche ich das aus, was ihn, wie ich weiß, genug in Rage bringen wird, um abzurücken.

»Gehen Sie zurück zu Ihren Schokoriegeln und lassen Sie mich in Ruhe! Ich ertrage Leute wie Sie nicht länger. Sie sind nur ein wandelnder Toter. Ich war eine Närrin, das anders zu sehen. Das ist mir jetzt klar.« Dann falle ich auf die Knie, recke die Hände in die Luft und stimme ein Gebet an.

Die Brüder werden uns retten.
Pioneer lenkt und beschützt uns.
Auf sie allein wollen wir bauen,
bei allem, was wir tun,
allem, was wir sagen,
allem, was wir glauben.

Innerhalb kürzester Zeit werfen sich auch die anderen nieder und stimmen mit ein.

Die Ranger kommen näher. Sie haben ihre Handys gezückt und halten sie uns und den Deputies entgegen. Sie filmen uns.

»Sie haben das Mädchen gehört. Sie hat Sie aufgefordert zu gehen. Sie haben keinen Durchsuchungsbefehl und ohne das Mädchen keinen Grund zu bleiben. Haben die Leute hier Rechte oder nicht, Officer?«, fragt einer der Ranger, das Handy auf Steve gerichtet.

Steve wird rot. Er öffnete die Autotür hinter sich und holt eine Leinentasche heraus. »Ich habe deine Sachen mitgebracht für den Fall, dass du hierbleiben willst.« Er wirft mir die Tasche vor die Füße.

Ich beachte sie gar nicht. Steve steht noch einen Moment regungslos da, dann steigt er in den Wagen. Die anderen Deputies folgen seinem Beispiel. Während ich zusehe, wie sie davonfahren, psalmodiere ich weiter. Mein Kopf fühlt sich klarer an, jetzt, wo die andern hinter mir das Gleiche tun. Mit einem Seufzer der Erleichterung schließe ich die Augen. Ich bin selbst überrascht, als mir Tränen über die Wangen laufen.

Wenig später gehen wir hinein und Mr Brown leert den Inhalt meiner Leinentasche aus. Bevor er geht, legt er meine Kleidung sorgfältig aufeinander, aber nicht, ohne zuvor sämtliche Taschen, die er finden kann, zu durchsuchen. Ich will meine Sneaker an die Brust drücken, als ich sie entdeckte. Der einzige Fund, der Mr Brown missfällt, ist das Täschchen mit Make-up. Er runzelt die Brauen, als er mit den Fingern darin herumwühlt. »Siehst du, sie kämpfen selbst jetzt noch um deinen Verstand, indem sie an deine Eitelkeit appellieren.« Er geht zur Tür und hält das kleine Täschchen von sich, als stelle schon die Berührung eine Gefahr dar.

Ich nehme meine Schuhe und Klamotten mit in mein Zimmer und schließe die Tür. Dann reiße ich mir förmlich die Kleider vom Leib, in die Mrs Brown mir hineingeholfen hat – ich weiß nicht einmal, wem sie gehören, nur, dass es nicht meine sind –, und atme laut auf, als ich wieder meine eigenen Sachen anhabe. Ich hocke mich auf den Boden, um meine Lieblingsschuhe anzuziehen, doch im rechten Schuh stimmt irgendetwas mit der Einlegesohle nicht. Sie ragt vorn an der Zehe merkwürdig hoch. Ich ziehe den Schuh wieder aus und schaue mir die Einlage genauer an. Sie liegt verkehrt herum. Ich nehme sie heraus und will sie richtig herum wieder einlegen, als ich das sauber gefaltete Papierstück bemerke, das im Schuh klebt. Mein Herz beginnt schneller zu schlagen. Ich starre den Zettel an. Das ist schlecht, falsch. Ich sollte den Schuh zu Mr Brown bringen, sollte ihn aus dem Fenster werfen. Ich schrecke vor ihm zurück, als könnten ihm Zähne wachsen, um mich zu beißen. Ich mache den Mund auf und will meine Eltern rufen, schließe ihn aber wieder. Die beiden Teile meines Verstandes, die den ganzen Tag miteinander gerungen haben, sind wieder auf dem Kriegspfad, doch diesmal ist die kleine Stimme nicht mehr ganz so klein. Sie gefällt mir nicht und doch … bringe ich es nicht über mich, sie völlig zu ignorieren. Plötzlich stürze ich mich auf den Schuh, ziehe den Klebstreifen ab und falte den Zettel auseinander, wobei ich unentwegt fürchte, die Tür könnte aufschwingen und Mr Brown im Rahmen stehen.

Lyla,
was im Restaurant passiert ist, war nicht Deine Schuld. Ich weiß, dass Taylor Dir das eingeredet hat und Du zur Gemeinde zurückgekehrt bist, weil Du dachtest, Du könntest nirgendwo anders hin, aber das stimmt nicht. Ich kann Dein Zuhause sein, wenn Du mich lässt.
Ich hoffe, Du bist inzwischen mit Steve auf dem Weg zu mir, aber falls nicht, habe ich Steve aufgetragen, Dir mein Handy dazulassen. Es ist auf der anderen Straßenseite versteckt, unter einem Steinhaufen auf der Lichtung direkt gegenüber der Wohnwagensiedlung, rechts neben dem Kiefernbestand. Hole es Dir, sobald Du kannst. Und dann rufe mich an, egal wie spät es ist. Wir müssen reden. Bitte lass das nicht das Ende sein.
Cody

Mir ist, als könnte ich in winzige Stücke zerbrechen. *Ich kann Dein Zuhause sein, wenn Du mich lässt*. Die Worte dringen mir direkt ins Herz und bleiben dort stecken.

Wieder und wieder lese ich Codys Brief und spreche die Worte dabei vor mich hin. Mit jedem Mal wird mein Kopf ein wenig klarer. Die kleine Stimme, gegen die ich den ganzen Tag angekämpft habe, wird lauter. Er ist mir nicht böse. Er will, dass ich zurückkomme. Es sollte keine Rolle spielen. Mr Brown hat mich gewarnt, dass sie versuchen würden, mich wieder zu belügen. Ich weiß, dass ich ihm glauben und den Zettel wegwerfen sollte, aber ich kann es nicht. Kurz darauf merke ich, dass die Stimmen von Pioneer oder Mr Brown in meinem Kopf verstummen, wenn ich den Zettel lese. Die einzige Stimme, die ich höre, ist meine eigene. Und sie sagt mir, dass ich dieses Handy holen muss.

Ich habe die
Augen überall.
Du kannst vor mir
nicht davonlaufen.

Pioneer, Gemeindeführer

25

Der Tag geht schnell vorüber, vor allem deshalb, weil Mr Brown uns alle von früh bis spät auf Trab hält. Es dauert wesentlich länger, unseren Pflichten nachzugehen, weil alle vom Fasten entkräftet sind, was mir Hoffnung macht. Wenn der Hunger sie verlangsamt, besteht die Chance, dass sie vor Müdigkeit nicht in der Lage sein werden, heute Nacht Wache zu halten. Ich lasse Codys Zettel unter der Einlegesohle in meinem Schuh und er funktioniert wie ein Talisman, der meine schlimmsten Ängste abwehrt. Es wird gefährlich werden, sein Handy zu holen, und ich habe entsetzliche Angst, erwischt zu werden. Eine weitere Rückbesinnung werde ich nicht überleben.

Ich warte, bis alle schlafen gegangen sind, ehe ich mich ans Fenster stelle, das papierdünne Rollo hochschiebe und das Gesicht gegen die Scheibe drücke. Das Licht draußen stammt vom Wohnwagen hinter uns, von einer Außenlampe neben der Tür.

Hastig ziehe ich meine dunkelsten Sachen an. Dann setze ich Dads schwarze Strickmütze auf und ziehe sie bis auf die Augenbrauen. Meinen Mantel lasse ich da, weil er zu ausladend ist und das Nylon beim Gehen raschelt. Ich muss möglichst schnell und leise sein. Als ich so viele Schichten übereinandergezogen habe, dass ich mich gerade noch bewegen kann, schleiche ich zur Tür und horche. Die Haftnotizen an meiner Wand flattern ein wenig im Luftzug. Ich horche noch aufmerksamer. Dann höre ich meinen Dad ein wenig schnarchen, mit jenem vertrauten Kollern beim Luftholen und dem leisen Pfeifen danach. Einer meiner Eltern bewegt sich, das Bett quietscht, aber niemand ruft oder taucht im Türrahmen auf. Stück für Stück tappe ich auf Zehenspitzen aus meinem Zimmer und trete vorsichtig nur auf die Stellen des Bodens, an denen ich kein Knarren vermute. Trotzdem passiert es hier und da, die kleinen Geräusche wirken um diese Uhrzeit viel lauter und eindringlicher. Als ich zur Wohnwagentür komme, löse ich die Verriegelung, drehe sie ganz, ganz langsam nach links, bis die Sperre aufgeht. Das Klicken, das sie dabei macht, lässt mich zusammenfahren. Ich öffne die Tür gerade weit genug, um hinauszuschlüpfen, ehe ich sie behutsam wieder schließe. Ich fühle mich jetzt schon so ausgesetzt und beobachtet, dass ich am liebsten wieder hineingehen würde.

Die Nacht ist voller Geräusche. Irgendwo rumpelt ein Lastwagen, der sich anhört wie ein knurrendes Tier. Ich kann nicht genau sagen, ob er sich auf der Straße jenseits der Wohnwagen oder ganz in der Nähe befindet. Schritt für Schritt schleiche ich die Stufen hinab und seitlich am Wohnwagen vorbei. Ich schaue um die Ecke, suche auf der Straße und bei den Wohnwagen drüben nach Hinweisen auf andere Leute. Es ist dermaßen still, dass ich Panik bekomme, so verlassen, dass ich sicher bin, in eine Falle zu tappen. Aber selbst wenn, ist es zu spät umzukehren, sie wissen bereits, dass ich hier draußen bin und mich ihnen widersetze. Überzeugt davon, dass Jonathan, Brian oder Mr Brown mich angreifen werden, ehe ich auch nur annähernd am Ziel bin, hole ich tief Luft und laufe geradewegs auf die Bäume zu, in denen ich mich in jener ersten Nacht versteckt habe.

Ich atme erst aus, als ich dort bin und mich so fest an einen Baum presse, dass mir die Rinde die Wange zerkratzt. Gerade als ich wieder zu Atem komme, hält mir jemand den Mund zu.

»Nicht schreien«, flüstert Will mir ins Ohr. »Ich bin's.«

Es dauert einen Moment, bis ich aufhöre mich zu wehren, bis ich begreife, dass er sich ebenfalls bemüht, leise zu sein. Ich halte still und er zieht die Hand fort.

»Du gehst«, sagt er.

Leugnen hat keinen Sinn, schließlich hat er mich mitten in der Nacht im Wald erwischt. »Ja.«

Seine Miene ist traurig, aber entschlossen. »Okay«, sagt er.

»Wirklich?«

Er schaut zurück zu den Wohnwagen. »Du warst so … gebrochen, als du aus diesen Räumen kamst. Ich wollte dich zurückhaben, aber *das* habe ich nie und nimmer gewollt.«

An einem der Wohnwagen springt ein Außenlicht an und ich höre, wie eine Tür quietschend aufgeht. Wir ducken uns ins Gebüsch.

»Mr Brown hat Wachen oben auf dem Heuboden postiert und ein paar von uns sind in den Bäumen dort und drüben bei den Vans. Wenn du in Deckung und dicht bei den Bäumen bleibst, kannst du es zur Straße schaffen.« Will drückt mir etwas in die Hand. »Nimm sie mit.«

Als ich hinabschaue, liegt die Schafsschere aus der Scheune auf meiner offenen Handfläche. Sie anzunehmen, gibt mir das Gefühl, es förmlich auf eine Konfrontation mit den anderen ankommen zu lassen, trotzdem schließe ich die Finger darum. Wenn die Gemeinde mich eines gelehrt hat, dann, immer auf das Schlimmste gefasst zu sein. Ich klemme mir die Schere hinten in den Hosenbund und ziehe mein Sweatshirt darüber.

Dann schaue ich Will an. »Danke.« Und plötzlich, weil ich es nicht ertrage, ihn hier zurückzulassen, sage ich: »Komm mit.«

Er schüttelt den Kopf. »Ich kann nicht. Noch nicht.«

Ich will ihn gerade überreden, als am Wohnwagen, der uns am nächsten steht, die Außenlampe anspringt.

Die Tür geht auf und ein Mann kommt heraus. Er trägt ein Gewehr. Ich glaube, es ist Heathers Vater, bin mir aber nicht sicher. Ich sehe, wie er die Wohnwagen und die Straße absucht. Er muss uns gehört haben.

Will drückt mir den Ellbogen in die Seite und neigt sich herab, um mir ins Ohr zu flüstern. »Geh jetzt. Ich kümmere mich um ihn.«

Er gibt mir einen Kuss auf die Stirn und ich weiche nicht zurück. Stattdessen lege ich ihm die Hand an die Wange und lächle ihn an.

»Danke.«

Er richtet sich auf, wischt sich die Hände an seiner Jeans ab und geht auf die Veranda zu, ohne sich noch einmal umzudrehen. Er gibt sich keine Mühe, leise zu sein, sondern macht sogar eine Menge Lärm. Der Mann dreht den Kopf in unsere Richtung. Es *ist* Heathers Vater.

»Hey, irgendwas entdeckt?«, fragt Will. »Ich habe gerade meine Wache beendet, aber wenn Sie was gehört haben, kann ich Ihnen nachsehen helfen.«

Heathers Vater kratzt sich am Kinn. »Ich dachte, ich hätte da draußen Stimmen gehört.«

Will kichert. »Ja, das war ich. Ich habe gerade mit Brian geredet. Er ist unterwegs zum Heuboden, um seine Schicht anzutreten.«

Heathers Vater gähnt. »Willst du einen Kaffee? Ich könnte welchen aufsetzen. Der wärmt dich vielleicht auf.«

Will steigt zum Wohnwagen hinauf. »Danke, das wäre genau das Richtige.« Ich warte, bis sie hineingegangen sind, und laufe dann zur Straße, wobei mir die Klingen der Schere bei jedem Schritt ein wenig in den Po stechen. Meine Atemwolken eilen mir voraus und lösen sich wieder auf. Der Wind wird stärker, über mir treiben jetzt Wolken, dichte Wolken, die weiteren Schnee verheißen. Sie blocken das Mondlicht ab, was es mir erschwert, zu sehen, wo ich hintrete. Ich stütze mich beim Gehen an den Bäumen ab, um nicht hinzufallen. Meine Hände kribbeln und sind halb erfroren. Ich habe vergessen, Handschuhe mitzunehmen. Immer abwechselnd schiebe ich meine Hände in die Taschen meines Sweatshirts, aber sie bleiben entsetzlich kalt. Bis ich das Handy aufgestöbert und herausgefunden habe, wie ich Cody anrufen kann, werde ich vermutlich nicht mehr in der Lage sein, die Nummern einzutippen.

Die Straße ist eine flache, schwarze Schlange, die sich vor mir durch die Felder windet. Um diese Uhrzeit gibt es keine Autos und Will hat erzählt, die Männer, die die Gemeinde bewachen, wären weiter hinten, näher an der Scheune. Trotzdem bleibe ich dicht bei den Bäumen und halte Ausschau nach ihnen. Als ich sicher bin, allein zu sein, überquere ich die Straße. Die Steine sind genau an der Stelle, die Cody beschrieben hat. Ich kauere mich neben sie und finde das Bündel, das Steve für mich hinterlassen hat, sofort. Er hat Codys Handy in einen Ziploc-Beutel gesteckt und in ein Handtuch gewickelt, um sicherzustellen, dass es nicht nass wird. Ich hole es heraus und betrachte es. Ich habe ein paarmal zugesehen, wie Cody es benutzt hat, es aber noch nie selbst bedient.

Auf der Rückseite klebt ein kleiner Zettel mit einer langen Liste von Anweisungen. Die Zeit scheint mir davonzurennen. Seufzend gehe ich daran, die einzelnen Schritte abzuarbeiten. Drücke auf den Knopf an der Seite, damit die Displaybeleuchtung anspringt. Fahre mit dem Finger über das Display, um es zu entsperren. Suche das Telefonsymbol. (Cody hat es aufgezeichnet, winzig klein und mit einem Smiley an jedem Ende.) Mit zusammengekniffenen Augen spähe ich auf das Papier, um den Rest auszuführen. Kurz darauf wählt das Handy und fast augenblicklich nimmt jemand ab.

»Lyla?« Es ist Cody, der sich völlig verschlafen anhört. Es scheint eine Ewigkeit her zu sein, seit ich seine Stimme das letzte Mal gehört habe.

»Geht es dir gut?«, frage ich. Ich muss sein Gesicht sehen, ihm die Hand an die Wange legen, um mich zu vergewissern, aber das kann ich nicht.

»Ja, mir geht's geht. Ich bin zu Hause. Dad auch. Wir sind okay. Und wir machen dir keinen Vorwurf, Lyla. Taylor ist am Boden zerstört wegen dem, was sie gesagt hat; das sollte sie auch, aber weißt du, sie hat es nur gesagt, weil sie solche Angst hatte.«

Ich könnte heulen.

»Du bist es, um die ich mir Sorgen mache«, fügt er hinzu. »Was hast du dir nur dabei gedacht, dorthin zurückzugehen?«

Ich lehne mich an den nächsten Baum und packe das Handy ein wenig fester. »Ich wusste nicht, wohin ich sonst gehen soll. Ich dachte, wenn ich zurückkehre, lassen sie dich und deine Familie vielleicht in Ruhe.«

Cody schnaubt frustriert ins Telefon. »Und du hast kein Problem damit, dass sie *dir* wehtun? Ich habe von deinen Haaren gehört. Was haben sie sonst noch mit dir gemacht?«

»Ich bin okay«, sage ich.

»Nein, bist du nicht. Steve hat gesagt, du hättest schlecht ausgesehen heute Morgen, du hättest gebetet und dich seltsam benommen. Hör zu, ich komme und hole dich. Sofort.« Ich höre, wie er sich in Bewegung setzt, Bettzeug raschelt und irgendwelche Sachen werden herumgeschoben.

»In einer Viertelstunde bin ich da«, sagt Cody und ich kann hören, wie er die Autotür auf- und wieder zumacht. »Warte draußen an der Straße auf mich.«

Ich will ihm widersprechen, doch bevor ich den Mund aufmachen kann, höre ich ein Geräusch auf der Straße, einen herannahenden Wagen. Ich kann das erste, schwache Scheinwerferlicht sehen.

»Es kommt jemand. Ich muss Schluss machen«, rufe ich, während ich über die Straße renne und wieder zwischen die Bäume hechte.

»In einer Viertelstunde«, sagt Cody. Ich drücke das Gespräch weg und stecke das Handy in die Tasche, weil ich nicht weiß, wie man die Beleuchtung ausschaltet.

Ich dringe so tief ins Dunkel, wie ich kann, und kauere mich hinter einen Baum. Der Himmel beginnt sich zu verändern, die Finsternis ist eher grau als schwarz. Alles wird klarer und leichter erkennbar, was bedeutet, dass auch ich leichter zu entdecken sein werde. Das Scheinwerferlicht wird heller. Ich versuche, nicht die Nerven zu verlieren. Das da könnte jeder sein, doch dann gleiten die Lichter an mir vorüber und ich erkenne den Wagen dahinter. Es ist einer der Gemeindevans. Er wird langsamer und hält auf dem festgefahrenen Seitenstreifen an. Die Fahrertür geht auf und Jonathan steigt aus. Ein heftiger Schreck durchzuckt mich. Ich wünschte, ich hätte mich tiefer in den Bäumen versteckt, aber jetzt ist es zu spät, mich noch zu bewegen. Es gefällt mir nicht, dass er hier draußen auf der Straße angehalten hat. *Was wird er tun, wenn Cody auftaucht?*

Ich muss irgendwie zu Cody gelangen, bevor er hier ankommt.

Anrufen kann ich ihn nicht, weil mich die Displaybeleuchtung verraten würde. Wenn ich doch nur eine Möglichkeit fände, mich nach links durchzuschlagen, vielleicht könnte ich parallel zur Straße auf die Stadt zulaufen. Die Bäume hören nicht gleich auf. Wenn ich mich beeile, bin ich vielleicht weit genug weg und Jonathan sieht mich nicht mehr, wenn ich auf die Straße zurückkehre.

Ich bin gerade im Begriff, es zu riskieren, als ich einen weiteren Wagen herankommen höre. Ein zweiter Gemeindevan hält neben dem von Jonathan. Die Tür geht auf und Mr Brown und Brian steigen aus. Jetzt bin ich vor Schreck wie gelähmt. Sie werden mich finden, das spüre ich. Meine Zähne fangen an zu klappern und ich muss sie fest aufeinanderbeißen, damit es aufhört. Ich greife nach der Schere.

Mr Brown geht zu Jonathan hinüber. »Bist du bereit, mein Sohn?«

»Ich bin schon lange bereit«, sagt Jonathan.

»Gut. Du wirst dir deinen Platz als einer der Auserwählten bald verdient haben.« Mr Brown klopft ihm auf den Rücken.

»Noch drei Stunden, um alles an seinen Platz zu bringen«, sagt Jonathan. »Habt ihr den restlichen Treibstoff?«

Brian hält einen roten Benzinkanister hoch. »Im Van ist noch mehr. Die letzten konnte ich heute auffüllen.«

Jonathan tritt hinter seinen Van und öffnet die Heckklappen. Ich kann ihn nicht mehr sehen, weil er von einem der anderen beiden verdeckt wird, doch dann sehe ich, wie Brian hinübergeht und ihm den roten Kanister reicht. Mr Brown marschiert zu seinem eigenen Van und holt weitere Kanister heraus. Sie bilden eine Art Kette von einem Fahrzeug zum anderen.

Mit jeder Minute, die verrinnt, gerate ich mehr in Panik. Cody wird bald hier sein und ich kann mich nicht von der Stelle rühren.

»Das sind alle Kanister. Brian, komm, hilf mir mit dem anderen Paket«, sagt Mr Brown. Jonathan verschwindet im Laderaum seines Vans. Ich sehe, wie Brian mit Mr Brown abermals zum anderen Wagen hinübergeht. Mr Brown klettert hinein und der Wagen schaukelt ein wenig. Jemand schreit vor Überraschung oder Schmerz und einen Augenblick später taucht hinten aus dem Van eine weitere Person auf, fällt Brian direkt in die Arme und wirft ihn zu Boden.

»He!«, brüllt er. Die Person, die auf ihm liegt, kommt auf die Beine. Es ist eine Frau. Ihre Hände sind gefesselt und sie hat einen Knebel im Mund. Trotzdem höre ich ihr gedämpftes Schreien. Sie stolpert, fängt sich und läuft an den Vans vorbei auf die Straße. Es ist Mrs Rosen. Sie halten Mrs Rosen gefangen! Deshalb hat sie sich nicht mit Jack getroffen und niemand Will und die anderen geholt.

Mr Brown springt aus dem Van. »Steh auf und schnapp sie dir!«, brüllt er Brian zu, der sich aufrappelt und losrennt.

»Jonathan!«, schreit Mr Brown und schon springt dieser mit einem Gewehr in der Hand aus dem Wagen. Sie wird es nicht schaffen. Ich feuere sie im Geiste an, obwohl ich weiß, dass es aus ist. Sie werden sie umbringen. Mrs Rosen ist jetzt um Jonathans Wagen herumgelaufen. Sie rennt, aber sie kann nirgendwohin. Ich kann ihr Gesicht zwar nicht sehen, aber die Art, wie sie sich ständig umsieht, sagt mir, dass sie es ebenfalls weiß.

Ein lauter Knall schallt hinaus in den jungen Morgen und verscheucht über meinem Kopf eine Schar Vögel aus den Baumwipfeln. In einer wirbelnden, panischen Masse steigen sie auf, flattern hektisch nach links und verschwinden.

Mrs Rosen dreht sich um. Die Vorderseite ihres Mantels ist mit blutgetränkten Daunen bedeckt. Jonathan lässt die Waffe sinken. Aus dieser kurzen Entfernung muss er ihr ein schreckliches Loch in den Leib geschossen haben, aber ich kann es von hier aus nicht sehen. Sie schaut an sich herab und fällt nach vorn um. Mir ist, als würde ich alles in Zeitlupe wahrnehmen, doch dann liegt sie auf dem Boden, ehe ich auch nur blinzeln kann. Ich kann den Aufprall ihres Körpers förmlich spüren.

Als ich wieder zu Jonathan hinüberschaue, hebt dieser das Gewehr noch einmal an und richtet es auf sie. Er wartet darauf, dass sie sich bewegt, und als das nicht geschieht, geht er zu ihr.

»Dumme Kuh!«, ruft er, ehe er ihr mit dem Stiefel einen Tritt versetzt.

Mrs Rosens Körper bewegt sich ein klein wenig und bleibt dann regungslos liegen.

Ich beiße mir auf die Unterlippe. Ganz fest. Ich will schreien. Davonlaufen. Doch das geht nicht. Sie werden mich auch erschießen.

»Wir hätten sie schon vor zwei Tagen umlegen sollen«, sagt Jonathan. »Solche Fehler können alles vermasseln. Das können wir uns nicht mehr leisten.«

»Pioneer wollte, dass sie heute mit den anderen stirbt. Stellst du seine Anweisungen infrage?«, weist ihn Mr Brown zurecht.

Jonathan schüttelt den Kopf. »Nein, nein, tue ich nicht. Es ist bloß …«

»Wir können später darüber reden. Schaff sie auf schnellstem Weg von der Straße. Es kann jeden Moment ein Auto kommen.«

Jonathan bückt sich. Als ich ihn für einen Moment aus den Augen verliere, bleibt mir fast das Herz stehen und ich habe die schreckliche Vorstellung, dass er wie ein Käfer über den Boden krabbelt und auf allen vieren auf mich zukommt. Doch dann richtet er sich wieder auf und beginnt den Leichnam von Mrs Rosen zum Van zu ziehen. Ich höre ihre Schuhe über den Boden schleifen. Ich könnte mich übergeben bei dem Geräusch.

Jonathan hebt sie an und benutzt dabei vor allem seine verletzte Hand. Sein Verband ist mehr rot als weiß. Stück für Stück richtet er Mrs Rosen auf, bis sie mit dem Rücken an der Stoßstange lehnt und er ihren Oberkörper rückwärts in den Van fallen lässt. Der Wagen ist schneeweiß, aber dort, wo Jonathan sich mit der Hand abgestützt hat, verläuft jetzt ein langer, blutiger Strich. Blut von Mrs Rosen. Kopfschüttelnd schließt er die Heckklappen und fährt sich mit der blutigen Hand über den Kopf. Er tritt gegen den Reifen und schaut sich nach allen Seiten um, vergewissert sich, dass niemand in der Nähe ist.

Ich muss mich besser verstecken.

Tiefer ducken.

Jetzt gleich!

Ich will mich anders hinkauern, mich kleiner machen und trete ein winziges Stück zurück – geradewegs auf einen herabgefallenen Ast. Er gibt auf der Stelle nach. Das Knacken klingt für mich ebenso laut wie der Schuss. Ich fahre zusammen und schaue auf. Gerade noch rechtzeitig, um zu sehen, wie Jonathan aufschreckt und in die Bäume starrt. Als er nach seinem Gewehr greift, ist mir klar, dass er mich gesehen hat. Aber ich weiß nicht, was ich tun soll. Also tue ich das Einzige, was mir einfällt.

Ich renne los.

Wenn du nicht auf unserer Seite stehst,
bist du gegen uns,
und ich werde kein bisschen um dich
trauern, wenn du stirbst.

Brian Wallace, Gemeindemitglied

26

Ich rase los, springe über umgestürzte Stämme und versuche verzweifelt, nicht zu hinzufallen. Trotzdem rutsche ich auf verschneiten Stellen zweimal aus. Ich rappele mich auf und schaue mich um. Er kommt.

Und zwar schnell.

Ich lehne mich leicht nach vorn, um schneller voranzukommen, richte die Augen auf das, was unmittelbar vor mir ist, damit ich nicht wieder hinfalle. Das darf nicht geschehen, beim nächsten Mal hat er mich. Ich höre ihn hinter mir durchs Gehölz brechen, die Geräusche werden immer lauter und lauter. Kommen immer näher.

Einmal schießt er auf mich. Die Kugel reißt links von mir ein Stück Holz aus dem Baumstamm. Rinde spritzt auf mein Sweatshirt. Ein leichter Schlag gegen die Schulter. Ich schreie auf – aber nur kurz, dann bin ich außer Atem. Ich versuche, noch schneller zu laufen. *Ich muss schneller werden.* Vor mir sehe ich den Giebel der Scheune. Ich nähere mich der Wohnwagensiedlung. *Aber können sie mir helfen? Wollen sie mir helfen?*

Die Bäume lichten sich und der Boden wird weniger schlüpfrig. Ich sprinte, so schnell ich kann, lege meine ganze Kraft hinein. Doch das tut Jonathan auch.

Ich sehe den ersten Wohnwagen. Die Lichter brennen. Ich mache den Mund auf, um zu schreien.

Plötzlich spüre ich hinter mir einen jähen Luftzug, dann prallt Jonathan gegen meinen Rücken. Der Aufprall raubt mir den Atem. Ich schlage auf dem Boden auf, knalle mit dem Kinn auf eine Baumwurzel, dass meine Zähne aufeinanderschlagen. Ein scharfer, heller Schmerz schießt mir durch den Kopf und ich schmecke Blut.

Ich kralle die Hände in den Boden. Breche mir mehrere Fingernägel ab, als ich versuche, mich an etwas festzuhalten. Irgendetwas. Der Boden ist zu hart und zu kalt, um mir Halt zu bieten. Jonathans Atem ist in meinem Ohr. Ich spüre seinen Mund über meine Haut gleiten und seine Spucke auf der Wange. Ich stöhne und will schreien, doch er drückt meinen Brustkorb so fest zu Boden, dass ich es nicht schaffe, meine Lunge so kurz nach dem Sturz in Gang zu setzen.

Er zerrt mich auf den Rücken und hält mir den Mund zu. Seine Hand liegt kalt, breit und rau auf meinen Lippen. Mit der anderen umklammert er meinen Hals, rammt mir den Handrücken unter das Kinn und drückt zu. Er lehnt sich noch fester auf meinen Brustkorb. Mein Puls dröhnt mir in den Ohren. Ich stemme die Füße in den Boden und schlage nach ihm, bekomme ihn durch die Jacke hindurch aber nicht zu fassen. Die Panik rast durch mich hindurch wie ein Schnellzug. Ich kann nicht fort. Ich kann nicht *atmen*.

Vor meinen Augen erscheinen schwarze Flecken – ein albtraumhafter Schneesturm aus Flecken. Ich kann kaum noch etwas sehen. Ich strample weiter, doch es fällt mir immer schwerer. Jonathan nimmt die Hand von meinem Mund und legt sie mir ebenfalls um den Hals. Dann drückt er so fest, dass ich spüre, wie sich die Sehnen an meinem Hals verschieben. Ich werde so fest zu Boden gedrückt, dass mir der Rücken brennt. Ich muss auf einem Stein, einer Wurzel oder etwas anderem liegen, das mir ins Fleisch schneidet.

Ich kann meinen Kopf nicht bewegen, sehe nichts außer Jonathan, sein Gesicht ist schwarz umrahmt, dort, wo mein Sichtfeld schwindet. Er schaut mich nicht einmal an, schaut über mich hinweg zur Wohnwagensiedlung. Das Letzte, was ich sehe, bevor die Welt schwarz wird, ist die Unterseite seines Kinns.

Als ich wieder zu mir komme, wehre ich mich aus Leibeskräften, kratze und trete um mich. Doch er liegt nicht mehr auf mir. Ich bin nicht mehr dort, wo ich war, zwischen den Bäumen. Ich starre in einen zunehmend blauer werdenden Himmel, meine Hände liegen auf Asphalt. Ich weiß nicht, wie lange ich ohnmächtig war. Ich versuche den Kopf zu drehen, um zu sehen, wo ich bin – auf der Straße vielleicht –, doch plötzlich wird der Schmerz lebendig, er wütet und schreit in jedem meiner Muskeln.

Ich schaue nach rechts, kann aber nichts erkennen. In meinem rechten Auge ist ein dunkler Fleck, der den größten Teil meines Sichtfeldes bedeckt. Er ist rot an den Rändern. Blutet mein Auge?

Ich fasse mir an den Hals, kann die Berührung aber kaum ertragen. Es ist, als habe jemand meine Haut mit Sandpapier abgerieben und dann mit Franzbranntwein begossen. Tränen laufen mir seitlich herab. Irgendwo in der Nähe höre ich Lärm, das Gepolter von schlagenden Türen und Schritten. Wir scheinen wieder beim Van zu sein. Mit äußerster Vorsicht richte ich mich auf. Die Welt schwankt unerträglich und ich muss mich wieder hinlegen. Im nächsten Moment ist Mr Brown über mir, sein Gesicht ist voller Wut und Anspannung.

»Was hast du hier draußen verloren?«

Ich will antworten, habe aber buchstäblich keine Stimme mehr. Ich kann nur keuchen.

»Du kommst wohl nie mehr zu Verstand, was?« Er fährt sich mit der Hand über den Kopf. Seine Nase ist knallrot vor Kälte. Seine Hände zittern. »Sie muss mit«, sagt er.

Jonathan und Brian sind jetzt auch da.

»Ich weiß.« Ehe ich protestieren kann, packt Jonathan mich unter den Armen und zieht mich in eine sitzende Position. Mein ganzes Sein kreist um das Bemühen, meinen Hals nicht zu bewegen. Ich wimmere, als er mich hochhebt und die wenigen Schritte zum Van hinüberträgt. Die Straße ist in beide Richtungen leer.

Brian hat die Türen des Vans wieder geöffnet. Drinnen sehe ich einen Stapel leerer weißer Tüten mit der Aufschrift AMMONIUMNITRAT, eine Anzahl großer blauer Plastikfässer, die roten Benzinkanister und mehrere Propangasflaschen, die wie Soldaten aufgereiht und alle in die gleiche Richtung gedreht sind. Rechts dahinter, in die Ecke gequetscht, liegt Mrs Rosen. Ihr Gesicht kann ich nicht sehen, weil ihr Kopf auf die Brust gesackt ist, als wäre sie gerade kurz eingedöst. Unter ihren Beinen ist eine Blutlache.

Jonathan beugt sich in den Van und wirft mich hinein. Ich lande mit den Händen auf Mrs Rosens Beinen. Ihre Schuhe stechen mir in die Brust. Ich rolle mich zur Seite, will wieder aus dem Van klettern, aber Brian hat ein Gewehr auf mich gerichtet. »Lass das«, sagt er und befiehlt mir, mich auf den Bauch zu legen, damit Jonathan mir die Hände auf den Rücken binden kann. Das Seil sitzt so fest, dass meine Finger kribbeln. Dann ist er fort, Jonathan schlägt die Türen zu und ich bin allein.

Ich rutsche an die Seitenwand und arbeite mich in eine sitzende Position. Vorn im Wagen setzt sich Jonathan auf den Fahrersitz. Ein Drahtgitter trennt den Laderaum von der Fahrerkabine. Er schaut mich im Rückspiegel an. »Es ist von außen abgeschlossen. Du kannst nicht raus.«

Er lässt den Motor an und das Radio plärrt los. Der Song »Walking in a Winter Wonderland« erfüllt den Wagen – so hell und fröhlich und völlig unpassend, dass es wehtut. Jonathan fährt an und der Wagen beschreibt einen großen Bogen, um dann in entgegengesetzter Richtung in die Stadt zu fahren . Ehe ich mich abstützen kann, falle ich gegen Mrs Rosen. Ihre Leiche kippt zwischen die blauen Fässer und ihr Kopf rollt nach hinten. Jetzt sieht sie nicht mehr aus, als würde sie schlafen. Mir kommen die Tränen und der rote Schleier über meinem rechten Auge lässt es aussehen, als sei der ganze Wagen blutgetränkt.

Sie spüren nur dann etwas,
sie kapieren nur dann etwas,
wenn es, Zitat: »Todesopfer gibt«.

Timothy McVeigh, Oklahoma City-Bomber und Demonstrant gegen den Überfall auf Waco

27

»Wohin fahren wir?« Jedes Wort ist wie ein Messer in meiner Kehle. Ich zucke vor Schmerz zusammen.

»Stadt«, sagt Jonathan. Er dreht die Musik leiser und ich rutsche herum, bis ich hinter ihm knie, mit dem Kopf am Drahtgitter lehne und mit der Hüfte an Mrs Rosens Schulter. Ich versuche, nicht daran zu denken.

Ich schaue auf die Straße hinaus. Ein Wagen kommt uns entgegen. Er schießt vorbei, ein erbsengrüner Fleck, und ist so schnell verschwunden, dass mir kaum Zeit bleibt, um zu begreifen, dass es Cody war. *Wenn Mr Brown und Brian noch draußen auf der Straße sind …* Ich schüttle den Kopf. *Sie sind nicht mehr da. Ihm wird nichts passieren. Ihm darf nichts passieren.* Doch es fällt mir schwer, daran zu glauben, mit Mrs Rosens Blut an den Knien meiner Jeans.

»Was haben Sie vor?«, frage ich Jonathan.

»Ich will mich würdig erweisen; ein Statement abgeben, das so laut und deutlich ist, dass sie es nicht ignorieren können«, sagt er. »Die Einzelheiten musst du nicht wissen. Noch nicht. Sagen wir einfach, der größte Teil meines Lebens hat auf diesen Tag hingeführt.«

Wenige Minuten später sind wir in der Stadt. Es ist noch früh, trotzdem sind überall Autos. Über der Straße hängt ein Banner, auf dem in roten und grünen Buchstaben das Wort WINTERFEST prangt. Mein Magen überschlägt sich. Als wir uns der Ampel in der Nähe des Diners nähern, wird der Van langsamer und Jonathan dreht sich um. »Wenn du schreist oder versuchst, Aufmerksamkeit zu erregen, erschieße ich dich.« Er hebt eine kleine schwarze Handfeuerwaffe hoch und drückt sie ans Gitter, um mir klarzumachen, dass es ihm ernst ist. Er hält sie so tief, dass die Leute sie von draußen nicht sehen können, ich dagegen schon.

Vor dem Van treten drei Männer auf die Straße und ziehen einen Weihnachtsbaum hinter sich her, gefolgt von einer Mutter, die mit einem Zwillingsbuggy kämpft. Jonathan winkt ihnen und die Mutter wirft ihm ein gehetztes Lächeln zu; mich sieht sie hinter dem Gitter nicht. Er hat auf dem Fest irgendetwas vor, er will diesen Menschen etwas antun. Er muss es mir nicht ins Gesicht sagen, damit ich es begreife. Ich zerre an den Fesseln um meine Handgelenke, kann sie aber nicht lockern, und selbst wenn, wäre ich im Laderaum des Vans eingesperrt. Ich kann nichts tun.

Als die Ampel auf Grün springt, fahren wir weiter zum Park, in dem das Fest stattfindet. Codys Mutter hatte im Esszimmer einen Plan aufgehängt, auf dem zu sehen war, wo die Tribüne und die Kunsthandwerksstände stehen würden. Das Fest erstreckt sich über den ganzen Park und den dahinterliegenden Parkplatz, der zum Supermarkt gehört. Heute Morgen sollen dort Gruppen aus der Culver-Creek-Highschool, der Mittelschule und der Grundschule auftreten. Die ganze Stadt wird sich in den nächsten vier oder fünf Stunden dort aufhalten.

Jonathan steuert den Van auf den Parkplatz. Nur ein schmaler

Streifen ist noch geöffnet, der größte Teil des Platzes ist für die Eislaufbahn abgesperrt. Die Ständer mit Schlittschuhen stehen schon bereit. Eigentlich sollten Cody und ich dort heute arbeiten. Vor dem Supermarkt selbst befinden sich mehrere Podien. Sie sind noch nicht besetzt, dafür ist es noch zu früh. Offiziell beginnt das Programm vermutlich erst in etwa einer Stunde, trotzdem ist der Parkplatz voller Leute, die auf das Festgelände strömen. Wir nehmen eine der letzten Parklücken, die den Podien zugewandt sind und nicht der Straße.

»Und jetzt?«, frage ich.

»Jetzt warten wir.« Jonathan macht den Motor aus. Er zieht ein Handy heraus und legt es auf das Armaturenbrett, ehe er unter dem Bücherstapel auf dem Beifahrersitz einen Verbandskasten herauszieht und ihn auf den Schoß nimmt. Auf der Suche nach etwas, irgendetwas, das mir einen Hinweis darauf geben könnte, warum wir hier sind, lese ich die Buchtitel. *Kochbuch für Anarchisten*. Weder von ihm noch von dem halben Dutzend anderer Bücher, die auf dem Sitz verstreut liegen, habe ich je gehört. Ich seufze frustriert.

Während ich ihm gebannt zuschaue, entfernt Jonathan seinen blutigen Verband. Endlich werde ich sehen, was sich darunter befindet. Aber auf die Schwere seiner Verletzung bin ich nicht gefasst. Die Haut ist runzlig und selbst nach so vielen Tagen noch feuerrot. An manchen Stellen löst sie sich sogar.

»Chemische Verbrennungen«, sagt er. »Nicht von der Eule, wie du gedacht hast, auch wenn der blöde Vogel mir gern etwas abgehackt hätte. Lässt sich schwer vermeiden, wenn man bedenkt, was ich gebaut habe. Tut scheißweh, aber das war es wert. Hab mich besser angestellt als die meisten beim ersten Mal. Ich hätte mich noch schlimmer verbrennen oder mir die Finger wegblasen können.«

Ich kann ihm nicht folgen. *Wie kann einem ein Feuer die Finger wegblasen?*

Jonathan erneuert den Verband, nimmt das Handy und schaut auf das Display, ehe er es wieder zurückstellt. »Bald«, murmelt er vor sich hin, während er durch die Windschutzscheibe späht.

Handy. Ich habe immer noch Codys Handy. Ich rücke vom Gitter weg und hocke mich auf die Fersen. Meine Hände sind auf dem Rücken zusammengebunden, was es schwierig macht, an die Hosentasche heranzukommen, aber nachdem ich mich fast zwanzig Minuten lang verrenkt habe, schaffe ich es. Ich schwitze und habe Schmerzen, und auf dem Parkplatz herrscht lärmender Betrieb, als ich es endlich schaffe, das Handy aus der Tasche zu fischen und es neben mir auf den Boden fallen zu lassen. Es poltert ein bisschen und ich erstarre.

Jonathan dreht sich um. »Was machst du da?«

Kann er das Handy sehen? Mein Herz klopft bis zum Hals. »Nichts.«

Plötzlich klingelt es und ich stoße einen spitzen Schrei aus, weil ich sicher bin, dass es Codys Handy ist, doch es ist Jonathans Gerät. Er fährt herum und ich hebe Codys Handy auf. Das Display ist eingedrückt und Teile davon sind herausgefallen. Wahrscheinlich ist es passiert, als Jonathan mich im Wald zu Boden gerissen hat. Trotzdem fahre ich mit dem Finger darüber und schneide mich an einem Glassplitter, doch dann leuchtet das Telefon auf.

Jonathans Handy hört auf zu klingeln. »Hallo?«

Mir bleibt nicht viel Zeit. Ich drücke auf das Display, aber das Gerät funktioniert nicht. Ich vermute, dass es zu sehr beschädigt ist und schiebe es wieder in die Hosentasche.

»Lyla, ich glaube, das solltest du auch hören«, sagt Jonathan vorn. Er hält sein Handy an das Drahtgitter.

»Kleine Eule.«

Es ist Pioneer.

»Ich bin enttäuscht von dir, Kleine Eule. Ich dachte, du hättest dich eines Besseren besonnen.« Er schnalzt mit der Zunge. »Nach all der Mühe, die ich mir gegeben habe, um dich nach Hause zu holen, gehorchst du immer noch nicht. Sag mir, was soll ein guter Hirte tun, wenn seine Schafe sich weigern, nach Hause zu kommen? Wie oft soll er sie vor den Wölfen retten? Ich habe mich redlich bemüht, dich vor Unheil zu bewahren, aber meine Geduld hat ihre Grenzen, Kind.« Er seufzt. »Du lässt mir keine andere Wahl. Ich muss dich den Brüdern übergeben, damit sie sich um dich kümmern.«

Einen Herzschlag lang ist es still, während er seine Worte wirken lässt.

»Jonathan?«

»Sir?«

»Ist alles vorbereitet?«

»Ja.«

»Und dein Herz ist gestählt, Bruder?«

»Das ist es. Ich bin bereit, meinen Beitrag zu leisten.« Jonathans Gesicht leuchtet vor Aufregung.

»Dir ist ein Ehrenplatz unter meinen Leuten sicher. Du musst deinen Anspruch darauf nur noch geltend machen. Nach dem heutigen Tag wirst du in die Geschichte eingehen.«

Jonathan steigen die Tränen in die Augen. Er ist so bewegt, dass ihm die Worte fehlen.

»Setze die Kleine Eule heute in die erste Reihe.« Pioneer schafft es, freundlich und unheilvoll zugleich zu klingen. »Für mich.«

»Jawohl, Sir.« Jonathan starrt erst das Handy an und dann mich. »Ich verspreche es.«

»Dann bringe das Ende endlich herbei.«

Die Verbindung wird unterbrochen.

Jonathan wischt sich die Augen und legt das Handy auf das Armaturenbrett zurück.

»Zu was zwingt er Sie?«, frage ich.

Jonathan wirbelt herum. »Er zwingt mich zu überhaupt nichts. Ich will es tun. Ich habe ewig nicht gewusst, was meine Bestimmung ist. Früher dachte ich, es wären die Ranger, aber sie waren es absolut nicht. Sie haben mich lediglich hierhergeführt. Das war mir vorher nicht klar. Ich habe es erst begriffen, als ich Pioneer … Ich konnte die Wahrheit von dem, was er sagt, tief in mir spüren.«

»*Was haben Sie vor?*«, frage ich, so laut es meine Kehle zulässt.

Er grinst. »Das, was ich schon immer tun wollte. Die Apokalypse auslösen.«

Ich schaue auf die großen blauen Fässer neben mir und die gelben Schläuche, die sich an den Wänden entlangziehen. Sieht so eine Bombe aus? Das Einzige, was mir bei diesem Wort einfällt, ist eine schwarze Kugel, aus der eine Schnur herausschaut – zeichentrickartig und fast lustig. Das hier sieht aus wie Krempel aus einem Baumarkt. Alltagsdinge. Und in gewisser Weise ist es genau das, was die Sache für mich real macht.

»Tun Sie das nicht. Pioneer irrt sich. Der Sheriff hatte recht mit der Polizeiaktion. Pioneer ist kein Prophet, er ist bloß ein Mensch. Wenn es die Brüder wirklich gäbe und sie mächtig genug wären, um uns vor dem Ende zu bewahren, warum reicht ihre Macht dann nicht aus, um es selbst herbeizuführen?«

Jonathan schlägt gegen das Gitter. »Halt die Klappe! Du magst dich von deiner Familie abgewendet haben, aber ich tue das nicht. Du verdirbst mir mein Schicksal nicht. Das lasse ich nicht zu.« Er öffnet die Tür und steigt aus. Kaum hat er sie zugeschlagen, ist er schon hinten am Van. Ich will schreien, aber meine Stimme ist immer noch so schwach, dass man sie draußen nicht hören kann. Als er in den Laderaum springt und die Türen schließt, drehe ich mich um und trete mit den Füßen nach ihm. Ich treffe ihn mit der Ferse am Kinn, dass ihm die Haut aufplatzt. Mit wildem Blick wirft er sich auf mich, boxt mir in den Magen und gegen den Kopf. Ich spüre, wie meine Unterlippe anschwillt. Ich sehe doppelt, dabei hat mein Sichtfeld ohnehin schon rote Ränder.

Ich habe Angst, er könnte mich erschießen, doch dann wird mir klar, dass er das nicht tun kann. Damit könnte er uns beide in die Luft jagen. Stattdessen fesselt er mich auch an den Füßen. Dann holte er hinter einem der Fässer eine schwarze Militärweste heraus und aus der hinteren Ecke eine Art Uhr. Sie ist durch Drähte mit etwas verbunden, was ich nicht sehen kann. Er legt beides neben sich und schlüpft mit äußerster Vorsicht in die Weste, dann zieht er ein rechteckiges Kästchen aus einer der Taschen und steckt es in seine Hosentasche. Draußen beginnt irgendwo eine Band zu spielen. Das Festprogramm nimmt seinen Anfang.

»Wofür ist das?«, frage ich, um ihn am Reden zu halten und Zeit zu schinden.

Er schaut grinsend zu mir auf. »Das ist eine Versicherungspolice.«

Es ist eine weitere Bombe, nur dass er diese am Körper trägt. Was bedeutet …

»Wollen Sie sich in die Luft sprengen?«

»Pioneer hat gesagt, wenn ich den Mut habe, dieses Opfer zu bringen, werden mich die Brüder auch verschonen.« Ich sehe den vertrauten glasig-entrückten Blick in seinen Augen, als er das sagt. In der Scheune hat er behauptet, er glaube nicht an die Brüder, aber jetzt und hier scheint es, als hätte er es sich anders überlegt.

Er hebt das Uhrending auf und drückt auf einen Knopf. Die Zahlen beginnen rückwärtszulaufen. Er hat zehn Minuten eingestellt. Mehr Zeit habe ich nicht, um hier herauszukommen, und meine Hände und Füße sind gefesselt. Ich werde sterben.

»Ich werde dich jetzt einschließen.« Er dreht sich um und schlüpft aus dem Van. »Das war's dann«, sagt er, mehr zu sich selbst als zu mir, und sein Gesicht leuchtet auf. Dann fallen die Türen zu und er ist verschwunden.

Die Uhr zählt langsam herunter. 9:30, 9:29, 9:28 …

Denk nach, Lyla, denk nach! Es muss eine Möglichkeit geben, rauszukommen. Ich rutsche flach auf den Boden und lege die Füße an die Wand. Dann hole ich Schwung und hämmere dagegen. *Bumm! Bumm! Bumm!*

Draußen spielt die Band gerade so laut *Rudolph the Red Nosed Raindeer*, dass mit Sicherheit niemand meine Tritte hören kann. Trotzdem presse ich mich auf den Boden und hole abermals Schwung. *Bumm! Bumm! Bumm!*

Immer wieder trete ich zu, doch als die Uhr weniger als fünf Minuten anzeigt, wird mir klar, dass es keinen Zweck hat, dass ich einen anderen Ausweg finden muss, weil ich sonst sterbe und eine Menge unschuldige Menschen mit mir. Ich muss meine Hände befreien. *Sofort.* Keuchend liege ich flach auf dem Rücken. *Denk nach, Lyla!*

Irgendetwas Spitzes sticht mir in den Rücken.

Die Schere. Ich hatte sie die ganze Zeit über bei mir. Ich wälze mich auf die Seite und zerre mein Hemd hoch, damit ich sie packen kann. Zuerst gleiten meine Finger an ihr ab, doch dann habe ich sie.

4:00, 3:59, 3:58, 3:57 …

Ich ziehe die Schere heraus und sie fällt auf den Boden. Ich muss ein Stück zurückrutschen, um an sie heranzukommen. Es dauert länger, als mir lieb ist, weil ich sie nicht sehen kann und sie auf dem Boden ertasten muss. Endlich berühren meine Finger den Stahl und ich schreie fast vor Erleichterung.

3:25, 3:24, 3:23 …

Mit jeder Hand packe ich einen Griff, lege mich dann auf die Seite und bringe die Beine so dicht an meine Hände wie möglich. Kurz bevor sich meine Oberschenkel verkrampfen, versuche ich die Scherenblätter zu öffnen und sie um das Seil herumzuschieben, mit dem meine Beine gefesselt sind.

2:52, 2:51, 2:50 …

Ich brauche zwei oder drei Versuche, um das Seil zwischen die Schneiden zu bekommen und nicht meine Haut. Ein dünner Blutfaden läuft über mein linkes Bein, trotzdem drücke ich die Griffe ganz langsam zusammen und ziehe sie wieder auseinander. Jedes Öffnen und Schließen ist eine Qual. Mein Oberschenkel brennt, aber ich kann ihn weder massieren noch herumstampfen, also schneide ich trotz meiner rebellierenden Beinmuskeln weiter.

2:00, 1:59, 1:58, 1:57 …

Das Seil reißt und ich lasse die Schere fallen und strecke die Beine aus, um sie zu entspannen.

1:20, 1:19, 1:18, 1:17 …

Jetzt sind meine Hände an der Reihe, was noch schwieriger ist. Die Zeit ist fast abgelaufen und das Wissen darum ist lähmend, trotzdem kriege ich die Schere irgendwie wieder gepackt und ziehe die Beine unter den Körper, bis ich auf den Knien sitze. Ich schaue hinter mich zu den Fässern und entdecke eine Stelle, an der ich die Schere einklemmen kann. Sobald sie festsitzt, öffnen sich die Klingen und ich fahre mit dem Seil, das um meine Handgelenke geschlungen ist, über eine davon. Die Klinge ist scharf und ritzt mir jedes Mal, wenn ich nicht richtig ziele, in die Handgelenke und Unterarme. Das Seil lockert sich, aber nur langsam.

1:00, 0:59, 0:58, 0:57 …

Ich feuere mich selbst an. »*Mach schon, mach schon,* MACH SCHON!«

Draußen höre ich Leute singen. Der Van stinkt nach Benzin.

Die Seile um meine Handgelenke sind dünn – eines von ihnen hätte längst nachgeben sollen. Ich werde es nicht schaffen. Ich will so nicht sterben. Nicht auf die Weise.

Plötzlich gibt eines der Seile nach und ich kann die Hände herausziehen. Ich bin frei! Die Hecktüren des Vans haben innen einen Riegel, der leicht zu öffnen ist. Ich rutsche hinaus, ohne noch einmal auf die Uhr zu sehen.

»LAUFT WEG!«

Ich rufe es nicht, mein ganzer Körper schreit es heraus. Als ich mich vom Boden aufgerappelt habe, laufe ich auf den Supermarkt zu, wo mindestens hundert Leute versammelt sind. Vor mir stehen Schüler auf einem Podium, die im Begriff sind zu singen. In der zweiten Reihe entdecke ich ein vertrautes Paar glitzernder Zöpfe. Jack. Vor ihr in der Menge sehe ich weitere bekannte Gesichter. Direktor Geddy, Mrs Ward.

»Eine Bombe! Da ist eine Bombe! Lauft weg! Lauft weg!«, schreie ich, so laut ich kann. Diesmal ist es ein echter Schrei, heiser und rau, aber laut. Mrs Ward dreht sich zu mir um. Als sie mein Gesicht sieht und die Art, wie ich auf sie zu presche, schreit sie ebenfalls los.

»Eine Bombe! Lauft weg! Sofort!«

Ich renne an Mrs Ward vorbei und stoße die Leute, die in meiner Nähe stehen, auf den Grasstreifen neben dem Markt, um sie so weit wie möglich vom Van abzudrängen. Als ich mich umdrehe, sehe ich Mrs Ward Jack vor sich herschieben und dann innehalten, um einer älteren Frau zu helfen.

Ein greller Blitz leuchtet auf und dann ist es, als würden alle Geräusche verschluckt, ehe der Knall folgt, der so laut ist, dass der Boden unter mir erbebt. Eine gewaltige schwarze Wolke schießt in den Himmel, ich spüre ein Brennen auf der Haut, als mich seitlich irgendetwas streift. Als Nächstes trifft mich die Druckwelle und schleudert mich mit dem Gesicht voran ins Gras. Beim Aufschauen sehe ich gerade noch, wie ein brennender Reifen an mir vorbeifliegt. Die Fenster des Supermarktes bersten und Trümmer prallen gegen das Gebäude. Eine Rauchwolke zieht über mich hinweg und ich halte mir schützend die Hände über den Kopf. Stück für Stück regnen Trümmerteile vom Himmel.

Die Rache ist mein, ich will vergelten zur Zeit,
da ihr Fuß gleitet; denn die Zeit ihres Unglücks ist nahe,
und was über sie kommen soll, eilt herzu.

5. Mose 32,35

*(entdeckt an Pioneers Zellenwand,
kurz vor dem Bombenanschlag auf dem Winterfest)*

28

Ich lebe noch. Der Rauch verzieht sich allmählich und ich lebe noch. Ich schaue zur Tribüne hinüber, auf der noch vor wenigen Minuten Schüler singen wollten. Menschen liegen in verstreuten Gruppen auf dem Parkplatz. Einige stöhnen; anderen liegen ganz, ganz still. Ich kann weder Jack noch Mrs Ward entdecken. Meine Seite brennt und ich taste über mein Sweatshirt. Es hat einen langen Riss, genau wie das Hemd darunter. Meine Haut ist klebrig und als ich sie berühre, halte ich zischend die Luft an. Ich glaube nicht, dass die Wunde sehr tief ist, aber sie tut fast so weh wie mein Hals.

Ich zwinge mich, aufzustehen und ein paar Schritte zu gehen. Zuerst weiß ich nicht, wo ich bin. Der ganze Parkplatz sieht aus wie ein Kriegsgebiet. Der Van ist nur noch ein ausgebranntes Gerippe und die Autos, die daneben gestanden haben, liegen umgestürzt im Gras. Sie brennen noch.

Jenseits des ausgedehnten Areals kann ich die weißen Festzelte ausmachen. Die meisten sind noch intakt. Auch Menschen sehe ich dort, fast alle starren in unsere Richtung.

Jonathan.

Er ist irgendwo dort drüben. Sie müssen sein nächstes Ziel sein. Ich stolpere los, suche mir einen Weg durch die Trümmer. Mein Bein vibriert, der Oberschenkelmuskel zuckt in meiner Jeans … aber als ich hinfasse, merke ich, dass es Codys Handy ist, das sich in meiner Tasche bewegt. Ich ziehe es heraus. Das Display leuchtet. Ich brauche einen Moment, bis mir einfällt, wie ich den Anruf annehmen kann, und das Gerät ans Ohr halte.

In meinen Ohren dröhnt es so sehr, dass ich nicht das Geringste verstehe.

»Cody?«, schreie ich ins Telefon. »Hier ist eine Bombe hochgegangen. Hol deinen Dad.« Ich mache mir nicht die Mühe, das Gerät auszuschalten, stecke es einfach wieder in die Tasche und gehe weiter.

Ich weiß nicht genau, was ich tun werde, wenn ich Jonathan finde. Er hat sich die Bombe vor die Brust geschnallt. Wie soll ich ihn aufhalten, ohne sie auszulösen? Es sind so viele Menschen hier, mehr als drüben vor dem Gerichtsgebäude versammelt waren. Das Einzige, was mir einfällt, ist, sie so weit vom Festgelände fortzubringen wie nur möglich. Ich renne auf die beiden Frauen zu, die mir am nächsten stehen. Als sie sich zu mir umdrehen, bleibe ich wie angewurzelt stehen. Es ist Mrs Dickerson.

Ich laufe an ihnen vorbei, bevor sie mich aufhalten können. Als ich mich kurz noch einmal umdrehe, stehen sie immer noch auf dem Bürgersteig und starren mir nach. Es dauert einen Moment, ehe mir ein Licht aufgeht. Mit meinem kahlen Kopf, dem roten Auge und dem geschwollenen Gesicht muss ich aussehen, als wäre eines von Codys Monstern zum Leben erwacht.

Ich schaue mich um. Es sind immer noch so viele Leute da. Ich kann sie nicht alle von hier fortschaffen, nicht allein. Es ist hoffnungslos. Ich drehe mich verzweifelt im Kreis, lasse meinen Blick umherschweifen, ohne irgendetwas richtig zu sehen. *Wo ist er?*

Das Heulen einer Sirene zerreißt die Luft, laut genug, dass ich sie, trotz des Dröhnens in meinen Ohren, gerade so hören kann. Dann eine weitere und noch eine, bis der ganze Himmel zu schreien scheint. Ein Tross von Fahrzeugen, alle mit eingeschaltetem Warnlicht, rast die Main Street entlang. Sie fahren bis auf den Grünstreifen zwischen den Zelten und dem Parkplatz. Ich sehe Leute herausspringen und sich den Weg zur Explosionsstelle bahnen. Das komplette Sheriffdepartment muss angerückt sein, genau wie die Feuerwehr und die Rettungskräfte. Zum Glück waren die meisten von ihnen vorhin nicht auf dem Festgelände, sonst gäbe es jetzt niemanden, der den Verwundeten helfen könnte und …

Mir stockt der Atem. Jonathan hat auf ihre Ankunft gewartet. Die nächste Bombe gilt ihnen. Ich renne auf sie zu, beschwöre meine Beine, sich schneller zu bewegen, aber ich renne schon zu lange herum und kann kaum noch die Füße heben. Ich schlängele mich zwischen herumstehenden Zuschauergrüppchen hindurch und rufe ihnen im Vorbeigehen zu, wegzulaufen und in Richtung Diner zu flüchten. »Es gibt noch eine Bombe!«, rufe ich, kraftvoller als vorhin. Ich habe recht, was Jonathans Pläne angeht, das spüre ich. Ich presche an den Zelten vorbei. Das Aroma von frittiertem Essen und Zuckerwatte hängt in der Luft, eine Erinnerung daran, wozu dieser Tag eigentlich bestimmt war.

Ich entdecke den Sheriff, sobald ich nahe genug bei den Fahrzeugen bin, um Gesichter erkennen zu können. Ich will gerade den Mund aufmachen, um seinen Namen zu rufen, als mir klar wird, dass Jonathan in der Nähe sein könnte. Wenn er merkt, dass ich komme, um sie zu warnen, löst er die Bombe vielleicht vorzeitig aus. Also klappe ich den Mund wieder zu und renne weiter. Es fühlt sich an, als liefe ich durch Treibsand; meine Schritte werden immer schwerer und schwerer. Mein Körper wird langsamer.

Als ich ihn endlich erreiche, falle ich dem Sheriff praktisch entgegen. Er fängt mich auf und macht große Augen. Ich kann ihm ansehen, dass er über mein Aussehen entsetzt ist. Im ersten Moment scheint er mich gar nicht zu erkennen, doch dann nimmt er mich in die Arme und drückt mich an sich. Ich verliere fast die Nerven und fange an zu weinen.

»Es ist Jonathan. Er hat die Bombe gezündet und er hat noch eine dabei. Hier.« Der Sheriff lehnt sich zur Seite und spricht in das runde schwarze Ding, das an seiner Schulter steckt. Es knistert. Ich höre eine Stimme, die ihm antwortet.

»Sie müssen weg! Bitte! Es ist keine Zeit mehr.« Ich zerre an seinem Arm und versuche ihn fortzuziehen.

Ich schaue in alle Richtungen, suche die Straße, die Fahrzeuge, die Pavillons und die Leute ab. Irgendwo da draußen ist Jonathan. Das spüre ich.

Erst als er nur noch wenige Meter entfernt ist, erkenne ich seinen schwarzen Hut und die Weste. Mein Herz beginnt zu rasen. Es ist, als hätte mein Körper seinen eigenen Countdown-Zähler und hämmere die letzten Sekunden bis zur nächsten Explosion herunter. Jonathans Hand fährt hinauf zu seiner Westentasche.

»Da drüben ist er!«, rufe ich und der Sheriff wirbelt mit gezogener Pistole herum und zielt auf ihn.

»Keine Bewegung!«, ruft er, als er sich zwischen mich und Jonathan stellt. Jonathans Hand gleitet weiter auf die Tasche zu.

»KEINE BEWEGUNG, habe ich gesagt!«, brüllt der Sheriff. Seine Stimme ist laut, aber sein Gesicht ist völlig unbewegt.

Ein Dutzend Deputies hat Jonathan in einem weiten Bogen umstellt und zielt auf ihn. »Zurücktreten, zurücktreten«, zischen sie den Festbesuchern zu, die zu nahe stehen. Die Leute machen ihnen hastig Platz und flüchten auf die andere Straßenseite. Langsam beginnt sich der Bereich zu leeren, doch Jonathan scheint das nicht zu kümmern. Alle, die er in der Nähe haben will, sind da. Er setzt ein kleines Lächeln auf. Einen angespannten Moment lang warten alle darauf, was er tun wird.

»Ich bin der Erste Reiter der Apokalypse!«, ruft er.

»Das wollen Sie nicht tun«, sagt der Sheriff.

Mit wildem Blick neigt Jonathan den Kopf zur Seite. »Oh, aber ich habe es schon getan.« Seine Finger zucken und ich ducke mich und warte auf den nächsten Donnerschlag.

Es knallt. Jonathans Kopf schnellt zurück. Ein Schauer roter Punkte übersäht die Zeltwand hinter ihm. Er streckt die Hand aus, reicht an die Westentasche aber nicht heran. Dann geben seine Knie nach und er bricht zusammen. Als er auf dem Boden aufschlägt, ziehe ich den Kopf ein und warte darauf, dass die Bombe losgeht, doch nichts geschieht.

Das Gesicht zur Seite gedreht, liegt Jonathan auf dem Boden. Seine Augen sind offen. Und ich habe das Gefühl, dass er mich ansieht, als er stirbt.

Hmm.
Ich würde nie etwas tun,
das mir ein schlechtes
Gewissen macht.

Charles Manson, Anführer der Manson Family

29

Deputies umstellen Jonathans Leichnam und drängen die Leute so weit wie möglich zurück. Zuerst bin ich mir nicht sicher, warum, doch dann verstehe ich. Die Gefahr ist noch nicht vorüber. Jonathan trägt immer noch die Sprengstoffweste. Sie zu entfernen, stellt die nächste Gefahr dar.

»Dad!« Cody kommt auf uns zugerannt. Als er mich sieht, bleibt er wie angewurzelt stehen. Im Gegensatz zu allen anderen weiß er sofort, wer ich bin. Er hebt die Arme, als wolle er mich an sich ziehen, sei sich aber nicht sicher, wie er das fertigbringen soll, ohne mir wehzutun. Ich warte nicht ab, bis er es herausfindet, sondern werfe mich ihm an die Brust und klammere mich an ihn, so fest ich kann.

»Schaff Lyla von hier weg. Bring sie ins Krankenhaus. Dann suchst du deine Schwester und deine Mutter; sie müssen hier irgendwo sein.« Der Sheriff hält inne. Es muss ihn zur Verzweiflung treiben, nicht zu wissen, wo sie sind. Er legt die Hand auf die Augen. »Wenn du sie gefunden hast, rufst du mich augenblicklich an.«

Cody nickt und der Sheriff wendet sich wieder dem Feld zu.

»Seien Sie vorsichtig«, krächze ich. Meine Stimme scheint mich wieder im Stich zu lassen, aber diesmal liegt es daran, dass ich von Gefühlen übermannt werde. Ich habe diesen Mann und seine Familie in wenigen Monaten lieben gelernt. »Wenn Sie verletzt werden …«

»Mir passiert nichts. Mach dir um mich keine Sorgen.« Mit einem weichen Lächeln sieht er mich an. »Hast du auch nur die geringste Ahnung, wie mutig du bist?«, fragt er mich.

Ich schüttle den Kopf. »Ich bin nicht mutig. Ich habe die ganze Zeit schreckliche Angst gehabt.« Es fühlt sich gut an, das laut auszusprechen. Ich glaube nicht, dass ich es auch nur einmal eingestanden habe, seit ich das Silo verlassen habe.

»Mutig zu sein, bedeutet nicht, keine Angst zu haben; es bedeutet nur, dass man in der Lage ist, trotz seiner Angst zu handeln«, sagt er. »Und das kannst du außerordentlich gut.« Er tätschelt mir den Kopf und ich spüre seine Wärme noch, als er die Hand längst weggezogen hat.

Cody trägt mich die Straße entlang zu seinem Wagen, er hält mich so fest umschlungen, dass ich spüren kann, wie sich seine Finger in mein Fleisch pressen. Ich komme mir ein bisschen albern vor, auf diese Weise getragen zu werden, wie ein hilfloses junges Ding aus einem der Groschenhefte, mit denen er mich erwischt hat, als wir uns das erste Mal begegnet sind. Aber irgendwie ist es auch schön. Merkwürdig, dass seine Arme mir mehr Sicherheit einflößen, als es irgendein Zufluchtsort je könnte.

Siehe, ich will an die Propheten, spricht der HERR, die ihr eigenes Wort führen und sprechen: »Er hat's gesagt.« … obgleich ich sie nicht gesandt und ihnen nichts befohlen habe und sie auch diesem Volk nichts nütze sind, spricht der HERR.

Jeremia 23,30–32

30

Die Bombe tötete zehn Menschen. Das hört sich nach nicht sehr viel an, wenn man bedenkt, wie viele es hätten sein können. Trotzdem ist es eine erschütternde Zahl und so kurz vor Weihnachten wirkt es nur umso tragischer. Weihnachten ist eine Zeit für Familienfeste, nicht für Beerdigungen.

Es ist, als wäre die ganze Stadt in ein Trauertuch gehüllt. Die Straßen sind voller Menschen, die sich zusammenfinden, sich umarmen, weinen und nach einem Weg suchen weiterzumachen. Entlang des Parks und des Supermarktparkplatzes liegen Stofftiere und Blumensträuße unter den weihnachtlichen Lichterketten. Die Stadt hat darüber debattiert, sie abzunehmen, weil niemandem mehr festlich zumute ist, doch am Ende hat man sie für die Kinder hängen gelassen.

Der Bombenanschlag liegt genau eine Woche zurück.

Es ist erst fünf Uhr nachmittags, aber dennoch bereits stockdunkel draußen. Wir haben uns gleich hinter dem Park, auf der Straße vor dem Diner versammelt, in dem Jack und ich vor gerade einmal eineinhalb Wochen zu Mittag gegessen haben. Sie ist heute Abend bei mir, genau wie Cody, seine Familie und mein Dad.

Man hat eine provisorische Bühne auf der Straße errichtet. Eine Schar Leute steht darauf, von denen jeder das Bild eines Bombenopfers in der Hand hält. Mrs Ward ist gestorben, als sie versuchte, mehrere Schüler in Sicherheit zu bringen. Ihre Schwester und ihr Ehemann stehen da und halten ihr Bild gemeinsam fest, ihre Gesichter sind blass und traurig und sehr, sehr wütend. Mrs Rosens Mann steht im Zentrum der Gruppe. In seinen Augen ist so viel Schmerz, dass ich ihn kaum ansehen kann. Er hält ihr Foto wie eine tonnenschwere Last.

Wir stehen da und hören zu, wie der Bürgermeister nacheinander die Namen der Opfer verliest. Sie alle auf einmal zu hören, ist kaum zu ertragen. Ich versuche, sie mir alle einzuprägen, sie in meinem Herzen zu bewahren, damit ich sie nie vergesse. Es scheint mir das Mindeste zu sein, was ich – was wir alle heute Abend tun können. Ein paar Leute gehen durch die Menge und verteilen kleine weiße Kerzen mit Papiermanschetten am unteren Ende. Einer nach dem anderen zünden wir die Kerzen an und bald darauf ist die ganze Straße in Kerzenlicht getaucht.

Jemand tippt mir sacht auf die Schulter. Als ich mich umdrehe, steht Will hinter mir. Er hat seine Baseballkappe tief ins Gesicht gezogen und einen Schal um den Mund gewickelt. Ich habe ihn nicht mehr gesehen, seit er mir die Schere in die Hand gedrückt und gesagt hat, ich solle die Wohnwagensiedlung verlassen. Mit großen, ängstlichen Augen schaut er mich an. Wahrscheinlich hat er Angst, dass ich ihn hasse, jetzt, nachdem ich Zeit hatte, mir über alles klar zu werden, was geschehen ist, und über die Rolle, die er dabei gespielt hat – so wie ich nach der Polizeiaktion Angst hatte, dass er mich hassen würde.

»Können wir kurz reden?«, fragt er mich flüsternd.

Ich werfe Cody einen Blick zu, der meine Hand loslässt. Ich folge Will in die kleine Gasse neben dem Diner.

»Ich bin gekommen, um dir zu sagen, wie leid mir alles tut. Ich wollte unbedingt, dass alles wieder so wird, wie es war.« Er schaut in den Himmel. »Ich habe nichts mehr, Lyla. Du warst mein Leben. Ich wollte bloß … nachdem du fort warst, hatte ich das Gefühl, nicht mehr zu wissen, wer ich bin. Vor der Polizeiaktion erschien mir meine Zukunft so sicher. Ich konnte mein ganzes Leben ausgebreitet vor mir sehen. Dann war es plötzlich weg und nichts schien mehr richtig zu sein. Ich habe gehofft, wenn ich weiter Pioneer folge und das tue, was Mr Brown mir aufträgt, könnte ich alles … könnte ich dich zurückbekommen. Über andere Dinge habe ich mir keine Gedanken gemacht.« Er schluckt und ich sehe Tränen über sein Gesicht laufen. »Mr Brown und Brian … ich wusste nicht, was sie mit Jonathan aushecken. Ich habe mir nichts dabei gedacht, bis ich dich an dem Abend gesehen habe. Was sagt das über mich, Lyla? Wenn ich nur die Augen aufgemacht hätte …«

»He, nein, lass das.« Ich lege ihm die Hand auf den Arm. »Alle Menschen wünschen sich ein gutes, sicheres Leben. Ich wünsche mir das auch nach wie vor, aber schlimme Dinge passieren nun mal und man kann nicht weit genug voraussehen, um sie aufzuhalten.« Noch während ich sie ausspreche, spüre ich, wie wahr diese Worte sind. Schlimme Dinge geschehen. Die Gemeinde wurde auf der Vorstellung gegründet, dass uns das Böse nicht erreichen kann, wenn wir uns von der Welt fernhalten. Aber wie sich herausgestellt hat, spielt es keine Rolle, was man tut oder wohin man geht, weil einen das Böse trotzdem findet. Es geht nicht darum, es zu verhindern; es geht darum, es auf die andere Seite zu schaffen, wenn es einen gefunden hat.

Ich schaue über die Menge. Die Leute stehen dicht zusammen,

Familien, Fremde und Nachbarn. Niemand steht heute allein herum.

»Meine Familie verlässt die Gemeinde«, sagt Will und schaut mich an. »Der Onkel meines Dads hat angeboten, uns zu helfen, neu anzufangen. Er versucht seit Langem, mit uns Kontakt aufzunehmen, und ich glaube, nach allem, was passiert ist, ist mein Dad endlich offen dafür. Er hat uns für morgen früh einen Flug nach Texas gebucht.«

Will geht fort? Ich hätte nie gedacht, dass er derjenige sein würde, der geht. Ich war immer davon ausgegangen, dass ich es sein würde.

»Ich bin gekommen, um mich zu verabschieden«, fährt Will fort. Die Art, wie er mich ansieht, schmerzt mich. Wahrscheinlich werde ich ihn nie wiedersehen. Ich bin nicht bereit dafür. Und ihm geht es offensichtlich genauso. »Ich werde dich immer lieben, Lyla«, sagt er mit tiefer Resignation in der Stimme.

Ich würde ihn gern umarmen, ihn noch ein bisschen festhalten, aber es ist an der Zeit, einander loszulassen. Ich schaue in seine blauen Augen und was ich dort sehe, ist der Junge, der mir begegnet ist, als ich sieben war, der mir so vieles beigebracht hat und mich immer zum Lächeln bringen konnte. Wie auch immer es ihm nach dem heutigen Tag ergehen mag, wie weit wir auch voneinander entfernt sein mögen, dieser Junge wird für den Rest meines Lebens einen Platz in meinem Herzen haben. Lächelnd nicke ich ihm zu, während mir die Tränen die Sicht verschleiern. »Ich hoffe, du kannst neu anfangen, Will. Ich wünsche dir, dass du glücklich wirst.«

Er nickt. »Das wünsche ich dir auch.«

Er rückt von mir ab und verschwindet in der kerzenerleuchteten Menge, ehe ich noch etwas sagen kann. Ehe ich ihm sagen kann, dass auch ich ihn immer lieben werde.

Früher dachte ich, mein Happy End sei abhängig von der Zerstörung dieser Welt und den Visionen eines Mannes. Jetzt weiß ich, dass meine Zukunft von mir abhängt und von dem, was ich in Bezug auf sie glauben will.

Lyla Hamilton

(Auszug aus ihrem Pressekommentar während des Prozesses gegen Alan Cross)

31

Es ist früh am Morgen und ich kauere neben meinem Bett und suche verzweifelt nach meinem zweiten Schuh. Heute werde ich Pioneer zum letzten Mal sehen, wie ich hoffe.

In ein paar Stunden soll ich als Zeugin in seinem Prozess aussagen. Das heißt, wenn ich meinen zweiten Schuh finde. Da ist er endlich, hinter einem Stapel Bücher, die ich in der Schulbibliothek ausgeliehen habe. Ich angele ihn hervor und hocke mich auf den Boden, um ihn anzuziehen. Dann schaue ich mich um.

Ich schlafe immer noch in Taylors Zimmer, doch es sieht jetzt anders aus. Es ist mehr von mir hier als vorher. Hinter meinem Bett hängen Reiseposter – Paris, Irland, England, alles Orte, die ich besuchen will, jetzt wo ich weiß, dass ich es kann – und eine Pinnwand mit einem Dutzend Fotos von Cody, Jack, Taylor und einigen anderen, die ich inzwischen als meine Freunde betrachte. Nachdem ich so viele Jahre isoliert gelebt habe, will ich alles erkunden, was es an Orten und Möglichkeiten gibt, so vielen Menschen begegnen, wie ich nur kann. Die Welt ist ein weit offenes Feld und ich kann es kaum erwarten loszustürmen.

Ich atme ein, halte die Luft an und atme wieder aus, im Versuch, meinen nervösen Magen zu beruhigen. In den vergangenen Monaten habe ich Pioneer einige Male im Fernsehen gesehen, aber begegnet bin ich ihm seit dem Tag der Anklageerhebung vor Gericht nicht mehr und seine Stimme habe ich seit dem Winterfest nicht mehr gehört. Früher reichte seine Stimme, um mich zu lähmen. Ich frage mich, ob sie das auch heute schaffen wird. Ich glaube es nicht, werde es aber erst wissen, wenn wir uns Auge in Auge gegenüberstehen.

Die Fahrt zum Gericht ist lang. Pioneers Prozess wurde in einen anderen Bezirk verlegt, um sicherzustellen, dass die Geschworenen so unvoreingenommen sind wie nur möglich. Ich bin mir nicht sicher, ob das einen Unterschied macht, da er seit Monaten im ganzen Land für Schlagzeilen sorgt, aber ich will mich nicht beklagen. Ihn nicht mehr in der Nähe zu wissen, hat mir das Atmen in den letzten Monaten leichter gemacht.

Cody, Taylor und ihre Mutter – die möchte, dass ich sie jetzt Nora nenne – lassen mich allein, um mit Jack im Gerichtssaal Platz zu nehmen. Ich bin bis nach meiner Zeugenvernehmung in einem separaten Raum untergebracht, damit ich nicht höre, was gesprochen wird, ehe ich selbst an der Reihe bin auszusagen.

Der Sheriff ist bei mir. Er meint, ich könnte ihn Stan nennen, aber irgendwie passt es nicht so gut wie »Sheriff«.

Mein Vater ist heute nicht da. Es liegt nicht daran, dass er nicht kommen wollte, aber er wird selbst als Zeuge aussagen und hat nicht für beide Tage Urlaub bekommen. Der Sheriff hat ihm geholfen, bei einer Baufirma in Culver Creek Arbeit zu finden. Sie entspricht nicht gerade dem, was er getan hat, bevor wir aus New York weggezogen sind, aber es ist dennoch mehr, als er zu hoffen gewagt hatte, nachdem er fast elf Jahre ohne festen Job war. Er hat die Gemeinde kurz nach dem Bombenanschlag verlassen, sobald er herausfand, was mir während der Rückbesinnung tatsächlich widerfahren ist. Jetzt lebt er allein in einem Apartment in der Nähe des Diners. Mindestens zweimal in der Woche essen wir beide dort zu Abend. Er ist einsam, aber keiner von uns ist schon bereit, wieder zusammenzuleben. Wir haben eine Menge zu verarbeiten, allein – und zusammen, nehme ich an –, bevor das möglich ist.

Meine Mutter hat die Gemeinde nicht verlassen. Sie lebt immer noch im gleichen Wohnwagen und hängt immer noch Pioneer an. Ihr Wohnwagen ist einer von vieren, die noch auf dem Grundstück stehen. Mr Browns Familie, Brians Mutter und die Frau von Mr Whitcomb leben in den anderen. Sie sind alles, was von der Gemeinde übrig ist. Und es gibt niemanden mehr, um sie anzuführen, jetzt, wo Mr Brown und Brian ebenfalls im Gefängnis sitzen. Doch sie halten sich fern. Zuzugeben, dass Pioneer im Irrtum war, bedeutet, dass sie sich alle geirrt haben – und der Tod all dieser Menschen sinnlos war.

Dad besucht meine Mutter, aber ich begleite ihn nicht. Vielleicht tue ich es irgendwann, aber im Moment … Ich ertrage es nicht, mitanzusehen, wie sie sich an der Vergangenheit festklammert. Ich bin mir nicht sicher, ob sie jemals fähig sein wird, sie loszulassen, und das macht mich rasend. Ich will sie nicht hassen, bin mir aber ziemlich sicher, dass es passieren könnte, wenn ich sie in ihrem Wohnwagen sähe, mit Pioneers Bildern an der Wand und Karens Schuhen, die immer noch unter ihrem Bett stehen.

Der Sheriff und ich warten auf den Aufruf. Er hat einen Satz Karten mitgebracht und wir spielen eine Runde Rommé und Mau-Mau nach der anderen. Nach einer Weile räuspert er sich. »Bist du bereit?«

Ich zucke die Achseln. »Keine Ahnung. Ich denke schon.«

Der Sheriff nickt und wir vertiefen uns wieder schweigend in unser Spiel. Kurz darauf streckt eine Frau den Kopf zur Tür herein.

»Lyla Hamilton, es ist so weit.«

Mir rutscht der Magen in die Kniekehlen, aber ich stehe trotzdem auf und folge ihr in den Gerichtssaal. Sobald ich drinnen bin, begegne ich Pioneers Blick. Wir starren uns an. Er sieht genauso aus wie beim letzten Mal, ausgemergelt, aber voller Leidenschaft. Er ist immer noch in der Lage, sämtliche Aufmerksamkeit auf sich zu ziehen. Jeder im Raum beobachtet, wie er mich beobachtet.

Mir zittern die Beine, als ich durch den Raum gehe. Ich setze mich auf den Stuhl, zu dem man mich führt, und warte darauf, dass die Dinge ihren Anfang nehmen. Pioneer beugt sich vor.

»Kleine Eule«, sagt er mit einem Lächeln. Ich warte auf das vertraute Angstgefühl, das sich immer einstellt, wenn er mich so nennt, doch diesmal bleibt es aus. Abwartend schaue ich ihn an. Ich fühle immer noch nichts. Ich schaue zu Cody und Jack hinüber und lächle.

Ohne Vorwarnung springt Pioneer auf, versucht seinen Tisch zu verlassen und zu mir zu gelangen. Sein Anwalt packt ihn am Arm und zieht ihn zurück. Jetzt lächelt er nicht mehr. Etwas anderes steht ihm ins Gesicht geschrieben, etwas, das ich dort noch nie gesehen habe.

Angst.

Und sie ist meinetwegen dort. Als er das letzte Mal mit mir gesprochen hat, ging er davon aus, dass ich sterben würde, aber genau wie er habe ich es geschafft zu überleben.

Was ich jetzt aussage, wird mit entscheiden, was als Nächstes mit ihm geschieht. Davor hat er Angst. Er hatte damit gerechnet, inzwischen aus dem Gefängnis heraus zu sein. Vielleicht hat er gedacht, die Brüder würden ihn befreien, ein Wunder vollbringen, doch das haben sie nicht und nach meiner Aussage und dem, was die Ankläger beweisen können, wird er vielleicht für den Rest seines Lebens im Gefängnis sitzen.

Er ist nur ein Mensch. Er ist wirklich nur ein Mensch. Diese Tatsache dringt mir endlich ins Bewusstsein und lässt mich lächeln. Ich kann nicht anders. Es zu wissen, reicht zwar nicht aus, um meine Nerven vollends zu beruhigen, aber es schenkt mir ein wenig Frieden.

Mit immer größer werdenden Augen schaut Pioneer mich an und ich kann praktisch zusehen, wie er begreift. Das letzte dünne Band der Angst, das mich an ihn gebunden hat, fällt ab und zum ersten Mal seit sehr langer Zeit bin ich frei.

Danksagung

Ich bedanke mich bei:

Dem lieben Gott, der mir die Leidenschaft für das Schreiben schenkte und die Möglichkeit, es zum Beruf zu machen. Ich bin voller Demut angesichts des wunderbaren Lebens, mit dem ich gesegnet bin.

Meinen Lesern, deren Begeisterung für *Gated – Die letzten* 12 *Tage* mich tief berührt und überrascht hat. Zu wissen, dass Lyla und ihre Geschichte auf so viel Beifall stößt, bedeutet mir sehr viel.

Meiner Agentin, Lucienne Diver, die immer weiß, wann sie mir Händchen halten oder den Kopf zurechtrücken muss, und beides mit Geschick und Entschiedenheit meistert. Du bist unglaublich und ich bin jeden Tag aufs Neue dankbar dafür, Dich an meiner Seite zu wissen.

Meiner Lektorin, Chelsea Eberly, die unermüdlich daran gearbeitet hat, dieses Buch für die Welt bereit zu machen und ihm den letzten Schliff zu verpassen. Du bist ein seltenes Exemplar von Lektorin und Freundin, die ein rotes Kleid wie niemand sonst zum Knallen bringt. Es ist wunderbar, mit Dir zusammenzuarbeiten.

Lauren Donovan, die sich unglaublich dafür eingesetzt hat, *Gated – Die letzten 12 Tage* und *Gated – Sie sind überall* bekannt zu machen, und mir darüber hinaus Auftritte verschafft hat, von denen ich bisher nur geträumt habe. Ich schulde Dir mindestens tausend Donuts.

Meiner Presseagentin, Sadie Trombetta, die es mit großer Begeisterung und irrsinnigem Organisationstalent auf sich genommen hat, *Gated – Sie sind überall* zu promoten. Du bist eine Wucht!

Jocelyn Lange, die dieses Buch genug liebt, um den Leuten im Büro von Random House Children's Books den gruseligen Sektensong vorzusingen, was ich wahnsinnig witzig finde. Ich wünschte nur, ich wäre dabei gewesen. Danke, dass Du Dich so für *Gated – Sie sind überall* eingesetzt hast.

Nicole de las Heras, der begnadeten Cover-Gestalterin, die über sich hinausgewachsen ist, um für dieses Buch (amerikanische Originalausgabe) das richtige Cover zu entwerfen. Ihre Liebe zum Detail und die Sorgfalt ihrer Entwürfe bedeuten mir sehr viel.

Den Glücklichen Dreizehn, die es mir so viel leichter gemacht haben, mich im Verlagsgeschäft zurechtzufinden. Ihr habt mich vor mehr Zusammenbrüchen bewahrt, als ich zugeben mag.

Den Gunning for Awesome Girls: Natalie, Kim, Michelle, Amy, Gemma, Ruth, Corinne, Lori, Deborah und Stephanie – ihr seid mir die besten Freundinnen geworden. Ich bin so froh darüber, dass wir diesen Publikationsweg zusammen beschreiten.

Meinen hochbegabten kritischen Partnerinnen: Jennifer Baker, Krystalyn Drown und Stefanie Jones, die dieses Buch wieder und wieder gelesen haben und den Mut besaßen, ehrlich zu sein, aber gleichzeitig so freundlich waren, mich davor zu bewahren, an meiner Vision zu zweifeln.

Meinen Eltern, von denen man immer noch die besten Umarmungen bekommt. Danke, dass ihr dieses starrköpfige und entschlossene Mädchen liebt und die großartigsten Cheerleader seid, die eine Autorin je haben könnte.

Trish und Alan, die meine Bücher jedem zeigen, der einen Fuß über ihre Schwelle setzt, und mehr als nur ein ordentliches Quantum meiner Bücher gekauft haben! Ich schätze mich glücklich, Euch zu meiner Familie zu zählen.

Tom, Erika, Lauren und Kiersten. Eure unermüdliche Unterstützung und Liebe ist überwältigend. Ihr habt Euch für mich und mein Werk eingesetzt und ich kann gar nicht beschreiben, was ich für Euch empfinde.

Meinem Mann Jay und meinen beiden unglaublichen Mädchen, Samantha und Riley, die mir zeigen, was wirklich zählt. Ihr drei inspiriert mich jeden Tag aufs Neue, ein besserer Mensch zu sein. Ich liebe Euch von ganzem Herzen.